独家披露

真相
专机副驾驶亲历“九一三”

康庭梓 著

中国青年出版社

目录 CONTENTS

前　言 ………………………………………………………… 1

第一章　林彪专机——三叉戟256号飞机 ………………………… 1

第一节　林彪专机来自空军航空兵专机师 ……………………… 1
第二节　决定命运的三叉戟飞机改装飞行 ……………………… 3
第三节　江青首先看上了三叉戟飞机 …………………………… 7
第四节　我把三叉戟256号专机接回北京 ……………………… 12
第五节　林彪专机客舱的精心改装 ……………………………… 18
第六节　林彪专机改装后的试飞 ………………………………… 22
第七节　9月7日我送林立衡、张宁到山海关 ………………… 25

第二章　紧急任务——调机山海关 ………………………………… 31

第一节　接 受 任 务 ……………………………………………… 31
第二节　"九一三"事件爆发前的平静 …………………………… 35
第三节　紧 急 任 务 ……………………………………………… 40
第四节　机 前 待 命 ……………………………………………… 44
第五节　调机山海关 ……………………………………………… 49

第三章　惊心动魄的山海关之夜 …………………………………… 52

第一节　山海关机场的"飞行后" ………………………………… 52
第二节　惊心动魄的山海关之夜 ………………………………… 59
第三节　带着血与泪的算式:9－4＝5 ………………………… 62
第四节　机组的走留是有意安排的 ……………………………… 65
第五节　起飞后很不正常的转弯说明什么 ……………………… 69
第六节　调度室房间里的临时"会议" …………………………… 73
第七节　一条使机组陷入极端困惑的信息 ……………………… 75
第八节　程洪珍为什么没有上飞机 ……………………………… 76

第四章　审　查 ………………………………………………………… 79

第一节　林彪乘机已去，留下机组何往 ………………………………… 79
第二节　在海军接受审查……………………………………………… 87
第三节　在中央专案组的日子里……………………………………… 89
第四节　回专机师继续接受审查 ……………………………………… 100
第五节　在劳动与"读书班"中接受审查 ……………………………… 108

第五章　3685号直升机反劫持——成功迫降 ……………………… 121

第一节　"九一三"事件中3685号直升机被劫持经过 ……………… 121
第二节　"九一三"事件中的北京专机师指挥所 ……………………… 142
第三节　"九一三"事件中的空军指挥所 ……………………………… 158
第四节　"九一三"——专机飞行员的陷阱 …………………………… 176

第六章　几个"为什么" ……………………………………………… 179

第一节　为什么潘景寅敢一个人驾机升空 …………………………… 179
第二节　为什么起飞后会形成很不正常的转弯 ……………………… 185
第三节　为什么说是不正常的飞行 …………………………………… 194
第四节　为什么叛逃航线会偏移到温都尔汗 ………………………… 202

第七章　迫降　坠毁 ………………………………………………… 212

第一节　弹尽粮绝　面临绝境 ………………………………………… 212
第二节　茫茫黑夜　何处降落 ………………………………………… 216
第三节　剧 烈 爆 炸 …………………………………………………… 222
第四节　残 骸 遍 地 …………………………………………………… 230
第五节　横 尸 荒 野 …………………………………………………… 234

第八章　机 组 定 性 ………………………………………………… 238

第一节　邓小平为256号专机组死难人员定性 ……………………… 238
第二节　为机组死难者定性引发的思考 ……………………………… 245
第三节　林彪专机上没有安装超低空飞行的设备 …………………… 251
第四节　当我第一次看到256号专机残骸的时候 …………………… 252
第五节　林彪专机残骸哪里去了 ……………………………………… 255

第九章　黑 匣 子 …………………………………………………… 259

第一节　关于256号专机的黑匣子 …………………………………… 259

第二节 多年来围绕“禁空令”出现的话题 …… 265
第三节 纠正《剑桥中华人民共和国史》中有关“九一三”事件的错误说法 …… 270
第四节 这个“如果……”还是由我来说 …… 271
第五节 关于林彪死因的各种传说 …… 277
第六节 蒙古对林彪坠机的最新披露 …… 279

第十章 离 队 …… 282

第一节 踏上飞行不归路 …… 282
第二节 没有泯灭的飞行心愿 …… 296
第三节 曙 光 一 现 …… 303
第四节 取消文字结论清理个人档案 …… 308
第五节 奔 回 北 京 …… 311

第十一章 上世纪五六十年代的专机师 …… 315

第一节 领航员、通信员——专机飞行的眼睛和耳朵 …… 315
第二节 专机飞行中的服务 …… 323
第三节 宁扑三次空，不误一分钟 …… 334
第四节 毛泽东坚持要坐中国飞行员驾驶的飞机 …… 341
第五节 开辟从祖国西部进出国门的空中航线 …… 350
第六节 刘少奇访问四国中的阿富汗之行 …… 357
第七节 女飞行员“大旗”的故事 …… 365

后 记 …… 373

前　言

“九一三”事件已经过去42年了，可是事件给人们留下的许多悬念至今还没有真正的答案，例如，林彪专机——三叉戟256号飞机是如何从北京飞到山海关的？在山海关现场仓皇出逃的情况怎样？座机9名机组人员为什么出现有走有留的奇特现象？从林彪专机叛逃航迹上说明什么问题？为什么在蒙古的温都尔汗坠毁？256号飞机究竟是如何从天上“掉”下来的？围绕着林彪专机的活动在北京又发生了哪些事情？3685号直升机被劫持的具体经过如何？林彪专机机组死难人员是如何定性的？活着的人命运如何……

中共中央《关于建国以来若干历史问题的决议》中指出，1970—1971年间发生了林彪反革命集团阴谋夺取最高权力、策动反革命武装政变的事件。这是“文化大革命”推翻党的一系列基本原则的结果，客观上宣告了“文化大革命”的理论和实践的失败。毛泽东、周恩来同志机智地粉碎了这次叛变。

《中国共产党历史》第二卷指出：“林彪集团阴谋夺取最高权力、策动武装政变的事件，是‘文化大革命’毁弃党的一系列基本原则造成的恶果。”

我作为林彪专机机组副驾驶员，亲身经历了“九一三”事件中256号专机的活动过程，目击了林彪等人仓皇出逃的经过。多年来，我搜集了有关256号专机与3685号直升机的有关资料，遵循中共中央《关于建国以来若干历史问题的决议》与《中国共产党历史》第二卷的精神，运用专机活动的基本知识，在对林彪专机活动过程进行纪实报道与科学分析的基础上撰写了《真相：专机副驾驶亲历“九一三”》一书，给关心“九一三”事件的读者一个较为完整的飞机活动过程。

“九一三”事件的爆发是以林彪专机开始活动为起点，又以林彪专机及3685号直升机的活动为主线。事件发生后，由于绝大多数的人们不了解三叉戟及直升机的活动规律及相关的飞行专业知识，面对许多诸如“禁空令”把256号专机逼走的、叛逃前在空中画了个问号、飞机是被打下来的传说等，不能辨别真伪，起码缺乏认清事实真相的有力证据。本书用自己亲身经历的事实及专机飞行的科学的根据，为人们提供了一个经得起检验的答案。

林彪是乘坐三叉戟飞机叛逃的，为了还原历史的本来面貌，不得不拿飞机说事，离开专机活动的规律，离开飞机与飞行的专业知识，就不能把问题说清楚。所以，本书在记述事件发生的过程中，不可避免地要涉及到有关的专业知识，尽管在有些地方已经做了通俗的说明，可能还是不尽如人意。但是，只要从整体上把握事情的发展趋势，还是很容易理解的。

为了给不了解专机飞行生活的广大读者介绍一些当年专机飞行部队的情况，本书把“九一三”事件中256号机组、直升机飞行员置于当时的时代背景之中，并介绍了空军航空兵专机师的基本情况、20世纪五六十年代我国专机飞行的历史及专机飞行员在执行任务中的甜酸苦辣，也为“九一三”事件的展开做了铺垫，使事件的发展显得更集中、更完整、更贴近飞行的实际。

本书行文中均没有写明部队当时的实际番号，用了类似“专机师”、“第几团”这样通用的叫法，这样既不泄密又不影响对事件的叙述。

考虑到为研究历史的部门与个人提供可靠的资料，书中涉及到的人物、时间、地点都是真实可信的，都是自己在专机部队的老上级、战友与航校的同学提供的，具有考证的价值。本书既是一本可读性较好的纪实文学，也是“九一三”事件中围绕林彪专机活动过程的历史记载，把它看成一个普通专机飞行员的传奇故事也未尝不可。

第一章　林彪专机——三叉戟256号飞机

第一节　林彪专机来自空军航空兵专机师

发生在1971年9月13日的“林彪事件”又叫“九一三”事件，作为重要的历史事件，已经记录在中华人民共和国的现代史及中共党史中。发生在41年前的事件，感觉已经非常遥远，可是，在历史的长河中，它似乎就在眼前，41年只是漫长历史发展中的一瞬间。

41年的历史虽然不算很长，可是，“九一三”事件给人们留下的悬念的确不少。究其原因，主要有两个方面：

其一，长时间以来，缺乏根据的传说已经使真实的历史事实发生扭曲，以讹传讹，最后发展到异常离奇的程度，再加上一些非法出版物在其中起着推波助澜的作用，严重干扰了人们的视听，人们不知道究竟哪一种说法是对的。

其二，“九一三”事件的经过是林彪乘坐自己的专机，在夜幕中叛逃到异国他乡突然坠毁，其本身就带着传奇与神秘的色彩。由于绝大多数的人们对飞机不甚了解，对飞机的活动规律知之甚少，对三叉戟飞机作为专机飞行的诸多

三叉戟256号专机

情况更是一无所知，所以，对道听途说的东西就不能做出科学的分析，难免相信那些流言蜚语。41年来，除了知情者的零星文章偶尔见诸报端或杂志之外，还没有看到有关林彪专机所有情况的系统报道问世，有些资料也是从考证和调查角度去分析，但有的已经被历史事实证明是不正确的，使那些想澄清事实并企图驳斥流言的人缺乏说服力。

我作为共和国人民空军专机师的一名普通的专机飞行员，“九一三”事件中，成为林彪专机机组成员之一，直接参与了9月12日晚由北京飞往河北省（秦皇岛市）山海关机场的飞行活动，亲眼目睹了9月13日凌晨林彪等人从山海关机场强行起飞、仓皇出逃的全过程。41年来，包括接受组织政治审查在内的所有时间，从未间断过对涉及三叉戟256号专机有关情况的调查与相关资料的收集，并运用三叉戟飞机担任专机飞行的专业知识及飞行活动发展的逻辑关系，结合当时的时代背景，对掌握的资料进行科学的分析。而且，“九一三”事件中，与飞机活动有关的人都是我的航校同学、专机部队的战友、飞行教员、直接领导以及与专机维护有关的工程师、专家、机务维护人员。在此过程中，我还就飞行专业方面的关键问题，请教了专机师的许多老前辈，如今他们都已是80多岁高龄，且都是伴随着共和国空军建设的步伐一起走过来的飞行专家、维护飞机的机械工程专家，他们为祖国专机事业终生付出所取得的技术结晶与知识财富，给了我很大的支持与帮助。

林彪事件发生42年后的今天，我之所以围绕三叉戟256号专机所发生的一切，费尽周折进行调查研究，目的只有一个，还原林彪专机和3685号直升机在“九一三”事件中一切活动的本来面貌，为党史与共和国的历史提供一些可信的历史资料。

“九一三”事件中，一架三叉戟飞机在叛逃中坠毁了，一架直升机叛逃未遂，被飞行员迫降了，还有几架计划中使用的飞机，由于三叉戟256号专机的活动暴露了它们的行踪而停用了。以上所有的飞机，无一例外都来自空军航空兵唯一的一个专机部队。

要弄清林彪专机发生的一切问题，就要弄清空军专机部队的基本情况及共和国早期专机发展的历史（详见本书第十一章）；要想知道三叉戟256号专机的活动规律，就要先了解专机任务飞行的一般规律；要想对林彪专机是如何从天上“掉”下来的前因后果有更深刻的认识，就要对运输机（客运）的技术问题有一定的了解。目前，民用航空事业迅猛发展，外出旅行乘坐飞机已成为家常便饭，某些航空知识已经得到普及，在这种情况下进一步理解41年前发生在三叉戟256号专机上的一切，已经不是一个很难的问题了。

为了便于集中叙述“九一三”事件，使事件各个部分的发展与衔接形成一个完整的整体，特意把空军专机部队及共和国早期专机发展的历史放在本书的最后一章介绍。

第二节　决定命运的三叉戟飞机改装飞行

我是1959年8月在老家河南省巩义市（原巩县）第二中学高中应届毕业后，被空军特招挑选为飞行学员的，据说这是空军第一次在高、初中应届毕业生中选飞。1960年我以“适合各种机型”的身体条件被分配到空军第六飞行学院学习驾驶歼击机，因为当时中苏两党关系紧张，缺乏飞行训练器材，未能按时毕业。1964年7月，空军决定将我们学院第十五期丙班、丁班共41名学员整建制地分配到空军专机部队驾驶运输飞机。

在短短的6年时间里，我在部队的主要机种苏制伊尔-14和苏制伊尔-18飞机上分别完成了三种气象（昼间简单、复杂气象与夜间简单气象）的技术训练任务，并由部队的二团调到以大飞机为主的一团飞行。

年轻时候的作者

从1969年年底到1970年上半年，不到一年的时间里，在我人生的里程中，发生了几件重要的事情。其中，改飞三叉戟飞机的工作，成为我人生命运走向不幸的转折。对此，我个人是无法预料的。

我在伊尔-18飞机上经过紧张的技术训练之后，开始投入专机任务飞行，并逐渐由任务中的副驾驶发展到担任机长。不久，领导任命我担任伊尔-18飞机二大队四中队的中队长，在行政上负责包括飞行员、领航员、通信员在内共十几名空勤人员的管理工作。

1969年9月30日，林彪到北京西郊机场视察工作，以战备的名义命令专机部队的飞机进行疏散。10月份，再次执行林彪“第一号令”，全部飞机进行第二次疏散。就在我驾驶伊尔-18飞机东奔西跑的过程中，儿子在空军总医院来到这个世上，匆忙中我跑到医院看望妻子，然后，很高兴地回到部队，当别人问我儿子怎么样的时候，才意识到上医院看望妻子时，竟把最新的一位家庭成员给忘了。可能是第一次有儿子，脑子里还没有形成有孩子的概念。几天之后当我把儿子接回岳母家后，内心里才多了一份对儿子的牵挂。由于我今东明西，无法在部队那一间9平方米房的家里照顾妻子的产后休息，只好将家搬到城里。当时的全部家当只有一辆平板三轮车那么多，我利用休息时间，凭着年轻有足够的力气，一口气将三轮车蹬到位于宣武区和平门的家里，又连夜将三轮车送回机场。

自从儿子出生之后，家的概念似乎比以前增强了，无论飞到哪里，总惦念着北京城里那个小小的生命。当我沉浸在儿子出生后的幸福之中时，河南老家来信，告知母亲突然患了眼疾，是青光眼，从医生那里知道这是老年人很难治好的一种眼病，往往是一只眼先得此病，接着另一只眼睛也会感染，最后导致双眼失明。由于忙于飞行，我有8年的时间没有回家看望父母了，其实北京离河南老家只有十个小时火车的路程，原想成家之后接母亲到北京小住，还没有来得及安排此事，母亲就病了。情急之中我带了一些眼药，将儿子扔给岳母，同妻子一起回家看望二老。虽然，我们的到来能从精神上缓解一下病痛对母亲的压力，可是，在母亲的眼疾面前仍然无能为力。父母亲知道我忙，对我多年不回家探望也表示理解。

就在我回家探亲这短短的几天里，部队已经转场疏散到武汉王家敦机场。我与妻子只在家里停留5天，不得不匆匆告别父母乘车归队。妻子第一次同我回老家，我还不能陪她一同回京，到郑州之后，我便乘车南下到武汉寻找部队去了。实在没有想到，从那以后再也没有能够见到母亲，离家时，母亲用手护着一只眼睛送我到村口的情景，至今仍历历在目。

赶到部队不久，因飞行任务需要，我便驾驶飞机飞回北京。就在我全身心投入飞行任务的时候，大队领导通知我，立刻结束伊尔-18飞机的飞行工作，准备迎接我国新引进英制三叉戟飞机的改装飞行任务，也就是说，我从1966年改飞伊尔-18飞机还不到4年的时间，在伊尔-18机种上刚刚完成所有科目的基本训练，还没有来得及担任大量专机任务的时候，又要重整行装，奔赴新的工作岗位了。

我特别热爱自己的飞行事业，能够有机会掌握最先进的机种，在重要的飞行岗位上拓展执行专机任务的道路，的确是一件令人兴奋的好事情。这样一来，我所掌握的飞行理论不但有了更为广阔的实践领域，而且，在我飞过苏制的伊尔-18、伊尔-14飞机之后，能有机会了解到英制三叉戟飞机的各种性能，对进一步丰富自己的飞行理论知识与实际操纵经验是很有帮助的。当时，我国还没有能力制造出大型运输飞机，但我坚信，或迟或早我都能够亲自驾驶自己国家制造的飞机，如果有机会，我可以将不同国家运输飞机在飞行性能方面的技术特点进行探讨、分析、对比，为我国航空运输事业做出自己的贡献。在"活学活用"毛主席著作的年代里，我曾根据毛主席《矛盾论》与《实践论》的观点，结合自己掌握的飞行知识，写出了许多心得体会。我还庆幸在航校延长学制的时间里，比别期学员多学的飞行理论，在实际飞行中还真派上了用场。后来的实践证明，我用航校学过的空气动力学理论，比较顺利地领会了三叉戟飞机在机翼结构的各种几何扭转中为什么会产生那样的空气动力效果。

我周围飞伊尔-18飞机的同事，对我能够参与三叉戟飞机的改装飞行表示羡慕与鼓励。有的飞行员见到我时，就用手背朝上做一个大角度上升的姿势，表示已经知道我要飞三叉戟飞机了。因为三叉戟飞机属于喷气式飞机，起飞之后的上升角与其他飞机相比要大得多，这种飞行员共知的肢体语言，成了同志们向我表示祝贺的最好方式。我已经领会到了战友们的好意，决心不辜负同志们的期望，做一个名副其实的三叉戟飞行员。

三叉戟飞机引进工作的总负责人是专机师的副师长，后来又改为师副政治委员潘景寅。专机师一团也抽出司令部副参谋长陈联炳参与改飞三叉戟飞机。此外，还从第三飞行团的里-2和直升机的飞行员中抽调4名飞行员。领航与通信岗位也相应抽调了部分领导干部与基本成员。包括地勤人员在内数十人，在潘景寅的带领下，于1970年6月份，乘飞机奔赴广州白云机场，同巴基斯坦民航的工作人员一起，开始了三叉戟飞机技术改装的地面理论学习与飞机的实际移交工作。

广州的白云机场方面在跑道南端西侧的地方为三叉戟飞机训练队专门腾出一些房间，还成立了空地勤食堂及其他后勤保障部门，就这样，三叉戟飞机空地勤地面理论训练工作在炎热夏季开始进行了。

三叉戟飞机是英国20世纪60年代的产品，是当时客运飞机中的佼佼者。但是，英国制造的飞机为什么要由巴基斯坦民航人员担任地面教员及飞机移交事宜呢？因为，三叉戟的飞行性能比较适合我国国内航线的需要，在国际航线上巴基斯坦使用波音飞机要比三叉戟更经济。为了专机空运事业的需要，我国决定从友好邻邦巴基斯坦引进4架三叉戟二手飞机，也就是巴基斯坦民航从英国购进并使用了一段时间之后的三叉戟飞机。专机师具体负责同巴基斯坦谈判事宜的全权代表就是潘景寅。

在购买三叉戟飞机的过程中，我们是以中国民航的身份同巴基斯坦教员打交道的，回避了空军专机师的实际身份。理论学习中，由于语言障碍，不能直接听懂巴方教员的讲课内容，还从空军翻译队要了几个专业翻译，巴方教员讲解，翻译官在旁边不停地翻译。由于我是高中应届毕业，包括初三在内共学习了4年英文，虽然多年不用忘记了许多，可是，在课堂上听多了，在三叉戟教材上看多了，被丢掉的英文知识又捡回许多，其中主要指那些与航空专业有关联的用语与词汇，例如起飞、落地、上升、下降、电门、杠杆等。我们中间，连小学都没有读过的团司令部副参谋长陈联炳也说："我不认识它，但它却认识我，英文字就标在电门旁边，当我知道这个电门是干什么的时候，我也就认识这个英文字了。"巴基斯坦共和国的官方语言是英语，他们也有本民族的语言，叫乌尔都语。据专业翻译说，巴方教员的英语说得也不标准。我曾留心一下，正像地勤人员说的，他们的巴方教员是个大舌头，就那个常挂在嘴边的"Yes"，听起来也是很别扭。

由于潘景寅更多的时间忙于其他的事情，很少能坚持每天按时上课，给他补课的工作就当然地落在我的身上，有时候虽然是课外休息时间，我还要拿着笔记本到他的住处，把我在听课中记下的笔记和我对讲课理解的程度向他重复一遍，这样一来，我的理论知识要比别人学得更扎实一些。个别时候，还让我同地勤机械理论班的同志一起探讨学习的内容，内容一样，但组织上要求地勤人员学习理解的程度要比飞行员的标准更高。

当理论学习结束的时候，第一架三叉戟飞机已经飞到白云机场，为了抓紧时间进行实际操纵技术的训练，当时直接参与飞行的只有潘景寅及陈联炳两个人，民航虽然也派出两个老飞行员参加学习与飞行，但是，他们最后还是没有引进三叉戟飞机，所有4架三叉戟飞机全部分配到专机师。实际飞行是全面检验理论学习成果的最好时机，我们5个没有参加飞行的飞行员，也跟着参与组织飞行的全过程，做好充分准备，等到白云机场学习结束之后，回到北京再向潘景寅、陈联炳他们学习操纵技术。在这些日子里，一位飞行员好奇地从三叉戟飞机上拿了一瓶巴航用过的香水，趁我洗头不注意的时候，向我的头发上喷了两下，结果，有两个星期时间没有能够将香水气味洗掉，这一下我可真正领略到伊斯兰国家为消除飞机客舱里的羊膻味所用香水的厉害了。

伴随着祖国南方的盛夏酷暑，3个月的紧张集训结束了，回到北京便开始了新一轮的改装训练。包括我在内的5个三叉戟飞机的新飞行员与领航员、通信员在一起，正式组成一个飞行中队，这个中队归属一团三大队领导，按一团所有飞行中队的排列顺序，这个中队为第八飞行中队，也就是说，八中队成了我国首批引进4架旧三叉戟飞机的飞行中队，我也自然成了这个唯一的三叉戟飞行中队的第一任中队长，一同前往白云机场学习的领航员老李担任三大队领航副主任。

有一次，潘景寅正在北京南苑机场组织三叉戟低空小航线飞行的时候，突然接到上级命令,中止训练,立即返回西郊机场。原来是周恩来总理利用到西郊机场欢送外国代表团的机会,要顺便看一下刚引进的三叉戟飞机。当飞机停在大停机坪的时候,隔着驾驶舱的窗户,我发现周总理已经站在了候机室门口,此时,潘景寅让我留在飞机上将驾驶舱整理完毕之后赶快下飞机,可是,还没等我整理完毕,周总理和当时的国家计委主任一行已经登上飞机,周总理已经把手伸了出来,仓促中,我同周总理握了握手,接着我向周总理简单介绍了三叉戟飞机的基本情况。

从领导决定我改飞三叉戟飞机开始,包括我自己在内,所有的飞行员都认为这是一件大好的事情。可是,冥冥之中已经被魔鬼悄悄地盯上了,实在没有想到三叉戟飞机的命运如此悲惨,同三叉戟飞机命运紧紧相连的飞行员们也没有摆脱厄运带来的灾难。航校毕业后我在专机师连续三次三个机种的改装飞行中,遇到了决定命运的最后一次改装(注:从驾驶一种飞机改飞另一种飞机,业内人士习惯叫作改装)。

第三节　江青首先看上了三叉戟飞机

按飞机与飞行员的数量比例,4 架三叉戟飞机一共只有 7 个飞行员是远远不够的,领航员与通信员的比例也相差很远。对专机师来说,当务之急是抓紧对飞行人员的技术训练,以应付专机任务的需要。使专机师领导没有料到的是,专机任务的需求比人员的培养来得更快、更突然、更紧急。

由于三叉戟飞机飞行速度快,飞行姿态平稳,发动机安装在飞机的尾部,空中噪音很小,所以乘坐起来舒适安静。冬季,北京起飞时还是冰天雪地,3 个多小时到达海南岛,机门开处,热风扑面,温暖如春,所以,很快受到中央领导们的青睐。面对这种情况,专机师决定由潘景寅主要担任专机任务飞行,一团副参谋长主要组织新飞行员的培训。即使如此,因为担任副驾驶的 5 个飞行员还没有经过起码的技术训练,任务与训练同时进行还有一定的困难。所以,当毛泽东夫人江青第一次要求乘坐三叉戟飞机的时候,只好由潘景寅与陈联炳共同驾驶一架飞机,其他 5 名飞行员暂时停止训练。5 名飞行员中,我是从伊尔-18 飞机改飞三叉戟的,由于飞机的重量、性能等有许多近似之处,与其他飞行员相比,我的飞行进度快一些,先放了“单飞”,这样,我就可以给潘景寅当副驾驶员,应付接踵而来的专机任务,使飞行员的培训工作加快了步伐。

从 1970 年年底到 1971 年“九一三”事件发生以前这段不长的时间里,三叉戟飞机马不停蹄地执行着一个又一个的专机任务,连节假日都很少休息。

其中，曾将重病中的原国务院副总理兼公安部部长谢富治送到广州，由其夫人保驾，当时，他只能靠轮椅行走了。华国锋还是湖南省第一书记的时候，曾接送他到中央开会。记得在那一次飞行中，我们还利用待命起飞空隙参观了湖南韶山的毛泽东故居。1971 年 8 月周总理乘坐民航的伊尔-18 飞机到广州欢送缅甸总理奈温回国的时候，三叉戟飞机上坐着周总理夫人邓颖超及王海容等部分外交官员同时到达广州。邓颖超让服务员将机组的名字写下来装在口袋里，到广州下飞机之前到驾驶舱向机组道谢的时候，还拍着自己的口袋说："你们的名字都在我这里记着呢！"那次周总理、王海容等人是冒着大雨欢送外宾离开广州的，王海容等人登上返回北京的三叉戟飞机的时候，衣服还是湿的。

在三叉戟飞机承担的专机任务中，乘机次数最多的还是江青。

江青既是毛泽东的夫人，又是"文化大革命"时期中央文革领导小组的主要领导者之一，位高权重，赫赫有名，所以，江青外出时乘坐专机的等级也是属一属二的。江青的身份特殊人人皆知，然而，江青乘坐飞机时的特殊需求却是鲜为人知的。

一、她不准飞机在地面滑行

一旦江青登上了飞机，除了起飞前的滑跑之外，是不准在地面滑行的，这是我执行专机任务中碰到的唯一奇怪要求。乘坐过飞机的人都知道飞机在起飞前有这样一个简单的过程：即乘机者经过检票后从候机大厅门口沿登机梯进入飞机客舱，飞行员启动发动机后从停机坪沿滑行道进入起飞跑道的一端，接着机组得到允许起飞的命令后，加大发动机的功率，飞机滑跑增速到一定程度，离地升空。

江青要求机组要么就立即起飞，要么就停在那里不动，所以，必须取消从登机到飞机进入跑道这段滑行的过程。其实，庞大的机身在平坦的滑行道上徐徐滑动起来，既平稳又舒适，无论坐在沙发上还是躺在床上，其舒适程度都不亚于高级轿车。尤其三叉戟飞机，三台发动机位于机身的尾部，人坐在密封的客舱里不会受到发动机声音的干扰，但不知是什么原因，江青竟如此讨厌滑行中的飞机。

既然这位特殊人物讨厌地面滑行，那么，专机的组织者、专机部队的领导为了满足江青的要求，就提前将飞机用汽车拖到起飞跑道的一端，对正起飞方向摆放在那里，登机梯也由候机室前的停机坪移动到跑道头的飞机旁边，准备飞机起飞的地勤人员也临时把跑道头当作停机坪在飞机周围忙碌着。由于江青的专机长时间摆放在跑道的一端，这样就完全打乱了机场的航空调度计划，一架飞机占着跑道，其他所有计划起飞和外来着陆的飞机一概免谈，停止一切飞行活动。

以潘景寅为机长的机组接到送江青从北京到海南岛的飞行任务，当天一大早，机组人员提前到达机场做飞行前的各种准备时，远远望去，看到银白色的三叉戟飞机早已停在跑道的南端，机头朝北，与跑道的方向一致。飞行员的职业习惯告诉我，跑道上的飞机不是起飞，便是正在落地，总带有运动的概念。然而，这架飞机却静静地占着跑道不动，给人一种很不正常的感觉。

当机组办完飞行手续赶到飞机旁边时，地勤人员已经忙了半天，一切准备就绪，只等江青到场。此刻，我不时地望望天空，尤其注意起飞和落地的方向，因为，飞行员长时间停留在跑道上总有一种不安全的感觉。当我意识到这种特殊的专机任务才带来如此特殊的安排时，那种不正常的感觉才逐渐消失。平时的飞行中，飞机落地之后必须迅速地脱离跑道，停在专用的停机坪上，随时为其他正在空中飞行的飞机腾空跑道，创造有利的降落条件，其中也包括空中遇到特殊情况必须马上要降落的飞机。

江青不允许飞机地面滑行的特殊要求，同样也适用于飞机落地之后。

飞机以每小时900多公里的飞行速度，经过3个多小时飞行，到达海南岛的陵水机场。北京起飞时，正是冬季的北国，寒风袭人，而海南岛却是春风送暖，另一番景象。为保持江青行踪的秘密，飞机接近海南岛时提前下降高度。高度越高，无线电波传播的距离越远。据说，美国的航空母舰就停在离海南岛不远的公海上，当时与美国还未建立外交关系，海南岛又属南海前沿，战备的气氛远比内地紧张，空军基地的战斗机也经常起飞巡逻。按江青不准地面滑行的要求，飞机落地后自然要停在跑道上。她的这个要求在北京是可以的，靠她的身份和权威，领导一声令下，机场暂时封闭。然而，在海南岛前沿，她的这个要求就不灵了。相反，也许正是她的到来，使那里的备战气氛更浓了。因此，飞机落地之后，机场指挥员通过无线电命令三叉戟飞机迅速脱离跑道，听口气是刻不容缓的，凭直觉就可以判断出有什么空中情况要发生。果不出所料，三叉戟飞机刚从跑道的另一端离开起飞位置，只见两架编队起飞离地的战斗机从专机尾部的上方呼啸而过。“好悬啊!”如果脱离跑道的动作再慢一点……可以断言，如果没有什么重要情况，基地指挥员是不会这样迫不及待地指挥飞机升空的。坐在专机里的江青或许不会知道当地指挥员为她的安全用心良苦。最后，飞机停在跑道的滑行道口，堵塞了从那个道口进出跑道的飞机通道。正常情况下，飞机应该停在专用的停机坪上，不能对机场战备与训练的飞机活动有任何影响。由于江青的特殊要求，不但起飞时要占着跑道，落地时也同样如此。

二、登机后不准立即起飞

江青坐飞机的第二个毛病是她登上飞机之后，要经过很长时间才允许起飞，同样，落地后在飞机上又要经过很长时间才下飞机。

正常的专机活动都是首长登上飞机后，登机的舷梯离开，飞机随即启动发动机并开始移动滑出，此时，地面欢送人群与机上人员挥手告别。落地后，飞机滑向候机室门前的大停机坪，停稳后关车。此时，地面欢迎人群目视机门，等首长走下舷梯。前后衔接连贯，一切按顺序进行，有条不紊，然而江青坐飞机时，一切都打乱了。

江青及其随从人员到达机场之后，车队径直朝跑道头的飞机开去。因为江青坐的是空军的专机，所以，空军司令吴法宪也要陪同前往。机组人员早在江青登上飞机之前已经各就各位、准备就绪，江青登机之后到下令起飞之前的长时间里，在飞机上都干些什么呢？只有江青的那些随从，如护士、卫士、炊事员等最清楚。据说，她在飞机上要完成各种动作之后，再躺在床上，等进入状态，快要睡着的时候才命令机组起飞。江青讨厌滑行，可是，飞机在起飞离地之前又必须在跑道上增速滑行，这是无法回避的起飞程序，所以，她就用起飞前的时间，尽量将自己的情绪调整好，以应付这既让她讨厌但又无法避免的地面滑跑。

飞机不起飞，地面送行的人员就不能离开，还得站在那里，可想而知，他们的焦急心理不亚于在飞机上等待的机组。

这种等待的场面同样出现在飞机落地之后。一次，从外地接江青回北京，飞机在机场由南向北落地之后，就自然停在跑道北端的道面上。飞机停稳关车之后，登机梯准确平稳地对准舱门停在那里。此时，机组通过驾驶舱的窗口看到张春桥、姚文元、王洪文等人已经等候在飞机的左侧。因为是冬季，他们都穿着大衣站在那里，寒冷的北风刮过空旷的机场，也毫不客气地吹向地面迎接江青的人们。这时的江青正在温暖的飞机客舱里进行下机前的梳洗整理，从起床到梳洗完毕对她来说当然是个较长的过程，每一个程序都不能少，短时间内是做不完的，这样一来只是苦了飞机下面等待迎接的人们。此刻，开车的司机们倒可以坐在自己的岗位上，免受寒风刺骨之苦，而那些头面人物却必须迎风站立，因为，舱门开处，江青随时都可能出来。这些人除了在这样特定的环境之外，绝不会在如此寒冷的天气里站这么久。我从驾驶舱看到他们跺脚搓手的样子，肯定是一方面埋怨天气太冷，另一方面希望飞机上那位大人物快点下来。江青不下飞机，其他随从人员也不能下飞机。

江青在飞机上经过充分的准备之后，终于礼节性地走到驾驶舱同机组人员握手道谢。说是握手，其实是她把手伸向你的面前碰一下而已，她握手的速度快得惊人，同梳洗整理相比相差太远。舱门开后，才是那经常看到的场面。

三、上海下大雪，机场不接收她也要去

江青坐飞机难以伺候，还表现在不顾天气条件，勉强机组去做没有安全保障的飞行。影响专机安全的因素，除了飞机本身故障和飞行员的技术条件之外，就是飞行员不能胜任的恶劣天气了。

有一次，江青由海南岛经广州到上海，专机在广州白云机场落地之后，由于上海正在下大雪，不能接收专机落地，这种现象对飞行员来说经常遇到。碰到这种现象，为了确保飞行安全，飞行员必须遵守飞行条令规定，等天气好转，符合飞行的技术条件，降落机场表示接收后方可起飞。此外，专机所在的机场调度室也不会放飞。然而，不愿意在广州过夜的江青说什么也要让机组把她送到上海。如此关系重大的决定，机长潘景寅是不敢做主的，为此，曾多次打电话到北京，甚至惊动了周总理。最后，为了她的安全，还是没有起飞。一波未平，一波又起。在广州过夜可以，但她所需要的衣服没有带在身边，为此，专门派一架伊尔-18飞机从北京把衣服空运到广州。

四、专车也要坐飞机

江青坐飞机的第三个毛病是她在北京坐的小轿车也要跟她一起飞到要去的地方，这样她下飞机之后就可以坐上跟在北京时一样的高级小轿车了。在这一点上，江青创造了专机服务的纪录。

何以能够人走车随呢？当时，专机部队有一架苏制安-12型飞机，这是一种货运飞机，一部卡车可以从飞机的后面开进机舱里去。这样江青的轿车及司机可以乘坐这架飞机先期到达目的地，江青的轿车同她一样都可以享受到专机的待遇。

这样的做法还引出了麻烦。当时青岛市最高级的轿车就是苏联的伏尔加了，而江青从北京空运过去的奔驰200在青岛街面一走，鹤立鸡群，格外显眼，马上引起了人们的注意。一天，江青到了青岛公园，没想到被人们认了出来，围观的人群曾多到使江青等人无法离开的程度，后来动用了部队才解了围。江青乘坐空军的飞机，空军司令员要亲自陪同，如果江青要到海军视察工作，不但陪同的人要穿上海军的服装，而且还要海军的司令员陪同。江青出行兴师动众，由此可见一斑。

江青乘坐飞机时还有哪些特殊要求，只有在她身边的人最清楚了。听随机的空中服务员说，一次飞行中，她看到江青的随身护士在飞机服务舱为江青准备咖啡时,直接把手指伸入咖啡杯里测试温度。当护士看到空中小姐那惊异的目光时毫不掩饰地解释说,江青对饮用咖啡的温度要求太严,热点凉点都不行,又不能用嘴试,只好用手指了,反正她也看不见。

第四节　我把三叉戟256号专机接回北京

三叉戟256号专机是4架三叉戟飞机中最后接回北京的一架。

1971年7月,正是盛夏酷暑难耐的季节,我奉命带领一个三叉戟机组到广州白云机场从巴基斯坦民航飞行员手里接回最后一架三叉戟飞机。当时空勤中队的5名飞行员中,能够担任机长单独执行任务的只有我一人,其他4名飞行员正在陈联炳副参谋长的组织指挥下进行着紧张的飞行训练。潘景寅是专机师的领导,除了重要专机任务之外,参加技术训练的飞行活动比较少,像接飞机这样的工作,一般情况下他是不会亲自出马的。所以,当他决定由我执行这次任务的时候,又很不放心地向我交代了许多注意事项,其中,涉及到交接试飞科目时,潘景寅说:"要同巴基斯坦的飞行员试飞一个高空的科目。"

"飞多高比较好?"我提出了试飞中的具体问题。

"12000米。看一看三叉戟飞机在12000米高度上的基本性能如何。"潘景寅向我规定了试飞的高度,还交代了其他飞行中应注意的事项。作为飞行驾驶员,我已经领会到潘景寅所指的基本飞行性能包含哪些具体内容。一名军事技术人员在接受上级任务的时候,同样表现出下级在命令面前的坚决与果断,属于自己在执行任务中通过主观能动性的发挥必须完成的工作内容,就不要在上级面前过多地提问与重复,这正是一个合格的军人在领受任务时应有的魄力与作风。

一同到广州进行飞机交接验收的还有一团的机务主任、三大队机务中队负责人与部分地勤人员。准备担任这架飞机的主管机械师李平也参加了交接,三叉戟飞机在特种设备方面的权威郜起良肯定也会在这种关键的时候出现。因为这不是一次普通的飞机检查,而是属于两个国家按照飞机交易协议的有关条款严格履行的重要程序,如果不能在交接中及时发现问题,一旦双方签字成交,飞机上发现的任何问题就要中国方面承担。为了克服在交接飞机过程中必然出现的语言障碍,空军司令部特意向专机师派出了几名专业英文翻译。

一架伊尔-18飞机满载着交接飞机的空地勤及工作人员,向着祖国南方大城市广州飞去。正如人们经常说的"运输机飞行员的腿长",经过3个多小时的空中飞行，飞机安全降落在广州白云机场。

白云机场对我来说一点都不陌生，不仅是因为一年前在这里改飞三叉戟飞机时住了3个月，而且，从学习驾驶伊尔-14飞机开始，执行任务时就经常到这里降落。可以说，专机师除了驾驶直升机的飞行员之外，几乎所有的空勤人员都不止一次到白云机场。

各专业技术部门的人员经过两天的忙碌之后，终于轮到空勤机组对飞机进行综合性的试飞了。试飞前，我与专业翻译官同巴基斯坦飞行员在一起研究了试飞方案，并向白云机场调度部门提前申请试飞空域位置和试飞高度，接收飞机的空勤组人员也分头对自己岗位分工中负责验收的内容进行准备。天空与地面的工作环境有着很大的差异，大气的温度、湿度、压力等与地面比较，差别很大，更重要的是只有飞机在高速运动的情况下检验各个系统的工作情况才是最可靠、最贴近实际的，所以地面检查的结果能否合格，就看空中实际试飞的结果如何。

炎热的夏季，如果说北京的太阳让人感到火烧火燎的话，广州的天气还平添了几分潮湿，使你感到有一种上不来气的闷热。晚上，睡觉前冲凉的时候，连凉水管出来的水都是热的。相比之下我倒很留恋北京树荫底下的凉爽。只有在台风从这里登陆的时候，风雨天气的到来才能压倒似火的骄阳，大气温度在短时间内比北京还要低些。

试飞是安排在上午进行的，南方的天气一过中午很难避开那雷声不断的浓积云的侵扰。机场调度室提前办理完试飞手续之后，在停机坪上三叉戟飞机的旁边，我把机组人员向巴基斯坦飞行员一一介绍。如果这次试飞成功的话，就是从购买三叉戟飞机以来，中国飞行员同巴基斯坦飞行员在同一架飞机上共同驾驶飞机的最后一个飞行日。我抬头看了一下就要属于中国的三叉戟飞机，机身的外部标志仍然是巴基斯坦民用航空的图案，“PIA”（巴基斯坦民用航空的缩写）的字样异常醒目。

进入驾驶舱后，我理所当然地坐在了正驾驶员的位置，这同国内正常任务飞行中机长在左座、副驾驶在右座的关系是不一样的。若论飞行驾驶技术，不到一年三叉戟飞机驾驶经验的我与巴方飞行员相比差得很远，只是因为肩负着试飞验收的重任，我必须坐在主驾驶的置位上，通过自己亲自操纵飞机，全面而真切地了解飞机的飞行驾驶性能，只有这样才能做到心中有数。离开北京时，我已经在上级领导面前接过此项任务，现在我就要履行自己的责任，这样做，不仅是向上级负责，向国家负责，也是向自己从事的专机事业负责。

为了尽快驱散座舱内闷热的空气，机械师李平开车后很快打开了客舱增压与空调,不久,凉爽的空气沿着位于头顶上的风嘴送入客舱。按要求,一般情况下客舱增压要在飞机完成起飞动作之后才能打开,因为客舱增压所需要的冷气是由发动机提供的,增压提前打开会消耗一定的发动机功率。不过,只要记住在起飞前暂时关闭机舱增压,起飞后再正常打开就可以了。高空飞行中,飞机客舱增压系统的工作情况是至关重要的。

试飞空域选择在机场北边,我操纵飞机向南偏西即210度的方向起飞后,右转弯通过机场上空向空域方向爬升。在飞行的过程中,巴方飞行员不停地向我介绍飞机的飞行情况,有时还用手边指着仪表边比画着,可以看出他很想让我知道什么。空军翻译官坐在我们两个中间,在外界相对气流的干扰下,很吃力地去听巴方飞行员说话的内容,然后再翻译给我。巴方飞行员那夹杂着地方方言的英语水平,让我们的专业翻译听起来感到很费劲。在学习三叉戟飞机理论的课堂上,我还能听懂一些经常用到的专业语句,然而,在空中面对这位飞行员,除了像“TAKEOFF”(起飞)、“LANDING”(落地)这样极简单的飞行用语之外,我似乎一句也没有听出来他在说些什么。空中现场翻译对这些专业翻译官来说是一件很艰苦的劳动,不像坐在教室里边讲课边翻译时那样轻松。飞机在空中运动,情况随时有变。飞机发动机的声音、气流的声音以及空地联络的声音混在一起,使飞机驾驶舱形成一个很特殊的工作环境,不习惯空中生活的翻译官既要承受飞机颠簸之苦,又要尽可能准确地进行现场翻译,确实是一件很辛苦的工作,那些在地面担任翻译工作的人员是无法体会到飞机驾驶舱中的翻译是何等滋味的。

巴基斯坦飞行员是典型的棕色人种,大个子,高鼻梁,深眼窝,这一点同白人很相似,黑红的脸庞与皮肤显示出飞行员的粗犷与豪爽,夏季飞行服遮不住身上浓黑的体毛,当他在空中急于向我讲解飞机的情况时,那长满黑毛的手臂不停地在我眼前挥舞。

我操纵飞机对正白云机场空域的方向继续上升高度,我回头看了一眼机组的同事们,他们都在自己的岗位上认真地工作着,从他们的眼神可以看出,飞机各系统运转中的任何一点异常,都不可能从他们锐利的目光中漏掉。从开始学习三叉戟飞机的地面理论至今,充其量不到一年的时间,专机师第一团就已经建立了三叉戟飞机的技术骨干队伍,依靠这支力量,在频繁的专机任务中,已经向前迈出了坚实的一步。三叉戟飞机作为我国最先进的运输机机种,率先在我国空军部队开始了它的专机生涯。担负着三叉戟空勤中队队长之职,我希望自己的中队,从一开始就像手中正在驾驶的飞机状态一样,向着一般运输机不曾达到的高度勇往直前,在空运专机战线上,做出更大的贡献。

由于巴基斯坦飞行员不懂地面指挥员的汉语，飞行中他索性把耳机挂在一边，这样一来，我必须头戴耳机与送话器，一边与地面指挥台联络，随时报告飞机的位置与飞行情况，一边还要操纵飞机，通过翻译同巴方飞行员交流着飞行中的问题。这大概是我飞行以来最忙乱的时候，当然，也是唯一同外国飞行员同机驾驶的机会。

广州夏天的上午，蓝天白云的晴朗天气是很少的，一朵朵淡积云擦身而过，凭空中飞行经验，有淡积云飘过的天气都是天气变化比较稳定的标志，我用视线扫了一下高度表，此时的高度为7000多英尺，即2000多米。航空气象知识不断在我的飞行实践中得到证实，这正是淡积云出现的高度。当飞机上升到7000~8000米的时候，那朵朵白云早已被我丢在飞机的下面，空中望去，好像是无数正在盛开的花朵，又好像草原上那一片片的羊群，在云隙间那广阔无垠的绿色大地映衬之下，构成了一幅美丽的画卷。8000~9000米的高空正是我平时远航时的飞行高度，可是，我现在的目标是12000米即42000英尺的高度。当穿过形如羽毛的卷云时，飞机的实际高度已经超过10000米，超过了平时飞行的高度。

飞机与人一样，在连续的登高中体力会越来越表现得力不从心。不同的是飞机作为一种航空器具，随着高度的不断增加，由于飞机发动机工作环境发生了变化，它的性能也会逐渐跟着变化。随着科技的发展，飞机已逐渐成为常用的交通工具，人们对航空知识的了解与日俱增。由于高空空气稀薄，空气压力与大气密度减小很多。说一句专业公式，随着高度的增加，大气压力按等比级数降低，大气温度成等差级数减小，高度每上升1000米，温度降低约6.5度。飞机发动机的功率因单位时间进气量的减少而减小，所以飞机在爬高的过程中可以用来机动的剩余马力也逐渐减少，在不同的高度层飞机表现出来功率减小的情况，就是飞机上升性能与高空性能的重要标志。在低空的时候，飞机的飞行速度是根据表速保持的，然而，在一定的高度上（通常在6000米以上）就要按马赫数飞行，马赫数的概念中就与音速有直接关系了。我们平时说的超音速飞行，衡量其大小的概念就是马赫数。

但是，飞机在高空的飞行中，还带来了其他方面的优越性。空气稀薄虽然使飞机的功率减小，但却也同时减小了飞机前进的阻力，使飞机相对于地面的实际飞行速度增加了。飞机发动机功率的减小，也意味着单位时间内发动机消耗油量的减少。可见，飞行速度的增加与油料消耗的减少都是飞机航行中衡量经济指标的重要方面，也是飞机设计师们刻意追求的目标之一，这就是高空飞行为什么既省油又飞得快的原因。12000米的飞行中我从不同相关仪表的指示数据上认真判断与分析着飞机的基本性能，并在自己的脑子里记下了这些实际飞行数据。

我抬头观察天空，惊奇地发现蓝天的颜色竟发生了与平时不同的变化。平时在晴朗的日子里，从地面仰视天空是蔚蓝色的，像海洋一样平和，再说，在平时经常飞行的高度上，也没有注意到蓝天的变化。可是，在12000米高空看到的蓝天却是一种深蓝，不仅失去了蓝色的清亮，而且，在深蓝中透着一种黑色，给人一种恐怖的感觉。这使我想到从宇宙飞船上看地球，就像从地球上观察月亮一样。原来只有物体才能反射光线，透明的空气是不反光的。看来宇宙飞行员非常了不起，我现在离地球只有12公里，与数百公里高的宇宙飞船相比，真是天壤之别了。

试飞中，我特意让机械师李平留心发动机各系统的工作情况，我看到李平正在把机械仪表版上的数据记在一个小本子上，因为，飞机与发动机部分的各个系统有着很多的仪表，只靠脑子的记忆是不行的，只有把这些实际飞行数据带回地面，才能在对数据进行综合分析之后得出正确的结论。

高空飞行中客舱增压系统的工作情况是非常重要的。乘坐过飞机的人都知道，在长时间的飞行中，人们的吃饭、睡觉等活动，一切都感到自然舒适，但是很少有人真正知道，在飞机的外面却是另一番景象，不但高空大气温度低得难以想象，而且，大气密度也低到没有足够的氧气来维持正常人的生命，人们更不能在那样低的大气压力下存活。客舱增压装置却能消除这些差别，使乘机者感到与地面基本一样。人在飞行中就像坐在一个特定的增压舱中，增压系统始终使客舱保持一定的空气压力与密度。飞机在10000米高空飞行的时候，客舱内的空气压力与密度和2200米高度相当，这样，就像从上海出差到昆明一样，没有什么明显的感觉。但是，飞机在高空飞行中，客舱内外的压力差确是很惊人的，在1平方厘米的面积上就有多半个大气压力，一个大气压力是一公斤，这样，在客舱内一个普通的玻璃窗上，都要承受数百公斤甚至上千公斤向外的压力。可想而知，在此情况下，如果飞机因某种原因受到创伤，客舱内如此强大的压力就会将飞机撕得粉碎。飞行高度越低，客舱内外压力差就越小。当然，在低于一定的安全高度上，将客舱释压，使内外压力平衡，就不会存在因客舱增压而带来的问题——了解这一点对分析林彪专机叛逃为什么要保持3000米的飞行高度是很有帮助的。

特设师郜起良聚精会神地观察着包括雷达、仪表、电器、无线电在内的所有特种设备的工作情况。飞机越先进，特种设备就越复杂。交接飞机中，负责特种设备验收的郜起良肩负着重要的责任，只见他在空中前后舱跑来跑去，为检查每个设备的空中运行情况而忙碌着。

由于高空空气稀薄，气压减小，使飞机的空气动力性能发生了很大的变化。反映在驾驶杆、方向舵的操纵力度上，与低空比较，有着明显的差别，操纵起来有一种轻飘飘的感觉，这是低于音速的飞机在高、低空操纵性能方面的正常现象，这使我想到潘景寅让我进行12000米高空试飞的决定是很正确的。飞行员在不断的飞行实践中，只有“亲口尝一尝梨子，才能知道梨子的滋味”，飞行经验就是在不断的飞行实践中逐渐积累起来的，在航空学校学到的航空理论只有同飞行实践结合起来才能成为指导飞行实践的理论，对此我深有体会。

经过近一个小时的高空试飞，试飞项目基本完成，空中征得机组各个岗位人员的同意，并通过翻译官告诉巴基斯坦飞行员准备结束试飞，通过超短波电台报告地面指挥员返航着陆。在12000米的高度上我开始收小油门，此时，飞机自然低头转入下滑状态，飞行员前面升降速度表上的指针随即指向每秒十几米的下降速率进入下降飞行，与此同时，飞机高度表的指示也从40000英尺急剧下降，这种大动作量的降低飞行高度，也只有在数千米的高空才能大胆地进行，在低空这样处理高度是不安全的。巴方飞行员看到我的动作也点头表示满意，如果让他操纵飞机的话也会这样做的。

看来，飞行技术没有国界，如果在这样的高度上采取平稳的下降方法会浪费许多时间。飞机上升高度的快慢，取决于飞机发动机剩余马力的大小，是不能随飞行员的意志转移的，然而，飞机下降高度的快慢，在一定的范围内却是由飞行员决定的。

飞机很快穿出淡积云层，在完全能见的天气条件下顺利着陆。下飞机后，机组与巴基斯坦飞行员都为这次满意的试飞感到高兴，并对空军翻译官在试飞中付出的辛苦表示感谢。

第二天，团机务主任代表飞机接收小组对接收飞机的情况进行了全面总结，然后，全部登上已属于我国自己的飞机，由我驾驶，在轰鸣的发动机声中告别广州白云机场，满载着一团接收飞机小组的收获与欢笑，飞往祖国首都北京。

没有多久，这架标有巴基斯坦民航标志的三叉戟飞机，在专机师修理厂能工巧匠的精心绘制下，摇身一变，成了一架崭新的中国民航256号专机，以它非凡的面貌准备加入到重要专机的行列，在中国空军专机飞行员的驾驭下，就要展示它特有的风采。

第五节　林彪专机客舱的精心改装

最后一架三叉戟飞机从广州巴基斯坦飞行员手里接回北京之后，首先对飞机进行的工作，就是对飞机的外表及客舱内部进行改造。飞机外表的改造是按照专机师统一的格式进行的，除了4架三叉戟飞机完全一样外，其他主要外部特征也要与其他飞机一样。而客舱内部的改造，飞机与飞机之间就有着很大的差别。

所谓“专机”，实际上是一个比较模糊的概念。对专机部队来说，它的主要职责就是执行专机任务，但是，也有许多空运飞行是不属于专机性质的。对一架飞机而言，人们都习惯叫它专机，可是，有时候被派遣执行的不全是专机任务，所以，名副其实的“专机”应该是飞机设备较好、客舱改装讲究的飞机，除了执行上等级的专机任务之外，一般不会当作他用。“专机”，顾名思义，似乎是指飞机而言，其实，专机概念的形成往往是同乘坐飞机者的身份紧密联系在一起的，所以，专机等级的划分也由此而定。专机视任务性质而定，也有非常特殊的时候。例如，我国在进行原子武器的研究过程中，空中核实验装置就得利用飞机从空中投放，这架经过专门改装成能装载并能投放原子弹的飞机，就是一架非常特殊又非常重要的专机，只要它在空中飞行，任何空中活动的飞机，甚至包括专机，都要退避三舍。

在专机飞行员的心目中，专机的概念就变得更具体了。他们会将飞机与乘坐飞机者两种因素很自然地结合在一起，使专机的含义更加确切。在执行专机任务的过程中，飞行员会根据对空指挥、地面保证等因素判断专机的等级，就像人们根据马路上便衣警察、交通警察的多少能判断有大人物的车队出现一样，更可以轻而易举地从乘机者的身份、地位直接知道什么是一般专机，什么是重要专机，有时候还要分出重要专机，一、二等专机与一般专机。所以，当飞行员看到排列在机场停机坪那一排排飞机的时候，从飞机的尾号上很容易区分哪些是专机，哪些是客机。对4架三叉戟来说，一团的飞行员都知道，250号与252号是客机，而254号与256号就是专机了。这里说的专机，都是对客舱经过特殊改装后的飞机，而没有经过特意装修的飞机，客舱里一般都是一排排的座位，这样，所谓“专机”的概念就变得简单了。

专机同专列一样，从它的外表看去，与它们的同类没有什么区别，硬件都是相同的。属于同一类型的飞机，其基本性能也是一样的，但软件的差别就不同了。

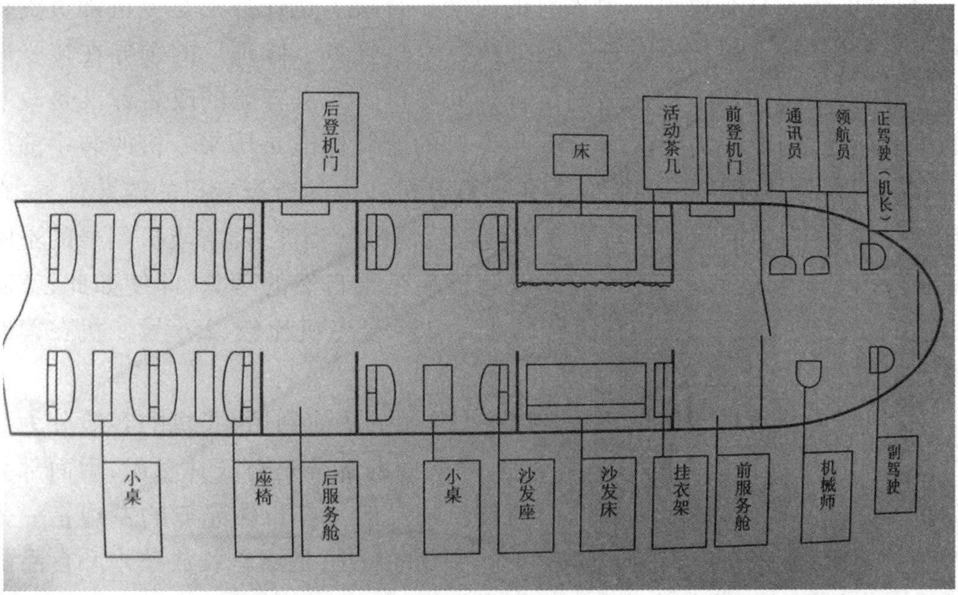

256 号专机的客舱布局平面图

1980 年以前，中国民航总局归空军领导，民航总局局长一般由空军副司令员兼任，民航的飞行业务也归空军航行局领导，北京地区的空中管制由军委空司统一调配。那时，空军专机部队与民航有着千丝万缕的联系，不但使用飞机的机型是一样的，而且，连飞机外表的标志也完全相同。所以，最后一架三叉戟飞机的改装，同样要穿上“中国民航”的衣服。与民用航空的班机相比，从外表上看没有什么区别。

负责对飞机进行改装工作的部门是专机师的修理厂。虽然，师里的修理厂从其规模、设备及技术力量来说，还不能担任大飞机整机的翻修任务，但是，在我国航空工业比较落后的当时，作为一个专机师的后勤机务保证部门，在白手起家的基础上，为保证专机飞行任务的安全，已经立下了汗马功劳。修理厂的同志们虽然不像飞行大队的地勤人员那样日夜坚守在维护飞机的第一线，但他们凭借手中那些落后的机械床具和在艰苦的劳动中学到的技术，已经成为专机师庞大地勤队伍的坚强后盾。凡是在飞机维护第一线不能解决的困难，他们都要承接下来，想方设法也要满足一线的要求，始终把专机任务放在压倒一切的地位。在对 256 号专机的改装工作中，他们再一次表现出顽强的战斗精神。现在用这样的词句听起来似乎有点做作，但是，在“文革”时代，对于广大的基本群众来说，不仅嘴上是这样讲的，在实际工作中也是这样做的。

修理厂领导接受 256 号专机的改装任务时间是 1971 年的 8 月份，离“九一三”事件的爆发只有短短一个多月的时间。直接下达任务的是专机师负责行政工作的副师长，师长当时正在国外执行专机任务。修理厂的领导在接受改装任务时，并没有具体交代是哪位首长的专机。专机客舱的改装标准是改装的中心话题，修理厂领导认为，256 号专机的改装标准是历来专机改装中前所未有的。因为，修理厂一直担任着包括直升机在内的所有专机的改装任务，在互相比较之中，他们最了解每架专机的改装情况。当然，随着飞机型号的不断更新及改装材料的改革，不断提高改装标准是很自然的现象，即使如此，就新引进的三叉戟飞机来说，与江青经常坐的 254 号专机比较，256 号专机在客舱设计标准与风格上也有很大的改进。

256 号专机客舱改装的设计要求是这样的：从前到后，飞机的客舱分为三个部分。前后登机门之间分为两个舱，靠前面的部分是首长休息舱，后面部分为首长办公的地方，从登机门往后为首长随员舱。首长休息舱的左边是一张特制的大床，大床靠机头的方向有一个活动的茶几，是给首长放茶水和食品的地方。在飞机的右边与大床相对应的位置是一张两用的长沙发，又叫沙发床，与大床有着同样的长度。在沙发床靠飞机的前方设置一个衣服架，这样，首长一人或夫妇两个人在这里休息是绰绰有余的。在首长办公舱内共有四对单人沙发及两个办公桌很对称地分布在客舱中间通道的两边，每张桌子的两边可以对坐 4 人，每张桌子的上边都有一个可以调节亮度的台灯。两舱中间被完全隔开，只有舱门把前后连接起来。在后登机门的后面是第三客舱，这个舱相对较大，布局情况与首长办公舱近似，不同的是把两人沙发改为 3 人的座椅，即每张桌子的两边可以对坐 6 人，这一点在其他专机上是没有的，其他专机的随从人员舱里全是一排排的座位。此外，在改装设计时，还对专机舱整体布局的颜色及四周环境装饰等提出了专门的要求。

面对 256 号专机改装中的一项特殊要求，修理厂的领导们为此费尽周折。这项特殊要求就是，在首长睡床的四周不能有任何风吹的感觉。飞机客舱与地面住房完全不同，飞机再大，其客舱都是一个整体，尽管客舱里面可以分成许多小间，但是，它不能将飞机上各种属于系统工作的连接分割开来，客舱通风就是其中的一项。不仅要求使客舱保持一定的大气压力、温度与湿度，而且要使客舱的空气与外界不停地进行交换。坐过飞机的人都知道，来自头顶上的气嘴，能为人们带来许多方便，客舱内的冬暖夏凉就是通过不断流动的空气调整的。所以，仅仅在睡床的周围弄一个与流动空气隔绝的设备是一件很困难事情，既不能将大床单独密封在一个与客舱隔绝的天地里，又要使客舱流动的空气在大床附近静止下来，这的确是修理厂领导们遇到的前所未有的大难题。凡是了解林彪生活特点的人都知道，林彪既怕水又怕风，甚至连流水的声音都不能听到，这一点对没有直接执行过林彪专机任务的广大空地勤人员来说还是个谜。修理厂专机改装小组人员关心更多的是如何根据师领导的要求，按质按时完成改装任务，这也是专机部队长时间养成的习惯，不去打听与自己无关的事情。

修理厂的领导及专机改装人员，为了筹措有关的改装设备及必要的器材，紧锣密鼓地工作，花费了近一个月的时间。飞机客舱改装不同于家庭及机关办公室的装修，飞机上的地方是有限的，而且，受到飞机上各种复杂设备的制约，允许变化机动的范围很小。此外，放在办公室里的东西一般不需要固定，可是，放在飞机上的家具，哪怕是一张小桌子，都必须与飞机牢固地在一起，更不要说那些笨重的床位及沙发了。因为飞机在空中遇到的情况难以预料，除了在特殊情况下人为操纵飞机会引起一定的负荷，迫使客舱物品移动之外，有时会因空中气象变化给飞机带来各种不同程度的颠簸，在许多情况下都是人们始料不及的。日本国际航班曾发生过一起在严重的下降气流中客舱人员被突然抛向客舱顶部撞击而死的惨剧，在这次意外事故中，客舱里凡是用安全带把自己固定在座椅上的乘客都没有被抛起，安然无恙。可想而知，在 20 世纪 70 年代初，室内装修市场还没有兴起的时候，修理厂的人们已经自己设计并准备出几十套型号各异大小不同而且能够和飞机相固定的床位及沙发，其难度和工作量在专机改装的历史上都是空前绝后的。

专机客舱设备完成之后，于 9 月初正式动工改装。从接手到改装任务开始，修理厂的领导与改装小组的人员就没有休息过，改装正式动工之后，就更没有时间休息了。由于修理厂还没有能够装下整架飞机的厂房，256 号专机的改装过程只能露天进行。在飞机上装修要求是非常严格的，不但工作质量一丝不苟，保证装修安全更是不能有丝毫的马虎。

为了满足大床附近感觉没有气流经过的特殊要求，改装小组的人们绞尽了脑汁，在大床靠近舱壁的地方加装了许多特殊的密封条，以防止客舱中循环的增压空气沿着可能存在的缝隙流向床位。除此以外，在大床靠近客舱中间走道的一侧，考虑到飞机服务员来回走动时，有可能把微弱的流动空气带到床上，修理厂的同志们还特意在大床与走道之间安装了一道可以拉动的隔帘，将隔帘拉上之后，大床一边就像是一个单独的房间，除了上部与整架飞机的客舱相通之外，应该说再不会有流动的空气直接吹到床上。

经过近 10 天的连续奋战，修理厂的领导及装修小组的人们，终于完成了 256 号专机的改装任务。256 号专机从客舱到外表以崭新的面貌出现在停机坪上，在西郊机场的专机行列中，又增添了一名新成员。修理厂为专机改装付出辛苦的指战员们，望着通过他们亲手描绘而出现在三叉戟停机坪的第四架姊妹机，心里有一种说不出的愉快，一个多月来连续工作的疲惫，也被256号专机那光彩夺目的雄姿冲得烟消云散了。当他们想到256号专机从今以后就要担任许多重要专机任务飞翔在万里云天，其中也有自己的一份参与时，感到由衷的骄傲与自豪。

修理厂的领导评价256号专机的改装成果时，深有感触地认为，经他们亲手改装过的许多专机中，256号专机的改装创造了三个第一：使用的装备材料第一，改装的水平第一，投入的人力与规模第一。

256号专机还将有一个第一，是修理厂及所有专机师的人们都没有想到的，那就是256号专机作为一架最好的专机，它的寿命之短也将是惊人的第一。从我带领中队机组人员把它从巴基斯坦人手里接回北京开始，专机师领导决定把它当作专机，并进行改头换面甚至脱胎换骨的改造，到9月13日凌晨坠毁在蒙古国温都尔汗结束，前后不到百天的时间。这架原是巴航的飞机，被改为中国民航256号专机之后，还没有开始它辉煌的专机生涯，就在襁褓中夭折了。

第六节　林彪专机改装后的试飞

专机师修理厂对256号专机的内外改装全部完成之后，我给专机师副政委潘景寅当副驾驶，对飞机全面改装后的情况进行带有鉴定性的试飞。

根据飞行条令的规定，飞机每完成较大的机务改装和机械维修，都要做一次空中的实际飞行，进一步检验有关部位空中工作运行的情况，通常把这种飞行叫作“试飞”。

实际上这次试飞所检验的科目不仅仅是客舱内外改装后的情况，更重要的是在客舱改装的同时更换过的所有硬件的工作情况。虽然修理厂的同志们为客舱内外的改装付出很大的辛劳，但是，它并不属于飞机的主要硬件。256号专机之所以被当作重要专机，除了对客舱进行特殊装修，为首长提供一个舒适的空中生活与工作环境之外，保证专机安全的关键措施还在于飞机的硬件，例如飞机发动机、特种设备、操纵系统及其他关键设备等，都应该是同类飞机中最好的。

256号专机从广州接回北京之后，在主要硬件中都做了哪些具体更换，至今已无法弄清了，因为，飞机上的主要部位很多，地勤各个行业、各个岗位分工又非常详细,很难知道硬件的具体更换情况。但有一点是可以肯定的,在三叉戟的4架姊妹机中,飞机发动机及各种特种设备的零件供应,256号专机处在优先地位。与其对等的还有任务飞行中最好的机组及航线飞行、起飞落地中的最好的空地勤保证等,就连空中服务用品,除了有针对性之外,也非同寻常。

在256号专机的全面改装中,有一点需要特别指出的是,在三叉戟飞机原来仪表设备的基础上,增加了一块仪表,叫作"无线电高度表",这块高度表安装在正驾驶仪表版的左下方。因为,三叉戟飞机上没有类似的设备,而苏制的伊尔-18飞机上都有一块无线电高度表。在伊尔-18飞机上已经对这块仪表比较熟悉的飞行员与领航员,很希望在三叉戟飞机上能同样有这样的设备。无线电高度表的工作原理是这样的:从飞机上垂直向地面发射一束无线电波,然后,根据飞机上接到无线电波反射回来的时间差,计算出飞机离地面的距离,也就是飞机的实际高度(无线电波传播的速度是固定的)。这块表指示的最大高度为1200米,在1200米以下表上有比较详细的刻度。在复杂天气,飞行员利用盲降系统进行穿云降落时,在较低的高度上,领航员习惯从无线电高度表上读取飞机的真实高度。此时的气压高度表上,出现10~20米的误差是经常的现象,所以,落地中飞行员从领航员那里听到的高度数据是比较真实可信的,在飞行员操纵飞机落地的过程中,领航员甚至可将高度报告到零米。但是,无线电高度表有一个最大的缺点,就是在飞机状态不够稳定的情况下,其指示的误差很大,甚至达到让人不能相信的程度。这是因为当飞机带有倾斜的时候,发射出去的无线电波就不能与地面保持垂直,是斜向一边的,而且,倾斜的角度越大,高度表指示的误差就越大,这样所测量的高度就没有任何准确度了。因此,无线电高度表所指示的数据对机组只是起到参考作用,只有经验丰富的领航员与飞行员才能根据飞机的状态及指针摆动的情况,读出接近正确的飞机高度。

因为,英制三叉戟飞机上没有这样的设备,当然就找不到类似的备用零件,只好从伊尔-18飞机的备用仪表中弄来,装到三叉戟飞机上。不仅256号专机上加装了这样的仪表,其他3架三叉戟飞机上同样加装了这块表。这块表的牌号为:PB-YM,内行一看牌号就知道是苏联制造。

在这里重点提到这块无线电高度表的原因是,256号专机坠毁之后,蒙古人从飞机残骸中找到了这块表,并认出是苏联的产品,认为英制三叉戟上特意装上苏联的设备,并由此引出另一个话题——这是后话。

256号专机的试飞是在离北京数十公里的官厅水库上空进行的。改装后的试飞科目与普通训练或任务飞行不同,一般都在规定地点、高度不低于1500米的上空做机动飞行。官厅水库是专机师完成试飞科目经常选定的地点，一来，官厅水库是一个明显的空域地标，在天气晴朗时便于在飞行中保持飞机的空域位置；二来，那里的飞机活动比较少，有利于做试飞中的机动飞行。在北京这样的大城市，市区上空属于空中禁区，选择空域位置是比较困难的。

按照预定的试飞计划，机组各个岗位对自己分管的部位在空中进行了认真的观察，确认没有什么问题之后，经过机长潘景寅的同意，我向地面调度指挥部门请示返航。经过40分钟的试飞，为256号专机紧张有序的专机改装工作画上了一个圆满的句号。当256号专机从空域返回地面，重新停放在三叉戟停机坪的时候，就意味着一架崭新的三叉戟专机已处在良好的专机待命状态，随时准备迎接重要专机任务的来临。

使我不能忘记的另一件事情是，当飞机试飞完毕后，正好遇到我所在航校的教员们利用到北京开会的机会，顺便参观三叉戟飞机，在国产“初教-6”飞机上带飞我的王教员也在其中。航校教员在此，如同过去拜师学艺的徒弟见到了师傅，除了同志关系之外，总是带着几分敬意。由于事隔多年，航校教员也更换了许多，有些已经认不出来了，但是，手把手教自己飞行的老师说什么也不会忘记，其实，从年龄上看，教员只是比自己大两岁而已。我首先把专机师副政委潘景寅介绍给前来参观飞机的教员们，当他知道参观飞机的人们就是我航校的飞行教员时，表现得很热情。因为同是飞行员，都知道在航校学习飞行驾驶技术的过程中，教员所付出的辛苦是很多的，也是令人敬佩的。

参观中，我理所当然成为教员们的解说员。从飞机的外部到驾驶舱、客舱，我尽自己所知向教员们做了介绍，因为三叉戟飞机当时还算是运输飞机中的佼佼者，解说中我有意将飞行性能、驾驶舱先进设备等方面的情况说得更突出一些，言谈话语中我似乎也产生了那种“青出于蓝而胜于蓝”的优越感。比较熟悉的教员同我开玩笑说：“你现在是今非昔比，鸟枪换炮了！”夸耀之中透着一种羡慕。航校教员之所以伟大，就在于他们把自己全部的心血倾注在为国防建设培养人才的岗位上。我的教员还向别的教员介绍我在航校学习飞行时的情况，言外之意可以看出教员也为有我这样一位能首先驾驶先进大

专机师副政委潘景寅

飞机的学生感到骄傲，这大概就是普天下的老师们共有的“桃李满天下”的心理满足与享受。

从那时与教员分别之后，由于“九一三”事件的爆发，很多年没有同教员联系上。航校教员见到我时，离“九一三”事件的爆发只有几天的时间了，当他们后来知道林彪专机组中就有那天见到的我和潘景寅时，教员们会怎样想呢？我的航校教员还能为他有我这么一位学生而感到骄傲吗？“九一三”事件之后，在那段非常的日子里，我很想知道航校教员们的想法。

第七节　9月7日我送林立衡、张宁到山海关

我飞专机以来，以飞行训练的名义不知执行过多少次任务，唯有“九一三”事件之前9月7日的这次飞行给我留下的印象最为深刻。因为，这是一次不同寻常的飞行，一次影响到自己大半生命运的飞行，一次“九一三”事件爆发前的飞行，一次对我来说结束飞行生涯的最后飞行，因为这次飞行与几天之后的“九一三”事件中的飞行有着密不可分的联系。

所谓“以训练的名义”，顾名思义，就是名为“训练”，实为“任务”。由于乘坐飞机者的身份、职务、地位等还达不到派遣专机的水平，可是，由于种种原因，又必须乘坐飞机的话，就以飞行训练为由，向上级、向有关航行调度部门申请一条乘机者要去的航线，达到真正执行任务的目的。因为，训练飞行在专机师多如牛毛，平常而又平常。所以，打着训练的旗号有利于保密，不会引起有关部门的注意。

运输飞机的转场飞行就是对飞行员、领航员、通信员等进行空中航行和外地机场降落技术训练的一种综合科目，其中所选择的航线和机场，都是和训练目的紧密结合的。飞机上除了参加训练的机组人员之外，没有其他乘坐飞机的人。训练航线最大的特点就是第一段航线长，而后，从第二段航线开始，增加降落的次数，所到降落机场各方面的特点都带着明显的训练目的。如果是以执行任务为目的的训练飞行，其实施过程同专机任务是完全一样的，对此，习以为常的机组人员已司空见惯，只是大家都心照不宣罢了。对机组而言，无论是纯粹的训练飞行或是以训练名义的任务飞行，都要认真准备，认真实施。保证飞行的质量与安全是对飞行人员的基本要求，也是空勤人员从当飞行员那一天开始在头脑中就严格遵守的信条。

1971年9月6日，我和三叉戟飞机中队的同事，接受了第二天准备由北京飞往山海关的训练任务。下达任务的程序是由我的直接上级领导进行的，与

平时接受训练飞行的程序没有什么两样。此外,航线的申请、机组人员的报批等工作也是按部就班进行的,除此,再也没有哪位团的领导就训练飞行本身及其他问题向我或机组进行具体交代。一般地说,如果是普通任务的话,领导总要简单交代一下,例如,带不带空中服务员,任务中需要注意的事项等。

任务下达之后,我带领机组按训练的要求进行了各方面的准备。三叉戟飞机引进时间较短,在短短一年的时间里,执行了许多专机任务。机组其他岗位上的人员也都是由中队内部的同志组成的。凭多年的经验,如果乘机者的身份不同寻常的话,机长多由大队或飞行团的领导担任。当时,飞行大队的领导对三叉戟飞机的改装还没有完成,这说明第二天的北京山海关之行,的确是一次一般任务加训练的飞行。

事物内部的发展往往是人们所无法预料的,尤其是像这样一次被所有当事者认为的最为普通的飞行,对我这个三叉戟飞机的中队长来说,倒成了绝非寻常的一次训练飞行。

9 月份的北京已是秋高气爽的季节。9 月 7 日的早晨,准备到食堂吃早饭的路上,飞行员的职业习惯使我抬头向机场方向的天空进行了仔细的观察,蔚蓝的天空挂着淡淡的白云,说明是个适合飞行的好天气。我想,山海关离北京只有 300 公里之遥,在气象上应该同属一片蓝天,客观的有利条件无形之中使我增加了完成飞行训练任务的信心。

当我带领机组按规定提前一小时到达机场,首先到调度室、气象台办理飞行手续、了解航路气象资料的时候,发现我将驾驶的 252 号飞机已经停放在机场候机室门前的大停机坪上。因为,调度室和气象台就在候机室的楼上,这一发现使我和机组的同志们共同意识到这又是一次带着任务性质的训练飞行。

一般情况下,飞行训练时,机组人员办完飞行手续后,直接到机场跑道西侧的飞机停机坪登机,并从那里启动发动机,滑入跑道起飞。但任务飞行就不同了,由于乘机者到达机场后,要在机场候机室休息,又由于乘机者登机时要使用宽敞舒适的登机梯,而这些条件都是飞机原停机坪所不具备的。因此,飞机起飞前,要用汽车把飞机拖放到跑道东侧候机室前面的专用停机坪上,这样,既便于随机服务用品的装卸,又便于乘客登机时地面送行人员的活动。

当我和机组的同事走近飞机时,大的登机梯已对正机门停放在那里。不用问,这样的安排都是我的上级即专机师负责任务飞行的部门做好的,具体从事这项工作的部门又是按哪位领导的指示这样做的就不知道了。机组中谁也不想弄清这一点,多年执行专机任务养成的保密习惯使我们懒于过问这样的问题,因为,它同飞行训练的本身没有多大的关系,按预先准备的航线,按正常飞行程序实施，保证飞行安全是最要紧的。再说，军人以服从命令为天职，不能问和飞行业务无关的问题，即使有那么一点好奇心，作为机组的机长，一个对这次飞行安全负有全部责任的飞行员，保证飞行安全方面的心理压力已经大大冲淡了这点好奇。说实在的，做一名专机飞行员，从来没有把影响飞行安全的因素同乘坐飞机的人联系起来考虑过，因为乘机者都是首长，都是政治上绝对可靠的领导者或从事重要工作的国家干部。

其实，从这个时候开始，本次训练已经是按照任务的程序进行了。既然是任务飞行，起飞时间就无法按计划执行，往往都是按乘机者到机场的早晚和他们的意愿决定的，其他许多训练飞行中的程序也要因此被打乱。

按正常的飞行前检查程序对飞机外表各有关部位进行检查之后，机组与飞机就已经都处在起飞前的待命状态。约一小时后，发现几个穿着军衣的人来到飞机旁边，其中多数是女军人，看样子是乘坐飞机者。因为到起飞前为止，还没有哪位领导具体告诉我乘机者是什么人。此时，我同机组的人登上飞机进入驾驶舱各就各位，做开车前的各项准备工作，按正常情况，此时只要听到机械员“人已到齐，舱门关好”的通知后，我就可以通过活动窗口给地面手势并下令“开车”，因为机械员的岗位就在后面，负责乘客到齐后关闭登机舱门的工作。我就要启动，又被告知“等一等”，原来，乘机者中有人提出忘记带了什么东西。此时，我已经坐在驾驶舱机长的位置上，通过左前方的活动窗口，看到有几位女军人已下了飞机。在她们中间，我发现有一个熟悉的面孔，但不记得是在什么地方见过。少顷，听到飞机下面的人议论说，那个女军人就是林立衡，即林豆豆，中等个子，面目清秀，不足30岁的样子。得知这一信息使我联想到几个方面的问题：这次飞行名为训练实为任务，原来是送林彪女儿去山海关（北戴河），林立衡是空军报社的负责人，曾在专机师蹲点，不少专机师的人都认识她，看来是由于她的特殊身份决定了我这次飞行的性质；再一方面，部队的老飞行员都知道，每年的国庆节前，林彪大都在秦皇岛的北戴河休养，在此期间经常有飞机来往于北京和山海关之间。庆祝国庆节需要林彪公开露面，才由专机师派出林彪经常乘坐的专机英制“子爵”号飞机专程接他回北京。此时此刻，林立衡乘三叉戟飞机去山海关，按常人的理解，女儿到父亲那里去是很自然的事情。

对于时间观念较强的飞行员来说，不能按时起飞的等待心理是可以理解的。由于是带任务性质的等待，当然，一切只有服从于任务的需要。听说是为了一双皮鞋忘记带在身边，已经派小车回去取了，别的书上说回去拿的东西是字典。

40分钟之后东西取回，机组重返机舱开车滑出，经机场指挥塔台同意后，飞机进入跑道，我目视前方，右手一把握着三台发动机的油门向前方推去，在雷鸣般的发动机声中，三叉戟252号飞机像离弦的箭直刺蓝天，在颐和园万寿山上空右转弯，在高度不断地上升中，消失在北京市以东的天空中。

对于空中时速达900多公里的三叉戟飞机而言，到300公里之外的山海关，可谓近在咫尺。我虽然也是老飞行员了，但山海关机场我还是头一次降落。对于首次落地的机场，飞行员都格外留心机场的有关资料，例如，机场周围的地形特点及静空条件，机场与大城市的关系位置，跑道本身的长度、宽度及道面的平坦情况等。

空中很快就与山海关机场进行了联络，按预计到达时间和地面的指挥，我操纵飞机保持平稳的下降状态，以1000米的相对高度进入山海关机场的空域范围。由于天气很好，晴空万里，空中视线开阔，离机场很远就发现了跑道的位置，一切飞行动作都有条不紊地进行着。我和机组人员也为今天的顺利飞行感到心情舒畅，虽不像作家、诗人在小说中写的那样，在蓝天白云中自由飘荡的轻松与浪漫，但也有几分翱翔长空的豪情。

山海关机场位于秦皇岛市东北不远的海岸线上，跑道呈东北西南方向，与海岸线方向大致平行，人工浇注成的笔直水泥跑道与大自然造就的自然弯曲的海岸形成鲜明的对比，蓝色的海洋与灰褐色的陆地构成自然壮丽的景观，著名疗养圣地北戴河就在机场西南方约40公里的地方。我操纵飞机在跑道的南侧做了一个右航线，此刻，俯瞰机场全貌，一切尽收眼底。在空中，山海关机场及其周围的环境给我留下了很美的印象。

我操纵飞机对正跑道的东北方向徐徐降低高度，当飞机接地后开始在道面上滑行时，明显地感到机场道面的不平，滑行中飞机产生的颠簸使我本能地将驾驶杆向后带了一下，这样可以减轻飞机前轮对地面的压力，使驾驶舱仪表盘的震荡尽可能地小一些。道面的不平，使我进一步联想到在这样的道面上降落，一定要尽可能减少飞机的落地重量，尤其对于大型运输机，更要注意做到这一点，落地时飞机上多带1吨油，飞机就会增加1000公斤的惯性力，就像骑自行车一样，谁也不愿意带着很重的东西在不平的马路上快速行驶。

落地后，将飞机停在跑道西北侧候机室前面的停机坪上，关车后，林立衡一行乘车离开机场。按一般习惯，专机飞行时乘机的主要首长下机前都要到前驾驶舱向机组人员礼节性地握手道谢。这次名为训练飞行，林立衡一行就算是搭了个便机，顺路捎脚，所以，对机组没有任何表示就走了。当然，林立衡也许因自己的身份特殊，为了保密，不愿用“首长”乘机的习惯。这些只是在我的头脑中一闪而过，因为下午机组还要原路返回，有很多事情需要安排。

从飞机落地、吃中午饭到下午飞离机场这短短的几个小时内，我了解到山海关机场的一些基本情况。山海关机场是海军航空兵的一个训练基地，但奇怪的是在偌大的机场上没有发现海军的飞机，只有一些穿海军服装的军人在机场从事后勤保障工作。空旷的机场显得非常安静，不像到别的机场落地后看到的机声隆隆、地勤人员川流不息的热闹场面。原来，海军的飞行员连同他们的飞机一起转移到别的训练基地了。其原因是，自从林彪到北戴河休养以来，经常有飞机来往于北京与山海关之间，为了不影响林彪的休息，为了保证来往飞机的安全飞行，海军特意把机场腾了出来。另外，为了飞行的需要，特意把专机师西郊机场的调度室主任老李从北京调到这里坐镇。我落地不久，就在机场见到了这位主任。看来，他已经在这里工作一段时间了，他说，他就住在海军场站的军人招待所里，具体负责来往于北京的飞机调度工作，谈话中流露出因长时间外出而产生的思家情绪。吃完中午饭后，我到他的临时办公室看了一下，那里的情况进一步证明他工作的重要，不大的长方桌子上放了三部电话，有红色的，也有黑色的，靠这些电话，他可以随时同机场有关部门联系，也可以随时掌握北京—山海关之间飞机的活动情况。

下午，机组原班人马沿原航线返回北京，圆满完成北京山海关的训练飞行。

事后得知，9 月 7 日与林立衡一同到北戴河的还有林立衡的未婚夫张清霖，林立果的恋人张宁。张宁在她的回忆中将 252 号飞机当成了 256 号专机。他们都是带着兴奋与喜悦的心情奔赴北戴河的，张宁在飞机上同林立衡还谈论着他们幸福的未来。他们自己也没有想到几天之后发生在北戴河的那场风暴，不但将他们对未来的美好憧憬刮得无影无踪，而且，也从此改变了他们一生的命运。

9 月 8 日，按规定召集机组对 252 号飞机的山海关之行进行了讲评，之后，除了在我的飞行工作日记上留下一页记录之外，其余的印象很快就淡漠了。因为，这样的飞行对机组的每一个人来说，平常而又平常，很快就会被接踵而来的其他飞行任务所代替。

然而，“九一三”事件的爆发，不得不重新唤起我对 9 月 7 日北京至山海关之行的全部记忆，本来是一次普通的带任务性质的训练飞行，由于它同“九一三”事件有着直接的联系就变得非同寻常了。

它的不寻常之处在于：

由于林立衡就在北戴河现场，所以使“九一三”事件的结局发生了根本性的变化，没有她向党中央的及时报告，事件不知将会演变到何种程度，最起码在9月13日白天，专机师还有7架飞机，不知会带着多少人马飞向广州，到那个时候，不仅党和国家要遭受到更多的难以挽回的损失，而且，身受牵连的人也不知要扩大多少倍，无辜成为林彪牺牲品的人就会更多。

首次山海关机场降落感到道面不平的信息，为我对潘景寅多加油的疑虑提供了客观上的理由。在机场，当我把这个理由告诉第一副驾驶陈联炳的时候，他也有同样的看法，并亲自出面制止多加油的问题。关于256号专机的油量问题始终是这架飞机机动飞行中最关键最核心的问题——这是后话。

山海关机场那出奇般的安静，总使我产生某种异样的感觉。秋高气爽本来是适合飞行训练的季节，可是，在那平坦空旷的机场一角，除了摆放着一架从北京专机师飞去的伊尔-14飞机之外，再也看不到同机场环境能够协调起来的其他飞行设备。当时，我曾这样去想，北戴河林彪住处离机场40多公里远，海军飞机的训练飞行真的能够影响到那里的休息吗？机场上本应出现飞机飞行活动之“动”，与看不到任何飞机活动时那出奇般的“静”，构成很大的反差。历史的发展已经证实，几天之后发生在山海关机场那席卷全国的“九一三”风暴之“动”，与出奇般的“静”，不又是一个巨大的反差吗！这就进一步说明，原来的那种“静”是静得太不正常了。我9月7日的光临没有能够打破山海关机场那特有的安静，却为“九一三”事件时的“动”送去了一位不寻常的人物，只是我自己也不幸被裹挟到了这场暴风骤雨中去了。

第二章　紧急任务——调机山海关

第一节　接受任务

1971年9月11日是星期六（当时还没有实行双休日）。午饭后，专机师副政治委员潘景寅来到一团三大队，找大队政委及大队领航副主任老李。由于刚吃完中午饭，属于午间休息时间，许多人都去洗澡了，要找的两个人都不在大队。

此时，潘景寅在走廊里碰见我，就把我叫到领航副主任的房间里，那里放着一张铁质棕床与一张办公桌，既是宿舍，也是办公的地方。坐定之后，只见他顺手点上一支烟，边抽烟边对我说："256号专机的任务撤销了，知道吧？"

"不知道。"我肯定地回答。

9月9日上午，我的直接领导大队长对我说，有两架三叉戟飞机处于待命状态，其中一架是256号专机，其驾驶员是潘景寅和一团副参谋长陈联炳；第二架飞机是252号飞机，由大队长和我驾驶，除此以外没有具体交代两个机组中其他岗位人员的组成。这种只确定机长不确定机组成员的任务待命现象在专机师是司空见惯的，说明这种任务待命中的起飞时间、航线去向都比较模糊，属于打招呼性质。只要上级领导有这方面的交代，飞行员是不问为什么的。在这一点上，飞行大队长知道的同我这个中队长知道的差不多。因为，飞行大队是按照飞行团的指令准备飞机，飞行团的上面还有专机师的领导。潘景寅是专机师的领导，又是三叉戟飞机的技术权威，关于任务撤销的信息，当然要他先知道。如果大队长知道任务撤销的话，他会及时

一团副参谋长、256号专机第一副驾驶陈联炳

告诉我的，我同大队长住在同一层楼上，见面的机会比较多，再说，按待命机组任务的分工，我和他又是同一个机组。不过，大队长改飞三叉戟飞机的时间很短，他主要是驾驶英制“子爵”号飞机的。作为一队之长，本大队的主要机种都应该能够驾驶。三大队下属三个中队的飞机分别是苏制图-124、英制三叉戟与英制“子爵”号飞机。还有一个原因就是三叉戟飞机当时能够担任机长单独执行专机任务的人员只有潘景寅、陈联炳和我三个，由老飞行员改飞新机种可以达到速成的目的，短时间内就能当一名机长使用，这是专机部队培养机长的经验之一。改装三叉戟飞机以后，大队长还没有和我在同一架飞机上飞行过。大队长是一位老飞行员，在“子爵”号飞机上执行过许多重要专机任务，其中也包括林彪的专机任务。

潘景寅接着说：“空军胡萍副参谋长亲自告诉我，256号专机的任务要准备好，副统帅的任务要注意保密。以前都是‘子爵’号飞机执行这个任务，现在改用三叉戟飞机，说出去怕影响团结。”

说到此，稍停顿了一会儿，接着把说话的语气有意放松一些，说话的节奏也放慢了一拍：“要保密嘛，你们大队政委总得知道，团政委也得知道，其他人嘛，我看就不要告诉了。飞机什么时候起飞还不知道，可能会等上十天半个月，很难说。是这样吧，这个星期日你就不要回家了，如果有人问，就自己掌握一下，说有事情要办就行了。”

“原来不是说有两架飞机待命吗？”我提问。

“现在只要一架了。”

前两天，大队长虽然也没有明确告诉我待命中的任务和林彪有关，但包括大队长在内，对于三叉戟要代替“子爵”号飞机执行林彪专机任务的信息，在专机部队一团的空、地勤人员中已不胫而走，飞行员之间，更是心照不宣了。

至于潘景寅要我保密的原因，主要是怕影响团结，乍听起来这个原因似乎有点过于牵强，其实，也不是没有道理。在专机部队有这样一种作风，空勤甚至包括地勤人员，都希望自己驾驶的或维护的飞机能执行重要专机任务，这就像战争年代战士们要求多打仗一样。抗美援朝战争中，机械师们发现自己的战鹰落地后机关炮的炮口是黑的，就说明在空中向敌机开过炮，感到十分高兴，这是一种积极的求战情绪。当时，专机师的飞机多靠从外国引进，包括直升机在内，全师百十架飞机，机种繁杂，性能各异。其中，执行重要专机任务的机种，当然是那些从飞行速度、高度、座舱设备等方面都比较优越的飞机，这些飞机都相对集中在专机师一团的三个飞行大队。由于这些飞机的构造、设备比较复杂，不仅空勤人员是在全师范围内挑选出来的，连地勤维护人员的技术水平都要严格把关，所以，机种之间出现这种差异是很自然的现象。新飞机引进之后，在专机任务中，必然出现以新代旧的局面，新旧交替的过程中，人们思想上就会暂时出现这些想法，这种情绪经过正确的引导，就会变成难能可贵的工作责任心。但如果说三叉戟飞机从“子爵”号飞机中接过林彪的专机任务，会给“子爵”号飞机的空地勤人员带来很大思想波动，甚至会影响到团结的话，的确言过其实了，我并没有完全理解潘景寅那样讲的真正动机是在于保密。其实，关于林彪的专机任务，除了起飞的时间和航线，因涉及到首长的行动属于保密的范围外，其他有关林彪任务的信息，甚至从山海关要回北京的信息，对于专机飞行员，尤其“子爵”号飞机的飞行员来说，已不算什么秘密了，专机飞行员长期以来养成的职业习惯使每个人都把这些事情放在心里，干吗要说出来呢？

“机组还有谁？”我很职业地提出这个问题。

“飞行员还有团副参谋长陈联炳，领航员是你们大队的领航副主任老李，团通信副主任老陈担任通信员。”

“他们都知道吗？”在如此重要的专机任务中，我只是小角色，跑跑颠颠的活儿我可以多做一些，如果需要的话，我可以去叫他们。

“由我通知他们，你就不要管了。”

“机械师都是谁？”我的细心使我没有放弃想知道机组的所有人员。

“李平、邰起良、张延奎。”潘景寅肯定地说。

“还有什么问题吗？”潘景寅看我总爱提问题，就索性让我提个够。此时，我站起身，表示我的问题已经问完了。正要准备离开的时候，看到机组领航员老李回来了，脸上红彤彤的，头上不多的头发还没有干，手里拿着毛巾，一看就知道洗澡去了，他的行为再次提醒我，今天是星期六，是澡堂开放的时间。

可能是老李没有想到潘景寅会来到自己的办公室，所以，看到潘景寅后不自然地站直身子，似乎是打了个立正的姿势，很有礼貌地叫声“潘副政委”！虽然经常同潘景寅在一起执行专机任务，但潘景寅毕竟是师里的领导，军人对上下级之间的关系是很在意的。

潘景寅看到老李回来了，就对我说：“你把李平找来！”

走出老李房间时，我想，潘景寅该向领航员交代任务了。

一团三大队位于团部大楼南面约 40 米处，是一栋坐北朝南的二层小楼。团部大楼共有四层，除了团部政治部机关在大楼一层办公外，一团一大队、二大队的空地勤人员也住在这栋大楼里。在团部大楼与三大队小楼之间，是机场的行政干部食堂和一个篮球场，这里也是三大队通往团部的必经之地。在业余时间，尤其在晚饭以后，篮球场总是被“球友”们占据着。年轻的空地勤人员基本上都是吃住在营房，就是机场有家的人，除星期六外也不准回家过夜。还规定，只要第二天有飞行任务，就是星期六也不准回家。所以，飞行部队真成了欢乐大本营，不同年龄、不同层次人员的业余体育活动充满了专机部队的营房。球场上的业余比赛，总是吸引很多的观众。

潘景寅任一团正、副团长期间，经常担任场外指导，为自己的代表队出谋划策，他自己很少打球，可是，他喜欢组织一团的业余球员同别单位赛球，而且，每次都要担任场外指导，可以看出，潘景寅的集体荣誉感是很强的。

三大队的小楼前面也有一片开阔地，笔直的杨树将这片地方围成自然的排球场地。三大队门口有一棵与杨树风格截然不同的柳树，倒挂的柳丝像伞一样，为人们带来一片阴凉。排球场同篮球场一样热闹，北京的9月，正是初秋，即使中午休息的时间球场上也有玩兴正浓的人们。

我来到位于小楼西侧楼上的李平宿舍，他和他同房间的人都不在里面。我又到了他临近的宿舍，还是不见李平的身影。此时，我下楼到一层其他三叉戟机务人员的宿舍里寻找，其中一位机械师说，李平可能到修理厂去了。由于修理厂离飞行大队较远，也不知他到修理厂内部的什么单位，找起来比较麻烦。于是，我返回到领航副主任的宿舍，对潘景寅说：“不知李平到什么地方去了，不在楼里。”

“再去找一找！”潘景寅肯定地说。

等我再次到楼下找李平时，刚才遇到的那位机械师听说是师里的潘副政委要找李平，就主动提出要骑自行车去找。刚要动身，发现李平手里拿着一个机械附件，风风火火地进来了，我立即让他到潘景寅那里。

我望着李平离去的背影，陷入思考之中。如果把机组所有的人叫到一起，像开会那样统一讲一讲多好，何必这样一个一个交代呢！可是，反过来我又用自己想出来的另一个理由给否决了，因为，这是三叉戟飞机头一次执行如此重要的专机任务，这种下达任务的方式，不仅是为了保密，也是领导重视的表现。有时执行毛泽东夫人江青的任务时，不就是把机组主要人员叫到机场候机室里，由空军司令部胡萍副参谋长直接说一下就算是下达任务了嘛！也许是给每个人先打个招呼，到起飞的时间明确之后，有关领导会把机组集合起来再讲一讲的。这是自己头一次参与执行这样重要的任务，也不知道人家“子爵”号飞机以前执行林彪专机任务时是如何下达的，自己也不能为此去向别人打听，这是领导们的事情。

根据专机师师长时念堂回忆，潘景寅于当天下午在师领导机关参加了师党委扩大会议，他利用开会的时间，在司令部专用的训练计划纸上草拟了一份执行256号专机任务前的《训练计划书》，并当场交给师长批示，因为这是重要专机任务前履行公事的行为，师长主管任务。前两天师长到阿尔巴尼亚执行任务刚回来，副师长到东郊机场接他的时候，在东郊机场飞回西郊机场的途中，副师长曾告诉他“林彪要动”。因为谁都知道林彪在北戴河，每年的国庆节前都要回北京参加国庆节庆典，所以，“林彪要动”已经成了有关林彪专机任务的代名词了。党委扩大会上，当师长看到潘景寅递上来的《训练计划书》的时候，已经明白其中的一切。按以往的惯例，重要专机任务前的技术训练是保证任务圆满完成的一项行之有效的措施，就像其他部队的实战演习那样，通过训练，不但可以使飞行员的技术与真正的任务飞行时有一个自然连接的作用，而且，也可以通过实际飞行，发现飞机本身可能存在的问题，这也是师长本人在过去无数次专机任务中一直坚持下去的经验。因此，师长什么也没有说，就在《训练计划书》上签了“同意”。

任务的下达与执行，中间需要多长的时间没有规律可言，计划性比较强的任务例如送国家领袖出国访问，时间就比较准确。大部分专机任务都没有准确的实施时间表，有的甚至准备了很久以后，又被告知撤销了。

在接受林彪专机任务的机组中，除了飞行驾驶员、空勤机械师之外，还有领航员、通信员的业务岗位。对此，稍有一些航空知识的人都会感觉不理解。因为随着世界航空科技的快速发展，飞机上先进设备的增加，逐渐取代了一些专业人员的工作。现代化飞机上的领航设备FCMS飞行计算机自动控制系统与GPS空中卫星定位系统，在国内甚至国际飞行中已经取代了领航员的位置。还有那些先进的通信设备更是如此，一个小小的手机都能全世界漫游，别说航空信息的传递了。相比之下，在20世纪五六十年代的飞机上，由于飞行高度比较低，专用设备落后，机组领航员、通信员就像飞机的千里眼与顺风耳一样在飞行中起着举足轻重的作用，更是专机飞行中须臾不能离开的业务岗位。

第二节　“九一三”事件爆发前的平静

潘景寅下达任务之后，正好是周六，我被三大队确定为任务值班机组成员之一留在部队。也许大队领导已经从潘景寅那里知道我属于任务待命，反正也不能回家，所以，就把我安排成假日任务值班机组。因为不能像别的同事一样回到自己的家里同分别一周后的家人团聚，晚饭后，我像平时参与任务值班一样，到大队值班室给北京市区的家里打电话。

由于我平时不能回家，节假日也很少休息，妻子带着不满两周岁的儿子住在她母亲家里。岳父远在河北省承德地区工作，平时家里还有妻子的一个未结婚的弟弟，这样，他们四口勉强住在只有一间半的平房里。街道少有的公用电话也是装在住户的家里，最近的电话离岳母家也有百十米远，好在街坊邻居住着，时间长了也都认识，跑上几十米送个电话还能接受。

是我妻子带着儿子接的电话，我告诉她因为任务值班就不回去了。这样的电话在一年之中不知道要打多少次，任务值班的时候，还有机会往家里打个电话，有更多的时候是在执行任务之中，根本没有办法同家里联系。遇到这种情况，她多是凭自己的经验判断，知道我一定是出差了，不能告诉家人。如果出差时间过长，她就会主动给单位打电话，问明白就放心了。还有另一个获得信息的渠道，那就是我们当初恋爱结婚的介绍人，男方就是我飞伊尔-18飞机时的飞行员，他的妻子与我妻子同在一个工厂当工人。同在一团飞行，虽然所飞的机型不一样，出差到什么地方不一定知道，但总可以把出差的信息带到我妻子那里，以消除她对亲人的惦念。

电话中，妻子还让不懂事的儿子同我讲话，儿子除了在电话中叫上几句“爸爸”之外，还不能说出一句完整的话来。这次电话之后，在儿子那肤浅的记忆中，爸爸的形象随着时间的流逝也慢慢地淡忘了。后来懂事之后，他是从别人家都有爸爸的事实中才知道自己也应该有爸爸的，我妻子面对儿子无数次的提问，不知道如何回答才好。

9月12日是星期日，一睁开眼睛就感到了周日休息的气氛。因为，不像平时那样，一大早听到部队起床的号音，就得动作迅速地穿好军装，中队除了留下整理卫生的人员之外，都要到楼下指定的地点集合，以大队为单位，排列成整齐的队伍，到大操场上进行队列操练。由于常年如此，同志们都习惯了这个叫“出早操”的军营生活。虽然，飞行员们因执行任务的需要走的走，回的回，像蜜蜂一样忙个不停，但是，只要回到营房里，就会很自然地跟上部队的生活步伐。部队严格的制式训练，不仅培养了军人整齐划一的生活作风，也锻炼了一名军人应具备的雷厉风行、令行禁止的基本素质，没有平时的刻苦训练，就没有执行任务中的高标准与严要求。

不过，在专机部队“出早操”的队列中，在外人看来，会出现两种奇特的现象：一是队列中的军人不仅老少相差较大，而且体形胖瘦各异。这是因为飞行员们无论年龄大小，一律吃住在营房，过着同一种生活。难怪队列中在“向右看齐”的时候，有人开玩笑说，是向排头兵的胸部看齐，还是以肚子为准呀？另一种现象就是在统一着军装的队列中却出现几个穿着飞行工作服的人混在其中。部队规定,凡是各大队参加任务值班的机组人员,从早到晚一律穿飞行工作服,处于24小时的待命状态。专机部队以执行空运专机任务为己任,出早操时也不能忽视有派遣紧急任务的可能。

在去空勤食堂吃早饭的路上,我抬头习惯性地观察一下天气。北京的9月正是秋高气爽、天高云淡的季节,对飞行员来说,是个非常适合飞行的日子。遇到蓝天白云风和日丽的日子,心情也舒畅了。

空勤食堂在三大队南边约150米的位置,是西郊机场唯一的空勤人员就餐的地方,一团及师部所有空勤人员一日三餐都在这里吃。三大队小楼西边有一条马路直通空勤灶的前门,平时一到吃饭时间,三路人马经常在这里相会。到食堂门口,也要按一路纵队陆续进入食堂,到里面之后,想坐在哪一张桌子上就餐就不加限制了。因此,这里正是关系较好的飞行员们边吃饭边扎堆聊天的好地方,所以,食堂里总是人声鼎沸,没有安静的时候。出差执行任务或飞行训练的机组,只要时间允许,还从食堂带一些飞行员们爱吃的面包加火腿,空中飞行时放在飞机服务舱烤箱里,经加工之后吃起来别有一番风味。因为,空中长时间飞行经常有不能按时吃饭的时候。

因为是星期日,集体活动没有了,几个担任任务值班的“散兵游勇”就可以自己走到食堂就餐。我抄近路从三大队楼门正对的小路往南走,在我的右边是一片平房,接近食堂的平房是以“工”字形的样子组合的。据说,就在“工”字房的中间,有一处是属于林彪儿子林立果的黑据点。虽然,平时经常从这里经过,但飞行员们谁也不知道这里还有个秘密所在,只是偶尔发现有小轿车在营房的马路上行驶。

上午,我把用了一个夏天的毛巾被洗好,并用当飞行学员时发的背包带拴在楼下马路边的杨树上晾晒。此时,身穿蓝色工作服的地勤小伙子们在楼前靠近那棵柳树边的排球场上打排球,一看就知道他们同我一样,都是参与任务值班的人们。然后,我又将放在楼下的自行车仔细地擦干净,这是我回家休息时唯一的交通工具,从机场到市里的和平门,跑单程也要一个多小时。结婚以后,妻子在城里的商店排了一天的队才买到一辆永久牌二八男车,只要有时间,我都会把车子保养得干干净净。我像平时一样把车子锁好,将自行车钥匙顺便装在飞行工作服的上衣口袋里。吃中午饭的路上,我注意到有三三两两的人们在院内走动——西郊机场的军营里呈现着正常休息日既不紧张又不冷清的气氛。

下午,在比平时安静许多的空勤人员宿舍里,我用了近两个小时的时间学习飞行专业的英文单词和飞行员空中英语对话的知识,这是我自改飞三叉戟飞机以来养成的习惯。大量的三叉戟飞机资料也都是英文原版的，在飞行员的手里还没有现成的三叉戟中文资料。实际上，仅仅能够看懂刻印在飞机上少数英文单词的缩写对一个飞行员是远远不够的。为了尽快弄懂三叉戟飞机的基本性能及《飞行手册》上的基本内容，我不得不重新捡回以前学过的那点英文知识，采取急用先学的办法，首先掌握有关飞机与飞行方面的常用词汇，然后连蒙带猜地去阅读原文，虽然不能准确地把原文读出来，但起码能够弄懂其中的意思，依靠广州改装时从巴方教员那里学来的知识是远远不够的。掌握飞机的操纵性能，关键在于按照《飞行手册》上规定的操纵方法与数据严格进行，不能有半点含糊。所以，从巴基斯坦飞行教员那里口头学来的知识只能解决把飞机飞起来再落下来的眼前问题，真正从飞行理论入手，全面把握一个机种的飞行性能，不仅是保证专机飞行安全的需要，也是飞行员航空驾驶专业基础理论建设的重要组成部分。在三叉戟飞行中队的五名飞行员中，就算我这个高中毕业生文化程度最高了，自己又是中队长，在通过学习全面掌握三叉戟飞机的性能问题上，确有一定的压力。

学习之余，没有忘记自己的业余爱好，信手拿起身边的二胡拉了起来，歌剧《红珊瑚》《洪湖赤卫队》《江姐》《红霞》等乐曲以及20世纪60年代流行的歌曲都是自己经常自我欣赏的曲目。自己的这点文艺爱好从初中开始就伴随着我走过了近20个年头，由于没有专门拜师，虽然时间不短，水平一直没有多大进展。不过，就当时那两下子参加一团的业余文艺演出还是合格的。“文革”期间，在大张旗鼓宣传毛泽东思想的日子里，一团同样组织一个没有女演员的光棍演出队，奔赴京东的通县（现在是通州）农村的部分人民公社进行巡回演出，在那个文艺生活极端贫乏的年代，我们这些男兵们的演出同样也博得了农民的喝彩。在农村的巡回演出中，我这个对农村已经感到生疏的飞行员，换换环境，确实受益匪浅。能把《为人民服务》这篇文章，连说带唱还能配上舞蹈，从头演到尾的节目也能得到农村社员们的赞赏。在执行运送各地造反派头头到北京办学习班的任务中，有时也要把二胡带上，通过客舱送话器向他们宣传毛泽东思想，这叫作把宣传毛泽东思想工作带到了空中，为那个时代总结政治工作时增加一项新鲜内容。在如此浮躁的岁月里，我知道自己所从事的飞行工作的严肃性，在我手拿二胡离开机场认真完成这个政治宣传任务的同时，一点也没有放松对飞行技术的钻研。我心里有一杆秤，孰轻孰重自己心里明白，空中飞行可不像拉二胡那样轻松与潇洒，思想上不能带有任何一点浮躁的情绪，飞行事业面前，任何离开诚实和科学态度的人们，迟早会受到严厉的惩罚。一团有些人看到我演奏二胡时那种全身心地投入的样子，联系到平时给人们带来的却是少言寡语、性格沉稳的印象，感到我这个人有点奇怪。有的同志直接问我："你看起来根本不像有文艺细胞的人，可是拉起二胡来还真有点表现能力。"这大概就是我的性格，一个形于外的表现与形于内的隐含不太统一的人，一个活而不跃的飞行员。

曲终兴尽之后，我想起了一件事情——三叉戟中队一位年轻的领航员并没有参加任务值班，为什么没有进城搞对象呢？我知道他们这些领航员及通信员都处在谈恋爱的年龄，我既是他们的中队长，也是他们的老大哥，关心一下弟兄们的终身大事也不算是分外的事情。中队的空勤人员只有十几个人，就像一个家庭，互相关心，互相爱护，可以增进彼此的团结与友谊，于公于私都是有益处的。

这位领航员也是我的河南老乡，他在恋爱的进程上有些不顺利，我们彼此交一交心，谈谈看法，必要的时候，我这个当大哥的出面做一些工作，也许会解决问题。我的帮助为这个小老乡的婚恋留下了很深的印象，如今几十年过去了，他们夫妻双双就职于南方航空公司，夫唱妇随，举案齐眉。小老乡并由领航员改为飞行员，驾驶着波音757、767客机在国内外航线飞行。

时钟指向18点整，我像往常一样步行到空勤食堂吃晚饭。在路上，我低头看一眼穿在身上的工作服，想到这个星期日的任务值班就要过去了，一般在这个时候很少有紧急任务出现，于是，从心理上有一种自我放松意识。虽然没有回家，也完成了洗毛巾被等许多事情，感到了生活中的充实。在工作与家庭、工作与个人利益方面，首先从思想上把自己圈定在个人利益无条件服从党的利益的高度上，身为军人、飞行员，早已把个人的安危置之度外，不仅我个人是这样想的，我周围的同事们也是这样认为的。当我再次从"工"字房旁边经过的时候，竟没有向那里多看一眼。

空勤人员的伙食水平比较高，当时为每月70元，相当于我这个21级干部一个月的工资，由于空勤人员吃饭实行供给制，从生活水平上衡量，空勤人员的待遇要高出相当于一般行政干部每月十几元的伙食费。如果拿空勤灶与自己老家的生活比较，更是有天壤之别，似乎每天都在过年。只是我的消化系统天生没有这个福分，面对丰盛的一日三餐，我1.75米的个头，体重还不足130斤。当晚和我同桌吃饭的是三叉戟中队一名年轻的领航员，晚饭是蒸饺和鸡蛋汤，还有一些小菜及糖果。我们一边吃饭一边聊着其他的话题，除了机场范围内有家的空勤人员可以晚一些归队之外，按规定其他人员一律要在晚饭之前赶回营房，所以，食堂里仍像平时一样热闹。

第三节　紧急任务

我在空勤食堂刚刚开始用餐，就听到三大队值班员站在食堂门口大声叫着我的名字，用命令的口气喊："有紧急任务，马上跑步到团会议室！"

通知就是命令。我像以往接到紧急任务时一样，扔下饭碗，对同桌的那位领航员说："你帮我将这些饭菜处理掉！"然后，朝着食堂门口快步走过去，出食堂后跑步行动。在食堂通往三大队小楼的路上，从远处就发现穿着蓝色工作服的地勤人员正从三大队往通向机场的方向跑动。虽然看不清是谁，但可以断定，地勤任务值班的同志已经在接到紧急任务之后抢先行动了。他们的行动方向就是离开营房，一直向西穿过跑道，奔向位于机场跑道西侧的三叉戟停机坪。

当我跑到马路向三大队方向延伸的拐弯处，大队的二层小楼映入我的视线范围时，大队门口那棵柳树垂下的柳丝旁边站着潘景寅和机械师两个人，近1.8米的潘景寅与不到1.7米的李平在个头上形成鲜明的对比，李平抬头看着潘景寅，认真听他交代着什么，李平边点头边转身，看出他也是向机场跑步的过程中接受领导指示的。

当李平离开潘景寅奔向机场时，看到我之后稍微放慢了步子，并主动迎上前来对我说："潘景寅交代要把飞机的油量加到16吨！"他为了抓紧时间奔向机场，竟连"潘副政委"的全称都给省略了。

"什么？16吨？"既是惊讶，又是反问。李平顾不上我的反应，径直向机场跑去，等我转身准备进一步问他时，看到的只是李平那短小精干身躯的背影。

"加那么多的油干什么？不就是到山海关接首长回北京参加国庆节庆典吗？北京到山海关只有300公里距离，有10吨油就可以了，习惯上将油加到12吨足矣，16吨油是平时飞往广州的油量。难道首长暂时不回北京，还要到别的地方去吗？……"我边跑边想。16吨油的信息像一块石头丢进平静的湖面，立刻激起我思维的波澜，脑子里一个问题接着一个问题出现。在一个星期内两次下达任务，虽然，哪一级领导都没有明确指出是副统帅要坐256号专机从北戴河回北京，但是，就像三叉戟飞机要代替"子爵"号执行林彪的专机任务一样，国庆节前接首长回北京的事情也已经是专机师领导与一团飞行员们心照不宣的事情，而且，每年的这个时候执行这样的任务在专机师已经形成规律。急忙赶回大队准备东西的行动并没有影响我对一连串问题的思考，凭一个驾驶员对飞行安全的敏感与经验，任何一点异常因素都不会轻易放过。

在重要的专机任务面前，对多加油问题思考的结果是，很可能还要飞往别的地方，也许不能马上回北京，说不定还会像“子爵”号飞机那样，有时在林彪驻地附近的机场值班（林彪有时在江苏苏州休息时，“子爵”飞机曾在无锡机场长期值班）。如果这样，三两天是回不来的，所以，必须多带一些随身用品。这就是我的结论，也只能得出这样的结论。

当我进入三大队楼门的时候，刚才站在这里向李平交代事情的潘景寅已没有了踪影。我跑步登上二楼，先到大队航行资料室取出航行包，紧接着跑回宿舍，把牙具、毛巾、背心、裤头及一条秋裤，装在平时短时间出差用的一个棕色的小提包里，用最快的动作脱掉脚上的凉鞋，换上皮鞋（规定飞行员驾驶飞机时必须穿皮鞋，否则将不能有效使用脚踏刹车），头也不回地冲下楼去，真的没有再回头看上一眼。没想到这一脚踏出宿舍的门槛之后，就再也没有回来的机会了。

三大队小楼的前后门是相通的，当我从北门出去直奔一团部的时候，在干部食堂的旁边碰到从家里赶回来的领航员老李，看他急急忙忙的样子，也一定是接到通知就骑自行车回来了，因为他的家就在机场内，节假日任务值班时可以住在家里。情急之中没有顾上说别的，不过我还是把潘景寅要加 16 吨油的信息告诉了他，并按照我个人的想法提醒他带上牙具等。我看他听到要加 16 吨油的信息之后，脸上也出现惊讶的表情，紧皱眉头，按他的习惯连续快速眨了几下眼睛，没有说什么，就快速上楼去了。

在团部门口，一位由我国第一批女飞行员升为参谋的同志说：“不在团会议室，是在团首长办公室。”看来，她一定知道任务机组中已经有人先到了，我想，我的动作已经够迅速了，有的人动作比我还要快。

已经在团首长办公室等候的有机组第一副驾驶员、团部副参谋长陈联炳，一团政治委员，一团代理团长，机组通信员、团部通信副主任老陈，他们都是接到或听到有紧急任务的情况后从家里赶到这里来的。

这时，我发现领航员老李的手里只提着一个航行包，不过，他稍微犹豫之后，看到机组没有马上去机场的样子，就将航行包递到我手里，说：“你帮我拿一下，我回去把牙具拿来。”看来，他对 16 吨油的事情，考虑的结果和我是一样的，只是考虑的过程比我长一些罢了。

代理团长说：“我在家里正吃饭，看到有紧急任务的样子，撂下饭碗主动跑来了。”因为一团的团长奉命到苏联学习驾驶伊尔－62 型飞机去了，时间比较长，专机师的领导决定由副团长代理一团团长职务。像这样重要的专机任务，一团的军政一把手理应到场。到目前为止，机组中就缺机长潘景寅了，他不来，等在这里的人们也不知道下一步该怎么办。通常是机组到齐之后，由主管领导简单讲话，然后到调度室、气象台办理飞行手续。如果情况紧急就直奔机场停机坪，做好起飞前的各项准备工作，随时待命起飞。由于这次专机任务的机长是师的领导干部，飞行团的领导只有做好飞机及人员的保障工作，其他重要决策要等潘景寅来到之后才能决定。

此时，潘景寅从外面走进办公室，身穿飞行员夏季布工作服，好像刚理完头发的样子，留着寸头显得很精神，腋下夹着咖啡色皮制简易航行资料包，一进门就向大家说："你们先到外场值班室要个车等着，我随后就到。"边说边朝桌上的电话走去。

机组走出一团大楼右转弯，沿着两边半人高的柏树围成的道路向外场值班室鱼贯而行，回去取东西的老李加入到我们的行列。陈联炳副参谋长走在我的前面，他同潘景寅一样左边腋下只有一个小航行资料包，看他快步流星，精神饱满，他的行动同他的性格一样爽快、利索。

"陈副参谋长，你怎么连牙具都不带上？"由于我对加 16 吨油的事耿耿于怀，禁不住又问他一句。在此之前，我还没有找到合适的机会将多加油的事情告诉他。

"没多远，去就回来了，带它干什么！"他边说边将上身向后转了一点。此时，我注意到，4 名机组人员中，二位老陈带的东西最少，只有我和老李带的东西最多，不但身边多了一个提包，而且航行资料包也是最大的一种，就是那种约一尺见方，中间还分成好几个小格，上面还有提手的大包。因为，我的包里除了必带的地图等航行资料之外，还有计算尺、红蓝铅笔等用具，连茶色眼镜和备用的刮胡刀也放在里面。领航员作为空中作业的主角，要带的资料比别人多而全，相比之下东西就显得更多了。另一种就是潘景寅同陈联炳副参谋长腋下夹的那种，外表是皮制的，小巧精制，比较好看，使用方便，但里边装东西较少。

机场的外场值班室设在一团大楼西边约 50 米远的地方，那里停着一辆中型面包车，说明外场值班室已经接到有关通知。我看到潘景寅从后面赶了上来，一同上车的除机组五名人员之外，还有团的政委。此时，我特别留意到潘景寅也没有带随身用品。

汽车行驶到跑道中间的滑行道口时，我看到还有一些三大队的地勤人员往机场的方向跑，他们与先期赶到停机坪的机务人员比较，显然是迟到了。此时，我看到潘景寅将头伸出汽车窗外，摆手示意让他们回去。这一点使我大惑不解，地勤人员按规定到飞机停机坪进行工作，理应如此，为什么不让去呢？

这与专机行动的保密根本就是两回事。

汽车顺着编号为第五号的滑行道口穿过跑道。从远处看到三叉戟停机坪上256号专机下面人头攒动,地勤人员围绕着飞机忙个不停。在三叉戟飞机停机坪上呈“一”字型整齐地停放着4架飞机,按其先来后到的顺序,编号分别为:250、252、254、256。因为256号专机是最后接回来的,所以,在4架姊妹机中,算是最小的“妹妹”,由于刚改装完毕,所以它也是姊妹机中最鲜艳靓丽的一架。

在停机坪下车之后,我看到编入机组的三名机械师已经在地勤保障人员中忙上忙下。憨厚老实的机械师张延奎干起活来总是不声不响,特设师郃起良不仅自己忙个不停,还要经常对下属的工作进行指导。飞机的舱门离地面两米多高,中间靠一个飞机上自带的简易工作梯连接着,地勤的小伙子们登梯爬上爬下,动作麻利迅速如履平地。

一辆油车停在飞机前面,加油管将油车与飞机连在一起,随着隆隆的汽车马达声,燃油源源不断地被输送到飞机的油箱,为这件庞然大物腾空飞翔积累着必需的能量。我看到加油导管是从机翼的下方连接的,这是三叉戟飞机特有的压力加油方式,不像其他飞机那样,先要爬上飞机,从机翼的上面打开油箱盖,用重力加油的方式进行(靠地球引力的作用,使油自然流到机翼油箱),所以,从加油的方式上就可以显示出新型飞机的优越性。飞机的右后方停着三叉戟飞机专用的起动车,这个起动车能够提供起动飞机发动机时足够的压缩空气。机身的左边还连接着为检查飞机各种特种设备必需的电瓶车,为了节约飞机上自带电瓶的能量,在地面准备飞机时,通常使用外接电源。

因为我对加16吨油的事情总是念念不忘,所以,利用飞行员对飞机外部进行全面检查的机会,把这个信息又告诉了第一副驾驶陈联炳,同时,还把我9月7日用252飞机送林立衡到山海关,发现山海关机场跑道不平,带着多余的油量对飞机落地不利的想法,一股脑儿全向陈联炳说了出来。陈联炳听罢,其反应比我更加强烈,他根本不去判断多加油有到外地暂时不回北京的可能,只是一味地认为300公里的航程,加这么多油太没有必要。

此时,油车的发动机声已经停止,说明油料已经加完,我和陈联炳同时看到机械师李平朝飞机下面的潘景寅走去,我和陈联炳也跟了过去。只听李平报告说:“潘副政委,油车内的油料全部加完了,现在飞机上的油量不够16吨,还差1吨,要不要再叫一辆油车?”

“有15吨油足够了,加那么多油干什么?”还没等潘景寅回答李平的问话,陈联炳抢先一步发言,表示了他对多加油的看法。陈联炳是个快言快语的人,再说，陈联炳与潘景寅在航校都是同一期学员，在潘景寅面前说起话来比我随便一些。

潘景寅在一旁看了陈联炳一眼，欲言又止。少顷，潘景寅发现李平有些犹豫的样子，就对李平说："算了，别叫油车了。"虽然陈联炳制止李平继续加油，可是李平在没有得到潘景寅的认可之前，心里还是不踏实。既然潘景寅个别交代李平加16吨油，肯定有潘景寅的道理，只是不愿意说出来罢了，如今，潘景寅看到陈联炳为16吨油的事反应如此强烈，也就没有坚持自己的决定。再说，15吨油飞山海关绰绰有余，如果为1吨油再叫一部油车的话，问题就复杂了。如果因油的问题引起机组人员的注意与联系到航线的询问，就不值得了。潘景寅关于油量问题的最后决定，符合潘景寅的个性特征，因为，他基本上是属于内向型性格的人。

机组服务员小魏连同所有的服务用品被一辆汽车送到256号专机的下面。平时起飞前的准备中，服务用品大都是从候机室门前装上飞机的，这次一方面可能是为了保密，没必要在候机楼前的大停机坪上兴师动众；另一方面是到山海关接首长，调专机起飞前的一切可以从简——这是我的想法。

接近19点钟，天已经逐渐暗了下来，站在飞机的下面，隔着机身两侧的椭圆形小窗，可以看到飞机内的灯光，这是邰起良在利用地面电源检查客舱各种灯光设备时发出的亮光。这时，我看到他从飞机上下来，向着不远处的"子爵"号飞机停机坪跑去。我正在为此事纳闷，不知道他忘记了什么东西，竟如此紧张地跑回去取的时候，不久，发现他又出现在256号专机的旁边，气喘吁吁地说："幸好我及时发现客舱小桌子上的台灯坏了，赶快跑到'子爵'号飞机上，把那里的灯泡换了过来，否则，又该挨批评了！"边说边展示出机务人员发现与排除飞机故障后那种既侥幸而又满足的表情。因为谁也不愿意在重要专机任务面前出现任何一点纰漏，高度的工作责任感使每一个空地勤人员在自己的本职岗位上小心谨慎地工作着。

天真正地黑下来了，飞机的各项准备工作全部就绪，可是还不见乘坐飞机者到来，"紧急任务"变得一点都不紧急了。

第四节　机前待命

军令如山倒。在紧急任务面前，任何工作都变得不重要了。

专机部队经过多年的飞行实践，对部队在军事作风和政治工作要求上分别提出了两个口号：在执行专机任务的行动上提出"宁扑三次空，不误一分钟”;在思想认识上,对专机任务提出的政治口号是:“要带着对无产阶级司令部首长的阶级感情去执行专机任务”。这两句口号到“文化大革命”后期,已发展到深入人心、运用自然的程度。

“宁扑三次空,不误一分钟”,是指在机组接到紧急飞行任务的时候,在动作上要求闻风而动,雷厉风行,用最快的行动,最短的时间,有条不紊的程序,进入起飞前的最佳待命状态,类似歼击机部队的“一等”战备。紧急任务中,宁可乘机的首长有三次不按时到达机场或者将任务撤销,对机组来说,也就是紧急出动的结果宁可扑空三次,也不能因为机组动作的迟缓而耽误一分钟的起飞时间。这是专机部队根据自己担负军事任务性质的不同,在军事作风上提出的具体要求,也是一个革命军人在贯彻令行禁止、雷厉风行作风上的具体体现。

对以执行专机任务为己任的空地勤人员来说,应付紧急任务早已成为家常便饭。虽非天天碰到,但在一年之内总会有好几次紧急任务轮到自己身上。专机部队按照“紧急任务”的出动方式,争取可贵的时间,圆满完成了无数次紧急任务。

这次行动就是按照平时演练的“紧急任务”的程序进行的。

此刻,在256号专机旁边的人们,包括有关的政工、行政工作人员在内,在完成起飞前的一切准备工作之后,心里都有一种很踏实的感觉。虽然晚饭都没有吃好,已经19点多钟了,没有一个人有怨言。还是机场的后勤保障部门想得周到,他们很快把晚饭送到停机坪,使没有吃好晚餐的人在飞机旁边得到了补充。

在256号专机下面,潘景寅把机组中的驾驶、领航及通信三个岗位上的人员叫到一起,郑重说道:“今天晚上我们使用252飞机的代号。”

“4121。”我当即把三叉戟252飞机的代号告诉他。

接着,我向潘景寅提出了另外一个问题:“今天的飞行手续还没有办呢!”

“不办了。”潘景寅肯定地回答。所谓飞行手续,就是到航行调度室领取《航行通知书》,通知书上应注明机长的姓名、技术条件、航线、飞机代号以及航线沿途机场飞机活动情况等,飞机需得到调度室同意放行后方可起飞,而且,机长还要在《航行通知书》上签字。此外,机组还要到气象台了解航线天气情况,领取天气资料,查看高空气象图等。此刻,机组其他人也没有说什么,我想这些都是专机任务的需要,在重要专机面前,每个部门都会开绿灯的,办手续也只是走走形式而已。总之,从下达任务开始,包括多加油在内的许多疑问,都在这位副统帅专机任务威慑之下被统统地化解了,因为,类似这样的做法在过去的专机任务中也时有发生。

西郊机场笼罩在初秋的夜幕之中，一团所有的飞机刚才还清晰可见，现在已被夜色吞没，只有天上的星星与远处的营房发出亮光，星期日的西郊机场此时显得格外宁静，只有三叉戟停机坪上为256号专机忙碌的人们为空旷的机场之夜增添了一点气氛。其他停机坪上的伊尔-18飞机、图-124飞机及“子爵”号飞机等安静地停放在那里，在漫长的黑夜中只有持枪巡逻的警卫战士在停机坪走动，与飞机为伴。

突然，人们不约而同地把视线转向跑道的东边，黑暗中发现有灯光从候机室的方向慢慢向停机坪移动。机前待命的空、地勤人员的注意力全部集中在这个移动的灯光点上，因为，大家共同意识到这就是乘坐飞机者的车子，处于等待中的地勤人员开始了起动飞机发动机前的准备。可是，我发现开着大灯的汽车并没有朝着256号专机而来，而是向着一、二大队的伊尔-18飞机停机坪移动。由于机场内没有灯光，汽车上的照明显得分外明亮。少顷，这辆汽车从伊尔-18飞机停机坪兜了一个圈子后，才找到256号专机的位置。其实，稍有经验的人都会轻而易举地根据机场灯光找到飞机的位置。

借着停机坪的灯光，看清停在飞机旁边的是一辆蓝色的苏制伏尔加小轿车。开车的人叫刘沛丰，年纪40岁出头。车上第二个年轻人，叫陈伦和(他们的名字是后来才知道的)，年纪不足30岁，戴着一副眼镜，他们都穿着上绿下蓝的空军服装。在地勤人员的帮助下，将车上的东西卸下来之后，由陈伦和把轿车开走，刘沛丰留了下来。汽车本应该先向后倒，等离开机头之后，沿飞机前面的滑行道开走，可是，陈伦和却从256号专机的左机翼下面右转弯快速驶出，差一点与左机翼相擦，这种异常的举动，把在场的人吓了一跳。后来，联想到刘沛丰开车来时竟认错了机位，陈伦和开车走时竟如此仓皇失措，看起来，256号专机还没有起飞，林立果周围的人都已成了惊弓之鸟。

在场的人都帮着往飞机上装汽车拉来的东西。这些东西大小共有十几件，有外表非常精致的小箱子，也有普通的小提包，这些东西顺着便梯被一个个传递到飞机的客舱里。我是站在飞机上面摆放这些东西的，此时，我亲眼看到刘沛丰手里拿着几个不大的小包，问正在飞机上工作的特设师郃起良：“我坐在什么地方？”

“坐在中舱。”郃起良用手指了一下飞机的中舱。

因为，前舱安装的是床与沙发，是乘机首长休息的地方，一般随行人员都坐在中舱与后舱。尤其是后舱，全是一排排的座位，为首长随从人员休息提供了很宽敞的空间。由于乘坐专机的人员较少，可以放些随身用品的地方也是绰绰有余的。

按说，刘沛丰关心的应是那些精致的皮箱，为什么要把几个不起眼的小包放在自己的身边呢？对此，我当时并没有任何一点怀疑。而这些小包都被刘沛丰带到北戴河林彪的住处，这是后话。

借助飞机通电时的灯光，我看到机长潘景寅同刘沛丰坐在飞机中舱的小桌子两边谈话，没有听清他们在谈些什么。

在此过程中，刘沛丰曾问我："这里能向外打电话吗？"

"直接往外打不行，要通过机场的电话总机才可以往外打。"我回答。因为机场停机坪装有机场电话分机，没有直拨电话。我没有发现刘沛丰下飞机打电话，看来，是要通过总机才能向外通话的方法把刘沛丰给吓住了，因为通过总机是不利于保密的，当时，还没有手机这样的移动通信设备。

19点30分，一辆小轿车停在飞机左边，从汽车里出来的人急忙登上飞机，没有看清楚一共有几个人。后来被证实，其中那个身着空军军衣、中等个子的年轻人就是林彪之子林立果。

机械师以娴熟的动作收上简便登机梯，关好飞机舱门。机组人员按岗位分工，各就各位，按规定做好开车前的各项检查。两位飞行员将耳机带在头上，打开驾驶舱顶部的电台开关。

此时，我站在驾驶舱的后边，看到陈联炳右手大拇指按下驾驶杆上的发射按钮："泰山！4121请求开车！"

"泰山回答，4121可以开车。"（注：书中使用的地名代号不是当时使用的。）

"4121明白。"

地面专用起动车已发出隆隆的声音，飞机下面的地勤人员已回到自己的位置上，飞机上下所有人员的注意力都集中在飞机的起动动作上。机长潘景寅通过左前方的活动窗口，向地面举手示意，请求开车，得到地面人员的允许后，打开起动开关。此时，可以听到从飞机尾部传来发动机点火后逐渐增大转速的轰鸣声，似乎也从机身感到发动机工作时那轻微的震颤。对热爱飞行事业的我来说，如此美丽动听的声音就像一场音乐会的前奏曲那样，在它之后，进入各个乐章的交响曲将响彻祖国的天空。此时，飞行员的神经系统好像已经同飞机的每个系统紧密地连在一起，真正成了驾驭飞机的主人。机场跑道的方向是南北的，飞机得到指挥塔台的允许，徐徐滑进跑道的南端。从现在开始，飞行员通过飞机仪表和信号灯的反应及飞行员自己的特殊感觉，判断与把握着整个飞机运转的情况。潘景寅以熟练的动作按照规定的顺序，将3台发动机起动完毕。地勤人员根据机长的信号，得知发动机已全部开车并工作正常之后，迅速将连接在飞机上的电源车与起动车断开，并迅速撤离飞机。

地面工作人员在256号专机的右前方，排成“一”字队形，注视着自己维护的飞机就要出发远航。副驾驶陈联炳严格按照开车后的检查程序，念着检查目录。每念一项，其他负责检查此项的岗位，准确回答出电门、杠杆、开关、指示灯等应在的正确位置。确信开车后的检查正常无误后，陈联炳关掉驾驶舱顶部照明，此时，驾驶舱内的所有仪表及设备开关只有在微弱的红光照明之下，除了这些熟练的使用者才能看清之外，整个驾驶舱内的可见度是很差的，这是夜间飞行中对飞行员来说特有的操纵环境，要求驾驶舱内不准有任何刺眼的光线干扰飞行员的视线。只有这样，飞行员才可以在夜间飞行中看清外面的情况，才可以根据机场设备中五颜六色的灯光信号，准确操纵飞机起飞着陆。这同人们晚上行动时，只有站在暗处才可以看清明处的道理是一样的。

“泰山！4121请求滑出！”

“4121可以滑出！”

副驾驶陈联炳伸手打开副驾驶舱顶的灯光电门，并放在“滑行”位置，顿时，在256号专机的前面出现一道明亮的光柱，刺破了西郊机场的黑暗。地勤人员知道这是准备滑行的信号，就用手电筒照向地面的同时，向着飞机的前方摆动，示意可以滑出。

机长潘景寅右手紧握着3台发动机的油门把柄，慢慢向前推动，随着发动机马力的增大，飞机克服着巨大的静止惯性，晃动着庞大的机身，开始向前移动，随即我感到刚移动的飞机又出现减速的现象，这是飞行员们的操纵习惯，当飞机一开始滑动，就要将双脚踩向刹车，以及时检验飞机的刹车功能。

256号专机离开三叉戟飞机停机坪后，右转弯90度，此时，我看到飞机右边被照亮的停机坪上的一排飞机被逐渐甩向后面，重新消失在黑暗中。星期日之夜，被“紧急任务”搅乱了的三大队停机坪，随着256号专机的离开，又恢复了原来的平静。

“向北起飞，4121检查好，可以从一号滑行道进入跑道。”这是指挥台的声音。由于整个机场只有256号专机活动，所以，指挥台为256号专机提供了宽松的环境。平时，如果赶上有多架飞机起飞、落地，机场飞机活动频繁的时候，就得有先有后、严格按照机场航行管制的程序进行了。

飞机沿着机场滑行道向跑道的南端徐徐前进。领航员已经在自己分管的设备上调出西郊机场导航台的信号，我看到飞行员前面仪表盘上的无线电罗盘已经准确地指向机场跑道南端4000米处的电台方向。位于领航员后面的机组通信员、团通信副主任老陈，头戴耳机正在与军委空司的对空台进行联络，随时把飞机的情况向上级指挥部门报告。机械师李平坐在副驾驶员后边的机械师专用座位上，面向飞机右侧操纵机械，认真监视飞机发动机各主要系统的工作运行情况，并随时根据机长的指令，完成属于本岗位上的机械配合动作。机组空中服务员小魏正在驾驶舱后边的服务专用舱里忙碌，她要在飞机起飞之前，将所有服务用品放到合适的地方，茶杯、暖壶等用品还要放在能够固定的位置，以防止在飞机起飞的过程中，因受强大加速力的作用而被打碎。

256 号专机组各岗位上的人员，都在有条不紊地工作着，准备迎接专机远航时的第一个动作——起飞。

北京西郊机场有着悠久的历史，1949 年 3 月 25 日，为迎接中共中央、中央军委由西柏坡进驻北平，在这里举行了中国人民解放军历史上第一次隆重的阅兵。当年毛泽东在西山避暑期间，曾信步来到机场，直接到停机坪的飞机上看望正在工作的地勤人员。"文革"期间毛泽东曾八次接见红卫兵，最后一次（即 11 月 26 日）就是在西郊机场的跑道上进行的。解放以来，西郊机场在人民空军的手中发挥着它应有的作用，20 多年来，不知多少空运专机任务从这里起飞，又回到这里着陆，为祖国、为党立下汗马功劳，成了具有光荣革命传统的航空基地。然而，1971 年 9 月 12 日之夜，一次满载着罪恶的飞行从这里起飞了，机组全体人员被深深地蒙在鼓里，整个西郊机场也被蒙在鼓里。"九一三"事件的导火索就此点燃。

第五节　调机山海关

为什么说是"调机"？因为真正的专机飞行不是从西郊机场开始的，林彪在北戴河，因此，北京到山海关机场的飞行被习惯叫作调机。

当晚，天空晴朗，灯明星稀，顿时，256 号专机在 3 台发动机强大马力的推动下，像离弦之箭弹了出去，发动机的轰鸣伴着一阵呼啸消失在北京颐和园昆明湖的上空。飞行员的职业习惯使我低头看了一下手表，此时此刻是 1971 年 9 月 12 日 19 点 40 分。

起飞时，随着机长潘景寅的右手将 3 台发动机的油门推向最前端，飞机上的 15 吨燃油将以每 12 分钟近 1000 公斤的速度燃烧着，空中，256 号专机庞大的机体在毫不留情地吞噬着油箱中那点生命之源。

由于我是机组第二副驾驶员，前驾驶舱的岗位上没有我的位置，飞机起飞后，我坐在驾驶舱后面的前舱沙发上，通过飞机右边椭圆形的舷窗，居高临下，首都北京初秋时节的美丽夜景尽收眼底，五光十色的灯光将北京这个大城市装扮得如此亮丽,到处流光溢彩、美丽动人。

飞机在爬高中很快把北京市的大片灯光甩到了后面。此时,我的视线离开窗口,很自然地向后面扫了一眼,通过中间通道的小门看到中间客舱两个身着军装的人对坐在小桌的两侧,他们分别是林立果和刘沛丰。也许我的动作引起了他们的注意,他们立即停止了对话,并同时把脸都对准我,死死地盯住看了好一阵子,使我觉得如芒在背,顿觉不自然起来。事后回忆,当时他们看我时,面部表情阴森可怕,深藏杀机,这是我以往执行任务中不曾遇到过的瞬间感觉。因为,机组成员中,除服务员、特设师、机械员之外,其他人员都在操纵飞机的岗位上,一般除了上厕所是不到中、后舱来的,不在座位上的机组成员除服务员因工作需要同乘机者接触外,也不到中、后舱走动,乘机的首长和随行人员没有什么事情也不同机组人员交谈,也不去更多注意机组人员的活动。相比之下,当时刘沛丰、林立果二人对我如此注意,我想,一方面是怕我听到他们的谈话内容,另一方面是在心里算计着一旦阴谋败露,将如何对付这位不在驾驶岗位上的年轻小伙子。

当航程接近一半时,郤起良到前驾驶舱传达三件事情,说:“首长让我问一下,机组都谁来了。”机组的人都习惯对乘机者称“首长”。

“老的都来了!”坐在副驾驶座位上的陈联炳不假任何思索地抢先回答。陈联炳说得很对,在三叉戟飞机里的所有业务岗位上,老的都来了,这里说的“老”,是指无论在年龄上、在业务资历上都是最老的。事后看,林立果除了潘景寅之外,机组中的其他人员他并不认识,他问郤起良“机组都谁来了”这个问题,充分暴露了他心中的空虚。

郤起良接着又问:“山海关调度室主任那里有保密电话吗?”等了一会儿,我看机组内没人回答,就告诉他:“有。”因为,我在 9 月 7 日飞山海关时,曾到调度室主任老李的房间去过,看到他桌子上有三部电话,听老李说在不同颜色的电话机中,有的电话是加密的。

第三件事是通知地面准备一辆汽车,说明林立果从北京起飞之前,没有通知北戴河林彪住处的人员。后来知道,林立果、刘沛丰开始乘坐的是山海关海军场站的吉普车,前往北戴河的途中才换乘前来接他的专车。

256 号专机在晴朗的夜空经过约半个小时的航行,到达山海关上空。

机长潘景寅与副驾驶员陈联炳都是一流的飞行员,他们娴熟的驾驶技术再次在山海关机场夜间落地动作中得到证实。此时,时间为 20 点 15 分。256 号专机根据指令停放在机场候机室前面宽大的停机坪上,在白炽灯的照射下,可以看到不少机场地面保障人员正在忙碌着,一辆吉普车停在那里。飞机按地面信号员的指挥停稳之后，关闭了所有的发动机和有关设备，顿时，被飞机发动机吵闹不安的机场变得十分安静。片刻，林立果走向飞机驾驶舱同机组人员一一握手，表示感谢，与林立衡相比，林立果显然把自己当成了首长。在机舱内不太明亮的灯光下，在近距离内，我再一次打量眼前这位年轻的空军军官，约二十五六岁的样子，中等身材，浓眉大眼。

他下机之前对机组说："明天首长要坐这架飞机，我代表首长谢谢大家。人民解放军的战士要听林副统帅的指挥，在关键的时候要起作用。"林立果所说的"关键时候"与机组理解的"关键时候"完全是两回事情。可以看出，此时的林立果已经磨刀霍霍，锋芒毕露了，只是善良的人们不可能想到他的险恶用心。

林立果同刘沛丰下机后钻进吉普车，很快消失在停机坪之外的夜色之中。

第三章　惊心动魄的山海关之夜

第一节　山海关机场的“飞行后”

按专机任务规定，专机每到一处停放过夜之前，必须对飞机进行全面检查，这一工作飞行员们通常叫“飞行后”，虽然，256号专机从北京起飞到山海关落地只用了35分钟的时间，飞行中也没有发现任何问题，但也要按规定做好“飞行后”，谁都不会忘记三叉戟飞机是首次执行林彪重要专机任务。

在飞行后的检查中，飞机发动机部分是机械师们检查的重点。此时，机组中除机械师之外的其他人员也在帮机械师做些力所能及的事情。如果在西郊机场的大本营，会有很多地勤人员帮助工作。飞机执行任务在外，涉及到飞机方面的事情，主要依靠三个随机的机械人员忙碌，机组其他人员只是帮助机械师做些非技术性的工作。空中服务员小魏留在飞机上整理客舱的卫生，我在飞机后面左侧发动机处帮机械师张延奎往发动机中加添润滑油。不但飞机是引进的，连飞机发动机使用的润滑油也是随同飞机一起引进的。当我看到特制的加添工具时，觉得很科学，也很好玩，还特意评论了几句。工作中一不小心将润滑油弄在张延奎的工作服上，我急忙向他表示歉意。平时少言寡语的张延奎憨厚地一笑，算是对我的不慎表示谅解。

此刻，我看到机长潘景寅走到李平跟前，对李平说：“将飞机的油量加到17吨！”

“加17吨油！明天飞往何处？”我没等李平回答，抢在前面向机长提出反问。自北京我听到加16吨油开始，多加油的事情就一直在我的脑海里回旋，好奇心使我很想知道飞机的去向，油量的多少直接关系着航线的长短。

“等一会儿咱们到飞机上研究一下航线。”机长所答非所问，他边说边往飞机的前方走去。少顷，机组除机械师、服务员外的人员在飞机上利用机上的灯光研究航线时，潘景寅却没有叫我参加。

所谓“研究航线”，是机组中领航、通信、驾驶三个主要岗位人员在一起进行的一项主要专业活动，通过航线研究，解决飞机从甲地飞往乙地全过程中的一切技术问题，其中主要包括起飞加入航线的方法，空中如何保证航线的准确，通信联络中注意的问题，到降落机场后正常穿云落地的方法，航线飞行高度，各个阶段预计飞行时间及各种特殊情况处理方案等。

我是机组第二副驾驶员，正常情况下，机组中有机长和一名副驾驶员就足够了，因为，飞机上只有正副驾驶两个人的位置。潘景寅这次让我也加入到机组中来，我想，一来是专机任务需要，多来一名飞行员作为备份；二来潘景寅是师级领导，除飞行外总是还有其他许多事情要做，不能把精力全部集中在飞行业务上来，我的加入可以在这方面给予弥补，以往的飞行实践已经证实了这一点。潘景寅的技术高明，经验丰富，资历较深，但对新机种座舱设备的具体位置及使用方面有时记不清楚，需要一名副驾驶给予必要的提醒。256 号专机组中从飞行、领航、通信到机械各个业务岗位，都是三叉戟飞机的权威，在部队的人员中，已无法再组成第二个同样水平的机组。在机组老飞行员面前，无论从年龄、资历等方面，我都是一名小学生。所以，在 256 号机组中我只是按自己的业务水平提出一些问题，绝没有要改变领导意图的想法。所以，机组其他人在飞机上研究航线没让我参加，我也不以为意，仍继续帮机械师们做飞行后的检查工作。不过，严格地讲，我也是机组主要业务岗位人员之一，也应该参与航线研究活动，如果我不是第二副驾驶的话，这样的工作我是必须参加的。

机械师李平对要加 17 吨油的事很重视，因为这是机长的安排。我站在飞行员的角度，还可以对多加油提出自己的看法，而对机械师来说只有去执行，不会问为什么，至于加多少油，不是机械师业务范围内的事情。也许正是因为我对加 17 吨油过于敏感了，所以研究航线时有意让我回避，防止我当着大家的面再次提到多加油的事情。

当李平把油车叫到机场，并按照规定对车内的燃油进行留样封存后，准备加油时，才发现山海关油车加油导管与三叉戟飞机的压力加油接头不配套，使用压力加油的方法不能进行。所谓“留样封存”，就是机械师将油车里的油放在一个小瓶子里封存起来，以备因油料问题发生意外时有调查的根据，这是专机在外场加油时必须履行的责任。因为，三叉戟飞机与当时的其他飞机相比，有着许多先进的地方，就加油方式而言，除了同其他飞机一样的重力加油外，还有一种独特的压力加油方法，即在地面用一个特制的管子接在油车的加油导管上，从机翼的下方直接插入加油孔，靠油车的压力将油加入飞机油箱。这种方法既快又省力，在北京加 16 吨油时就是使用的这种方法。当李平向机长报告说，山海关机场油车设备不配套，不能使用压力加油时，潘景寅沉思片刻后说:“那就不要加了,等明天早上再说吧!”

机长的这个决定说明两个很重要的问题:其一,在他的心里有一个按专机任务要求的时间表,按照这个时间要求,最起码是在第二天起飞;其二,潘景寅不知道当天晚上有紧急起飞的可能,也就是说,潘景寅不知道林彪等人的行动计划,否则,如果潘景寅能意识到半夜有紧急出动的可能性的话,他无论如何也要把油加进飞机中去,而且,不是17吨,而是将油加满到21吨。虽然,压力加油的方法不行,使用重力加油的方法也很简单,只要爬到机翼的上边,打开油箱上盖,用油车导管直接加入即可。不过,使用这种方法加油,需要的时间会长一些。因为三叉戟飞机不能用重力加油的方法将油直接加到中央油箱,只能通过内组油箱流进中央油箱,而且流动的速度很慢,即使如此,还要将位于机翼下面的一个带拉手的开关拉出才能实现,否则,使用重力加油的方法对当天晚上的256号专机来说,是不能奏效的。

从“九一三”事件256号专机活动的整个程序看,9月12日晚的“飞行后”加与没加那17吨油,是一个很关键的动作。潘景寅当晚没有坚持加油,有三个方面的原因:其一,已经21点多了,机组还没有吃晚饭,加油会使晚饭拖得更晚;其二,加17吨油停放过夜,一般情况下按规定是不允许的,两边机翼中过多的油量会对飞机形成向下的剪切力矩(空中飞行时两边机翼产生的升力形成的剪切力力矩是向上的),通俗地讲机翼中过多的油料会使两边机翼承受更大的重力,这个力矩在飞行中正好被升力抵消了,长时间地面停放时,当然对飞机不利;其三,加17吨油如果既成事实,会在晚上的机组会上因为油量问题再次引发对飞行航线的讨论,这正是潘景寅所不愿意看到的局面。

在做“飞行后”的过程中,还发生了一件不被机组人员注意的事情。借着停机坪亮如白昼的灯光,我看到从北京随机到达山海关的两位身着空军军装的女兵曾到飞机上去过一趟,并且每人拿了一个军挎包后离开了飞机。这两个女兵在北京上飞机时,我并没有注意到她们,在空中,她们也是坐在最后的客舱里,没有同林立果坐在一起。机组人员都在忙自己的工作,谁也没有把注意力放在乘机者身上。然而,有一点我是在脑子里转了一个圈的,在当晚的五个乘机者中,除刘沛丰、林立果两个人乘车离开机场之外,还有谁离开了呢?在另外的三个人中,起码可以断定这两位女兵没有离开。但也许已经走了,又想起什么东西忘在飞机上,为取东西又回来一趟。进而又使我联想到先前在北京往飞机上装东西时,刘沛丰手里拿着一些东西,特意问自己坐在什么地方,似乎东西和人不能分开,那么他同林立果走时,是否也把东西带走了呢?

虽然“飞行后”没有太多的工作要做,机械师们还是忙了一个多小时。因为运输机与小飞机相比，有许多工作都要登上梯子、爬到飞机上面才能完成。例如，机身外表有许多与仪表有关的小孔，这些小孔应该与大气相通才能使仪表指示正确。例如，与高度表相对应的大气静气压就必须通过这小孔提供，停放过夜时必须用特制的塞子将小孔堵起来，否则，一旦小虫子爬了进去，有关仪表就会发生故障，影响到飞行安全。还有，飞机上活动的舵面，例如方向舵、副翼（用来操纵飞机转弯的舵面）都要用特制的夹子进行固定，以防止夜间的大风将其吹坏。起落架上也要插上销子，防止自动收起。发动机的进气道也要堵上，两侧的发动机还要盖上蒙布，等等。大家齐动手完成这些工作就要花去约 10 分钟的时间，因为飞机的高处需要两个人同时完成一个动作，一个人扶稳梯子，另一个人爬上去才能完成。

按规定专机过夜停放时，必须交由当地警卫部门看管。所以，机械师李平围绕飞机再次对过夜停放应做的工作检查无误后，准备移交给山海关机场场站的保卫部门。

山海关机场是属于海军航空兵驻军基地，驻场的飞行部队及飞机已经不在了，只留下负责机场警卫、通信调度、后勤保障等机场场站的人员，当晚 256 号专机落地后的一切工作几乎都是同山海关机场海军的同志们打交道的。

在通常情况下，飞机停放有警卫战士站岗即可，重要专机按规定负责警卫的档次就要提高，力量也要加强。因此，当晚担任飞机警卫任务的都是海军排以上的干部。山海关场站为了使专机的保障工作做得更好、更及时，还特意在机场停机坪的边上临时加装一部场内电话分机。

飞机交接完毕后，场站领导考虑到机组在北京起飞前没有吃好晚饭，特意开来一辆中型轿车，拉我们去食堂就餐。此刻，空旷的机场上，一阵凉风从海边吹来，单薄的夏季飞行服挡不住初秋的凉意，禁不住打了一个冷战。机组中唯一穿皮夹克的特设师邰起良，看到同志们怕冷的样子，连忙说：“我的布工作服就在飞机上，可以拿下来给你们穿。”大家对他的好意表示感谢，谁也没有坚持增加衣服。机械师们经常以飞机为家，他们放在飞机上的东西要比机组其他人员多一些。主管机械师挂在腰间的钥匙链上，不仅有自己家门的钥匙，还有飞机舱门的钥匙。

此时，借着停机坪的灯光，看到在停机坪的东边不远的机窝里停着一架伊尔-14 飞机，一看飞机的尾号就知道是专机师二团的飞机。由于林彪住在北戴河，北京来往飞机很多，有的是送文件的，有的是送吃的，不管是送人、送物，领导一声令下，机组立即出动。所以，这架飞机留在山海关也是很正常的现象。但不知他们住在什么地方，等一会儿到招待所也许就能见到他们了。我从伊尔-14飞机改飞伊尔-18飞机,目前又改装了三叉戟飞机,虽然好几年过去了,但见到伊尔-14飞机的老飞行员们还是非常亲热的。由于机组的同志们都已经习惯于在外场见到自己本单位的飞机,也已经习惯于在外场见到自己的战友,虽然其他人员也发现了这架伊尔-14飞机,但谁也没有就伊尔-14飞机的事情说些什么。

食堂离停机坪不远,当机组人员下车陆续步入食堂的时候,我看到从北京同机到达山海关的程洪珍同两位女兵也在食堂用餐。程洪珍身边放着一个特别精制的手提皮箱,两位女兵身上左肩右斜背着刚才从飞机上拿下来的军用挎包。因为互不认识,谁也没有打招呼就分别坐在两张桌子上开始就餐。两张桌子并不是紧挨着的,中间还隔一张空桌。只是从机组进入食堂之后,那两位女兵不时向机组这边送来警惕的目光。这时,我才比较仔细地打量一下这三位乘机者。程洪珍不足30岁,中等身材,着空军服装,面庞白净,外表看去像个知识分子,给人以文弱书生的印象,据说是林立果身边的一位英文翻译。两位女兵在18~20岁上下,身材高挑,眉清目秀,身上那套空军军装显得有些肥大,两位姑娘在一起,一点也没有女孩子扎堆时说笑打闹的活跃气氛。她们的出现说明没有同林立果、刘沛丰一起到北戴河林彪的住处。但是,让人感到费解的是,在机组检查飞机的一个多小时内,山海关场站一定已经为她们安排好了晚上休息的房间,她们也一定是先到招待所后到食堂,机组人员手里拿着东西是因为从停机坪直接到的食堂,而她们3人为什么不把提包放在招待所的房间里,连吃饭都要带在身边呢?当时住的是军队机场内部的军人招待所,又不是大街闹市中的宾馆,难道还怕东西丢了不成?

“九一三”事件之后,两个女兵中那个年纪小一点的曾亲口对我说,在机组进行飞行后检查时,程洪珍把她们叫到房间,对她们说:“我们跟着林副主席没有错,眼下我们要听林副部长(林立果)的指挥。”说完,从提包里拿出两支精巧的“五九”式手枪,分给她们每人一支,还有两支由程洪珍自己拿着,由于她们女孩子家没有办法把枪带在身上,不能放在军衣兜里,更不方便挂在腰带上,才特意到飞机上取来军挎包,把枪装在里面背在身上。其实这两位姑娘根本就没有打过枪,也没有见过那么好看的小手枪。

吃完饭,大家回到招待所各自按照分配好的房间休息。潘景寅是师级的干部,被安排在单独的高干房间里,服务员小魏同两个女兵安排在同一间客房里,剩下的7人被安排在另一栋基本连在一起的平房里。这栋平房呈东西走向,最东边的一间由专机师调度室主任老李常住在那里,第二间住的是程洪珍,从第三间开始由机组分配。我作为机组的第二副驾驶员,按照机组出差在

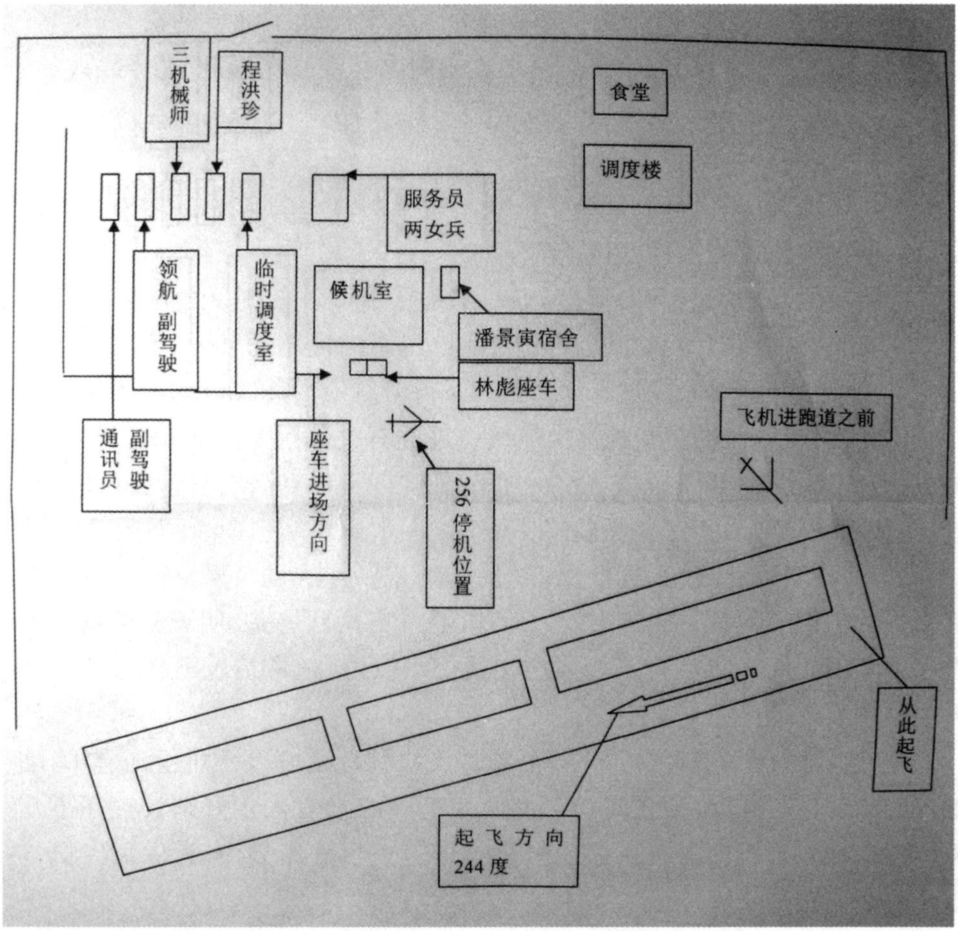

“九一三”事件中的山海关机场平面示意图

外的习惯，我是负责机组行政工作的，于是，我就按照机组组成的特点，结合平时住宿的习惯分配了住房。机组的3位机务人员住在第三间，我与领航员是一个飞行大队的，住第四间，第五间应该是团部的两位老陈了。

机组成员各就各位，有的在床上稍事休息，有的找有水的地方洗一洗。大家从18点一直忙到晚上22点，也有点累了。

此时，我站在门口问隔壁的副驾驶员陈联炳：“现在休息如何？”

“潘景寅不来，咱就睡。”其实，我也知道按任务飞行的规定程序，还有一个机组会没有开，我想，当天只飞行了短短的几十分钟，没有什么更多要说的，机组讲评会不开也罢。

过了几分钟，潘景寅来到平房，要开机组会。于是，大家很快聚集在3个机械师的房间，屋里三张床坐九个人显得满满的。

开始，潘景寅把北京到山海关一段的飞行情况做了简要的讲评，接着说："现在两条路线斗争很复杂，要解决跟人的问题。"潘景寅说的"两条路线斗争"是指当时在空军部分单位中盛传的"吴反林"，即空军司令吴法宪等反对毛主席、反对林副主席的流言。

关于第二天的飞行，潘景寅说："明天的航线到什么地方还不知道，我们听空军胡萍副参谋长的指挥就行了。"

机组最关心的就是飞向哪里，只有知道了航线才能对天气、地形、备降场等因素对飞行的影响做到心中有数。因此，机组向机长提出两个问题：

其一，现在还不知道航线，那么明天飞行时航线沿途飞行的地面保障怎么办？因为，飞行航线通常要提前向航线经过的有关部门发出通知，以便沿线有关机场及有关调度部门提供必要的电台及航行资料，保证航行的准确性和安全。对此，潘景寅回答："关于航线保证，空军司令部航行局会及时安排的。"

其二，不知道航线，天气情况如何了解？因为，沿线气象情况对飞行有着直接影响。这个问题是我提出的。对此，潘景寅的回答是，明天到机场气象台看一下全国的天气图就行了。他这句话等于没说，正常情况下到气象台必须看全国的天气形势。

此外，机械师李平汇报了飞行后检查飞机状况良好及飞机上还有12吨半油料的情况，服务员小魏主动检讨在北京起飞时没有固定好茶具打坏了几只杯子的事情。机组会上再次体现出机组作为一个战斗集体，为保证专机飞行安全的敬业精神。

关于第二天的时间安排，潘景寅说："明天早上6点起床，6点半吃饭，然后早些到机场进行准备。现在时间不早了，抓紧休息。"我看一看手表，时间指在22点40分。

机组会结束后，各自回到安排好的房间。在我隔壁的3位机械师，因体力劳动比别人多一些，很快就关门睡觉了。

初秋的海边，夜深风凉。我就睡在靠近窗户的床上，窗户和门是紧靠在一起的，窗口离机械师们的房间不到1米远。我将开着的窗户紧紧地关了起来并拉上窗帘。

过了一会儿，听到潘景寅在门外，隔着已经关上的门问我："副中队长小王回来恢复飞行没有？"

"白天恢复飞行了，夜间还没有。"我一边起床，一边回答。

"还有大队长呢！"这是隔壁副驾驶陈联炳的声音。他显然听到了我与潘景寅的对话，快言快语的他就抢先做了回答。

潘景寅所问的小王是三叉戟中队的副中队长，他刚从西安学习一段时间回京。按规定飞行员停止一段飞行活动后，在执行任务之前要进行恢复技术的飞行训练，潘景寅问我的意思是可能要王副队长参加另外的任务飞行。隔壁陈联炳的回答显然更快地理解了潘景寅的意思，他说的大队长就是三大队的一把手，陈的意思是说如果小王没有恢复飞行的话，大队长也是可以参加飞行任务的。这本是北京大本营方面的事情，为什么潘景寅也要管呢？可见潘景寅是与北京通过电话的。因为隔壁陈联炳的回答解决了潘景寅提出的问题，最终我没有开门出去。

入睡之前，我还问同屋的领航员老李："你们不是在飞机上研究航线了吗？"

"只是估计了几条航线，有重庆、大连、广州等，没有说准到什么地方去，反正我的领航记录纸都已经备份好了。"领航记录纸是一种领航业务的准备内容，上面可以提前填写好所飞航线的基本数据，实际实施的情况要在空中才能填写，领航记录纸可以提前准备好。

9月12日深夜的23点钟，山海关机场表面看来十分安静，我带着一天的疲劳很快进入梦乡。

第二节　惊心动魄的山海关之夜

"嘭、嘭、嘭！嘭、嘭、嘭！"一阵急促的敲门声把我从睡梦中惊醒，门外急呼："首长到机场了！快起床！"接着又听到敲击隔壁房门的声音，此时，我才听出是调度室主任老李在叫门。同屋的领航员和我几乎同时被急促的敲门声惊醒，黑暗中我摸到了开灯的拉绳，电灯打开，彼此顾不上说话，想的和做的只有一个字："快！"我们都拿出了平时紧急任务时练就的过硬功夫，以最快捷的速度、最简单的办法穿上衣服。过去虽然碰到许多紧急情况，但从未遇到过首长已经到达机场而机组人员还在睡觉的先例，况且，这次又不是一般的专机任务。

当我穿第二只皮鞋的时候，突然听到从停机坪传来飞机发动机起动的声音：

"轰……"

"怎么会？……"我脑子里迅速闪过机组还没到场，飞机怎么会开车的疑问，但思考马上就被这真切的、非常熟悉的三叉戟发动机的轰鸣声打断了。没错，这肯定是256号专机发动机的开车声。我顾不得系好鞋带，也没有扣好衣扣，提上提包冲出房间。黑暗中，借着招待所外面微弱的灯光，我看到副驾驶和通信员2人已经跑在了我们的前面。当我出门向左转跑步经过机械师、程洪珍、调度室3个房间门口时，也没有顾得上向他们的房间看上一眼，但眼睛的余光中，隐隐约约觉得程洪珍的房门口站着一个人。我继续向东跑，当看到停机坪白炽灯下银白色的256号专机时发动机的轰鸣声突然增大，飞机快速向前弹了出去。此刻，摆在我面前的是个无法让人理解的局面、没有见过也没有听说过的事实，这就是机组中起码还有4个人没有上飞机，飞机竟然要走。此时此刻，无数个问号缠绕着我的思维，我顾不得细想，只知道以最快的速度跑到停机坪，看看究竟发生了什么事情。

此时的停机坪已经见不到昨天晚上做“飞行后”的平静，在飞机发动机的轰鸣中，整个停机坪呈现一片混乱。在白炽灯的强光下，我看到256号专机正沿着通往跑道东头的滑行道快速移动。飞机发动机的声音在深夜空旷的山海关机场里显得格外响亮，淹没了停机坪上的一切声音。机场海军的地面保障人员及已经跑到停机坪的机组人员，不约而同地望着正在滑行离去的飞机，惊呆在那里，紧张得说不出一句话来。

混乱中，我发现一队人马突然从黑暗中杀出，迅速占据了停机坪。一辆卡车满载着全副武装的陆军战士，在停机坪的中央停住，有的人已经端着步枪从车上跳下。混乱中我似乎听到有人喊：“开枪！”

又有人喊：“不准开枪！”

人们的喊声、汽车发动机声、飞机的轰鸣声混在一起。在那辆卡车到达的同时，一辆吉普车出现在离我几米远的地方。吉普车“嘎”的一声刹住，只见从车上动作敏捷地跳下一位40多岁身着陆军衣服的军官，他看我上身穿飞行员工作服，与在场海军同志穿的衣服截然不同，认定我就是机组人员，他左手拉住我的右臂，右手拿着手枪，一边用手枪点着远处正在滑行的256号专机，一边操着浓重的山东口音，非常着急地对我说：“你、你……快把飞机拦住！”

面对当时异常紧张的局面，我连谁在飞机上都不知道，赤手空拳站在那里，怎么能把飞机拦住？那位军官也是急不择言。

我连问数句：“谁在飞机上？”

“这架飞机不能起飞！你把它拦住！”他答非所问，好像根本没有听懂我的问话。我综合当时的各种奇特现象，迅速得出结论：无论如何，肯定是有问题，只要飞机不起飞就会弄清楚。我看到停在那里的吉普车，急中生智，用手指着那辆吉普车反过来“命令”那位军官说：“快！快把汽车开到跑道上对正飞机，堵住它，它就不敢起飞了！”

面对当时这怵目惊心的局面，我脑子里迅速闪过几个想法：

第一，有坏人劫持飞机吗？当我看到飞机突然滑出时，首先想到了这一点。因为从来没有遇到过也没有听说过在机组主要人员不到位的情况下飞机开车起飞的，在飞机缺少副驾驶员、领航员、通信员的情况下怎么能起飞呢？就是在家门口（本部队所在的机场）训练飞行员起飞、落地技术这一最简单的飞行科目时，也应该有副驾驶员、领航员、机械师在飞机上，缺一不可，更何况这是在外场，又是夜间，又是重要专机任务待命之时，飞机怎么能起飞呢？我有无数个理由说明飞机不能起飞。还有，在我的思维中，昨晚机组会之后，大家都睡觉了，除机组之外，是谁半夜三更爬上飞机的呢？那一定是坏人所为。然而，我又想，三叉戟飞机刚从国外引进两年，除了眼前这几个飞行员，谁还会驾驶呢？不可能，我自己否认了自己的想法。我的全部思维都是集中在正常的飞行活动范围之内，不敢想也不可能想到把眼前的情况同政治事件联系在一起。

第二，调度室主任敲门时说："首长到了，快起床！"然而，停机坪所出现的混乱场面，哪里有一丝一毫首长乘坐飞机时的宏伟气势呢？我虽然没有执行过林彪的专机任务，可是，在执行别人的专机任务时，都是机组很早把飞机准备好之后，在机场等候首长的到来。首长来之前，先遣人员总是忙上忙下往飞机上搬东西，欢送的人也都先期到达机场候机室等候。首长未到已经是人来人往，车水马龙，热闹非凡。首长一到，更是小车成串，迎送的人成片，就是紧急任务或秘密任务也是紧张有序，忙而不乱。再说这是林彪的重要专机任务，怎么能是这样的场面呢？在招待所房间里急忙穿衣服时，我还想着是首长的紧急任务，然而，一到停机坪，当看到一切同专机飞行是那样格格不入时，脑子里所谓"首长专机"的概念早就飞到九霄云外去了，根本想不到会是林彪在飞机上。

第三，停机坪上飞机强行滑出，后面军队尾追，全副武装，荷枪实弹，带队军官心急如焚，战士持枪喊声不断，我几次问他谁在飞机上，他都不说。可以肯定，一切问题的焦点都集中在这架飞机上。虽然，我暂时无法弄明白是怎么回事，但肯定是有问题的，还不是一般的问题。调度室主任一下子把我们从梦中惊醒，碰到如此复杂的局面，好像又进入到另一场噩梦之中。时间不允许犹豫下去，只要飞机不升空，问题总会弄清。

以上这些想法在脑子里一闪而过。当那位军官按我的意图登上吉普车的时候，飞机已经滑入跑道的东头，机头已经调转过来对正起飞方向，从停机坪望去，可以清楚地看到飞机的右侧面。

远处的三叉戟256号专机紧紧锁住所有在场人员的视线，此时，在停机坪上所有的人几乎都意识到飞机就要起飞了，激烈跳动的心好像要蹦了出来。

果然，最担心发生的事情终于发生了，在听到飞机发动机声音增大的同时，飞机开始增速滑跑，几十秒钟后，消逝在机场西南方的夜空，刚才起飞时飞机发动机那撕裂心肺、垂死挣扎的吼叫声也随着飞机的消逝渐渐听不到了。

和我一样呆站在那里满脸都是问号的领航员，没有忘记他的职业习惯，低头看了一下手表，当时的时间是1971年9月13日0时32分，这个时刻被永远载入共和国的史册。

第三节　带着血与泪的算式:9－4＝5

飞机强行起飞后，随着飞机发动机声音的消失，几分钟前停机坪那一团混乱的局面厚此戛然而止，突然变得十分宁静，甚至静得有些恐怖。在场的山海关场站专机地面保障人员、8341部队林彪警卫团的指战员及专机机组的部分人员，在这短暂的时刻里，谁都不知说什么好，陷入一种不可思议也无法理解的迷茫之中。

然而，最让人困惑的就是包括我在内的机组中未登机的成员，此时，我们的脑海里似乎有成千上万个问题需要马上得到解决：

“机组谁在飞机上？”

“除机组之外还有谁在飞机上？”

“飞机为什么会突然起飞？”

这是我急于知道的前三个问题，相比之下第一个问题更想马上得到解决。当时，我已顾不得叫上身边的另三名机组人员，转身径直朝专机部队临时设在山海关机场的飞行调度室走去，因为是调度室主任老李叫我们起床的，他一定知道谁在飞机上。

半路上碰到机组空中服务员小魏姑娘，她手提两个暖水壶和随身用品，正急忙向机场停机坪走来，一看就知道她的动作比我们慢了许多。虽情况紧急，但她恪守本职，没有忘记给首长打开水喝。她已经听到了飞机起飞的声音，见到我第一句话就问：“飞机怎么起飞了，我的开水还没有打呢！”显然，她的想法还停留在正常专机任务的水平。

这位刚20岁出头的姑娘，心地是多么纯洁，面对如此异常的变故，她仍想着在专机任务中做好自己的那份为首长端茶送水的服务工作，她看到我后，脑子里对眼前的反常现象还没有反应过来，甚至没想到为什么机组的人还在下面，飞机倒起飞了，还一心想着打开水的事情。由于我被当前的突发事件弄得心烦意乱，所以就没好气地回答：“都不知出了什么大事情了，怎么还想着打开水！”

我接过她手中的水壶，一同奔向调度室。

调度室的门一直开着，屋里的灯光射向门外。

刚到门口，我连门都没进，劈头就问：“谁在飞机上？”

“潘景寅和三个机械师……”我没等调度室主任把话说完，就和小魏扭头朝山海关机场飞行调度室的塔楼快步走去。其实，调度室主任此时也被刚发生的事情弄得晕头转向，急得在房间里团团转。

一个飞行员的职业本能告诉我，只有到海军调度室才能知道飞机起飞后的情况。

“只有机长潘景寅和三个机械师在飞机上。”

情急之中是调度室主任揭开了我心中的第一个谜团。

顷刻之间，山海关机场调度室成了追寻256号专机行踪的指挥中心。0点46分，也就是在飞机强行起飞14分钟之后，256号专机的目标从山海关机场雷达的屏幕上消失了。

机组五个人又带着从调度室了解到的更多的困惑，从山海关机场的调度室塔楼回到山海关机场军人招待所，第一个踏进的就是机组中三位机械师住过的房间，这是256号专机从山海关机场雷达屏幕上消失之后，机组最想了解的地方。机械师们的房间里，有两床被子是经过简单整理胡乱叠起来的，有一床被子没有整理，伸手一摸余温尚在，当时离机械师起床还不足50分钟。9月份，秋季沿海的后半夜凉气逼人，身穿夏季布工作服的我，望着窗外空旷漆黑的夜空，面对人去屋空的景况，不由得打了一个寒战——天不该这样冷啊！

主管机械师李平，35岁，也是首批改装三叉戟飞机的人员之一，个子不高，身体粗壮，行动敏捷，性格豁达开朗，曾维护许多机种，技术精湛，是维护三叉戟飞机不多的空勤机械师之一，他满腔的工作热情，使人总觉得在他身上有一种用不完的劲。李平的家在天津，还没有条件把家安置在北京，好在天津离北京不远，大的节假日如果没有专机任务，就可以乘火车回家看看。

机械师张延奎，26岁，是维护飞机的一把好手，性格沉稳，寡言少语，对他来说，平时默默无闻地埋头工作也许更能代替有声的语言，他与机械师李平密切配合，出色地完成了许多重要专机任务。他刚结婚不久，繁忙的专机任务使他没有更多的时间去享受二人世界的甜蜜生活，他的妻子就在北京市内工作，虽然近在咫尺，但作为军人的妻子要比其他女性奉献得更多。

特设师邰起良，36岁，吉林省长春人。身材高挑，精明强干，毕业于长春空军地勤学校，在维护飞机的各种特殊设备方面，属科班出身。在维护飞机的第一线工作，不但动手能力强，有着丰富实践工作经验，而且他的理论造诣也很深。当时三叉戟飞机特种设备复杂，如此重要的专机任务非他莫属。邰起良有两个女儿，妻子身体不好，患有慢性病，不能正常工作。

机组剩下的五个人，在机械师住过的房间里，面对3张空床，内心有着说不出的滋味，满脑子的困惑无法解释。

"他们飞到哪里去了？"大家都在想着同一个问题。每个人都不止一次地看手表，时间一秒、一分、五分、十分、半个小时、一个小时过去了。彼此很少说话，也不知道说什么好。然而，这无声的语言只用两个字就可以概括，那就是"油量"。这两个字谁都没说出来，但要比说出来的分量更重不知多少倍。

256号专机强行起飞的气势虽不可挡，然而，飞机上的油料给它的飞行时间却只有两个小时，也就是说，飞机在13日凌晨3点以前必须降落，这样，在天亮以前就可以知道飞机的下落，因为油料将作为这架飞机的致命因素迫使它不得不这样做，这就是机组5个人守在3位机械师住过的房间不停地看表的原因。

机组成员在原单位是按照行业的编制来工作与生活的。根据专机任务的需要，才按照正驾驶员（机长）、副驾驶员、领航员、通信员、机械师、机械员、特设师、服务员等业务岗位的要求，从以上不同的行业编制中找出对应的人员组成机组。

无论机组成员个人在单位的级别、职务如何，执行任务在外都是一个独立战斗的集体。为了飞行安全，大家分工合作，周密配合，团结战斗，真正做到了为了一个奋斗目标走到一起来了，在飞行工作中、在同各种不安全因素的斗争中结下了深厚的战斗友谊。

两个小时之前，机长潘景寅还在机组会上讲第二天的工作安排，22点40分我和领航员关窗睡觉。时隔不足两个小时，却发生了连做梦都不可能想到的突变。机长和3个机械师把飞机飞走了，剩下的5个人茫然不知所措。

后来，有关部门在核对人数时曾反复问了好几遍："机组究竟有多少人？走了几个？还剩几个？"这是个既简单又严肃的问题。

后来才知道，上级有关部门在核对温都尔汗坠机现场那9具尸体的时候，由于一时难以弄清林彪座车司机的身份，曾急于在机组活着的人身上寻找答案。机组从北京飞山海关时一共9个人，林彪专机起飞之后，留下4男1女5个人，这个再简单不过的算术题，连学龄前的孩子都不会算错。这个历史遗留的答案将永远保留下去。

血的事实已经证实，机组 4 人已成为葬身异国他乡的孤魂野鬼，做了林彪的牺牲品。9 - 4 = 5 是千真万确的，这道极普通的算术题发生在我党历史上林彪事件专机机组成员们的身上，永远被载入史册。

第四节　机组的走留是有意安排的

这是个至今也没有完全解开的谜。

不过有一点可以肯定，机组 9 人有走有留的局面是机长潘景寅直接造成的。但这是潘景寅自己主动安排的，还是有人授意他这样做的呢？从各种迹象分析，潘景寅是在听了别人的授意之后，积极主动安排的，而向他授意的人就是林立果。在当时那个历史条件下，潘景寅怎么也不可能想到是自己为自己铺就了一条通往死亡的路。

当晚 23 点前，潘景寅作为一机之长，在机组会上还为第二天的飞行工作做了时间上的安排，让机组一早起来到机场准备，吃罢早饭后，在机场待命——这是机组执行专机任务在外活动的一般规律。特殊情况下，机组在外短时间没有飞行活动时，机械师们会单独到机场做一些类似飞机保养的工作，机组其他人员就可以留在住处做一些本岗位技术上的补充准备。除此以外，机组的活动都应是集体的，尤其是住处离机场较远的情况下，更要强调集体行动。

然而，“九一三”事件的山海关之夜，表面上看，专机任务的活动似乎在正常进行，可背地里一切都变了。在离山海关机场不远的北戴河林彪住处，正在酝酿着一个特大的阴谋活动，躲在暗处的林立果、叶群等人，已经引爆了导火索，那呲呲冒烟的火花随时都能变成爆炸时的巨响，在这种情况下，形势的发展瞬息万变。

当晚，256 号专机载着林立果、刘沛丰、程洪珍等人，在山海关机场降落后，林立果、刘沛丰二人当即乘车直奔北戴河林彪住处。9 月 7 日乘 252 号飞机先期到达北戴河的林立衡看到其弟林立果后，马上意识到有飞机已到山海关，在此关键的时刻，将林彪要动的信息通过林彪警卫团的领导及时报告了中央，周恩来总理打电话给叶群，追查三叉戟飞机已到山海关的事情。在此情况下，林彪等人意识到阴谋败露，南逃广州另立中央不成，于是，破釜沉舟，北逃叛国。

周总理通过空军司令吴法宪调查 256 号专机的事，使林立果等人成了热锅上的蚂蚁，一旦决定北逃，对他们来说除了抓紧时间做其他各种准备之外，最担心的就是飞机的准备情况及机组的9个人。如果按原计划飞往广州，因为是国内飞行，仍可以用“重要专机”的招牌欺骗下去，但是改为北逃后，再用“林副统帅”的光环继续蒙骗下去是不可能了。做贼者心虚，林立果、刘沛丰在空军多年，他们深知飞行员们在党的教育下应具备的阶级觉悟和严把空中防线的政治敏锐性。一旦飞机升空，那叛逃的航向会一下子将他们的反革命面目彻底暴露，到那时，面对9个人的机组，在空中他们是没有把握控制局面的。所以，在林彪等人乘车离开北戴河之前，就通过电话通知在山海关机场等候在调度室主任房间的潘景寅：马上把飞机准备好，机组人员越少越好。虽非原话，但实质如此。实际已经证明，当林彪等人乘车冲出北戴河时，跟随林彪多年的贴身警卫、林彪办公室内勤处处长李文普，竟因阻止他们的行动被打了一枪，相比之下年轻力壮的9名机组人员更是他们的心腹之患。

当晚，潘景寅在为他单独安排的房间里只待了不足5分种。除了开机组会之外，他基本上就待在调度室主任的房间，除了接听电话外，就和当晚同机到山海关的程洪珍聊天，谈了一些三叉戟飞机性能方面的问题。调度室主任的桌子上放了3部电话机，其中一部是红色的，一部是山海关机场内部的，按规定，红色电话机都是为了直接与重要人物联系安装的。

午夜，时间的脚步刚刚跨入9月13日，潘景寅接到一个电话后，马上让调度室主任电话通知海军场站要加油车。0点05分，潘景寅走出调度室，把睡在第3个房间的3位机械师叫起床。潘景寅当时向机械师们交代了什么已无法证实，但根据事态的发展与种种迹象表明，机长潘景寅向机械师们交代了以下几个方面的内容：

第一，加油。潘景寅会把需要加的油量告诉机械师，这是飞行业务活动中正常的职责划分，即使潘景寅不交代，机械师也会主动请示潘景寅的。因为，头天晚上做飞行后检查时，潘景寅让机械师李平把油量加到17吨，由于飞机自带的压力加油接头与机场油车上的接头不配套，没有实现，潘景寅也没有坚持用别的方式加油。只要不是回北京，就得加油。

第二，将飞机准备好，使其处于起飞待命状态，越快越好。从3位机械师起床时动作仓促、被褥叠放不整齐的情况就可以证实这一点。而且，机械师们随身带的洗漱用具也不在了，更说明是要做起飞前的准备，而不是将飞机准备好之后再回到宿舍。

第三，“你们先上机场，我同机组其他人员研究一下航线，随后就到。”原话不一定如此，但潘景寅的目的是很明确的，那就是不能惊动机组其他人。如果潘景寅不这样做，机械师们起床后，会很自然地敲响我们的门。平时的任务中,早上起床时,互相叫门一哄而起的现象太多了。为了达到目的,潘景寅甚至等到把机械师们送走之后才悄然离开。更离奇的是他没有同机械师一起上机场,又一声不响地回到了调度室主任的房间里,此时的调度室主任老李并不知道潘景寅只是把3位机械师叫起床上了机场,而机组的其他人还在睡觉,否则,他也会向潘景寅提出疑问,或自己亲自出来把我们叫醒。因为既然要油车加油,就是要准备起飞,机组应该全部起床才对,调度室主任对空勤组任务执行的程序也是非常熟悉的。

当3位机械师手拿随身用具离开宿舍的时候,肯定会想到睡在隔壁的我们,只是看到机长潘景寅在身边,认为机长会叫醒机组其他人的,只是先走一步而已。善良的机械师们用善良的愿望来理解眼前看来还不算是不正常的现象,因为,机械师们同我们一样刚从梦中醒来,叫他们的又是自己部队的领导、专机任务的机长,除此,他们也没有看到什么,听到什么,只是比机组先到机场一步,这点时间差还不会引起他们的注意。然而,机械师们万万没有想到这点时间差已延长到了人生的终点。

3位机械师到机场后,看到油车还没有来,就利用这点时间,拔掉飞机上的所有堵塞、堵盖、插销、布套,拿掉所有活动舵面上的夹板及两台发动机上的蒙布。前面提到,由于飞机大,机身高,有时需要一个人手扶梯子,另一个人爬上去才能将部分夹板取下来。出差在外,这些工作过去多数是机组全体人员一起干的。在此过程中,机械师李平看到油车已停在飞机右机翼前方,就急忙过去留存油样后准备加油。

从机械师起床到此时,又有十几分钟过去了,机组其他人还没有到场,这个时间差已经引起了机械师们的注意。这个疑问对机械师们来说,只能从潘景寅那里得到答案,奇怪的是此时在停机坪还没有见到机长潘景寅的影子。机械师们忙上忙下、忙里忙外,又忙着加油,仍不见机组其他人员到场,虽然着急也无法打听,停机坪海军地面保障人员不少,但他们不了解机组内部的事情,也帮不上忙。

此时的潘景寅还在调度室主任的房间。在这段充裕的时间里,他完全可以把机组的其他5个人全部叫起来。问题的关键与实质就在这里,他自己不但不主动叫机组其他人员起床,而且,还要阻止别人有可能把机组叫醒。潘景寅在调度室主任房里守着3部电话,也守着那位调度室主任,防止机械师通过电话叫我们起来。潘景寅知道,机械师们正在机场忙得不可开交,不可能直接跑回来,别人叫我们起床的可能性不存在。根据北戴河林彪住处到机场的距离(约40公里)推断,当潘景寅接电话要油车时,林彪等人已经从北戴河出发,在这段固定的时间里，潘景寅巧妙地策划着机组走留的局面，做得那样精心、准确，滴水不漏。

我和领航员与机械师们住的房间只有一墙之隔，也许就是那两扇紧闭的窗户把我和机组另外的4个人关到了命运的另一个领域里。我是个睡觉很轻的人，房间开着灯就不能入睡，可是3位机械师起床时，竟没有听到任何一点声音。可见，潘景寅叫机械师起床的动作更轻，不动一点声色。

山海关专机警卫及地面保障人员眼看着3个忙碌得不可开交的机械师，就是帮不上手。

当看到油车到场，机械师中的一个人爬到机翼上准备加油的时候，突然，一辆黑色红旗牌轿车从停机坪外的黑暗中急驶而来，“嘎”的一声急刹车，在飞机的左后方停了下来，此时的时间是0点22分。

第一个从车上下来的是叶群，身穿衬衣，一下车就大喊：“有人要害林副主席，快让油车离开，我们要走！”并高呼：“誓死捍卫林副统帅！”

第二个下车的是林彪，最后一个下车的是林立果，他手里端着枪。

飞机舱门处没有大登机梯，只有一个随机携带能够折叠的便梯，林彪就是在上拉下推的情况下才爬上飞机的。

潘景寅是在听到招待所外面的汽车声音时才匆忙离开调度室的。从机场大门通往停机坪的马路离招待所很近，寂静的夜晚汽车的声音显得很明显。潘景寅到达机场后，径直登上飞机。因为从宿舍到机场停机坪，只有百余米，很快就到。此时的特设师邰起良看到首长已到，机组还有一多半没来，就撂下手中的工作，急忙拿起飞机左前方停机坪旁边的场内电话，要通调度室，急促地喊：“首长到了，机组其他人员怎么还没来？！”

此时，接听电话的调度室主任老李大吃一惊，此刻他才知道机组人员并未全部到场，等他跑出门外，急促地敲响我们的门，把我们叫起床之后，该发生的事情已经发生了。

潘景寅离开调度室到停机坪后，竟不给机械师们向他询问机组为什么没有到齐的机会，即使有说一句话的时间，机械师们也会向机长提出这个必然的问题。因为，多么紧急的任务也不能把机组的人扔下不管。如果邰起良已从潘景寅那里找到答案的话，他就不会在如此紧急的情况下用电话叫机组其他的人员了。

此刻，山海关场站佟参谋长已经接到不准256号专机起飞的命令，并从海军调度室奔向256号专机，准备把不准起飞的命令向机长传达时，在飞机旁边没有看到潘景寅，却看到正在打电话的邰起良，于是，就将不准起飞的命令告诉了邰起良。这时,佟参谋长看到邰起良紧锁眉头,焦急万分,竟愣愣地呆站在那里,不知如何是好。

林立果最担心的就是机组全部到场,所以他大步跨到电话机旁,督促邰起良快上飞机。邰起良边走边回首翘望,他多么期望机组的人能马上出现,当时那心急如焚的心情可想而知。邰起良是机组中最后一个登机的,林立果一手持枪,最后一个登上飞机。

已经登上飞机的叶群等人,还把头伸出驾驶舱的窗外,命令停在右机翼前面的油车马上离开,接着发生的就是我跑向停机坪的过程中所看到的那一幕。

在油车还没有完全离开的情况下,飞机急于滑出,右机翼的端部挂在了油车顶部的把柄上,右机翼尖上的红色航行灯被挂坏,部分灯罩碎片洒落在停机坪上。

从现象看,飞机强行滑出时,机组中的四个人是匆忙追出来的,没有来得及上飞机。但实质上是潘景寅经过精心策划与安排,有意把我们给丢下的。从潘景寅叫机械师起床到飞机起动滑出这短短的20多分钟时间内,潘景寅对每一个行动的时间衔接都考虑得很精密。林彪坐车0点22分钟到达现场时,正是潘景寅完成他所安排的一切动作之后的时间。邰起良的电话又是在看到林彪坐车之后打的,因此,机组四个人的动作再快也无法赶上飞机。如果没有邰起良的电话,我们还在睡梦中,除非飞机发动机的声音把我们吵醒。

机长潘景寅设计并导演了"九一三"之夜山海关机场这一幕历史的活剧,在共和国专机活动的历史上留下了难忘的一页。在机组有走有留的这场剧中,他扮演了主要角色。在"林副统帅重要专机任务"光环的笼罩中,潘景寅把自己送上了绝路(当然,在起飞升空之前他不知道是一条绝路),成了林彪的牺牲品。

第五节　起飞后很不正常的转弯说明什么

真正对飞机能够实施空中指挥的只有山海关机场的调度室,因为在机场调度室有对空中飞机实施通信、导航、雷达监视等监控设施,只有在那里才能知道三叉戟256号专机强行起飞之后的情况。所以,当我与服务员从调度室主任那里得知潘景寅及三个机械师在飞机上的信息之后,掉头朝机场调度室的塔楼奔去。

机场调度塔楼位于飞机停机坪东北方向约30米的地方,塔高20多米,站在这里平坦空旷的机场全貌一览无余。可是,因为是在午夜,外面一团漆黑,什么也看不见。调度室的通信指挥系统位于塔楼的顶部，平时进出山海关机场的飞机要在这里办理各种有关的手续并从这里获取有关的气象及航行资料。

当我们跑到塔楼跟前时，看到8341部队林彪警卫团的指战员们已经将调度室团团围住。他们个个荷枪实弹，严阵以待，在昏暗的夜色里，也能看出他们临战时的严肃表情。联想到刚才飞机起飞时混响在飞机发动机声中的枪声，此刻的山海关机场整个陷入紧张的战斗气氛之中，这种气氛与山海关沿海凌晨的宁静形成鲜明的对照。

调度室的塔楼里同样充满了指挥战斗的气氛。标图员头戴耳机手拿画笔俯在标图桌上头也不抬地勾画着，海军场站的领导手拿话筒不停地呼叫256号专机的代号，8341部队林彪警卫团的领导急于接通北京的电话，他们要向中央警卫局汇报北戴河林彪住地发生的紧急事变。在调度室塔楼的顶层，形成了由陆、海、空三军不成建制的部门组成的临时指挥部，一个特殊的指挥部！

“4121！4121！塔山在呼叫，听到快回答！”（注：山海关机场代号不是当时的）

“256！256！塔山命令你马上返航！256听到没有？马上返航！……”海军指挥员通过无线电台一遍又一遍地呼叫，开始仍然使用252飞机的代号，后来干脆直呼256号专机的机号，开始一声比一声高，后来变成一声比一声低。然而，音箱里听不到任何一点回音，和外面的夜空一样寂静。

“九局！九局！北京吗？快接九局！我是……”这是8341部队领导的声音，同海军的指挥员一样，想马上听到对方的回答，然而，时间一秒一分地过去了，还是没有任何结果。

此时，机组和在场所有的人，多么盼望能听到潘景寅的声音，哪怕是一句话、一个字，甚至按一下驾驶杆上的发话按钮，音箱里总可以听到一点动静。在平时，指挥台的音箱里，空地联络的声音不绝于耳，吵得让人心烦，可这时，连远处的夜空中都没有传来任何干扰无线电的杂音。在场的人虽多，却没有人说话，短暂的平静中，似乎每个人都能听到自己心脏在激烈地跳动。

虽然音箱里听不到任何声音，但是机场的对空雷达却时刻监视着256号专机的行踪；此刻，空军各级指挥部门都已闻风而动，专机师指挥所的人们在紧张地忙碌着；人民大会堂、党中央、周总理也在静观其变，都处在紧张的指挥之中。小小调度室紧紧连着三军总部，也牵动着共和国的中枢神经。

机组人员集中精力，五双眼睛紧盯着雷达标图员手中的画笔，以焦急的心情观察着飞机飞行动向。标图桌玻璃板的下面就是小比例的、以山海关机场为中心的雷达监控地图（地图比例越小，看得越清楚）。

电台联系不上，也只有从雷达的屏幕上得到256号专机的行动信息。雷达标图员将雷达员从雷达屏幕上传过来的高度、方位、飞行速度等数据，用带颜色的画笔标在紧贴地图的玻璃板上。标图员手中的笔尖连着在场每个人的心，随着时间一分一秒的推移，红色的画笔终于在地图上画出一条很不规则的弧形轨迹，当我们迫切需要知道这一轨迹的去向时，标图员紧握画笔的手不动了。标图员俯在圆桌上的身体慢慢站直，并从头上去掉耳机，很镇静也很职业地说："雷达员报告，256号专机的信号从雷达屏幕上消失了！"此时是起飞后的14分钟。

标图没有了，可我的视线仍然停留在圆桌上，两只眼睛发愣，呆滞在那里，似乎想从标图桌上继续看到什么。刚才标图员画出的转弯轨迹，像一条僵死的蚯蚓一动不动地趴卧在那里，十几分钟之前所发生的一切，似乎都聚焦在这条不规则的飞行轨迹上，它深深地刻印在我的脑海里，这条不规则的弧线紧紧缠绕在我的脑子里几十年，由此，我想到很多问题，因为这是潘景寅用驾驶杆给人们留下的无声语言，一段发人深思的语言。到目前为止，在没有得到任何有关资料的情况下，不正常转弯的航迹有着重要的价值。

由于地球表面呈圆弧形，雷达发出的无线电波碰到飞机之后反射回来的电波信号都是呈直线运行的，当飞行高度不变时，飞机距雷达的距离超过一定的范围，雷达反射波会被地球表面挡住，目标就会消失。但是，沿飞行航线上的其他地面雷达还可以继续监视。因为，256号专机只爬升到3000米的高度就改为平直飞行了，没有继续上升到正常的7000~9000米的高度。所以，在较短的时间内就摆脱了山海关机场雷达的跟踪。

更准确地说，从起飞到航向310度，飞机转弯的全部航迹是机场标图员提供的。从0点32分~46分，在足足14分钟的时间内，飞机从244度右转弯到310度，共转了不到70度，这个转弯动作在地图上画出了一个很不均衡的大弧线。对一个飞行员来说，用多于平时十几倍的时间，用如此怪异的加入航线的转弯动作在他一生的飞行中都是不可能出现的。

地球表面的方向是这样规定的：正北为0度，顺时针转一圈分为360个等分，每一个等分为1度。因此，正北、正东、正南、正西分别为0度（N）、90度（E）、180度（S）和270度（W）。山海关机场跑道的方向为64度~244度，256号专机就是向着244度的方向起飞的。

在正常情况下，三叉戟飞机起飞后，高度上升到150~200米，飞行员会果断压坡度转弯到预定的航向上并继续爬高到规定的航线高度后改为平直飞行。这个转弯应是及时的和连续的，没必要也不允许转转停停，更不能分阶段进行。人与汽车在地面行驶必须遇到路口才能转弯，而飞机在空中，只要高度允许，必须及时转弯加入到飞向下一个转弯点的航线，否则，飞机将会偏离预定航线的一侧。然而，256号专机起飞后，高度早已超过150米、200米……500米，也没有转弯的迹象，似乎要沿着起飞的航向（244度）朝西南方向一直飞下去。此时，机组4人带着不解的目光彼此望了一眼，谁也没说什么。机组人员都明白，此时，说什么话都是多余的，更重要的是继续观其动向。

大约过了4分钟，飞机开始右转增大航向，标图桌上的航迹开始很缓慢地向西偏斜，经过3~4分钟，然后，在大约270~280度的航向上稳定住了。此时，我想飞机要回北京了，因为北京就在山海关的西边。我抬头扫视一下自己的同事，发现他们紧绷的脸上稍有一些放松，共有的飞行知识与长期飞行中的密切配合使我们对许多问题的理解都能做到心照不宣。年轻的女服务员虽然看不懂标图的含义，但是，她已经从我们四个人的面部表情上读到了一点轻松。

令我们惊讶的是，飞机在270度的航向上并没有稳定多久便又开始向右偏移，我们刚才稍微放松的情绪马上又紧张了起来，紧张得让人感到可怕，咚咚跳动的心又加快了速度。我们比在场的任何人都明白，比270度更大的航向就是西北方向。在北京的北面就是张家口、呼和浩特、承德、赤峰等地，在这个时候到那些地方干什么？即使有什么事情也不必走得那样仓促啊！

“0点46分，航向310度，飞行高度3000米，飞行速度每小时500多公里。”

目标消失，此时，256号专机离山海关机场约100多公里。

山海关机场雷达屏幕上目标消失了，林彪专机还在继续飞行，在北京空军所有能够跟踪到256号专机的雷达屏幕上都留下了它的航迹。

0点32分，256号专机强行起飞前后，位于北京专机部队大本营的领导机关也处于异常紧张的气氛之中，专机师的师长正在指挥室为256号专机的事忙碌着，在师指挥室同样有一个标图桌，标图员头戴耳机把头附在标图桌上，他已经从雷达给出的信号中，捕捉到了256号专机的目标。在此过程中，师长曾接到关于256号专机位置的一个重要信息，标图员告知：256号专机起飞后经过河北省迁安县上空时，航向340多度。迁安县位于唐山市北偏东的方向，离唐山50公里，离山海关机场130多公里。这就是说，256号专机0点46分离开山海关机场100多公里之后，并没有稳定在叛逃的航向上，而是在310度的基础上又继续增加了30多度，这时飞机的航向比后来稳定的叛逃航向325度还要大20度，这的确是一个让人深思的问题。

由于256号专机转到航向310度时，目标从山海关机场雷达屏幕上消失，当时无法知道0点46分以后的飞机航迹，也无法判断当时的飞行动向。事后，留在山海关现场的5名机组人员一时处于孤立无援的境地，自身难保，更无法获知有关256号专机起飞后的一切信息，上述情况是在“九一三”事件发生20余年后才了解到的。

经过迁安县上空之后的航迹同山海关机场起飞后的航迹连在一起，构成了一条完整的航线，这条航线经过河北省承德市、内蒙古的多伦、贝尔庙以东上空，进入蒙古人民共和国境内。这是一条在我国境内只有起点而没有终点的航线，一条有去无回的航线，一条通向死亡的航线。

第六节　调度室房间里的临时“会议”

在海军调度室的塔楼上已经无法继续获得三叉戟256号专机起飞后的信息之后，大家不约而同地从塔楼上下来，直奔军人招待所调度室主任的房间，因为，只有在那里才可以继续了解到事情发生之前的重要信息。一间房子里集中了林彪警卫团的主要领导，海军场站的主要负责人，机组剩余成员及调度室主任老李等，小房间里显得满当当的。继山海关调度室塔楼之后，这里又成了没有人专门组织的陆、海、空三军都有的临时会议室。大家你一言我一语地议论了起来，不同单位的人怀着共同的心情谈论着刚才发生的突然事变。

包括机组在内，从面部表情上看，大家仍然沉浸在对突发事件的不解与困惑之中。每个人的发言都带着疑惑，恨不得在当时当地就想弄懂事件的全部。又由于在场的所有当事人还没有从刚才的混乱局面中走出来，对话中还带着几分冲动与不冷静，可是，面对如此重大的变故，谁也没有计较他人说话的方式方法，似乎都能理解处在不同岗位上人们的无可奈何。

不过，在这个不成建制人员组成的“会议”上，陆军警卫团的首长成了没人推举的主持人。一方面，陆军首长的年龄是最大的，另一方面在场的其他人员很想知道来自北戴河林彪住处的情况。都知道这架飞机是林彪的专机，自然很关心林彪乘机的去向与有关的其他情况。

一位陆军同志说，当他们知道林彪要动的信息后，正在准备东西，突然，看到林彪的座车向门外冲去，正当他们向前阻拦的时候，听到一声枪响，林彪贴身警卫从车里跳了下来，此时，有人就朝汽车打了两枪，因为汽车是防弹的，没有奏效……大家屏住呼吸，整个房间的空气好像凝固了，全神贯注地听陆军的同志继续讲下去。我也认为，这正是问题的关键，正是256号专机强行起飞的真正原因。

可是,正在大家全神贯注听他继续讲下去的时候,那位年纪最大的首长突然制止他的下属说:“不要说了!”

看上去,那位领导好像意识到什么,似乎认为在这样的场合不适宜讲这样的事情,不失为领导干部的风范,在大家头脑容易发热的时候,表现得非常冷静。因此,刚才在停机坪我反复问他“是谁在飞机上的时候”他竟守口如瓶,一个字都不说。在大家了解情况的时候,我曾听到有陆军的领导在无意之中责怪海军的同志说,他们在北戴河曾打电话给海军机场,要把机场大门关好,不让任何车辆进机场,可是,机场大门为什么又放行了呢?其实,这也是头脑冲动时的气话,一个机场的门卫,怎么敢阻挡一辆高级红旗小轿车呢?就好比上飞机的如果不是林彪本人,256 号专机说什么也不会起飞的。

调度室的“会议”正在紧张进行的时候,我看到从门外突然冲进一位陆军军官,全房间所有人的视线一下子集中到他的身上。只见他在房间的中央成半蹲的姿势,手拿着几支小手枪,说:“从他们身上搜出了 4 支五九式手枪!”这话显然是说给陆军领导听的,边说边用手拉开枪栓,用很熟练的动作退出已经压在枪膛里边的子弹。手枪小巧玲珑,精致美观,我还是第一次见到这样的手枪。在房间灯光的照射下,小手枪闪射出耀眼的光芒,灰黑的枪身透着瓦蓝的色彩,一看就知道是没有用过的新枪。

“快,快到外边退子弹去!在房间走火怎么办?”那位年纪最大的首长用严肃的口气命令着他的下级。作为领导,在关键的时候考虑问题总是很全面的。在座的海军领导身上也是带着枪的,只是当时没有露在外面。

这使我想到机组几个人作为空军的飞行员、军人,却从来没有佩带过枪支。其实,空军中没有配发手枪的只有专机师的飞行员,其他部队的飞行员是枪不离身的,尤其在飞行中,除了手枪,还要佩带匕首,以防发生意外。专机飞行员手中驾驶的是“和平鸽”,不但不发手枪,连脚上穿的皮鞋都同其他部队的飞行员不一样,是社会上通用的那种黑色皮鞋。我看到周围的人都带着手枪,此刻,我甚至想到如果我身上也有一把手枪会怎么样。“和平鸽”的驾驶者遇到了人生最大的难题,一个在枪声中一时分辨不清方向的大难题。

调度室房间的“会议”在没有人总结也没有做出任何会议结论的情况下结束了,结束得那样自然而迅速,当陆军领导们认为没有什么太重要的信息需要了解时,就自动退出了。其实,并不是没有重要的信息,在当时那种混乱的现场,任何信息对突然起飞的 256 号专机来说都是很重要的,只是,包括机组在内的所有人员的心情仍然处在杂乱、沉重的状态之中,不知道该了解些什么,也不知道下一步该如何做,心里乱糟糟的。陆军的岗位并不在机场,作为林彪警卫团的领导,从北戴河一直追到40多公里外的山海关机场,最后,还是没有追上飞机。此刻,北戴河林彪住处会是什么样呢?我想他们也有着比机组更多的问题需要了解,还有更多的事情需要处理,所以,陆军领导把山海关的事情向海军领导简单交代之后,就迅速打道回府了。

我和机组人员从调度室出来之后,看到程洪珍同那两个姑娘被陆军的武装人员看管在程洪珍的房间里。那四支"五九"式手枪就是从他们3个人身上搜出来的,也许根据这一点就可以把他们拘留起来。他们是同林立果一起从北京飞来山海关的,飞机突然出事了,他们身上又带着手枪,当然就成了最大的嫌疑人员。

事后我想,在怵目惊心的山海关之夜,面对突然爆发的事件,陆军与海军的同志们看到机组同他们一样东奔西跑、心急如焚,才没有对我们采取什么措施,并能耐心听取机组人员汇报情况,否则,我们也会受到像那两位姑娘一样的待遇吧!不过随着时间的推移,这样的事情迟早会来临的,只是我们自己谁也不曾想到罢了。

第七节　一条使机组陷入极端困惑的信息

当我们在山海关机场调度室塔楼注视着雷达标图的时候,林彪警卫团的陆军领导正在急于要通北京中央警卫局的电话,当北京的电话接通的时候,警卫团向中央警卫局报告的第一句话就是"叶群和老虎把首长搞走了"(注:"老虎"是林立果的小名)。这条来自现场唯一与事件有直接关联的信息,将我们的思想带入极端困惑之中。

当我们5人正陷入突发事件的谜团之中无法自拔的时候,当我们的精神状态正处在极度紧张的时候,来自林彪警卫团的信息像一块磁石一样紧紧地吸附在我们每个人的脑海里,使本来在谜团中无法解脱的我们,又增加了一层困惑。由于这一句信息不是来自别处,也不是来自与事件无关的其他单位,而是来自林彪身边的警卫人员,又是在向北京中央汇报情况时的主题语言,使处在孤立无援、消息闭塞环境下的我们不得不相信那是真的。因为,除此以外再也没有其他有关的信息传到我们的耳朵里来。

我们认为,这句话与林彪专机的性质有着直接的关系,它不仅指出林彪专机的性质发生了极其严重的变化,而且同机组在飞机上4个人的命运有着直接的关系。我们5人在那凉气袭人的海滨之夜,面面相觑,感到一种道不明的恐惧,飞机没有了,机组的一半也没有了,唯有那句话成了我们挖空心思去寻找答案的依据。

“老虎和叶群把首长搞走了”，言外之意就是林彪的儿子和老婆把林彪搞走了，“搞走”的理解有“挟持、绑架”的意思。听到了这句话之后，又联想到停机坪现场目睹林彪登机的海军场站专机保障人员反映的情况，我们一时也被弄糊涂了。

山海关机场同其他许多机场一样，也有专门用来登机时用的大登机梯，像汽车一样有专人驾驶，并可以调节高低。但是，林彪等人在仓皇出逃中，没有来得及使用大登机梯。当他们沿着颤颤悠悠的便梯向飞机上爬的时候，林彪在中间，上面有人拉，下面有人往上推，看上去既有生拉硬扯之状，又有保护照顾首长之意。

儿子绑架老子，妻子搞走丈夫，这怎么可能?!

林彪是一位戎马一生、身经百战的元帅，如此成熟老练的军事指挥家，面对决定自己命运的时刻，能变得如此草率吗？深更半夜登机升空，飞行油量、飞行时间、天气及能否安全降落等因素，能一点都不过问吗？凭他的身份，投敌叛国大可不必采用如此冒险的办法。在当时的历史条件下，对林彪这个领袖一级的大人物，没有敢往坏的方面想，而且，也缺乏实际根据，面对突发事件与警卫团人员的一句话，这个信息，我们暂时陷入无法解脱的困惑之中。

平时，除了与飞行专业有关的事情之外，对于上面的事情知道得太少了。飞行员像蜜蜂一样飞来飞去，忙忙碌碌，满脑子想的都是飞行安全，不管飞行中多么紧张、劳累，只要执行任务顺利返航，心里就感到无限的充实与满足。本来，这次飞行是最重要的一次，没有想到中途“迷航”到如此难以想象的程度。林彪的去向不仅关系到机上机组 4 个人的命运，也自然会牵连到剩下的机组 5 个人。不管那句“被搞走”的话有多大可信度，也许就是用词不当或词不达意，但山海关现场已告诉我们这是一件很坏的事情，也是一件政治性很强的事情。一句话，这个信息无法使我们紧张的心情平静下来，反而使我们的困惑有增无减，丝毫不能从杂乱无章的思绪中理出一点头绪来。

第八节　程洪珍为什么没有上飞机

使机组人员感到困惑的另一个问题是，同林立果一起到山海关的英语秘书程洪珍，当天晚上他完全具有登机的时间与条件，但是，他为什么没有登上 256 号专机呢？

9 月 12 日晚，当 256 号专机降落在山海关机场的时候，程洪珍同两个女兵被林立果安排在山海关机场住下来。机组在停机坪做“飞行后”检查的时候，虽然看到两个女兵曾到飞机上去过，但没有见到程洪珍的影子，也不能确定他们 3 个人就住在机场招待所。

山海关场站在分配住房的时候，将机组服务员小魏姑娘同两位女兵分在一个房间里，这个房间同机组其他人住的房间并不属于同一排平房，但距离也不远。程洪珍虽然住在机械师与调度室主任的房间之间，但他也很少单独待在自己的房间里，也不像我主观想象的那样，把东西放下，找有水的地方洗一洗，躺下休息。他大部分时间是同两个女兵在一起，待在被分配给 3 个女孩子的房间里。因为，机组服务员此刻正在飞机上忙于工作，暂时还不会回到宿舍里来，这样程洪珍同女兵在一起还可以给自己壮壮胆量。他将身边那个精致的小皮箱看得死死的，走到哪儿带到哪儿，因为他知道皮箱里边装有 4 支手枪，也装着林立果分配给他的罪恶阴谋，所以，不能有丝毫大意。也许就是因为他感到小皮箱的分量太重了，压得他透不过气来，所以，趁机组做“飞行后”的机会，把枪分给女兵人手一支。他不但把手枪分给了女兵，同时也把恐惧与担忧分给了女兵，这样，程洪珍会觉得心理上的担子减轻了许多。

当机组服务员小魏吃完饭，带着随身的东西和暖水壶回到宿舍里的时候，程洪珍还不想离开那里，只是由于小魏的出现使他变得更加局促不安了。小魏也发现程洪珍把小箱子一会儿放在桌子上，一会儿又放在桌子下面，很短的时间内上下倒腾了好几次，其中原因也许只有两个女兵才能知道。

同样原因，女兵同小魏在一起的时候，装有枪支的军挎包也不敢轻易离开身体半步。3 个年龄相仿的女孩子在一起，本来很快就可以互相沟通，并打得火热，因为有那两支手枪及程洪珍的交代，两个天真活泼的女孩子像两只小耗子一样，时刻用警惕的目光盯着小魏，生怕小魏看出挎包里的秘密。晚上睡觉的时候，小魏发现两个女兵都没有脱衣服，和衣而眠，善良的姑娘不可能想到其中的玄机。

半夜，当调度室主任突然敲门的时候，两个女兵的动作比小魏快了许多，小魏从梦中惊醒，怎么也要有个过程，可是女兵们“腾”地一下子就从床上弹了起来，并急忙说：“走吗？现在就走吗？”看样子女兵们根本就没有睡着，那种临战的姿态显而易见。当飞机强行起飞的时候，两个女兵无所适从地站在停机坪附近的草丛中，她们该做何感想呢？

程洪珍回到自己房间以后，只是休息了很短一段时间，大部分时间都是在隔壁调度室主任那里度过。机长潘景寅也在那里，他们之间聊的话题大都是有关三叉戟飞机的情况及飞行性能方面的问题，嘴上说的是飞机性能方面的问题,心里想的并不一样。

山海关机场表面上的平静与北戴河林彪住处的紧张形成鲜明的对比。当林彪、叶群、林立果等人放弃南行,破釜沉舟决定北逃的时候,死党周宇驰从北京打电话到山海关,让程洪珍"快跟他们跑"。(这一信息是中央专案组即公安部的那位老者提供的。由此可以推断,0点05分潘景寅接的那个电话很可能也是周宇驰打来的。因为从时间上分析,此刻林立果已经在开往北戴河的红旗车上。)程洪珍突然被周宇驰的一句话弄得丈二和尚摸不着头脑,"跟他们跑!往哪跑?怎么跑?"由于程洪珍没有真正弄清"跑"的意思,周宇驰在电话里也没敢把话说明白,所以,就基本上采用了按兵不动的方法。当潘景寅让调度室主任要油车加油并亲自出来叫机械师起床的时候,程洪珍完全有足够的时间可以到飞机停机坪去,实在不行,还可以随同机长潘景寅一同登上飞机,但是,这些他都没有去做。最后,当调度室主任将我们叫醒的时候,程洪珍就站在他房间的门口。不过,程洪珍并没有放弃自己的本职工作,在这段时间内,他并不是无事可做,而是将两支手枪装上子弹后,分左右两侧插在自己的腰带上,当晚天气较凉,程洪珍将空军军上衣穿在身上,但是衣扣没有扣上,露出了里面白色衬衣,如果将外衣的扣子全部扣上,插在腰间的两支手枪使用起来就很不方便。也正因为如此,当我从他的门前跑过去的时候,才能用眼睛的余光发现黑暗中有个人站在那里,正是程洪珍白色衬衣露在外面的缘故。

后来,机组人员在中央专案组接受审查的时候,公安部的一位老者告诉机组人员,程洪珍按林立果分配的任务是用来监视机组人员行动的,所以,他必须与机组人员住在一起才能知道机组人员的行动。由于他没有理解周宇驰电话中的真正意思,所以,他没有上飞机,子弹已经上膛,但也没有对机组人员采取什么行动。

当三叉戟256号专机在一片混乱中强行起飞的时候,程洪珍与两个女兵站在机场的草地上茫然不知所措,只好坐以待毙。

第四章 审 查

第一节 林彪乘机已去，留下机组何往

一、六神无主

林彪专机强行起飞近一个小时后，林彪警卫团的指战员们撤离了现场，空旷的山海关机场又出现了少有的宁静，在沉重的夜色中静得有些可怕，与这种客观环境极不相称的是机组剩下 5 个人的心情却无法平静下来。

面对停放过 256 号专机的停机坪与三位机械师睡过的房间，回想起刚刚发生在眼前的那怵目惊心的场面，真好比五雷轰顶，机组五个人的脑子就像要炸开一样，不知如何是好。从调度室主任那里，从山海关场站那里，该问的都问到了。8341 部队警卫团的领导丢下的话就那么多，当时，能够得到的信息太少了，其余任何方面的情况都无法继续了解。突然间，机组人员就像陷入了无底深渊，感到一种空前的孤立。

此外，还有一种莫名的恐惧向我们袭来。大家心里都明白，在国家最重要的专机任务上出了问题，肯定是很大的问题。因为，一个普通专机任务的派遣，都要经过空军最高领导机关，然后逐级往下，层层落实。在专机部队，除了对飞行、领航、通信、机械等各个业务部门分头把关外，机组的搭配情况也要经过主管领导的批准，保卫部门甚至航空医生都要以某种形式表示对任务机组的负责。普通专机任务尚且如此，重要专机的涉及面就会更大、更广。因此，这个问题的发生，究竟有多大的影响，很难设想。具体会影响到哪些单位、个人，也无法预料。但不管事情有多么严重，首要的一步就是先弄清是怎么一回事。可是，眼前叫天天不应，叫地地无声，机组 5 人相对无言，一筹莫展。紧张的心情赶走了困乏与睡意，昨晚虽然只睡了一个小时，但意外事故的发生把机组的每一个人都推到了极度兴奋的顶端，心里悬着一块大石头，怎么能安然入睡呢？机组 5 人虽然年龄各异，经历不同，但不得不承认，从没有像现在这样使自己陷入六神无主、无限被动的境地。

二、一心找领导汇报情况

作为军人，在如此典型的军事行为中发生了意外，很自然地联想到要向自己的领导汇报事情发生的经过并得到下一步行动的指示。奇怪的是在如此关键的时刻，除了256号专机起飞不久，机组第一副驾驶员陈联炳回答过空军参谋长的电话询问之外，就再也没人主动过问机组的任何事情，机组人员急于找上级组织汇报情况的心情一下子被冷落了，以往执行专机任务在外时那种处处得到各方面呵护的景象一点儿都没有了。在一时找不到组织、找不到领导、短时间失去依靠、感到非常孤独的时候，机组5人，包括还是战士身份的空中服务员小魏在内的5名党员，没有忘记一名党员在任何时候都应具备的组织原则。

执行专机任务是一位军人、党员在自己战斗岗位上义不容辞的责任，在执行任务的过程中出了问题，也同样应该实事求是地、及时地向组织汇报所发生的一切。平时，包括飞行训练在内的每一天的工作结束之后，都要对当天的飞行活动情况进行总结、讲评，对飞行中出现的任何不正常现象，都要及时通过各种渠道向当地空军领导及北京的大本营进行汇报，以求得领导的意见与支持。12日晚22点多钟，机长潘景寅不是也在召开机组会，讲评当天仅半个多小时飞行的情况及安排第二天的工作吗？眼下，当务之急是找到能够听我们汇报的上级或上级的领导。

后来证实，我们机组当时的思想方法有多么单纯、幼稚，一个国家与党的第二号人物、共和国的国防部长、人民解放军的最高副统帅，坐着自己的专机叛国投敌了，当时，还能有哪一级领导能有心思坐下来听你的汇报并指示下一步行动呢？如果真的有哪一位领导过问当时机组的情况，所过问的情况也会成为日后被审查的内容。

13日上午，机组五个人在一起，除继续回忆突发事变的每一个细节之外，集中的话题就是推举机组副驾驶员、团副参谋长陈联炳作为机组的负责人，尽快与上级取得联系，汇报情况，获取指示。这一点真像电影故事里所表现的那样，一个在战斗中与大本营失散、脱离联系的小分队，为了在找到上级组织之前，独立地开展工作，自行组织起以党支部为核心的战斗集体，依靠自己的团结与毅力，继续战斗下去。为了处处体现党的领导作用，机组执行任务在外，一般情况下都要组成临时党小组，同样，三叉戟256号专机组也有自己的党小组，党小组长由领航员老李担任。

副驾驶员陈联炳，是1947年在安徽老家，由一个十几岁的放牛娃当上解放军的。全国解放后，紧接着奔赴抗美援朝前线，他就是从朝鲜战场上被挑选当上飞行员的。当时,100 名被选中的志愿军战士分乘两辆卡车回国,途中遇到美国飞机的轰炸,一枚炸弹正落在其中一辆卡车上,他亲眼看到 50 名战友被活活炸死,无一生还。陈联炳深记国仇家恨、满怀报国之志进入航空学校学习飞行技术,同机长潘景寅一样是我军航校第七期飞行学员,航校毕业进入专机部队,成了一名出色的专机飞行员。他飞行作风果断、泼辣,反应敏捷,有较强的飞行悟性。专机师的飞行机种,除了直升机等个别机种之外,他都驾驶过。在他的飞行员工作日记里,同样有着最光辉的一页,那就是担任副驾驶员,执行过伟大领袖毛泽东的专机任务。1964 年,周恩来总理、陈毅副总理,出国访问回国降落在新疆和田机场后,准备到新疆各地视察工作,但是,当时除了和田机场外,其他各地均不能降落伊尔-18 飞机,只能用伊尔-14 飞机代替。陈联炳驾驶伊尔-14 飞机在新疆喀什机场起飞时,由于机场没有夜间照明设备,就临时用人工点燃火把,排列在跑道两旁,代替固定的跑道灯光,就这样顺利地完成了周总理等一行视察新疆各地的专机任务。我在航校毕业,被分配到专机部队后,在伊尔-14 飞机上,他是我的带飞教员之一。在改飞三叉戟飞机之前,他担任驾驶苏制图-124 飞机的工作。在引进不久的三叉戟机种里,他是除潘景寅之外的第二号“种子”,除了同潘景寅一起执行重要专机任务外,还担任着三叉戟飞行中队新飞行员的训练工作。陈联炳一心扑在飞行工作中,当他的儿子降生的时候,他正执行专机任务在外地,没有因此影响飞行任务的完成。陈联炳性格豪爽,心直口快,同志们送他外号“陈二虎”。

眼下,师里的副政委、机长潘景寅同 3 位机械师飞走了,机组剩下的 5 个人中,只有他的行政职务最高,资历最长,面对事变,他肩上的担子比别人更重,他的情绪变得比平时更急躁。陈联炳一改平时那爽直豁达的脾气,很认真地问党小组长老李:“你看咱们该怎么办才好?”平时,在这位老兵面前,似乎没有什么能使他感到为难的事情,一天乐呵呵地飞来飞去,这一次他可真的没了主意。

大队领航副主任、机组领航员老李,是 1951 年入伍的老领航员。1935 年他出生在广东梅县,但一直不知道自己的生身父母是谁,是好心的养母把他带大的。1953 年以优异的成绩从航校毕业,分配到空军专机师工作,曾多次执行中央领导人的专机任务,也曾随专机飞行到达过 10 多个国家,其中还以专家身份在越南工作 9 个多月,不仅多次为胡志明主席专机领航,而且,越南空军的首批领航员也都是他亲手带出来的。他性格幽默,有超人的记忆力,全国多数机场的有关资料都能背下来,有些导航台的频率就像背常用的电话号码那样张口即出。也许是过人的聪明与太多的知识取代了头上的黑发,刚 30 多岁就过早地秃顶了。他高兴时，经常哼唱印度电影《流浪者》插曲《拉兹之歌》，人们送他外号“拉兹”。他多才多艺，喜爱绘画，别人让他写一个观看电影《地道战》的通知，他还在通知的下面画上一幅地道战的画面，看上去幽默形象，感染力强。老李与我国第二批女飞行员之一结为伉俪，两个人都是从事空中领航员的岗位，在专机任务中受到过周总理、邓颖超的亲切接见并在一起合影留念。老李两口子真可谓比翼齐飞，夫唱妇随，全家都扑在了祖国的航空事业上。他们有两个宝贝女儿，工作忙起来就不能及时回家照看她们，全靠孩子的姥姥照应家中的一切。眼下，老李面对突发事件，我们没有听到那熟悉的《拉兹之歌》，他眉头紧锁，情绪有些低沉。听到副参谋长陈联炳问他“怎么办”的时候，他抬起头来，第一次看到自己的上级这样发愁、为难，平时善于诙谐、谈笑的他，此时此刻说什么也幽默不起来了。张了张嘴，眨巴几下眼睛，没能说出一个字来。

团通信副主任、机组通信员老陈，浙江人，是一位年龄和副驾驶员差不多的老通信员，他性格沉稳，技术精湛，在伊尔-18 等机种上执行过许多次国内外专机任务。尤其出国飞行时，空中需要英语对话，当时，能担当此任的空勤通信员寥寥无几，他凭借自己的聪明才干，克服空中语言障碍，多次出色完成国外的专机任务。1965 年执行周恩来总理、陈毅副总理到阿尔及利亚首都阿尔及尔参加亚非会议 10 周年纪念活动时，阿尔及尔突然发生军事政变，据说这个消息开始是由美国飞机上传出来的，由于老陈等人的精心工作与较高的英语水平，也比较早地获知这一重要信息，使一同前往的两个机组临危不乱，主动应对，及时返航回国，受到空军直属政治部党委记集体二等功的奖励。老陈善于动脑，酷爱学习，下象棋时，他不看棋盘，通过遥控，就可以战胜许多对手。面对突发事件的现实，他的话不多，经常陷入沉思。

机组空中服务员小魏虽然是位年仅 20 岁的女孩子，但她同我们在一起时表现出一位姑娘少有的成熟。13 日上午，当我们比较冷静地对所发生的事情进行认真思考的时候，小魏虽然很少发言，但她的情绪同我们一样沉着、冷静，从凌晨开始，在那夹杂着枪声的混乱场面里，她没有因为恐惧、慌乱而掉过一滴眼泪，她不但没有成为机组的拖累，相反，她的坚强为我们机组其他人员的低沉情绪增加了一点生气。

随着时间的推移，当机组人员逐渐摆脱凌晨那激烈、混杂、简直像做噩梦一样的场景，慢慢回到现实中来的时候，开始对 256 号专机任务飞行的方方面面进行了认真的思考，原来认为不是问题的问题，不得不加以认真地分析了。例如明明使用的是 256 号专机，为什么要使用 252 飞机的代号呢？机长潘景寅只是一味地多加油，为什么就是不讲到什么地方去的航线呢？当然，这些都可以理解为“重要专机任务保密”的需要。可是，“重要任务”与凌晨发生的事件相比，无论从哪一点看都是格格不入的……机组人员在一起越分析越认为问题很多，而且很严重。空军的专机，在海军的机场发生了问题，是找空军呢，还是找海军？一时又拿不定主意，不知如何是好。最后，大家研究决定，还是直接向中央汇报为好。尽快告诉中央，林副统帅半夜乘机不知去向。可是通过什么渠道、找中央那位首长呢？机组人员又一次陷入茫然之中。就这样机组处在设法解决“向上级汇报情况”的焦虑与无奈中，时间一分一秒地过去了。

13日上午，就要到吃中午饭的时间了，机组5人仍在全心全意地想着专机，想着汇报，想着许许多多需要马上做的工作。唯独没有想到的是，海军场站的同志通知我们：中午饭不要到空勤食堂就餐了，由海军的同志直接把午饭送到招待所来。我们听到后惊呆了。

三、什么都想到了，唯独没有想到自己

人的一生会遇到许许多多的事情，其中，有些事情对自己来说尽管是离奇的、突然的，但总可以凭自己的分析判断，从不同的方面找出它的因果与逻辑关系，这些很可能是不准的，但总不会离题万里，不着边际。平时，人们比喻突然发生的事情，总是说“连做梦都没有想到”，可“梦”总还是“日有所思，夜有所梦”啊。相比之下，13日凌晨发生的事情对机组人员而言，不但无法从现实中找到任何痕迹，就是连做梦也不可能想到。所以，从13日凌晨开始，发生在机组身上接二连三的事情，都是机组5人所始料不及的。

不准到食堂就餐的消息一下子将机组人员的思路堵得死死的，机组5人已经开始意识到不幸的事情就要发生，就不约而同地走出招待所的房间。此时，映入机组人员眼帘的另一个场面同样是我们没有想到的。军人招待所平房的前面是一片种有树木的开阔地，在这片树木的外面，隐约看到身着海军服装的战士在游动，一切都明白了！13日凌晨，海军场站的领导还同我们在一起，谈论刚刚发生在我们身边的一切，后来，不知什么时候，他们就悄悄地离去了。原来，在这短短的几个小时里，表面看来我们同海军场站的同志之间没有发生什么变化，但是，由于突发事件所带来的阴影已经在不知不觉中向我们笼罩过来，这个阴影使我们顿时不知所措，甚至迷失方向。从那个时候起，我做过一切努力，想从这个阴影里走出来，但最终还是未能如愿。在招待所门口，机组5人彼此看了一眼，谁也没有说什么，本来已经很沉重的心，又重重地压上了一块石头。

此刻，我同其他人再也没有任何心思去想“向领导汇报”的事情了，思想上的这个急转弯来得虽然突然，但显得那样自然，原来，根本没有什么“领导”愿意听机组的汇报。在我们一心一意推举团副参谋长做机组的负责人，想办法寻找上级领导的时候，北京的大本营、空军司令部甚至包括海军司令部在内，已经没有哪位领导准备接受我们的汇报了，有的就是眼前看到的招待所四周的流动岗哨与明显感觉到带有恐怖气氛的环境。共同意识到，我们已经失去了自由。这种被人监视、看管的现实与刚才机组一心想着工作的心情相比，落差太大了，我们无论如何从感情上也难以接受，顿时产生一种受屈辱的感觉。因为，按理而论，虽然还不知林彪专机出了什么问题，也不能把我们看管起来！

午餐虽然是在招待所吃的，仍然是空勤灶待遇，但大家谁也没有吃好，心里好像堵着什么东西。因为，大家意识到问题越来越严重。

13 日下午，那个“向领导汇报”的话题被彻底抛到九霄云外去了，招待所周围设岗布哨，说明将来不是“汇报”的问题，而是“交代”的问题，同时也意识到 256 号专机去向的严重性。机组 5 人过去执行不同等级的专机任务不计其数，从保证专机任务的安全出发，机组每到一地，吃住也都受到较好的安排，可谓“座上客”，可是今天，在全国最高等级的专机任务面前，却变成了“阶下囚”。我曾几次闭上眼睛，绞尽脑汁反复审视发生过的一切，甚至天真地假设眼前的一切都不是真的，要是一场梦该多好啊！梦中虽然可怕，但梦醒后回到现实中来，一切都平安无事了。然而，这比梦中构思还要离奇的现实所带来的不幸正渐渐降临在机组每个人的头上。

机组人员彼此之间很少说话，陷入不可名状的沉思之中。招待所的门外是一条长廊，长廊的边沿有一个不到半人高的矮墙。领航员将一条腿放在矮墙上，低着头在画着什么。服务员小魏坐在墙上，一只手托着带有稚气的脸庞，瞪着大大的眼睛向远处眺望着。副参谋长陈联炳两手背在后面在走廊上不停地走来走去。只有通信员老陈静静地脸朝上躺在床上，两手交叉放在头下，默默地在想心事。我抬头向大家扫视了一眼，论飞行岗位，在单位每个人都是精明强干的空勤尖兵，人民空军的空中骄子。眼下的四个人，两位飞行员、一名领航员、一名通信员，可以组成一个完整的、一流的空勤小组。可是，再看看每个人的装扮，除了头上戴的军帽和上身的夏季飞行服之外，根本看不出像个在外执行任务的空勤机组。机组平时出差在外，除带上必需的航行资料外，还要带上洗漱用具和洗换的衣服，每人起码有两个包或一包一箱，有的甚至还带着学习的书籍和杂志等。可眼下的机组，除了我本人同领航员老李因潘景寅加 16 吨油的消息多带了一个装有两件备用衣服的提包外，其余的两个男人，连牙具、毛巾都没有带，连身上仅有的夹在腋下的航行资料包也放在飞机上被带走了。每个人都共同想到的北京—山海关往返飞行时间最短的任务,现在却变成了出差时间最长的一次,对我们苦苦热爱的飞行岗位来说,从短短30分钟的航行开始,已踏上了远离飞行岗位的不归路。

我下意识地摸了一下上衣口袋,发现里边装着一把自行车钥匙,这是我9月12日星期日下午,利用任务值班的时间,将自行车擦干净后,钥匙也就顺手装进夏季工作服的上衣口袋里。

抚摸着手中的钥匙,我顿生思家之情。自从1970年改飞三叉戟以来,由于任务繁忙,我基本上没有在家度过一次节假日。工人出身的妻子很支持我的飞行事业,她深知当军人之妻难,当飞行员妻子更难,让丈夫分心多了,会影响飞行安全,就一个人挑起了全部家庭重担。记得,有一次她因不满周岁的儿子生病打电话给我,我急于到一楼找领导请假,我的宿舍本来是在三楼,回来时情急中我跑到二楼对应的房间破门而入,引起笑话。虽是一件小事,但妻子却想到如果是在飞行中出了问题事情可就大了。从那以后,妻子再有急事,就争取一人处理,尽量不让我知道,使我将全部精力集中放在飞行工作上。

此外,每次执行任务回来,她从不向我打听拉哪位首长到什么地方去了。一来是为了保密,组织规定,执行任务归来,就连身边的同志也不能谈论有关专机任务的去向及乘机首长的情况,更何况是在家里。二来时间长了,在家里也养成了习惯,谈话中不主动涉及这方面的话题。还有一个原因就是一家三口住着不足14平方米的老房子,同邻居家的隔墙是用纸糊的,虽是两家,听声音就和一家人一样,这种环境就是有许多话也就无法说了,更不要说有关单位工作方面的话题。

但是,有一点妻子是很清楚的,她知道我驾驶的飞机是新的三叉戟,执行的任务也是很重要的。1970年,我到广州白云机场学习改飞三叉戟飞机,一去就是三个月。学习结束时,身上剩下一点广州市的购物券,不使用也就作废了,就顺便给儿子买了两件小衣服带回北京。没想到这一普通的举动带给妻子特别的惊喜,让我也感到意外。原来是我这个人太不顾家了,平时除了飞行之外,几乎没有考虑过家庭生活问题,更没有想到作为丈夫与父亲的我要为这个小家庭做些什么。给孩子买衣服在别人家里是件司空见惯的事,可是对我来说却是个打破纪录的空前壮举。在飞行员的三口之家里,这件小事使我感到非常内疚。在繁忙的飞行工作中,我不知道如何才能使他们母子俩过得幸福一些。

9月5日星期日,没能等到妻子下班回家(妻子长年星期六休息),我就锁上家门蹬上自行车直奔西郊机场上班去了。部队规定,家在城里的人必须在星期日18点以前归队。在这个星期里，我不知又飞了多少次。

此时，我看到在招待所东头办公的调度室主任老李的行动也在被限制之列。放在他办公桌上的三部电话，昨天晚上还响个不停，而现在好像也同他的主人一样被管制了起来，变得鸦雀无声了。他已经好长时间没有能够回北京家里看看了，9月7日我飞山海关同他聊天时已经看出他思家心切，眼下又出了大事，何日回家，更是遥遥无期了。就是这个主任，在被审查期间，妻子在车祸中不幸丧生，留下两个未成年的孩子盼望着父亲的归来，真是"福无双至，祸不单行"啊！

12日晚，随同林立果一起到山海关的程洪珍和两个女兵，从出事开始就被关在另一个地方。他们三个人当时也给机组人员留下一连串的疑问，可是，看看机组人员同他们一样被管制了起来，已是"泥菩萨过河，自身难保"，没有任何精力和心思去想那么多的事情了。

有生以来第一次被限制人身自由，也是第一次体会到自由的可贵。后来的事实说明，机组5人在山海关现场忽视了一个很重要的问题，那就是一心一意想着向领导汇报，却没有一个人意识到事件会给自己的亲人和家庭带来什么不利，也没有一个人想到给家里打个电话或写封信。因为，在13日的上午，还有几个小时的时间机组人员是自由的，在这可贵的时间内完成这些工作并不难。这点忽视造成家里的亲人从"九一三"事件爆发到11月份整整2个多月的时间里，为能打听到我们的下落东奔西跑，焦急万分。

四、押解回京

9月14日，即发生事变的第二天下午，机组5人在海军同志的"陪同"下，从山海关坐火车离开，海、空军之比为2∶1。开始并不知道到什么地方去，在山海关火车站临上火车时，才从车厢上的标志看出是向北京方向去的。上火车之后我发现乘坐的还是软席卧铺，没想到有生以来第一次乘坐软席卧铺列车，还附加了这些特有的条件。从空中而来，贴地面回去，残酷的现实给专机飞行员们开了一个如此大的玩笑。

火车经过一个下午的运行，到北京车站时已经是掌灯时分，机组每人及"陪同"的海军乘坐一辆吉普车直接从站台驶出，很快就左转弯向西，沿着宽敞明亮的长安大道急驰而去。

北京的夜晚仍然是那样美丽而又静谧，十里长街流光溢彩，车来人往、安静有序，国庆节前的天安门广场也有很多人在为搞庆祝活动而忙碌着。然而，此时此刻，党中央、毛主席、周恩来总理正在为处理林彪事件而紧张地工作着。我抬头看一眼右前方巍峨壮丽的天安门城楼，从毛主席接见红卫兵到重大节日的庆典活动，林彪总是手拿小红书紧跟在毛主席身后的情景立刻浮现在我的面前。今年的国庆节林彪还能出现吗？今年的国庆节庆典活动还能像往年那样在这里大规模地举行吗？不可能了！当时虽然还不知道256号专机的去向，但就机组5人受到的“待遇”看也是不可能了。

途经天安门广场后，汽车行驶的左前方就是我的家，在那小胡同四合院内的南房的一角，有着我们一家人生活的小巢，妻子带着儿子起早贪黑地在离家很远的酒仙桥上班，我偶尔休息一次也要围着煤球炉子转。虽然各忙各的，总算还有一个团聚的地方。现在，妻子和儿子在干什么呢？我周六晚打电话到现在只有3天的时间，他们无论如何也不会想到在这短短的3天时间里竟会发生如此大的变化，我现在离他们咫尺之遥，却向着离他们更远的方向而去。

机组的服务员小魏说，当火车驶进北京站的时候，她在火车上都能看到自己家的房子。这位年轻纯真的北京姑娘，在如此大的变故中显得更加成熟了，她小小年纪就接受到残酷现实的洗礼，同机组中四位大哥哥一起去迎接那想象不到的另一种生活的考验。

第二节　在海军接受审查

从1971年9月14日晚上开始，机组剩下的5个人从“专机任务”走上了与飞行截然不同的另一种生活。“专机任务”四个字也要打上引号，因为，从那时起，没有人再认为那是专机任务，而认为是林彪叛党、叛国的反革命行为。机组人员作为从林彪叛逃现场押解回京的嫌疑人，理所当然要接受组织的审查。只是机组人员在不了解真相的情况下，从“座上客”突然跌到“阶下囚”的位置，这种意外的转变，使每个人从心理上都一下子难以承受下来。

海军保卫部为了将山海关现场的人“保护”好，首先把我们从北京火车站直接送到翠微路海军大院西侧的一幢平房里，每人一间房子，单独关了起来。紧接着将每人身上的贵重物品，例如手表、人民币等，强行收起来统一保管，连裤腰带也被视为危险品强行没收，这种人格侵犯行为使我们机组人员很难接受。以上这些“待遇”与一起从山海关回来的程洪珍所享受到的是一样的，这一点让机组人员更想不通了。程洪珍是同林立果一起到山海关的，身上还带有武器，我们机组是奉命执行专机任务的，现在，把我们同程洪珍放在一起，一锅烩，算怎么一回事儿？其实，我们机组人员身上都没有带钱，平时身上有些零钱，也都是放在军衣上面的口袋里，夏季工作服只是在任务值班或飞行中穿在身上，机场营房内部也没有什么可买，带钱是多余的。再说，这次属于紧急任务，更没有必要也没有机会多带钱。像两位老陈，除了手表之外，两手空空，每天早上起来，既不能洗脸，也没法刷牙。性格急躁的团副参谋长实在无法忍受交手表、解裤腰带的行为，拿着手表说："如果要收，就把它砸到地上。"其实海军的同志是怕我们逃跑或者拿裤腰带自寻短见。如果海军同志能把这些道理讲清楚，为了将山海关现场的所有人员保护好，完整无缺地移交给中央专案组，机组也是能够接受的。哪里知道，当时海军的领导也因林彪突然乘机叛逃一时乱了阵脚，哪还能将工作做得那样细致呢？反正你们都是没有逃跑剩下的，一律如此，无形之中我们与海军保卫部门的具体管理人员产生了对立情绪。

使我感到奇怪的是，海军的人员除了把我们严格看管起来之外，三天过去了，并不见什么人找我进行审问，这与我们急于找有关领导汇报情况的心理比较，形成很大反差。按常理，一般被抓起来的人都怕被提审，可是，在海军我们最怕的是没有人理我们，心里非常着急。我认为，只有尽快同上级领导接触，才能早一点知道事情的真相，悬在我们心中的绝不是一块普通的石头，如果就这样把我们关在这里，无论如何也得不到任何信息。

负责看管我们的一位海军小战士，突然对他眼前的事情产生了浓厚的兴趣，在他涉世未深的潜意识里，肯定地认为机组几个飞行员不是坏人，尽管他一点儿也不知道发生了什么事情，只是从他观察到的现象，或者是从机组飞行员的气质上，他很自信地这样认为。至今，我还很怀念这位山西籍的战士，仅仅几天的时间，我们已成为好朋友。

离"九一三"事件的爆发接近一个星期的时候，一天，有一个看似级别不高的领导干部个别找我审问，但又不像是审问。只有我们两个人坐在一间像仓库一样的屋子里，就像是打听小道消息似的问我："山海关究竟发生了什么事情？看到、听到什么？"匆匆问完，又匆匆离开了，也不给我一点时间问一问他对山海关的事情知道多少。旁边没有第三个人在场，我无法知道其他人是否也这样被"审问"过。因为，当飞行员以来，从未经历过被拘起来审查的先例，不知道审问应该在什么样的场面下进行。从电视、电影上看到，被审者多是一个人，而坐在审判桌上的总得有几个人。相比之下海军这种一对一近似于说悄悄话的场面不是让人感到很不正常吗？事后得知，这些当时看来很不正常的现象，其实是很正常的。林彪的出逃，对包括海军政委李作鹏在内的"四大金刚"，在政治上已构成很大的威胁，在"九一三"后那几天如坐针毡的日子里，李作鹏及其下属除了及时掌握有关信息，采取自我保护措施外，不可能认真调查机组的事情。再说，当时的中央专案组在同山海关现场的人员接触之前，也不会允许海军保卫部门首先插手这件案情。

那个关押我们的小四合院内，在吃饭或上厕所的活动中，我看到调度室主任老李及那两个女兵也在同一个地方，他们走到哪里，后面总是跟着穿海军衣服的人。只有程洪珍的气色看上去非常沮丧，年轻轻的，连腰也直不起来了，思想压力很大。两个年轻女兵的行动还算自然，但不轻松，木讷的面部表情掩盖不住少女的清秀，从山海关空勤食堂见到她们到现在，从未发现她们脸上有过笑容。她们究竟是干什么的？是什么样的身份？我竭力想从程洪珍与她们身上寻找山海关现场之谜。看到调度室主任那有些发福的身体，走起路来有些迟钝，总是紧锁眉头，似乎仍然沉浸在“九一三”之夜的困惑之中。机组的小魏姑娘看上去显得精神许多，匀称的身材、挺拔的小辫与轻松敏捷的步伐，似乎告诉人们，我是堂堂正正出来执行任务的，总有一天会弄清楚事情真相。

9 月 19 日，海军的人用一辆大轿车把山海关现场的机组人员、调度室主任、程洪珍及两个女兵共 9 人，仍然采用 2∶ 1 的比例，押送到位于西山脚下北京军区的一个招待所，从此开始了在中央专案组接受审查的生活。

第三节　在中央专案组的日子里

为“九一三”事件而成立的中央专案组，临时设在西山脚下北京军区司令部招待所的一幢大楼里。当海军保卫部的人员押送我们的汽车到达那里的时候，本来已经是肃穆庄严的军营之中，由于山海关现场重要嫌疑人员的到来，使这里的气氛更显得严肃，甚至让人感到有些恐怖。虽然这里也是招待所，但是，进入招待所的情景与平时执行任务在外住招待所相比，无论哪方面都有着天壤之别。周围岗哨林立，所内陆军密集。当我们被押解进入招待所房间的路上，来自两侧警卫人员那怪异的表情与刺人的目光，就足以使我意识到下一步处境的可怕。不过，当他们发现还有几个年轻俊俏的女兵也混在其中的时候，那种如临大敌紧绷在心里的弦似乎有些放松了，重要嫌疑犯中怎么还有柔弱女子呢？而且还都是穿着军人的服装。

刚到中央专案组的几天里，机组每人一间房子。看管我们的陆军小伙子，个个身强力壮，精神抖擞，甚至连个头都差不多，一看就知道是从部队连排干部中挑选出来的。观察他们对待我们的严肃态度与一丝不苟的敬业精神，我已经想到他们的上级在给他们下达任务时，虽然，暂时不能告诉他们关于林彪叛逃的事情，但肯定会非常严肃地反复强调他们所看管的人是一批要犯，这一切从他们一个个铁板一块的面部表情中已经全部读到了。当他们彼此打招呼时同我们在原单位的同志之间是一样的，一脸微笑，和蔼可亲。一旦走进房间，面对我们的时候，态度突然转变。我想，这大概就是人们常说的“爱憎分明”吧！这一点他们做得是那样自然、协调。

由于晚上睡觉不准关灯，我就用手绢盖在脸上，挡住刺眼的光亮争取入睡，这是因为我一贯睡觉较轻，开着灯是睡不着的。看管我的人认为我这样做是有情绪，于是，走上前来一把将我脸上的手绢打落在地，狠狠地说：“你要干什么！”我没做任何解释，我能理解他的心情。虽然，他们的领导不可能告诉他们不准我挡住眼睛睡觉，这一举动对他来说显然是看管我们的超水平发挥。我想，他的确是一位好同志，在解放军里，就是需要这样坚决执行上级命令的基层干部，只知道执行，不问为什么。我与他们相比，不是一样的吗？我与他们的年龄差不多，也属基层干部，每日手提航行包按照上级的指令飞来飞去，恪守本职，安全第一，从不问为什么。但是，唯一让我感到悲凉的是，我就是这样飞到这里来的。从那时起，我好像掉进不能自拔的谜团之中，对许多现象不得不重新认识，重新思考。在如此特殊的环境里，我反而变得更冷静更稳重了，面对人生从未遇到的课题，我感到自己正在逐渐成熟起来。

一天深夜，当时的中央领导人之一、北京军区政委纪登奎及公安部部长李震把机组人员叫去，听我们汇报了山海关现场的情况。当我们汇报到在山海关机场调度室塔楼听到林彪警卫团的领导通过电话向北京报告说：“首长让老虎和叶群搞走”时，纪登奎挪动一下身子，把原来放在地毯上的双脚抬起来平放在沙发上，低着头，深度近视眼镜已经下移到鼻梁上，工作到深夜已显疲劳的眼神从眼镜镜片的上方注视着机组人员，义愤填膺地说道：“儿子、老婆能绑架老子吗？林彪要抢班夺权，等不及了，另立中央不成，乘飞机叛逃，在蒙古国摔死了！”

纪登奎的一席话揭开了机组心中长达10天之久的谜团，机组5人一直悬挂在半空中的心，这时总算落地了。之后，首长们还留机组人员吃夜宵。据说，中央领导总是工作到深夜，在向我们了解了有关“九一三”的情况后，连夜赶到人民大会堂向周总理汇报，在那段日子里中央领导是非常忙碌的。

我回到房间后一直没有入睡，刚才首长的讲话反复在脑海里回旋，原来事情的真相是这样的。怎么会是这样？……我想了很多，很多。林彪叛党，自取灭亡，死有余辜，固然大快人心，可是潘景寅与三名机械师也……我心里不由感到隐隐作痛。我感到一阵阵头疼得厉害，在床上辗转反侧难以入睡。我索性把被子拉过头顶，将自己深埋在被窝里，强迫自己的思维离开这一切，但还是做不到——夜好长啊！

纪登奎找我们谈话之后，机组人员的待遇发生了一些变化，从招待所的一层搬到了三层，原来一个人一间改为两个人一间。我和副驾驶陈联炳同住一间，通信员老陈同领航员老李住在一起，服务员小魏单住，没有让她同别的女兵住在一起。所谓搬家，对机组来说是最简单不过了。我们5个人中，只有3个人手里有个小包，另两个人两手空空，真是“灶王爷贴在腿肚上——人走家搬”。

房间里的家具很简单，床、小桌和座椅每人一套。房间里唯一一个窗户是被钉死的，上面用纸糊了起来，人站在那里看不到外面的情况，只能隐约听到远处广播喇叭的声音。此外，房间门口单独放着一把座椅，是专供看管我们的陆军警卫人员坐的。门外走道里还放有桌子，部分陆军人员在那里办公，看来负责看管机组的人员在这个招待所里只是一个小组。

一天三顿饭被送到房间里面吃。看管人员分工合作，一天24小时都不间断地坐在门口那把椅子上。晚上睡觉可以关灯了，坐在椅子上的人看着我们睡觉。上厕所时，由门外边的人跟着，蹲下大便时不准将前面的小门关上，也就是说，每时每刻你都要在看管人员的监视视线之内。头发长了到本楼理发馆理发时，理发师被告知不准用刮胡刀给我们刮胡子，只能用理发推子将过长的胡须推短一些。机组中除小魏外我的年纪最小，可是，我的胡须属于络腮胡子，推过的胡子看上去比平时刮过的差远了，所以，看上去我倒比他们老了许多。

中央专案组让机组人员写出林彪专机从北京到山海关的调机经过。负责这项工作的专案组人员是公安部的人，经常与我们接触的是一位年过50岁的老者，一位慈祥、善良的老公安。他完全可以让人带我们去他的办公室交代我们需要做的事情，但多数情况下是他亲自到关我们的房间来。由于陆军人员开始还不知道林彪叛逃一事，所以，老者每次到房间来总是趴在我们的耳朵上，很小声说话。他说：“不能让门口看你们的人听见我们在说什么，如果让他们听到我们在说林副统帅是叛徒、卖国贼的话，他们肯定会上来揍我们一顿不可。”说话时带着一种幽默滑稽的表情。近在咫尺的陆军人员看到老者对我们如此亲热，有说有笑，并有意不让他听见同我们说话的内容，表现出不高兴的样子。那意思是说，你们专案工作人员倒与重要嫌疑犯打得火热，说悄悄话还回避我们警卫人员，太不像话了！老者还说，陆军在这个大楼工作的人员目前一律与外界隔断任何联系，不但不准回家，连家属来队探亲都不准接见。中央当时这个决定是很正确的，后来证实，有个别人在中央正式发文之前，先一步得到林彪叛逃的消息后，以自己比别人先知而骄傲，竟在公共场所乱说，结果因“随意侮辱人民领袖”而遭到群众的殴打。后来的事实证明,挨打是冤枉的,但打的就是他不遵守纪律,卖弄小聪明,不到说的时候先说了。(当时中央专案组负责审查我们的还有两个人:一男一女的中年人。)

在中央专案组里,我们从专案组工作人员那里,得到了与机组有着直接关系的重要信息。当那位老者同另外两位中年人同我们谈话的时候,老者告诉我们两件事:

其一,前面提到的程洪珍没有跟林立果跑的原因是他分工负责监视机组人员。

其二,林彪乘机仓皇逃跑之后,在白炽灯照射下的停机坪上,一辆黑色的高级红旗轿车取代了三叉戟 256 号专机。一场混乱之后,大家关心的是急于知道 256 号专机的去向,暂时谁也不会注意到林彪等人乘坐的那辆汽车里会留下什么东西。其实,林彪等人由于行动仓促,汽车里丢下了四样东西:叶群的头巾、林彪的帽子、林立果的手枪套,还有棉花和绳子。老者说,棉花和绳子是用来对付机组人员的,他用自己打游击时的体会说明这些东西和手枪一样重要,时刻不能离开身旁。据说,9 月 12 日晚,当林立果、刘沛丰到北戴河后,刘沛丰一直坐在叶群房间的沙发上,守着身边的东西,几个小时都没有动,直到后来带着那些东西直接登上林彪的座车。这使我联想到刘沛丰在北京上飞机时,为什么对手中那些并非属于精制密码箱的东西那样细心呵护,飞机上那么大的空余地方,本来可以按他的意图随意找个位置放下即可,为什么还要特意问郜起良自己坐在什么地方呢?言外之意就是想把这些东西一次性地放在自己认为可靠的地方,必须在自己视线的监视范围之内才可放心。因为这些东西是装在普通的提包里,不像密码箱外面有着可靠的保护层,一般是不会被人发现的。所以,当做贼心虚的刘沛丰从山海关机场下飞机时,也将这些东西带到了北戴河林彪的住处。

(注:邵一海所著的《林彪 9.13 事件始末》中几次写到这一点,“林彪内勤公务员张恒昌回忆:我到叶群办公室看到刘沛丰坐在叶群的办公室里,地上放着几个包……大约 11 点 40 分到 50 分左右,叶群、林立果和刘沛丰一起到林彪的客厅里。刘沛丰手里提着三四个皮包……刘沛丰提着三四个皮包首先上车,接着叶群、林立果上了车,林彪最后上车。李文普上车后,汽车立即开走了。林彪的内勤公务员陈占照回忆:11 点 50 分左右,林立果、叶群、刘沛丰一起来到林彪的客厅……刘沛丰站在客厅门口,一言不发,我还看到沙发上放了三四个黑色手提包。)

前面曾提到过,飞机客舱增压系统的作用在于让乘客们能得到与地面差不多的大气压力及空气密度,为达到这样的要求,客舱内外存在着巨大的空气压力差。可想而知,高空飞行中的飞机客舱,就像被打足了气的气球一样,庞大的机身只要有一处发生损伤，就会发生爆炸解体。这一点对掌握了一些飞行知识的林立果来说，他比任何人都知道棉花和绳子的重要性，如果飞行时在机舱内开枪，座舱内强大的增压空气，就会从枪口处将飞机撕裂，甚至爆炸。

在停机坪现场担任飞机警卫及地面专机保障的海军人员，亲眼看到一下汽车就高喊口号者，是一个上身穿衬衣的女人，这个人就是林彪专车上唯一的女性——叶群，她在仓皇之中顾不上带头巾。

在场的人异口同声地说，清楚地看到从汽车里下来一个明显秃顶的老头，这个人就是林彪，慌忙中，帽子丢在了自己的专车里。

狂妄到不可一世的林立果，冲出北戴河时手里就已经端着手枪在汽车上督阵，在叛逃中充当急先锋的他，在停机坪那样紧急的情况下，不可能再捡回丢在汽车里的枪套。

如果不是公安部的老者相告，以上情况我们这些机组人员是无法知道的。

当机组人员按专案组的要求完成任务之后，就没有什么事情要做了，身陷困境，度日如年的烦躁情绪开始向我们袭来。

1971 年 10 月 7 日，党中央发布 57 号文件，向全国全党甚至向全世界宣布了林彪事件，石破天惊，突发事变使全党、全军、全国人民受到强烈的震撼，也为失去自由的机组人员带来了一连串的难题，这些都是我和机组每一个人猝不及防的。

我们几乎同时意识到中央文件公布之后，噩耗会很快传到自己的家里，因为，中央的文件上不可能说明机组中有走有留的问题。从 9 月 11 日我和妻子通过电话，告诉她我因任务值班不能回家之后，一个月过去了，家里还没看到人影，也没有接到任何电话。三叉戟飞机虽然专机任务很多，但由于飞得快、飞得远，很少在外一住就是几天的。即使个别情况下一星期不归，家里不放心的话，一个电话打到单位，战友们也会心平气和地给予安慰或者给以合理的解释。谁都有可能遇到这种情况，同志们都能做到互相关心、互相照顾。

在飞行部队都流传着这样一句话："苹果好吃，寡妇难当。"意思很明确，由于飞行员们的伙食标准比较高，家属、孩子有时也能分享一些。然而，飞行员在飞行中由于各种原因，发生飞行事故，造成机毁人亡的事也是避免不了的。部队每次发生事故，都会给飞行员的亲人们带来致命的心理打击。

这次林彪事件绝非一般飞行事故，它本身就是彻头彻尾的政治行为，其影响波及全中国甚至全世界。机组中留下 5 人虽然受到这一政治事件的直接牵连，但 5 人的命运与事件比较，显得太渺小、太微不足道了，从出事开始，活着的 5 个人已经被一连串出乎预料的事情弄得焦头烂额、自身难保。因此我们已无法顾及到死去的潘景寅与三位机械师的命运，眼下虽不知道他们家属的具体情况，但可以想到他们承受的压力也绝不是一般飞行事故带来的失去亲人的悲痛，而是不知要大出多少倍的精神的、经济的甚至是更让人难以承受的政治上的打击。

我与陈联炳虽然同住一屋，有时整个半天也不说一句话，躺在那里，眼望天花板，想着自己的心事。我的妻子带着不到两周岁的儿子还要上班，当她听到中央文件后，肯定会像疯了似的到部队，到我的同事家里，到一切可能知道我情况的地方打听我的下落。因为，知夫莫如妻，自从我改飞三叉戟以来，几乎所有使用三叉戟飞机的专机任务都是我参加的，包括节假日在内都很少休息，这次任务也不会例外，准去无疑。再说，一个月过去了，没有任何音信，更进一步证实已随林彪去了。可以肯定，妻子是打听不到我的情况的，因为，部队的战友暂时也不知道256机组的情况，专机师的领导甚至空军的领导中，有知道山海关现场机组有走有留这个情况的，当时在人人自危的形势下，谁也不敢通风报信。我自己虽然身陷囹圄，但安然活在人间，可近在咫尺的妻子是不知道的。既不能写信又不能打电话，真是咫尺天涯，妻子该有多么着急啊！老家还有年逾花甲的父母，母亲身体虚弱，积劳成疾，常年多病。我虽不能床前尽孝，但经常的书信和不多的资助也能给老人一些安慰。如今遇难，北京妻子这头已经自顾不暇，哪有精力照顾老家的事情？再说，我的下落不明，如何让妻子向家里人说呢？体弱的母亲一旦知道我也在那架飞机上，能撑得住吗？……一连串的问题接踵而来，我抬头看了看糊在窗户上的厚纸和坐在门口的陆军看守人员，心里很不是滋味，一阵酸楚涌上咽喉，视线也变得模糊了……

实际情况是，在那个非常时期，我妻子多次往部队打电话，没有一个人能说出什么或敢说些什么，得到的回答只有四个字“出差未回”。

我妻子根据机场“出差未归”的电话，联系到平时三叉戟飞机执行任务我每次必去的情况，以为我这次也必去无疑。剧烈的打击，使她不知道自己是如何离开会场的，也不知道当天是如何从工厂回到家里的。当她的神志稍微恢复清醒的时候，有一连串的问题使她无论如何也想不通，中央文件说的是林彪叛逃，没有说飞行员和林彪一起叛逃，林彪因为抢班夺权不成而自取灭亡，而飞行员是为了什么？丈夫是农村贫农的后代，生在旧社会长在红旗下，在党的教育下，勤勤恳恳飞行，实实在在工作，任劳任怨，一心扑在飞行上，他没有任何理由也不可能做那些对不起党、对不起祖宗的事情。再说，他热爱飞行，也热爱这个家庭和孩子，河南老家还有年老多病的父母要靠他赡养，星期六任务值班时,还打电话说得好好的,没有任何迹象能说明他要离我们而去。一对相依为命的恩爱夫妻,一个和睦平静的三口之家,本无任何可挑剔之处,然而在如此飞来横祸的震撼之下,妻子不得不含着眼泪,强忍悲痛对自己丈夫过去的一切进行回忆、审视,最后的结论只有一个:不可能,绝对不可能!

我妻子作为一名普通工人、一名不懂专机飞行的女性,把问题想得太简单了!她只知道用朴素的感情对待党的工作,用善良的态度看待人们之间的关系,她同周围的姐妹们一样,怎么能够想到林彪会是叛党、叛国的罪魁祸首呢?她更想不到自己的丈夫只是一个普通的飞行员,怎么可能与如此重大的政治事件连在一起?至于在山海关现场,自己的丈夫差一点没有被死神带走这个惊心动魄的事实,她更是不可能想到了。

在那些天里,幼小的儿子也因为家庭中这极不正常的气氛和妈妈的悲痛而变得懂事了,表现得乖乖的。看到爸爸好久没有回家,稚嫩的心灵里也许意识到是爸爸出事了,有时伸出小手指着房里的黑暗处叫"爸爸",甚至还能说出"林彪"二字,弄得岳母全家毛骨悚然,心惊肉跳。

只凭面对全党、全国的中央文件就能断定飞行员丈夫的死因吗?不!不能这样简单!那些天里,妻子对我抱着九死一生的一线希望,拖着疲惫不堪的身子到处打听我的下落。那个时候,连与我平时来往较多关系不错的战友都故意躲着我妻子不见。这可不是一般的飞行事故,如果真的在飞行中死于非命,还可以得到领导与同志们的同情。然而,这是一件震惊中外的政治事件,是人们从古到今最深恶痛绝的卖国变节行为,在那个"突出政治"的年代,这种事情躲还躲不及呢,谁敢引火烧身!在当时那种强烈自我保护意识的支配下,我妻子处处碰壁。在如此大的精神打击下,真是叫天天不应,叫地地不理,妻子痛苦万分,精神恍惚,不能自拔。家就住在北京前门附近的和平门,平时闭着眼睛都可以走到大栅栏,可当时在胡同里踅来踅去,硬是找不到家门。在这之前,如果能有只言片语捎到家里,妻子的承受能力就会大一些。生与死,一字之差重在千钧。

领航员老李在西郊机场的家里接到任务的时候,一家人正围在桌子旁边吃饺子。是副参谋长陈联炳先接到紧急任务的通知后,特意跑去叫老李的,因为他们和机长潘景寅同住在机场家属院里。老李的妻子小许急忙问陈联炳:"去哪儿?多长时间?"陈联炳回答:"我也不知道!"老李平时上班经过邻居门前的时候总不忘"幽默"几句或逗逗孩子,可是,这次因为是紧急任务,蹬上自行车,一句话没说,径直朝飞行大队跑去。老李走后不久,他妻子一手抱着只有几个月大的小女儿,一手牵着不到5岁的大女儿,大女儿的手里还提着一个小包，里面装着牙具，经常出差的空勤人员一看就知道这是执行任务在外的随身用品，显然是老李走得太匆忙，忘记带了，已经懂事的女儿帮爸爸拿着，也许一会儿爸爸会回来拿的。老李的妻子对在西郊机场工作的邻居说："你看，老李说走就走，也不知道什么时候回来，姥姥带两个孩子不容易，家里有什么事情请帮助照应点。"同时又回头对跟在后面的老母亲说："您有事情就找他们，我们都是好朋友。"因为老李的妻子在离北京城区几十公里的昌平沙河机场飞行，平时又回不来，眼看通往沙河机场的班车就要出发，抓紧这点时间安排一下家里的事情，可是老李这一去就……老李望着天花板心情沉重地想着自己的心事，发生这么大的事情，首当其冲的西郊机场一定乱成了一锅粥，妻子作为飞行专业的内行，肯定知道256号专机坠毁的后果是什么，也知道作为机组领航员的责任，她是否知道我还活着呢？如果妻子因为我的事情也被拘留起来审查，家里的两个不懂事的孩子怎么办？实际情况正如老李所想，出事之后他妻子也被审查不能回家，60多岁的岳母带着两个年幼的外孙女，沉重的家庭负担压得老人喘不过气来，拖着两个幼小的孩子，到处打听女儿女婿的下落，好心的邻居们也不知内幕，无法相告，岳母整日以泪洗面。

机组5人面对各自不同的家庭情况，想着几乎相同的事情，那颗悬挂着的心时刻都在颤抖。

11月份，秋凉过去，已是初冬季节。全身只穿着一层衣服的机组人员说什么也不能抵御北国的风寒。中央专案组的同志看到我们身上的衣服单薄，就弄来棉军大衣让我们穿。

后来，我们共同意识到通过向自己家里要衣服的办法，就可以把我们活着的信息告诉亲人，而且，这个要求也是合情合理的，并不过分。专案组的同志很顺利地就答应了我们的要求，因为，对我们来说是事关生死信息的大事，可是，对局外人来说并没有意识到这一点。专案组认为，机组有生有死的情况，既然空军、专机师的领导已经掌握，一定会把这个信息告诉机组家人的。看来，他们对专机师情况的估计是错误的。我的衣服是经过专机部队的专案组通知家里人，由妻子送到机场之后，再转到中央专案组的。当家里接到这个通知时，我妻子及其全家才知道我还活在人世，悲喜交加的心理冲击使她紧紧地搂着儿子流下了苦涩的泪水。历经两个多月，丈夫生死未卜，总算有了结果，命运怎么能这样捉弄人啊！对一般被拘留审查甚至在监狱劳改的犯人来说，家人送来一些衣物，不过是一件极普通的事情，一个很正常的行为。可是，同样的事情发生在当时当地那个极其特殊的条件下的机组人员身上，从家里取回一件衣服，就意味着亲人的"生"与"死"这个重要信息的沟通，而且，还不是一般的“生”与“死”。这一点,只有机组的5人才有如此真切的体会。对我来说,好像到另一个世界去了一趟,对自己的亲人来说好比从鬼门关里把人又拉了回来,怎不叫人虔诚地祈祷,总算闯过了这一劫难。

当我拿到从妻子手里转交过来的军衣和毛衣、毛裤时,首先将衣服上的每一个口袋都仔细认真地翻了好几遍,我很想从这里得到妻子的只言片语,知道北京及河南老家的情况,因为,我十分担心亲人们经不起如此重大的打击而发生意外。令我失望的是衣服上所有口袋里,竟连一个手绢、一片纸屑都没有找到。实际上,我的军衣是放在单位宿舍里的,军衣里不可能没有一点东西,城里家门上的钥匙就在军上衣的口袋里。此刻,我仿佛从梦中醒来,在我翻看衣服时竟暂时忘记了自己的处境。原来,这些衣服是经过好几道手续从专机师专案组人员的手中转交过来的,既然不允许给家里打电话,也不准写信,当然,这些衣服是要经过专案组人员认真检查过的。因为这些衣服在转交的过程中很容易被当作传送信息的工具,即是家庭报平安的信息也不能放在衣服里。

在翻看衣服的过程中,突然,我好像意识到什么,于是,我很快地把视线转移到军衣的领子上面,当发现军衣领子上的红领章被人撕掉的时候,脑子突然膨胀了,甚至在短时间里已经失去意识。当我的情绪稍微恢复稳定,知道又一件出乎机组人员预料的事情发生了,顿时,我的身体好像一下子凉了半截!我发现陈联炳也看着衣服眼睛直发愣,领章虽小,却是革命军人的标志,军帽上的红五星与军上衣领子上的红领章被誉为军人的“一颗红心,两面红旗”,戴上它,是革命军人的尊严与骄傲。是谁把红领章给撕掉的呢?是我中队的飞行员吗?因为,我的军衣就放在飞行大队的宿舍里。不可能,因为一个普通的飞行员不能擅自把代表军人的标志给否决掉,我同机组的其他人在单位又不住在一起,也不属同一个部门。一定是代表一级组织的部门,或者专机师林彪事件专案组所为。我带着沉痛的心情手捧军衣认真端详着被撕去领章的地方,发现领子上还残留着红色的线头,这就意味着我们单位就像对待潘景寅和机械师们一样,认为死了的、活着的一律都是叛徒,既是叛徒,那就是敌人,敌人是不配戴红领章的。这使我想起“文革”鼎盛时期那汹涌澎湃的运动浪潮,无论什么力量都不能阻挡的运动浪潮,似乎看到机组中死去的4人已被大潮所吞没,很快消失得无影无踪。

相比之下,我们对军帽上的红五星更情有独钟了。出差在外无论穿什么季节的飞行服,头上必须带上军帽,这样才像是一个人民解放军空军的飞行员。所以,对机组来说,除了小魏身着军衣外,其他四人身着夏季飞行服的同时,头上闪烁着的红五星光芒的军帽一直没有离开过每个人。现在,身穿没有红领章的军衣，军人的风采失去大半，看上去不伦不类，很不协调。我们彼此看着，心里很不是滋味。领章被撕去，这种行为反映自己部队对机组的政治评价与态度，机组人员还没有回去就被打入另册，将来如何让我们见“江东父老”。本来就难以承受的心理上又压上一块巨石，我担心这样下去自己是否能够支撑得了。

后来，机组人员被允许在陆军的“陪同”下到楼下进行户外活动，习惯叫“放风”，也可以到小卖部买一些日常生活用品。此时，才知道许多与“九一三”之夜飞行活动有直接关系的人都关在这里，认识的有空军副参谋长兼专机师党委书记胡萍和那架企图叛逃的3685号直升机幸存下来的飞行员陈士印。

放风中小魏突然手指着远处的一位女性说，她就是江青的护士，因为，在几次执行江青的专机任务中小魏已经认识她了。看样子她也是一位被审查者，身后跟着看上去是不同身份的人。让人感到奇怪的是，当时江青作为“四人帮”之首还在台上，她的护士怎么能到这里来呢？让人费解。

放风中特别留意观察了别的受审者，他们的领章帽徽仍在。看来，中央专案组的人是不管这些具体事情的，按说，在审查没有结束之前，在没有确定属于人民内部或敌我矛盾性质之前，是不应该涉及到能不能佩戴领章帽徽的事情。想到这里，心里感到一丝安慰。

比我大不到10岁的陈联炳，虽然是个心直口快、性格爽朗之人，但此时可以看出他也被许多难题困扰着，不时陷入长时间的沉默。当我们因为想家共同谈起孩子的时候，竟有一个巧合使我们的情绪顿时活跃起来。我说我特别喜欢飞行事业，为了给飞行留下永久的纪念，为儿子起名单字“飞”。陈联炳听罢兴奋地说：“我儿子也叫飞。”还说：“你儿子起名干吗重我儿子的名？”因为，他儿子比我儿子大。我说：“冤枉！我怎么知道你儿子也叫飞？”说完两人哈哈大笑，暂时把烦恼抛向一边。少顷，陈联炳突然沉下脸来，情绪一转，一本正经地说：“回家就给儿子改名字，叫陈不飞。”我也附和着说。不过，我还没有想好改什么样的名字，陈联炳那样说也仅是反映一种情绪。这件事被坐在门口的陆军警卫人员反映到专案组里，第二天我和陈联炳被叫去挨了一顿批评，专案组的批评是对的。

有关“九一三”事件的中央文件发布后，看管我们的陆军老大哥对我们的态度也发生了变化。虽然他们仍24小时监守岗位，但看到、听到我与陈联炳的聊天中涉及到有些比较风趣的话题时，受到了感染，也和我们一样笑了起来。他们也知道，如果我们飞行员也是“九一三”事件中的要犯的话，专案组不会给我们如此宽松的环境。再说，他们都是连排干部，对如此重大的政治问题都会有一定的见解，都会用自己的思维对眼前的林彪事件的基本特征进行判断。如果机组人员明知林彪乘机叛逃是死路一条的话，为什么还提着裤子往专机上跑呢？此外，他们从我和陈联炳的聊天中，也了解到一些专机飞行员的生活内容，同是在人民解放军的大学校里，又都在基层工作岗位上，受着同样的政治教育，在思想上很容易沟通。有天晚上我在睡觉时做了一个梦，梦到一只饿狗紧追着咬我，我突然转身，用尽全身力气向狗踢去，实际上踢到了沙发床的垫子上，连人带床垫弄出很大动静，这下子惊动了门口值班的陆军，黑暗中他走过来到我的床前，风趣地对我说："怎么了！还想飞呀！"自从出事之后，因心情不好，睡觉中经常被莫名其妙的噩梦惊醒，醒来后出一身冷汗。

陆军中一位30岁出头的大个子，看样子是这个小组的组长，他对我们说，他家就住在天津和平区，他已听说机组中的机械师李平家里，挂在大门上的"军属光荣"匾额被砸了，言谈中带有同情。因为，李平也住在天津和平区，他的家属还没有随军。李平的人都没有了，家中的亲人连尸体都没有见到，还要承受如此精神打击。那位军官已经知道机组中死去的与活着的都不好受，有些话凭他当时的身份，是不能同我们深谈的。李平的家如此，我的老家如何？

当分别隔离审查实在没什么可做的时候，专案组决定对包括机组人员在内的部分人员以办学习班的形式进行进一步的审查。同机组在一起的有从山海关回来的那个年纪较小的女兵小袁，另一个小张还没能享受办学习班的待遇，还有两个女兵分别是小鲁和小郁。小袁18岁，小鲁16岁，小郁21岁。小鲁和小郁说，她们是9月14日坐火车南下广州时在半路被抓回来的。她们只知道奉令跟着别人跑，并不知道到广州干什么。这三个女兵都是被挑选来的，放在外国语培训班或卫生学校学习。其中小袁和小郁是上海人，她们的家庭出身都很好。小郁的母亲是个残疾人，出事以后小郁因惦记着家里的母亲，情绪很低沉。小鲁是一个天真活泼的孩子，好像天大的事情放在她身上也会被瓦解。

机组再一次调换了房间，搬到另一栋楼上，机组四个男的住一间大屋，平时集体学习就在那里。学习是在陆军的带领下进行的，内容主要是学习报纸和中央有关文件，批判卖国贼、叛徒林彪，在批判中联系自己的思想，提高对林彪事件的认识，提高阶级觉悟水平。

女兵中的小袁从北京起飞的时候是我们机组的乘客，在飞机上，我们的服务员小魏还要为她端茶送水，精心服务，可是现在我们却坐在同一条板凳上接受审查了，事情就是这样离奇，朝着让人不可思议的方向发展着。

平时闲谈起来，小袁有这样一段话的确发人深思，她说她是在上学回家的路上被人盯上的，然后，就有人登门拜访，并询问是否愿意当兵。当时，在中学毕业上山下乡的大趋势下，当兵是最好的出路，尤其对女孩子来说，能有当兵的机会是求之不得的，也是让同学们非常羡慕的好事。于是，以当兵体检为名进行拍照、录像等，然后送交林立果挑选，批准后办理入伍手续。小袁思前想后，内心波澜起伏，寻找原因，就是爹妈生就自己一副美丽的身段和一个娇好的面庞。一般情况下，先天之美是一个女孩子得天独厚的无价之宝，有不少女性为了美不惜重金，甚至还要忍受皮肉改造之苦进行美容，难道在这个世界上还有因为长得漂亮而使女孩子感到痛苦的吗？小袁的一番肺腑之言使这个不能被人理解的道理成为事实。小袁在说这番话的时候眼睛里含着心酸的泪水，一点也看不出普通女孩子为自己的美丽而感到得意与骄傲的样子。

难忘的 1971 年过去了，当时间的脚步跨入 1972 年 2 月份的时候，机组 5 人被中央专案组叫到办公室，在那里看到几位身穿空军衣服的人，态度异常严肃。那位负责我们专案的中年男性态度平和地说："按照中国人的风俗习惯，每年都要回家过个全家团圆的春节。经请示上级，同意放你们机组的人回去。"当我们意识到即将与家人团聚时，心里呈现出几个月来少有的喜悦，甚至在梦里已编织出与家人见面时那种悲喜交织的场面。相隔时间不长，却有今生来世之感。

同机组一起学习的三个小姑娘看到我们就要离开时，控制不住的眼泪直往下掉。一方面，她们与机组的老大哥们同病相怜，几个月来给了她们许多精神上的安慰，有恋恋不舍之意；二来想到她们归期无望，还不知什么时候才能自由，止不住潸然泪下。

第四节　回专机师继续接受审查

1972 年春节前，当机组人员同接我们的空军人员一起乘车从中央专案组来到对我们机组来说原本是非常熟悉的环境时，出乎我们意料之外的是一切都变得那样陌生，陌生得出人意料之外。

专机师的专案组作为空军专案组的一个组成部分，设立在空军最高学府——空军学院（现在为空军指挥学院）里面。这里离西郊机场很近，只有一条马路之隔，机组通信员老陈的家就住在学院里面，他的妻子是学院医务室的一名军医。我结婚后也曾在这里住过，由于儿子出生时正赶上我部队执行林彪一号令，进行战备疏散，开着飞机全国到处跑，无法照顾妻子，只好搬家到城里，住在离岳母家不远的地方。

空军专案组的人员都是从专机师各单位抽调来的,主要由政工干部组成,也有个别空勤、地勤人员加入。这个专案组除了负责设在空军学院的专案审查外,还负责设在机场内部的专案审查。我们专机组人员从中央专案组回来,被认为是降了一级,所以,放在空军专案组继续审查。

当我们专机组5人遇到空军专机师专案组这些熟悉的人员时,一个令人非常尴尬的场面发生了。机组的人按人之常情想主动上前同他们打招呼时,得到的回报却是一张张冰冷的面孔,不予理睬。个别关系不错并曾在一起执行过多年专机任务的人,干脆把头转到别处,装作没有看见,避免双方的视线碰在一起时出现想说话又不能说话的尴尬局面。就在这短短的几秒钟里,我马上联想到被撕去红领章的军衣,一切都明白了。时隔几个月,就因为"九一三"事件,自己原来的战友已形同陌路,看来是因为我自己当时没有真正处在部队出事之后的政治环境中,所以就无法体会到当时的一切。当专机师专案组工作人员把我领到"属于"我的那个单间的时候,我的脑子里仍没有从刚才的思维中走出来。自从"九一三"之夜在山海关机场遭遇不幸之后,后来发生的一系列事情,都是那样的让人不可思议。原来想到有关专机飞行方面的事情,只有熟悉专机的大本营的同志们能够真正理解我们机组人员的苦衷,实在没有想到现实与想象的完全相反。此时此刻,我们倒有些怀念在中央专案组的那些日子,那位和颜悦色的老者的确是一个实事求是、善解人意的人。

"九一三"事件之后,被审查的人员中,除与"九一三"之夜两架飞机(256号专机与3685号直升机)的活动有直接关系者外,大都是从师、团到有关大队的主管领导。为了使部队的专机飞行工作能正常运行,从陆军或别的空军部队调进一批领导干部和飞行人员充实了专机师的上上下下及各个部门,这种行为被叫作"掺沙子"。同时,对与两架飞机有关的案件进行立案审查,并发动群众对与案件有联系的人和事进行揭发批判,实际上在机组回来之前这种揭发批判的运动已达到空前高涨的程度。

专案组就设在空军学院生活区的家属楼里。机组五个人又回到了一个人住一间房的状态,不同的是房间门口没有24小时的值班人员,只有在晚上才有人"陪住"。每天除了吃饭、放风之外,就是交代问题,交代与256号专机有关的问题,交代与机长潘景寅的关系问题,交代思想认识与行为上的错误问题。从此,开始了漫长的另一阶段的被审查生活。

1972年年初,在一片对叛徒、卖国贼林彪的声讨浪潮中,中国人民普遍重视的大节日春节来到了。

在空军学院的家属生活区里不断传来快要过年的鞭炮声，此刻，想到了往年过春节时也很少在家与亲人团聚。不过，那总是专机飞行的需要，有一种为工作而牺牲自己个人利益的自我安慰与骄傲，感到值得。而今年是为了什么呢？同样是因为“专机任务”，结果却是迥然不同。

得到通知，春节期间可以让家人到专案组探望。机组其他三位男士的家近在眼前，是如何同家人见面的我无法知道。领航员的妻子因为丈夫的问题好长时间不能上天飞行了，一定会带着一双心爱的女儿来看一看从鬼门关回来的丈夫、同行，她比谁都清楚丈夫作为机组领航员所要承担的被审查的分量。因为，机组领航员是与飞行航线紧密联系在一起的。听说，有人举报老李事前曾到银行取出家庭所有的存款，这样，就可以与他同林彪叛逃的事实前后呼应起来，构成了逻辑上的因果关系。

我妻子最终还是没有来看我，对此，我能够理解。其一，她知道我人在，也就放心了；其二，她不愿意在别人监管之下与我见面。她性格爽直，通情达理。她父亲也是抗日战争时期参加革命的，开始从事党的地下工作，钻地道、端炮楼，同日本鬼子周旋。他是在抗日战争最困难的时候加入党组织的。后来随大部队南下，转战大半个中国。所以，我妻子从小接受党的教育，10 多年的工人生活使她耿直爽朗的性格更加鲜明了。当她从事件开始那致命的打击中慢慢清醒过来的时候，以一个普通工人的思想水平，认定执行林彪专机任务绝不是个人行为，是一个革命军人、飞行员应尽的职责。所以，在我被审查期间，她每次到机场去，都要对飞行团政治处负责接待的人员提出要见专机师的最高领导，只问一个问题：“作为一个飞行员，上级派他去执行林彪的专机任务，他不去行不行？”因为，这是一个再简单不过的问题。我妻子虽然不得不接受眼前的残酷现实，然而，在思想上是全然想不通的。

1972 年的全年都是在学习班度过的。毛主席说“办学习班是个好办法，许多问题可以在学习班得到解决”，所以，都习惯把专案组叫学习班。在这个只知道什么时间开始而不知道什么时候结束的学习班里，我用我自己独特的方式在研究着打发时间的学问。有时候一个整天甚至一连好几天都没有说过一句话，因为除了吃饭，其他时间只有我一个人待在房间里，没有说话的对象。本来我也想到利用那些时间学习点什么，可是，在那样的环境下根本学不进去。看来我的心理素质还很差，在已经无法改变的客观事实面前缺乏足够的承受能力，在人生的黄金时段，让宝贵的时间白白流失了。

每日三餐由专案组的人带队到大约 300 米以外的食堂吃饭。在往返的路上，经常和我搭帮抬水的是专机师的参谋长老龙，平时在部队我与他很少见面。事后,他曾对我说:“你呀!很早我就想把你从飞行大队调到师司令部作战训练科当参谋,因为你高中毕业飞得又好,司令部很需要这样的飞行干部。可是,听说你不愿意,我就没有再坚持,如果你不在飞行大队的话这次灾难你就可以躲过去了。”他说得很对,也很诚恳。当时,我的想法是,在飞行第一线能多飞一些,因为我太热爱飞行事业了。在机关当参谋固然可以锻炼个人的组织领导能力,但毕竟在天空飞得少了。

1972 年的一天,我发现机组服务员小魏一连好几天没有出现在吃饭的队伍中,凭经验我知道她已经从学习班毕业了,她究竟到什么地方去了呢?小魏只是一名战士,一名服役期未满的老兵。在中央专案组,虽然同另外几个女孩子在一起学习,但小魏的由来与其他几个女孩子截然不同,她是按国家兵役制的规定应征入伍后被分配到专机师做空中服务工作的。这次灾难本应离她甚远,可是,替来替去最后轮到她的头上。计划中的服务员由于执行专机任务在外,暂时滞留在长沙没有回来,于是就派另一个服务员前去。可是,又因这位姑娘生理周期的原因,肚子疼得厉害,就临时抱佛脚,拉小魏顶替。每谈及此事,小魏没有一点怨言,她通情达理地说:“让谁去不都是同样的结果吗?!”一年多来,小魏像长大好几岁似的,成熟了许多。与我们几个男子汉相比,年轻的女孩子还要承受许多流言蜚语。可是,小魏却很少哭鼻子。按说,小魏正处在天真活泼、富于理想、对将来充满信心与幻想的年龄。我想,当小魏出去回到家里见到自己亲人的时候,一年多来憋闷在内心的满腔委屈,就会像堤坝决口的江水一样宣泄出来,性格多么坚强的女孩子遇到这样大的事变,无论如何也是很难招架的。

当我再次听到欢庆春节的鞭炮声时,时间的脚步毫不犹豫地跨入了1973 年。

专案组就设在空军学院家属区那些没有家属居住的空房子里。我住在一层靠边的一间,通过窗户可以看到家属院的一切活动。院子里的树木花草准时地告诉人们一年四季每一个季节的到来与过去,孩子们的打闹嬉戏为家属大院增添了生活的气氛。

我看到一个三四岁的小男孩,他奶奶站在院子里一遍又一遍地叫着他的名字,可是,他藏在单元门外边的墙角里,故意不答应。我看到老人着急的样子,真想跑出去把他从门后边拉出来。当他终于被发现后,老人又舍不得打他,小家伙做了一个鬼脸,疼爱孙子的老人一点气都没有了,这一老一小在我的视线里演了一场普通人间生活的戏剧。触景生情,我想起了自己的儿子,他也有3岁多了,一定也像刚才那个小男孩一样淘气吧!后来,妻子告诉我,在我不能回家期间,她带儿子出去玩时,儿子看到别人家的孩子总是手拉手走在爸爸妈妈中间,总是问为什么他没有爸爸。孩子提出一个极为普通的问题,却真正难住了大人。想到此处,我情不自禁地从衣袋里取出妻子寄来的儿子照片仔细地端详起来,儿子长大了许多,将来我一定用更多的时间带儿子玩儿,来补偿以前的不足。

"福无双至,祸不单行",我最担心的事情终于发生了!

老家来信告知母亲病危。"九一三"事件之后,我被牵连进去的消息不胫而走,长时间没有家信,本来就已经引起老人的心疑。当父母得知我被关起来的消息后,母亲病急交加,卧床不起。父母都是在农村土生土长目不识丁的庄稼人,哪里架得住这种没头没脑的沉重打击。在农村什么样的传说都有,说:

"你们家儿子和林立果是结拜兄弟。"

"可是,中央文件上没有啊!"

"河北省的文件上有。"我家在河南省,偏说出个河北省来。

"母病危,速回!"连续两封加急电报送到我被管制的房间里,一种不祥的预兆向我袭来。当我接到第三封加急电报的时候,天底下对我最好的人、我最亲爱的母亲病故,永远离开了人世。噩耗传来,我悲痛欲绝,无法控制的悲哀使我号啕大哭起来。自我长大成人走入学堂后,从没有那样痛哭过。我哭我母亲吃苦受难一辈子,就这样离开了人世,我哭母亲重病时我未能在床前尽半点孝心。

由于家境贫寒,旧社会房无一间,地无一垅,全家住在父亲自己动手挖出的土窑洞里。1942年河南大旱,全家逃荒到陕西谋生,1945年日本投降返回故里,全家仍靠父亲打零工为生。这样的家庭是供不起学生念书的,但我与比我大3岁的哥哥偏偏都是读书迷。当哥哥在别村读到五年级的时候,因为家里没有能让他带到学校吃的午饭,中午放学后就爬到附近村里的桑树上摘桑葚充饥,结果树枝被压断从上面摔了下来。为了读书,可怜只有十几岁的哥哥就这样到了另一个世界。哥哥聪明伶俐的形象至今难忘,我清晰记得母亲那撕裂心肺的哭声回荡在掩埋哥哥的山谷之中。

当我读到五年级的时候,家乡已经解放了,我比较顺利地带着每天的中午饭上完了高小两年的课程。1953年考入初中的时候,离家更远了,中途还隔着一条河。家里有了共产党分给的几亩土地,吃饭的问题好多了,可是全家没有一分钱的收入,继续上学是很困难的。由于上学路途较远,不能当天往返,又不能拿出7元钱一个月的伙食费,只好一次带上够吃7顿的干粮,然后星期三的下午下课后,跑回家中再拿7顿能吃到星期六中午的干粮,星期四一早赶到学校上课。每到夏季,就得把干粮晾晒在窗台上,即使这样,干粮的表面也会发霉长出绿毛,用手掰开"馍断丝连"。中午吃饭时间,就打上两杯开水到宿舍计划着吃,弄不好最后一顿午饭就要饿着肚子坚持到晚上回家再说了。有时候没有像样的干粮可带,只好带些白薯和用白薯面包菜馅做成的包子,因为用白薯面做成的干粮放干之后像石头一样,没有办法食用,平时能保证有棒子面的窝头吃已经很好了。有很多次我已经到家了,母亲还没有给我准备好要带的干粮,只好星期四晚去学校上课。清楚记得,当我回到家时,看到身体瘦弱的母亲肚子疼得在床上直打滚。见此情景,我哪里还有心思让母亲再为我弄吃的呀!只好一边为母亲请医看病,一边给学校送信请假。其实,母亲的病也是为我弄不到干粮着急而得。为了能跟上学校的课程,我就在土窑洞前的土地上写满数学公式。我很清楚如果不咬牙坚持下去,就有因跟不上学业而辍学的危险。

父亲看我上学太苦了,就多次劝我退学在家劳动挣工分(农业合作社时的记工方法)。邻居们看我每次回家背的那点干粮也根本不够吃7顿的,就叫着我的小名,好心地说:"正是长身体的时候,别受那个罪了,回家劳动怎么也能吃饱饭啊!"当我每学期开学看到父母亲为我的学费、书费东挪西借,疲于奔命的时候,我曾不止一次地动摇过,可是,当我想到为读书死去的哥哥,再想一想全村1000多户人家只有不到10个学生能上到中学时,中途放弃学业太可惜了。我暗暗下定决心,用老家的一句话来说,就是"讨饭也要读书"。

每到学校放假,除了帮助家里劳动外,还到一些建筑工地或煤矿勤工俭学,给工地盖房的师傅们当小工,工资1天1元5角,吃饭用5角,这样下来一个暑假的劳动刚够一个学期的学费和书费。

1959年8月10日的晚上,母亲为我能当上飞行员高兴的同时,面部表情中隐含着更多的沉思。母亲知道自己的儿子明天就要走了,可是,家里既没有能带在身上的零花钱,也没有一件像样的衣服。晚上,母亲让我脱下身上的衣服,借着土窑洞中那微弱的煤油灯光,在盆里洗起来。母亲一边洗衣服,一边带着轻微颤抖的声音叮嘱我说:"出门在外,要学会自己照顾自己,无论到什么地方,都要做好心人,都要往家里写信……"母亲边说边流眼泪,父亲不爱说话,一个劲儿地抽烟袋锅。

母亲把洗好的衣服搭在煤火上烤干,因为第二天我还要穿着洗好的衣服上路。中午,全家为欢送我当兵,专门吃了一顿用榨碎的蒜汁当卤的面条。父亲到生产队为我借钱，因为我家一直是欠钱户没能借到，于是，将家里的全部现金两块五毛钱及姐姐为我做的一双布鞋，装在上学时带干粮的袋子里背在身上，从此离开生我养我的父母、家乡，开始走上了保家卫国的戎马生涯。

回想起近20年与父母形影不离的苦难生活，老人家为我的成长所付出的辛苦是无法表述的。逃荒陕西，不到7小时的火车路程，母亲抱着我硬走了一个多月。由于没钱为我种牛痘，就从别人家孩子身上弄下一点放在我的胳膊上。肚子实在饿得难受时，我曾用舌头舔过墙上的土。在我病重的时候，总是母亲陪伴着我掉眼泪。“穷人的孩子早当家”，在那穷乡僻壤的沟沟坎坎，到处都留下了我砍柴时的脚印，也留下我对家乡的怀念。在如此艰难困苦的家庭里，在父母百般精心呵护下，我的身体仍能达到千里挑一的飞行员水平，可以想象，父母为我的成长付出的代价该有多么大，作为儿子，无论用多么大的回报都是不够的。可是，我都做了些什么呢！

1959年从我离家开始，国家就遇到了连续三年的困难时期。我吃着飞行学员的伙食，却忘记了全家还过着以野菜充饥的日子，也不理解父母亲为什么不照张相给我，因为，我好想念他们。等我1962年探家时看到父母亲和两个弟弟因严重营养不良，脸上的浮肿还没有消退时，我全明白了。那次探亲归队后，从弟弟写给我的家信中得知，母亲为没能让我吃上一顿饺子而哭了好几次。

面对隔离审查房间的四面墙壁，一想到母亲和自己当前的处境就控制不住自己的感情，泪流满面，我曾竭力压抑自己的悲痛情绪，但是，放在眼前的几封加急电报与母亲的身影使我不能自已。经我多次请求，才被许可回到北京城里的家，给河南老家寄钱为母亲办丧事，时间只有一天。

这是我自“九一三”事件以来，时隔近两年之后第一次与妻儿见面，没想到带回家的没有任何喜悦，而是亲生母亲辞世的消息。岳母一家都能理解我的心情，第二天，当我离开岳母家准备返回学习班时，登上公共汽车前，妻子从衣服里拿出早已为我准备好的黑纱，默默地为我戴在衣袖上，看到黑纱，想起死前没能见儿子一面的母亲，一阵酸楚涌上心头，难过地望着同样心情沉重的妻子，喉咙里好像堵着什么。妻子一边为我戴黑纱，一边小声说：“按我们老家的风俗，是不能在岳母家戴孝的。”

从我回家到离开这段时间里，儿子一直不离开他妈妈身边。我问儿子我是谁，儿子回答：“你是叔叔。”这使我想起1971年9月11日给家里打电话时，儿子还在电话里叫我几声“爸爸”，近两年不见，儿子认生了。其实，在儿子幼小的心灵里还是有爸爸的，看到别人家的孩子有爸爸，他相信自己也一定有爸爸,只是不知道爸爸为什么总不回家。

1973 年 7 月份,当我结束学习班隔离审查的生活,得到专案组的允许,回到我日夜盼望的家乡的时候,在那生我养我 20 年的土窑洞里再也见不到母亲的身影。记得前两次回家,总是母亲伴我促膝长谈,教我走亲访友带些什么,说些什么,使我感到有妈真好,家里有妈感到多么温馨、亲切。可是,母亲在哪里?我迫不及待地冲出窑洞,直奔野外,在我小时候母亲带着我上坟的地方,增加了一座新坟。插在坟堆中央的柳树枝上已长出嫩芽,坟土上已长出的草叶随风摆动着。我望着这块熟悉的坟地,想到小时候每到清明节母亲就带我到这里上坟的情景。母亲一边烧着纸钱,一边对我说,坟里边是你的爷爷和奶奶。还说父亲很小的时候奶奶就去世了,所以,父亲是独生子,我没有叔叔,也没有姑姑。在同一个地方,现在该我为母亲哀悼了。姐姐说,母亲弥留之际总是惦记着你的归来,最后还是叫着你的小名咽气的,去世前两只眼睛都因得了青光眼已经失明了。母亲出生在辛亥革命那一年,去世时 62 岁,如果不是因为我,母亲还会多活些时日。记得母亲说过,在她只有 7 岁的时候,由于个子太小,就得站在小凳上刷锅洗碗,一辈子没有过上几天舒心的日子,还没等到我能把母亲接到北京小住,她老人家就永远离开了我们。母亲的命运好苦啊!

学习班里,我望着不知修改过多少次的交代材料,心情难以平静。在这份综合交代材料中除了第一部分属于年龄、职务、文化程度、政治面目等基本情况外,主要包括自己作为“林彪叛逃机组成员”之一从北京飞往山海关的经过及充当林贼叛党、叛国空中交通工具所犯的错误及原因,错误的性质是属于方向路线的。

与 1971 年 9 月份刚接受组织审查相比,心理上对来自许多客观问题的承受能力有了很大的提高,近两年的被审查生活使我改变了许多。从思想上早已淡漠了所谓“专机任务”的印象,有的只是某种程度的犯罪感,似乎从内心深处也不想再回到两年前的那个时代背景中去为自己的行为辩护了。我不得不回过头来按专案组工作人员的提醒对自己的过去进行一番思考,认真反省以前走过的路是否合乎时代的要求。这样就能慢慢地将自己的思维方式逐渐调整过来,并开始检讨从前走过的是一条白专道路,只顾低头拉车,忘记抬头看路,只知钻研飞行技术,放弃了灵魂深处的思想改造,致使政治嗅觉不灵,阶级觉悟不高,不能在关键的时候识破内部阶级敌人的反革命阴谋,犯了无法挽回的错误。环境可以改变一个人,舆论的力量同样是无穷的。

我不会抽烟,不像有些人在思考问题或调整自己烦乱的情绪时总是让缭绕的烟雾将自己包围起来。但是，我有我自己的方法，在那个10余平方米的房间里，一边来回走着，一边思考着所有能够想到的问题，这样还能起到锻炼身体的作用，这也许是一个人常年待在房间里很自然就能学会的生活方式。自当飞行员开始，从来没有充裕的时间来考虑这些问题。

有时我索性让我的思维装上三叉戟飞机的翅膀，任其在我生活过的空间自由飞翔。每当我想到痛处，就把两手的十指插入头发，紧紧地抱住头部。当我把手松开的时候，突然发现大把的头发随即脱落下来，而且，我发现枕巾上也布满脱落的黑发，开始还吓一跳，后来也就不以为然了。我把掉下来的头发放在桌子上，一根根地摆放在那里，并拼接成各种各样的图案自我欣赏起来。

我的综合交代材料终于过关了，经过22个月的审查，总算是带着"在党的第十次路线斗争犯有方向路线错误"的结论从学习班毕业了。当我重新获得一个人最起码的自由时，感到好像在另一个世界里经历了一个漫长的世纪，我沉浸在新鲜自由的空气中尽情地呼吸着，完全忘记了那个结论会给我带来什么。

不过，当我意识到快要从这个学习班毕业的时候，我做了一件很重要的事情，我把修改过多遍的综合交代材料又抄写了一份。然后，就在我留下的那份材料上，用削尖的铅笔在材料的字里行间用很小的字体密密麻麻地写满了我所经历的"九一三"事件的全过程，从接受任务开始到被拘留审查为止。因为综合材料中只是非常简单地记述事情发生的经过，不能从整体上反映出256号专机从北京飞往山海关及半夜强行起飞的详细过程。虽然当时我并没有意识到有朝一日能把这些亲身经历的事实以写成回忆录的形式与广大关心"九一三"事件的读者见面，但是，就是从尊重历史、尊重事实的愿望出发，防止多少年之后，一些重要的情节会从自己的记忆中消失。

第五节　在劳动与"读书班"中接受审查

劳动与学习是人生的基本需要。可是，对路线斗争中"犯有方向性错误"的机组成员来说，劳动与学习意味着远离飞行岗位的继续审查。

一、离开学习班后，又到砖厂劳动

1973年的7月，当我结束近两年的隔离审查后，离开空军学院的学习班，回到我想念已久的机场。这是我"九一三"时随256号专机飞离机场之后，第一次踏进机场营房的大门。机场对我来说本应该是很熟悉的地方，但经历如此大的变故之后却变得那样陌生了。其实，机场的道路、营房还是老样子，外观也没有什么变化。可是，我的确从许多方面感觉到我的到来为那里增加了一些异常的气氛。也正是因为如此，专案组的领导没有让我回到原来的飞行大队，专门把我安排到离飞行大队较远的家属招待所里，此刻，机组其他三位同志还在学习班里。

一名地地道道的军人住在家属招待所里，我可能是绝无仅有的一个。与隔离审查不同的是，专案组没有派专人管我，我的行动是自由的。如果请假，需经过机场保卫部门批准。虽然没有什么必须做的事情，但要求每天按时上班，这里成了只有我一个人的临时单位。

我从学习班放出来的消息在飞行部队不胫而走，对我的出现，在很短的时间内引起了不同的人从不同角度出发的特别关注。因为，特殊历史条件下发生在特殊飞行任务中的特殊现象，不能不引起人们从特殊角度的特别关注。当我表面看来已经成为一个自由人，而且已经离开没有自由的学习班，我在前面走，后面再也没有专人监视的时候，过去的战友们就可以对我有方式不同的表示了。

第一种人很想看清楚我是否真的是从山海关现场死里逃生的那位第二副驾驶员，但又不愿意走得离我太近，竭力避免在公共场所让别人看到同我有任何的接触，当认清确实是我无疑时就匆忙离开了。在这些人看来，机组从鬼门关里回来，不死也得脱层皮。因为，这是超出正常飞行事故之外的一次轰动全国的政治案件，为飞行事业而死，死不足惜；然而，在这次飞行中去死，是死不瞑目的，活着的尚且如此，死去的更不堪言，因此，在有些人的眼里我成了“猎奇”的对象。

第二种人是那些政治上害怕、担心完全取代了那点儿好奇心的人，有时候在马路上偶然相遇又无法回避时，老远就把头转到另一个方向，干脆装着压根儿就没有发现我似的，对此我能理解。

第三种人的胆量在当时看来确实大了一点，当得知我出来的消息后，竟直接跑到家属招待所我住的房间看我，这个地方没有自己家属来队居住一般是不会来的，为此，我深受感动。其中有一位同样也是我航校的同学，另一位是和我结伴进行飞行训练的领航员。他们见到我后，就一直安慰我说：“要想开一点，这种事情放到谁身上都是一样的，这个时候要特别注意身体……”因为，只有他们才能真正体会到这件事情对我形成的精神压力。两年来，我第一次听到这样的声音，也是第一次听到我的同行、同事、同学讲出的心里话，我感动得几乎流下眼泪。这位同我一起改装伊尔-18飞机的老同学、老战友，同我一样曾被航校评为5名优秀飞行学员之一。后来，在我被勒令离京转业到外地的时候，他也转到东北民航飞行，还未等到与他再见上一面，他就因病过早去世了。与我结伴飞行训练的领航员，后来也转到地方航空公司，成为创建该航空公司的奠基人之一，用自己的聪明才智为我国的民航建设做出非凡的贡献，我很羡慕他能为飞行事业奋斗终生。

“九一三”事件后，我深深体会到，一个人遇到不幸，处在水深火热之中时，一句安慰的话就可以支起头顶上的一片蓝天，甚至可以挽救一条性命。我妻子虽然从政治上深信我不会有什么问题，可是，她不敢保证在这样的审查中我不会发生任何意外，终日忧心忡忡，心神不宁。有一次她带着儿子到机场取我的工资，偶然碰到曾在空军学院同住一个单元的领航员，他当时在众目睽睽之下不敢同我妻子说什么，可是，他热情的态度让人有放心的感觉。当时，一个飞行员还从楼上扔给我儿子一只玩具小鸟，虽然这只是人际关系中一件很普通的行为，但对心事重重的妻子来说，却感到精神上的莫大安慰与支持，至今每提到此事，总是念念不忘。

“九一三”事件的爆发使每一个从事专机工作的人员从强烈的震撼中冷静下来时，无不倒抽一口凉气，如果是自己怎么办？尤其是过去一贯执行林彪专机任务的“子爵”号飞机的空勤人员，内心更是别有一番滋味，除“九一三”以外的所有林彪的专机任务都是他们执行的，林彪到北戴河也是他们送的。现在，看到直接或间接被牵连到“九一三”事件中的空地勤人员及各级领导，联想到自己所处的地位与工作岗位，都有不同程度的侥幸心理。事实也是如此，对有些人来说无论什么原因，有病也好，临时有事找人顶替也好，甚至犯了错误受到处分也好，只要你当时不在岗位上，就完全可以摆脱干系，免除受审查之苦，也不会因此遗憾终生。

没过多久，我就背着一直陪伴着我不知搬了多少次家的行李卷、蚊帐及支蚊帐的小竹竿，转移到砖厂参加劳动了。

砖厂是机场后勤部门为了解决后勤基建用砖组建的，砖厂位于机场飞机跑道的西侧。一般来说，飞机场都占有较大的土地面积，除了飞机用于起飞降落的跑道外，对周围的静空条件要求很高，因此，机场边沿有许多可以利用的土地，这些土地除了为部队进行素质教育、培养指战员的劳动观点提供场地之外，每年的收获也可以改变一下后勤保障人员的生活待遇。

“九一三”事件后，这些土地出人意料之外地派上了用场。比我先回部队的机组服务员小魏就在沙河机场同专机师内部受专案审查的部分人员一起参加劳动，那机场边上的七亩花生地就成了他们进行劳动改造的场所。

在砖厂劳动的还有我所在飞行大队的政委、伊尔-18 飞机大队政委、团机务主任、场站站长、副站长、气象台长、调度室主任、医务主任等，他们的年龄都比我大，职务比我高。我的大队政委原来也是一名出色的机务干部，256 号专机从北京起飞的时候，作为飞行大队的政治一把手，理所当然应出现在准备飞机的现场。他还是一位演奏手风琴的业余文艺爱好者，“文革”期间飞行团组织毛泽东思想宣传队下乡演出时，我和政委一起度过了一段不务正业的生活。现在，我和他又一次远离飞行大队，同吃同住在砖瓦厂，整日摸爬滚打在泥土煤砂之中，再也找不到文艺演出时的浪漫与潇洒。他是属于部队内部审查范围，没有隔离多久就放在这里劳动了。

在砖厂劳动中所干的活计，小时候在老家都干过，并不觉得生疏。记得在我上小学的时候，给一家私人砖厂出砖，也就是把已经烧好的砖从砖窑里搬出来。由于老板急于腾空砖窑，没等砖窑的温度真正降下来，就让我到近 50 度高温的砖窑里往外背热砖。我光着背，披一片布单一次可以背 20 块砖，运出约 50 米远，250 块砖为一鼎，要求整齐地摆放在那里，每搬出一鼎砖给一角钱。一天下来后背上被磨得红红的，并长满了痱子。小小年纪，我已知钱来之不易，这也是我刻苦读书的原因之一。

我们这些人别看在飞机上都有一技之长，在砖厂劳动中基本上只干些非技术工种，例如晾晒砖坯、搬运砖坯及运煤等，只有一件技术性较高的活计由团机务处主任担任。飞行团机务主任是一位技术娴熟、经验丰富的老机务干部，是飞行团飞机维护的技术权威。他还掌握着一定程度的外语技能，当时，会外文的机务干部凤毛麟角，由于我国使用的专机都是由国外引进的，能看懂飞机专业设备外文资料的人很少。1970 年年初，在广州白云机场进行三叉戟飞机引进改装的时候，他可以同巴基斯坦机务教官进行面对面的对话。那个年代我国的专机空运事业正处在初建与摸索前进的艰难时期，像机务主任这样的专业技术干部为空军的专机工作做出了巨大的贡献，付出了全部的心血。机务主任的妻子是我国为数不多的第一批女飞行员之一。机务主任在砖厂被分配开牵引机的工作，大概是看上了他会维护飞机的技术。相比之下，我们这些同飞机驾驶杆、领航计算尺打交道的人只能干那些搬搬运运的粗活了。当我驾驶着装满砖坯的小推车在牵引机的帮助下徐徐爬升到砖窑顶上的时候，看到机务主任操纵牵引机那稳重谨慎的样子，使我想起专机飞行中他在飞行员的旁边认真观察飞机发动机运行情况的形象，内心顿时升起一种酸楚。我们这些人本来应驾驶飞机航行在祖国的万里云天，为空军的航空事业做出自己贡献的时候，然而，现在却出现在砖瓦窑的坯场上、煤堆旁、砖窑里，这种荒诞的错位让人感到滑稽可笑。

1973年的七八月份，正是盛夏酷暑，在晾晒砖坯的场地上，我头戴草帽身穿背心裤头，把一块块砖坯搬起来调换一个地方，每块砖坯之间还要留出缝隙，利于通风。每倒完一排砖坯，我一边擦去头上的汗水，一边回头看一看自己劳动的成果，就像每次顺利完成飞行任务胜利返航一样，有一种愉快的满足感。我不怕劳动，只是多年没有连续参加体力劳动，开始有些不习惯罢了，再说，在砖厂劳动的人群中我的年龄是最小的一个。

砖厂的位置距离飞机跑道很近，不但能听到飞机的声音，还能看到从跑道北端起飞、落地的飞机。虽然，从“九一三”事件爆发开始已经有近两年的时间没有飞行了，但是，这熟悉的飞机声音和习惯了的机场环境，很快就把自己带回到从前的生活中去。飞行员的职业习惯是那样根深蒂固地扎根在自己的心里，时不时地就要表现出来。当看到飞机徐徐滑进跑道的时候，自己仿佛也置身于飞机的驾驶舱里，正按照指挥塔台的指令做起飞前的各项检查，然后，请示起飞，得到允许后，加大油门保持方向，在飞机发动机震耳欲聋的吼叫声中，向着跑道的另一端冲了出去，两分钟后消失在机场南方的云天之中……当我从梦里重新回到现实中来的时候，发现自己愣愣地呆站在那里。我深深地叹一口气，觉得心里沉甸甸的，不得不对眼前的一切进行冷静的思考，此时此刻，我意识到这将是自己的一块心病，真不知道带着这样的心病将要走过多么漫长的里程。我多么希望早日结束审查，重新回到正常的飞行生活中去。

虽然整日在砖厂劳动，但是，我有着强烈的回原单位看一看的想法。

当我踏上我以前所在的飞行三大队的小楼时，这里的环境对我来说还是那样的熟悉，甚至上楼梯时需要登多少级台阶我都记得很清楚。触景生情，我顿时想到两年前的9月12日下午吃晚饭时发生在这里的往事。楼前的柳树下正是机长潘景寅向机械师交代加油的地方，李平个子小，潘景寅个子高，李平在仰视中接受任务的情景又出现在我的面前。楼后是我碰到领航员老李从家里跑来时我告诉他加16吨油的地方，也是我平时放自行车的地方，特设师邵起良就在这里教我如何修理自行车……事隔不到两年，竟发生了翻天覆地的变化，房在人去，同机共济的四名战友的尸体却早已留在异国他乡的土地上，活着的5人至今还没有摆脱受审查状态，睹物思人，内心有说不出的惆怅。

三叉戟中队还住在小楼的二层，那几个房间也没有什么变化。当时，我同中队的另外一名中队长住在一起，是两个人合住的小房间。此外，中队还有一个大房间，那些刚调入三叉戟中队的年轻人住在那里。我住过的房间早已被别人代替。“出事”以后，我的被褥被直接送到专案组，其他在春秋与冬季穿的皮飞行服装被没收了，属于个人的学习书籍、笔记本及三叉戟飞机技术资料等物品，一概不知去向，一个字都没有留下来，连那把自娱自乐的二胡也不见了踪影。想到我飞行以来写了不少心得体会和经验总结，还翻译出部分三叉戟飞机资料，就在出事当天，我还在学习空中英语对话的知识。这些劳动成果全部丢失，感到非常惋惜。现在回来了，这里却没有一张纸片是属于自己的。多少年以后，我碰上中队两位年轻的领航员，他们说，就是在 9 月 12 日出事的那天晚上，两位小哥们儿不知道哪来的精神头，彼此聊天，几乎通宵达旦，其中一个就是在 12 号白天我问及对象搞得如何的那位小老乡。

当时，之所以有这样的心情，主要是我对未来抱着太大的希望，还指望我所拥有的飞行资料对我有朝一日恢复飞行的时候还能派上用场。到目前为止，只有冬季的一双皮手套还保存在身边，虽然缝补过很多次，而且因年代久远已经失去了原来的成色，但我还是不舍得将它扔掉，与飞行有关的纪念品就只有这一件了。

中队的飞行员对我还是很热情的，因为，从解除隔离审查到砖厂同那些比我职务高的领导一块劳动，这些都说明一个基本的概念，除了跟 256 号专机飞山海关一趟外，没有什么别的问题。再说，一个人在政治、思想意识及道德品质等方面如何，群众心里都有一个基本的评价。我的到来，虽然大家感到有些突然，但，还没有看到有人故意躲开不理我的。中队只有十几个人，就像一个班，我过去只不过是他们的班长，同他们私人之间又没有什么成见。中队的人虽然对我了解较深，但也绝不会回到从前战友之间友好和谐的气氛中来，所以，在热情中夹着不自然的表情。从那以后，我没有再回原单位去过。

从砖厂到城里的家，骑车子要一个多小时的路程，相当于从天安门广场到颐和园南门的距离。过去飞行时，只能在星期六下班后回家，星期日 18 点前必须归队。在当飞行员养成的时间观念和军人的组织纪律性的支配下，无论刮风下雨或者下大雪，骑自行车上下班，从没有迟到过一次。砖厂劳动时只要第二天上班不迟到，晚上也可以回家。有一次我在路上骑车的样子被乘坐班车的一位老飞行员看到了，回机场后他偶然碰到我，说："看你在路上光着背撅着屁股蹬车的样子，就像要飞起来似的，你还是年轻啊！"老飞行员的话从另一个角度道出了我作为一名年富力强的军人，身上有着用不完的力量，这是一种生命的活力，一种献身祖国航空事业坚韧不拔的精神。劳动一天之后，我没有感到疲劳，在马路上我将车子蹬得飞快，一方面让呼呼的气流声在耳边飞过，尽情感受着速度的魅力；另一方面我仿佛觉得只有加快速度才可能使自己离地，向着遥远的天空飞去。

二、又进读书班，开始新阶段的审查生活

1973年的冬季就要来临的时候，砖厂不能生产，我再次背上行李卷同其他劳动者一道转移到南苑机场，参加由师专案组举办的读书班。从此，又开始了新阶段的审查生活。

读书班设在一幢很大的教学楼上，在百余平方米的大教室里，周围摆放一圈睡觉的床位，中央是一张张桌子对起来的长方形大课桌，除了吃饭，这里就是白天学习晚上睡觉的地方。

参加读书班的人，除了在砖厂的劳动者外，还有专机师许多被审查过的干部。有"九一三"之夜师司令部的值班参谋，还有按林彪手令放飞那架3685号直升机的沙河机场调度室主任、专机师一团团长等。那位调度室主任是参加过抗美援朝战争时的电话兵，一次撤退时，差一点当了敌人的俘虏。那位团长"九一三"事件时不在北京，正在苏联学习苏制伊尔-62飞机（比伊尔-18飞机更大更先进的飞机）的驾驶技术，事件发生后，特意将他们招回国内，新的机种伊尔-62飞机也不引进了，政治是压倒一切的。此外，还有一部分人正在继续隔离审查阶段。那些解除隔离审查的人都陆续转移到这里来，一边读书学习，一边继续接受审查，等待着不知何年何月才能有明确的审查结果。

读书班以自学为主，记得"四人帮"发起全国范围"批林批孔"的政治运动就是我们在"读书班"期间进行的。当时还不知道这一运动的真实含义是"四人帮"针对周恩来总理发动的，孔子是一位两千多年前的人物，不知批他干什么！

具有戏剧结果的是，机组另外三名战友结束了空军学院的隔离审查也来到读书班了。从中央专案组回部队之后，虽然天天见面，却没有说过一句话，这一次又算是"团圆"了。他们说，我的错误比他们轻，不但体现出早一点结束隔离状态，而且，我的结论也比他们低一等。我被定为"方向路线错误"，而他们在"方向路线错误"的前面多加一个定语，叫"严重的方向路线错误"。

在读书班里，来自专机师各行业的人聚在一起，交流着有关"九一三"事件的信息，这些都是机组4人非常关心的事情。

"九一三"事件爆发后，机组所有的人，包括已经死去的潘景寅和三名机械师的家属都受到了很大的冲击。有许多事情因为机组不在部队，当然无法知道。我的自行车开始还放在那里没有人动，可是时间长了，不知被谁撬开了车锁，像公用车子一样随便用了起来，等我把带在身上的车子钥匙通过专案组转送到家里，妻子从机场把车子取回的时候，八成新的28型永久牌自行车已不像车子样了，经过大修之后勉强骑了回去。

住在空军学院的通信员老陈也有一辆比较精制的26型男车，他的车子被人随便骑过后拆得七零八落，车子零件有的挂在树上，有的被扔到房顶上，等他回去后，能够找到的零件已无法拼凑成一辆整车了。领航员老李与副驾驶陈联炳的车子，由于家住营房里边，被及时弄回家里，才免遭被肢解之祸。谈起车子，知情的同志对我说："因为你平时的同志关系较好，人缘也不错，所以，你的自行车完整地保存了下来。"

据说，包括我在内的三叉戟256号专机组的几个人，计划中是准备派到庐山疗养的，对此，团领导也研究过并做出了相应的决定，后来，就是因为考虑到怕疗养回来的时间晚了影响执行林彪回京的任务，最后放弃了疗养计划。因为，从庐山疗养回来的人中，就有一位大队的通信主任，他从三叉戟改装的理论课开始，一直同三叉戟中队的飞行员们在一起，忙于执行专机任务及训练飞行。由于团领导决定空中通信员临时由团通信副主任老陈担任，所以，这位大队的通信主任就按原来的计划去庐山疗养了。可想而知，如果潘景寅不把我编入256号专机组的话，我也同他们一起上了庐山。一年一度的疗养待遇对我来说，10年才摊上一次，如果上庐山能成为我的第二次的话，我宁可飞一辈子不再疗养也心满意足了。

9月12日晚在山海关机场停机坪离三叉戟256号专机不远停着的那架伊尔-14飞机，是专机师三团的一位老机长带领机组6人于当天早上从南苑机场飞到西郊机场后，又飞到山海关的，同我9月7日飞山海关一样，并不知道自己具体执行的任务是什么。本来，这次任务是另外一名机长去执行的，但因那位机长在打篮球时弄伤了胳膊，临时代替前往。西郊机场起飞前有不到10人登上飞机，其中有两个身着空军服装的女兵。他们带的东西中，从外表看有点像电影胶片。飞行航线是北京到山海关机场，由于是星期天，空中飞机很少，显得比较安静。乘机人员离开之后，准备原路返回时，西郊机场调度室主任老李接到命令暂时不让回京，可能还会有别的任务。吃罢中午饭，机组被安排在山海关场站调度室塔楼东边的招待所休息。

晚上，256号专机到达山海关机场时，伊尔-14机组只听到飞机发动机的响声，机组习惯了这样的专机生活，谁也没有到机场去，有飞机从北京来是很平常的事情，不会引起任何人的注意。

半夜，他们突然被三叉戟发动机的轰鸣声惊醒，当时虽然是三更半夜，但也不觉得奇怪，大半夜在机场附近听到飞机的声音是经常的。第二天早上，当他们起床准备刷牙洗脸的时候，突然发现招待所的四周被山海关的海军密布的哨兵戒严了，问谁谁也不知道为什么。三叉戟256号专机半夜发生在山海关机场的一切,伊尔-14机组一点也不知道,山海关场站的领导也不主动向他们谈晚上的事情。就这样,他们机组6人被滞留在山海关机场。20多天后,8341部队派去两个人,把机长叫到候机室了解情况,机长把他知道的一切讲了之后,他们什么也没有说就离开了。50多天过去了,虽然不知道具体发生了什么事情,凭知觉,肯定有大事情出现。

机组回来了,飞机还放在山海关机场。究竟让谁去把飞机飞回来呢?原来在“九一三”事件爆发时正在空军总医院住院的一位中队长,也是我的航校同学,考虑到他当时不在岗位上,应该说是值得信赖的飞行员,最后专机师的新领导就让他带领一个机组坐火车到山海关,将停留在那里已经两个多月的伊尔-14飞机飞回北京。

无独有偶,另一架专机滞留在长沙。

“九一三”事件发生时,专机师服务队的小李和专机组住在湖南长沙的一个机场招待所。他们是9月10日早上飞的湖南,准备接收某位首长的骨灰,暂时没走。机组就她一个女兵,一人住一间,所以晚上她常常通过半导体收音机听音乐。9月12日晚上,小李听着音乐就睡着了。

突然她被美国之音吵醒,吓得赶快关上,那个时候,听美国之音就是偷听敌台。因为刚才没听清,或者说听清了却不相信自己的耳朵,她下意识地又打开半导体。她用被子把自己和半导体收音机蒙得严严的,清清楚楚地听见这样一段话:中国民用航空公司英制三叉戟飞机失事在蒙古国温都尔汗上空,据分析机上是中共高级人员,现正在调查过程中。

再没什么新消息,就这一小段反反复复地播,听得人心里直发寒。

是真的吗?确实专机师刚进口了4架英制三叉戟飞机。

小李知道三叉戟飞机只有最高层的领导人才能坐。谁坐三叉戟跑了呢?根本没想到林彪会出事。第二天早上,机组人员吃完饭,像往常一样上候机室,却被严肃的陆军士兵用雪亮的枪刺拦住,不让靠近飞机。

这是我们专机组自己的飞机,却不让我们靠近?机长据理力争,说我们要准备飞机,首长一会儿走。机长着急地说,我们这几个人没有地勤,全是空勤,你们不让我们准备飞机,任务来了怎么办?说半天,还是没有用,就是不让靠近专机。看见绿裤子们还端着枪认真地围着飞机转,好像怕飞机突然跑了似的,真搞不清怎么回事。机长到处找人联系,忙了半天,谁也没找到。

这真是从来没有过的事情!小李马上想到昨晚听到的美国之音,她明白了。难怪昨晚上机场轰隆隆过了一夜火炮,战士一律都是迷彩服,好像马上要打仗的架势。她借着月光偷偷地往外看,消防车式的,一辆接一辆,有20多辆。她轻轻打开一条细细的门缝,咦?走廊里全是绿裤子!

滞留长沙的专机组成员待在机场,也没事,就每天学习,聊聊天。太无聊了,就用蚊帐竿绑上缝衣服的白线,弯个大头针钓鱼,再就是追着猫打,打得无辜的猫四处乱叫。对他们还算好的,后来听说在广州和上海的两个专机组,天天被冷饭冷菜招待着,个个都拉稀,紧急集合般地往厕所跑。

这时,天越来越凉了,他们都只带了夏衣,打电话回专机师,却谁也找不到,只好借件毛衣凑合着。这时大家已经没有回北京的奢望了,也不知要在这鬼地方待多久。

小李留了点儿心眼儿,那时还实行票证,飞行员退伙退给她半斤油票,她一直放在口袋里。她决定把油票寄回去,什么也不写,信封上寄信地址也不写,因为不知道北京那边发生了什么事情,这里又发生了些什么。但家里会从邮戳上知道她在哪里,让家里知道她还活着。小李的父亲也不知道女儿是不是在那架坠毁的三叉戟上,急得天天打电话,却始终没问出个结果。接到女儿的信,翻过来掉过去看了好半天,看见邮戳是长沙,马上一块石头落地,女儿的飞机没去山海关,父亲心里这才踏实了许多。

"九一三"事件后很长一段时间机场都有陆军同空军一起警卫,机场边上两位分别来自陆军与空军的警卫战士,就林彪事件中的一些话题产生口角。陆军战士埋怨说:"都怨你们空军没有把飞机看住,让林彪跑掉了。"空军战士听罢很不服气地说:"林彪是坐汽车从地面跑到机场后登上飞机的,如果你们陆军从地面就把林彪看住,不就登不上飞机了吗?"两位涉世未深的小战士用自己的理解与思维方式谈论着国家大事,严肃中透着趣味。

光阴似箭,斗转星移,在对未来结局的期盼中又度过了两年。

1975 年年初,我的第二个孩子,一个可爱的生命来到我家,一个男孩之后,想要一个女孩的愿望实现了。当我带着儿子到东四产院看望妻子的时候,从她那产后疲倦而又兴奋的表情上就可以看出我如愿以偿了。天真的儿子当着许多产妇的面提出一个不需回答的问题,儿子说:"妈妈!怎么生孩子的都是女的呀?"一句儿话将全房间的人都逗笑了。在那段日子里,我似乎暂时忘掉了眼前那些不愉快的事情,沉浸在呵护女儿与妻子的欢乐之中。当时,几乎天天骑车回家,我好像带着一种补救的心理,又好像要释放全身用不完的潜力,除了读书没有什么可干的,正好能给家里多做些事情。一次,顶着呼啸的北风把头埋在自行车前把上吃力地蹬着车子,前轮已经顶到人家的后车架上了我还没有发觉。又一次,马路上本来有一层冻冰,我竟没有发觉,依然使用平时骑车的速度,我曾怀疑别人为什么骑得那样慢,结果到前门大街左拐弯时,像平时那样没有提前减速，结果车子失控，在地面画了一个很大的弧线，连人带车子还继续往前滑，招来许多围观的人，这时我才意识到地上有冰，无形之中又感受了一次悬空的滋味。

我妻子的这个月子基本上是我伺候的，慢慢地我也学会了做家务。我将烧蜂窝煤的炉子周围，用铁丝圈起来，分成好几层，把洗好的尿布晾烤在上面，充分利用了炉子的热能。在那不足14平方米、与邻居隔墙不隔音的屋子里，一家四口乐在其中，热在其中，虽然生活拮据，但也相安祥和，这是我以前飞行的日子里少有的团聚。

儿子慢慢地长大了。也许在儿子的心目中，爸爸的形象是他崇拜的榜样，他很喜欢穿小军装，并把我多余的红领章像我一样钉在衣服领子上，身背玩具枪装扮成军人的样子，时不时地还让我拉起二胡，节奏鲜明地奏出《三大纪律八项注意》的曲子，然后，他把枪扛在肩上，昂首挺胸，一副严肃的表情，踏着节拍，走了起来。我家离天安门很近，儿子从广场巡逻战士身上学到了这些基本动作，他认为爸爸也是军人，儿子应该像爸爸才对。

有一回，我带他到天安门广场玩耍，他同样穿着那身戴红领章的小衣服，结果被在天安门广场巡逻值勤的解放军战士发现了，我当时也身着空军军衣，他们有权让我把儿子衣服上的领章去掉，这样做是对的，我就照办了。可是，却伤害了儿子的自尊心，看他满脸不高兴的样子，撅着小嘴，差一点掉下眼泪。此时，我能理解儿子的心情，就用很多话来安慰他。

儿子问我："干吗不把你的红领章去掉呀？"

"我是大人，是一名真正的军人，佩戴领章是应该的。"我边回答边向回家的方向走着，玩耍的情绪一下子没有了。红领章的事再次勾引起我对往事的回忆，我虽然向儿子讲述了许多道理，说明我戴红领章才是合情合理的。其实，儿子哪里知道，我的领章曾有一度在我最痛心的时候被别人剥夺了。一般讲，军人假日外出为了方便，大都穿便衣，可是，我总是喜欢穿军装上街，我很欣赏军人的形象，也很崇拜那一颗红星两面红旗给军人带来的尊严。

我对儿子说："红领章爸有的是，到家再给你钉上，你唱《三大纪律八项注意》，爸为你伴奏。"

家庭的温馨与一个青年军人的事业心是两回事情，两者是不能替代的。在读书班里，虽然有较多的时间照顾家庭，享受到妻子儿女之间的温情快乐，内心也有一种补救以前对家庭照顾不够的自我安慰，然而，主宰我内心世界的主要因素还是我对事业的刻苦追求。读书班毕竟是从审查到重新工作的过渡形式，一个临时的单位。这个单位在专机师的编制中是根本不存在的，总有一天随着读书班人员的陆续离开，这个读书班会从专机师消失。

1975年，有些原来从事行政或政工的干部已重新分配了工作。读书班里最后剩下的，多半是包括机组4人在内的团以下职务的飞行干部。看来，飞行人员成了继续安排工作的一大难题。对此，读书班的人无一例外地感到这是一个很不吉利的信号，虽然，谁都不说什么，可彼此心照不宣的是，“飞行”这一特殊职业为继续分配工作带来了难度。既然，飞行人员中还没有被分配的，起码说明还没有哪一级领导敢于发话让审查结束的飞行干部重新飞上蓝天。当初，决定让哪个飞行员停飞审查是一件很容易的事情，只要一句话，说他与某一件事情有关，需要弄清楚，就可以一个通知把他叫到学习班来。然而，等问题弄清楚之后，决定他下岗的人就不敢决定他可以回到原来飞行的岗位上来了。

我抱着很大的期望等待着重新飞行的消息早一点到来。我想，既然审查清楚了，而且，审查结论又是无法回避的错误，按常理而论，就应该重返战斗岗位，在专机空运工作中继续为党工作。宝贵的时间一天天地过去了，还是杳无音信。在读书班漫长的日子里，除了读书，我还利用这个机会将自己的书法技能通过不断地练习提高了一步。可是，我发现我的心情变得越来越烦躁了，书法练习必须在良好的心态下进行，当我看到自己的字越写反而越坏的时候，就再也坐不住了。在我的工作没有真正定下来之前，似乎什么事情都做不好，也不想做了。

正在这个时候，在兰州空军当兵的弟弟来信告诉我，他已经被列入提拔干部的预备名单，他们部队的政治部准备向专机师发外调函，履行公事要对我这位当飞行员的胞兄进行调查取证。要没有“九一三”事件的牵连，我敢保证从我这里提供的材料肯定对弟弟的提干有帮助。我1959年当兵，第二年入党。哥哥当飞行员时已经对家庭父母两条线调查了三辈，弟弟如今提干就更不成问题了。可是，眼下我被审查之后，已经背上了“方向路线错误”的结论，工作还没有落实，此时外调，弄不好就会节外生枝，出现难以预料的情况，本来还没有落地的心又被吊在了更高的空中。

过了一段时间，使我担心的事情终于发生了——弟弟来信说，我们单位的回函使他们单位很难下决心提干，本来弟弟单位对弟弟的提干是抱有很大希望的，没想到半路杀出个意外。问题的关键是，那个让人无法掌握的外调意见，让谁看到也要退避三舍，尤其是那个突出政治的年代，就更是如此。

关于我的证明材料上最为关键的一句话是这样写的：“经审查，到目前为止尚未发现同林彪反党集团的阴谋有联系。”稍有一些语文知识的人都会知道

“尚未发现”的含义是什么。就是说,到目前为止该同志是否与林彪反党集团有联系这一重要问题上,经审查,只是“尚未发现”,并不是“没有”,今后还有可能发现。按这样外调材料圈定的人谁还敢用呢? 我弟弟终于被排斥在提干名单之外,复员回家了。

我的家庭祖祖辈辈面朝黄土背朝天,解放后好不容易以根红苗正的政审结果当上了人民的飞行员,虽谈不上光宗耀祖,也算是光荣军属。没有想到在弟弟前途、命运的关键时刻,不但不能从我这里得到应有的支持,反而因我坏了他的前途。要知道,对来自农村的年轻人来说,能否提干留在部队是人生的关键一步,本来以当飞行员的哥哥为荣的弟弟该如何想呢?

我的心情被来自一个又一个不愉快的事情困扰着,思想情绪也很反常。其实,我早已意识到这些变化,并有意对自己的情绪加以克制,但还是控制不住。有时,我曾试图用喝酒来麻醉自己。一次,那种带补的灵芝酒喝多了,弄得上火流鼻血。幸好我一直对烟不感兴趣,要不,在这个时候染上坏毛病是很容易的。

第五章　3685号直升机反劫持——成功迫降

第一节　“九一三”事件中3685号直升机被劫持经过

“九一三”事件中的这一重要情节是我的战友，也是航校的同学陈士印亲口对我说的。

当林彪等人在北戴河放弃南飞、决定北逃的时候，林立果没有忘记通知在北京的死党周宇驰。此刻，周宇驰等人正在北京空军学院的小楼里。

小楼前停着一辆卡车，他们正紧张地跑进跑出，把准备13日一早带往广州的东西装上汽车，运到西郊机场。11点多钟，当他们得知阴谋败露的消息后，立即改变计划，一部分人转移到空军二高专（林立果设在那里的一个据点），最后在小楼里只剩下周宇驰、于新野、李伟信三人。周宇驰认为南飞广州不行，肯定没有可利用的飞机了，唯一的办法只能坐直升机逃跑（周宇驰曾设想过调用图-124飞机逃跑）。周急忙对于新野说：“你立即开车到西郊机场把陈士印接来，我给陈士印打电话，让他在那里等你。”因为空军学院离西郊机场很近，只有一条马路之隔，开车很快就到。

我与陈士印都是1964年7月份从同一个航校毕业又分配到同一个部队的飞行员，根据陈士印的回忆，我与他，还有另外3名同学被航校评为优秀飞行学员。当时，专机师领导从我们40个飞行员中分出20个在二团飞伊尔-14飞机，另外20人飞里-2飞机（其中有一名因身体原因停飞），属于三团领导。后来三团领导不知从什么渠道了解到航校飞得较好的飞行员大都分配到伊尔-14飞机上去了，认为分配不均，团长特意把已经分配到二团的陈士印要了过来。陈士印在里-2飞机上完成全面技术训练之后，根据需要调往新成立的直升机团（四团）改飞直升机。1967年5月到法国学习“云雀”直升机驾驶技术，由于在完成专机任务中表现突出，在晋升中队长之后不久，就担任了飞行

作者晚年与前 3685 号直升机机长陈士印(左)合影

副大队长的职务,当时不足 30 岁。

当时国家有许多在农业、工业等各条战线上树立起来的典型,如大寨、大庆、沙石峪等,附近没有大飞机可以直接到达的机场,有的地方就连安-24、伊尔-14 飞机可以降落的小机场也没有。每逢国家领导人及国外来访的贵宾到这些地方进行参观访问的时候,唯有直升机才能担此重任。所以,直升机同专机师的大飞机一样担任着总理、副总理及外宾的重要飞行任务,不同的是直升机不能像大飞机那样漂洋过海直接担任国家领导人出国访问的任务。此外,类似珍宝岛自卫反击战这样的特殊环境,也有专机部队直升机飞行员的身影,面对对方的炮火与恶劣的生活条件,坚持战斗达一年多的时间。

由于直升机的性能决定了执行任务的特点,飞行中所面临的客观环境与大飞机相比有着复杂的一面,这些都是不了解情况的人们无法想象的。首先选择降落场地就是飞行员的一项过硬本领,在地面没有人指挥、缺乏提供地面降落资料的情况下,全靠飞行员在空中的观察判断能力,水库的堤坝与大城市的足球场就是非常理想的降落场地了。对飞行员来说,直接威胁到飞行安全的因素除了复杂恶劣的天气条件之外,就是那些高出地面的高压线、广播电视发射塔、烟囱等形形色色的障碍物，有时不得不把飞机降落在大建筑物的顶层。尤其是抢险救灾的任务中，从时间上不可能提供预先了解降落场地的情况，一切都靠飞行员的飞行经验与面对实际情况灵活处理的能力。

直升机的另一个特点是，一般任务中，领航员的工作也要由飞行员担任，驾驶舱内没有领航员的位置。空中较长距离的飞行中，飞行员手中使用的是其他飞机飞行员共用的大比例地图，然而，当飞机接近目的地时，为了寻找尽可能接近目标的地方，必须使用陆军作战指挥用的小比例地图，地图上不仅显示出村镇的名字，而且，什么地方有一口井、一个庙宇都可以看得出来。所以，要求直升机驾驶员不仅要有精湛的飞机驾驶技术与应变能力，还要具备低空领航技术。由于飞行员的前面就是驾驶杆，没有写字的桌子，就用一个专门的写字板，靠橡皮筋绑在右边的大腿上进行必要的领航记录。

在飞机的操纵方式与空气动力性能方面，直升机与其他带翅膀的飞机有着很大的区别。一般的飞机是依靠机翼在与空气相对高速度的运动中产生升力，而直升机是依靠顶部旋转着的机翼（旋翼）产生升力，所以才能在空中停下来。一般飞机在速度小到一定程度的时候就会“失速”，此时，飞机就会一边旋转，一边向下坠落，这是一种很危险的现象。当直升机的旋翼处在空气的涡流之中，不能产生升力的时候，同样也会“失速”，此时，飞机尾部下沉，出现可怕的“尾冲”现象，对飞行员来说同样是非常危险的。此外，直升机有一个独特的优点，在空中万一发动机意外停车，由于旋翼空转的阻力也能勉强维持平衡下降，如果飞行员处理得当，不至于发生严重事故。

还有，一般的飞机落地的时候，发动机的功率都是处在逐渐减小直到最小的状态。而直升机正好相反，空中悬停或者落地时，反而要加大发动机的功率才能维持飞机的平衡。操纵直升机就像操纵一只旋转的陀螺，飞机上部的旋翼在旋转中容易产生一种向右的倾斜，飞行员必须及时修正，更重要的是在飞机落地的过程中，防止这种倾斜给飞机的平衡带来不安全的因素（介绍以上情况是帮助读者进一步了解飞行员在反劫持斗争中的难度）。

副大队长陈士印与三大队八中队中队长陈修文在直升机上执行过多次重要专机任务。在周恩来总理陪同外宾到农业战线的典型山西大寨参观的时候，大飞机的任务是负责把总理及外宾一行送到河北省首府的石家庄机场，从石家庄到山西大寨这段距离的飞行任务就需要直升机担任，他们同专机师一团的飞行员一样肩负着国家领导人飞行安全的重担。

由于直升机飞行的高度较低，对天气条件要求很严，再加上直升机乘坐人员较少，每次活动多是几架飞机同时进行，机群活动又为飞行安全带来许多新的问题。有一次当他们三架飞机从大寨返回石家庄机场时，由于处在云中飞行，在石家庄机场建立穿云航线、准备降落的过程中，第二架飞机云中建立航线过大，原本排在第三架的陈士印成了第二名落地者，这种云中飞行的不安全因素引起他们的高度重视，成为其他专机任务的前车之鉴。河北省邢台地震现场，国家石油基地大庆油田，学大寨的典型——遵化的沙石峪及很多抢险救灾、救人的现场都有专机师直升机降落的简易场地与飞行员留下的足迹。

1970 年 8 月，党中央在庐山召开党的九届二中全会。中央首长只能乘坐大飞机到安徽的安庆机场，离庐山最近的九江机场也只能降落像安-24 那样的小型飞机。一次，从安庆到庐山的长江沿岸阴雨连绵，云底高度只有 60 米，陈士印机组奉命到庐山执行任务。面对如此复杂的天气条件，机组凭借平时练就的驾驶技术与航行经验，果断驾机升空，沿着长江水面保持离地只有 50 米的高度在云下超低空飞行。由于江面忽窄忽宽，主河道与支流网络交错，有时很难准确判断飞机的实际位置。就这样，两名飞行员充分施展低空领航技术，顺着阴雨中的长江河道准确地找到九江机场，并以九江为新的起点向南飞行，终于完成任务，按时到达庐山。

1969 年 9 月 30 日，林彪到专机师视察，命令部队进行战备疏散，陈士印带领数架直升机紧急起飞，在不知道航线的情况下，决定向地形条件好的冀中平原飞去，等飞机快到故城机场的时候，才接到正式命令，让他们到徐州降落。

直升机飞行员同其他飞机的飞行员一样，在一般的专机飞行中是不带枪支的，陈士印等人在执行捍卫东北珍宝岛的飞行任务中，才破例配发枪支。

“有你的电话！”当晚 1 点 30 分左右，西郊机场军人招待所的工作人员将熟睡中的陈士印叫醒，他只穿着裤头就急忙跑到值班室。

“直-5 飞机最多能飞多远？650 公里行吗？”话筒里传来周宇驰的声音。

“带上副油箱加满油最多可飞 700 公里。”陈士印回答。

一般的直-5 飞机上不具备副油箱，所以只能飞 350 公里。

“有重要任务，你现在那里等着，我派人去接你。”

陈士印的家在沙河机场，妻子是专机师服务队的副队长，正常工作的岗位在西郊机场的候机室。小两口都工作在空中，一个飞行一个服务，却很少有机会在同一架飞机上飞行，节假日也难得在自己的家里团聚。他们 1970 年结婚成家，有一个可爱的小女孩，由于工作太忙，只好将女儿放在城里的姥姥家。9 月上旬，专机师师长带领包括民航在内的 3 架伊尔-18 飞机，直接受命于周恩来总理，满载国家歌舞团的人员与中欧人民的友谊，日夜兼程，飞往山鹰之国阿尔巴尼亚，陈士印的妻子就在这次长距离的出国任务中担任空中服务。回国后听说空军司令部参谋长要到候机室检查卫生，本来只有一天的休息也没有兑现，就到西郊机场上班了。星期六本来是他们在家团聚的时间，可是陈士印又带着任务出现在西郊机场。由于妻子不在城里的娘家，陈士印也就住在了机场。9 月 12 日白天，陈士印除了在招待所洗几件衣服之外，还抽空到西郊机场军人招待所一端的师长家里小坐。妻子准备把接受到广州执行任务的消息告诉他，结果电话也没有打通。如果陈士印住在岳母家的话，周宇驰是找不到他的。

陈士印很快被周宇驰派来的汽车接到空军学院小楼。周宇驰先让陈看了林彪亲笔写的手令：

盼照立果、宇驰同志传达的命令办

林彪　9月8日

那是一张 16 开大小的白纸，上面没有红头，下面没有红章。那 20 个用红铅笔写的字，歪歪斜斜的，就是林彪所写。“文化大革命”中林彪跟在毛主席后边到处题词，这样的笔体人们并不陌生。林立果带着这个手令，于 9 月 8 日坐飞机回北京的时候，一进西郊机场候机室的门，就让胡萍看过。据说胡萍是第一个看到林彪手令的人，因为胡萍手中掌握的飞机指挥权对他们太重要了。

周宇驰对陈士印说：“这是林副主席的命令。吴法宪搞政变，我们被困了，毛主席下落不明。现在形势很紧张，我们要赶快到林副主席那里去汇报情况，你送我们一下。”

“我很长时间没有飞直-5 飞机了，没有把握。”陈回答。

陈士印的确有很长时间没有驾驶直-5 型直升机了。自从陈士印改飞“云雀”型直升机之后，基本上就在新的机种上执行任务，很少在直-5 飞机上飞行。

周宇驰看陈有为难情绪，言语犹豫，就拉下脸来，晃着林彪的手令说：“这是林副主席的命令，你不能怕担风险。”

陈士印知道周宇驰是个有来头的人，何况还有林彪的手令，便说：“我再找一个技术好的飞行员，这样更保险。”此刻，陈士印想到如此重要的行动应该向自己的首长汇报，再说对间断驾驶时间较长的飞机重新飞行时应该征求上级领导的同意，就向周宇驰请示道：

“这事要不要给胡副参谋长说一声？”陈士印一直想着按组织原则办事。

“现在他被困住了，没有办法同他联系。我们马上走，到沙河机场后，不要

对别人讲,抓紧时间找到飞行员就走。”陈突然想起来自己的航行资料都在西郊机场的飞机上,对周说:

“我没有带图囊(飞行资料),怎么办?”

“没关系,我已经为你准备好了。”如果周宇驰没有驾驶过直升机,陈士印绝对不会相信这句话是真的。

9月13日凌晨1点40分,周宇驰、于新野、李伟信3人带着还蒙在鼓里的陈士印,将准备叛逃的东西装上汽车冲出空军学院的大门,向沙河机场急驰而去。

1971年4月,空军司令部副参谋长兼专机师党委书记的胡萍对专机师分管直升机团的王副师长下达任务说,空军首长要求,在首长(林彪)身边要培养一名直升机的飞行员,这个任务就交你安排。这位准备学习驾驶直升机的人就是周宇驰,虽然周宇驰在空军的身份是司令部党委办公室副主任,但是凭他同林立果的关系,也成了经常在林彪办公室走动的人员,这一点在专机师的飞行员中只是有些传闻,但对于专机师的领导来说,早已达成了共识。在这种形势下,作为专机师直升机的技术权威与最高行政领导的副师长,责无旁贷地成了周宇驰的带飞教员,他曾7次担任周总理专机驾驶员,到只有直升机才能降落的地方执行任务,在邢台地震现场、大庆油田、大寨、珍宝岛等地,都留下了这位副师长的身影。这次落实周宇驰的教学任务重,还指定副大队长陈士印担任训练飞行的指挥员,比较先进的“云雀”飞机被周宇驰选为训练驾驶的机型。

周宇驰住在沙河机场营房的2号楼,平时很少露面,偶尔出来总是带着一副墨镜,大多数人不仅不能接近他,也不准打听他的情况。飞行时自己开车上机场,吃饭时有人给他单独送去,所以,周宇驰成了沙河机场飞行员心目中的一位有来头的神秘人物。由于人们叫不出他的名字,平时提到他就用“2号楼”代替,甚至有人还把他当成了林立果。在3个多月的时间内,周宇驰一共飞了66个飞行日,75场次,184小时。在这样的时间里,周宇驰不仅初步学会了“云雀”飞机的基本驾驶技术,也掌握了一定程度的空中领航知识。但由于他学习动机不纯,不可能把全部精力投入到学习飞行之中,与专职从事专机飞行的飞行员相比,专业知识方面只是学到一些皮毛而已,所以,周宇驰还没有能够达到自己单独飞行的水平。虽然如此,周宇驰还担任着将有关航行知识传授给他的弟子林立果的任务。可想而知,周宇驰依靠在专机师弄到的一鳞半爪,同林立果、刘沛丰一起,就要劫持两架飞机叛逃,过高估计自己的能量,简直太自不量力了!

后来，王副师长接到新的任务，到苏联接收机型更先进的米-6直升机，陪同周宇驰飞行的工作就由陈士印完成。一次从北京直飞北戴河时，由于天气突变，经地面指挥员同意，陈士印降落在天津杨村机场，中午吃饭的时候遇到了在杨村机场飞行的航校同学，老战友相见分外亲热。因此，这位飞行员在“九一三”事件之后，接受了停飞一个月的审查。

汽车开进沙河机场后，先是把汽车上的东西及于新野、李伟信二人拉到3685号飞机旁边的停机坪上，然后回营房找人。陈士印下车首先去敲团长家的门，后半夜的人们都在熟睡之中，叫了3分钟也没有把团长叫醒，因为任务紧急，周宇驰在一旁催着快走，陈士印就抓紧时间上楼去找陈修文。

三大队八中队中队长陈修文同往常一样，刚度过一个周末，部队规定星期日的晚上要回部队休息。陈修文先是召开中队生活会，后又到大队参加干部会，向中队布置了下一周的工作。中队合住的集体飞行员宿舍里，除了疗养的人员之外，只剩下两个人了。

两点半左右，陈士印摸黑走进来，把陈修文叫醒，怕影响别人睡觉，小声说：“有紧急任务，快起来！”

同房间的另一个飞行员也醒了，从窗外透进来的淡淡月光中隐约看到陈修文床前站着一个人，没有听清说话的内容。两个人走出去后，这个飞行员还特意站到窗前，看到楼下有一辆没有熄火的小汽车，发动机还在“扑腾、扑腾”地响着，认为一定有紧急任务。虽然他与陈修文是一个机组的，但是，在许多情况下是根据任务的重要程度重组的。

两位飞行员上车后，周宇驰将汽车很快开到停机坪。下车前，周宇驰打开车厢照明，在车灯下，周宇驰让陈修文看了林彪的手令。然后说：“有紧急任务，要绝对保密。”陈修文同陈士印一样，在人民解放军“直接指挥者”“林副统帅”的亲笔手令面前，这个已被神化了的“接班人”的每一句话，全国人民都必须“深刻领会，坚决照办”。由于陈修文属于三大队，8架“云雀”飞机属于三大队七中队，在机场飞行训练中免不了经常与周宇驰见面，所以，周宇驰此人，陈修文是认识的。

第二个找到的是3685号直升机的机械师。机械师被叫醒后，听说有紧急任务，就迅速穿好衣服，并接过来陈士印从挂钩上取下来的飞机交接簿，一同下楼，上车后看到中队长陈修文也在车里。此时，周宇驰打开车灯，也让机械师看了林彪手令，并说：“我们马上去执行一个重要任务，必须立即起飞，你去办个交代。”

到机场后，先把机械师、陈修文送到停机坪，然后开车找人给飞机加油。因为开油车的战士回家了，由连长亲自值班。连长被叫醒后，隔着窗户见外面路灯下站着“二号楼”的首长。还没等连长穿好衣服，周就向前热情打招呼说：“哦，是连长，那更好。”周宇驰一边向连长晃动着林彪的手令，一边说：“有一个重大任务需要你去完成，如果完成得好，还可以立大功……”连长当时表态：“没问题，请首长放心，坚决完成任务。”说完，周宇驰还要与连长一同宣誓说：一定要忠于毛主席，忠于林副主席，保证完成任务！因为连长穿着大裤头，觉得不够严肃，就没有跟周一起宣誓。周宇驰没有放弃任何骗人的机会。

“什么任务？”此刻连长把话切入正题。

“加油！”

“加油，好，您稍等。”说完，连长很快从油库里提出一桶油来，连长知道这是“二号楼”首长开直升机期间，专门为周宇驰配的小汽车用油。

“不对，不对！不是汽车用的，是飞机用的。”周宇驰连忙摆手。

连长急忙从车库把加油车开了出来，并跟在周宇驰开的伏尔加车后边。由于连长不知道给哪架飞机加油，当伏尔加在机场停机坪围绕3685号飞机转圈后离开准备到调度室时，连长一直跟着伏尔加车不放，后来看到周在车上急忙打手势，才明白是给3685号加油。由于加油动作紧张，还弄到地上许多。

在给飞机加油的过程中，周宇驰又找到沙河机场调度室主任，基本上是用同样的方法与过程骗取了调度室主任的信任，为3685号顺利放飞。

在机械师试车中，发动机润滑油的温度还没有达到规定数据时，周宇驰迫不及待地让机械师离开，准备起飞。

此时，连长还在下边喊：“首长！还没有给我签字呢！”

“回来再签吧！”

连长回头看到停放在那里的伏尔加车，就大声喊：“是不是我把车给你开回去？”周还在飞机上点了点头。

天亮之后，还是这位连长听到天上的飞机声，出来还看到直升机由远到近，由高到低准备降落，认为“二号楼”首长执行任务回来了，就急忙开着伏尔加车到机场迎接，没想到停机坪上的刘团长正对手拿绳子等物的警卫连战士说：“我们要坚决执行命令，不管是谁，下来一个抓一个！”连长一听，坏了，肯定出什么事情了，赶快又把车开了回来。

当团值班参谋接到机场警卫员有飞机要准备起飞的电话时，时钟正指在凌晨3点上。值班参谋将情况很快报告团长，团长立即通过电话询问调度室与警卫连，警卫连长骑上自行车向机场驶去。

但是，已经来不及了，3点15分，3685号直升机起飞了。3点40分，团政委告诉团长，他在2点30分左右接到了禁航的命令，这就是师长时念堂通过师作战参谋向下传达的“禁航令”。此刻,正在专机师指挥所的师长时念堂立即快步登上位于楼上的调度室,用直通话机命令沙河机场向空中发射信号弹,要飞机着陆。

正在西郊机场候机室指挥中心为三叉戟256号专机强行起飞一事急得团团转的空军司令吴法宪听到沙河机场又起飞一架直升机的时候,更加气急败坏,骂声连天,一边骂一边向电话间走去,他用电话命令空军作战室,让张家口机场的歼击机立刻起飞,对沙河起飞的直升机进行空中拦截。

3点40分,李德生告诉北京空军负责人:“总理指示,你们要把这架飞机拦截回来。”紧接着,在西郊机场指挥中心的杨德中也同样向北京空军传达了总理的指令。

3685号飞机停在离跑道北端较近的地方,飞机是向北起飞的。起飞前于新野、周宇驰都想坐在前驾驶舱,但由于驾驶舱只有3人的位置,于新野、李伟信只能坐在客舱,叛逃携带的东西也放在客舱。

陈修文坐在左边正驾驶员的位置上,机长陈士印在右边驾驶。直升机上没有领航员的座位,为了在专机飞行中确保飞行安全,就在右边座位的后面加装了一个领航员的位置,领航员坐在那里要高出飞行员半个身子,而且前后几乎是贴身而坐。周宇驰就坐在领航员的位置,头上同飞行员一样戴上了耳机。当飞行员按正常要求打开电台同调度室联络时,周宇驰制止说,要保密,不要联络。即使如此,陈士印还是将飞机的航行灯打开了。为了使机器零件之间得到充分润滑,按规定,发动机的滑油温度应上升到40度才能起飞,可是,在滑油温度只有35度的时候,周宇驰就迫不及待地督促飞行员马上起飞。

起飞动作是陈修文驾驶的。在迷蒙的夜色中,3685号起飞之后上升到一定的高度,飞行员按照北京飞山海关的航向开始在继续爬高中右转弯加入航线。由于直升机前进的速度小,转弯半径也比较小。

“航向320度!”周宇驰命令陈修文说。陈修文只知道是紧急任务,并不明白具体飞向哪里,紧急任务中先起飞后知道航线的现象在专机师也时有发生。陈士印一听,觉得不对,不是说到山海关机场吗?应该向东飞才对,怎么飞向西北?

“320度,不对吧!?”陈士印首先对坐在身后的周宇驰提出疑问,接着对陈修文说:“110度!”这是从沙河机场飞北戴河的航线中飞向第一个转弯点(首都机场南端的导航台)的航向,这个航向陈士印是比较熟悉的。

“320度!”周宇驰冷冷地、口气非常肯定地回答。陈士印虽然没有回头看到周的面部表情,听声音一定是非常严肃的。

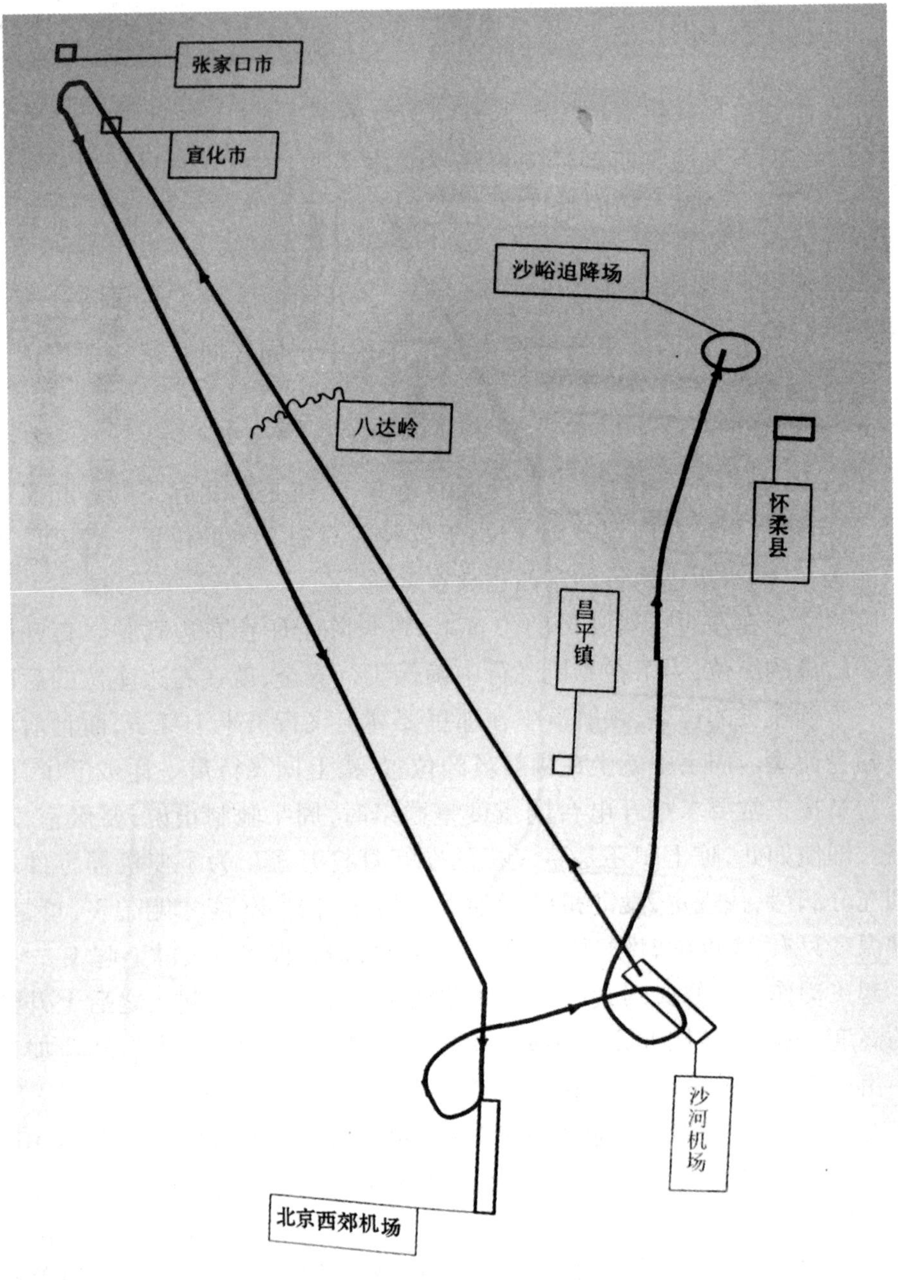

“九一三”事件中,3685 号直升机被劫持飞行路线示意图

陈修文看到周宇驰与陈士印在所飞航向问题上发生争执，就有些急躁地说："我到底听你们俩谁的？"

"为什么要飞320度？这个时候上张家口、包头方向干什么？"陈士印很直接地提出自己的看法。

周宇驰无法再继续隐瞒下去，这个向西北飞的航向已经引起飞行员的怀疑，于是，周宇驰就撕破了假面具，毫不掩饰地将身子向前凑了凑，对两个飞行员说："去乌兰巴托。"

虽然头顶上有发动机声音的干扰，陈士印与陈修文还是很真切地听到"乌兰巴托"这几个最关键的字。陈士印一听"乌兰巴托"四个字，立刻大吃一惊。飞行员严把空中防线的教育使飞行员对类似空中叛逃的问题有着高度的警觉性与敏感性。所以，在那个年代里，由于飞行员有着坚定不移的防范意识，没有听说有飞机被绑架到国外的。当陈士印断定周宇驰是在劫机外逃时，立刻从思想上认识到了问题的严重性，一边飞行，一边考虑着应付的措施。

为了继续摸请周的底细，陈士印说："我没有航行资料。"

"我有。"周宇驰说着从手提包里取出一张二百万分之一的地图，陈士印为了看清地图的情况，举起左手有意从周宇驰的手里夺过地图放在两个飞行员之间，陈士印、陈修文都清楚地看到一条明显的红线出现在地图上，这条红线的一头是北京，另一端是苏联的伊尔库茨克，中间经过乌兰巴托。因为地图的比例较大，可以从地图的不大范围内，一眼看到航线的起点与终点。就像在航校初学领航知识的学员一样，那条红线画得又粗又难看。直-5飞机最远只能飞出350公里，可是北京到伊尔库茨克就有1800多公里，可见劫机者也太胆大妄为了！周宇驰知道林立果从山海关起飞叛逃后，头脑极度膨胀到不能自拔的程度。煞费苦心学习的"云雀"飞机驾驶技术，在如此关键的时刻也没能派上用场，只好挟持飞行员外逃。

在陈修文操纵飞机按照320度的航向继续爬高的过程中，两位飞行员面对如此严重的局面，不得不冷静地思考应对的措施。根据周宇驰手中的地图，说明周已经提前做了叛逃的准备，同时也估计到在周的身上一定携带着武器，刚才周宇驰命令飞320度航向的时候，似乎感到背后有枪口顶在自己的脖子上，怎么办？硬拼吗？不行，陈士印想，周宇驰就在我的身后，而且，对左前方的陈修文也构成居高临下之势，飞机正在飞行之中，任何大动作都可能造成飞机失去平衡甚至坠落。飞机刚起飞不久，要抓紧时间与周宇驰周旋。

按说，周宇驰同林彪、林立果的特殊关系陈士印是很清楚的，平时对这位很有来头的人，空军与专机师的领导都要另眼相看，为周宇驰学习直升机担任地面指挥员的过程中，陈士印与周宇驰之间也达到彼此熟悉的地步。周宇驰拿林彪手令准备飞机的过程中，谁也没有对周的行为产生怀疑。然而，当叛逃的地图与已经画好的航线出现在陈士印面前的一瞬间，在铁的罪证面前，周宇驰在陈士印心目中的形象彻底改变了，由副统帅身边的红人一下子变成了劫持飞机投敌叛国的罪犯，由自己的上级领导突然变成了敌人。因为两位飞行员根本不知道当天凌晨发生在山海关机场林彪仓皇出逃的情况，更不敢把周宇驰等三人的外逃行为同那位“副统帅”联系在一起。根据眼前的现实，陈士印认为周宇驰平时表现的一切，连同他与林立果、林彪的关系，都是假的，都是故意编造出来骗人的，原来是打着林彪身边红人的招牌，实现劫持飞机叛国投敌的罪恶目的。从那一刻开始，陈士印怀着对敌人的仇恨，和自己的同伴陈修文一起，同周宇驰展开了斗智斗勇的斗争，目的只有一个，绝不能让敌人叛逃阴谋得逞。

“3685！3685！淮海呼叫！请回答！”这是沙河机场在得知不准任何飞机起飞的命令后，在不停地呼叫。（注：机场与飞机的代号都不是当时的）

开始周宇驰坚决制止飞行员同地面联络，后来，飞机已经飞离机场较远，听不到地面的信号了。

本来周宇驰要求飞2600米的高度，陈修文已经操纵飞机直接爬高到3600米。因为爬高时，飞机的前进速度比较小，高度越高，给地面制止飞机叛逃的机会就越多。虽然两个飞行员对这些动作没有通过对话商量过，但是，平时默契的配合使飞行员通过一个眼神、一个驾驶杆上的动作，就可以达到心照不宣。当时，驾驶舱里的3人，谁也没有讲话，出现了短时间的对峙局面。

地面，后半夜零星昏暗的灯光慢慢向飞机的后方移动，被发动机带动而快速旋转的旋翼发出隆隆的响声，驾驶舱内出现短时间的沉默。沉默中，两位飞行员正在设计着战胜敌人的方案，前面有张家口机场，可以借口油量不够，利用落地加油的机会将敌人制服。沉默中正酝酿着一场剧烈的搏斗，这是在专机部队组建以来从未遇到过的现象，他们更不可能想到就在两个多小时之前，三叉戟256号专机上的潘景寅与三位机械师也遇到了同样被劫持的情况，一种比他们更难对付的情况。平时专机任务的服务对象，突然变成了劫机犯，这究竟是为什么？眼前的现实已不允许二陈慢慢地想这些问题了。

被专机师两架逃跑飞机弄得焦头烂额的吴法宪，气急败坏地命令张家口一带的歼击机紧急起飞，对3685号飞机进行空中拦截，并同时命令地面防空部队对直升机采取果断的行动。

多年后，一篇题为《林彪出逃时一个不为人知的内幕》的文章报道，13日清晨3点30分，一声清脆的警报从炮师指挥所拉响，值班副师长冲进值班室：“发生了什么事情？”

“军区空军首长命令：雷达开机，部队进入一等战备。”值班参谋回答。

副师长一边翻阅电话记录，一边问：“怎么没有演习背景？”显然，副师长认为是作战演习，随即命令值班参谋：“接空军军区一分队！”（担任作战值班的分队）

电话还没有打过去，倒先接到对方的电话：“我是一分队，你那里发现什么情况？”

“按照演习命令，部队已进入一等！”副师长一直认为是演习。

“什么演习！发现敌情，及时上报！”

不是演习，是“敌情”，而且不是“目标”，可能是跑向台湾的飞机，副师长想，这样有仗可打了。于是，副师长抓起通往各团的指挥电话，命令部队做好战斗准备，发现敌情，立即报告！

4点55分，炮师某团报告：雷达发现目标，请示炮弹是否装填？

“装填！严密跟踪敌机！”副师长命令。

“副师长！不是演习吗？”团长又提出疑问，看来团长也认为是演习。

“什么演习！这是打仗！”副师长对着话筒大声训斥，并立即接通上级一分队的电话：“我部221团雷达发现敌机，请示是否我机？”副师长为了慎重，再次请示上级领导。

“你们作战空域无我机，空军司令员吴法宪命令打掉它！”

“是！”

面对空域中的3685号直升机，炮团所属几个营的阵地一片混乱。火炮不能连动，操作员无法协调配合。4点59分，雷达部队向指挥所报告：“目标”进入炮团火力范围，指挥所的标图版上出现了最佳射击时机。

“221团全体指战员同志们！你们要发扬我炮师的光荣传统，要坚决执行毛主席党中央的命令，敢于斗争，敢于胜利，用鲜血和生命捍卫毛主席的无产阶级革命路线。”此刻副师长强忍着内心的激动，下达了他军旅生涯中最后一道作战命令：“可以射击！”

但阵地上火炮发生故障，指挥仪无法正确指挥火炮跟踪“目标”，没有一门火炮发射出哪怕是一发炮弹。5点03分，“目标”飞离作战空域，脱离火力范围。

应该说这是一次失败的战斗，但这一次失败的战斗却客观上符合了周恩来总理的命令。

正是有了这一次失利的战斗，才使我们掌握了林彪死党大量的反革命罪证，但这次失败的战斗使那两位直接指挥战斗的指挥员离开了指挥岗位。

3685号飞机时刻处在地面雷达的监视下，张家口一带机场的歼击机已经起飞，夜空中两位飞行员也隐约看到了在飞机周围闪过小飞机的影子，地面已经采取行动了，此刻，他们感到自己并不是孤军奋战。两位飞行员在与周宇驰的争执中陈修文手按发射按钮说出“油量不够，要下去加油”的话来，这句话被张家口机场调度员清楚地听到了。在两个飞行员之间的操纵台上，除了有油门及旋翼变矩角度操纵杆之外，还有许多其他辅助操纵装置，其中有一个调整片分配电门，谁操纵飞机，这个电门就必须在谁一边。

“外面发现小飞机拦截！”飞行员有意分散周宇驰的注意力。

当周宇驰向外观察的时候，陈士印手疾眼快，将指示飞机飞行航向罗盘上的着陆标志向相反的方向旋转180度，从原来指向320度的位置一下子调到140度的方向，由原来指向西北改变为指向东南。

罗盘上可以人工调整的标志是一个直径与罗盘一样的呈长条形状的设置，标志的一端成箭头形。空中长距离飞行时，习惯将箭头对正要飞的航向。飞机在转弯改变航向时，实际上是罗盘外壳在动，看上去却好像是带有刻度的仪表盘在动似的，所以，从罗盘外壳的正上方所读出的航向刻度，就是飞机当时的飞行航向。当飞机加入落地航线，准备降落的时候，定在跑道航向的标志上，就可以明确地看出飞机的航向与跑道方向的关系位置。

当陈士印完成这个动作后，就示意让陈修文掉头转弯，此刻，陈士印左手垂放在身体下方，四指并拢成半握形，手心对着陈修文一面，活动手腕，做向后转弯状，这样坐在高处的周宇驰是看不到的。当陈修文心领神会操纵飞机向左后方转弯的过程中，陈士印担心周宇驰会很快发现罗盘上做的手脚，故意将身子向左倾斜，有意干扰周观察罗盘的视线。因为直升机只有一套仪表，位于仪表板的中央。

为了不让周宇驰发现飞机在转弯，飞行员采用了平时很少用的带侧滑的转弯办法，即多用舵少压杆的办法，这种转弯的特点是飞机的倾斜小，不容易被发现，可是转弯半径大，转弯的过程较长。

尽管如此，由于周宇驰毕竟在“云雀”飞机上飞行了一段时间，具有一定的空中经验，当他根据飞机的姿态与地面灯光的相对运动，判断出飞机是在转弯的时候，恶狠狠地说：“飞机怎么转弯了？”

“外面飞机拦截，必须机动飞行。”飞行员运用自己的智慧同敌人展开周旋。

清晨4点16分,3685号直升机返航了。

返航的过程中,飞机驾驶舱内又出现短时间的平静。飞行员知道飞机是向着北京飞行,周宇驰正做着他的叛逃梦,3人谁也没有说话。

4点50分,到达官厅水库上空。

当飞机以3300米的高度经过八达岭上空的时候,远方北京市的灯光在黎明前的黑暗中显得格外明亮,远远看去像一团火球映红了天空。此刻,也许是陈修文看到又返回到北京时心情兴奋的原因,当陈士印下令下降高度时,陈修文竟将高度表看错了,问道:“高度已经300米了,还下降什么?”此时,高度表的长短针基本重合,很容易看错。

初秋的黎明,天气晴朗,万里无云,能见度特别好。北京市的灯光突然使周宇驰从叛逃的得意中猛醒过来,因为他害怕北京,于是,他把头上的耳机取下来摔在一边,大呼上当,并绝望地狂叫:“你们骗了我!……今天我不活了,你们也别想活……你们要落地,我就打死你们……”陈士印意识到,周宇驰再次把手枪亮了出来,究竟是什么型号的手枪,陈士印一直没有看到。

无论到沙河机场或者西郊机场落地,3000多米的高度离开山区显然是太高了!此时,飞行员操纵飞机以每秒7~8米的下降率下降高度,这个下降率是平时很少使用的,飞行员要争取时间尽快落地。

拂晓时刻,东方发白,的确是个好天气,北京市西北郊区的地形地貌尽收眼底,两个老直升机飞行员对这里的一切太熟悉了。过去不知多少次执行任务回来,从这里回到大本营落地,可是这一次也要回家落地,所面临的情况是空中与地面所有人员不可能想到的,北京大地上刚刚起床的人们不可能会想到我们的两个飞行员已经同劫机犯斗争了两个小时。

由于这是一次很不正常的飞行,当3685号返回北京时飞机的实际航线也偏在了正常航线的右侧,也就是偏在了靠近西郊机场的方向。此时,已经是全国下达“禁空令”之后3个多小时,在首都北京,在整个共和国的领土上,也只有3685号一架飞机还在空中飞行,成了空中的一只孤鸟。

气急败坏的周宇驰意识到已经失去叛逃的机会,也同时意识到飞机落地之后自己的命运如何,他认为反正都是一死,不如死得“轰轰烈烈”,面对祖国人民的铁壁铜墙,准备撞个鱼死网破,于是就命令飞行员向位于北京西郊钓鱼台的国宾馆冲去。陈士印意识到周宇驰已经接近发疯的程度,沉思片刻之后回复说,那里属于空中禁区,根本无法接近,否则,会被地面高射武器击落。

正在西郊机场专机师指挥所严阵以待的师长,已经听到了对他来说非常熟悉的声音，他断定3685号飞机又飞回来了，立即命令警卫连做好对机上人员缉捕的准备，可是，3685号飞机在众目睽睽之下，又改变航向朝北飞走了。在沙河机场，飞行员操纵飞机再次下降高度，而且，企图将发动机的功率与旋翼脱开，但在周宇驰歇斯底里的疯狂阻止下，这些措施都没有得到实现。周宇驰最怕降落在机场，他比谁都清楚，装备齐全的机场，早设下了缉捕他们的天罗地网，落地之后的下场是明摆在那里的。

陈士印根据周宇驰想冲钓鱼台的疯狂念头，认为如果在机场落地会迫使周走向极端，很可能造成他产生与飞机同归于尽、机毁人亡的想法。陈士印想，既然已经把飞机飞回来了，在取得决定性胜利的关键时刻，就要想方设法保存飞机，保存罪证（事后得知飞机上有数亿美元的外汇），要回去向部队、向祖国人民有个交代。于是，陈士印与陈修文操纵飞机向他们平时最熟悉地形情况的怀柔县境内飞去。

从沙河飞往怀柔县的过程中，地面属于山区与平原的交界地带，这一带是直升机的飞行员们在训练飞行中经常光顾的地方，也是直升机为执行林彪“一号令”紧急疏散的场所，什么地方可以落地，什么地方在落地中应注意什么问题，飞行员们了如指掌。也许周宇驰看到地面是人烟稀少的山区和庄稼地，落地之后还有逃跑的余地，不会马上被抓住，再说，从3点15分起飞到此时，已经飞行了3小时，周宇驰也知道飞机的剩余油量已经不可能飞出国境线，飞机野外降落是不可改变的事实，没有再次阻止飞行员的落地动作。

陈士印操纵飞机向怀柔沙峪飞去，他首先想到飞机降落的地点必须靠近村庄人多的地方，这样在落地之后就会马上得到地面人员的支援。这个地方又属于革命老区，人民群众的觉悟高。作为一个技术精湛的老飞行员，选中了河滩上的一片开阔地，免去平时降落过程中的一切技术判断，朝着迫降场地迅速下降高度。

高度150米、130米、100米……

当高度下降到80米左右，陈士印发现左座的陈修文右转身体，面向周宇驰就要动手，突然，只听身后一声枪响，穷凶急恶的敌人扣动了扳机，在那样近的距离内，罪恶的子弹穿透陈修文的左胸，我们的英雄连一句话都没有说出来，上身向左歪斜在正驾驶员的座位上，被子弹击穿的皮夹克上留下一个洞口，正面看去没有多少血迹，这一枪打在了致命之处。我们亲爱的战友，没有死在飞行训练的事故中，也没有死在为保证专机安全的意外上，而是倒在了被认为是“副统帅”身边工作人员的枪口之下。陈修文用自己的英雄行为实现了一个共产党员的誓言，在飞行员严把空中防线的阵地上，付出了只有34岁的宝贵生命。亲爱的战友！你用生命和热血奏响了一曲响彻云天的战斗凯歌，你将永远活在全国人民的心中，专机师的飞行员们永远怀念你！

陈修文最后离开宿舍的时候，没有忘记让自己的战友把被子叠好，这使我想起山海关3位机械师走后宿舍里的情况。后来，陈修文烈士被军委授予“忠诚战士”的光荣称号。

正在操纵飞机降落的陈士印，突然听到身后响起枪声，并看到自己的战友中弹倒下，陈士印顾不得保持飞机的平衡，本能地松开操纵杆，松开了变矩、油门把手，抬起左手向身后挡了过去，企图制止周宇驰的疯狂行为，并同时大喊：“为什么要动枪？”本来离地不高的飞机由于陈士印紧握油门与旋翼变矩的左手短时松开，飞机处于完全失控的状态。陈士印虽然有很长时间没有驾驶直-5飞机了，但是，凭他多年驾驶直升机的技术功底，在如此紧急情况下，他首先意识到，无论如何不能让飞机进入可怕的“尾冲”状态，那样，即使从30米的高度坠落下去，也会出现不堪设想的后果。因为飞行员对正迫降场下滑时，驾驶杆上一般都有一个向后的力量，接地前向后松杆，机头抬起，增加功率，缓慢接地。然而，目前的情况是飞机已经进入“尾冲”。紧急之中陈士印按照改出“尾冲”的办法，试探性地向正前方推了两次驾驶杆都没有将飞机的状态稳住，当他首先松开油门变矩，第三次重复前面的操纵动作时，发现飞机的状态有所改变，此刻再迅速加大功率，才开始缓解了飞机的下降速度。即使采取了以上紧急措施，飞机还是在极不正常的落地姿态中，以尾部和右轮先接地，接着左轮和前轮接地，勉强维持住直升机的平衡，没有发生向右侧翻致使旋翼打地的危险后果，否则，飞机一旦坠地侧翻着火，叛逃者携带的大量罪证材料将毁之一旦，这正是周恩来总理下达的命令中所不愿意看到的结果。

坐在后客舱的于新野、李伟信二人并不具体知道驾驶舱发生的情况，也不知道飞机所在的具体位置。但是，在直升机迫降的过程中，当于新野听到前驾驶舱的一声枪响后，意识到叛逃行为一定遇到了阻力，立即拔枪准备进行支援，只是因为直升机的前后舱不通，无法到驾驶舱去。

等直升机机刚刚接地，还没有完全停稳的时候，两人迫不及待地冲出客舱。由于驾驶舱的位置离地面较高，加上飞机不正常接地时飞机尾部下沉，前驾驶舱离地的高度就更高，站在地面看不到前面的情况。于是，于新野就一手持枪，另一只手扶着平时飞行员登机时的把手，往上攀登，隔着驾驶舱的玻璃看到歪斜在座位上的陈修文时，大喊一声“不好了”，立即举起手枪，将枪口紧贴窗口玻璃向着陈士印瞄准射击。

急忙中刚刚操纵飞机落地的陈士印,没有忘记自己的职责,迅速将飞机发动机关闭。此时,他感到自己的双肩已被周宇驰的两手紧紧地按住。此刻,陈士印眼睛的余光中,觉得左驾驶舱外面有人影晃动,立即意识到“不好”,紧接着向座位的右前方倒下去,由于驾驶舱地方太小,一边倒,一边向右扭转身体。几乎是在同时,听到一声枪响,立刻感到脸上有一种热乎乎的东西。陈士印顾不上许多,在他倒下的同时,就势打开了右边驾驶舱门。

此刻,只听周宇驰大喊:“为什么乱开枪?打着我了!”

“我不是打你,是打那个飞行员。”于新野说。

原来,于新野的那一枪正打在周宇驰的左手腕上。当陈士印向前倒下躲避于新野射击的时候,周的左手顺着陈的右后背下滑到陈的腰部,子弹穿过周的手腕后,打进了陈士印的皮夹克中,将里面穿的夏季布工作服也打穿了,子弹贴着肉皮,将里外两件衣服击穿4个洞,进去的洞小,出来的洞大。周宇驰被击穿手腕上的血,不但飞溅到他本人的身上,也溅到了陈士印的脸上。(至今陈士印还保留着这件衣服。)

每谈到此事,陈士印都会深有感触地说:“飞行员检查身体时要求具备的180度视觉范围,以及飞行员在飞行训练中熟练而全面的注意力分配,使我能及时发现于新野的行动,否则,驾驶舱那么小,那一枪是躲不过去的。”

就是于新野的那一枪改变了飞机接地后的结局。在空中周宇驰与飞行员

陈士印被子弹击穿的飞行服

对峙的局势下，周宇驰肯定会意识到飞机接地后的一场拼搏将不可避免，所以在空中就打死了一位飞行员，这样就解除了接地后同他进行搏斗的一半力量，陈士印又在操纵飞机，后背正对着周宇驰，不会对周构成主要威胁。周宇驰一定认为落地后用枪对付背对着他的陈士印是很有把握的，即使搏斗起来还有于新野2人的支援。因为，对空中欺骗了他的飞行员早已恨得咬牙切齿。他怎么也不可能想到于新野的这一枪却击中了自己的左手腕，周宇驰在气急败坏之中用右手紧紧握着受伤的左手腕，一边埋怨于新野一边从右边跳下飞机，并急于告诉于新野2人为什么又飞了回来。3人正在为他们的下场发愁，所以不再顾及眼前身上与脸部都是鲜血的陈士印。如果不是这样，陈士印身上留下的就不仅仅是穿过衣服的4个弹孔了。

专机部队的飞行员们也曾设身处地为直升机的飞行员想过，一旦飞机落地后采取怎样的行动最好，一致认为，反正劫机犯已经跑不掉了，落地后应该迅速脱身为好。如果周宇驰没有受伤，飞行员摆脱的可能性是很小的。

沙峪附近的村民，发现一大早就有直升机到此降落，抱着好奇的心理前往观看。发现飞行员身带血迹跳下飞机之后，以为他受伤了，赶快上前抢救。

陈士印望着周围青纱帐，问周围的村民："你们谁是民兵？刚才跑进庄稼地的3个人是坏蛋，他们要逃跑，抓住他们！飞机上还有一个被打伤的飞行员，赶快抢救！现在你们谁带我到大队部有电话的地方，我要打电话。"陈士印一口气说完眼前急需要处理的几件事情。在他离开飞机之前，一个飞行员的责任感使他没有忘记围着飞机看了一下，担心刚才不正常落地时是否把飞机尾部弄坏了。

农村干部赶快把陈修文送往公社卫生所抢救，但已经不行了。

周宇驰等3人没有跑多远，周宇驰、于新野自杀，李伟信活了下来。

一位民兵副营长主动站了出来，几乎是把陈士印背到生产大队的。大队立即停止有线广播，把电话线让给陈士印。陈士印首先找到正在西郊机场的空军副参谋长胡萍，报告了两件事："周宇驰劫持飞机叛逃，陈修文被打死了。飞机迫降在沙峪公社，请立即派人处理！"

陈士印在大队部等了几个小时，将自己脸上的血迹洗干净之后，看到衣服上的枪眼，才知道自己没有受伤。接近中午的时候，部队用汽车把他接走了。

林彪专机从9月13日0点32分强行起飞，到2点30分左右在蒙古国温都尔汗附近坠毁，前后只有两个小时。3685号直升机从3点15分起飞到6点47分迫降在沙峪公社，前后也只有3.5小时。虽然时间很短，专机师却有2架飞机、11个空勤人员被林彪及其死党骗到空中，其中有5人为此付出了生命的代价。

陈士印在接受组织审查期间，先是在中央专案组，后转入国家公安部，在丰台总后勤部75号大院的将军楼上，一待就是7年。当时的中共中央政治局委员兼北京军区政委的纪登奎找他谈话时说：“小陈！你做得很对，能把飞机飞回来，既保存了飞机，又保存了大量的证据，将来回去以后还要继续飞行。”当时的公安部副部长于桑也找陈士印谈过话。陈士印执行过他们的专机任务，也都认识。

1978年，陈士印被转入位于昌平县的秦城高级监狱，原来穿的军装也换掉了，可是没有人把他当犯人看待，生活条件比较好，还可以种花草。在10年的关押期间，除了写过两到三次交代材料之外，就那样待着。

到1980年的12月，突然通知他可以回原来部队了。当陈士印问到审查了10年，最后有什么结论时，回答说，你的问题已经弄清楚了，没有什么结论。陈提出，外面的媒体不是把我当反革命了吗？回答是，我们是从别单位接过来的，不知道这回事情。时间太长，又转交了几个单位，也许没有完整的手续了。先回家再说吧！10年了，家里一定发生了很大的变化。

空军把陈士印接到专机部队，当晚就住在机场招待所。第二天到专机师干部科报到，得到的指令是：先回家等着，从现在起给你发工资。

后来专机部队给陈做了留党察看的处分。1981年12月25号，陈士印脱下军装，转业到老家沈阳市的一个机床厂工作。后来当他被晋升为工程师，往个人档案中放有关材料的时候，才被告知：你仍然是党员，而且在干部履历表中也看不出受到过10年的审查，一直到转业都是在空军某部任副大队长。

原来，专机师根据1979年中央文件精神，对陈士印与对我们机组成员一样，做了不作结论不装档案材料的处理。

1980年以后，我在外地回北京探亲时碰到了刚刚结束隔离审查的陈士印，老同学见面，有说不完的往事。

2001年9月，即“九一三”事件30年的时候，《中华儿女》杂志社决定发一篇纪念陈修文烈士及报道3685号直升机被劫持经过的文章。为此，陈士印还特意跑到位于沙河机场不远的航空博物馆，找到那架保留完好的3685号直升机，并在飞机旁边留影，连同那件带着弹孔的皮夹克照片一起在杂志上发表。陈士印说，当他30年后又见到亲手操纵迫降的飞机，想起当年被迫降怀柔沙峪的经过，内心真不知是什么滋味。我说，不管怎么样你还能看到一架完整的飞机，可是，我只能见到三叉戟256号专机的部分残骸。一篇文章只能简单地记述事情发生的过程，却不能真正反映出陈士印复杂的内心世界。

42 年过去了，我与自己的同学、战友作为“九一三”事件中幸存的飞行员，每谈起这件往事，无不感慨万千。

陈士印的妻子小张在工作单位是一位工作出色的基层干部，陈士印出事以后，她又是一位令人钦佩的贤妻良母，面临周围的政治压力与丈夫不在身边的种种困难，十年如一日，一个人带着孩子，苦度时光。如今，每想起往事，她仍心有余悸。

关于直升机被劫持经过，有人会提出这样的问题，当时，前驾驶舱的 3 个人，只有陈士印活着，如何证实他陈述的真实性。对此，应该从以下三个方面认识：

第一，位于客舱的 3 个人中，李伟信还健在，虽然他听不到前驾驶舱的对话，但是对 3685 号飞机的基本飞行过程是了解的，对迫降后发生的情况是亲眼目睹的。

第二，有一点是可以肯定的，如果没有两个飞行员的密切配合，飞机是不可能返航的。假设一个飞行员想走，另一个飞行员想返航，反劫持的任何行动都不能进行。

第三，尤其在迫降动作上，在当时那样紧急状况下，除了飞行员精湛技术因素外，没有沉着、果敢的胆量与魄力，是不能在如此复杂条件下操纵飞机迫降成功的。

“九一三”事件爆发时，专机师王副师长正在国外忙于接收新飞机的工作，用当时的话来说，由于他担任过周宇驰的飞行教员，上了林彪的“贼船”，命令他中途返回，到北京后没让他回家看看，就开始了漫长的拘留审查生活。1974 年 7 月接到师领导的口头通知，到空军第二航空学校任副参谋长。当他把妻子儿女四口留在北京，只身登上南下的火车，到四川上任的时候，同时也等于宣布终止他飞行资格的决定。

1947 年，王副师长刚到 16 岁，自己的家乡哈尔滨已经被解放军第四野战军解放了，正在上初中二年级的他与同学们一起，满怀革命激情参加了解放军。在 38 军野战医院随部队南征北战，全国解放后又加入到抗美援朝的行列，在朝鲜战场上被挑选为空军飞行学员，从此与飞行结下了不解之缘。1955 年，中国空军成立第一个直升机大队的时候，他就成了其中的一名技术骨干。由于空军专机飞行任务的需要，他带领两个直升机组加盟专机部队行列，从此开始了他的专机生涯。后来，直升机发展到一个团的规模。

除了担任周总理等中央领导的专机任务之外，还担任许多特殊任务。1959 年 5 月，驾驶直升机参加了刘亚楼司令员亲自组织指挥的大型对外军事表演。当年北京市上空有史以来第一次见到的直升机，就是他为我国第一届全运会开幕式进行的空中拍照与飞行表演。1967 年国庆节上午 10 点整，他驾驶国产直-5 型直升机，载着摄影师在天安门上空沿长安街进行新闻摄影。天安门上有毛主席和其他党政军领导人，广场有百万群众。这次行动是经过主席同意的，何时进入何时退出由周恩来总理亲自指挥，如此等等。

虽然在航校担任工作，却与飞行无缘。不久，王副师长接到来自北京的审查结论与处分决定，犯了方向路线错误，行政降一级。几年后，转业地方工作，安排到沈阳铸造厂负责职工教育。

由于王副师长在职时在直升机的科研问题上经常与航空工业部门的有关领导打交道，当他们知道这样一位紧缺的技术人才已经远离飞行岗位时，立即通过各种关系调他到位于江西省的直升机设计研究所任副总工程师，负责直升机的试飞工作，使他这位既有理论又有飞行实践经验的专家有了为国家施展自己抱负的空间。新机种的试飞与军用飞机的改装工作是一个庞大的系统工程，王副师长的业绩受到了航空工业部门及飞机制造局有关领导的赞赏。直到 1991 年年满 60 岁，谢绝研究所的返聘，离休回家。

如今，王副师长已 80 多岁高龄，每谈起过去那段往事，他还是像当年驾驶直升机那样，沉稳而有条不紊地说："我这一辈子感到最大的心理安慰是党让我学到的那点知识最后又用到了应该用的地方。"当他见到自己当年的下属陈士印的时候，很有感触地说："如果林彪事件爆发前我没有到国外去的话，灾难就不会降落在你的身上……"我听到这番话时，心里感到热乎乎的，这不正是当年战友情谊的真实表露吗？

第二节 "九一三"事件中的北京专机师指挥所

这一节是根据我的上级、教员、战友、当年的专机师师长时念堂的回忆写出的。

1971 年 8 月中旬，空军专机师师长时念堂，亲自到人民大会堂领受周恩来总理下达的执行中央歌舞团出访欧洲各国的专机任务后，经过近半个月的精心准备，于 1971 年 9 月 6 日 8 点 30 分，带领包括民航在内的 3 架伊尔-18 飞机，满载着出访的歌舞团人员及中国同欧洲各国人民的友谊，从北京首都机场起飞，朝着访问的第一站阿尔巴尼亚首都地拉那飞去。

9 月 8 日，在地那拉当地时间 7 点 30 分，又带领完成送团任务后的 3 架飞机沿着去时的航线原路返回，日夜兼程，于 9 月 9 日北京时间下午 2 点 40 分，三架伊尔-18飞机徐徐降落在北京首都机场。等阿尔巴尼亚驻华使馆人员接走随机到达的50多名客人之后,师长将飞机飞回西郊机场。

9月10日,全体机组人员休息一天。

9月11日,全体机组人员进行出国飞行任务讲评。

9月9日当师长返回北京首都机场时,到首都机场迎接师长凯旋归来的专机师曹副师长在飞机返回西郊机场的空中,对师长说:“北戴河林彪要动(注:习惯用语,使用飞机的意思)。”

师长出国之前就听说准备执行林彪的专机任务,这几乎是每年的9月份都会出现的一次林彪的专机任务。他想,林彪以前一直乘坐“子爵”号飞机,这次改乘三叉戟飞机,当然应该是专机师副政委潘景寅承担这个任务了。因为,在改装三叉戟飞机的最高领导中,只有潘景寅会驾驶三叉戟飞机,近一年来三叉戟飞机的专机任务都是潘景寅担任机长去执行的。想到这里,师长说:“应该让机组抓紧时间准备,飞机要经过全面检查并经过试飞后,人、机处于待命状态。”这是师长对待全师重要专机任务一贯的指导思想与行之有效的做法。

专机部队各级领导与其他飞行部队领导相比,一个最显著的特点就是,在专机任务飞行中,师的领导也是一位普通的机长,飞行中担负着一个空勤小组

作者晚年与前专机师师长时念堂(右)合影

在外执行任务中一切应担负的责任，事无巨细，都要过问，小到机组的生活琐事，大到专机的飞行安全。尤其飞机驾驶杆就操纵在机长的手里，起飞落地、空中各种特殊情况的处理等，任何一举一动，一言一行，都关系着执行任务的质量与安全。可是，他的实际职务又是一师、一团、一大队之长，还要对本单位的工作全面负责。

作为一机之长，经常执行任务，远在千里之外，又要惦记着大本营自己的那份责任。所以，从阿尔巴尼亚回国后，飞机还没有在自己的大本营落地，时念堂师长就不得不为另一件重要专机任务操心了。

师长的确很忙，自己主管全师的任务，还要亲自担任机长去执行任务。在我改飞伊尔-18飞机的3年里，他竟没有抽出时间来检查一下我的飞行技术。只是在我担任机长从北京起飞前，在候机室停机坪等待首长登机的时候，才有机会接触到他，因为师长在这个时候总是根据自己多年的飞行经验对我这样的新机长指出任务飞行中应注意的问题。

9月12日，是星期日，正常休息。上午，师长进城看望母亲，下午回到机场，没有出去。大约4点多钟，本师驻沙河机场飞直升机的副大队长陈士印来到他的住所小坐，师长是他们的婚姻介绍人，于公于私都应该到师长家里问候一下。师长问："家住沙河机场，怎么到西郊来了？"

"是胡副参谋长调我来的，还有一架'云雀'型直升机停在这边机场。"

"有什么任务吗？"

"……"副大队长欲言又止，没有说出什么。待了一会儿就回西郊机场军人招待所了。看来，副大队长也有自己的难言之隐。

一师之长，当时还没有自己的住所，自己的家是从军人招待所平房的一端隔离出来的。

师长到阿尔巴尼亚执行任务之前，就已经在沙河机场蹲点，现在，既然回来了，准备在星期日的下午就赶到沙河机场去，继续完成那里的蹲点工作。已经要好车，正要启程，空军总医院来了两位科主任，他们知道师长的肠胃不好，特意前来探望。师长还同他们谈了国外的一些见闻，等到送他们离开的时候，已经是晚上10点钟了，他不得不取消当日到沙河机场的行动。当晚，师长又看了两份文件，准备早点休息，明天一早好赶到沙河机场。

正要上床睡觉，突然，电话铃响了起来，平时这个时候是很少有人来电话的。师长拿起话筒，电话里传来空军司令员吴法宪的声音："时念堂吗？周总理问，三叉戟飞机是怎么到山海关的？"

师长的心突然一沉，"周总理怎么亲自过问林彪专机的事情来了？"从阿尔巴尼亚回来后，虽然副师长老曹向他提过准备执行林彪任务的事，但据他所知，并没有具体派遣林彪专机的行动。师长是主管专机任务工作的，如此重要的专机活动，他不可能不知道。所以，师长对着话筒郑重地说："报告司令员，我不知道这件事。"他实事求是地回答。

"飞机都飞走了，你这个当师长的是干什么的？怎么会不知道！"电话里听出司令员的情绪很激动，说话的口气也很不冷静，显然是生气了。突然间师长被问得丈二和尚——摸不着头脑。不过，此时师长已经对司令员的问话引起了重视，可是，他真的不知道三叉戟飞机飞山海关的事情，所以，师长平静地、再次向司令员报告："我不会对司令员说谎，三叉戟飞机的事我一点儿也不知道。"

"啪！"还没有等师长向司令员进一步解释，对方就挂断了电话。

对吴司令员的电话，师长是这样理解的：周总理、吴法宪都是中央首长，处于对专机任务安全的关心，经常过问一下飞机的情况也是应该的，没有想到别的方面，所以，在他脑子里并没有引起什么警觉。

在师长看来，弄明白这件事并不困难，只要询问一下有关的人员也就可以了。因为，以往任何时候的任务飞行甚至训练飞行，师作训科（作战、训练科）总是有人经手办理，虽然，有时因涉及到重要专机任务的保密问题，会在某些方面做得更谨慎、更小心一点，这也是专机部队多年来的习惯，但是，飞机的派遣、机组的确定等事项与乘机首长的行踪保密是两回事情，总是要有人经办、有领导批准的。因此，在师长看来查询一架飞机的行踪问题，易如反掌。师长当即通过电话询问了有关的几个人员，出乎师长预料之外的是，都说"不知道"。

此时，师长家里的电话铃声再次急促地响了起来，吴法宪又来电话问同样的问题："三叉戟飞机究竟是怎么飞到山海关的？"这次吴法宪不是一般的询问，而是直接提出质问，可以断定，司令员的态度一定相当严肃。

此刻，师长虽然感到问题有些严重，但他只能从实回答："不知道。"因为，师长从刚才的查询中没有得到任何信息，不同的是经过刚才的电话询问，不得不把思维的方向转到师里的其他领导身上来，于是，在电话中提醒司令员说："是不是胡副参谋长（胡萍）知道？"吴法宪在电话中只说了一声："那好吧，我找他"，就挂断了。

经过以上几个来回的电话查找，至此，师长才意识到这是一个必须马上弄清的问题。奇怪的是，机场的有关人员竟不知道三叉戟飞机到山海关的事情，这到底是怎么回事？事到如今师长仍旧认为这是个很简单的问题，很快就能搞清楚。师长顺手拿起电话,接线员很快将电话接到了潘景寅家里,潘景寅的妻子轻松地回答:“老潘飞行去了!”潘景寅的妻子在海淀医院工作,家住在西郊机场。对于潘景寅平时因飞行进进出出习以为常,对于师长的询问也没有在意,回答得很轻松。

那就是说,司令员追查的三叉戟飞机是师副政委潘景寅担任机长把飞机飞到山海关的。师长站在全师指挥员的角度上,凭他的工作经验,立即意识到下面的问题就是尽快找到空军副参谋长胡萍,落实司令员的电话及三叉戟飞机的事情。接线员终于在很短的时间内从西郊机场候机室找到胡萍,面对自己的直接领导与多年共同执行专机任务的伙伴,师长单刀直入地说:“吴司令来电话说,周总理问三叉戟飞机是怎么到山海关的。”

“如果再有人问,你就说是训练飞行。”胡萍没有正面回答师长的问题,却让他如何应付查问飞机的事情。胡萍回答得很肯定,也很镇定,听得出是有所准备的。而且,有关三叉戟飞机飞山海关的事情他是知道的。

在师长的心里,刚才被司令员连续追问而激起的波澜,此时稍微平静了下来。他想到,过去以训练飞行的名义给中央首长办事情的现象是经常发生的,所以,对胡萍的话没有产生什么想法。既然空军主管专机任务的领导知道三叉戟飞机的事情,师长就没有什么可紧张的了,到此为止,总算找到了答案。

还没有容师长把刚才发生的事情再回过头来认真回味一遍,电话铃声又一次响了起来。

“司令员已经到候机室。让你马上过来!”是师候机室的服务员打来的,听声音像是命令,要不是司令员的命令,小服务员哪能用这样的口气对师长讲话。师长骑上自行车,黑夜中快速赶到候机室。师长看了一下手表,此时是1971年9月12日23点40分。

西郊机场候机室是乘专机的首长临时休息的地方,这里既是西郊机场航行调度的指挥中心,也是乘专机首长送往迎来的地方。空军司令员为三叉戟飞机而来,机场候机室是最好的场所。

机场营房的深夜,人静灯稀,师长赶到候机室时,看到在那里等候的有空军司令员吴法宪,空军副参谋长兼专机师党委书记胡萍,专机师政委马兰藻,专机师司令部参谋长龙振泉。

师长像历次见到自己的上级一样,进门后先向司令员吴法宪立正并致军礼,结果得到的回报与往日大相径庭,又是一顿狠狠的批评:“你当师长的,飞机都飞跑了,你还不知道,你是干什么吃的!”

“我确实不知道。”师长的回答同电话里一样。

吴法宪转脸对着胡萍说:“你知道吗?”

“我在 301 医院住院,哪里知道?”胡萍说了假话。其实,胡萍 12 日下午一直在候机室安排有关三叉戟飞机机组的飞行问题。

胡萍为什么要对吴法宪撒谎呢?师长与胡萍共事多年,他认为这不像胡萍处理问题的方式。在电话中胡萍很清楚地对师长说“有人再问,就说是训练飞行”,他说的这个“有人”难道也包括空军司令员在内吗?胡萍、吴法宪都是时念堂的上级,他不好当着司令员及所有在场人员的面揭穿胡萍的谎话。

吴法宪命令胡萍:“给山海关打电话,命令飞机马上飞回北京!”

此时,胡萍什么话也没有说,就进入候机室的小电话间。候机室有一个设备较好的候机厅,这个厅的一角有一个封闭的电话间。

胡萍在电话中究竟对山海关是如何讲的,在场的人都不知道。只见他走出电话间后,就对吴法宪报告说:“山海关三叉戟飞机的油泵坏了,现在正排除故障,飞机不能起飞。”

吴法宪听完胡萍的报告,一句话也没说,就进入小电话间去打电话了。在场的其他人员什么话也没说,也不知道说什么才好,直愣愣地站在那里,视线随着吴法宪那笨重的身体来回移动。吴法宪急得像热锅上的蚂蚁在那里团团转。等吴法宪走出电话间后,就直接对师长说:“周总理让马上派一架伊尔-18 飞机飞往山海关!”

师长立即打电话给一团:“马上准备好一架伊尔-18 飞机,机组带上飞行用具,跑步到候机室待命!”由于平时训练有素,机组很快就到候机室报到。师长对机组下达任务时,只讲了北京飞往山海关,因为吴法宪也没有讲任务的性质,是谁到山海关也没有说,于是,就让机组原地待命,这架伊尔-18 飞机一直待命到天亮也没有派上用场。后来听说是周总理准备让吴法宪同胡萍乘坐伊尔-18 飞机到山海关处理三叉戟 256 号专机的事情。

就在派遣伊尔-18 飞机的过程中,候机室里的众人被告知,山海关三叉戟 256 号专机已经于 13 日 0 点 32 分起飞了。

此刻,只见吴法宪司令员气急败坏地连续带着骂声说:“妈的,不让起飞,怎么又起飞了!……”一连说了好几遍。

胡萍在一旁不吭声,不知他面对如此复杂的情况作何想法。按通常的飞行管制办法,飞机在外地,应该由当地航行调度部门对飞机实施管理,大本营的专机师领导不对已经出差在外的飞机实施直接的指挥。然而,就三叉戟 256 号专机的情况来说,是属于前所未有的特殊现象。林彪利用特权,直接通过胡萍将 256 号专机调飞山海关机场。

吴法宪这位空军司令员在这个问题上却成了聋子、瞎子，胡萍有意骗他，并编造谎言说山海关三叉戟飞机属于训练飞行，油泵故障不能飞回北京，司令员给山海关的潘景寅打电话，潘景寅同胡萍一样敷衍他，身为空军司令，面对一架飞机却无计可施。

眼前这一切被扭曲的现象，究其原因，只有一个，三叉戟 256 号专机不是一般的飞机，而是共和国第二号人物、是写进党章的毛主席的接班人、是“文革”中全国人民手拿红宝书祝福“永远健康”的人、是中国人民解放军的副统帅——林彪的个人专机。否则，胡萍作为空军副参谋长，怎敢明目张胆抵制周总理委派吴法宪调查三叉戟飞机的事情呢？

事实上，在“九一三”事件爆发之前，林立果在专机部队有意散布的“吴反林”的烟幕弹，已经在事态发展的关键时刻起了作用，这也是吴法宪身为司令员，在紧要关头被架空，甚至连专机师的师长都被排除在林彪专机任务知情者之外。

在小候机室里，吴法宪虽然对山海关三叉戟飞机违背他的命令强行起飞一事大光其火，深感不满，但是，所有在场的人更关心的还不是司令员的情绪，而是飞机从山海关起飞以后的事态发展，是飞机要飞向哪里。因为，在场的专机师诸位领导不知道司令员究竟着的是哪门子急。这一点也许只有吴法宪心里明白，一般情况下周总理不会命令他追查飞机的事情。所以，这个时候吴法宪脑子里想的与在场其他人想的差距甚大。

这个时候，时念堂师长及其他领导，满脑子想的和做的，都是准备迎接 256 号专机回北京和到西郊机场落地的问题。身为专机部队军事一把手与最高指挥员，他毫不犹豫地走进师指挥所，并通知有关人员打开所有的通信设备，通知外场保障人员迅速打开跑道灯光及一切夜间降落设备，导航台也同时打开，外场指挥车和各岗位的工作人员按规定进入各自的岗位，一切都按照保证重要专机降落的规格准备就绪。此时，师长胸有成竹地拿起话筒准备呼叫正向北京飞来的三叉戟 256 号专机的代号。因为，北京距离山海关只有 300 公里距离，半个小时之后，飞机就会出现在西郊机场上空。在他的思想里，满以为第一声呼叫之后，就可以从无线电接收机里听到那熟悉的回声，不是潘景寅的声音，就是机组第一副驾驶、一团副参谋长陈联炳的声音，他们两个都在专机部队飞行了十几年，无论在平时的生活中或是在飞行中，已经听惯了他们的声音，也同他们一起执行过多次专机任务。这次从山海关接林彪回京，应该是潘景寅在左座机长的位置，陈联炳在副驾驶的位置，师长在脑子里已经勾画出林彪专机上机组各岗位精心工作的场面。

师长习惯地抬头仰望一下星罗棋布的夜空。北京正是一个晴朗的夜空,凭他多年专机飞行的职业习惯,在这样的天气条件下,指挥一架专机安全降落是有十分把握的。师长满怀信心准备迎接林彪专机的到来,刚才发生在候机室那一切追查飞机的奇特现象和受到司令员批评的不愉快,一股脑儿全被抛到脑后。他甚至想到,一旦专机落地,林彪走下飞机,与吴法宪握手告别,等他们都坐上专车,离开机场,消失在黑夜中的时候,一切也都归于平静了,这样的场面对师长来说已不知见过多少次。

"4121！泰山呼叫！听到请回答！"稍停片刻,没有听到回音。(注:机场与飞机的代号不是当时的)

"泰山呼叫！4121 听到回答！请报告飞行高度、到场时间！"

"……"还是没有回答,音箱里非常安静,连一点杂音都没有。也许已经到后半夜,又是星期日的晚上,夜空和人们一样都处于异常安静的睡眠状态。但师长没有放弃对空喊话,又连续呼叫数次,其结果仍然鸦雀无声,没有任何动静。

"三叉戟 256 号专机山海关起飞后,航向 280 度!"这是来自北京空军雷达跟踪的报告。

"航向 280 度,正是山海关飞回北京的航向。"师长思想上因呼叫未答而稍微紧张起来的情绪又放松了下来。此时,作为飞机指挥员,他像以往一样,又抬头向机场上方的夜空习惯地观察一下,他想再等一会儿就可以从机场东北的夜空中首先看到 256 号专机机身上下闪光灯断续闪烁的信号,紧接着便可以听到飞机加入起落航线时那熟悉的发动机声。专机飞行的职业习惯,使他在头脑中编织着 256 号专机夜间到场落地时的画面。

"航向 340 多度,位置,河北省迁安县上空!"过了一段时间以后,跟踪雷达继续传来信息。

一石激起千层浪,雷达信息报告顿时打乱了专机师指挥所的平静。

"什么？340 度？是不是听错了？"师长简直不敢相信自己的耳朵,因为,那是通往我国西北方向的航向,根本不是回北京的方向。对一个已经有 20 多年飞行经验的老飞行干部来说,中国的地图就镌刻在他的脑海里。

师长再次不间断地呼叫,每次呼叫以后,都迫切希望能听到回音。在这种心情支配下,他一直在呼叫,如果呼叫一千次、一万次,只要能听到空中的一次回答,师长就很满足了。师长想:"难道我如此煞费苦心地呼唤,就不能唤醒 256 号专机上的飞行员吗？飞机上的无线电台如果在打开的状态下,飞机上的几位战友肯定可以听出师长的声音,把嗓子都喊哑了,难道就换不来他们的一句回答？即使不愿回答，顺便向下按一次无线电台的发话按钮，也可以从师长身边的音箱里听到‘嚓’的一声杂音，然而，呼叫了那么长的时间，连这最起码的一点动静都没有，这究竟是为什么，为什么呀？”师长心急如焚。

就在师长“千呼万唤不出来”的过程中，只听吴法宪司令员命令唐山、遵化、张家口一带机场的飞机立即起飞，对三叉戟256号专机进行空中拦截。虽然，地面雷达在继续进行交替跟踪，但仍然听不到回答。所有在场的人，似乎被周围的空气浇铸在那里，面部带着惊异的神情，一言不发，一动不动，犹如石雕蜡烛一般。在平时的重要专机任务中，师里各位领导，无论是军事干部，还是政工、行政干部，他们都非常轻松地站在那里。因为，专机地面保障的各项工作都已在他们分管的范围内有条不紊地进行着。他们作为领导出现在现场也正是专机工作正常运转的标志，否则，他们将出现在有问题的部位。可是，目前同样又都是出现在候机室，却再也没有以往那种悠闲的心情，面对指挥所如临战时的紧张气氛，面对空军最高指挥员心急如焚的异常情绪，面对雷达员传来林彪专机出乎预料的航行轨迹，他们一个个都惊呆了！一句话、一个字都说不出来。连师长这个手拿话筒的指挥员，也只能声音从低到高，又从高到低，一而再、再而三地重复着同样的呼叫。他们既不知道自己该说什么，更不知道自己该干些什么，空军司令员在此，谁敢离开半步！

师长不得不放下话筒，走到师的诸位领导者之间，同他们共同猜测着眼前发生的事情。

把守空中防线，是空军各个部队从组建那一天开始就非常重视的问题，在平时的飞行中也是机组非常敏感的话题，在我国空军运输部队还从来未发生过类似的事件。而今，三叉戟256号专机向西北方向飞去，司令员又调战斗机实行空中拦截，难道是……在他们小声议论中，甚至谁也难以启齿说出“叛逃”那个对飞行员来说既很敏感又不吉利也很不情愿说出的词汇来。

“难道是机组出了问题？”有人作出大胆的设想。

“不可能！”大家几乎异口同声说出这肯定的、带有结论性的一句话，很快否定了前面的猜测，这正是部队领导对自己部下、战友最起码的了解与信任。此时，三叉戟256号专机机组9名成员的音容笑貌立刻浮现在他们的脑海里，256号机组作为专机师领导的战友与下属，在平时工作与生活的接触中，对他们的情况了如指掌，机组在思想与政治上的表现，是无可挑剔的。作为空勤组的飞行驾驶、领航、通信3个主要岗位，在三叉戟飞机的机种里，无论从哪个方面讲，都是第一流的飞行员。除256号机组之外，在剩余的飞三叉戟飞机人员里，不可能再组成同样水平的第二个机组。到目前为止，能够单独担任机长执行任务的三个人全都编进256号机组，这也是安排重要专机任务机组的正常做法。在最重要的专机任务中没有将全部的技术力量投进去，万一发生问题是经不起检查的。

“机长潘景寅是师里的副政治委员，在陆军调入空军学习飞行时就是一名政治干事。他本人成分好，很早就参加解放军，家庭出身也很好，夫妻关系更无可挑剔，怎么会……”

“第一副驾驶陈联炳是放牛娃出身，在旧社会苦大仇深，本人虽然文化水平较低，思想方法与工作方法简单，但思想本质是很好的，在飞行工作上是一把好手。他随军的妻子和3个孩子组成一个很幸福的家庭，不存在任何发生意外的因素。”

“机组第二副驾驶员康庭梓是年轻的中队长，一团的飞行骨干，也是一个很有培养前途的飞行干部，这次重要任务中他只是个备用飞行员，一般不参与主要飞行活动。”

“机组领航员与通信员都是50年代初就从事飞行事业的老空勤干部，在重要专机任务中，国内国外飞个不停，他们的妻子又都是空军部队的干部，领航员的妻子同他一样是专机部队的飞行员。他们都是千里挑一的空勤干部，飞专机时又经过层层筛选，政治上是完全可以信赖的，同样不可能出问题。”

“其他3位空勤机械师与年轻的空中女服务员更不可能发生意外变故。”

“再说，根据空军其他部队曾发生过的叛逃案例，不可能是同时发生在许多人身上的集体行为。”对此，大家的看法又是完全的一致。

“……”大家你一言我一语地议论着。

有人提出：“难道飞机发生事故，摔啦？”

“不会的，雷达不是在继续跟踪吗？”

“……”大家都在认真地但又摸不着头脑地分析、猜测、判断、议论着，重要专机的反常飞行带来的一系列疑问，强烈地折磨着每个人的思维神经。

大家正在不知所措的时候，看到胡萍推门而入，脸上带着严肃而沉闷的表情，什么话也不说，只是一个劲儿用右手掌在脖子上来回比画着，一看就知道是“杀头”的意思。看上去，胡萍的情绪已沮丧到非常可怕的程度，说明他在这之前也没有想到事情的发展会如此可怕。他是当时除司令员之外的空军最高领导，大伙看他已经紧张到那个样子，知道问题已相当严重，但又不敢直接问他究竟发生了什么事情。

时至今日师长想起来还有点后悔，既然胡萍用手反复表示“杀头”的动作，说明当时他已经知道了林彪专机企图叛逃的信息，如果师长能向他进一步追问而得到这一重要信息的话，会在师长的思想上引起高度重视，这样，在以后处理传达“禁空令”的问题上，就会更加坚决、果断而严密，就不会产生任何环节上的疏漏。当时，事情的发展虽已到了如此严重的程度，可是，在师长的思想中仍没有向叛逃的方面去想，离林彪专机叛逃真相更是相差十万八千里。

等师长最后走出电话间的时候，发现北京卫戍区 8341 部队的政委杨德忠不知什么时候也来到小候机室，此时，时间的脚步已进入 9 月 13 日凌晨 1 点多钟。杨德忠政委的秘书也同专机师的领导们一起参与议论，他也同样不知道究竟发生了什么大的事情。

“没有伟大领袖毛主席、周总理、黄永胜、吴法宪、李作鹏五人的签名，任何飞机都不准起飞。”这是 9 月 13 日凌晨 2 点左右吴法宪司令员传达的命令，并让师长立即向部队传达。

此时，师长看到空军副参谋长胡萍正站在小电话间对面的楼梯旁边，师长立即向他报告了吴法宪的命令。他是师长的直接上级，理应如此。可是，胡萍听了之后，木讷低沉的脸上没有任何表示，也没有说一句话。对此，师长很生气。

“这是伟大领袖毛主席的命令，你怎么能连个态度都没有？”他一边这样想着，一边快速跑到大值班室，给司令部作战值班参谋打电话，让他给沙河机场四团（直升机团）政委传达这一命令。值班参谋问：“南苑机场、西郊机场怎么办？”师长回答说：“我来传达。”因为，驻在西郊机场的一团政委、专机师政委、师参谋长就在候机室里，师长立即向他们做了传达。

因为，吴法宪司令员当时没有明确指出让师长传达的是“禁空令”或“禁航令”，师长从另一个角度认为，如果有以上 5 人签署的命令，飞机还是可以飞行的。到此刻为止，在师长的头脑中仍然没有把三叉戟 256 号专机与叛逃的行为联系起来，没有从思想上认识到一个空军的司令员如此着急，肯定是有飞机叛逃，否则，毛主席不会亲自下达这样的命令。当时，既然在师长的思想上连这一点都没有想到，就更不可能进一步想到真正叛逃的飞机不是别的什么飞机，而恰恰是林彪的专机。受当时历史背景的约束，思维方式被禁锢在如此狭小范围内的绝不是师长一个人，只是由于他处在专机师师长的位置上，处在传达“禁空令”的关键环节，任何小的疏忽都可能导致不堪设想的后果。如果师长能真正意识到 256 号专机行为的严重性，就会在通过作战值班参谋传达“禁空令”的同时，再一次直接通知沙河、南苑机场的直接领导，甚至会直接采取有效措施，不给敌人留下任何可以利用的空子。

“沙河机场刘团长来电话。”服务员报告，师长立即接过话筒。

“机场警卫飞机的战士报告，从一辆小汽车上下来几个人要接飞机，我已叫警卫连上机场去了！”电话里四团刘团长向师长报告。师长思想上立即为之一惊：此时已是13日凌晨3点钟。

“快去！不能让他们起飞！”师长听完团长的报告，意识到情况紧急，最快的办法就是马上通过调度室实施指挥。刻不容缓，师长迅速跑步到楼上的航行调度室用直通电话向沙河机场调度室喊话：“你那里有飞机起飞吗？”

接电话的是王调度员。“有一架直升机已经起飞向西北方向飞去了！现在的飞行高度200米。”

“你命令他们赶快回来着陆！”

“无线电叫不到他，飞机不回答！”

怎么搞的，又是一个不回答，师长心急如焚。

“立刻向飞机打绿色信号弹，命令他们回来着陆！”

“…………”

一切都无济于事。

师长立刻将这一重要情况向吴法宪报告。吴法宪听完之后，气急败坏，骂声连天，一边骂一边向电话间走去，他用电话命令空军作战室，让张家口机场的歼击机立刻起飞，对沙河起飞的直升机进行空中拦截。

时间在又一架飞机的突然事变中一分一秒地走动着，在师长与所有在现场人员万分焦急的心态中走动着，专机历史上从未有过的奇特现象把他和他的同事们拉到了极端困惑不解的迷茫之中。当他们带着惊恐的神情面对眼前这一切的时候，所有专机师在场领导的眼睛里都可以读出同样的内容：“到底是怎么啦？究竟发生了什么事情？……”百思不得其解。

早晨5点左右，东方发白，天色将亮，一夜的紧张取代了全身的困倦。三叉戟256号专机的去向还没有弄明白，沙河机场又莫名其妙地起飞了一架直升机，他们在不知结果的等待中等待着无法料想的结果。

突然，师长仿佛听到远处传来飞机发动机的声音，当他的视线搜寻到西郊机场北端即颐和园万寿山上空的时候，发现一架直升机正在缓缓降低高度，似有降落的意思。凭经验师长立刻断定它就是沙河机场起飞的那架3685号直升机，他立即拿起话筒向飞机喊话，但没有回答。

此刻，师长立即下令：“警卫连全副武装跑步到机场集合！由我亲自向他们下达命令！”

面对严阵以待的警卫连队伍，师长严肃地说：“当直升机落地后，立即命令他们投降！如遇反抗，开枪击毙！”

警卫战士各就各位，隐蔽完毕，就等着飞机落地后出击。

在场所有人的眼睛都盯着徐徐下降的直升机，高度100米、50米、30米……飞机在30米的高度停住，不再下降了，全副武装的警卫战士屏住呼吸，准备出击的时候，发现直升机意外地拉了起来，重新上升高度，并果断地掉转机头朝北方飞去。

按其飞行的方向，师长判断直升机很可能向沙河机场飞去。就立即给沙河机场打电话，命令沙河机场警卫连将落地的直升机及人员扣住，如遇反抗，当场击毙。

沙河、西郊两个机场相距很近，直升机虽然飞行速度较慢，但也很快到达沙河机场，根据那里的指挥员报告，直升机在沙河机场就像在西郊机场一样，开始企图下降高度准备落地，可是，就在快要接近地面的时候，飞机又很反常地拉了起来，放弃着陆动作。这样的过程在沙河机场又重复了两次，直升机在机场上空又转了两圈，最终都没有降落成功。最后，还是再次拉升高度，改变航向朝北京市以北的怀柔县方向飞去。

9月13日早晨5点30分，空军司令员吴法宪向在场的专机师领导透露：林彪及其妻子叶群、儿子林立果等人乘坐三叉戟256号专机投敌叛国，根据边防站报告，飞机已在蒙古国温都尔汗附近坠毁。

另外，还有一个出人预料的消息：林彪专机在山海关机场强行起飞时，9名机组成员中还有5名成员没有上飞机，只有机长潘景寅同3名机械师在飞机上，这是专机部队驻山海关机场调度室主任报告的。这又是一个惊人的消息，一个在空军专机历史上从未出现过的奇特现象。这个惊人的消息当时对我的家人来说太重要了，可是对我来说关系生与死的消息，竟没有任何人敢通知我的妻子，师长他们被拘留审查，失去了自由，其他知情人也不敢这样做。

9月13日早上7点多钟，李德生将军也来到西郊机场，在候机室的小电话间里，同吴法宪、杨德中谈了些什么，周围的人无法知道。

9点多钟，从空军司令部来一辆小汽车把胡萍接走了，紧接着李德生、吴法宪、杨德中也离开了紧张一个晚上的西郊机场。

一夜的困倦被突然事变驱赶得无影无踪，连早饭都顾不上吃的师长，就紧张地投入到事变后的忙碌之中。

首先，他同师政委、师副参谋长研究了加强飞机戒备的措施，决定每个机场都要派一个加强排在机场停机坪进行巡逻。

紧接着，就在13日的早上，师长发现全副武装的陆军开始进驻机场，对机场实行全面戒严，仅仅只有一个晚上的时间，西郊机场完全改变了它原来的面貌。

一团代理团长老李曾在9月12日的晚上按照胡萍的指示另外安排了几架飞机，准备在9月13日一早飞往广州。按照规定的手续，代理团长到调度室申请了到广州的航线，同时向胡萍建议对所有机组人员的任务下达是否等到早上进行。因为，代理团长知道飞行员们已经休息，临时叫起床布置第二天的任务会影响同志们的休息。得到胡萍同意后，代理团长就回家休息了。无形之中，代理团长做了一件很好的事情，正是由于这些机组人员没有起床接受任务，也不知道飞广州的事情，因此也就避免了“九一三”事件后遭受审查。在林彪事件后，是否被审查过是有着很大区别的，直接关系到一个人以后的命运。

代理团长在9月13日早上5点起床，本来想到单位了解一下昨晚忙忙碌碌后的情况，而且，还惦记着还没有向准备飞往广州的机组下达飞行任务。然而，一出门，外面的情景使他惊呆了：荷枪实弹的警卫部队不知在什么时候已经占领了整个机场，机场内所有的哨兵岗位都已经被陆军战士取而代之，所有人员，包括有晨练习惯和外出办事的人员，走到大门口时，无一例外被“站住”的命令喝住。被赶回来的人面面相觑，彼此相望，表情怪异。一种不祥的战争气氛在他面前萦绕起来，凭他十几年专机生涯的经验，这是西郊机场前所未有的、足以令人心惊胆战的场面。恐怖和疑云铺天盖地地笼罩了整个机场，他不敢往前走，只好退回家中。代理团长的妻子也在机场工作，她听说后也跑出家门，想看个究竟。但她出去不久就很快回来了，那本来白里透红的面庞却变成了灰白色，吓得连话都说不出来了。

当日中午，中国人民解放军总政治部干部部部长带领工作组进驻西郊机场，全权处理专机师的各项工作，师长积极配合着部长做好对陆军军管人员进驻机场后的工作与生活安排。

陆军进入南苑机场的动作与西郊机场相比晚了一拍。

位于南苑机场的三团，9月13日对他们来说倒显得比较平静。14日的白天，人们看到机场大门口的警卫战士由穿蓝裤子的空军全部换成穿黄裤子的陆军，开始为之惊讶起来。还没有等大家弄清是怎么回事，15日一早三团飞行员宿舍大楼已被陆军团团围住，并暂时不允许自由出入。后来，当陆军军管人员知道在团作战股工作的两个参谋都是空勤人员时，下令一律离开作战股，作战参谋只好临时与一位机械师住在一起。不久，由于专机师对三团有派遣飞行任务的工作，陆军人员只知道奉命对分管的对象进行监督，不知道专机师派遣飞行任务时那一套业务活动的进行程序，无可奈何，又让作战参谋回到原来的岗位工作。有一天，陆军军管人员突然问作战参谋：“电话里讲的那些一连串数字都是什么意思?”此时,这位参谋才意识到陆军军管人员已经在什么地方安装了窃听电话的设备,否则,他们不会对这些飞行代码刨根问底。正是因为陆军人员已经听到了他们弄不懂的电话内容,而且对那些全是由一连串数字组成的电话指令很不放心,为了弄清其中缘由,不得已才问个明白。如果在飞行业务活动方面完全相信专机师的一切做法的话,就不会这样做,非常时期只有用非常的办法了。

9 月 14 日,空军司令部在空军大院召集师以上干部传达中央文件。

9 月 18 日,西郊机场全体军人按行政单位排队,在礼堂内外岗哨林立与陆军战士威严的注视中走进会场。主席台上坐着陆军干部。

少顷,中国人民解放军总政治部主任李德生将军站在了麦克风前:“全体党员干部同志们,我代表总政工作组,向大家传达中共中央〔1971〕57 号文件。这个文件目前只传达到省军级,由于我们部队的特殊情况,经中央批准,传达到全体党员干部。这是伟大领袖毛主席、党中央对我们部队广大党员干部的最大关怀、最大信任、最大爱护。”稍停顿后,李德生主任正式宣布:

> 中共中央通知,1971 年 9 月 18 日。
>
> 中共中央正式通知……林彪于 1971 年 9 月 13 日仓皇出逃,叛国投敌……现在查明:林彪背着伟大领袖毛主席和中央政治局,极其秘密地私自调动三叉戟飞机向蒙古、苏联方向飞去……

会场开始骚动起来,有人开始小声议论,林彪坐三叉戟 256 号专机跑了,直升机 3685 号也跑了,怎么会……人们总算给这几天的反常现象找到了结论。

师长被通知到空军大院开会,会后将他留下,由李德生将军谈话,交代有关“九一三”事件的事情。紧接着,中央政治局领导之一纪登奎找师长谈话。不久,在师长的人生里程中,开始了漫长的被隔离审查的日子。

师长时念堂被审查期间曾两次回部队接受批斗,一位团长在批斗会上批判师长时,说他当晚在专机师指挥所的表现是“上蹿下跳”……当杨德中政委知道这件事之后,曾对机场军管的陆军领导说,不要再批斗了。其实这不仅仅是杨德中政委的意思,他是按照总理的意思传达的。周恩来总理经常乘坐时念堂驾驶的专机,对他的评价还是心中有数的。

从 1971 年 10 月 28 日到 1982 年 8 月 1 日,师长一直处在与世隔绝的审查及劳教的特殊环境里,在这漫长的 11 年中,他远离部队,远离家庭与亲人。妻子因为他的问题同样被隔离审查,从科室下放劳动当工人。身边三个老人与三个孩子全靠妻子60多元的工资维持。为了能够找到时念堂的下落，他妻子不得已使用了提出离婚的办法。

11年的审查生活经历了几个阶段，调换了好几个地方。

1978年6月，审查中突然宣布时念堂是“林彪反党集团的死党”，定性为“现行反革命”，开除党籍，开除军籍，移送到山西劳动改造。当师长表示不能接受，要向上提出申诉时，工作人员说，要相信党，相信华（国锋）主席。

时念堂1927年出生在山东省单县时胡同村一个贫寒的家庭里。母亲为了给他寻找一条生路，用三斗高粱把他卖给人家。9岁那年，看到家里来了一老一少两个陌生女人，她们一边不住地掉眼泪，一边用异样的目光一直盯着他看，最后恋恋不舍地离去。后来才知道，当时站在身边的正是自己的亲生母亲和同胞姐姐。

时念堂1943年17岁的时候参加了八路军，日本投降后又随大部队北上到了东北。盼望全国解放后能够与母亲团聚，没想到生母没能等到那一天，就带着对亲生儿子的期盼与世长辞了。

1945年7月，刚满18周岁的时念堂，加入了中国共产党。

时念堂被选入空军学习飞行的时候，不但使用的飞机是从日本人那里缴获的战利品，连飞行教官也是日本战俘。

1950年10月，时念堂从航校毕业之后，就驾驶苏制里-2及伊尔-12飞机投入了紧张的空运飞行任务之中。1951年突破西藏高原空中禁区，担任支援解放军进藏的物资空投任务。

1953年年初，已经是空军独三团副大队长的时念堂，同年9月，授命为6架飞机的领队，到朝鲜执行停战谈判国际官员的飞行任务。

1955年回国后，开始执行包括刘少奇主席、周恩来总理专机在内的大量的空运专机任务。作为空军专机部队不多的老飞行骨干之一，包括使用苏制伊尔-18飞机首次试航全世界最高的西藏当雄、贡嘎机场在内，几乎参加了所有国内外重要的专机任务飞行，伴随着空军专机部队建设的成长，为国家的运输航空事业付出了全部心血，直到“九一三”前夕的阿尔巴尼亚之行。

作为专机师的师长却不知道三叉戟256号专机飞往山海关的事情是有着一定原因的。在“九一三”前不久，林立果一伙就在专机师散布“阶级斗争复杂论”，说空军司令吴法宪等在中央召开的九届二中（庐山）全会上，是反对毛主席与林副主席的，要解决跟人的问题。在此过程中，林立果、周宇驰等人，打着林彪的旗号，在西郊机场接见了专机部队团以上的干部，在会上没有点名地进行了一番“阶级斗争复杂论”的煽动讲话。后来，师长感到以前关系不错的人突然对自己冷淡起来，经了解才知道，私下里把他也说成是吴法宪的人。为此，师长曾产生过调动工作的想法。

这正是“文革”时期想要打倒谁、排挤谁而惯用的方法，因为，按正常的行政手段不让师长过问256号专机的事情是很困难的。

“九一三”凌晨发生在候机室的事实证明，这个所谓“吴反林”的烟幕弹已经把空军司令吴法宪及专机师师长对三叉戟256号专机的指挥权架空起来，使吴法宪对山海关的256号专机无法实施有效的指挥。也由于师长从一开始就不知道三叉戟256号专机的事情，从而失去了追查飞机的宝贵时间。

在胡萍看来，既然吴法宪是反对林副主席的，那么在林彪专机的问题上就不能听吴法宪的指挥，而且还编造谎话欺骗吴法宪。

又是四个春秋过去了。

1982年8月1日，劳教农场管教科长突然告诉时念堂：“北京来电通知，让你回北京原单位！”漫长的审查与劳教生活使他的神经似乎变得迟钝了，他不敢相信自己的耳朵，一连问了几个“是吗”。

从此，时念堂待在自己的家里，等待着下一步的安排。

在这期间，专机师政治部主任找他谈过一次话：“‘九一三’事件是林彪反党集团阴谋篡党夺权的大事，当时你处的位置不同，受到党的长期审查是应该的，要正确对待。上面对你的问题会正确处理的，还要等一段时间。”

这段时间一拖就是三年，每月只发100元生活费。

1985年，“九一三”事件过去14年之后，时念堂才被交地方按退休安置。由于地方组织部门拒绝接受，目前，他的人事关系暂时留在部队，党的关系挂在专机师司令部通信科，部队按团职发退休工资。

纪念抗日战争胜利60周年时，他获纪念章一枚。

第三节　“九一三”事件中的空军指挥所

这一节是根据我的伊尔-14飞机带飞教员、战友、当时的团长、直接上级尚登峨的回忆写出的。

9月12日之夜的空军司令部航行局。

1971年9月12日星期日，位于空军司令部大院内的航行局一把手尚登峨，像往常一样在家休息。

在尚局长的人生经历中，使他最不能忘记的就是就任空军航行局局长这段日子。1969 年 11 月份，自他从专机师副师长的职务上调任空军航行局局长之后，自己的家虽然离空军大院不远，但为了更好地工作，还是将家很快搬到了大院里边。飞行员出身的他知道航行局局长这个差事是需要经常在节假日值班的，即使不值班的时候，也要随时做好到单位去处理各种临时空情的准备，因为天上飞行的飞机是不分节假日的。

用尚局长自己的话说，他是个幸运者。1947 年，当他 19 岁的时候，离开家乡河南濮阳加入到人民解放军的行列中来，由于自己有高小文化，还会打算盘，到部队后没有像别人那样先当战士，而是直接当上了司务长，紧接着在当兵的第二年就当上了连长。不久，在部队挑选飞行员的时候，因家庭出身好，又年轻，身体检查符合飞行员的标准，顺利地进入空军航校。航校毕业后，分配到驻守河南开封机场的伞兵部队。后来，由于空运工作的需要，带着开封仅有的 5 架苏制伊尔-12 型运输机飞往北京，被编入空军直属的独立航运大队，并担任中队长职务，从此脱离伞兵，开始了专机飞行生涯。

尚局长也是我开始学习驾驶运输机的带飞教员之一。我在三团飞苏制伊尔-14 飞机时，团长就是尚登峨，只有 36 岁。他带领一支强大的集训队飞往沈阳东塔机场，开始对我们 20 名新飞行员进行封闭式训练，在我们身上再次体现出专机师一向重视基础训练的风格。

记得在我进行外场降落训练的时候，他作为总领队，登上了我要飞行的飞机，准备同我一起飞行，这样做既是检查我的飞行技术动作，又是检查直接带飞教员的教学质量。飞行途中，他特意让机械师将油量表的电门关闭，以检查我在长距离飞行中，是否经常关心飞机剩余油量的情况。但是，由于我空中注意力分配不当，未能及时发现油量表已经不显示了，此项检查不合格。当飞到大连周水子机场建立航线进行降落的过程中，他作为检察官不像直接带飞教员那样随时指出学员的错误在哪里，而是坐在右边副驾驶的位置上，没有危及安全的动作出现，他是不做任何提醒的。空中凭我自己的观察与判断，认为该进行很关键的第三转弯的时候，我带着请示与依赖的目光，转过脸去问团长："转弯吧？"没有想到团长只是看我一眼，什么话也没说，嘴边带着一丝微笑，那意思是说："我是来检查你飞行技术的，问我干什么？自己看着办吧！"于是，我果断压坡度，操纵飞机转弯，因为飞行员最忌讳优柔寡断，丧失良机，最终在我与机组其他人员的正常配合下操纵飞机正常落地。返回训练基地后，从团长的考试讲评中，获得了合格的答卷。飞行员在学习技术的起步阶段，就像小孩蹒跚学步一样，无时无刻不在教员的细心呵护之中，只有这样才能使自己羽毛不断丰满，最终放飞蓝天。

尚局长根据自己多年的飞行指挥经验，走马上任航行局长之后，针对航行局的基本职能并结合客观航行管制的发展情况，进一步完善了有关设施，在原来两个处室的基础上，增加了2号室，通过短波、超短波等通信指挥设施及雷达标图等手段，使航行局的调度指挥与航行管制职能更加强大了。

专机飞行工作不仅是专机部队自己的事情，作为空军航行局，要在全国范围内，通过对全国各军区空军调度部门的统一指挥，为专机飞行创造必要的保障条件。航行局作为空军最高航行调度部门，不仅要掌握全国空中航行的基本情况，在我国民用航空也属空军统一领导的时候，民航飞机的活动情况，也要在空军航行局的掌握之中。此外，专机部队有关执行出国任务的航线申请等工作，也要由航行局负责向有关部门办理。用尚局长自己的话来说，自从他到新的岗位走马上任之后，将自己的“老家”都快要忘记了。对一个飞行员来说，应该通过经常的飞行训练来保持驾驶技术的熟练，但是，因局里日常工作太忙，竟不能回到专机师参加飞行训练。他当副师长的时候，经常在飞行任务中同飞行员们吃住在一起，感到其乐无穷。现在当上局长，在空军司令部领导机关，工作面宽了，内容多了，上下级接触的人员也不同了，完全形成了另一种忙法。

9月12日，星期日傍晚，尚局长正在家吃晚饭，电话铃响了：

“报告局长！西郊机场一架三叉戟‘252号’飞机到山海关，发训练。”这是航行局值班参谋的声音。

“知道了！”完全是例行公事的电话。按规定，专机师无论是进行训练或专机任务的飞行，必须向空军航行局提出申请、申报，其申报的内容包括机型、机长姓名及技术等级、预计起飞时间、航线到达的地方及飞行高度等。航行局根据航线申请内容，通知相关机场的航行调度部门及有关的航线导航站、点。

关于专机师4架三叉戟飞机的具体情况，比如哪架飞机是多座的，哪架飞机是专机，尚局长是不了解的。因为，他所飞过的飞机，只有伊尔-12、伊尔-14等，没有改装一团所拥有的类似伊尔-18、三叉戟那样的飞机。所以，对一团飞机的具体情况知之甚少，但对现有运输飞机的基本性能，作为一名老飞行员、飞行指挥员，他了如指掌。此刻，西郊机场实际要飞的是256号专机，而报给航行局的却是252号飞机，这一点局长也被蒙在鼓里。

“向北京军区空军航行调度室通报吗？”值班参谋按以往的惯例及做法请示尚局长。

“由我来通知吧！”尚局长用家里的电话将三叉戟“252号”飞机的事情通知 给北京空军调度室，并特别叮嘱他们，要注意保密！本来这件工作由值班参

作者晚年与前空军航行局局长尚登峨(左)合影

谋去办就可以了,只因空军司令部航行局的主管领导胡萍特意向尚局长交代过“要保密”的问题,所以,就由局长包办代替了。北京军区空军航行调度室对其管辖范围内飞机活动情况也要在掌握之中,空军航行局有义务要对有关情况向他们进行通报。

胡萍从专机师还是独立团的时候开始,就是尚登峨的直接领导,对包括尚登峨在内所驾驶的开封 5 架伊尔-12 型运输机加盟独立航运大队也是胡萍亲自前往接收的。近 20 年来,在空军的专机飞行中,尚登峨一直同这位有威望的上级并肩工作。胡萍是第一个执行毛泽东专机任务的飞行员,也是第一个带领机组飞出国外执行中央首长出访任务的人,也曾担任周恩来总理专机飞行顾问多次出国执行任务,可以说他是我国空军专机飞行工作的奠基人之一。来到航行局后,他又是尚局长的主管领导。对航行局的工作,胡萍既是内行,又非常熟悉,所以,无论从哪个角度讲,他对航行局提出的要求,都必须遵照执行。

9 月 12 日 19 点 40 分,三叉戟 256 号专机载着林立果等人从西郊机场起飞。航行局值班参谋接到此项信息后,立刻打电话报告局长。此刻,在尚局长与值班参谋的心目中，西郊机场起飞的仍然是252号飞机。因为空军航行局指挥室同样可以听到从空中传来256号专机与地面通话的声音，256号专机通信员也一直用短波电台与航行局的对空台保持着联系。

“252号飞机起飞的事情，向司令部首长报告吗？”值班参谋向尚局长电话请示。

“不用报了。”同样是胡萍对此有具体交代，尚局长再次照办了。胡萍本人就是司令部的副参谋长，参谋长也没有外出。胡萍不让报告，也许是他自己已经向参谋长报告了。再说，以往类似保密的例子举不胜举，对‘252号’飞机保密的事情，同样没有引起航行局局长的特别注意。因为，航行局掌握飞机的活动情况，主要是从空中航行管制的角度来保证飞行安全的，不同等级的专机，有着不同程度的保证。专机任务的派遣是由一位空军副司令员主管的，通常情况下都由航行局牵头，根据专机任务的要求通知气象局、通信部、机务工程部及保卫部等有关部门，对专机进行必要的机务检查，为专机飞行提供相应的气象及通信资料，对专机安全保卫工作进行部署。有时，由空军领导直接向专机师安排专机任务，再由专机师上报航行局进行部门之间的协调工作。

航行局共有3个值班参谋与1个调度室主任处理着节假日的业务活动。所谓的252号飞机起飞之后，他们按照各自的分工打开对空电台，包括超短波与短波电台。通常情况下航行局不直接对飞机进行超短波范围内的指挥，只同飞机上的通信员保持短波联系，随时掌握飞机的飞行情况，为航行中的飞机提供气象与其他有关资料。与整面墙一样大的地图上，标着252号飞机的航行轨迹，调度室主任及时向北京空军通报252号飞机在什么时间、从什么地方起飞的情况。

晚10点左右，胡萍打电话让尚局长到西郊机场见他，尚局长当即要车赶到机场候机室。一见面，胡萍郑重地对尚登峨说：“目前阶级斗争的形势很复杂，中央正在开会。”

关于“阶级斗争复杂”的传闻，尚局长在空军大院也风言风语地听到一些，但具体弄不清楚是怎么一回事情，不像专机师团以上干部那样，接受过林立果的接见并听过他散布“吴反林”的言论。林立果“活学活用毛泽东军事著作讲用报告”已经在空军上下掀起了学习热潮，空军司令部也不例外，有些部门还搞了向“林副主席表决心”的行动。由于尚局长当时出差在外，回来之后没有能够及时补上这一课，还受到了批评。此时，尚局长还没有从前一段的回忆中走出来，胡萍接着说：“明天三叉戟252号飞机从山海关起飞后准备飞广州，可是，航行局向外发航线的时候要把航线发到西安，也可以多发几条到其他地方的航线。林彪要动,注意保密。”

这使尚局长想起了专机飞行的历史上数不清的神秘之行。

“文革”前期,江青在上海文艺界不知要搞什么动作,曾从北京秘密派遣几架伊尔-14飞机飞往上海。在这次任务活动中,不但正常的任务派遣程序被取消,连飞行实施过程中飞行员进行起码的空中通话联络也被限制,只准按下发话按钮,而不能讲话,飞行员只能从耳机里传来的“嚓、嚓”的噪音中辨别对方的意思,公开的空中通话联系,临时变成了某种特殊信号的沟通。至于飞机上拉的什么人,根本不能打听。其神秘之状,令人难以置信。

飞机毕竟不同于汽车,离开必备的通信导航保障,安全是没有把握的。有许多专机任务的派遣、准备等工作本来都是很正常地进行着,但是,只要涉及到乘机首长的身份,立刻就变得神秘莫测,甚至都不能在正常的场合讲出来,就是参与执行任务的机组,也是根据历来执行任务的经验,分析判断出可能是哪位重要人物要动。诚然,作为飞行员,最主要的是根据上级下达的飞行任务,通过精心的飞行实施,将乘机者安全圆满地从甲地送到乙地,至于谁坐飞机,可以不去过问。或者在机场自己看到甚至也认出是哪位首长的时候,机组中也不会有人为此大惊小怪,唯有全心全意地去做好本岗位的工作才是最重要的。这就是专机飞行员与专机任务之间长期养成的一种神秘关系,这种关系在正常情况下的确有利于首长行动的保密。尚局长认为,“林彪要动”,就要注意保密,目前在“复杂的阶级斗争形势下”就更要注意保密了。

“林彪要动”,只有四个字,如果去掉主语,只有两个字“要动”,就足以使这位干了近20年专机工作的航行局长全部领会到其中的一切了。对于航线,明发西安,实飞广州,保密工作中采取如此“声东击西”的方法,在全国最重要的专机任务中也显得很正常了。

最后,胡萍向尚登峨交代第二天还要有几架飞机分别到山海关、上海、广州的事情,要尚登峨自己掌握一下就行了。涉及到如此多架飞机长航线大范围的飞行活动,为了保密,其他部门可以不告诉,但空军航行局这一重要组织指挥环节,无论如何是回避不了的。胡萍要尚登峨自己掌握一下,言外之意就是到航行局为止,不要将信息再扩大出去。

后来,航行局值班人员正式接到了来自西郊机场的有关13日白天几架飞机活动的航线申请,这些航线的申请是一团代理团长向西郊机场调度室申请之后,再由西郊机场向航行局正式申请的。它们是:

一架多座位的三叉戟飞机,一架伊尔-18飞机,一架安-24飞机,一架安-12货运飞机准备装上两架云雀直升机直飞广州。

晚11点多钟，尚局长刚回到自己家里，电话铃又响了起来。

“局长！吴法宪司令员打电话问山海关飞机的事情，是什么飞机，谁飞的？”值班参谋认真地叙述着司令员电话询问的内容。

尚局长立刻拿起电话，将空军司令员查问山海关飞机的事情请示胡萍，胡萍在电话里很明确地指示航行局长：“你别管了！”

突然，急促的电话铃声把尚局长从睡梦中惊醒。

“山海关报告，三叉戟飞机未经地面允许，强行起飞了！”值班参谋报告，可以听出对方既紧张严肃，又沉着镇定，口齿清楚，讲话连贯，似乎每一个字都带着毋庸置疑的肯定和沉重的分量，沿着电话听筒撞击着局长的听觉神经。

“什么！什么？你再重复……”局长还没等对方继续重复说下去，马上意识到这不是在电话中继续说下去的一般问题，必须立刻到航行局指挥现场亲自处理。在撂下电话的过程中，还能听到对方继续报告的声音。

局长以最快的动作穿上衣服，朝航行局跑去。在穿衣服的过程中，扫视一下腕上的手表，时间已步入9月13日0点40分。平时，上班需要15分钟的路程，情急中只用了8分钟就赶到了局里。

在位于大楼半地下的航行局调度室里，值班参谋与调度室主任都在自己的岗位上紧张地工作着，随时了解与处理来自山海关机场的情况，仅这一方面的情况，就足以使航行局忙乱起来。

情急中，来自山海关调度室的电话铃又响了起来，尚局长立刻抓起话筒：

“我要空军航行局！是局长吗？”

“我就是，山海关的情况怎么样？”尚局长从电话里听到一个非常熟悉的声音，这就是一团副参谋长、256号专机第一副驾驶员陈联炳的声音。在伊尔-14飞机上，局长与陈联炳共事多年，他们在一起不知执行过多少次专机任务，彼此说话的声音特征，从无线电台或电话中，一听便知对方是谁。在对我们20个飞行员进行集中训练的时候，局长是指挥员，陈联炳担任教员。

“潘景寅一个人把三叉戟256号专机飞走了……”

“什么！什么？……一个人……怎么可能？……怎么是256号专机？不是252号吗？……你慢点说！”局长脑子里立刻堆起一连串的问题。从西郊机场开始申请航线开始，到19点40分从西郊机场起飞到山海关为止，不一直都说是三叉戟252号飞机吗？现在林彪专机副驾驶陈联炳从山海关机场报告，起飞的却是256号专机，难道这又是为了保密？

“你说潘景寅一个人把飞机飞走了，我不信！飞机上还有什么人？……”

“还有三个机械师在飞机上。”陈联炳肯定地回答。

“不可能！我不信……”尚局长反复地重复着自己的看法。他的确不相信陈联炳的报告是真的，在他从事20余年的飞行工作中，从未发生过属于正副驾驶员两个人共同操纵的运输飞机里，只有一名飞行员驾驶升空的先例，就是在国际航空史，也没有发生过类似的现象。为了进一步证实自己不敢相信的现实，尚局长紧追不舍地问道：“三叉戟256机组都有谁？现在在你身边的还有谁？”

“副驾驶员康庭梓、领航员老李、一团通信副主任老陈，还有服务员小魏。”陈联炳一口气说出了机组中没有上飞机的5人的姓名。此刻，对于专机组的组成及机组业务分工了如指掌的航行局长不得不相信发生在山海关现场的残酷现实了。陈联炳还未来得及将林彪等人登机的信息报告局长，然而，尚局长已经凭自己的直觉意识到问题有多么严重！虽然，谁也不知道三叉戟256号专机起飞之后飞往何处，但就机长一个人敢将飞机驾驶升空来看，绝不是一般的问题。

尚局长的脑海里立刻闪现出潘景寅的形象。可以说他对机长潘景寅是很了解的，他们在专机师都是副师长，共同在一条战线上工作生活了多年，虽然，在个人性格上有所差异，飞行作风上各有特色，飞行技术上略有高低，但在专机工作面前都有着高度的工作热情和责任感。潘景寅平时言语不多，性格偏于内向，但头脑冷静，处乱不惊。凭潘景寅处理问题的水平，他竟敢在三更半夜单枪匹马，连领航员、副驾驶都不要，冒着极大的危险驾机起飞，肯定有他自己的理由。这究竟是为什么呢？局长百思不得其解。

在情况非常紧急的情况下，电话里继续传来山海关陈联炳的声音：“是潘景寅把机械师叫起床到机场加油的，等调度室主任老李叫我们起床时，飞机已经开车滑出，没有来得及加油就起飞了……”

电话还没有打完，局长看到空军司令部参谋长梁璞快步跨进航行局，眉头紧锁、目光闪烁，一改往日视察部属工作时的谦和与融洽，从他那严肃焦急的面部表情中，就可以猜到他已经知道发生在山海关机场的事情了。此刻，尚局长并不知道梁参谋长是从什么渠道知道的。

尚局长也没有同自己的上级打招呼，就对着话筒说：“参谋长来了，你直接向他汇报。”说完就把话筒递到参谋长手里。尚局长看到参谋长在接听山海关机组的汇报中，依然保持着沉稳严肃的表情。

根据空军参谋长的指示，航行局长一方面迅速通知北京周围所有机场的跑道灯光及夜间降落设备全部打开，另一方面马上亲自到2号室用超短波电台进行对空呼叫。

尚局长手拿话筒一改平时使用飞机代码呼叫，情急中直呼潘景寅的名字，让他迅速到北京落地，北京地区的所有机场都在等待他随时降落。

“潘景寅！潘景寅！听到请回答……潘景寅……听到没有？请回答！……”

“潘景寅！……听到没有？……命令你马上到北京落地！……”

“…………”

平时的生活中，尚局长不知多少次叫“老潘”；飞行指挥中，也无数次地从无线电通话中听到潘景寅那熟悉的声音。可是，现在千呼万唤就是听不到自己战友的回声。是潘景寅真的没有听到吗，还是听到了不回答呢？一定是没有听到，即使局长不说出自己的名字，潘景寅也能听出是谁在呼叫他，究竟是什么原因总不回答呢？往日的电台音箱，就是在夜间，也有许多声音从空中传来，虽然航行局不参与指挥，也能从这些互相联络的内容中知道飞机的去向，是从北京某机场起飞的飞机，还是从外地归巢的“夜莺”。有时因夜间飞机活动太多，音箱里的声音甚至让人感到烦躁。可是，此时此刻，音箱里鸦雀无声，静得出奇。局长意识到，三叉戟 256 号专机上的超短波电台也许压根就没有打开，这又是一个令人深思的问题。

在此过程中，来自西郊机场的信息：空军司令员吴法宪和北京 8341 卫戍部队政治委员已到西郊机场。

不久，尚局长得到指令：“立即到空军指挥所！”

9 月 13 日凌晨的空军指挥所。

空军参谋长及航行局长快步赶到离航行局不远的空军指挥所时，看到中国人民解放军总政治部主任李德生将军已经在那里坐镇指挥，指挥所的空军领导有一位空军副司令员、一位司令部副参谋长，空军指挥所主任及所属各个岗位负责人、值班参谋、工作人员都在紧张地忙碌着。

空军指挥所隶属于空军作战部门，在历代空军领导的心目中，空军指挥所的地位与作用都是举足轻重的。用空军领导自己的话来说，“指挥所是空军跳动的心脏，是作战指挥的中心”。那里有着当时最先进的通信设施，它好比伸向祖国各地空军部队的神经中枢，通过这个敏感神经中枢，及时进行信息交流。遍布祖国各地的雷达监控系统，随时把空中飞机活动的情况送到空军指挥中心。空军领导依仗指挥所的“千里眼”和“顺风耳”，纵观空军全局，对各种复杂的空情，进行判断，实施指挥。

当年担任空军指挥所指挥连副指导员回忆，1971 年 9 月 12 日 19 点 30 分，连部接到指挥所电话，说 21 点要有一架专机飞行。等他跑到指挥所值班室时，看到空情预报板上写着：21 点，256 号，北京—山海关，根据他们在指挥所近来经常遇到的信息判断，北京—山海关之间的专机往来，肯定是林彪的专机。

指挥连的职责是进行雷达标图。在指挥所的一面墙上，精制的矩形木框里镶嵌着一幅小比例的五十万分之一的大型地图，这就是在许多高级指挥所里经常见到的立体标图版。标图员头戴耳机，根据雷达员报来的机密语言信号，将飞机的位置标在地图表面的小方格内，将这些信号连接起来，就构成了飞机的运动轨迹，根据运动轨迹，就可以看出飞机的飞行方向。雷达员根据雷达屏幕上的信号，还可以判断出飞机的飞行高度与飞行速度。立体标图便于指挥员对空情进行全面观察，与山海关机场调度室的平面标图相比，观察起来更直观、形象。

副指导员马上向副班长布置准备标图的任务。此时，他看到值班参谋不停地在空情预报板上更改着 256 号专机的起飞时间。奇怪的是在大约 22 点 30 左右，预报板上又突然取消了当晚 256 号专机的飞行。副指导员等人的心情，好比刚绷紧了的弦又放松了。他们只好等着 0 点的时候，由下一班人马接班。可是等到 0 点 30 分，还不见来人接班。不知什么时候，空军司令部大楼及地下指挥所的警卫任务，已经换人，对一切进出人员进行严格盘查。

突然，256 号专机在山海关机场上空出现的信号传送到标图员的耳机里，他一方面把收到的信号迅速准确地标进地图，一方面大声向空军领导报告："256 号专机已于 0 点 32 分在山海关机场起飞，现在，雷达在山海关方向捕捉到目标。"

指挥所作战参谋立即出现在立体标图板前，并大声地说："怎么搞的？256 号专机不是在西郊机场吗？怎么会突然出现在山海关上空呢？"

根据这位副指导员的回忆，当时空军指挥所的人们认为三叉戟 256 号专机是在当晚 21 点 40 分利用夜幕进行超低空飞行，从北京起飞后，经天津塘沽、渤海湾、秦皇岛一线，潜入山海关机场的。所以，空军指挥所不但没有接到三叉戟 256 号专机从西郊机场起飞的报告，也没有对北京—山海关航线的空间实施雷达监控。当飞机突然在山海关上空出现时，感到茫然。

其实，问题的症结在于 256 号专机在西郊机场起飞的信息，在"专机保密"的幌子下被卡住了！尤其是周日之夜，除了值班人员外，绝大多数人员都在休息，指挥所既然没有接到有飞机飞行的信息，当然就不会采取任何监控措施。我就在三叉戟 256 号专机上，当然不像副指导员等人所想象的那样，绕来绕去才到山海关的。从北京起飞的时间是当晚 19 点 40 分，而不是 21 点 40 分。看来，包括256号机组成员在内的所有专机保障人员，都被“林彪专机保密措施”蒙在鼓里，围绕专机的一切保障行动都被彻底打乱了。

指挥所的人们正在为256号专机紧张起来的时候，标图员的耳机里又传来变更飞机尾号的密语，要把256号改为252号。这样的改变使人们紧张的心情稍微放松了一些，因为252号飞机不是专机。但紧接着飞机的尾号又变了回来，在不到3分钟的时间内，飞机的尾号来回变动了4次，最后，核准为256号专机。为了准确无误，作战参谋再次让副指导员查对飞机的尾号。为此，曾把有关方面报来的情况再次核对一遍，他们是北京军区情报总站发来的有线传真报条及空军另一指挥所情报总站两位标图员收到的空情及空军通信总站收发的无线电信号。审查结果，空中正在飞行的飞机就是三叉戟256号专机。在此过程中，标图显示，飞机的航行轨迹已开始向西偏北方向偏移。

作战参谋感到情况异常，急速将这一重要情况报告空军领导。不到20分钟的时间，一位空军副司令员同一位司令部副参谋长来到指挥所。此刻，标图员握笔的手已经移动到河北承德偏西北的位置。与一般标图不同的是，立体标图版上显示飞机位置的标志是一个亮点，这个亮点在不停地移动之中。二位空军领导面对指挥所发生的紧急情况，眼睛紧紧盯着北飞的飞机，立刻意识到情况的严重性。二人经过简单的商议，拿起电话接通北京空军，立即命令三北方向的空军马上进入一级战备，所有雷达全线开机，密切注视三叉戟256号专机的飞行动向。同时，动用3部红色电话机，向解放军总部及中央首长汇报这里发生的异常情况。

凌晨1点30分，总政治部主任李德生将军在4位陆军人员的陪同下来到空军指挥所，当时，空军司令部各主要职能部门：作战、情报、通信、航行、雷达、高炮等部级以上领导共十几个人，也都赶到指挥现场

空司参谋长梁璞与航行局局长尚登峨到指挥所看到的就是当前的情景。

李德生将军没来得及听空军领导的情况汇报，就直接走到标图版跟前，眼睛盯着代表飞机飞行的亮点。此时，256号专机的位置已飞到赤峰西北内蒙古的上空，以每分钟10余公里的速度向中蒙边界靠近。

李德生将军详细地观察、询问了飞机飞行的方位、高度、时速等情况之后，立即拿起放在一张宽大特制指挥桌上的红机电话，声音洪亮而又激动地向周总理汇报情况。

站在旁边的空军领导眼看向国境线移动的飞机亮点，十分焦急地多次请示李德生将军：“对256号专机应该采取什么措施？如果将其击落时间还来得及，再拖延下去，附近机场的战斗机就追不上了。”对空军领导的建议，李德生

将军不予答复。

空军指挥所数十双眼睛目不转睛地盯着标图版上移动的飞机，包括标图员在内的这些内行们，都知道眼前所发生的一切非常严重。虽然，在场的绝大多数领导不知道被中国亿万军民拥戴的副统帅林彪就在三叉戟256号专机上，但从空军领导心急如焚的表情、李将军临战时严肃镇静的态度及连接周总理与李将军之间红机电话的频繁指示与请示，可以分析到正在接近国境线的飞机乘客绝不是一般的乘客，否则，坐镇空军的军队总部领导，完全可以果断命令将其击落在国内大地上。此刻，小小的空军指挥所却容纳着北京—山海关以北的半个中国，灯火通明的空军司令部紧紧地连接着人民大会堂与中南海。远在内蒙古自治区草原的夜空，正在朝着背叛祖国、背叛人民的方向飞行的林彪专机，牵动着共和国的中枢神经。

此时此刻，航行局尚局长的脑子就像炸开一样，面对三叉戟256号专机的飞行趋向，他被彻底惊呆了！他眼睛看着标图板，脑子里像过电影一样，一幕幕刚发生过的镜头从脑海中掠过。从西郊机场申请三叉戟252号飞机到山海关进行训练飞行开始，到252号飞机起飞；从胡萍叫他到西郊机场候机室亲自向他交代“林彪要动，注意保密”，到山海关256号专机起飞后副驾驶陈联炳的情况报告；从三叉戟252号飞机突然变成了256号专机，从潘景寅一个人驾驶飞机升空到眼前直奔国境线的飞行轨迹。……这一切的一切，究竟是怎么一回事情？胡萍副参谋长说的“明发西安，实飞广州”，现在的事实是，既不是飞西安，更不是飞广州，也不是飞往祖国的其他地方，这明明是朝着国境以外的蒙古国飞去。因为航行局局长比谁都清楚，除赤峰市有一个机场外，在飞机所处的位置与国境线之间已不存在任何可供飞机降落的地方。他盯着标图板上的飞机航迹，没有看出飞机的航向有任何变动的迹象，他多么希望飞机突然改航，向祖国的北京归来，多么希望是属于潘景寅一个人驾机所产生的迷航行为，多么希望……他尽量把问题朝着好的方面设想。可是，眼下的残酷现实是，飞机不但拒绝同地面的任何对话，而且从标图轨迹发展趋势看，三叉戟256号专机是义无反顾地朝人们都不愿意看到的方向飞去。

还有，从刚才山海关机场256号专机第一副驾驶员的电话汇报中，虽然没有明确说林彪已登上飞机，那么，潘景寅一个人驾机升空，就没有任何道理能够讲得通。第一副驾驶员的电话中明明提到飞机在起飞之前根本没有把油料加进飞机油箱，潘景寅身为一名老飞行员，难道不知道带着根本飞不到某个地方的油量，硬要在三更半夜，单枪匹马朝着连自己都找不到机场的国境以外的莽莽荒原飞去，岂不是明摆着的死路一条吗？用换位思考的方法去好好想一想，如果潘景寅不是遇到什么特殊情况，他是绝不会这样做的。如果这样，林彪很可能就在飞机上。根据李德生将军随时请示周总理的举动看，尽管身边有人多次请求将军采取果断措施，但李德生将军却沉稳思考，静观其变，如果林彪不在飞机上，绝不会看着飞机叛逃而不管的。

此时，在尚局长的脑海里，突然想起了一件令人很吃惊的问题——256 号专机经过的航迹，是一条以北京至山海关之间为起点，经过河北承德飞向蒙古共和国的一条近似于北京到蒙古国乌兰巴托的航线，这条航线不就是在前几天即 9 月 9 日，空军党委办公室副主任周宇驰要航行局为他绘制的那条航线吗？空军大院的人都知道，周宇驰虽然只是空军司令部党办副主任，但凭他同林立果的关系，已经是属于经常在林彪、叶群身边走动的人物。局长的思维很快回到几天前的情景。

9 月 8 日上午，周宇驰把空军航行局局长尚登峨叫到办公室说："国庆节快到了，要加强战备。林副主席 1969 年视察空军时，特别提到防止苏联搞突然袭击。现在是核战争时代，要注意苏联用航班飞机搞突然袭击。"说到这里，周宇驰稍停顿了一下，接着对尚登峨说："请你搞一份苏联航班地图，了解一下他们的飞行情况，我和林副部长还要向林副主席汇报。"等局长就要离开周宇驰办公室时，周还补充一句说："你别说是给我的。"

为此，航行局长还专门找到正在航行局帮助工作的一位民航局的领航员，只用一个下午的时间就绘制成一份二百万分之一的北京—乌兰巴托—伊尔库茨克的航线图并填写了有关的航行资料，于第二天交给周宇驰。

其实，这些国际民用航空使用的航线资料并不是什么机密的文件，早就在国际民航的飞行中使用，至今也是公开的。绘制这样的航线图并不困难，只是在已经印制好的一般地图上画出从甲地到乙地的连线，再把测量出的航向、距离、预计飞行的时间及各主要导航地点位置、数据资料等填上去即可。其实依靠这些基本资料去飞行实施是根本不行的，因为那些关于机场的详细资料，例如机场跑道的方向、跑道两端不同距离的导航台的呼号及频率等，包括航线导航的资料，都在领航员的手里。当时除了民航飞国际航班的领航员具备这些资料，其他人包括专机师的领航员是根本不知道这些资料的，因此，尚局长给周宇驰的地图对林立果来说就是一张废纸。

尚局长想，周宇驰要航线的事情，难道同眼前 256 号专机的异常行为有什么直接联系吗？他越想，心里越不踏实。还好，关于周宇驰要航图的事，他并没有自作主张，而是及时报告了司令部副参谋长王飞，王飞当即表示："满足他（周宇驰）的要求。"因为，王飞更了解周宇驰同林家的关系。

在指挥所对256号专机进行雷达监控的过程中，李德生将军向航行局局长询问了以下几个方面的问题：

“潘景寅什么时间入伍？什么时间入党？什么时间学习飞行？‘文革’期间与近来的表现如何？……”

对于潘景寅过去的情况，航行局长是比较了解的，知道潘景寅是空军航校第七期飞行学员，也是属于从陆军被选拔进入空军学习飞行的，进入航空学校前就是一名政治干事。“文革”中表现很好，在人们都知道的武汉“7·20”事件中，潘景寅同一团团长在紧急情况下驾驶伊尔-18飞机将毛泽东从武汉送到上海。关于潘景寅的近况与其他不甚了解的问题，局长通过电话从专机师政委那里了解准确之后，向李将军做了回答。

“三叉戟飞机能装多少燃油？空中耗油量是多少？根据飞机现在的位置，飞机上还有多少油？还能够飞多远的距离？……”

尚局长把256号专机第一副驾驶员从山海关打电话汇报的情况报告给李德生将军，并着重指出256号专机从山海关起飞前没有将油加进飞机。他只知道三叉戟飞机的基本性能、最大载油量和高空平均耗油量，但由于他并不知道256号专机从西郊机场起飞前的加油量，所以无法计算出当时还有多少剩余油量，也就无法正确回答将军256号专机还能继续飞行的时间和最大距离。

可以看出，李德生将军坐镇指挥中所提到的都是非常关键的问题，一个是飞行员，一个是飞机的性能与油量，因为，这是决定256号专机命运的要害。

周恩来总理听到李将军的汇报后，曾指示将军向飞行员喊话，总理说：“希望他们飞回来，不论他们在东郊机场或西郊机场降落，我周恩来都到机场去接。”

指挥所调度员说：“他不回答。”

在此之前，指挥所调度员同航行局长一样，不知对空呼叫了多少遍，得到的结果同航行局的对空电台一样，没有任何回音。

司令部参谋长，看着标图板上的飞机飞行轨迹，向李将军说：“飞机的航迹不一般，情况异常。”

“有什么特点？”将军问。

“第一，飞机飞的不是国际航线；第二，方向往北，马上要出国境到蒙古国了；第三，飞的是低空。”

随着飞机亮点向国境线方向逐渐靠近，整个空军指挥所的气氛变得越来越凝重，所有人的视线都紧紧地锁在那个亮点上，可是，那个亮点仍然不停地移动着。眼看飞机就要飞达中蒙边境，情况十万火急！如果在此之前，还幻想着飞机能有调头返航的可能，而现在已经没有了。

此刻，李德生将军再次拿起红电话机向总理请示，要不要把它打下来？周总理很快在电话里明确告诉李德生将军，已请示过毛主席，主席指示不要打，天要下雨，娘要嫁人，由他去吧！

毛主席高瞻远瞩，如果真的将其击落在国内，将来如何向全国人民说得清楚。因为，除李德生外，指挥所在场的其他人员并不真正知道那个副统帅林彪就在256号专机上。

就这样眼睁睁地看着三叉戟256号专机于凌晨1点55分飞越国境线进入蒙古国的领空。

此刻，李德生将军放下红电话机，严肃认真地对空军参谋长以命令的口吻说，立刻向全国传达周总理的“禁空令”：“关闭全国机场，所有的飞机停飞，从现在起，凡没有伟大领袖毛主席、林副主席、周总理、黄总长（黄永胜）、吴司令员联名签署的命令，一架飞机都不能起飞。”

中央考虑到林彪出逃当时属国家绝密消息，命令下达后涉及的人很多，命令上不能不出现林彪的名字。

空军参谋长立即在指挥所两个作战值班参谋的协助下，由一个人要通电话，另一个人传达命令，从1点56分到2点20分左右，才将“禁空令”传达完毕。

指挥所所有的人，面对突发事件，心里有说不出的复杂感受，虽然还暂时不知道事件的真相，但就空军跑了一架飞机而言，已经在空军领导的心灵上浓重地投上一层阴影，不知要为此承担多大的责任，谁也没有料到后来事态的发展要比想象的严重得多。

根据这位副指导员回忆，256号专机飞出国境之后，飞行速度明显减慢，而且高度下降到2500米，在飞机的航行轨迹上也出现左右弯曲的现象。在蒙古国境内飞行40分钟后，于凌晨2点30分，雷达各条线路，同时上报飞行目标消失。

不久，从情报部门获悉，在蒙古国境内出现火光，时间与256号专机失去目标一样。此时，李德生主任问身边几个懂得飞行的部、局长，可能会是什么情况？议论中航行局长认为有两种可能，其一，夜间飞行高度太低，又不熟悉地形情况，有存在撞山的可能；其二，因飞机油量不够，没有飞到乌兰巴托的把握，夜间又找不到可以降落的机场，在场外迫降中擦地着火。根据出现火光的时间推算，飞机肯定没有飞到蒙古国首都乌兰巴托。局长根据自己多年的飞行经验，对将军提出的问题做了比较精确的回答，局长在分析中提出的第二种可能，被后来的现场勘探证实了。

可以说，航行局长尚登峨是在“九一三”事件中第一个对三叉戟256号专机的坠毁原因作出正确判断的人。

一波未平，一波又起。空军指挥所所有的人们，正在为三叉戟256号专机的出逃万分焦急的时候，清晨3点20分，又传来了周宇驰等3人在沙河机场用林彪手令劫持3685号直升机向西北方向出逃的消息。稍微平静一些的空军指挥所顿时又紧张起来。空军指挥所电话铃声响个不停，北京空军指挥所及西郊机场调度指挥室，不间断地将3685号直升机的飞行情况向指挥所报告。李德生将军及时向总理汇报、请示，周总理明确命令：将直升机迫降，保留证据。

空军指挥所随时掌握着3685号直升机的飞行情况，直到陈士印将飞机迫降在怀柔县境内，陈修文壮烈牺牲，周宇驰、于新野畏罪自杀。

空军指挥所在对3685号直升机进行监控的过程中，当航行局尚局长得知劫持飞机的主犯就是空司党办副主任周宇驰的时候，脑袋又“轰”地一声大了起来，耳朵里嗡嗡直响。当时，指挥所里都进行了哪些活动，他似乎都没有听见，也没有看见。因为，周宇驰在前几天要航线图的事情再一次浮现在他的脑海里，眼前两架飞机都是向着同一个方向叛逃，问题的性质严重显而易见，这究竟是怎么一回事情？他再次陷入极端的困惑之中。于是，他将周宇驰要航线图的情况告诉了身边的司令部参谋长。参谋长听罢，稍经思考，对他说：“这样吧，你把航线图复制一份给我。”局长照办了。

9月13日之后，整个空军大院的领导机关都被笼罩在一种沉闷而紧张的气氛之中，除了在“九一三”凌晨经历了空军指挥所那惊心动魄场面的人员之外，绝大多数的人们还不知道党和国家发生了如此严重的事变。尚局长带着忐忑不安的心情，坚持正常上班工作。不过在“九一三”之后相当一段日子里，航行局在本岗位职能范围内的业务活动确实少了很多，下属各个处室的工作显得格外清净。在中央的“禁空令”没有真正解除之前，共和国大地的空中除了国际民用航空的班机之外，几乎没有飞机活动。据说，为了北京的安全，凡是从空中南来的飞机到徐州为止，从北来的飞机到沈阳为限。

9月20日，空军七楼会议室召开空军直属机关及北京空军师以上干部会议，会议主席台上就座的有一直坐镇空军指挥的李德生将军、空军司令员吴法宪及空军临时成立的五人领导小组成员等人。会议气氛非常严肃，每个人的脸上都失去了往常的笑容，每个人都意识到今天的会议肯定要与近几天大院内不正常的现象有关，个个屏息倾听，等待着主席台宣布重大信息。此时的会场，如果有一根针或一根头发掉在地上，都可以听到声音。否则，没有重大情况，作为解放军总部首长的李德生将军不会亲临空军大院。

吴法宪主持会议。

李德生将军打开文件，劈头第一句就是："叛徒、卖国贼林彪……"这句话像晴天霹雳，所有人的目光都凝固了，惊呆了。

在座的空军师以上干部一下子都像蒙了一样，眼睛瞪得大大的直发愣，下面李德生都讲了些什么似乎都没有听清楚。

李德生将军在会上结合中央文件作了重要讲话，并指明林彪抢班夺权反对毛主席，最终从孤家寡人走向投敌叛国、众叛亲离的可耻下场。一句话：林彪坐专机叛逃了。

"这……不可能吧！怎么会发生这样的事情呢？林副主席对毛主席最忠诚，他怎么会反对毛主席？……"这是会场上一位副局长发出的小声议论。有这种想法的人绝不是他一个，只是在这样的气氛与场合中不便说出来罢了。

会上，坐在这位议论者前排的是一位战绩卓著的部长，他不能容忍身后这位干部的小声议论，他已经提前知道了事件的真相。他当时非常气愤，在他看来，对于领导已经宣布的事实，还有什么不相信的？有些人中林彪的毒很深，如果现在还执迷不悟，就会成为林彪的殉葬品。那位部长越想越气，突然站起来，一扭身朝着那个小声议论者"啪！啪"就是两耳光。这个突然的举动出现在空军机关领导干部的会场上，正在为林彪突然叛逃的消息沉浸在思考中的人们，都被这一意外的举动弄得惊呆了，大家都把目光投向这边。

这一巴掌好像把这位议论者从深度的困惑中击醒，他似乎从部长严厉的目光及会议大厅凝固了的气氛中读出了真正的答案。在这样特殊的环境中，被打者没有做出任何还击的反应，如果在其他的场合，这种侵犯人权的事情绝对不能忍受。

会后，这位打人的部长头脑冷静之余，觉得自己这种举动实在不妥，太对不起自己的同志了，感到莫大的后悔与自责。下班后，特意在路上等到被打的副局长，当面道歉。这位副局长诚挚地接受了道歉，并说："没关系，打得好，这个耳光把我打清醒了。"

这件具有代表性的事情也传到了周总理那里，总理说，这个弯子有的人在头脑中可能一下子转不过来，不要急，可以等待，但不要打人。

从全国范围看，传达中央 57 号文件，突然宣布林彪是叛徒、卖国贼后，由于人们不理解，出现类似上面的现象并不奇怪。

会后，共有 6 人留下来等待着李德生将军的谈话，他们是空六军军长、专机师师长、航行局局长等，谈话时吴法宪在座。航行局局长尚登峨详细汇报了

“九一三”事件中自己知道的有关三叉戟256号专机的情况。

当汇报到给周宇驰准备航线地图一事时，李将军说：“自己也是个老党员了，遇到这样的事情当时也不问个为什么？”尚局长意识到这是首长在批评自己，他心想，那是林彪以战备的名义向我要的地图，我一个小小的局长，哪里敢问“为什么”。

最后，李将军说：“林彪反对毛主席，罪有应得，今后你还要好好工作。”谈话用的时间很短，但等待的时间很长。

9月20日以后，尚登峨等人被叫到空军指挥所共同研究了三叉戟256号专机坠毁现场的照片，这就是我国驻蒙古国使馆二等秘书孙一先同志同我国驻蒙古国大使视察坠机现场时拍照的，孙一先带着这些绝密资料，乘国际列车，十万火急赶到北京向周总理亲自汇报。

航行局局长尚登峨作为飞行员的内行，对照片中的每一个细节进行了仔细的分析，并提出了自己的看法。从飞机的迫降位置到飞机的迫降方向、从飞机着陆时的地面划痕到地面燃烧区域出现的距离、从飞机碎片抛洒的方向到不同位置的飞机残骸被爆炸力破坏的程度等，经分析研究并与其他同志交换意见后，再一次证实了他在9月13日凌晨于空军指挥所得到蒙古国草原上出现火光情报后的判断。带着根本飞不到目的地的油量，深更半夜，仓皇起飞，不就等于去送死吗？这在飞行员看来是无法理解的，偏偏这件事情还发生在最重要的专机身上。

尚局长像平时一样坚持正常上班，处理着航行局日常的业务工作，日出日落，早出晚归，一切似乎都按照原来的样子运转着。不过，从人们的言谈话语中，抬手举足间，隐藏着一种特殊的因素，好像在工作与生活的乐章里跳动着不协调的音符。人前人后那些熟悉的面孔中，不知不觉就少了一个。

“九一三”事件半年之后，航行局局长尚登峨也进入学习班，开始了漫长的被审查生活。这个时候进入学习班并不像一开始那样被认为是一件很神秘的事情，包括专机师在内，空军机关作为林彪事件的重灾区，已经有很多人集中在空军学院的学习班中进行审查。与大多数被审查者相比，尚登峨局长算是学习班的一位迟到者。学习班毕业之后他远离工作岗位，离开人民解放军这所革命的大熔炉，脱下军装，离开北京。尚登峨局长被下降两级之后转业到湖北某地工作，退休后回到北京子女身边。

第四节 “九一三”——专机飞行员的陷阱

自1971年9月13日0点32分三叉戟256号专机从山海关起飞，到6点47分3685号直升机在怀柔沙峪迫降成功，在短短的几个小时内，空军专机部队就有5名空勤干部献出了自己的生命，其中，专机师副政委1名(潘景寅)，机务副中队长2名(李平、邰起良)，空勤机械师1名(张彦奎)，飞行中队长1名(陈修文)。人们万万没有想到的是，他们没有死在为保证专机安全的意外飞行事故中，而是掉进以重要专机为诱饵而设计的陷阱里。

当时，除飞行中队长陈修文被追任为革命烈士外，其余4名遇难者没有哪一级组织或个人能为他们的死亡定性。

其实，三叉戟256号与直-5飞机3685号的飞行活动只不过是“九一三”事件的导火索罢了，以上两架飞机的行动，使中央及时发现林彪的政变阴谋并给以有力制止，否则，如果按照林彪的第一套方案南逃广州另立中央的话，专机师的数十名飞行人员都要掉进这个庞大的陷阱之中，后果不堪设想。

256号专机起飞之后，坐镇专机师大本营的胡萍又为林彪安排了六架飞机。它们是一架多座位的三叉戟飞机252号，一架伊尔-18飞机902号，一架安-12飞机231号，一架安-24飞机024号和两架法国制造的“云雀”号直升机。以上六架飞机已确定了主要机组人员，并以“训练”为名，向西郊机场航行调度室申请了航线。多座三叉戟飞机的航线是从北京直飞广州；伊尔-18飞机的航线是先飞山海关，然后经上海再到广州；安-12飞机是专机师唯一一架货运飞机，准备装上两架“云雀”号直升机直飞广州；安-24飞机是一架小型的可以在较短的跑道上起降的飞机，其航线也是直飞广州。三叉戟、伊尔-18、安-12是属于一团的飞机，安-24归三团所有，“云雀”号直升机由四团管辖。当一团领导研究三叉戟252飞机机组成员的时候，按照胡萍的想法由我担任机长，因为当时也只有我能够担任机长，组成一个机组，当一团领导告诉胡萍我已经随同三叉戟256号专机组去了山海关时，胡萍才知道我也被编入256号专机组了。如果胡萍能早一步安排252号专机的任务，我就可以躲过这场灾难了。“九一三”事件中，一个人的命运就决定于上级指挥员的一念之中。

一团代理团长受命于胡萍的指挥，带着以上几架飞机的航线，特意到西郊机场调度室一一申请，由于航线多而且需要一架一架地申请，半个小时才完成任务，等代理团长离开调度室的时候，已经是9月12日晚上23点多了。这位代理团长当时对团政委说：“这些飞机的机组人员就不通知了吧，明早让他们早一点起床，再交代任务。”看来，这位代理团长无意中做了一件好事。一方面没有干扰大家的休息，另一方面被编入机组的数十名空勤人员由于自己压根不知道这件事与自己的关系，因此，也就避免了第二天事件爆发后给每个人带来的心理压力。因为，根据“九一三”以后事态发展的实际走向证明，直接或间接被牵连者都要问个明白，在当时那种严肃得让人感到有些恐怖的政治气氛中，“问”与“不问”大相径庭。后来知道一条不成文的规定：凡是经过某一级审查的空勤干部，一律不准再飞行！

事态的实际发展是，林彪由南飞改为向北叛逃的行为使专机部队取消了天亮以后6架飞机南下广州的机群活动计划，却增加了从沙河起飞的3685号直升机的活动。这样一来，有数十名飞行人员侥幸避免了陷入林彪事变的政治灾难之中。林彪凭借权倾朝纲的威望与权力，一旦选中空军专机部队作为他实行阴谋计划的空中交通工具，专机师的指战员们就不可避免地在不知不觉中被推向陷阱的边沿，只是由于事态发展中途有变，“九一三”才出现了已成为历史的定局。专机部队以两架飞机的投入、5名飞行员的牺牲、数十名相关环节干部的命运被彻底改写为代价，换来更多飞行员的安然无恙，凡是有点逻辑思维的人都会辩证地看到这个事实。

平时林彪一直都是乘坐“子爵”号飞机，为什么这次改用三叉戟飞机呢？这是由于飞机本身的性能决定的。“子爵”号飞机即使加满油也不能从北京直飞广州，必须中途在武汉或长沙加油，从山海关直飞广州就更不可能了。而三叉戟飞机不仅能直飞广州，连海南岛、新疆乌鲁木齐都可以直接飞到。

5名飞行员的死亡损失是无法估量的，他们用自己的生命在空中专机飞行这个特殊的条件下，揭穿了起飞前还被当作国家领导人的叛徒嘴脸，其行为是永远值得怀念的。但是，他们毕竟死在陷阱之中，陈修文是烈士，其他4人在“九一三”事件10年之后被定为随机死亡。

现在，劫持飞机者，用一把手枪就可以把一架大飞机绑架到劫机犯要去的地方，主要是为了保存飞机，保护乘客，而在40年前是不行的——空中劫机行为随着历史的演变发生了变化。

所谓陷阱，其含义还不止这些。由于专机师为“九一三”事件的重灾区之一，“九一三”之后，部队因受其牵连被采用不同形式遭受审查者达60余人之多，这些都是专机部队大队以上的主要领导和直接受牵连者。他们中，除了胡萍被起诉，按“资敌”罪定性为敌我矛盾外，包括时念堂师长在内的其他受牵连的人员，均与林彪的阴谋没有联系，纯属工作关系。但这些人员经过几年甚至十余年的审查后，凡是空勤人员一律被撤销飞行资格，不准再上天飞行。在

1976年军队首次大批减员时，以上经过审查的人员，基本上都脱下军装，转到除北京以外的地方工作。我作为一名连职飞行中队长，不得不离开我苦苦留恋多年的飞行事业，被迫离开北京的家，只身到外地安置。在遭受停飞处理的飞行干部中，我是年龄和职位最小的一个。大队以上的飞行干部中，多数都是从空军航空运输部队组建开始，就从陆军选拔上来的飞行员，是同专机部队一起成长起来的飞行骨干。他们正在40多岁年富力强的时候，是工作的黄金时段，离开国家用大量财力培养出来的飞行部队，放弃非一朝一日就能掌握的飞行技术，不能不算是一大损失。专机师里无论是因“九一三”事件远走他乡的人员或者是留在专机部队继续从事专机飞行的人们，当他们回首专机师成长的历史时，不管他们从什么样的心态出发，“九一三”事件都会给他们留下难忘的印象。

第六章　几个“为什么”

第一节　为什么潘景寅敢一个人驾机升空

凡是知道“九一三”事件中林彪专机只有一个飞行员驾机升空的人，无不为之震惊，而且肯定会提出这样的问题：潘景寅何以斗胆，竟在深更半夜，单枪匹马地将林彪专机强行升空？

的确，就像人们对“副统帅”突然坐自己的专机叛逃感到十分震惊一样，机长一个人驾驶着原本必须由几个人同时协力驾驶的专机升空这一事实同样令人感到震惊。在中外的航空史上，还没有听说过必须由两个人同时驾驶的飞机出现一人驾驶的情况，更没有听说过类似三叉戟这样的中型运输飞机由一个人独自驾驶的先例，在我国专机飞行的历史上同样是空前绝后。随着飞机设备的不断完善和航空技术的发展，客机空勤组的定员越来越少，在国内短距离的飞行中，不但空勤机械师的位置早已被取消，而且不再需要空中通信员，有时连领航员也不需要了，最后只剩下正副驾驶员两个人驾驶的二人制机组。与不能再少的二人制机组相比，潘景寅一人驾驶也是很反常的。

在当时的政治背景与历史条件下，潘景寅的反常举动有着很牢固的行为动机，其思想上的支撑点主要来自两个方面：

其一，笼罩在林彪头上诸如毛泽东的法定接班人、亲密战友、中共中央军委副主席、副统帅等头衔带来的光环，使林彪在全国人民也包括潘景寅的心目中享有至高无上的地位和感召力，这是潘景寅作为林彪专机机长在关键的时候为之赴汤蹈火、誓死捍卫的主要精神来源。

其二，林立果一伙在空军机关及专机师打着“阶级斗争复杂论”的旗号制造的所谓“吴法宪在九届二中全会上反对毛主席、反对林副主席”的烟幕弹，像瘟疫一样在团以上干部中迅速传播，使包括潘景寅在内的不少人中毒很深，这种错觉在潘景寅的行为中，起到了催化剂的作用。

凡是上些年纪的人，对“文革”时期的时代背景都会有着深刻的印象。毛泽东不但亲自发动与指挥了这场史无前例的“文化大革命”运动，而且阶级斗争的理论也伴随着群众运动的发展深入人心。毛主席、林副主席成了全国人民与解放军的统帅与副统帅，“三忠于四无限”、“誓死捍卫”等不仅作为口号、标语随时随地出现，而且，人们对领袖的信仰已达到了迷信的程度，对来自上面的服从也自然达到了盲从的程度。对现在的年轻人来说，“文革”中的一些做法让人不可思议，不能理解，但是，在那段极左的岁月里，许多革命理论、口号虽然被狂热推过了真理的界限，然而广大党员和群众还是怀着虔诚去理解与信奉它们的。所以，在这种特殊环境下陶冶出来的爱国主义和献身精神，不管内容多么偏激，但却深入人心。

如果没有林立果事先制造的所谓“吴反林”的假象，潘景寅作为重要专机任务的机长，也会全力以赴投入到专机飞行的全过程。现在，潘景寅满脑子装着“阶级斗争复杂论”的观点，他没有理由不相信来自林彪儿子林立果及林彪身边人员周宇驰等人关于“吴反林”的宣传。潘景寅在西郊机场布置紧急任务一开始就提出多加油、改飞机尾号等的行为，都是为了保密，为了避开“阶级斗争”中那些紧跟吴法宪的人。飞机到达山海关机场之后的机组会上，潘景寅在回答了机组成员提出的各种疑问时，郑重告诫机组成员“阶级斗争很复杂，要解决跟人的问题”。根据潘景寅偏于内向的性格，他不可能当着大家的面将他知道的“跟人问题”全部说出来，我也是第一次听潘景寅说到这个问题。因此，当吴法宪在北京西郊机场用电话命令潘景寅返回北京时，潘景寅同胡萍说的一样：飞机临时故障，正在检修，不能飞行。在潘景寅看来，你吴法宪是反对毛主席、反对林副主席的，我现在执行的正是林副统帅的任务，当然不能听你的指挥。吴法宪在追查256号专机行踪的过程中，不但不能终止潘景寅的行为，而且使得潘景寅对执行林彪专机任务更加义无反顾，更加坚定不移了。

退一步想，在当时的政治气氛里，如果潘景寅对执行林彪专机任务的正确与否，产生任何怀疑的话，那才是不正常的，是违背逻辑的。因为党的九届二中全会之后，除了在党内关起门来批判陈伯达之外，没有任何迹象表明林彪有什么问题，哪怕是小道消息也没有听说过有关林彪的任何一句微词。毛主席视察各省，同各地领导打招呼的信息不可能扩散到师一级的领导。相反的是，林彪一伙为了实现其阴谋，把专机师的飞机圈定为南飞广州另立中央的空中交通工具，大量释放“吴反林”的烟幕弹，还让林立果以林彪的名义接见专机师团以上干部，可谓用心良苦。

其实，“吴反林”的说法并不完全是空穴来风。按说，林彪调用空军的飞机搞阴谋活动，通过空军司令吴法宪不是更有效、更顺理成章吗？在1970年8月召开的九届二中全会上，吴法宪按照叶群的意图为林彪的讲话摇旗呐喊的时候，受到周总理与毛主席的批评后，很快表示检讨，对此，叶群、林立果深表不满，并从那时候开始叫吴法宪为“草包司令”，并在空军散布“吴反林”的谎言。实践证明，这个谎言在避开吴法宪直接调动专机师的飞机上，起到了关键的作用。就飞机的活动而言，在胡萍、潘景寅这两个环节人物身上，由于他们对“吴反林”深信不疑，不但没有把调飞机的事情及时告诉吴法宪，而且，在吴法宪追查飞机的时候，仍然隐瞒真相，错过了可以利用的时机。事后，胡萍即使多么后悔也于事无补。

9月13日凌晨0点05分，当潘景寅接到电话，让调度室主任要油车的同时，出门单独把3个机械师叫起床，有意不叫我们其他5人起床，说明此刻的潘景寅已经下定决心自己驾驶飞机。

难道潘景寅没有考虑到将飞机驾驶升空有没有把握保证专机飞行的安全问题吗？回答是肯定的。当潘景寅按照林立果的意图，独自铤而走险的时候，身为一个老飞行员，他一定会权衡利弊，想到了这样做成功的把握性有多大，而且，不止一次地反复考量过，这也是任何一个飞行员在这种时刻必须考量的问题。山海关调度室烟灰缸里留下的一大堆烟头，正是潘景寅思想斗争的反映。从反面讲，如果潘景寅认为这样做没有一点成功的把握，等于去送死的话，一个专机飞行员怎么敢将乘机的副统帅置于如此危险的境地？

从专机组在空中飞行的技术分工与互相配合的实际情况上看，潘景寅大胆的决定是有一定根据的。

第一，专机组中的副驾驶员在飞行中的基本职责有两个方面，一是负责短距离或小范围的无线电通话联络；二是，根据飞机在空中和地面的不同时机，负责收放起落架、襟翼、开缝翼，收放并打开着陆灯，落地滑跑中打开与关闭发动机的反推力等机械动作，还有提醒与协助机长操纵飞机的起飞、着陆等。如果在天气、飞机、机场等客观条件都比较正常的情况下，有一名机械师坐在副驾驶的位置上，同样能完成以上的机械动作，无线电联络与正常操纵飞机落地的动作。如果由机长一个人完成的话，虽然难度会大一些，但保证安全降落是没有问题的。

第二，三叉戟256号专机不是一般的专机，是全国重要专机之最，只要潘景寅在空中发出话来，地面所有的机场与航行调度部门都会全力以赴地给予保证。实际上，在空军航行局的空军司令部参谋长得知256号专机起飞的信息后，立即命令北京空军打开北京地区所有机场的夜间降落设备，西郊机场也在此之前把所有降落设备打开了，可以说，当时的很多机场都已经为256号专机打开了绿灯。尽管领航员、通信员都不在飞机上，地面也会将飞行所需要的任何航行资料提供给256号专机，而且地面上的雷达及导航设备会保证林彪专机准确飞到他要去的国内任何地方。按专机飞行规定，不但沿途所有机场要为专机飞行打开绿灯，而且在专机航线左右一定范围之内，不准有任何其他飞机活动。有如此优越的保证条件，不要领航员与通信员完全可以正常航行。

第三，9月12日晚与9月13日凌晨，是个天空晴朗无云，秋高气爽、天高云淡的好天气，也是我国秋季北国天气的象征。尽管是在夜间，对飞行员来说，也是理想的飞行气象。晴朗的夜晚与白天相比操纵飞机落地的难度要大一些，但是，只要机场条件好，地面保证得好，利用飞机上的着陆灯光再加上地面探照灯对跑道的照射，机长一个人操纵飞机夜间安全落地是没有问题的。

退一步讲，如果潘景寅当时面临着祖国大地大范围的复杂气象，低云降水或者大雾弥漫，当他凭自己的技术条件意识到没有安全降落的把握时，为了林彪的安全，他一定会建议推迟起飞或拒绝起飞。不过，这次不同的是，从一开始所谓"吴反林"的问题就为飞行蒙上了一层浓重的阴影，林立果等人这样做是阴谋的需要，而对潘景寅来说成了真正摆脱吴法宪指挥的根据，成了当晚来自各方面有可能阻止林彪专机起飞的根据。

潘景寅把3位机械师叫起床之后，又重新回到调度室等了十几分钟，在这段时间内，他仍然没有叫我们起床，说明他决定一个人驾驶的想法没有任何动摇。当时叶群等人，正在飞机旁边表演着"有人要害林副主席，誓死捍卫林副统帅"的把戏。在副统帅危难之机，专机组为保卫首长的人身安全，赴汤蹈火在所不惜。从那时开始，潘景寅与机械师们用自己超水平发挥的实际动作，真心实意地去捍卫心中敬仰的人民"领袖"。3位机械师不知道"吴反林"的问题，可是，在那种情况下，机械师们也不可能看出是这位赫赫有名的副统帅在搞阴谋诡计，最多就是从发现机组没有到齐就要马上起飞这一点上感到非常着急，于是就出现特设师邰起良迅速拿起停机坪边上的电话通过调度室主任让机组快起床的重要情节。退一步讲，如果机械师们凭当时的现象就能识别出林彪一伙的罪恶阴谋，同样是不可能的。

英制三叉戟飞机与当时的其他运输机相比，最显著的优点之一就是发动机启动速度快。除了利用地面专用起动车启动发动机之外，也可以利用飞机自带的压缩空气瓶的空气进行启动，不受地面专用设备的影响。当时，就是利用机上设备启动的。

该机种的另一个优点就是，在中央发动机起动之后，就可以一边滑行，一边利用中央发动机的压缩空气对另两个发动机进行启动，这样就大大节约了在停机坪的时间。当时,256 号专机就是这样做的。

该机种还有一个优点就是,只要在滑行中做好驾驶舱内的各项检查,飞机一旦进入跑道后不需停机就可以加大油门起飞升空。当晚,256 号专机也没有放弃这一优点。

以上三叉戟飞机在地面上的种种优越特性,完全被潘景寅和机械师充分利用并充分发挥了,并运用到非常完美的程度,没有因任何动作上的疏漏影响飞机的起飞时间。可以断定,中央发动机是主管机械师李平启动的,这是机组的分工,而且他先于别人上的飞机。然后,潘景寅加大中央发动机的马力使飞机冲了出去。在滑行中,又是李平起动了另外的两台发动机,进跑道前的所有开关(不包括无线电台)、杠杆应放的位置及其检查都是由张延奎和邰起良共同完成的。他们在缺少副驾驶员、领航员、通信员的情况下,依靠自己娴熟的技术动作弥补了机组人员不全可能造成的漏洞。再者,还可以基本断定,李平是坐在右边副驾驶的位置上完成他能够做到的一切动作,张延奎是坐在副驾驶座位后边空勤机械师的座位上,邰起良是站在中央操纵台的后面,从舱顶到操纵台的任何位置他都可以够到,凭他对各种特种设备熟悉的程度,都会准确无误地完成起飞前的各项工作。这时的潘景寅只能全神贯注地操纵飞机快速准确地沿着滑行道滑行,因为,运输机相对机身宽大,山海关机场又非大航空港,只是小飞机(指战斗机)的训练基地,滑行道不宽,夜间滑行速度太快时,转弯很容易使机轮偏出水泥道面而掉进草地,一旦机轮陷入草地,对庞大的机体来说是危险的。当晚,我看到装在飞机前起落架上的滑行灯是打开的,但是机场的所有灯光设备都没有打开,因为,山海关场站的领导也接到不准起飞的命令,理所当然就不能为 256 号专机提供任何导航及夜间飞行的灯光设备。在如此困难的条件下,3 位机械师以高度的工作责任心及充分的岗位技术发挥为潘景寅单枪匹马地完成 2 人的飞机操纵工作创造了顺利的条件,也创造了运输机种一个人驾驶升空的历史纪录。

作为紧急情况下的紧急处理,潘景寅不是第一次了。1967 年发生在武汉的“七二〇”事件中,本来中央规定不准乘坐飞机的毛泽东,临时决定秘密飞往上海。当时在武汉执行任务的副团长潘景寅,在毫不知情的情况下,毛泽东一行就突然登上了他驾驶的飞机,正好团长也带领一个机组在那里执行任务,这样临时组成一个加强机组,坐在正驾驶位子上的就是潘景寅。当机组启动发动机,使飞机滑行进入跑道的时候,还不知道飞往何处,临时询问飞机上的空军司令,才知道要去上海。如此紧急的最重要的专机任务,成了毛泽东最后一次飞行。

还有一个重要的问题需要提出的是，为什么无线电通话设备没有打开？

由于人们不了解或者忽视了这一重要情节，所以才轻易相信了飞机起飞后又返回山海关机场上空，只因机场封闭没有打开降落设备而被迫出逃的传说。

首先应该了解三叉戟飞机上超短波电台进行空地联络的特点。飞机驾驶员（不是空中通信员）与地面进行通话的方式有两种，在超短波电台打开的情况下，由于驾驶员忙于操纵飞机，就把进行通话的耳机和送话器戴在头上，这时只要按下位于驾驶杆上的发话按钮就可以讲话，地面指挥员的声音也能直接传到驾驶员的耳朵里，这样操纵飞机与空地联络互不影响，同时进行。这种方式多在起飞降落地过程中使用，因为这是飞行员最忙的时候。通常情况下驾驶员为了既能听到地面指挥员的声音，又可以听清机组内部人员讲话的内容，靠左边的飞行员戴耳机的时候，总是把左耳朵扣在耳机里，将右耳朵露在外边。右边的飞行员正好相反。此时送话器（麦克风）就在飞行员的嘴边。另一种方式是在空中比较休闲的时候，可以把头上的耳机去掉放在一边，通过像香蕉那样形状的手持工具（送话器）向外发话，此刻，位于驾驶舱顶部的音箱就会把地面指挥员的声音传到整个驾驶舱。这样，一个飞行员驾驶飞机，另一个飞行员使用送话器进行空地联络也不显得紧张。即使如此，在起飞落的过程中也不允许副驾驶用手持送话器的方式通话，以上两种方法是通过一个电门控制。了解这一点就可以想到空中林立果对不准进行空地联络的控制是很容易实现的。

按规定，正常情况下飞机开车后滑行之前，必须打开飞机上的通话设备，飞机的活动必须得到机场调度部门的许可方能进行。有时，在开车之前就须将电台打开，与指挥台进行必要的信息沟通。

眼下，256 号专机是在紧急情况下，为保护“首长”的安全才这样做的。对机械师尤其对邰起良来说，他会主动在飞机进入跑道前将驾驶舱上面的电台电门打开，从他上飞机前焦急地盼望机组其他人员快到机场时的样子，他很想知道地面对这架飞机是如何指挥的。即使林彪处于危难之中，捍卫“副统帅”的安全也不仅仅是机组的事，也包括海军场站的所有人员。邰起良等三位机械师们刚从被窝爬起来就直奔机场，根本不知道外面发生的事情，连睡觉后发生在调度室主任房间电话往来时那点不正常的气氛也不可能觉察到，更不可能想到一只巨大的魔掌在黑暗中从北戴河林彪的住处向机场伸了过来。可以想到根据邰起良当时的情绪，他会在可能的条件下进一步弄清为什么。所以，起飞之前不让打开电台电门很可能是潘景寅的决定，因为潘景寅直接安排了山海关机场停机坪的每一步棋子。他不可能让三个机械师中的任何一个人在起飞前将电台打开，因为，一旦打开电台，驾驶舱内所有的人都可以清楚地听到调度室塔台的指挥声音，禁止256号专机起飞的命令也会传到三位机械师的耳朵里，虽不敢断定在此情况下机械师们能够制止飞机起飞，但由此能引起他们的怀疑，从而影响飞行配合动作的主动性。

第二节　为什么起飞后会形成很不正常的转弯

这是一个非常重要的问题。

本书第三章第五节写到，256号专机强行起飞后，在山海关机场雷达的跟踪监视下，飞行了14分钟后，在雷达屏幕上消失了，北京空军及军委空军的沿线雷达还在继续监控256号专机的行踪。当时，在醒目的标图桌上留下了一条很不正常的转弯轨迹。

这条弧形转弯航迹的方向变化可分为四个阶段：

第一，起飞后沿跑道方向直线爬升约4分钟；

第二，从跑道方向右转弯到270~280度用了约4分钟；

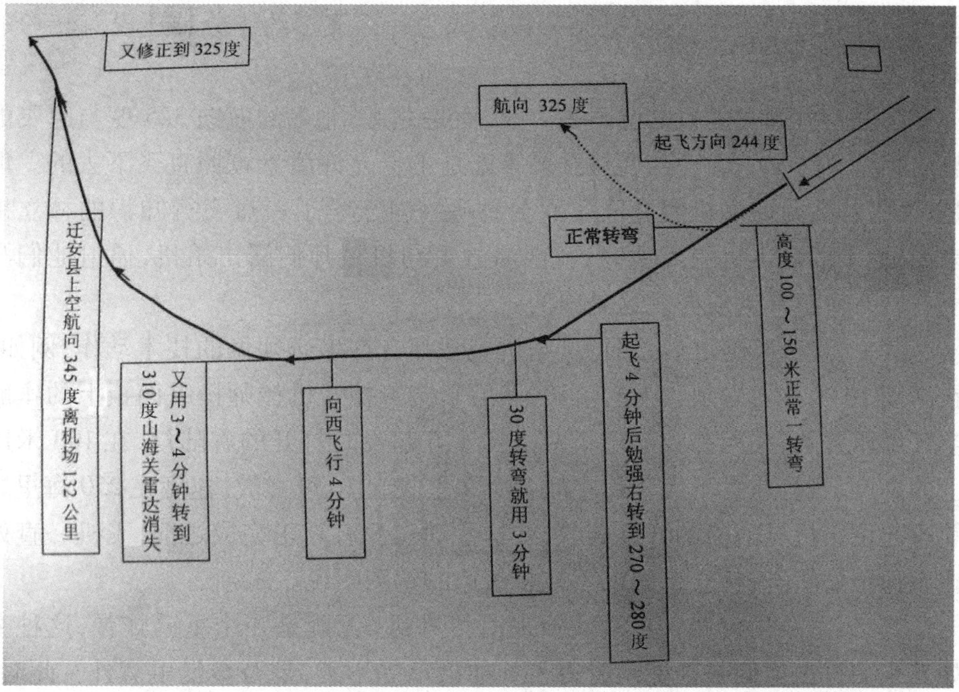

1971年9月13日，林彪专机在山海关机场强行起飞后，很不正常的转弯示意图

第三，在270～280度的航向上稳定了约4分钟；

第四，继续增大航向到310度后，又继续转到340多度，约6分钟。

以上四个阶段中，不同的是在起飞航向和270度的航向上都保持了一段稳定飞行，只有270～340多度是连续、缓慢的转弯。

第一段航线没有在规定的高度转弯，说明机长潘景寅是按照他个人预计的航向飞行的，他的预定航线是飞往广州，也就是飞广州的航线他是知道的，但到广州干什么，潘景寅不知道。头晚的机组会上，潘景寅回答同志们提出的"航线不知道怎么飞"的问题时说，空军航行局知道。后来证实，空军航行局局长按照胡萍的命令，发出去的航线就是广州。

在北京起飞之前，潘景寅就让机械师将飞机的油量加到16吨，机组都知道16吨油是平时北京飞广州的油量。当晚，到达山海关机场后，我又亲耳听到潘景寅让机械师李平把油量加到17吨，因为，从山海关飞广州要比北京飞广州远一点，多加1吨油是顺理成章的。潘景寅在北京的家里接到任务时，其妻弟也在他家里，问他出差需要多长时间时，他说最多一个星期就回来了，说明潘景寅知道暂时不回北京。

因为到广州的方向与飞机起飞的方向244度大体一致，用不着转弯，照直飞下去或者到一定的时候稍微减少一些航向就可以了，所以，从雷达屏幕上看不到明显的转弯动作，这就是第一段航线为什么飞了约4分钟还没有转弯的原因之一。

林彪仓皇起飞的目的已不是广州，而是北逃，北飞的航向325度与起飞的航向相差70～80度。所以，林立果等人是不会允许潘景寅照直飞下去的。但是，又为什么允许飞机照直飞了4分钟呢？对于学了一点飞行知识的林立果来说，他不敢在飞机刚离地时，就向潘景寅与机械师们露出杀机，逼迫他们马上右转弯对正外逃航向。这是因为：

其一，飞机离地之后，飞行员与机械师都有许多必须做的技术动作，例如，在高度10米左右必须收上起落架，然后紧接着打开机械师操纵面板上的座舱空气增压开关，关闭并收起位于两机翼下方起飞时打开的着陆灯，在100米以上的高度、飞行速度不大于每小时230海里收起16度襟翼，速度在250海里之前收起位于机翼前沿的开缝翼等，在这些动作没有真正完成之前，飞机一直处在不稳定的状态，林立果等人不敢将叛逃的意图明说。

其二，对潘景寅和3个机械师来说，"外逃"无疑是一个重磅炸弹，这种突如其来的打击他们是否能承受得了？如果承受不了，是否会发生意外？此时，起飞后飞机高度较低，飞机飞行状态不稳，林立果暂时还不敢轻举妄动。就是对一般人而言,在“九一三”事件发生近一个月之后,传达中央57号文件,宣布林彪乘飞机叛逃时,人们还感到很突然,甚至怀疑自己是否听错了。何况潘景寅和机械师们是在操纵飞机的过程中被告知的,而且林彪就在飞机上,几分钟前的停机坪上还在“誓死捍卫”,并以极快的动作使林彪脱离“险境”,几分钟之后怎么就……潘景寅和机械师们所承受的心理冲击是无法表达的。

起飞爬高的过程中,北逃的真相究竟是如何告诉潘景寅与3位机械师的,是先把3个机械师弄到后舱,只对机长一个人讲,还是面对机组4人同时讲;是先欺骗机组到西北某个地方去,然后再把叛逃的真正目的地告诉机组,还是一开始就把叛逃计划全盘托出,这些都是林立果他们事先必须考虑的问题。从山海关现场起飞前特意将机组中的一多半人甩下这一点看,林立果等人在空中如何对付潘景寅及机械师4人已早有准备。

飞机强行起飞后,驾驶舱内的实际演变过程在没有得到256号专机的语音“黑匣子”之前已“死无对证”。但任何事物都有它自身的发展规律及事物内部的必然逻辑关系,同样,三叉戟256号专机也有着它自身的飞行活动规律和一般运输客机共有的活动规律。“九一三”事件与一般空中劫机事件不同的是发生在共和国最重要的专机身上,劫机犯不是一般人,而是全国最高副统帅林彪及其老婆和儿子,而且,与一般的民用航空劫机又有不同。例如,劫机者不管使用什么花招,但最终必然把叛逃的飞行航向通过飞行员的操纵动作反映在飞机罗盘的指示上,飞行员在被迫的情况下必然与劫机者进行周旋,更何况256号专机是在深夜、油不够、没联系、少资料的情况下,飞往异国他乡的茫茫荒原,这对飞行员看来无异于去送死。所以,“九一三”事件在空中劫持与反劫持的斗争反映在转弯的航迹上,就肯定会出现与平时极不相称的反常现象。

从起飞航向转到270~280度这艰难迟缓的航迹变化,正反映了潘景寅操纵飞机转弯时的犹豫与心理上陷入极端困惑的程度。

地面滑行时的林立果肯定是站在潘景寅即正驾驶员的后面,也就是领航员的位置上。此时此刻,林立果还不敢说出叛逃的真相,飞机上有一个真实的被中国亿万大众所拥戴的副统帅就足够机组为之赴汤蹈火奉献一切了,最多再重复一下叶群在登机前的表演,使机组的动作越快越好。他们比谁都清楚,8341部队警卫团的人马就在后面紧追不舍,一旦追上飞机,他们将寸步难移。

起飞几分钟后,飞机已处在稳定的爬高过程中,机械师应该做的动作已经完成。此时,站在潘景寅身后的林立果、刘沛丰等会用各种借口将3位机械师骗到飞机的后舱去,因为林彪就在飞机上,还可以用来做最后的挡箭牌,找些借口是很容易的事情。飞机起飞前不可能将机械师们甩下,起飞前的各种飞机准备及加油等工作离不开机械师,连飞机舱门的钥匙都在机械师身上。然而,飞机一旦完成起飞动作之后,3 位机械师就成了多余的人。林立果等人绝不敢当着机组 4 人突然宣布叛逃的行动,因为,这是历来劫机犯共用的手法,驾驶舱中机组人员越少越好。林立果非常清楚,驾驶舱的 3 位机械师一旦利用机上自己非常熟悉的设备进行抵抗,后果无法收拾。劫机者往往利用正在空中飞行的机会进行劫机,就是抓住了飞行员为保护乘客保护飞机的心理,不敢拼死反抗,容易就范。但是,劫机者也同样害怕飞行员反抗起来,其空中优势不一定在劫机者手里。

在我国航空史上,飞行员在空中制服劫机者的例子也曾发生过。就在我们部队,原来同三叉戟飞机中队(八中队)同属一个飞行大队的"子爵"号中队(七中队),就出现了一个被军委命名为"英雄机组"的集体。

根据《中国空军》1986 年第 2 期报道:"1982 年 7 月 30 日上午,执行专机任务中的'子爵号'专机,载着一外国军事代表团回北京的途中,某部随机人员突然冲进驾驶舱,'咔嚓'一声反锁死了舱门,把驾驶舱与后舱完全隔绝。把枪口对着正副驾驶员,命令改变航向,飞台湾桃园机场。两位飞行员在飞机发动机声音掩护下,以研究航线为名商量对策,机组其他人员在后舱召开紧急会议。约半个小时后,机长急中生智,说已经飞到海上,让劫机犯向前观察云隙中露出的水面,引劫机者向前。此刻,飞行员偷偷解开安全带,启动了自动驾驶仪。当劫机犯向外观察的时候,两位飞行员跃身而起,将罪犯死死地压在身下,同时,舱门也被撞开,歹徒在绝望中扣动了扳机。早已守候在后舱的领航员手拿太平斧寒光一闪,结果了劫机犯的性命,机长右腿被枪击伤。就这样,飞行员用鲜血、机智和勇敢捍卫了空中防线,也捍卫了祖国的尊严。1982 年 8 月 8 日在空军体育馆内,隆重授予该机组为"英雄机组"的称号。

在空中,林立果等必须先把机械师们"安排"好。实际上前驾驶舱在副驾驶的后面只有一名机械师的固定座位,平时的飞行中其余两名机械师都是在后舱的。但这次是特殊情况下的紧急起飞,机械师们知道,只有在驾驶舱才能明白几分钟之前在地面究竟发生了什么事情。如果林立果等不用任何借口,机械师们是不会主动离开驾驶舱的。这是第一个转弯迟迟没有进行的另一个原因。

飞机从起飞航向 244 度转到 270 ~ 280 度,只转了 30 多度的角度,为什么用了 3 ~ 4 分钟那么长的时间呢?在平时的飞行中,飞机改变 30 ~ 40 度的航向,只是几十秒钟就可以轻而易举完成的动作,而潘景寅在这里却用了几分钟,这种动作之慢是飞行员用正常的思维方法所不能理解的。如果让我在空中有意识地演习这个转弯动作的话，我不知使用多么小的坡度，又用多么耐心的心理状态去小心谨慎地描绘这样的转弯轨迹。因为，三叉戟飞机正常转弯使用的坡度是15～20度(指机翼的倾斜角)，不可能使用比5度还小的坡度去完成一个正常的转弯动作，然而256号专机却出现了这样的现象。三叉戟256号专机以每分钟近10公里的速度飞行着，雷达屏幕把飞机的航迹又通过标图员以五十万分之一的比例浓缩到那么小的地图上，那转弯弧线的变化清晰可见，可想而知，潘景寅在操纵飞机完成这个转弯的过程中，肯定是似转非转，似停非停，或者转转停停，又停停转转，不可能是小坡度、稳定与连贯的转弯。这就是说，飞行员只有在极不情愿的心理支配下，才会出现这种现象。通过这一奇特现象可以说明两个问题:其一，潘景寅在空中的动作与地面开车滑行及起飞的动作比较起来，判若两人，前者太快、太主动了；后者又太慢、太被动了。其二，基本上可以断定林立果是在开始转弯前就将叛逃的航向告诉潘景寅一个人的。如果潘景寅认为是飞北京的话，会很果断地将飞机迅速稳定在向西飞的航向上，雷达记录下来的也绝不是那样缓慢的、磨磨蹭蹭的航迹。

潘景寅操纵飞机起飞后，脑子里只想着飞往广州的航线，林立果"右转弯"的命令会使他大吃一惊，此时，潘景寅肯定会反问"为什么"来证实自己是否听错了，紧接着就会追问林立果:"右转弯飞往何处?"这是任何一个飞行员在空中必须弄清的问题，除潘景寅以外的任何一个飞行员遇到这种情况也会做如此反应，飞机不可能漫无目的地飞下去。三叉戟飞机发动机位于飞机的尾部，驾驶舱内的噪音虽比其他飞机要小，但飞机快速前进与空气摩擦发出"呼呼"的声音也比较明显，再加上潘景寅精神上的紧张，一边操纵飞机一边说话，不是每一句话都听得那样真切。林立果当晚在北戴河和山海关机场的行为表现是:林彪专车冲出北戴河驻地时，林立果持枪将头伸出窗外督阵，到达机场时又是他持枪一边与叶群演戏制造紧张气氛，一边督促机组快上飞机。其甚嚣尘上、不可一世之态已到歇斯底里的程度，头脑极度膨胀、行为如此狂妄的林立果，一旦起飞升空，他会毫不掩饰地命令潘景寅右转弯飞向苏联的伊尔库茨克。事情的发展是，一旦潘景寅操纵飞机上天，他只有操纵飞机的技术而没有任何发言权了。此时，潘景寅面对突如其来的心理冲击，一方面会在极其矛盾的心理状态下动作迟缓地向右增大航向，另一方面想着可能的对策，也不排除林立果会像劫机犯卓长仁那样有亲自动手搬动驾驶杆的动作。

当潘景寅勉强把航向转到270～280度即对正北京的方向时，有意把飞机改为平直飞行了。

林立果在空军的"教师爷"周宇驰学习驾驶直升机后，会把有关的飞行知识传授给林立果。而且,事前林立果也是做了一定准备的,他曾在三叉戟飞机上做过“座舱实习”。所谓“座舱实习”,是飞行员学习驾驶飞机技术必须进行的教学过程,为了使飞行员熟练掌握飞机驾驶舱各种设备的使用方法,必须拿出一定时间坐在驾驶舱内,弄清这些设备与自己的关系位置,这样在关键的时候,就能用更短的时间,处理可能遇到的各种特殊情况,即使在正常的飞行中,也能很快地通过扫视座舱仪表,知道更多的飞行数据。林立果虽然没有飞过三叉戟飞机,但是,他通过座舱实习可以有重点地了解他认为在叛逃中必须知道的开关位置、仪表及有关设备的使用方法,所以,他知道航向在飞行中所起的重要作用是什么,并知道在飞机上通过哪块罗盘能够观察到飞行航向,也会知道哪个是控制空地联络的电台开关。乘坐过飞机的人都有这样的体会,飞机在空中转弯时乘客是感觉不出来的,只有在天气很好的情况下,坐在窗口的乘客会发现外面的机翼指向蔚蓝的天空或是指向地面,说明这时的飞机带着左或右倾斜,飞机正处在转弯之中。即使如此,夜间也是无法判断的。只有飞行员一边操纵飞机一边从指示飞机状态的地平仪和航向的仪表即罗盘的度数变化上,才能真正知道飞机的去向。当然,内行的人也会知道从哪个仪表读出的是飞机的航向,但真正做到心中有数的还是飞行员本人。所以,凡是空中劫持飞机成功者,除机组为保护乘客及飞机的安全而被迫服从外,劫机者都掌握一定的飞行知识。前面提到,卓长仁就知道从渤海湾飞向南韩的航向为140度,林立果也不例外。

三叉戟飞机夜间飞行时,仪表板是属于红光照明,要靠仪表旁边很小的灯泡照亮,才能读出仪表的数据,不像其他的飞机,是靠仪表板仪表刻度上荧光粉自身反光的,所以,比白天飞行时读出仪表的数据要困难得多。飞机仪表盘上指示航向的罗盘,其直径不过10厘米,就像普通的茶杯盖那样大,飞机转弯时看上去只是里边带航向刻度的圆盘在动,而且,变化的速度很慢。林立果站在驾驶舱内,从斜上方向下观察仪表是比较困难的。从标图员标出的航迹过于缓慢的变化上可以肯定,潘景寅转弯时的坡度很小,反映在罗盘上的变化也很小。潘景寅已经转到270度,而且已把飞机改为直线飞行了,而林立果还没注意到航向的读数,因为他的心情同样也是很紧张的,于是反映在航迹上稳定了几分钟没有变化。在此过程中,除了林立果自己看清航向的度数外,潘景寅绝不会及时主动地将向北京飞的航向告诉林立果。

在256号专机起飞之后,叶群、林立果等人也许再次拿“副统帅”做虎皮,用多么好听的言辞来美化叛逃行为,然而,在这位老飞行员、专机师副政委面前,都无法再继续掩饰他们背叛祖国、背叛人民的叛徒嘴脸。在当时“突出政治”的时代，飞行员严把空中防线的警惕性是很高的，对涉及空中防线的因素也很敏感，对空中叛逃的行为深恶痛绝。不像现在的空中绑架，只要不影响到飞机与乘客的安全，就尽量满足劫机犯的要求，让飞到哪儿就飞到哪儿，甚至中途加油都是可以的。随着时代的发展，这样做也是对的。

对机组成员来说，林彪从被写进宪法的接班人、副统帅突然成了叛徒，这个跨度太大了！此刻的潘景寅多么想打开电台听到地面的声音。起飞前，他不许别人打开电台，此时，他又多么想让邰起良或另两名机械师把电台打开，电门就在座舱的顶部，只需伸出一根手指向上轻轻一拨，就能完成。如果把控制电门放在使用手持送话器的位置上，所有地面对空台对256号发出的指令都会一下子充满整个驾驶舱。有山海关机场有海军的、有北京大本营的、有空军司令部的，甚至还有中央的。其中不仅有严厉的命令，也有对飞行员的殷切期望。在他下面的祖国大地上，到处都有可供降落的机场，只要飞行员发出话来，无论哪个机场都可以向他开绿灯。前面提到，周总理当时命令空军司令部指挥所向“256号”喊话，希望他回到北京，无论在哪个机场降落，总理都会亲自去接。可是，一切都晚了！此时，潘景寅会发现驾驶舱只有自己和林立果，他一边驾驶飞机一边也可以把头顶上的电台电门打开，同样是伸手而得的事。如果把控制电门放在耳机位置，飞行员必须戴上耳机才能听到地面的声音，林立果更不会让他采用戴上耳机的方法，因为那样只有飞行员一个人能听到地面的声音。

在此情况下，潘景寅在被迫向右的转弯中，会本能地把飞机对正北京的方向改平，朝北京飞去。因为，北京有他温暖的家。12日下午，他接到任务时，刚从理发馆回来，全家正聚在一起吃着热腾腾的饺子；北京有他的部队和战友，4个小时之前不是刚从北京起飞吗？北京有党中央、三总部……总之，北京有条件帮助他挽回这一切。然而，林立果等人绝不会允许他飞回北京，他们不正是害怕北京才从北京跑到山海关的吗？回北京等于自投罗网。在当时，不但北京他们不敢去，就是祖国的任何机场他们都不敢去。所以，当林立果最终看清航向是270度或280度时，会坚决地命令潘景寅继续右转弯增大航向，这就是转弯的第三阶段，在270～280度（向北京）的方向上为什么又稳定了几分钟的原因。

最后，从270～280度转向340多度，这60度的转弯动作同样是很艰难的、迟缓的和不规则的。

林立果虽然学习过驾驶直升机的知识，但他没有驾驶过三叉戟、伊尔-18等当时在我国还算是最大的大型飞机。驾驶这样的飞机若没有在别的机种上较长时间的技术基础,短时间内是学不出来的。因此,在地面林立果抓住潘景寅不放,在空中他同样不能取而代之,只有靠潘景寅来实现他空中叛逃的目的,潘景寅无疑成了他实现投敌叛国的唯一筹码,所以必须迫使潘景寅在最短的时间内将飞机转到叛逃的航向上,潘景寅在极其被动的情况下只有很缓慢地向右转弯。还有一点必须提到的是,在此过程中,潘景寅已经转到了叛逃的航向上了,但他没有将飞机的状态改为平直飞行,而是继续转过了头,达到340多度,超过叛逃航向325度,如果按照这个趋势继续转下去,就有掉转机头的可能性。虽然无法知道驾驶舱内发生具体争执与斗争的情况如何,但从飞行员的航迹看来,其不是向西飞,就是想掉头往东,竭力回避叛逃的航向,以此可以推测潘景寅即使在林立果的逼迫之下也要想方设法与其周旋,反映在雷达屏幕上的航迹是最有说服力的。

三叉戟256号专机转弯航迹变化的过程,使我想起了发生在北京沙河机场另一架被劫持的直升机3685号上面的情况。

虽然,三叉戟256号专机在劫持与反劫持的斗争中,其表现形式与直升机不同,一个是在转到叛逃航向前的反常动作,另一个是直升机的反复降落。一个是林彪本人就在飞机上,一个是林彪的死党拿林彪手令行骗。但其反劫持斗争的实质是一样的,只不过直升机上还有一位活着的飞行员能将飞行的全过程说清楚,而林彪专机只能依赖留下的飞行痕迹进行科学的分析了。换位思考,两位普通的直升机飞行员都能在空中与敌人周旋,潘景寅是专机师的副政委,同样能够做到。

280度以后的转弯是最关键的转弯,是由原来对正祖国首都北京而改飞异国他乡的转弯。仅60度的转弯就用了6分钟的时间,是平时正常转弯的好多倍。小小的雷达屏幕把偌大的飞行空间浓缩在地图上后,看上去就如此反常,那么,具体在驾驶舱内,强迫转弯与不愿转弯的争斗该有多么激烈!

飞机的航迹经过近20分钟的变化,才稳定在325度的叛逃航向上,这对劫持飞机者而言,不知玩弄了多少威胁利诱的花招才得到还算满意的结果。然而,处在反劫持立场的潘景寅,虽然经过起飞后的坚持与努力,非常被动地将飞机转到了325度,但对飞行员来说,背叛祖国的政治后果与夜间越境后岌岌可危的生命安全系数,使飞行员在以后的飞行中,还要本能地再次进行反抗,这一点已经从出境前后不正常的飞行数据中进一步得到了证实。

256号专机起飞后,地面的山海关机场、北京专机师指挥所、空军航行局及空军指挥所,始终没有通过无线电通信联络获得空中的任何信息,唯一来自飞机的信息,就是雷达监视到的高度、速度及航行轨迹。这个航行轨迹就是256

号专机给人们留下的语言，一段无声的语言。其中，尤其是起飞后的转弯轨迹所表述的语言是再明确不过了，除了用上面的分析诠释这段语言外，不可能有第二个答案。

从山海关起飞到河北承德上空的航行轨迹，整体上看的确像一个很大的、很不规则的反写的问号，虽然这不是潘景寅有意给人们留下的思考题，却代表了飞行员思想上的极大困惑，突然发生在眼前的一切，究竟是怎么一回事情？到底是为什么呀……这个问号永远值得人们去认真思考。

林彪专机强行起飞之后，加入叛逃航线的转弯动作之“慢”，在这个特定的条件下正反映出人生命运转弯之“急”，潘景寅同三位机械师在这次转弯之后就再也没有转回来的机会了。

作为一名飞行员，平时最大的担心莫过于在飞行中遇到在空中无法克服的飞机故障而导致意外事故的发生。飞机在空中航行万一遇到特殊情况，客观提供处理的条件绝不像沿地面运行的车辆那样宽松。因此，为了保证专机飞行的安全，我和我的同事在熟练掌握飞行技术及特殊情况处理能力方面的付出是局外人们想象不到的。

然而，在平时的技术训练与思想准备中，谁也没有把注意力放到如何应付空中劫持飞机方面，不但各级领导没有做过这方面的提醒，所有的空勤人员连想都没有想过。突出政治的“文革”时期，专机师的领导提出要带着对无产阶级司令部首长的阶级感情去保证专机任务的安全，既然乘坐专机者都是无产阶级司令部的领导，飞行中对他们如果头脑中产生任何一点点劫机防范意识，岂不是政治上很滑稽的事情？然而，这种滑稽的事情，在全国最重要的专机身上突然变成了最残酷的现实，一个带着血与泪的现实。

不正常的转弯，本来这是飞行员同林立果们在叛逃与反对叛逃这一根本问题上进行斗争的结果，可在一些比较有影响的文章中，却把转弯中向西飞行的航迹，说成是林彪故意耍的花招，先向西飞，虚晃一枪，然后突然北飞叛逃，与事物发展的逻辑相差甚远，从中可以看出研究历史的重要性。

到目前为止，没有人对山海关现场256号专机开车后的情况做过任何分析，更没有人对起飞后那很不正常的转弯动作进行过接近实际的判断。自己作为256机组成员之一，对256号专机在“九一三”事件中的活动细节历历在目，对后来的有关报道处处留心。那平躺在标图桌上极不规则的转弯轨迹，无时无刻不萦绕在我的脑海里。表面看来那是留在雷达荧光屏上的转弯痕迹，实际上为此付出的是机长潘景寅和机组三位机械师的4条人命，严格地讲，是他们4人首先被推到了同林彪叛国集团斗争的前沿，是他们4人在空中这人生短暂的时刻里承受了对林副统帅从国家领导人一下跌入人民叛徒这种突变的心理压力。我作为曾与他们同舟共济的难友，应该用换位思考的方法，设身处地地替他们想一想。

第三节　为什么说是不正常的飞行

林彪专机起飞后的转弯是艰难的，下一段飞越国境前的飞行也很不轻松，空中劫持与反劫持的斗争仍在继续。

一、为什么在3000米的高度飞行

根据地面雷达监视，0点46分，航向310度，高度3000米，说明当256号专机转弯到310度航向的时候，飞机的高度已经上升到3000米。奇怪的是飞机没有继续爬高，而是一直保持着这个飞行高度。325度的航向正是林彪叛逃所需要的方向，而3000米的飞行高度却是很不正常的。

根据三叉戟飞机使用的涡轮喷气发动机的性能特征，飞行高度在海拔9000～10000米左右是最经济的航行高度。由于高空气温较抵，大气压力变小，空气稀薄。不但发动机在单位时间内耗油量较小，而且，飞机的真实速度（真速）要比仪表上指出的所谓“表速”大出许多。因此，在飞行航程较远时，都选择较高的高度航行，山海关距离伊尔库茨克1800多公里，理应选择9000米的高度飞行。林立果之所以选择3000米的高度，完全是从他叛逃的动机出发，低空大速度飞行是林立果的基本做法，因为：

1. 低空飞行是避开地面雷达跟踪的最好办法。

由于地表面呈弧线球面形状，又由于雷达信号是以直线的形式传播的，所以，目标的高度越低，雷达的有效跟踪范围就越小，再加上地球表面高山等障碍物的影响，同一飞行高度，雷达的跟踪距离就更小。如果，256号专机上升到正常9000米的高度飞行的话，地面同一个雷达就可以在500公里的距离内一直监视着他。而在3000米的高度，雷达能够监视到飞机的距离就大大缩小。

2. 夜间低空飞行可以有效地避开歼击机的空中拦截。

晚上，小飞机从高空发现比它低的目标是很困难的。256号专机没有打开机身上的任何灯光信号，右翼尖上的绿色航行灯，在停机坪强行滑出时就被油车顶上的把手挂坏了，机身外部的闪光灯也没有打开。小飞机在夜间没有真正发现目标的情况下，是不敢轻易下降高度的，地面那些并不低的山脉对夜间做垂直机动的歼击机来说是最大的威胁。

3. 低空飞行可以在一定程度上减少地面高射武器的威胁。

地面高射武器包括地对空导弹对空中目标进行攻击时，都要有一个跟踪测量与瞄准的过程，尤其对高射武器，这一点是不可少的。对空中目标来说，如果飞行速度不变，飞行的高度越低，就越难以跟踪。这是因为空中目标与地面瞄准者之间形成的移动角速度较快（角速度是单位时间内目标与视觉连线移动的角度），还没有进行稳定的跟踪，目标很快就会过去。如果飞行高度较高，角速度就相对小一些，就会给地面瞄准提供目标移动较慢而且时间较长的条件。平时，人们都有这样的体会，飞机的飞行高度较低时，当听到发动机的声音后，抬头寻找时已经飞过去了。相反，如果飞行高度较高，就会有更充足的时间进行观察。

既然是飞行高度越低越好，为什么没有选择比 3000 米更低的高度飞行呢？

因为飞行的最低高度是由飞行航线上地面地形的情况决定的。按规定飞行的安全高度至少要高出航线上最高山脉 600 米才行，而北京西北方向我国境内的高山也有海拔 2300 米。当晚 256 号专机从山海关起飞后，是经过承德上空，然后在贝尔庙北面偏东的位置出境的，这一带的地面山脉也有 2100 米。此外，我国西北方向地面本身标高也在 600 ~ 1000 米左右（以上所指高度都以海平面为准，叫海拔高度）。由此可见，256 号专机保持 3000 米的高度，实际上只比最高的山脉高出 600 多米，相对于地面也只有 2000 米左右。如果再考虑到局部地区气象条件的变化，飞机上以大气压力为准的飞行高度表的指示还会产生一些误差，所以，3000 米的飞行高度已是最低的安全高度，不能比这个高度再低了。

由此可见，林立果对飞行高度的选择上用心良苦，他当时学到的那些飞行知识都用到了背叛祖国的行为上，保持 3000 米的飞行高度足以暴露他们“偷跑”的嘴脸。他们既低估了地面为监视他们的逃跑飞行所用的先进技术，又错误地判断毛泽东和党中央对他们叛逃行为所持的宽容态度。

0 点 46 分，当山海关机场的地面雷达监视失去目标之后，叛逃沿线的其他地面雷达已经紧紧地咬住了目标。256 号专机低空飞行给地面的监视带来的角速度再快，也快不过沿线许多雷达的传递监视。在空军司令部作战指挥所的大屏幕上，256 号专机的位置清晰可见，一分一秒也没有逃避掉地面对它的监视。

林立果自认为采取低空飞行的办法是聪明之举，其实，聪明反被聪明误。三叉戟飞机高空飞行既省油又省时的优越特性因林立果的心虚被彻底放弃了,就等于放弃了能够挽回256号专机命运可能性的重要因素——飞机的油量。

历史事实已经证明:因飞机上的油量不够,不但飞不到伊尔库茨克,就是飞到乌兰巴托也没有把握。256号专机叛逃飞行的难度,从起飞开始就已经是危机四伏了。

二、叛逃飞行速度说明什么

0点46分,地面雷达报告高度、航向的同时,测出256号专机的飞行速度为每小时500公里。从另一方面计算,0点32分从山海关机场起飞,两个小时后坠毁在蒙古国温都尔汗东北70公里处,国内外飞行航程总计1100公里,平均计算,时速为550公里。三叉戟属英国制造,飞行速度以海里为单位计算,500~550公里的速度反映在驾驶舱仪表盘上为每小时275~300海里(1海里等于1.852公里)。一方面不知道256号专机坠毁的准确时间,另一方面飞机在寻找迫降场时需要低空盘旋一段时间,把这些因素一并考虑进去,256号专机在空中的飞行速度也不会超过600公里。

在三叉戟飞机的飞行史上,根本不存在3000米的高度上长时间飞行的事实,在这样的高度上究竟采用多高的速度保持长时间的飞行比较经济省油,完全取决于飞行目的何在。因为,256号专机被林立果等人挟持叛逃的本身就是一种很不正常的飞行,它违背了一般的飞行规律,所以,只能从这一特定的条件出发,找出符合实际的答案。

三叉戟飞机正常的爬高速度为500公里/小时(270~275海里/小时)。随着高度的增加,在6000米以上按马赫数(另一种适合在高空衡量速度的指示方式)保持,此时的表速明显低于270海里/小时。与正常飞行相比,256号专机在3000米的高度上保持平直飞行时,基本上用了比平时爬高稍大一点的速度,作为长时间的平直飞行,这个速度偏小了。其原因有两个:

1. 机长潘景寅用较小的速度尽可能延迟在国内的飞行时间,以争取事态发展有好的转机。

潘景寅是在被强制的情况下迫不得已而为之,作为一名老飞行员,他知道这种空中仓皇出逃的方式,其结果凶多吉少。此时此刻,潘景寅与林立果的想法正好相反,林立果急不可待,利用低空高速度的飞行尽快出境;而潘景寅面临突然的事变,想到夜间飞越出境后的种种困难,就想尽量延长国内飞行时间与其周旋。对于有着飞行准备的林立果,叛逃的航向是无法掩饰的。但是,要飞多大的速度,潘景寅是有发言权的。因为林立果毕竟没有驾驶过三叉戟飞机,座舱实习不能解决三叉戟飞机飞行中的所有技术问题。他对三叉戟飞机在哪个高度层,使用多大的发动机功率,保持多大的表速或是马赫数这个很复杂的飞机性能问题,不可能在掌握之中。再说,三叉戟飞机仪表指示的数据全是英制的,不是公制的,林立果不可能直接看出速度的大小,潘景寅可以随便找些理由对付他,在这种情况下,飞行速度的选择,潘景寅是占有主动权的。

2. 飞机的油量已不允许使用大功率、大表速的飞行。

山海关机场起飞时,飞机上的油量只有12.5吨,可装油8吨之多的中央油箱已经空空如也,这12.5吨油分布在两边机翼内外组油箱中。按正常的高度、速度飞行,把最低的备用油量也计算在内,最多只能飞行两个小时。三叉戟飞机在9000~10000米的高度飞行,其平均耗油量为每小时4吨。3000米的高度属低空飞行,不但达不到高空飞行时较大的真实速度,而且,飞机的耗油量也会明显增加。此时,虽然因飞机本身的重量较轻,使飞机单位时间的耗油量减少一些,但这种减少远抵不过因飞行高度较低使耗油量增加的量。随着航空技术的发展,目前计算机已广泛应用在飞行的各个领域,飞机上一个叫"飞行管理计算机系统"(FMCS)的设备,可以准确地自动计算出飞机在不同的高度层采用多大的飞行速度是最省油的,空中只要飞行员输入一定的条件,计算机就能告诉需要的结果。但是,在20世纪60年代生产的三叉戟飞机上还没有这种先进的设备。北京到蒙古国首都乌兰巴托为1100多公里,这是林立果从空军航行局要来的地图上明标着的。而飞机从山海关起飞,到乌兰巴托的实际飞行距离为1300多公里。在正常的高度,不考虑高空长年西风带(与飞行方向成左侧顶风)的影响,按理论计算,到达乌兰巴托是勉强可以的。然而,3000米高度的真实耗油量究竟是多少,潘景寅虽然不知道具体的数量,但他明白肯定比4吨要多。如此极不正常的飞行带来一连串无法准确计算的数据,使潘景寅在林立果的逼迫下从一个被动陷入另一个被动。

潘景寅此时此刻的心情是非常矛盾的。叛逃的政治压力已经压得他透不过气来,面前无数的技术问题又迫使他不得不立刻做出决定。飞行速度的大小直接关系到飞机单位时间耗油量的多少,而飞机耗油量的多少又决定着总的飞行时间,最后又归结到能否到达那个目的地乌兰巴托。所以,潘景寅决定用500公里多一点的时速保持平直飞行,一方面延长一些在国内的飞行时间,争取转机;另一方面可以节约一点燃料,一旦出境,燃料的多少直接决定着256号专机的命运。

三叉戟1E型飞机在3000米高度上,用500多公里/小时的速度保持平飞,可以认为是比较经济的航行方法,因为,三叉戟在低空爬高时就是这个速度,正常情况下,爬高的速度要小于平直飞行的速度。此时,发动机的使用功率应该是比较小的,不会比高空正常平飞使用的功率大多少,即使如此,其耗油量也没有减少多少。

按林立果的本意,采用低空大速度,尽快摆脱地面监视,但速度的因素被机长控制了,说明飞行员在被动之中也在争取自己的主动,不过这点主动与飞行航向比起来简直是太小了。据此,可以看出:“方向路线”被借用到社会科学领域后,为什么在诸多政治名词中享有重要的地位。对256号专机的命运来说,最关键的因素是“航向”,3685号直升机改变航向飞回来了,256号专机没有。

三、机长在被迫出境前的最后努力

孙一先同志在《罪与罚》的文章中提到,256号专机飞出国境前,在内蒙古的贝尔庙附近上空原地盘旋了一圈。关于这一点,已经从空军参谋长梁璞那里得到证实。

10月1日凌晨,8341部队负责人杨德中、外交部代表李耀文、空军参谋长梁璞、北京西郊专机师政委马兰藻以及孙一先,去西郊机场用照片和三叉戟飞机实物现场比照。“此时,参谋长翻开本子,照提纲讲起来。开始谈的是256号专机油料的消耗问题,他说:256号专机13日凌晨0点32分起飞时,油箱存油顶多12.5吨。到蒙古国温都尔汗1100公里,加上出境前在内蒙古上空绕了一下,大约共飞行两个钟头。

请注意,这里所说的出境前在内蒙古上空绕了一下,与孙一先同志文章中提到的,在内蒙古的贝尔庙附近上空原地盘旋了一圈,是同一个行动。

机长潘景寅根据飞行速度与飞行时间能够心算出飞机的实际位置大致在什么地方,当他意识到飞机很快就要越出国境时,那本来矛盾紧张的心理就会变得更加激烈。飞机下面那条无法看到的国境线对256号专机的命运而言,就是一条生死线。在境内广阔的祖国大地上,只要伸手打开电台电门,就可以马上听到空军最高指挥部门对飞机的呼叫声,也会在距他最近的机场得到最好的降落条件。叛逃航线离河北省赤峰机场就很近,赤峰军用机场就在叛逃航线右边约100公里,如果256号专机经过承德时右转弯,不到10分钟就能飞到机场上空。因为,自256号专机由山海关起飞后,空军指挥所的电台一直在打开状态,并不时呼叫256号专机及潘景寅的名字,但结果同山海关机场一样,电台的音箱里没有任何反应。

潘景寅会清楚地意识到,在国内飞行的时间一分一秒地减少,飞机一旦飞出国境,就会遇到两种结果:

其一,可能会遭到蒙古国地面武装的袭击,因为,仓皇出逃的林彪等人,不可能提前向苏联或蒙古国方面打招呼，蒙古国地面部队会把256号专机当成不明飞行物。尤其是对地面来说，2000多米的高度低空入境，会引起地面边境防务人员的高度警惕。

其二，岌岌可危的油量已不可能飞到苏联的伊尔库茨克，连蒙古国的乌兰巴托也飞不到。飞机于1点55分离境，国内航线已用去80分钟之多，剩余的有把握的飞行油量还不足一小时，出境后如果不能及时找到机场，夜间场外迫降成功的可能性几乎不存在。林立果虽然提前弄到国际航线的详细资料，但他不可能搞到蒙古国地面军用机场的详细资料，除机场的位置、跑道方向外，还有机场有关的通信导航资料。据说叶群曾向林办的一位情报工作人员打听过蒙古国地面机场及防御情况，但那种简单的介绍根本不能解决飞机降落所需要的许多具体技术问题。飞出国境后，即使将电台打开，也无法与地面沟通联络，因为，飞机上平时使用的电台频道与国际航线使用的不同，与蒙古国地面机场使用的通信频道就更不一样。再说，周日后半夜根本没有计划中的飞机在空中飞行。

以上种种困难都会使256号专机陷入无法摆脱的困境，这一点潘景寅作为一名老飞行员要比林立果、叶群等人心里明白得多。林立果等人私欲膨胀到头脑发昏的程度，其行为几近疯狂，不可能对叛逃飞行中所有的技术问题都有所准备。潘景寅在对诸多因素进行权衡之后，就会得出这样的结论：面对决定命运的国境线，摆在面前的选择是：后退则生，前进则死。在生死攸关的关键时刻，潘景寅要利用飞机的原地盘旋争取时间，向叶群、林立果等再次陈述越境后的可怕后果，以争取事态的转机。因为，在全部飞行的过程中，潘景寅无法离开座位半步，具体地说，连上厕所的机会都没有，否则，飞机就会因没人操纵而失去平衡，林立果也不会允许他打开自动驾驶而离开座位。此时的林彪从登机开始，就会被安置在专门为他安装的沙发床上，他若不主动到前驾驶舱去，潘景寅是无法直接与他对话的。此外，乘坐飞机与火车不同，乘机者只有从机组飞行员那里才能知道自己的确切位置。

林立果是不会允许潘景寅有任何犹豫的，他既然已经将飞机骗到空中，就没有打算回来。按第一方案到广州不行，那么到国内任何地方降落对他们来说其后果都是一样的。可是，驾驶杆毕竟在潘景寅的手中，操纵飞机开始盘旋时，林立果不一定能及时发现，但最终林立果是不会放弃叛逃的关键因素——航向，会继续迫使潘景寅向境外飞去。

256号专机上，机长潘景寅成了任人宰割的羔羊，除了做林家的飞行工具之外，已失去了所有的权利。在他多年的专机生涯中，作为机长，在空中都是自己说了算，没想到他的人生航向在全党最重要的专机任务中发生了急转弯。当他想到一个多小时前，在山海关机场为林家精心安排的那个紧急起飞的经过时，潘景寅该有多么后悔啊！第一，他会后悔把机组的主要人员都丢在机场。第二，他会后悔为什么要放弃 12 日晚给飞机加油的机会，致使后来再也没有加油的时间。

此时的三位机械师，林立果绝不会让他们坚守在前驾驶舱自己的岗位上。孤立无援的潘景寅多么希望自己的副驾驶员坐在右边的座位上，即使不说话，也可以通过驾驶杆上的动作来传达彼此的意图。机组各岗位之间，尤其正副驾驶员之间，共有的飞行知识及多年的技术配合，彼此之间已经达成了一种特有的默契，一个眼神、一个动作都能被对方理解，很早以前就听说过机组在空中利用机组集体的智慧制服劫机犯的动人故事。人所共知的“九一三”事件中那架直升机之所以没有被叛逃者劫持成功，主要是两位飞行员在空中与周宇驰的不断周旋，耗去了叛逃所需的油量及时间。

已失去左膀右臂的潘景寅不可能从近似于疯狂的林立果那里得到任何转机，林立果也不会冷静地思考飞越国境后可能出现的后果，既已破釜沉舟，就一意孤行，孤注一掷。在如此条件下，256 号专机在潘景寅一个人的操纵之下，成了飞行史上最为艰难的一次飞行，成为一条有去无回的空中航线。

“九一三”事件过去多年以后，如今还健在的林彪卫士长李文普，在他发表的一篇题为《林彪卫士长李文普不得不说》的文章中道出了一段很重要的情节，当他同林彪、叶群、林立果、刘沛丰乘坐林彪专车冲出北戴河驻地的时候，亲耳听到林彪问林立果：“到伊尔库茨克多远，要飞多长时间？”

“不远，很快就到。”林立果回答。

李文普立刻意识到不是去大连，而是飞到苏联去，要去当叛徒，他不干，于是就出现了跳车被林立果开枪击伤的情况。

这是从“九一三”事件以来，我所知道的文字材料中，直接反映林彪本人叛逃意图的重要旁证。从飞行的角度分析，林彪与林立果的简单对话中可以联想到以下三个问题：

其一，林彪对能否顺利飞到伊尔库茨克心中无数，想从儿子那里得到心理上的支持。林彪曾在苏联治病，也曾研究应付苏联突然袭击的战略问题，自己也曾到过伊尔库茨克，地图在一个军事家的眼里是一件很熟悉的作战工具，是浓缩了的大地，凭目视判断也能知道大概的距离。伊尔库茨克作为苏联远东离蒙古国边境最近、最大的城市与军事基地，就在苏联著名的贝加尔湖附近，北京、山海关距离伊尔库茨克究竟有多远，难道林彪自己还不清楚吗？还要从二十几岁的儿子那里寻找答案？如此关系生死命运的叛逃行为，在决定出逃之前，林彪不可能不做一点地理知识方面的准备。这个只能在密室商谈的最为核心的问题，怎么能当着不知情者（李文普与杨振刚）的面说出来呢？可见林彪面对重大决策已经不自信到情不自禁的程度。

其二，林立果回答林彪的问话中，再次看出林立果的狂妄与不可一世。从多种迹象知道，林立果、周宇驰对叛逃航线曾做过认真的准备，而且飞机上还发现从山海关画向伊尔库茨克的航线图。山海关距离伊尔库茨克1800多公里，基本上相当于北京到广州的距离，比现在的波音飞机还要快一点的三叉戟飞机正常情况下也要飞两个多小时才能到达，难道这还不够远吗？林立果的“不远，很快就到”除了给林彪的心虚壮胆、打一针强心剂之外，还能是什么意思？实际上飞了两个小时才刚到达温都尔汗，而温都尔汗离乌兰巴托还有近300公里，更不要说伊尔库茨克了。

其三，如果林彪确实对伊尔库茨克有多远、需要飞多长时间、能否安全落地等问题心中无数的话，在空中近两个小时的飞行中，他肯定不会像平时乘坐专机那样泰然自若地坐在自己的沙发床上，等着空中服务员倒茶送水，等着机

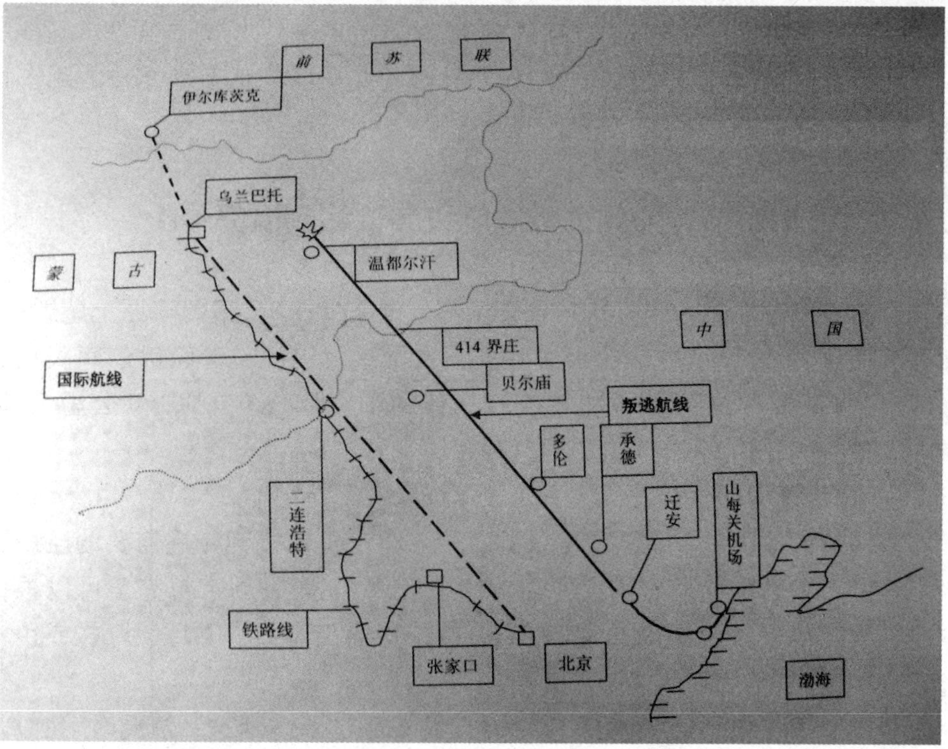

林彪专机叛逃航线示意图

组人员主动提供天气及有关飞行的各种信息,等着飞机落地后享受大首长每到一处应享受的一切待遇。林彪最起码也要知道飞机什么时候到达伊尔库茨克,飞机落地以后,共和国的高级领导第一次以叛徒的身份越境将如何面对伊尔库茨克机场上的苏联当局……等等,这都是林彪必须考虑的问题。因为这是不同寻常的叛逃飞行。这时,懂得一点飞行知识的林立果同样不敢离开潘景寅半步,生怕一眼照顾不到,潘景寅又把飞机飞了回来,再说,潘景寅只要离开座位,飞机就会失控。林彪在后舱除了从叶群、刘沛丰那里间接了解飞行情况外,对这位指挥打仗大半辈子的军事将领来说,他就会很不放心地亲自到前驾驶舱了解一下情况,这正是潘景寅迫不及待的事情,潘景寅迫切需要从林彪那里得到新的指令。在林彪与驾驶员潘景寅的直接对话中,潘景寅会亲自向林彪陈述飞机飞出国境以后的利害关系,当林彪得知自己半夜三更仓皇登上飞机,接着就是面临异国他乡土地上死无葬身之地的结局与死叛徒的结论时,这位共和国赫赫有名的国家领导人会作何设想呢?因此,必须想到的一个问题是,潘景寅是否与林彪在空中有过直接对话呢?这是普通读者想象不到的一个关键性的情节。因为,此时此刻飞行员对飞行的结果做的判断是最有权威的,晚上找不到机场,飞机油料不够,只有一个飞行员驾驶,等等,这些是谁也无法改变的事实,一个面临绝境的事实,林彪也不例外。

不过,其中让人感到费解的是,面对林彪与儿子的问话及李文普的跳车行为,专车司机杨振刚为什么没有任何反应呢?

第四节　为什么叛逃航线会偏移到温都尔汗

林彪专机是在蒙古国肯特省省会温都尔汗东北 70 公里的草原上坠毁的。按常理而论,坠毁地点应该在山海关到蒙古国乌兰巴托或苏联伊尔库茨克的航线上,但实际上坠毁地点离林彪叛逃航线的垂直距离还有约 160 公里,远远偏在了航线的东边,为什么会出现这种现象呢?

一、出境前的航线情况

国内段的航行林立果是有准备的。周宇驰已提前搞到叛逃需要的航线资料。至今我国的国际航班仍在使用着这条航线,问题是周宇驰完全可以根据这份航线图加上自己学到的飞行知识绘制一份由山海关直飞乌兰巴托或伊尔库茨克的地图。

值得着重提出的是,当我从空军航行局长那里了解到这一情况时,我只是想到上面提到的,周宇驰们会在已有的地图或另一张地图上重新画上一条从山海关直飞乌兰巴托或伊尔库茨克的航线，当时还没有找到实际根据。后来从2000年8月24日天津出版的《今晚报》《焦点追踪》栏目中，题为《蒙古官员透露林彪事件之谜》一文里，当年亲自处理林彪坠机事件的蒙古国前副外长云登指出："我方人员在机内发现有军用航空地图，地图上从河北省北戴河穿过失事现场，一直画线画到贝加尔湖附近的伊尔库茨克……"这就进一步证明了我原来的判断。从256号专机残骸中发现的这份地图，很可能就是航行局局长为周宇驰提供的地图。因为周宇驰不敢让航行局局长为他提供从北戴河直飞苏联的航线，周宇驰在被劫持的直升机上拿出的地图是周宇驰自己另外绘制的一张地图，直升机飞行员陈士印从地图上那粗糙的笔迹上就能断定不是出于职业领航员之手。因为，专机师明确规定，所有领航员、飞行员及通信员的飞行资料中不允许出现外国的地图，执行出国任务的机组经有关领导批准，从专门保密单位按照严格的手续领到出国飞行的地图资料，执行任务回国后立即归还。因此，可以肯定地说，256号专机残骸中，包括我的那份航行资料在内的共五份资料中，没有一份可找到蒙古国及任何其他外国的地图及相关资料，云登所指的地图绝不会是机组资料包中的地图。

不像周宇驰、林立果们主观想象的那样，把地图上的任何两点用红笔连接起来就能准确地实施飞行。如果使用现代飞机中先进的领航设备是可以的，现在民航飞机使用的都是惯性导航设备或空中卫星定位系统（GPS），飞行中会随时显示出飞机所处位置的经度与纬度，在一定的飞行距离内脱离地面导航设备的引导，不要专门的领航员也可以准确地将飞机从甲地飞往乙地。然而，使用20世纪60年代生产的三叉戟飞机，直接从山海关飞到1850公里以外的伊尔库茨克，中间没有任何可以用来检查飞机航迹的转弯点与导航点，即使有领航员也是很难实现的，更不要说是在晚上。我们平时从北京飞广州的时候，都要经过武汉、长沙上空作为转弯点，沿途无数个机场的导航台都可以用来检查飞机航迹的正确与否，更不要说还有地面雷达的协助了。周宇驰从航行局要来的航线图也不能用，因为有地图没有领航员不行，有领航员没有具体的机场、导航资料也不行，这些256号专机都没有。

根据本书第三章第五节"起飞后很不正常的转弯说明什么"一节中已经提到，256号专机航迹的实际出发点并不像林立果地图上画的那样在山海关机场，由于潘景寅与林立果们的刻意周旋，飞机在唐山市以北的迁安县上空经过时，其实际位置已经偏到山海关与北京之间，距离山海关约130公里的地方。而且以后的实际航迹也不在山海关画向伊尔库茨克的航线上，而是沿着与北京到乌兰巴托的国际航线相平行的航线飞下去的。

虽然示意图中画出的航迹是很直的，但实际上并不如此规范，一来，因为这是一次很不正常的飞行；二来，在空中风的影响下飞机的航向与航迹并不能完全一致。

二、预先了解我国三北地区雷达分布情况，企图避开雷达的跟踪监视

上一节谈到，林立果采用3000米的高度飞行，其目的之一是为了躲避地面雷达的长期跟踪，实际上，林立果为了对付雷达的技术准备还不止这些。

9月9日，周宇驰在办公室对空军司令部雷达兵技术处副处长说："林副部长要你给他搞一份雷达探测图和开关时刻表。"

"要全国的，还是要哪个地区的？"副处长问。

"只要三北地区的。"周宇驰说。

10日上午，副处长将此事报告了雷达兵部部长，拿了一份三北地区雷达探测部署图，交给了周宇驰。关于开关机的时间表，由于雷达站很多，比较复杂，只是把开关的原则告诉了周宇驰。星罗棋布的地面雷达完全可以消灭对空监视的死角，叛逃航线企图避开地面雷达跟踪是不可能的（邵一海：《林彪9.13事件始末》第240页）。

当256号专机出境前在内蒙贝尔庙附近上空的时候，其位置处在北京到乌兰巴托航线东边约180公里，与北京到乌兰巴托的国际航线基本平行。也就是说，256号专机国内段的飞行中，始终没有回到周宇驰拿到的地图上所标出的北京到乌兰巴托的航线上来，也不是准确沿着山海关到伊尔库茨克的航线飞行的。

为什么会飞到温都尔汗？

从林彪专机留下的飞行痕迹看，出境前与出境后的航向比较是基本相同的。根据空军指挥所雷达员反映，飞机出境后的航迹有些"S"型的弯曲，但前后连接起来基本是一条直线。飞机出境后，国内雷达虽然失去目标，但根据飞机坠毁地点到国境线只有约360公里的航程判断，在如此短的距离内，如果没有外界因素的干扰，是不会做机动飞行的。从以下几点可以证实：

其一，飞机离境后没有再次上升高度。

3000米是以海平面为基准计算的高度，实际飞机离地面的高度只有2400米左右，因为当地的海拔标高也有600米。这样的飞行高度，飞机在边境雷达屏幕上的监视范围只有几十公里。虽然，高空飞行可以省油，但当时珍贵的燃油不会用来在爬高中过多的消耗，根据机上的剩油与可能继续飞行的距离，也没有必要再次上升高度。高度上去了，燃油也消耗完了，还得下降落地。

其二，中蒙边境线414界桩附近的插队知青曾经看到飞机越境，也听到了飞机的声音。

9 月 12 日是星期日，当地知青们的周末活动结束得很晚，亲眼看到了飞机飞越国境时的情况。而且，孙一先同志的回忆文章见报后，有位知青还特意找到他，反映了看到飞机越境的情况。因为 414 界桩附近不是国际航班经过的地方，平时看不到来往的飞机，更看不到飞行高度如此低的运输飞机从头顶经过，三叉戟 256 号专机的突然光临，一定给人们留下了很深的印象。

其三，蒙古国原副外长云登透露，飞机从越境到坠毁之前，蒙方没有发现目标。

1998 年年初，71 岁的原蒙古国外交部副部长云登向日本记者首次透露林彪坠机事件时说，飞机是以超低空越境的，蒙军雷达没有能够发现目标。这一信息表明，飞机在坠毁前的飞行中，没有因来自蒙方的任何干扰而做航向与高度的机动飞行。

实际情况是蒙古国边防人员很快就发现了入境的中国 256 号专机，而且在温都尔汗附近坠毁的信息也是我情报部门侦听到的，否则，空军司令员吴法宪不会在 9 月 13 日早上那么快就得到这个消息。云登说没有发现目标，是指蒙古国上层没有及时接到来自边防站的报告。据孙一先同志调查得知，等蒙方上层得知这一信息时，已经是飞机坠毁之后十几个小时的事情了。

最后，飞机坠毁在温都尔汗附近，分析原因有以下几个方面。

1. 飞机上油量不够是 256 号专机放弃飞往乌兰巴托的根本原因

1 点 55 分，当 256 号专机从中蒙边境飞越的时候，机上的油量只剩下 5 吨了，但此时大约还有 510 公里才能到达蒙古国的首都乌兰巴托，若按当时的高度（3000 米）与速度（550 公里/小时）继续飞下去，也许刚到目的地，油量也就耗完了，其中连在跑道上空建立航线进行落地的余地都没有。世界上没有哪一个飞行员敢这样做，即使在白天，降落场地有着充分准备的情况下，也没有人敢做这样的实验飞行。况且 256 号专机还是在后半夜，是在没有任何准备情况下的贸然行动，面对如此极端困难的局面，飞行员绝不敢轻举妄动，这也是任何一个飞行员处在潘景寅的位置上必然产生的想法。

2. 出境前后，飞行员不知道飞机的精确位置。

1 点 55 分的准确越境时间是地面雷达提供的，飞机上的人不可能计算得如此准确，可谓“旁观者清”，飞行员也只能根据飞行速度和距离计算出飞机接近国境线的大致时间。但是，他不可能知道飞机在国境线的精确关系位置。根据沿线地面雷达报告，256 号专机从山海关起飞进入叛逃航线的起点时，已经偏离航线西侧约 130 公里，这样一来，256 号专机从进入叛逃航线开始，就已经完全打乱了空中航行的正常程序。虽然,地面雷达观察知道飞机的精确位置是经承德、多伦叛逃的,但是,在飞机上对于唯一精通飞行技术的潘景寅来说,经过起飞后在劫持与反劫持的较量中,飞机的航迹按叛逃的航线计算,究竟向西偏出多少公里,潘景寅也是心中无数。也就是说,256 号专机在接近国境线时,对于飞机上的人来说,自己已经飞到山海关至乌兰巴托的航线上来了呢,还是仍在这条航线的东边,甚至已经飞到航线的西边了呢? 谁也说不清楚。国境线的地面有界碑作为标志,空中是看不到任何标志的。

对于飞行员来说不能随时知道自己的精确位置是飞行中的大忌,“迷航”或者“半迷航”对于运输机是不应该发生的。飞机上先进的导航设备、机组中专设领航员、通信员等专业岗位及其正常地运转与配合,完全可以保证准确掌握飞机在航行中的精确位置,即使因机组一时业务疏忽或空中遇到雷雨绕飞而偏离航线时,地面航行管制部门也会及时通过无线电通话提醒机组注意航迹。然而,“九一三”事件中的 256 号专机所处的背景:一是政治上的背叛出逃,二是机组成员中的孤家寡人,三是技术准备上的残缺不全,四是拒绝与地面的任何联系,在这样的条件下发生偏航、迷航等一切不正常的现象都是必然的。

从地图上测量,如果从山海关直飞蒙古国乌兰巴托或苏联伊尔库茨克,其航向约为 315 度,这应该是林立果在地图上标出来的航向。但从飞过的航迹看,基本上与北京飞乌兰巴托的航向是一致的,约 325 度,这样就保持与北京到乌兰巴托航线远达 180 多公里的垂直距离向前盲目飞去。飞伊尔库茨克甚至飞乌兰巴托已成泡影,可 325 度是飞越国境最快的航向。

三、叶群、林立果对叛逃的技术准备仓促

除周宇驰为叶群要到一份北京到乌兰巴托的航线图及三北地区雷达分布图外,9 月 7 日晚,叶群把专门为她讲课的总参谋部的一位参谋叫到身边,按计划这一天的讲课内容应该是马其顿王亚历山大或美国电影《巴顿将军》。可是,叶群突然拿着《世界地图集》问:

“蒙古有哪些大城市?”

“有乌兰巴托、沙音山达、苏赫巴托尔、科布多等。”

“这些城市有没有北戴河大?”

“听过去的同志讲,比不上我国的中小城市,房子都是我们帮助盖的。”

“蒙古哪些地方有苏联军队? 中苏、中蒙边境地区有多少苏联军队?”

这位参谋一一做出了回答(邵一海《林彪 9.13 事件始末》第 240 页)。

值得注意的是,叶群没有问蒙古国机场的情况,也没有提到蒙古国地面防空设施的情况。叶群肯定是想到了,但没敢问,因为那样就直接暴露了外逃的意图。

9月9日晚,周宇驰对空军司令部情报部技征处副处长说:“你叫情报部给我搞一份我国周围各国电台的频率表,明天交给我。”副处长把任务交给技术处副处长,最后到中央广播事业局借了一些资料,综合成一份我国周围各国对华广播频率表交给周宇驰(邵一海《林彪9.13事件始末》第241页)。

从以上的各种准备中可以看出以下几点:

其一,对于乘飞机叛逃至关重要的机场资料没有搞到,尤其军用机场的资料更没有问津。他们过高地估计自己的能力,自信靠那个副统帅的头衔能骗到一切,把乘飞机出逃的行为看得太简单、太容易了。据说,在坠机位置北面仅60公里的地方就有一个军用机场,利用飞机上的2.5吨油飞到那个机场安全降落是完全有把握的。而且,乌兰巴托东南方向的那来赫矿区附近也有一个很大的苏联空军基地,那里有着标准的机场跑道,如果256号专机硬着头皮往乌兰巴托飞的话,也会到达那里,但是,飞机上的人员没有掌握这些信息。否则,即使冒着被击落的危险,也要飞到那里降落。

机场资料包括机场的位置、跑道方向、跑道两端导航台离跑道的距离、电台的呼号、频率及其他有关通信联络的方法及导航设施等。尤其军用机场的资料属军队的绝密,不是与飞行有关的人员是无法知道的。即使在白天飞行也要起码知道机场的实际位置,这样,在能见度较好的情况下,飞行员只要在空中看到机场,就完全可以建立航线,自行落地。如果在晚上或者白天气象条件不好,如下雨、有雾而飞行员不能自行在空中发现跑道时,就必须在机场的灯光、导航及盲降设备的协助下降落。此时,如果缺乏与该机场的通信联络方法就无法落地。此外,还有很重要的一点,对于军用机场来说,即使飞行员在空中看到了跑道,如果没有沟通联络,地面根本不知道什么时间有一架什么型号的飞机带着什么任务在此降落,就会有被认为是外来不明飞行物而受到打击的可能。如果在民用机场这种威胁就比较小,因为三叉戟256号是一架民用客机,醒目的“中国民航”四个大字就印在飞机上。

叶群通过讲课的参谋即使问到蒙古国机场的分布情况,也不能作为夜间叛逃降落的依据。机场必须具体而准确地标在航行地图上对飞行员才有使用价值,凭嘴说脑子记是不行的。对不懂飞行业务的叶群在叛逃飞行的准备方面,不可能把劲儿用在点子上。

其二,周宇驰提供给林立果蒙古国对外广播电台的频率,除了有别的用途外,如果用在叛逃飞行中也不能奏效。

从周宇驰提前掌握蒙古国对外广播电台频率这一行为，说明他在学习驾驶直升机技术的过程中，确实学到一些领航知识。只要掌握广播电台的具体地理位置，飞行中航行罗盘接收机一旦收到广播信号，罗盘指针就会自动指向电台的方向，飞行员就会轻而易举地飞到电台的上空。如果这个电台附近有机场，就达到了目的。即使没有机场，也能确定飞机的精确位置，知道飞机是处在哪个城市上空。当时，在飞机导航设备还不十分先进的情况下，飞行中领航员们经常利用国内各省市的广播电台为飞机空中定位，检查飞机的航迹是否正常。尤其在云中或能见度不好的条件下，经常采用这种方法。再者，广播电台夜间广播结束的时间都比较晚，夜航时用起来很方便。

周宇驰的准备工作虽然在点子上，但没有奏效，因为周宇驰也不会使用三叉戟飞机上的领航设备。256 号专机按国内的飞行航迹飞出国境后，没有明显改变航向，只是照直飞了下去，不像是朝着某一个既定的目标飞行，否则，飞机会立刻改变航向。飞机上只有特设师邰起良会使用领航员的罗盘接收设备，但林立果等人绝不会允许三个年轻力壮的机械师中的任何一个到前驾驶舱去，因为那样会在他们的叛逃行为面前，又增加一个对立面。潘景寅不能离开座位半步，除此不再会有任何人能使用这些设备。再说，夜间在没有确定广播电台所在地是否真有机场的情况下，使用这种办法也是徒劳的。据说当晚温都尔汗停电，没有电，什么电台信号也利用不上。

林立果、周宇驰为叛逃所做的飞行准备中，最有效最实用的只有从航行局要来的那份北京直飞乌兰巴托的航线图，再加上从山海关画到伊尔库茨克的航线图，一条只有起点而飞不到终点的航线图，一条仅仅是停留在纸上的航线图。

表面看来，256 号专机在空中飞越国境线时不像从地面偷越边界的人那样紧张，其实性质是完全一样的。两个国家的土地虽然连在一起，但两个国度是那样的不同，一旦出境，寸步难行，偌大的蒙古国草原上却没有三叉戟 256 号一架飞机的栖息之地。当时，具备先进通信导航设备的三叉戟飞机在那里已是“英雄无用武之地”。

其三，为什么不沿着北京到乌兰巴托的铁路线飞行呢？

熟悉地图的人都知道，北京至乌兰巴托的空中航线基本上是沿着北京到乌兰巴托的国际铁路线行进的，两者基本重合。不同的是飞行航线是一条直线，而铁路是一条变化不大的曲线。尤其是在我国边境城市二连浩特之后，铁路线同空中航线基本一致。这样，在能见度好的条件下，即使没有地面导航，也可以沿着铁路线飞到蒙古国首都乌兰巴托。夜间，能见条件虽然远远不如白昼，但只要没有低云，也可以根据灯光点的分布情况进行判断。铁路沿线不仅城市较多，而且各车站上的灯光彻夜不熄。当时，北方大地的气象正是秋高气爽、晴空万里的季节，256 号专机在离地面 2500 米的真实高度上，对铁路沿线的灯光地标观察并进行跟踪的可能性是很大的。既然如此，256 号专机为什么不这样做呢？原因有两个方面：

一方面，256 号专机在叛逃飞行的过程中根本不知道自己的精确位置，所以不能保证准确地飞到二连浩特上空，凭潘景寅一个人在缺乏地面导航设施帮助的条件下是飞不到预定目标的。夜间，铁路沿线如果没有明显灯光地标进行确认，盲目向铁路飞去是没有把握的，甚至飞过去了还没有发现。

另一方面，256 号专机岌岌可危的油量已不允许做机动飞行，既然没有任何把握飞到乌兰巴托，沿铁路寻找乌兰巴托的意义已不存在。

有人分析，256 号专机之所以没有沿铁路线飞行，是有意避开铁路两侧较强的地面防空设施的威胁，特意保持一定距离的平行飞行。其实，对林彪等人而言，在油量危机信号面前，能找到机场安全落地比什么都重要，而且，铁路沿线找到机场的可能性要比其他地方大。问题是 256 号专机根本不知道自己离铁路线有多远，2500 多米的高度上，根本无法看到离他 150 多公里以外的铁路，他只是有意保持了周宇驰拿到的北京至乌兰巴托航线中约 325 度的飞行航向，朝着蒙古国茫茫荒原盲目飞去。在飞行专业上一知半解的林立果知道，只要保持这个航向就可以用最短的时间飞出国境线，除此以外的任何方法对他而言都是心中无数的。至于逃离国境后怎么办，飞机上唯一的一名飞行员都没有办法，其他的人更是束手无策，只能坐以待毙。

细心的人还提出这样一个问题，既然飞机迷航了，为什么不发送“SOS”紧急救助信号呢？为什么不同蒙方地面联系呢？了解飞行的人都知道，当时民航与军队飞机在国内飞行员使用的超短波频道是不同的，出国之后就更不同了。当时的专机之行，到哪个国家就用哪个国家的通信频率。潘景寅根本不知道蒙古国地面（无论民航或军队）使用的通话频道。“SOS”倒是国际通用的呼救信号，但是，那是由机组通信员掌握的，机组通信员不在飞机上，潘景寅坐在驾驶员的位置上，也没有办法使用通信员的设备，他也不会使用。再说，飞机不像航行在大海里的船只，正常情况下也不会迷航，飞机万一发生故障，飞行员会主动到就近的机场着陆，采取紧急呼救的办法，没有实际意义。

四、256 号专机不是特意飞向温都尔汗的

从以下几个方面说明 256 号专机出境后不是特意朝着温都尔汗飞行的，而是沿原来航向飞行的过程中经过温都尔汗。

其一，凌晨1点55分，256号专机离境之后，其航迹没有发生变化，说明没有什么新的目标引导飞机向这个目标飞去，也不是像正常飞行中的改航一样以某个地标为转弯点，并从这一点开始改变航向义无反顾地向着新的目的地飞去，而是按飞越国境前的航向继续往前飞。这进一步说明林立果等人强迫飞行员离境后，明知道飞机的油量不够，也没有其他的办法摆脱面临的困境。所以，最后的结局只能是硬着头皮往前飞，飞到哪里算哪里。可想而知，尤其是对执行过多年专机任务的飞行员来说，遇到如此悲惨的局面，该做何感想呢?

其二，温都尔汗当晚停电，夜间从空中观察，不仅没有什么灯光地标，如果有被周宇驰掌握的对外广播电台的话，没有电，也不能正常向外发射信号。当时，孙一先同志视察林彪坠机现场时曾在温都尔汗停留过夜，亲眼看到那是一个不大的城市，我国大使馆的官员们住的招待所不过是个一般的二层楼房。他们同时注意到城市用电是由温都尔汗自己发电供给的，后半夜停电的现象经常发生。所以，飞行员即使大致估计到飞机的位置要经过温都尔汗，他也无法通过灯光的情况来进行辨认。

但是，有一点需要引起注意的是，在温都尔汗的东北即坠机现场附近，有一个叫贝尔赫的萤石矿区，这个矿区没有停电，飞行员把这个灯光集中的地方当作温都尔汗或者蒙古国的一个城市，利用飞机上不多的油量，在灯光区以南约10公里的地方对地面、地形情况进行了观察、寻找。按一般规律，一个国家的大中城市都有飞机场，而且机场都位于城市郊区灯光较暗的地方。温都尔汗也有一个草地机场，一个只能提供小型客机如当时的苏制伊尔-14、里-2飞机等降落的机场。这种机场没有固定的水泥跑道，只是一片被压实的草地，没有灯光设备，不能夜间降落。当然，要把这样的机场当作迫降场的话，要比大草原上的自然地面好上多少倍。再说，选择靠近灯光点不远的地方迫降，会很快被人们发现，如遇不测，会有人救护。

“九一三”事件多少年之后，仍有对重大历史事件感兴趣的人在继续研究林彪事件，并对林彪事件的每一个环节提出质疑。其中关于256号专机叛逃飞行航迹问题，曾有人这样说：“飞机是在飞到接近苏联与蒙古国的边境后，突然掉头向返回中国的方向飞来，并在返回途中坠毁于温都尔汗。”这一说法来自苏联官员。

有一种观点是为了证实前面的说法，还引用了1999年《党的文献》第4期一篇文章，当时军委空军指挥所值班作战参谋回忆，当晚1点50分，256号专机进入蒙古国境后，逐渐下降高度，直到我地面雷达上的信号于温都尔汗以南消失，雷达消失的地方并不是飞机坠毁的地方。孙一先同志的《在大漠那边》一书中说，256号专机实际坠毁地点是在温都尔汗以北60公里的苏布拉嘎盆地。

还有一种说法不知来自何处，认为坠机现场距离中蒙边界有1000公里，从而说明先消失、后坠毁是必然现象。

作为飞行员，在这里有必要对以上观点进行纠正。

其一，坠机现场距离中蒙边境有1000公里的说法是不对的，只有360公里，从地图上量一量就知道了。

其二，飞机坠毁的时间大约是2点30分。根据当时256号专机飞行的速度与360公里的飞行距离以及出境的时间综合计算，基本是相吻合的，飞机没有飞到苏联与蒙古国的边境。

其三，根据当时飞机上的油料数量，连蒙古国首都乌兰巴托都很难飞到，更谈不上比乌兰巴托还要远的苏蒙边境了，所以到苏蒙边境后又掉头往回飞的现象根本就不可能发生。

其四，我在《中华儿女》杂志所发文章的示意图中，能够看出飞机往回飞的意思，但是在坠机现场那个小范围内，象征着由北向南迫降的落地方法，绝不是往国内飞的意思，我更没有将这个拐弯画到苏蒙边境附近。

还有一点需要说明的是，有研究者认为，256号机越境后的航迹是在两个空军基地中间飞过的，目的在于回避地面打击。其实这只是一种巧合，当时机上人员迫不及待地需要找到机场降落，而不是回避。

总之，由于有些研究林彪事件者忽略了地图地理位置方面的知识，再加上对三叉戟飞机基本性能掌握不准，出现以上误解是可以理解的。

第七章　迫降　坠毁

第一节　弹尽粮绝　面临绝境

关于林彪是如何从天上“掉”下来的，传说纷纭。有的说是被打下来的，因为飞机上有个洞；有的说是空中先着火而后掉下来的，因为有人看见了大火。对于这个重要问题，只要根据坠机现场的情况及林彪专机当时的飞行状态，加上这20多年获得的有关资料，利用专机飞行的专业知识加以科学的分析，不难得出接近正确的结论。

我国驻蒙古国使馆二等秘书孙一先于1971年9月15日，即林彪坠机的第三天下午，随同许文益大使从乌兰巴托的中国驻蒙古国大使馆赶到失事现场，用照相机在林彪坠机现场拍了9卷照片，还亲自测量了现场留下的有关痕迹、飞机残片及人员尸体之间关系位置等的重要数据，并根据测量的数据，绘制了一张反映整个坠机现场的平面图。我曾多次与离休在家的孙一先交谈，并一起到位于昌平县(现昌平区)沙河镇的航空博物馆，在已经淘汰的三叉戟飞机下面，联系坠机现场的情况，讨论了许多关键问题，进一步从飞行员的角度向孙一先了解在文章中所没有涉及或不清楚的问题。

作者与前中国驻蒙古国大使馆二等秘书孙一先(左)合影

看过孙一先的回忆文章与平面图，听了孙一先的详细介绍之后，我仿佛也来到那惨不忍睹的坠机现场，给我以亲临其境的感觉。也许是我的命运与256号专机有着特殊的联系，作为一名真正的三叉戟飞行员，在头脑里，能很快进入坠机现场以及与坠机现场紧密相连的立体空间，甚至可以想象到当时驾驶舱里的具体情况。在茫茫荒野上留下的一片焦土上，同林彪躺在一起的就有机组的4名战友。几个小时以前我们还在一起开机组会，谈着第二天专机飞行的工作，然而，还没等到第二天的天亮他们就……山海关现场那劫后余生的情景好像又闪现在我的眼前，内心深处对同机战友的怀念之情油然而生，我只有带着悲伤的心情对他们的不幸表示深切的哀悼。

林彪专机油量表

油量作为飞机空中飞行的生命之源，决定着飞机的最大航程和起飞时的最大载重量，飞机上的油料越多，载重量就越少，对于林彪专机而言不存在这个问题。从北京起飞前，机长潘景寅让机械师李平将油加到16吨，而最后只加到15吨，以后的几次加油都没有能够实现。13日凌晨，林彪等人仓皇赶到机场时，机械师已经爬到机翼上要加油了，但还是没有加进去。

前面之所以多次提到256号专机的油量问题，就因为油量是决定林彪专机命运的关键因素。为将这一重要问题弄清楚，有必要将当年三叉戟1E型飞机的油箱特征及其分布情况做个简要介绍。

飞机上所有3组共5个油箱均分布在机翼里面，这几乎与所有飞机的油箱分布情况是相同的。机身正下方机翼中的中央油箱可装8吨多油量，靠近中央油箱而分布在两边机翼中的内组油箱有两个，还有两个外组油箱在内组外侧对称分配着，内外两组油箱可装13吨油。中央与内外组油箱一般情况下是不相流通的，但内外组油箱之间是相通的。所以，从山海关起飞时，中央油箱内已经没有存油。对战斗机来说，起飞后首先用掉挂在机翼下面副油箱中的燃油，是为了遇到敌情时扔掉它便于机动飞行。对三叉戟飞机来说，首先会用掉中央油箱

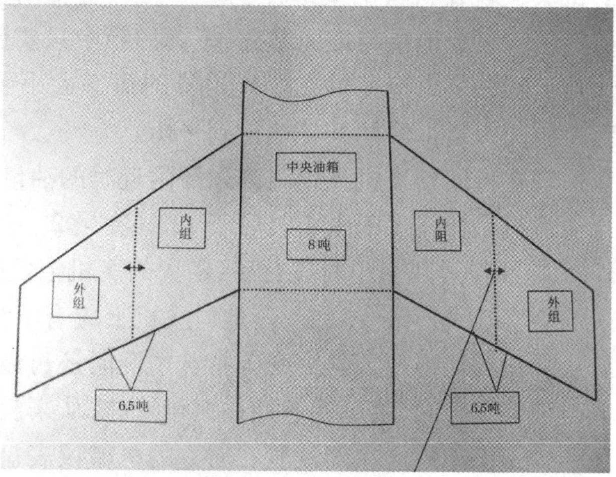

林彪专机油箱分布图

的燃油，一方面是减少两边机翼上的升力对飞机形成的剪切力矩，另一方面是万一场外迫降机腹擦地时减少擦地起火的危险因素，内外组油箱的燃油不能自动流到中央油箱的设计也是为“万一”考虑的。

三叉戟飞机的油箱与其他飞机比较有一个显著的特征，就是所有的油箱都属于结构式油箱。所谓“结构式”油箱，就是说机翼的表皮也是油箱的外壁，不像其他飞机那样是一个独立完整的油箱被镶嵌在机翼中间，三叉戟机翼结构形成的空间就是盛放飞机燃料的地方。这样，油箱内部的形状因受机翼结构的影响很不规则，内壁也不光滑，油箱底部受机翼安装角度（机翼与机身根据飞机性能的需要在不同的平面内有着不同的安装角度）的影响也不在一个水平线上。飞行中，为了保证油箱中的燃油能够得到充分利用，在每组油箱底部按飞机的纵轴方向前后装了两个油泵（为发动机输送燃油的装置）。除此以外，为了把油箱下面每个角落残存的、油箱油泵抽不出来的燃油尽可能地用完，还特意增加了一个引射油泵，这个引射油泵靠伸向油箱各个角落的油槽把燃油用到尽可能少的程度。通过这些措施，油箱中最后实在用不完的燃油只有不到200公斤。对于总油量可达21吨的油箱来说，最后不能用的剩油达到如此少的程度，可见飞机设计者已经用心良苦。

上述油箱及供油特点说明一个很重要的问题，飞机设计师们已充分考虑到飞行中万一碰到场外迫降时，必须把飞机上的油量尽可能用完，才能保证不会因油料发生爆炸，其关键在于飞行员能否在紧要关头做到这一点。

此外，从飞机性能的设计方面，还有一个无法回避的矛盾。三叉戟飞机为了满足空中较大飞行速度的需要，不得不采取基本上属于下单翼的形式（飞机的机翼安装在机身的下部往上1/5处），这种结构形式的飞机在场外迫降中，机翼不可避免地要与地面摩擦，机翼油箱中只要还有一点剩油，就很可能引起爆炸。问题是大型客机在场外迫降的概率太小了，飞机设计师们不可能使所有矛盾的因素都恰如其分地得到平衡。

现在再回到飞机飞到温都尔汗附近时的油量上来。

飞机是在飞了两个小时后于13日凌晨2点30分前后坠毁的。起飞时的12.5吨油经过两个小时飞行后，偌大的飞机上仅存2.5吨油，这是一个毋庸质疑的事实。飞行条令规定：落地时飞机上应有不少于一个小时的备份油量，以防止降落场地出现天气突变等特殊情况时还可以飞到备降机场落地。平时任务与训练飞行时，落地油量往往多于4吨，从来没有哪个飞行员敢把备份油量飞到少于4吨的。在驾驶舱右后方的机械仪表盘上有5块与油箱对应的油量表和燃油压力表。在山海关起飞时，那指示中央油箱的油量表与压力表已经回到“0”的位置不动了。两个小时后,内外组4个油箱中一共才有2.5吨油。由于叛逃航线的高度、速度都很不正常,此时的潘景寅已无法计算出准确的油量消耗数据,也不敢相信自己对油量的判断。晚上,他在正驾驶的位置很难准确读出右后方机械师操作面板上油量表的具体数据,而林立果不可能让机械师到驾驶舱相应的位置上。当飞机总油量少到一定的程度时,提示油量过少的警告灯开始闪亮,就像不停地眨动眼睛紧盯着飞行员一样,期待着危险处境需要得到马上排除,也就是说需要马上落地加油。因此,256号专机当时剩余的2.5吨油量,除了用来寻找迫降场地,在不知道周围确切机场位置的情况下,已经没有实际意义。

飞机在空中飞行不同于马路上的汽车,汽车因没油停车可以停在马路上,飞机一旦断油停车就会很快失去高度。如果附近有机场,而且天气晴朗,地面降落保证条件充分的话,凭借飞机的滑空性能和飞行员高超的目测落地技术,还有可能操纵飞机安全降落。

三叉戟飞机的驾驶舱

“滑空比”是衡量飞机滑空性能的主要因素。所谓“滑空比”就是飞机失去动力后,每下降1米的高度飞机能够前进的水平距离之比。美国20世纪50年代的U-2高空侦察机,就是依赖优越的滑空性能,可以用很少的动力在空中停留很长的时间。三叉戟同现代的大速度运输机一样,其滑空比都比较小。由于空中停车后下降快,能给飞行员提供紧急情况处理的时间很短。此时,无论飞机下面是高山还是大海,飞机都会毫无选择地冲向地面。

众所周知,一般的运输客机的飞行员与乘机者都是不带降落伞的,而且,飞机上也没有提供跳伞的设备,遇到特殊情况,机上人员也根本无法从飞机客舱内跳出来。所以,万一碰到这种情况,飞行员又不能通过紧急降落来挽救飞机的条件下,只能听天由命了。

林彪专机256号所面临的情况是,深更半夜,油量警告,落地无门,联系不通,进退两难。其唯一的途径就是利用飞机上那仅有的一点油量,在有限的时间内机动飞行,寻找可能的场外降落场地,在凶多吉少的迫降中寻求一线生的希望,除此之外,不可能有第二条路可走。

第二节　茫茫黑夜　何处降落

走投无路的256号专机绝处逢生的办法就是寻找一块迫降场地，他们把生的希望寄托在成功的场外迫降上。从以下四个方面可以看出，256号专机是对降落场地进行过一番寻找的。

第一，1998年2月，蒙古国原副外长云登首次通过日本记者向外界透露林彪坠机事件时说："飞机是以超低空越境的，蒙古国军队的雷达没有能够发现这架飞机。对机体检查后发现，飞机以低空飞行为目的，装载了从地面到600米高度的机器。"

这说明256号专机在迫降前确实进行过低空飞行。因为，蒙古国人不知道飞机上的情况，也不知道256号专机的飞行动机，更不知道飞机在低空飞行是为了要寻找迫降场地，只是看到了低空飞行的现象。但是，云登把飞机上装有一块仅供参考用的无线电高度表看作是用来进行超低空飞行的仪器是不对的。飞机上确有一块无线电高度表，这一点已经在本书第一章第五节中叙述过。

第二，从林彪专机坠毁现场的地形情况可以看出迫降前是对场地经过认真选择的。

孙一先写道："那是一块不太规则的长方形丘陵间盆地，平坦得就好像是人工铺成，南北长3000多米，东西宽800米，北端是一座20多米高的小山，南头有几个大约10多米高的土丘，东边是一连串5~10米高低不等的土包，西侧则是向下倾斜的慢坡。"夜间，在荒郊野外，在茫茫的蒙古国大草原上，能找到

模拟林彪专机迫降示意图——对着迫降场地下滑

这样大面积较为平坦的降落场地实属不易。回想得知,公历9月13日是阴历七月二十三日,在后半夜的天空应该看到弯弯的月亮,微弱的月光对夜间观察地形的概况是有利的。飞行员向前方看,在天地相连的交界线上(飞行员叫“天地线”),能隐约看到地面大致属于山脉或平原。要想看到地面的情况,必须先从地图上根据飞机的精确位置确定附近没有高山时,才能缓慢地下降高度。只有在较低的高度上才能有机会看清一些地面的情况,尤其是地面上的小山,在空中垂直的地方向正下方观察是没有办法看清的,那样只能看到一个投影,只有在山的侧面,在较低的高度上才能看到山的大致高度。因此,可以基本断定,把迫降地带选在盆地中央,如果没有对盆地周围认真的观察是做不到的。月光尽管微弱,在大范围内确定迫降场的位置可以起到一定的作用。

第三,飞机叛逃的方向基本上是由南向北,而降落的方向却恰恰相反。

坠机的地方叫苏布拉嘎盆地,蒙古语“梯形”的意思,南北长,东西宽。如果256号专机对迫降场地没有任何选择时,只能是在向乌兰巴托飞行的过程中,顺着叛逃飞行方向,由南向北降落才是顺理成章的。既然没有那样做,而是掉头由北向南落地,与叛逃的方向正好相反,说明迫降场地对飞行员来说,是经过选择的,选择的结果是,既没有从东向西迫降,也没有从西向东落地,而是从北向南降落,这个方向正好与苏布拉嘎盆地的方向一致,认为由北向南的迫降相比之下会更有利一些,从飞行员的角度看,这样的选择无论从哪个方面分析,都不是偶然的巧合。

第四,离迫降场最近的蒙古国牧民反映,飞机在很低的高度上飞行时间最少有20分钟。

1998年年初,《环球时报》刊登一篇题为《今日温都尔汗》的文章,文中谈到作者亲自奔赴当年林彪坠机现场,并访问了当时居住地离坠机现场只有3公里的一位老大娘。这位大娘回忆说,1971年9月13日凌晨2点,传来一阵“嗡嗡”的声音把她惊醒,她急忙穿好衣服出门一看,发现这难听的声音是从空中传来的,这时,羊群惊散,马嘶狗叫。她仔细一看,从西南方向飞过来一架冒着大火的飞机,飞得相当低,在巴特瑙劳布县上空围绕图门山转了一圈后,顺着扎森山谷向西南方向飞行,声音越来越大,大概不到20分钟,在盆地苏布拉嘎坠毁。

从这位大娘提供的情况可以说明两个问题:

其一,256号专机在很低的高度上对迫降场地进行了寻找;

其二,飞机降落前还建立了一个小航线,一个对飞行员来说按降落地点目测着陆的基本航线。

大娘看到的飞机很可能是在150～100米，甚至更低高度上飞行的256号专机，只有在这样低的高度上发动机的声音才能让人听起来震耳欲聋，并能引起精神上的烦躁。平时在400～500米的高度进行起落航线飞行时，地面上的人对来自空中飞机发动机的声音不会有较大的反应。256号专机的噪音既然能使大娘的羊群惊散、马嘶狗叫，可见当时的飞行高度一定低到让人感到很不正常的惊人地步，再加上大娘看到的飞机还冒着大火，火光与难听的声音足可以构成夜半荒原上的空中怪物，使长年平静地生活在大草原上的人们感到突然与震惊。可以想象，即使生活在机场附近，听惯了飞机正常飞行时发出声音的人们，也会为这种超低空异常的噪声感到惊异。

应该注意的是，大娘看到飞机上的大火，不是真正的飞机失火，而是飞机上的灯光。其根据是：

1. 这个灯光不是机翼尖端与尾部的航行灯，也不是机身上的闪光灯，这些灯光亮度较小，机身上下部的闪光灯虽然亮一些，但由于是不连贯的闪亮，在地面看上去很容易被发现，不会给人以着火的感觉，只有两侧机翼下面高达800瓦功率的两个着陆灯在夜间才能给人以“着火”的感觉。白天，正常飞行时，位于两边机翼下面的着陆灯是收在机翼里面的，灯罩的表面与机翼下表面一样平。晚上飞行时，在第四转弯后，飞机对正跑道时先将灯放出来，在高度降落到离地面60～70米时，将灯打开，此时，包括前起落架上的灯光，合成一道很强的光柱，直射地面。飞行员就是利用这些灯光照明，凭自己的视觉判断，在飞机的快速运动中，操纵飞机降落在预定地点。这个由三点合成的强烈光柱，夜间在地面看来是很亮的。此时，在地面观察飞机时，只能看到一片灯光，而看不到飞机本身的轮廓。远离机场的牧民大娘，从未见过夜间飞机落地时的情景，把强烈的灯光看作大火是很自然的(256号专机迫降时，没有前轮上的灯光)。

2. 256号专机处在极不正常的飞行中，求生的欲望迫使飞行员不得不想尽一切办法，充分利用飞机上的一切设备去寻找能够降落的场地，当飞行员经观察认定附近没有高山时，就尽可能下降高度，争取在尽可能低的高度上弄清地面地形情况。虽然在100米左右的高度上灯光不能直接照射到地面，但是，地面上要是有几十米高的小山的话，还是可以发现的，因为，灯光所照之处，正是飞机的前下方，不是飞机运动的正前方向，也不是机身纵轴的方向，而且灯光点随飞机的移动而跟着移动。

3. 大娘看到的不是飞机发动机喷出的火光。因为，三叉戟飞机只有在起飞时，也就是在发动机功率呈最大工作状态的情况下，才能从飞机的后部看到有火焰喷出,在其他飞行状态是看不到的。256号专机在寻找迫降场的过程中,就像平时的起落航线飞行一样,速度只有230海里,是属于比较低的速度范围。而且,飞机前沿的开缝翼也已放出(一种提高飞机落地性能的装置,可以增加升力降低速度),此时,所需的发动机功率,就是在夜间也看不到飞机尾部有火焰喷出。

4. 从反面论证:如果飞机真的在空中已经着火,不可能出现带着大火的机体还能继续飞行近20分钟。飞机上最容易着火的部位是发动机,三叉戟飞机的发动机在机体的尾部,大火不但会引起通往油箱的油管爆炸,也会在短时间内使飞机尾部的操纵舵面失灵而导致飞机失去平衡无法操纵。三叉戟飞机上又没有紧急情况下的放油设备,发动机也不能在空中投掉,因此,一旦空中着火,迅速灭火的可能性是不存在的。所以,无论从哪个角度分析,飞机带着大火在空中飞行20分钟,最后又按场外迫降的程序进行降落的可能性是不存在的。还有,飞机是以尾部首先着地的,如果飞机着火的话,肯定会点燃地面的荒草,可是划痕附近并没有燃烧的痕迹。

我也想过关于起落架与着陆灯的互动问题,也就是在飞机起落架没有放下的前提下,着陆灯能否放下或者打开。为了安全和按规定的程序运行,飞机上类似互动与制约现象是有的。然而,起落架与着陆灯之间是否也存在这样的关系,到目前为止,还没有找到相关的资料。不过从维护过三叉戟的机务人员也包括电器维护人员那里口头了解到,在起落架没有放下的情况下,着陆灯是可以放下来,但是不能打开,也就是说看不到灯光。还说,夜航起飞后第一个动作就是收起起落架,当起落架收起后,着陆灯自动熄灭,然后在爬高过程中由飞行员收灯、关灯。如果飞行员忘记收灯,当前沿缝翼收起的时候,着陆灯也会自动收起,据说,现在的波音飞机也是这样的设计。

这就出现了三种可能:

第一种,仍然是着陆灯的灯光。当机长发现灯光不亮时,将起落架放下。当选择好迫降场并对正下滑的时候,又将起落架收了起来。

第二种,当放下起落架寻找迫降场的过程中,开缝翼也在打开的状态,这样飞机的阻力比较大。由于地面起伏不平,还有小丘陵,为了安全,飞机有时候就得加油门爬高做机动飞行。当发动机功率比较大的时候,尾喷口会看到火光,但还不至于有着火的感觉。而对于草原上很少在低空看到飞机的人来说,有可能误认为着火或者大火。

第三种,就是飞机真的着火了。飞机最容易着火的地方就是发动机,三台发动机集中在飞机的尾部,其中一台着火,就能很快地引起另外两台着火,三台发动机同时燃烧，就会形成明显“大火”。通常情况下，没有外界的因素，飞机不会自身燃烧。如果说飞机残骸右机翼下边直径40厘米的洞是被地面击中的，里边1吨多的油料会使飞机在空中就发生爆炸，不可能连续释放20分钟，大娘描述的过程和时间应该是真实的。再说，右机翼被炸成三段的能量从哪里来？如果被击中，残骸中就能找到弹片，然而现场并没有找到。

如此看来，256号专机是如何从天上掉下来的，疑点甚多，关注的人也很多，也有各种各样的分析与判断。我虽然是三叉戟飞机的内行，由于缺乏现场的资料，也不敢妄加断言。我认为最可靠的根据，就是飞机的黑匣子，从语音黑匣子中的对话能知道每个人对飞机所处状态的态度，从飞机尾部的事故记录器中可以分析出飞机的飞行状态及其产生的原因，如果在空中突然停车与擦地后爆炸停车，记录器中都会有明确的记录。

关于建立小航线进行降落的论证。

1. 能准确地降落在盆地的中心，并回避开降落点北端仅1公里处20米的小山，不仅说明256号专机对降落地点经过了一番寻找，而且一旦确定降落地点后，就按照这一点进行目测着陆。如果是直升机，当飞行员发现自己的前下方能够降落时，操纵飞机对正着陆点下降高度就可以了，最多在小范围的盘旋中观察一下地面的风向、风速以确定降落的方向和应注意的问题，但是，其他带机翼的飞机做不到这一点。稍有一些立体空间想象力的人都会想到，当飞

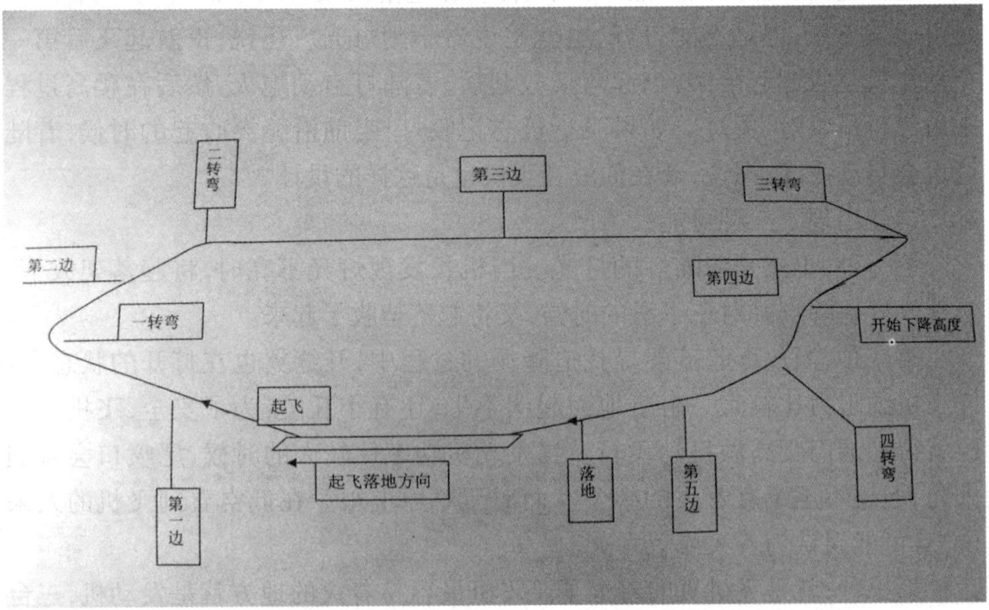

飞行员练习起飞落地航线示意图

机位于降落场的正上方，而决定在这个降落场降落时，飞机必须先离开降落场至少有两个转弯半径的距离，而且，要在降落的一端，让出至少3公里的长度，这3公里的距离是飞行员对正降落场地后用来创造、调整落地条件必不可少的下滑距离。也就是说，当飞行员向落地的方向连续或分开地进行两个转弯（第三、第四转弯）之后，飞机应该对正降落点并离降落地点至少3000米的长度（飞行员叫作第五边），此时飞机的高度应是150米。如果净空条件好，飞行员还可以将这一距离增长，高度也应提高。以上这些动作完成得如何，是一个很关键的过程，对能否降落在选好的降落地点有着举足轻重的作用。平时飞行员进行起飞、落地科目的训练飞行时，就是从起飞开始在机场跑道的一侧建立一个长方形的小航线，重点从第三、第四转弯开始训练飞行员空中的目测着陆技能。因此，衡量一个飞行员尤其是运输机飞行员飞行技术如何，主要看他在复杂气象条件下能否操纵飞机安全降落。所以说，落地技术是飞行员的看家本领，“起飞危险，落地困难”已成了飞行员们的行话。飞行员在落地训练中，也假设过各种特殊情况下的紧急处理，但是，谁也不希望在自己一生的飞行生涯中出现难以处理的特殊情况，更不可能想象到像256号专机那样，在别国的领土上，一找不到机场，二是在夜间，三面临油量耗尽的境地，已无任何退路，场外落地势在必行。潘景寅已被逼上绝路，他不得不使出全身的解数，想尽一切办法，利用飞机上一切可以利用的设备为自己，也为机上所有人的命运，在迫降中做最后的拼搏。

2. 256号专机落地前肯定不止一次飞过大娘家的上空，飞机声把大娘吵醒的那次，与大娘穿好衣服走出来看到的飞机不是同一次。当时飞机的飞行速度至少每小时400公里，等大娘起床后，飞机早已过去了，等她发现着火的飞机时，已经是第二次甚至第三次经过了。

从现在得到的有关资料及当年山海关机场的情况来看，在“九一三”事件中表现最猖狂的人物就是林立果。可是，当256号专机到处寻找迫降场，寻求生的一线希望时，这位年仅20多岁自恃才高的花花公子，就是有天大的本事也无济于事，林立果的疯狂只能加速他的死亡，加速其叛逃计划的彻底破灭。

遗憾的是，《环球时报》的报道中没有具体写明那位大娘的家当时在迫降场的什么方位，我自己也没有条件亲临现场进行调查，否则，就可以进一步判断出256号专机是以左转还是右转进入由北向南的迫降场地的。不过，飞行员通常都习惯建立左航线落地，因为操纵飞机的机长就在驾驶舱的左边，便于对外观察。

还有一个疑点就是，飞机是凌晨1点50~55分飞越国境的，256号专机坠机时间是2点30分,前后不到40分钟,如果坠机现场如蒙古大娘所说,看到冒着大火的飞机飞行20分钟后爆炸的话,飞机从越境到坠机位置只飞了不到20分钟,这是个矛盾。我认为,大娘提供的时间可能有11~12分钟,这正是256号专机建立落地航线需要的时间。此外,中蒙边境414界桩附近的知青提供的越境时间还需要进一步核实。

第三节 剧烈爆炸

首先,有必要重提机长潘景寅的一段飞行历史。

早在1952年,潘景寅就从陆军进入航校学习飞行。60年代初,一年冬季下雪后,他驾驶苏制伊尔-12飞机,起飞时飞机左边的主起落架撞在了跑道边沿清扫堆起的雪丘上,致使起落架后撑杆受损而不能正常落地。在此情况下,潘景寅首先想到的是在空中盘旋,尽可能将飞机上的燃油消耗掉,以防止落地时另一个没有受伤的起落架也支撑不住的情况下,机身与路面摩擦起火爆炸。潘景寅对这一事故处理的结果是,在落地滑跑中,随着飞机速度的逐渐减小,由于左起落架失去支撑,左机翼下沉,造成向左偏出跑道,致使左发动机的螺旋桨触地打坏,飞行员安然无恙,飞机经修复后继续使用。

模拟示意图:林彪专机接地产生右倾斜后机身与右翼尖在地面画出的两道"S"型划痕

潘景寅这段飞行事故的经历说明一个很重要的问题:作为一个飞行员,当他意识到不正常的落地可能会造成飞机着火时,脑子里首先想到的是把飞机上的燃油耗光。这对潘景寅来说,已经是亲身体会过的经验,按说,他应该把这一做法应用到256号专机场外迫降中去。

我曾多次向孙一先询问坠机现场的情况,并对那张现场平面图反复进行研究,也曾就这张图请教过专机师的领导,他们都是专机飞行的前辈与专家,也是潘景寅的战友。经对现场各种情况的研究分析,我与他们的观点是一致的,结论是相同的。

林彪坠机现场的情况是:从北向南一开始,地面首先出现了29米长、2米多宽的划痕,而且,按迫降方向成“S”型,当然,这个“S”型中的弯曲变化是比较小的,是在向右弯曲后,其方向还没有恢复到原来方向时,划痕就消失了。与划痕同时出现的是右边与划痕相平行、长度一样、深20厘米的沟槽,槽中露出长在沙土上的草根。29米后,划痕突然消失了。从划痕消失处再往南30多米才出现大片焦土的燃烧区域,这个区域南北长600米,北面宽50米,南面宽200米,成倒梯字型。在以上范围内,孙一先写道:“草地全部烧焦,上面散落着一堆堆飞机残骸,靠近南端,散布着一些白点,那是盖着白单子的尸体。一眼望去,一片劫余的凄惨景象。”

造成如此结果的直接原因是飞机在迫降的过程中发生了剧烈的爆炸,爆炸能量的来源主要是飞机上的2500公斤燃油。从现场的情况可以断定,256号专机是在迫降接地之后又跳了起来,在空中向右滚转的同时爆炸起火的。

29米的划痕首先给人的结论是:256号专机是按照场外迫降的规定收起起落架,用飞机的腹部直接着陆的。因为正常落地时,三个起落架的轮子上所承受几十吨重量形成的强大压强,只有坚硬的水泥跑道才能支撑得了。野外任何自然地面都不能胜任,如果飞机带着起落架在野外降落,由于地面松软不平,非但起落架不能支撑庞大的机体,而且一旦起落架深陷地面,起落架或被折断,或造成飞机滚转,后果不堪设想。

飞机跳起的原因有三:其一,飞机接地前的下滑角比较小;其二,飞机接地时的速度比较快;其三,飞行员在接地的同时可能下意识地向后拉驾驶杆,操纵飞机再次跃起。

所谓“下滑角”,就是飞机着陆前的下滑轨迹与地平面的夹角。正常的下滑角为2度40分,根据各种因素判断,当时的下滑角只能比正常下滑角小,不会比正常下滑角大。因为256号专机在地面留下的是“划痕”或“压痕”,而不是“砸痕”。只有当飞机以较小的角度接近地面时才会出现“划”或“压”,说明飞机在前进的过程中接近地面，由于飞机还有足够的升力，飞机腹部对地面的压力较小，开始是“压”，后来形成“划”。如果飞机是以较大的角度冲向地面话，飞机就会带着很大的冲击力“砸”向地面，这样，在地面留下的就不可能是划痕，而是砸痕。就像在水面上打水漂一样，只有抛出去的片状物体与水面的夹角比较小的时候，才能出现短暂的在水面上漂的现象；相反，就会一下子钻进水中。正确认识留在地面上的划痕是非常重要的。当人们看到这个划痕时，虽然不会像飞行员那样很自然地构思出飞机下滑接地的情景，也能想到庞然大物是如何从空中接近地面的，可以说“划痕”是证明256号专机进行正常迫降留下的重要证据。

造成落地速度快的因素有：

1. 不带起落架落地。由于起落架在收起状态，飞行阻力减少，接地速度要比正常增加每小时约30公里。大飞机的起落架在放下与收起状态，对飞机的飞行性能影响是很大的，这个影响主要是增加了空气阻力。乘坐过飞机的人留心一下落地前的过程就会发现，飞机起落架放出过程中与放出之后，飞机的状态与外面气流的声音都要发生变化。所以，任何飞机起飞后的第一个动作就是收起起落架，减小阻力，使飞机尽快上升高度，飞机起飞后起落架就成了多余的东西。

2. 飞机的襟翼没有放到规定位置即45度。襟翼和前开缝翼是三叉戟飞机也是其他飞机增加着陆性能、减少落地速度最主要的两项设备，大家在电视上经常可以看到飞机起飞时的情景，机翼后沿被放出来的部分就叫作“襟翼”，与原机翼分开的程度叫襟翼放下的度数。三叉戟飞机按规定要在接地前将襟翼分段放到45度，在正常情况下，飞机在三转弯之前将襟翼放到16度，因为在这时飞机将逐渐下降高度。三转弯后、四转弯前，将襟翼继续放到23度，飞机继续边下降高度边继续减速。四转弯后，飞机对正跑道时，将襟翼放到最大45度。此时，飞机距跑道头约4000米，高度200米。然后，飞机对正跑道继续下滑，飞机距跑道头约1000米的时候，高度60米，速度每小时280公里，在继续减速的过程中经过十几秒钟就可以正常落地。由于三叉戟飞机的空中飞行性能较好，所以，在落地时就必须采取一系列复杂的动作来提高其着陆性能，即提高升力降低速度。两者是飞机性能中一对互相矛盾的因素，放前开缝翼、襟翼等动作，在正常情况下由副驾驶或机械师操作，可是，潘景寅在迫降中忙于处理落地动作，在高度那样低的情况下，很难保证将所有应该做的动作全部完成。如果飞机的襟翼在接地前不能放到最大位置，就会造成接地速度远远超过每小时230公里。

此外，人们可能早已发现大风天天空中的飞鸟落地时都是迎着风来的方向进行的，其原因就是降低鸟本身与地面的相对速度，落下来比较稳，比较容易，飞机也是如此，只是潘景寅夜间无法判断地面风向，如果造成顺风落地，飞机相对于地面的速度就会更大。在蒙古国大草原上，由北向南迫降顺风的可能性很大。

运输机之所以需要两个飞行员进行操纵，并且还需要领航员的及时提醒，就是因为飞机较大，设备复杂而且又多，一个飞行员是顾不过来的，即使在正常情况下还需要几个人的有机配合才能完成的落地动作，而现在面临的却是极其复杂的夜间场外迫降，客观难度不知增加了多少倍，迫降过程中操纵动作上出现丢三落四的现象是必然的。场外降落最忌讳的就是高速度接地，较大的飞机惯性只能造成接地时的较大撞击力和接地之后难以消失的冲击力。

孙一先在回忆中确认飞机的前沿开缝翼是放出来的，可是对襟翼的放出与否没有印象，孙一先在坠机现场看到的机翼都是反过来底面朝上的，当时，他曾爬上半米多厚的机翼观察那个炸开的圆洞。我提醒他说，如果襟翼是在放出状态的话，从机翼反面看，机翼后沿应该是高出来的。对此，他没有留下有高出部分的印象。此外，根据当时迫降的紧急情况，机翼表面上的减速板也不可能放出来，这些都是造成速度高的原因。

飞行员接地时的拉杆动作，是处在自我保护意识下的本能反应。可以想象，潘景寅在操纵飞机落地时的心情非常紧张，迫降场地虽然经过寻找，那只是地面起伏的大概情况是属于一块盆地，至于土质如何，上面有无植被，具体飞机接地时会怎么样，潘景寅心里也没数。平时夜间落地下滑到高度70米以下飞机上的灯光就可以照射到被地面标志灯圈起来的水泥跑道的一端，可是，迫降中的256号专机所看到的却是一片枯草。由于迫降不能放起落架，位于前起落架上的照明灯不起作用，对看清地面又增加了困难。在夜间，飞行员的视线只能跟着灯光走，就像晚上打手电走路一样。三叉戟正常接地时的仰角为7～10度（机身纵轴与地面的夹角），又由于机身没有起落架的支撑，首先接地的部分就是飞机的尾部，尾部接地时，地面产生向上的反作用力会使高速运动的整个机身拍向地面，机翼下的着陆灯就会突然压向地面，再加上地面有没膝高的草，飞机的灯光一刹那间完全消失（假设此刻着陆灯还能打开），飞行员的眼前突然变成一团漆黑，而且正是在接地的一瞬间飞机又产生了右倾斜，必然使机身产生剧烈震荡，面对如此恐怖的局面，飞行员会下意识地向后猛拉驾驶杆，本能地摆脱眼前可怕的处境。因为当时飞机的速度比较高，后拉驾驶杆产生的舵面效应比较明显，再加上飞机擦地时地面所给予的反作用力，飞机几乎就在接地的同时，又迅速地弹跳了起来。根据当时的飞机速度及飞机碎片抛撒的长度、面积分析，飞机跳起的高度约 10 米左右。

飞机为什么会产生右倾斜？

虽然，孙一先当时没有丈量两条相互平行划痕之间的宽度，但根据三叉戟飞机 28.96 米的翼展宽度（两机翼翼尖之间的宽度），两划痕之间的距离无疑是翼展宽度的一半 14.48 米。

其一，夜间降落中，已失去修正下滑方向的参照物。

夜间落地与白天相比，对飞行员来说难度要大得多。跑道上五颜六色的各种灯光标志是飞行员判断修正落地条件的主要参照物，除了构成跑道形状的灯光之外，在着陆一端的跑道延长线上，还有 1000 米的红色灯光构成跑道引导灯。有的机场为了给飞行员创造更好的落地条件，还在跑道的着陆地带聚焦着一排探照灯，飞行员在空中就可以很轻松地发现飞机下滑方向与高度方面的错误并及时修正，如果飞行员自己判断有误，地面指挥员也会给予必要的提醒。飞行员在前进中及时发现飞机的横向运动是一个微妙的技术问题。可是，256 号专机所面对的却是黑暗中的茫茫草原，尽管飞行员已经把迫降场确定在那个盆地的中央，但是，偌大的一片平地上却没有让他赖以创造落地条件的任何灯光信号，这样，飞机在落地前就是带着一定的倾斜，飞行员也发现不了。

其二，夜间判断高度不准，落地动作不稳，接地的同时产生右倾斜。

即使在大白天落地时飞行员也不敢保证飞机着地时没有一点儿倾斜，不过，当飞机的两个主轮在坚硬的跑道上着地的同时，有点倾斜也很快被两个支撑的轮子修正了。问题的关键是飞机未放下起落架，灯光所照之处又是一片荒草，飞行员对地面高度的判断已失去正常的依据，当飞机尾部接地的同时，由于失去起落架的支撑，飞机的左右平衡很难控制，飞机着地前只要带有一点点儿右倾斜，飞机会很快倒向右边，即使没有倾斜，在尾部接地的同时，也很容易产生倾斜，在这一瞬间，飞机的仰角会立刻转为倾斜角。根据 256 号专机划痕的情况及当时的速度，飞机着地时有 7 ~ 10 度的仰角，这些都是正常的。开始只有尾部一点着地，接着变成尾部与右翼尖两点接地。这是因为三叉戟飞机的机翼又有较大的后退角（机翼前沿向后倾斜的角度），翼尖与尾部在前后的距离上很近，更容易造成机翼尖端着地。

从右翼尖将地面划出深 20 厘米的槽沟分析，飞机当时的右倾斜的角度至少有 5 ~ 7 度（这是根据机翼的安装角、上反角等因素计算出来的），否则，右翼尖是不会将地面挖出那么深的沟槽的。

模拟示意图:林彪专机右侧倾斜接地飞机产生剧烈震动,加上落地速度大,飞行员下意识拉杆使飞机跳起

对于带倾斜落地的问题,我还想到了是否因为地面不平、右高左低造成的,如果是这样,即使飞机不带倾斜,右机翼也会首先着地。为此,我专门请教了孙一先,他经过认真回忆后肯定地说,29 米划痕处的地面是很平的。

256 号专机落地动作基本正常,主要是指符合场外迫降的基本要求,尤其是在夜间客观条件极其恶劣的情况下,能保持飞机有一定的仰角以机腹擦地,做到这一点已经是不容易了。如果在白天迫降,由于飞行员对周围地形情况看得一清二楚,对选择降落场地比较有把握的情况下,就会大胆地将油料消耗到最少。落地中,飞行员不但不会使飞机带那么大的倾斜,而且,当飞机带着一定的仰角接地的同时,飞行员会竭力通过不断向后拉驾驶杆的动作,保持飞机带着仰角向前滑行,虽然这个滑行的距离不会太长,当飞机的速度降低后,舵面操纵效应消失,整个机身会趴到地面,但是,其滑行的距离肯定要比 29 米长得多。更重要的是在其滑行过程中,飞机的运动惯性会很快降低,虽然不能肯定后段的整机与地面摩擦不会起火,但起码在飞机爆炸后,不会形成如此大面积的抛撒范围。

为什么会爆炸?

飞机跳起来之后,紧接着发生剧烈爆炸。发生爆炸的条件之一就是 2500 公斤左右的燃油,条件之二就是使燃油点燃的两个因素:

其一，机身与地面在29米长的高速摩擦中产生高温。每小时260公里的速度，相当于每一秒钟飞机向前70多米。近40吨的钢铁之躯与沙质地面高速相擦，其温度突然上升，迅速点燃了与摩擦部分仅有一层金属外壳的内组油箱中的燃油。

其二，地面"S"形的划痕说明没有强大的来自侧面的力量是不会改变飞机前进方向的。右翼尖插地带来的巨大扭力，会使整个机翼扭曲变形，这样，机翼内部金属变形带来机件之间的相互挤擦也会引起火花，直接点燃油料。2500公斤的燃油一旦被点燃爆炸，就会像一颗炸弹一样将一架完整的飞机撕得粉碎。试想，2500公斤的燃油供三台发动机正常燃烧时可以使数十吨重的三叉戟飞机在空中飞行半个多小时，如此大的能量在爆炸的一瞬间释放出来是非常巨大的。

如果飞机是在贴近地面爆炸的话，而在地面上形成了29米划痕以后是不可能不会出现任何痕迹，强大的冲击波能把钢铁之躯的飞机炸碎，也能在沙土质的地面留下一个坑。此外，从地面划痕的出现到燃烧区的边沿，其距离有70多米，从而可以准确地推断，飞机从开始接地到跳起爆炸，仅仅用了1秒钟的时间。

有人认为飞机爆炸的原因是飞机上的电路引起的，其实飞机油箱中的油泵就泡在油料之中，油泵是靠电工作的，如果电路能使飞机爆炸的话，这样设计岂不是问题更大！

此外，还有一个因素会增加爆炸的力量，那就是客舱内的空气增压设备一直开着。飞机在山海关起飞后，坐在副驾驶位置的机械师李平或张延奎会像平时那样及时打开座舱增压设备。该设备的作用是，在高空飞行中保持客舱

模拟示意图：林彪专机着地划出29米划痕后又跳起在空中发生爆炸并带着落地时的惯性向南将飞机碎片撒落下去

有一定的空气密度，为乘客提供正常的氧气，所以客舱内部的空气压力要比外界大得多。这样的判断是根据历来的空中劫机者都把驾驶舱的机组人员控制到最少，甚至只有一个驾驶员。这样，空中飞行的全过程中，座舱增压一直是处于打开的状态。按规定，飞机在落地之前必须将座舱增压关闭，可是，根据飞机上九具尸体分布的情况，三位机械师在迫降时均不在前驾驶舱，潘景寅处在左驾驶员的位置，又无法用手够到位于驾驶舱右后边由机械师操纵的面板，这样，飞机在接地爆炸前，座舱增压一直还在开启的状态。

虽然，蒙古国草原的海拔在1000米左右，但落地时客舱内向外的压力还是不小的，因为整个客舱的面积很大。这样，一旦飞机因燃油爆炸使机身损坏，客舱内外的压差同样起到推波助澜的作用。媒体曾报道过国外有一架被劫持的客机，落地后在没有解除客舱增压的情况下，由于强行将机门打开，飞机上一名成员被客舱的气浪抛出机外摔死，可见飞机落地后的那一点儿压力差也是很大的。

深夜，随着蒙古国草原上的一声巨响，宣判了林彪叛逃阴谋的彻底破产。

迫降前潘景寅肯定想到了机上油料的危险性，为什么又不能正确的处理？分析原因有两个：

其一，迫降前飞机上究竟还剩多少燃油飞行员已心中无数。不敢用继续飞行的方法消耗油料，一旦在不适合着陆的位置断油停车，飞机将不能落在预定的地方。

其二，前面提到，三叉戟飞机没有空中放油设备，不像现代的飞机那样，紧急情况下可以在空中将燃油全部放掉。对飞行员来说，既要把油量飞完，又要保证使飞机进入迫降场的有利位置是很困难的，世界上没有那样巧合的事情，尤其是在夜间就更加困难。像三叉戟这样的飞机，正常降落时的下滑都是在发动机工作并带着一定程度的油门的情况下才能完成，一旦发动机停车，飞行员也无能为力。平时的训练中，也没有做过此种科目的练习。所以，理想的做法是将油量消耗到最少但又没有达到使发动机停车的地步，飞机又刚好处在迫降的有利位置。对于三叉戟飞机来说，此时油箱中最多还剩200公斤燃油，这点剩油也许还不会爆炸。就是爆炸，能量也是有限的。

1998年6月，法国有一架麦道客机，因起落架故障没敢在水泥跑道上落地，最后决定在机场旁边的迫降地带收起起落架用机腹着陆。飞机一边在空中用两个小时的时间消耗掉绝大部分油量，同时，地面保障人员在飞机迫降地带铺了一层既能防火又具有一定弹性的材料，最后飞机迫降成功，飞机没有着火，机上人员安全脱离。当然，256号专机遇到的客观条件要复杂得多。

2000 年 2 月 18 日，联合国一架 C－130 大型运输机，在澳大利亚的达尔文机场落地时，因左起落架失灵，不得不收起起落架用飞机的腹部迫降，由于这种飞机属于上单翼，飞机的机翼安装在机身的上部，虽然飞机着陆时造成局部着火，但没能点燃位于机身上部机翼中的燃油。局部着火也很快被机场消防人员用泡沫控制住火势，机上人员无一伤亡。

第四节 残骸遍地

256 号专机碎片散落的面积如此之大，造成地面燃烧的区域又如此之广，原因有两个：

其一，飞机是在跳起之后空中爆炸的；其二，2500 公斤的燃油形成爆炸的当量太大，而且，飞机上还有其他可燃油料与可燃物品。

飞机除了落地后又重新跳起之外，根据右翼尖插地和“S”型划痕分析，飞机是在向右的滚转中爆炸的。由于飞机的各个部分与爆炸源点的关系位置不同，所受到的爆炸力也不同，又由于爆炸后飞机已失去原来的流线外形，每块形状各异的碎片在空中遇到空气阻力也不同。尽管如此，由于爆炸发生在再次跳起后的空中，飞机上的每个部分还是沿着飞行的惯性以抛物线的形式向南散落下去。

由北向南进入 50 米宽的燃烧区后，就开始出现零碎的飞机碎片，其中在一张用英文写的“注意事项”单页上标明飞机的型号为 TRIDENT－1E(三叉戟－1E)，这是我很熟悉的英文名字。从 1970 年开始，在广州白云机场改飞三叉戟飞机以来，我就一直在没有翻译过来的有关资料中寻找要知道的飞行数据。当时，包括 256 号专机在内的四架三叉戟飞机都是 1E 型，这是我国 20 世纪 70 年代最盛行的三叉戟飞机中最老的机型。

林彪专机机尾残骸

进入燃烧区 200 米处，逐渐看到机身的大片残骸，其中一片有小汽车那么大，连着摔碎的舷窗斜卧在焦土上。从此，往东南 20 米有一截折断了的机翼，上面有“56 号”字样，这肯定是从“256 号”之间断开的。当时，属于空军管辖的专机机身上都统一标上和民用航空一样的标记，除了机身上按纵轴的方向从前到后是周恩来的题写的“中国民航”外，在飞机两机翼的下表面也写着同样的字样。在右机翼的下面写着“中国民航”四个字，在左机翼下面写着“256 号”几个大字。“2”与“56”号之间，正是机翼中内组油箱的位置，由于机翼外组油箱比内组油箱高（机翼有上反角），那 2500 公斤的剩油都集中在两侧内组油箱中（内外组油箱是相通的），所以，油箱爆炸时，首先从这里将机翼切为两段，而且，底面朝上放在焦土上。

在左机翼的旁边，是被炸瘪了的中央发动机尾端的喷口。

中央发动机位于整个机身的后部上方，它掉在燃烧区的北端，说明它所承受的爆炸力是向后的，因为仅是发动机的喷口，重量较轻，会过早地留在地面。此时，草地的燃烧宽度已有 100 米。

沿燃烧区的中轴线南行 120 米，开始看到客舱内的设备。一扇从合页连接处裂开的门，门上钉着中文塑料刻字“旅客止步”，没有一点儿着火的痕迹。这扇门位于飞机客舱的最后面，这扇门的后面就是飞机的后设备舱，机务人员可以从后设备舱下到飞机下面的货舱中去，所以，门上的“旅客止步”就是提醒乘客们已经到了客舱的尽头。在这扇门的南边散落着许多三位一体的座椅架。因为，从“旅客止步”到后登机门之间，全是小桌和可以乘坐 3 个人的座椅，所以，它们掉在“旅客止步”的南面是正常的。

就在座椅连架的中间，有一条宽条纹的小型毛毯，上面印着“PIA”（参看第一章第五节）3 个英文字母，这是巴基斯坦国家国际民航的缩写标志。可见，在 256 号专机的专机改装时，并没有全部将巴航的东西换掉，也许是时间仓促，专机舱中还保留着一些巴航飞机上的东西。同小型毛毯在一起的还有一件细漂白布被套，半折半展，白白的一点儿也没有弄脏。

令人特别注意的是，以上 3 件物品都没有沾油，也没有着火，尤其是那两件床上用品，本是易燃物品却没有被点燃。此处位于机翼油箱与驾驶舱的中间，似乎没有什么特别的保护才能使其免于火烧。于是我大胆地设想，一般乘坐飞机的首长在空中最舒适的休息地方就是床上。如果飞机迫降时林彪在床上，和那个被套在一起而最后又落在被套的位置，即使是死也不会是被火烧死的。一定是被套重量较轻，提前掉了下来。

从飞机着地算起 400 多米处，在燃烧区的东边摆放着一截机翼，上面有“中国”二字。从这段机翼上可以看出，飞机的前沿开缝翼是打开的。三叉戟飞机规定，只有在加入落地航线，速度降到每小时 250 海里以下，才能打开前开缝翼，这也是 256 号专机进行场外迫降的根据之一。显然，这段机翼就是右边机翼的外面半截，那么其余的部分在什么地方呢？最后却在机头以东20米处发现了它，这个位置离飞机接地点已经是近600米远的地方了，仍然是有字的一面朝上，写着“民航”二字。在“航”字的中央，有一个直径40多厘米的洞，洞周围有不规则的铝刺，刺尖有的朝里，有的朝外，洞的深度50厘米，相当于机翼的厚度，但洞的底部并未穿透，大洞的附近还有两个兔子耳朵样的小洞。我国使馆视察人员在不明真相的情况下，还以为找到了飞机被击落的证据。后来回北京向总理汇报时，还特意到西郊机场查看了其他三架三叉戟——256号专机的姊妹机，才知道右机翼根部那个洞口是朝下的，这就进一步证实了一个问题，飞机是右机翼先擦地，也是右边位于翼根处的内组油箱首先被点燃，同时也是右边的油箱爆炸最强烈。与左机翼相比，右机翼不但从机翼的根部被切断，而且，机翼的外部也被切断，把“中国民航”四个字从中间分开，而且，两者竟被炸开了100多米远。那个40厘米的圆洞不是导弹击中所为，因为洞口边沿的铝刺大部分外翻，而且机翼顶部没有被击穿，坠机现场也没有找到与飞机残骸无关的金属碎片。

在上面提到的那扇门的东南30米处，有一台外壳炸裂的发动机，这是三台发动机中出现的第一台。

飞机的尾部被抛在离着陆点约500米处，位于燃烧区中轴线的西侧边沿。这是256号专机所有残骸中最大的也是没有被燃烧掉的一部分，是从中央发动机进气口处炸断的。因为，发动机有很粗的油管连着油箱，每12分钟就有1000公斤燃料输送到发动机，油管有多粗可想而知，爆炸时很容易从这里分开。整个尾翼是向左倒在地上，左边水平尾翼的尖部插入地面。三叉戟停在地面时，8米多高的后掠型尾翼为雄姿勃勃的飞机增光添彩，然而，当它斜躺在一片焦土上的时候，只能使残骸遍野的坠机现场显得更加凄惨。尾翼本来是位于飞机的最后部，为什么能抛得那样远呢？主要是尾翼位于机身轴线的上部，当它从其根部炸断之后，本身作为一个较大的个体，向前的运动惯性没有受到机身其他碎片的阻挡，整个尾部的重量较大，运动惯量也大，抛的距离就越远。此外，尾翼的位置处在西边的边沿上，很有可能是因为跳起爆炸时飞机向右滚转的惯性把尾部甩在了中轴线的右边。尾翼没有着火是因为尾翼内部没有可燃的物质，外表像球形的事故记录器（黑匣子之一）就装在这里。据说，在失事的飞机残骸中，飞机尾部总是保存得比较完好。由于尾翼没有燃烧，垂直面上漆有五星红旗以及红旗下方的“256”机号还清晰可见，这些标志刚被专机师修理厂的人们涂上去还不到半个月的时间。

飞机的驾驶舱，也就是飞机的头部位于近600米处坠机现场中轴线的南端，与断开的右机翼中段在东西一条线上。机头位于飞机的前端中央，又处在爆炸源的最前面，飞机的滚转对其影响不大，应该落在这个位置上。飞机的头部在停机坪或起飞时那种昂然雄姿不见了，只有烧毁了的一堆大小碎片、电缆、管道和灰烬。其中一个比大衣柜还要宽的带格子的框架（驾驶舱设备架），因燃烧火势最猛，铝合金机壳都已成灰。因为驾驶舱内的可燃物质最多，各种操作系统、电气、仪表等都集中在这里，那些爆炸后未点燃的油料也会随着惯性飞到这里。飞机头部的燃烧区已扩展到东西宽 200 米，说明飞机上的可燃物在这里最多。因为，飞机上除了发动机使用的 2500 公斤燃油外，其他可燃物还有润滑油、操作系统用的高压油、氧气、内装修物品及塑料等。

离机头前面 80 米处有一个从根部断开的起落架，起落架上的轮胎已滚到它南面 200 米未燃烧的草丛中，这个轮胎是坠机现场中最南边的一部分。

根据孙一先绘制的残骸分布图上看出，在接近 480 米处的西侧，出现了第二台发动机。在尾部东南方向 25 米处的地方，是第三台发动机，而且，还可以看清发动机尾喷管处的反推力装置没有打开，由此可以断定，这台发动机属于两侧发动机中的一个——256 号专机根本没有给飞行员提供使用反推力的机会。

根据后来掌握的信息，在飞机坠毁的第三天，苏联军人乘直升机从赤塔出发，到坠机现场拆下并运走一台发动机，但不知是三台中的哪一台，这一信息也是蒙古国前副外长云登向新闻界透露的。也就是说，在我使馆人员到达坠机现场的当天上午，苏联就已经把一台发动机运走了。这样，在坠机现场只能看到两台发动机。而孙一先的平面图上是三台发动机，其中应该有一台发动机是不对的。为此，我同孙一先进行了认真细致的研究，认为，在迫降场上首先出现的那一台发动机可能不对，那很可能是发动机的外壳，因为，在迫降场的其他位置也发现有发动机的外壳与发动机脱离，被甩在离发动机很远的地方。为什么认定离着陆点较近的发动机可能有误呢？因为，飞机发动机是一个结构紧密而且重量较大的部件，在强大的着陆惯性驱使之下，脱离机身后，不会像其他机身蒙皮（外壳）那样掉在离着陆点较近的地方，而是飞向同其他 2 台发动机差不多远的位置。

其实还有一个很重要的信息至今没有人透露，那就是 256 号专机的黑匣子（飞机事故记录器及语音记录器）也被苏联人拿走了，上面记录着很重要的信息——这是另一个话题。

坠机现场中还有一些必须提到的东西是机组人员的用品。在我使馆人员进入现场前已被人捡到一起堆放的什物里，有两个驾驶员用的图囊，一个烧了一半，另一个基本完好，里面的地图都没有了，只剩下几只黑铅笔和红蓝铅笔插在一起。这使我想起我的那一套航行资料及航行用具也在飞机上，看来，坠机现场被人堆在一起的图囊只是一少部分，因为，除了空中服务员和机械师外，其他五个人每人都有一套资料，图囊有大小不同，领航员和我的资料包是大的。这些同飞机的黑匣子一样被先到现场的人拿走了，上面有我国主要机场的情况及其导航资料——那是我的飞行生涯中最后使用过的航行资料。当然，林立果从西郊机场装上飞机的大小十几个箱子，也是首先被拿走的东西之一。

256 号专机残骸的碎片，大到整个飞机的尾翼，小到像五分硬币（镶在飞机部件上的金属卡片），撒落在如此大的范围内，可见爆炸当量之大。如此爆炸造成飞机残骸遍地，而机上人员的情况如何呢？

第五节　横尸荒野

剧烈的爆炸中，256 号专机上的 9 名人员无一幸免，我使馆人员当时在不明真相的情况下只好将现场的 9 具尸体由北向南顺序编号。

飞机迫降时机上 9 名人员都在飞机的什么位置，这既是降落前机上人员

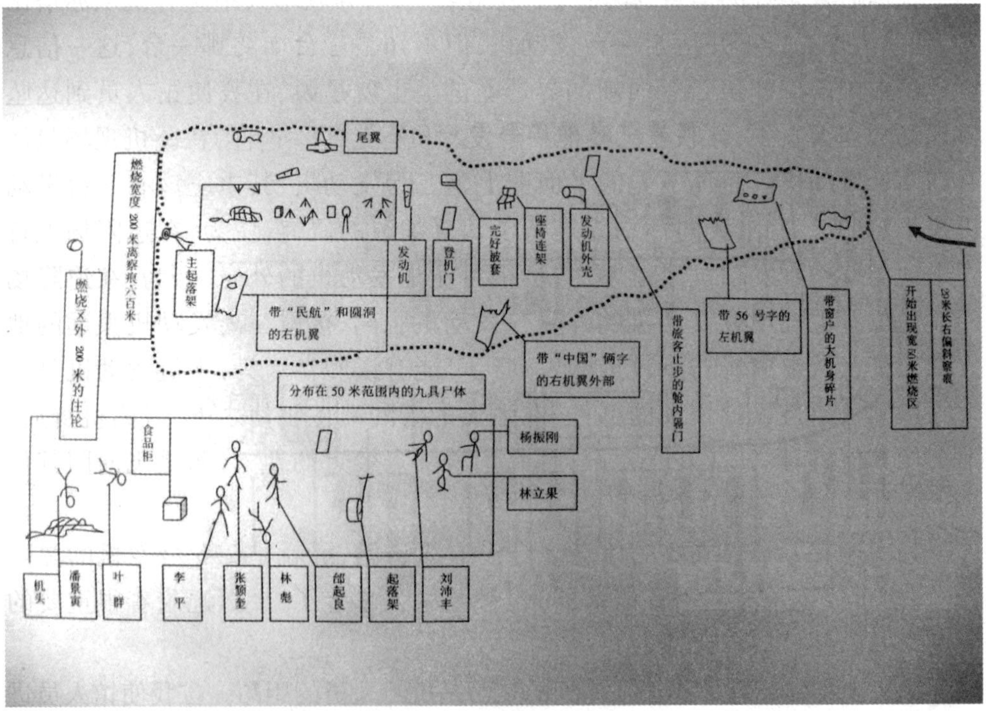

坠机现场示意图

认真对待的问题，也是关心“九一三”事件的人想要知道的问题。

第一，驾驶员潘景寅肯定在左边正驾驶的位置上，其余人员都集中在前服务舱后面的那两个客舱里。

从现场看，机上9具尸体都相对集中在离机头只有50米远的范围内。如果他们不是集中在前边，当机头被抛出500多米之后，不可能落得那样集中。假设有人坐在后登机门以后的座位上（第三客舱），就会有人同那些座椅架落在一起。此外，前服务舱的食品柜也在尸体的中间，从驾驶舱到改装后的客舱中间，食品柜是最显著的大部件。

第二，9具尸体中的一号即最北边的一个是林彪的司机杨振纲。作为开车的司机，他的任务只是把林彪等人送到机场，为什么也跟着上了飞机呢？这是个至今我还没看到有关解释的一个谜。据说，林彪司机人高马大，人们都叫他“大杨”，很有可能在帮助林彪登机时，仓皇中上去就没有下来的机会了。

第三，9具尸体中的9号是机长潘景寅，他的位置最靠南边，是离机头最近的一个。他仰面朝天，两臂向上伸过头顶，手心朝前，似举手抓东西状。因为飞行员离不开座位，他离机头最近是正常的，又因为他直接操纵飞机，对飞机接地后的可怕后果是有思想准备，所以他在死前似乎要用手够到什么东西或者要挣扎着站起来。

第四，9具尸体在南北一条线上50米范围内分为三堆。最南端的一堆两个人，除潘景寅之外，离机头最近的还有叶群，他们离中间那堆四个人的距离为12米。这样看来飞机迫降时叶群很可能就在驾驶员的旁边，甚至就坐在右边副驾驶的位置上。按常规分析，飞机在降落时，有许多与机长配合的动作要副驾驶完成，例如放灯、开灯、放开缝翼、襟翼等，此时，在缺少副驾驶的情况下，只有机械师李平才能担此重任，即使李平不行，还有另外两个机械师，从飞行的角度讲，怎么也轮不到叶群坐在副驾驶的位置上。然而，有些事情在其特殊的情况下就会出现人们难以预料的结果。场外夜间迫降对飞机上的每个人来说，都是凶多吉少九死一生的最后一步棋，在此关键的时刻，林彪、林立果、叶群就会成为重点保护的对象，不管靠什么手段，林彪等人都要达到这个目的。此时，叶群也许会认为同驾驶员在一起会安全些，如果她要坚持坐在副驾驶员的位置上，潘景寅也没有办法，从起飞以后，机组就不会有发言权了。叶群右手呈半握状态，很可能生前有手枪握在她的手中，被蒙方人员提前收集到一起的还有七支清一色的“五九式”手枪、一把精巧的微型冲锋枪及数十发子弹。看来，叶群在前驾驶舱还有时刻对潘景寅进行监视的作用——专机师的飞行员们是不带枪支的。

第五，在第二堆尸体的4人中，林彪和三个机械师在一起。他们中只有部起良的上衣没有被大火烧光,因为,机组中只有他穿的是皮夹克,皮衣服是不容易燃烧的。这使我想起12日晚,在山海关机场做完飞行后检查,机组准备去吃饭的时候,他看到大家穿得单薄,主动提出把衣服让给别人,他说飞机上还有多带的衣服,这是多么真挚朴素的战友情义。

三个机械师的头都朝西,以品字型围在林彪的周围,林彪头向东,4人离得很近,这4人的位置给人一种生前"首长"受保护之状。我不敢设想在那样的情况下,林彪等人还要强迫或诱使机械师们保护自己,对机械师来说,面对把自己引上绝路的"林副统帅",还能够接受吗?我想这也许是一种巧合,一种在爆炸造成强烈的冲击波中,人员被无序抛撒形成的场面。生前机械师们被"首长"骗上飞机,死后又以殉葬告终,可怜的机械师们是死不瞑目的,我也不想在此作更深一步的设想。这一点再次证明,3个机械师并没有在驾驶舱他们应该坚持的岗位。

第六,第三堆尸体离第二堆32米,林立果在中间,刘沛丰及杨振刚在两边,同样是离得很近,他们3人迫降时很可能在第二客舱。

第七,9具尸体中除林彪、叶群及驾驶员外,其余人的头都朝西,而且又都是仰卧在那里。对此,我认为和飞机向右滚转有关。在机舱里,人们的头都是朝上的,当向右滚转到接近90度时已经到地面了。至于为什么都是仰卧的姿态,对此从飞行的角度分析,无法找到科学的根据。

第八,钢筋铁骨的飞机在强烈的爆炸中,都被撕得粉碎,血肉之躯的人体,为什么能保持完整呢?只因为机上人员都相对集中在一起,甚至会紧紧抱在一起,没有直接受到爆炸源的撞击,所以,人员大部尸体完整,个别人的部位发生骨折和撕裂。2号尸体林立果上身仰卧,下身略向右侧,右腿伸直左腿内屈右臂平伸手心向上,左臂内屈,掌心向下扣在腰前,似乎要抓腰间手枪,嘴微张,牙外露,眼半合,面部表情痛苦、狰狞。从9号尸体潘景寅的姿态及面部表情看,当时他们并没有死,死前是挣扎过的。如果人员被撞击暂时失去知觉,还是可以活过来的,但多半是伴随着强烈的大火与高度的缺氧,还没等到醒来时已经被火烧死或者窒息而死。

第九,还有一个现象值得思考,就是所有的人脚上都没有穿鞋也没有戴手表。如果手表是死后被人摘下来的,但脱鞋的可能性就不大,而且,有的鞋是有鞋带的,不会被摔掉。由此判断,迫降前机上人员特意做了准备,这样做符合飞机场外迫降的要求,因为身上携带的硬物有可能对人体造成损害。1998年上海一架麦道飞机因前轮故障准备迫降时,经过专门训练的随机服务员就要求乘客这样做。

在这个问题上还有一个疑点，为什么机长潘景寅脚上的鞋子也脱了下来？飞行中规定飞行员必须穿皮鞋的理由，就是因为飞行员要直接操纵飞机，尤其是飞机在起飞落地的过程中，两只脚掌加在方向舵与刹车踏板上的力量是比较大的，如果不穿带有一定强度和硬度鞋底的皮鞋，是不可能将较大的力量通过两只脚对方向舵、脚刹车进行操纵。可是坠机现场发现潘景寅的脚上也没有穿鞋，值得怀疑的是，潘景寅空中一边操纵飞机一边脱鞋的可能性比较小，此外，潘景寅难道没有想到在迫降的过程中，自己光着脚丫子还能有效地操纵飞机吗？除非他认为一旦飞机接地便凶多吉少，只有听天由命，哪里还有操纵飞机的余地。此外，机上人员脱鞋的目的除了怕挫伤身体外，另一个作用就是迫降后人员从冲气梯进行疏散的时候，防止鞋底将冲气梯刮坏。其实，三叉戟飞机不带起落架接地后，飞机舱门离地高度已经很低，用不着这种设备。由于我们平时不做类似迫降应急措施的练习，飞机上的冲气梯在什么地方、是什么样子都不知道。

所以，我对机上人员因为迫降脱掉自己鞋子一事持怀疑态度，不排除最先到达现场的蒙古国人把死者鞋子脱掉的可能。

当时，以中国民航飞机迷航失事为由，将9具尸体以排号为序按蒙古国的习惯葬在了坠机现场西侧1100米处，林彪是5号，鬼使神差，正处在9个人的中间位置。机组4人分别是4、6、7、9号，陪葬在林彪旁边。

综合以上多种情况可以得出这样的结论——飞机不是被打下来的。

其一，飞机坠毁前蒙古国军队一直没有发现256号专机；其二，机翼根部的圆口是油箱爆炸所致，上下没有穿透，不是导弹或高射武器所为。从反面推论，如果是打下来的话，飞机应该在高空爆炸，其飞机碎片的撒落范围应该是圆形，而不应该是狭长的梯形。如果接地之后再爆炸的话，地面上应该有一个大坑，而不应该是29米长的划痕。1999年2月份，一架图-154飞机的温州空难和5月份韩国麦道飞机的上海空难都是从空中直接坠地，所以，飞机黑匣子都是在几米深的地下挖出来的。这架飞机是按正常的场外迫降动作进行迫降的过程中，因为剩余油料太多，迫降动作不成功而坠毁的。

近些年在互联网和社会上流传一种说法，认为256号专机一直飞到了苏蒙边境，距离苏联的赤塔省很近了，当苏联地面武装发现256号专机掉头往蒙古国方向飞回来的时候，才将其击落的。这种传说缺乏最起码的根据，那就是飞机上的油料根本不允许256号专机飞到苏蒙边境，连乌兰巴托都飞不到。再说，从蒙古国方面提供的飞机爆炸时间为凌晨2点30分左右看，如果256号专机飞到苏蒙边境再折回来的话，爆炸的时间要晚很多。

第八章 机组定性

第一节 邓小平为256号专机组死难人员定性

“九一三”事件已经过去整整42年了。至今，一翻到共和国历史上这不光彩的一页，人们都不会忘记在1971年9月13日凌晨，林彪乘坐三叉戟256号专机仓皇出逃，两个小时之后坠毁在蒙古国的大草原上，机上九人无一生还。林彪及妻子叶群、儿子林立果、死党刘沛丰背叛祖国，死有余辜。可是，机长潘景寅、机械师李平、邰起良、张延奎四位机组人员如何定性呢?

凡是关心“九一三”这一历史事件的人，都很自然地联想到这个问题。我作为林彪专机三叉戟256号机组的9名成员之一，从林彪事件爆发开始，就一直对机组人员的命运感到十分 困扰。随着时间的推移，这个问题逐渐向着好的方向发展，直到1982年，遇难机组人员的定性问题才得到解决。

256号专机组在坠机中死亡的4名人员的命运，远不如仍活在人世间的5人。三叉戟256号专机组的9名战友，作为全国等级最高、地位最重要的专机任务的集体，像一场噩梦一样被命运隔离在生与死两个截然不同的世界。

1971年9月18日，中共中央57号文件宣判了林彪背叛祖国的下场，世人开始为之一惊，接着便是在一片大批判声中开始清查林彪反党集团的行动。机组5人作为“九一三”事件的直接受牵连者，在专机师这个重灾区里开始了漫长的隔离审查生活。在此期间，其家属凡是在正常工作岗位上者，也都受到了不同程度的牵连。机组领航员的妻子也是专机师的一名杰出的领航员，我国少有的第二批女飞行员之一，她暂时被停止飞行，不能上天执行任务；我妻子仅是工厂车间流水线上的一名工人班长，也被撤换下来……相比之下，机组四位死者的家庭所承受的压力就可想而知了。

机械师李平家大门上悬挂着的“军属光荣”的匾额被砸的消息还是中央专案组负责看管我们的一位陆军军官告知的。李平是1956年11月从天津和平区入伍的，1938 年出生，遇难时只有 33 岁。他妻子因“九一三”事件被戴上“反革命家属”的帽子，虽然没有国家的文件，但也没有人说他们不是“反革命家属”，大批判中都是这样认为的，而且从不发给工资，也没有抚恤金等待遇。他妻子带着 3 个孩子，最大的不到 5 岁，最小的刚出生。在那个时代，“反革命家属”在社会上很难正常生活下去，就是在自己的家里也不可能回到以前的平静中去，李平的妻子只得带着孩子改嫁了。如果当时李平的家安置在北京的专机部队，那样来自家庭和社会方面的压力可能会小一些。李平的妻子曾携女带子到专机部队去过，“叛徒”家属的嫌疑使李平的老乡、生前战友也不敢到家属招待所看望，因为领导有规定，不能以个人的身份去探望李平的家属。后来，部队派人到李平家里移交李平留在机场遗物的时候，看到李平的妻子哭得死去活来，当时，只有一个亲戚在身边照顾她。在李平妻子面前，派去的人只谈具体事情，有意回避死亡的性质，也没有同当地的政府发生任何联系、进行任何交代。上面没有相关的精神，办具体事的人不敢自行做主。

当李平的妻子清理丈夫遗物的时候，发现李平生前在部队的存折不见了。后来，经部队人员多方调查，储蓄所的人员反映，是一位带着口罩的大个子将存折上的钱全部取走的。原来这个人正是李平的老乡，在地方上和李平工作在同一个单位，同时当兵，又同时在部队同一个单位同时维护同一种飞机，可谓最亲密的战友，没想到李平一死，李平遗属正处在水深火热之中的时候，他不但没有伸出手来帮自己的战友一把，为自己战友的家属做一点事情，反而釜底抽薪，对李平采取落井下石的手段，将自己战友遗孤赖以生存的一点儿钱占为己有。在他看来，李平在“九一三”事件中大势已去，永无翻身之日，趁机浑水摸鱼捞上一把也不会有人过问。

只有 20 多岁的机械师张延奎遇难时刚结婚不久，妻子正怀着未出生的孩子，一个永远见不到亲生父亲的孩子。张延奎本不是 256 号专机的机械师，由于当时 256 号专机的机械师临时有事情，又住在城里，就让张延奎顶替了。

特设师邰起良的妻子常年病重在身，出事之后让她离开工作岗位，参加惩罚性劳动，致命的打击更使她雪上加霜，不能自已，留下两个尚小的女儿，过早离开了人世。

潘景寅 1929 年出生在河北省丰润县一个贫苦农民的家庭里，母亲去世早，是姑妈将他带大的。1946 年 17 岁的时候，四野的部队从村里经过，他扔下为地主放牛的鞭子跟部队走了，后来被选拔为我国空军航校第七期飞行学员，学习飞行之前就在陆军任干事之职，在专机部队执行过很多重要专机任务。平时由于经常执行宋庆龄的专机任务，在改装三叉戟飞机还没有结束的时候，又用伊尔-18 飞机执行了宋庆龄的专机任务。

潘景寅的妻子孙祥凝在北京市一家医院工作，家住在机场里面。9 月 13 日白天上班时，看到机场戒备森严，门岗都换上穿黄裤子的陆军，她想这是他们部队里的事情，没有放在心上。尽管老潘昨天晚上说就到北戴河，很快就回来，由于平时出差回来的时间也没准，已经习惯了，对老潘当晚没有回来也认为是正常的。到了 9 月底天气凉了，怎么还不见老潘托人要衣服？她悄悄问别人的家属，得到的回答是最好到师政治部问问，没有人敢把实情告诉她。10 月份过去了，她从南口的娘家回来仍没有老潘的消息，而且她发现周围许多人都有意地躲着她，主动向前打招呼时人家也不理她。当她感到机场的气氛不正常，想到老潘可能出事的时候，突然被关了起来，开始进行隔离审查，自己的家也被抄了。

当时，潘景寅的大女儿刚 10 岁，是小儿麻痹症，下肢瘫痪，生活不能自理。1970 年经朋友介绍到东北长春一位医生那里治病，1971 年 9 月上旬搭顺路的飞机接回北京，这种时间上的巧合曾被认为是潘景寅在叛逃前的一项特意安排。二女儿 9 岁，最小的儿子还不足 2 岁。潘景寅热爱飞行事业，在三个孩子的名字中分别有“鸶”、“鹭”、“鹏”三个与飞行有关的字，以表示对航空事业的忠诚。孙祥凝在接受审查期间，只好把三个儿女寄养在远在昌平县的娘家。

潘景寅的连襟，也是一位专机师的飞行员，“九一三”事件时，他正驾驶苏制安-24 飞机拉着朝鲜访华艺术团在上海执行任务。因受潘景寅亲戚关系的连带，当时命令他原地待命，终止执行专机任务。不久，让他放弃执行任务，坐火车回北京。就因为他是潘景寅的连襟，最终也没有摆脱被取消飞行资格，转业回东北老家的命运。走前，他也把两个未成年的孩子放在昌平的姥姥家。

孩子们的舅舅凭着一副铁肩膀艰难地挑起了全家包括自己的子女在内共 7 个孩子的沉重担子。为了维持那个大家庭的生活，他买了几只羊和猪让孩子们喂养，羊奶可以喂养孩子。自己每天工作之余，从很远的地方带些饲料回来，就这样带着一群孩子艰难度日。在社会上，舅舅像一只老鹰张开庞大而有力的翅膀，保护着这一群幼鸟安全成长。孩子的舅舅原来在北京城里工作，为了挑起家庭重担，主动回到昌平县上班，这一群孩子后来没有一个能够上到大学。潘景寅的二女儿用车子驮着不会走路的姐姐勉强上到初中毕业，自己坚持读完了高中。只可惜孩子舅舅 50 多岁就过早离开人世。潘景寅及其连襟的孩子已经长大，虽然因为父亲的影响自己没有机会上大学，但他们靠自己的劳动使舅舅的孩子走进了大学的校门。

孙祥凝在隔离审查中，由 7 个人看管她一个人。但是，她对“九一三”事件却一无所知，开始甚至不知道自己为什么被关起来。孙祥凝所在单位对其隔离审查，由于没有审查出什么问题，又无事可做，对她行动上的看管就有些放松。作为母亲，长时间见不到自己的孩子，思念心切。1976 年的一天，她情不自禁地步行跑到昌平的娘家看望多日不见的儿女。她也知道自己的行为没有经过有关领导的批准。单位发现后，又很快将她接了回去，对她的这种做法审查单位的领导也能谅解。她原住在机场家属院，由于拆迁改建，家里的东西有时放在仓库里，有时又临时放到无人居住的房子里，几经周折，有许多都丢失了。

那段时间，对她的审查由所在单位转送上级主管部门，又由主管部门移送区公安局，换了好几个地方。1976 年结束隔离审查后他们全家回到潘景寅的河北老家生活，因老家没有什么亲人，无法安置，就在北京家里待了两年。1978 年 10 月恢复工作，1982 年决定不做审查结论。

“九一三”事件后 10 年，悬而未决的问题之一，就是给机组中死去的 4 名人员定性，由谁给他们的死定性？如何定性？

尽管事发之后，在对林彪反党集团的批判浪潮中，潘景寅等死去的机组人员也被当作“叛徒”进行批判，就连我们活着的 5 个机组人员也一时被当作反面人物裹胁在汹涌澎湃的运动之中。然而，一旦涉及到许多具体问题需要依据死亡的性质才能妥善处理的时候，就没有人敢出来“一锤定音”了。“文革”时的极左思潮在“四人帮”的推动下继续蔓延。大批判毕竟是群众的声音、个人的看法，不能代表某一级党的组织。可是，当时哪一级党的组织能为死者定性呢？

在当时的历史条件下，“九一三”事件具有以下特征：

其一，“九一三”事件是以林彪及其妻子、儿子和少数死党发起的乘坐专机的叛逃行为，其本身就是发生在共和国大人物身上而且是典型的大的政治事件。按社会地位，林彪之大与飞机驾驶员之小形成鲜明的对比，但他们又在同一架飞机上，同时在异国的土地上坠毁，罪证确凿。在中央为林彪事件定性的同时，无论从哪个方面考虑，机组的问题都不可能出现在中央一级的文件上。既然中央文件没有提到飞机驾驶员的问题，“九一三”事件之后，就必然成为一个悬案，长时间被搁置下来。

其二，林彪乘机外逃的结果为机毁人亡，机上所有人员没有一个生还者，到目前为止也没有听说从飞机的语音黑匣子中获取有关的材料来证明林彪与机组之间在空中劫持与反劫持的斗争情况。再说，对于飞机的黑匣子（包括事故记录器及语音记录器），在飞机坠毁之后的很短时间内，蒙古国与苏联的军事专家已经到坠机现场去搜寻过，毫无疑问，飞机黑匣子当然是属于被搜寻的重点对象。

其三，是林彪利用自己的职权，调用专机突然外逃。而机组人员是为了履行本岗位的职责，去执行专机任务的，事前并不知道林彪的叛逃阴谋。事发后，机组 5 人曾写过大量的旁证材料，证明机组的死者同我们一样与林彪反党集团属工作关系。从他们生前的言行中，也没有发现任何证据来证明与林彪的叛逃阴谋有联系。按说，根据这些就可以为机组的死难者定性了，只是机组 5 人也处在被审查、被处理的状态，人微言轻，我们的证言在这一重大事件面前显得那样苍白无力，也没有哪一级领导敢用我们的话为死者争取一个说法。

其四，"九一三"事件是以飞机的活动为主要特征的。在山海关机场强行起飞后，从第一转弯开始就出现一系列很不正常的现象，这一切都说明机组在起飞后，才得知林彪一伙的叛逃意图，同林立果等人的斗争便反映在操纵动作上的被动、迟缓与无奈。按说，这些也可以成为无辜死难者的佐证。但是，在当时的历史条件下，更没有人从通过分析飞机叛逃航行的非正常技术动作入手为林彪殉葬的死难者说话了，也只有与死者同舟共济的我们，才一直关注着自己战友的定性问题。

特定的历史环境，重大的政治事件，特殊的空中环境及机毁人亡的结局，决定了机组死难者定性的难度，如果没有邓小平在接见外国记者时的有关讲话，机组死者的定性问题，还不知要等到何年何日，也许永远没有这么一天。

1980 年 11 月 16 日，《人民日报》第一版右下角报道了新华社的一则电文：中共中央副主席邓小平于 15 日上午在人民大会堂会见了美国《基督教科学箴言报》总编辑厄尔·费尔和夫人。在回答客人提出的问题时，邓小平谈到了我国对一些重大国际问题的立场和观点，以及对发展中美关系的看法，他还向客人们介绍了我国现行的经济政策。邓小平那段时间会见客人很多，有时一天要会见好几批。

1980 年 11 月 24 日，《人民日报》头版头条刊登了《就当前国内外一些重要问题邓小平答美国记者问》，在谈到林彪外逃乘坐的那架三叉戟飞机失事的原因时，邓小平说："据我个人判断，飞行员是个好人，因为有同样一架飞机带了大量党和国家机密材料准备飞到苏联去，就是这架飞机的飞行员发现问题后，经过搏斗，飞机被迫降，但这个飞行员被打死了。"

当我见到这篇至关重要的报道时，已经被勒令离京只身在外地生活了整整 4 年。邓小平在讲话中引证的另外一架飞机，就是 3685 号直升机。

在那偏僻的塞外小城一个工厂的单身宿舍里，借着昏暗的灯光，我手捧报纸，热泪盈眶，心情久久不能平静。因为这毕竟是党和国家的最高领导有关“九一三”事件中死难机组人员的讲话，多少年来自己日想夜盼的不正是中央首长的有关讲话吗？邓小平讲话的英明在于直接指出林彪专机飞行员“是个好人”，真是字字千钧，落地有声。“是个好人”就不是坏人，也不是叛徒。多少年来，除了我们机组的5人在交代材料与旁证中说到机组中不幸死去的4位战友同我们一样与林彪反党集团属工作关系，纯属执行专机任务的行为之外，一直没有听到有哪一级领导在公开的讲话中像邓小平那样指出机组死难者的性质，也一直没有看到有关的文字报道中出现过类似的字样。因为这是个非常敏感的话题，没有人愿意在这个问题上招惹是非。专机师派人到死者家里处理一些具体事情时，上级领导没有明确精神，具体办事的人不敢越雷池半步。例如死者的工资问题、住房问题、抚恤金等问题都没有解决的依据。事件过后，在具体问题上，在讲话方式上，谁也没有把死者当叛徒看待，可是，在政策上也没有把死者当作正常死亡，更没有当作因公牺牲对待，他们的家属与子女在上学、就业等问题上一直是受到影响的。

从那个时候起，潘景寅的妻子孙祥凝手捧党报，踏上了为夫正名的艰难之路。

开始，她同二女儿一起蹬着自行车到西郊机场和空军接待站，但得到的回答是维持原来状态不变。除了上国务院信访办之外，这种问题一般的主管部门是不敢问津的。她们把中南海东西南北四个门全转遍了，最后在西门受到好心人的指点，才找到位于北京南站附近的中央组织部接待站。

有关“九一三”事件的信访，不同于其他事件。凡是知道“九一三”事件的人，一提到林彪专机飞行员的死，都会很快明白是怎么一回事情。当听完申诉的内容后，信访员觉得奇怪，说这个问题不是早就落实了吗？信访办的人说的“已经落实”是指的什么呢？也许他们认为，事情已经过去这么多年了，凭经验也早该落实了。可是，身为当事者的家属怎么能一点儿不知道？等下次再找上门的时候，回答说，这样的问题应该到原单位寻找解决办法。孙祥凝及女儿几经上访，才引起有关人员的重视。最后受到一位30多岁的男性信访员的接见，当他看完《人民日报》的复印件后，让他们回去写份文字材料，因为申诉是要通过一定程序的。在那段时间内，还有一个身穿中山装的中年男子接见了他们。

孙祥凝住在从单位借来的房子里写上诉材料，材料上交后，还是这位热心的男性信访员接待她们。就这样前后跑了十几次，男性信访员说别来了，已经

革命军人病故证明书

潘景寅同志于一九七一年九月十三日在蒙古温都尔汗飞机坠毁死亡，特向各位亲属表示亲切的慰问。望化悲痛为力量，为建设祖国和保卫祖国而努力奋斗。

中国人民解放军总政治部

一九八一年十二月二十三日

证明书

把问题向领导反映过了，如果有什么问题再找你们。

经与原单位的直接联系与有效的工作，一方面，信访办让专机师先支取500元钱给家属，解燃眉之急，为潘景寅的孩子看病；另一方面，由专机师就机组四位死难者的问题，向上级部门请示处理办法。

孙祥凝与全家，经过一年多的奔波，终于在1982年年初得到了由中国人民解放军总政治部签发的《革命军人病故证明书》。从此，“九一三”事件中，林彪专机4名机组人员机长潘景寅、机械师李平、机械师张延奎、特设师邰起良，在蒙古国温都尔汗坠机死亡10年之后，在邓小平直接指示之下，终于有了说法。

《革命军人病故证明书》内容如下：

> 潘景寅同志于一九七一年九月十三日在蒙古国温都尔汗飞机坠毁死亡，特向各位亲属表示亲切的慰问。望化悲痛为力量，为建设祖国和保卫祖国而努力奋斗。
>
> 中国人民解放军总政治部
>
> 一九八一年十二月二十三日

在“证明书”的背面写着潘景寅所在的部别、个人简历、出生年月及专机师和区民政局签发的抚恤金意见等。从以上“证明书”中可以看出两点：其一，另外3名死难者的“证明书”与潘景寅是一样的；其二，“证明书”中随“飞机坠毁死亡”一句是对死难者定性的核心。也就是说，机组4人的死亡性质属正常死亡，既不能像林彪等人那样属于叛徒，也没有按正常飞行事故中以身殉职那样被定为烈士。相比之下，这样的结果，总算可以告慰埋葬在异国他乡荒原上达10年之久的4位亡灵了。

西郊机场的同志问孙祥凝还有什么要求。这么多年，除了受尽了牵连折磨，几个年幼的孩子也因受牵连受到很多痛苦。要是老潘在，老大的腿没准就治好了。当时老二已被国家女篮选上,却因为老潘的问题政审没通过。老三是甲级身体,却没当成兵。潘景寅曾对孩子说,将来工作选三样:当兵、学外语、搞医。这几个愿望除老二在医院工作外,其他都没有实现。想着想着,孙祥凝的眼泪就下来了,她提出三条:第一条,大女儿是残疾,请给安排工作,减轻家庭负担;第二条,二女儿还在南口上班,能否调回城里工作;第三条,抄家时东西丢了,要折价赔偿。这几条要求西郊机场基本上答应了。孙祥凝还提出房子问题。"九一三"事件后,原来分配给老潘的住房被强行收走。当时机场没有房子,就拖下来。以后他们全家挤在医院分给女儿的两间房里。按照上面的结论,潘景寅的家属得到了500多元的抚恤金,包括搬家损失等共得到了近7000元的补偿。

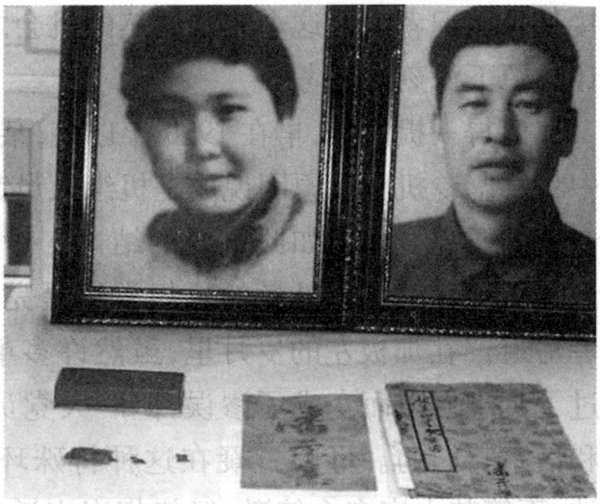
潘景寅夫妇遗像

多年过去了,老潘的三个孩子都已经结婚,孩子们都很能干,也很孝顺他们的妈妈。2003年孙祥凝因病去世,孩子们托朋友到蒙古国出差的机会,特意到坠机现场捡回一些飞机残骸碎片及一些黄土,为自己的爸爸妈妈举行了合葬仪式,墓地就在姥姥家附近的山上。2004年清明,他们为父母刻碑纪念,总算了却了几十年的心愿。

也许还是根据邓小平讲话的精神,已经远在外地多年的机组5人及相当一部分受"九一三"事件牵连人员的审查结论被撤销,档案中已见不到"九一三"事件的痕迹,就像是当年没有发生过这件事一样。

第二节 为机组死难者定性引发的思考

从邓小平为机组死难人员定性一事使我想到,如果没有邓小平接见美国《基督教科学箴言报》总编辑厄尔·费尔和夫人的事情出现,或者在接见中厄尔·费尔没有向邓小平提出林彪坠机的问题,邓小平也许就没有机会就机组遇难问题谈自己的看法,日理万机的国家领导人恐怕也很难主动想到连信访员开始都认为已经解决了的问题。如果真是这样,机组4人死的性质问题会怎样呢?对机组遇难者的家属来说,如此人命关天的大事却维系在国家领袖接见外国记者谈话这个非常偶然的机会之上，虽然问题总算得到了解决，但也让人留下深刻的思考。

值得一提的是，早在1990年以前，某部一位党史研究室的研究员，其著作中将林彪专机坠机原因说成是机组人员起义的结果。我很佩服这位不懂飞行专业的研究员作出如此重要的结论。作者在分析各种原因中，对机组人员在当时历史背景下所具备的思想觉悟是完全肯定的，也是完全符合实际的。作者写道："在那极左的岁月里，虽然许多革命理论和口号被登峰造极的狂热推过了真理界限而变成了谬误，但广大党员和群众却是怀着虔诚的愿望去理解和信奉它们的。毋庸置疑在这种特殊环境下陶冶出来的爱国主义和献身精神，不管其内容多么偏激，但却相当广泛地深入人心。"作者继续写道："'九一三'事件之前，一般党员群众并不知道林彪的错误，因此，以一个副统帅的身份挟持一架飞机外逃，其手段可能会是欺骗、利诱、威胁。那么也应该允许机组人员有一个上当——怀疑——思想斗争——起义的过程。"这位研究员虽然不是专机部队的人，但字里行间已经充满了对专机飞行员的信任与理解。回忆一下，在20世纪五六十年代，还没有听说发生在客机上的劫机事件而最后使劫持飞机者得逞的。我想，当这位研究员看到我对林彪专机飞行活动的一系列不正常现象的分析时，一定会有同感。如果对当今劫机中机组为保全飞机与乘客安全而按劫机者的意图飞往异国他乡的行为能够理解的话，同样也能谅解劫持发生在重要专机上的飞行员的一切表现了。

谁也不敢保证自己的一生都是一帆风顺的，生活中的意外打击随时会降临在每个人的头上，尤其是交通中的意外事故，会非常偶然地夺去一个人的生命。

对于那些乘车、乘船与乘坐飞机的人们来说，谁也不能百分之百地保证不发生任何问题。在每次较大空难之后的报道中，总有个别人是幸运者，无论是什么原因没有买上该次航班的机票，或者是因故迟到没有赶上飞机，甚至因特殊情况被乘务员赶下飞机等，只要没有登上出事的飞机，就是幸运者。可是，也有本不应该乘坐出事的飞机，就是买退票也非走不可的。以上两种人都是无意之中在生死线上摇摆，一念之差，就有性命之忧。

专机师有一位女领航员，死神曾4次向她打过招呼：在一次本场夜间复杂气象的训练飞行中，为了能争取到学习的机会，在飞机停下来准备换人的时候，眼看她就要登上飞机，结果因机上人多被机长赶了下来，因为都想用复杂天气训练的机会亲自上天观察一下别人的飞行，这种好学的精神是非常可贵的。就是这架伊尔-14飞机，换人后的第一次起飞就发生一等事故，飞机与人再也没有回来。还是这位女领航员，一次执行专机任务中，当飞机到达福建沿海晋江机场上空时，被误认为是敌机，受到地面高炮部队的开炮射击，幸运的是没有一发射中飞机。第三次是坐汽车到机场准备执行任务的路上，突然翻车，幸运的是没有受伤。第四次，在直升机上又遇到意外迫降事故，虽然伤势不轻，曾躺在病床上昏迷了几天，最后总算又把自己的小命捡了回来。身体康复阶段，经过自己刻苦锻炼，她重返蓝天。人们都说她命大，几次与死神擦肩而过，有惊无险。

就像那位第二批女领航员那样，人的一生也许会碰上有惊无险的事情，这些事情在发生的过程中自己并不一定知道，都是在事后才发觉它的可怕，从而在心理上产生侥幸的感觉。“九一三”事件之后，凡是与周围的同志谈到自己在山海关现场的经历时，同志们总是异口同声地说，你们机组剩下的 5 人真是属于不幸中的万幸了。其中的含义不仅仅是保住了自己的一条性命，更重要的是“九一三”事件中机组人员的生与死与平时执行任务甚至飞行训练中的生与死悬殊太大了！为专机任务的安全，飞行员付出生命的代价是正常的现象，要奋斗，就会有牺牲，各行各业都是如此，何况是在天上飞行呢？对此，从当飞行员那天起就已经有了充分的思想准备，每当发生严重飞行事故时，尽管航校及专机师的领导千方百计不让飞行员接触失事现场，怕看见事故中死去战友的惨状后在思想感情上产生强烈的刺激，甚至会动摇从事飞行事业的决心。但飞行员们比谁都明白所谓严重飞行事故意味着什么，虽然谁也不想成为事故中付出的“代价”，但飞行工作的实践证明，牺牲是不可避免的。专机师的飞行员们将永远怀念把危险留给自己的女飞行员“大旗”，也永远怀念为专机空运事业牺牲的数十名可爱的战友。其他的飞行员们正像过去战争年代那样，踏着自己战友的血迹，前仆后继，从没有见过也没有听说过有哪个飞行员怕死而主动退缩的。完全可以说，专机师的飞行员们连随时牺牲自己生命的可能都想到了，可以说是把脑袋掖在裤腰带上工作的，在飞行领域内，还能有什么必须去想的呢？还能有什么比死更可怕的事情呢？所以，对专机师的飞行员来说，“九一三”事件极其残酷的一面就在这里，它不仅使飞行员在自己认为最重要的专机任务中丢掉了性命，不管自己在死亡就要来临的时候被眼前如此残酷无情的现实折磨得多么难受，更使得他们的家属、孩子、亲人都要因此承受想象不到的生活与精神上的痛苦。与正常事故比较，同样都是一死，后果有着天壤之别。专机师数十年如一日，从没有在上等级的专机任务中发生过危及外宾与乘机首长生命安全的事故。唯有林彪事件这一次让专机飞行员们为之胆战心惊。说心里话，我宁愿在一般飞行事故中死上千次，也不愿像 4 名战友那样死一次。问题的关键是对一个普通的飞行员而言，命运并不掌握在自己的手里。

到目前为止，还有一个不被人们意识到的问题，就是在9月13日凌晨，面对突然飞向西北方向的256号专机与3685号飞机，面对叛逃行为，几乎没有一个人想到飞机上的飞行员与劫机者之间是属于劫持与反劫持的关系！因为从表面上看，飞机的确是在飞行员驾驶之下向境外方向飞行的，笼统地认为飞机上的人都是一伙的。投敌叛国以它最鲜明的政治倾向强烈地震撼着每一个人的心灵，各级领导眼看着飞机向西北移动，心急如焚，不知如何是好。甚至有的人考虑到祖国的尊严，建议将飞机打下来，空军司令吴法宪曾下令张家口附近的地面炮兵部队向直升机射击。在这极其特殊的情况下，谁也不去冷静地考虑飞机上可能发生的情况，更不会想到我们的飞行员是好人，是被林彪及其死党骗上飞机并劫持叛逃的。有这种想法，也只是基于平时对自己飞行员战友的印象与基本信任，在专机师指挥所现场的师长、政委及参谋长们确实也想到了这一点，而且，在议论中不相信自己的战友会叛逃，也只有他们最了解身边的同志，可是，眼前残酷的现实把每一个人都带进一团迷雾之中，不能冷静地思考一下紧急补救的措施。

在当时的历史条件下，毛泽东不坐飞机，除了林彪，谁有那么大的能量能利用自己的身份和影响力把两架飞机以欺骗的手法弄到空中呢？由林彪发难并带有极大的欺骗性，是“九一三”事件的基本特征。

后来从3685号直升机被迫降的经过中得知，当吴法宪派飞机对其进行空中拦截的时候，黑暗中飞行员看到空中机动飞行的小飞机，心理马上产生一种得到地面支援的感觉，并以躲避小飞机的拦截为借口迷惑敌人，向后转弯，将飞机飞了回来。根据2685号直升机的启示，如果林彪专机从山海关强行起飞之后，也能及时得到小飞机的支援，在地面雷达的正确引导下，空中指挥小飞机与256号专机保持编队，飞到256号专机的前面不时发出灯光信号，或者向飞机的前方开炮，甚至再有地面探照灯的配合（当然不能直接照射飞机），此时，无可奈何的机长潘景寅，肯定也会在心理上得到一些安慰，感到自己不是孤立的，并以此为借口，分散林立果们的注意力，实施机动飞行，有可能使僵局发生转机。现在不敢说这样做肯定会出现什么结果，但至少出现转机的可能性是存在的。256号专机从山海关起飞后那极不正常的转弯轨迹，足以说明潘景寅同林立果们斗争的情况。事后看，如果飞行员在空中与劫机者兜圈子，消耗半个多小时的时间，就有可能飞不到国外。

“九一三”事件以后，根据每个人在事件中所处的位置不同，结果也不一样，提起有些人在事件前后的变化，人们说什么话的都有。谈到256号专机组遇难人员，觉得他们够倒霉的，千年不遇的事情让他们碰上了。机组活着的5人（第一副驾驶陈联炳已经因病去世）虽然事后命运坎坷，总算毫发未损。“九一三”事件发生时无论什么原因不在岗位上者，由于远离是非之地，被认为是没有什么问题、完全可以信赖的人，有的甚至因此得到了升迁的机会，这种现象被说成是因祸得福。

不管怎么样，目前生活在社会各个角落的256号专机组的幸存者还能有机会看到“九一三”事件以后42年来的事态发展，还能亲耳听到自己专机师的战友多年以后对“九一三”事件谈出发自内心的评论与真切的看法，还能知道国家领袖人物对“九一三”事件中死难人员的讲话，甚至还有可能成为给历史提供资料的旁证。可是，死去的战友不可能知道这一切了。他们在飞机上就是带着多么困惑的疑问，也没有机会向世人表达了，只有曾与他们同机共济的战友才能真正理解他们当时的心情，从这一点讲，也许他们的亲人与子女都不能理解到那样的程度。

空军专机师因“九一三”事件受审查的60多人，绝大多数随着1976年部队大批转业的行动到地方工作了。但也有少数仍处在拘留审查之中，例如山海关现场的专机师调度室主任老李、前面提到的3685号直升机驾驶员陈士印、专机师师长时念堂等。他们基本上都经历了审查——按敌我矛盾对待——回部队按人民内部矛盾处理的过程。审查部门也换了几次，交接手续也比较模糊。现在回想起来，这与1971年“九一三”事件以后10年的大气候有着密切的关系。

从“九一三”事件开始到10年后，即1980年11月23日，中国人民最高法院特别法庭开始审判林彪、江青反革命集团案止，可以说是一个相对特殊的历史时期。

林彪之死对毛泽东是一个很大的打击，甚至影响到他的身体健康。痛定思痛，他曾在外宾面前表现出自己沉痛的反思。据说警卫林彪的战士们也曾抱着愧疚的心理说过类似的话：林彪逃跑我们也觉得没脸见人。这样的话被毛泽东知道后说，告诉战士们，不是他们没脸见人，而是我们没脸见人……前面提到，当周恩来知道空军曾出现因暂时不理解而被人打耳光的事情后，也做过类似的指示，对林彪的认识要允许有一个过程。可是，事件之后的那些年里，“四人帮”对社会的肆虐一点儿也没有减少，搞什么“批林批孔”运动，把矛头指向周恩来，紧锣密鼓地网织“四人帮”的天下。周恩来却拖着确诊为膀胱癌的身子拼命的工作。“四人帮”与林彪集团之间有勾结又有内讧，关系复杂。不幸的是，紧接着周总理与毛主席又相继去世，华国锋、叶剑英、邓小平等忙于粉碎“四人帮”与拨乱反正的重大行动。在这种情况下，“九一三”事件的审理与结案工作不得不延迟下去。

在这些年里大致经历了如下的过程：

1971 年 10 月 3 日，针对林彪叛逃事件，毛泽东亲自批准成立中央专案组，全权负责清查林彪反革命案件。中央专案组由 10 人组成，他们是周恩来、康生、江青、张春桥、姚文元、纪登奎、李德生、汪东兴、吴德、吴忠。事态的发展让人感到哑然失笑的是，以上 10 人中竟有 3 人也在 1980 年与黄、吴、李、邱一样成为共和国特别法庭审理的主犯，站在了被告席上。

“九一三”事件 8 年之后的 1979 年 5 月，中共中央纪律检查委员会把林彪、江青反革命集团的审理正式定名为“两案”，中央又为此成立“两案”审理领导小组，由胡耀邦负责因受“九一三”事件牵累而被拘留审查的人员在这漫长的 8 年中只能处在等待的状态。

后来邓小平决定林彪、“四人帮”两案合一案，一起起诉，分开审理。1979 年 9 月，“两案”领导小组将林彪反革命集团案件的审理工作又移交给部队，由总政治部负责统一组织。

时间的步伐已经进入 20 世纪 80 年代。此刻，大盘上的准星已经敲定，林彪一案的主犯黄、吴、李、邱已经判刑，下面“小人物”的问题就好办了。空军根据中央的精神，一下子将审查对象由几千人缩小到几百人，原来定为“犯了方向路线错误”的人，也决定取消结论，我就是其中之一，遗憾的是我已经被停飞，并勒令离开北京转业到外地，如果对我的处理能放在晚些时候进行的话，也许会有一线希望继续飞行，或者到民航飞行，那时候甚至到现在的民航都很需要像我这样的飞行员。

此时，空军由中央收审的 50 人中，25 人被分到公安局管辖的劳改农场，其中就有被分到山西劳改局的专机师师长时念堂；另外 25 人被关在秦城高级监狱，陈士印也在中间。

等“两案”审理结束的时候，时念堂、陈士印虽然被拘留审查长达 11 年和 10 年，但是，他们也只是写过两份到三份交代材料，绝大部分时间都是在等待中度过的。其中也有一段时间是按照敌我矛盾对待的，停发工资及取消其他一切正常待遇。可是，都没有履行过法律程序，也没有相应的证据。所以，等“两案”审理结束以后，他们也就被告知“你们回原来的部队吧”。10 年拘押，度日如年，一旦解禁，归心似箭，回去以后再说吧！

回首往事，如果把“九一三”事件比作共和国政治海洋里涌动着的一股浪潮的话，专机师被牵累进去的人们就好比这浪潮中的一滴水，随着浪潮的运动而运动着，只有这股浪潮处在平息状态的时候，才会考虑到浪潮中的这些“点”如何办，否则，是不可能离开浪潮而单独被分离出去的。

第三节　林彪专机上没有安装超低空飞行的设备

到目前为止，看到蒙古共和国关于林彪坠机方面的新闻报道一共有两次，而且这两次都是蒙古国外交部前副部长云登向媒体透露的。在这个问题上使人感到困惑的是，林彪坠机地点就在蒙古国的土地上，可是，蒙古国官方对这一问题保持缄默的态度竟长达20多年，最后还是一位已经退休的副外长那里向外界透露的，实际上蒙古国方面对坠机事件的研究与调查并不亚于苏联。

这两次透露的时间分别是：1998年2月18日《参考消息》报道《蒙古原高级官员首次披露林彪坠机事件详情》，天津《今晚报》2000年8月24日报道《蒙古官员透露林彪事件之谜》。这两次报道的共同点为日本的新闻单位通过采访同一个人后向外界发出的，两次内容并不完全相同。云登两次透露的情况，对我进一步弄清林彪坠机情况有重要参考价值。

云登说：“飞机是以超低空越境的，蒙古国军队的雷达没有能够发现这架飞机。对机体检查后发现，飞机是以低空飞行为目的，装载了测定从地面到600米高度的机器。”又说：“林彪一行9人乘坐的英制三叉戟式飞机，于9月13日凌晨2时许在位于乌兰巴托东部350公里处的温都尔汗坠毁。”

关于飞机上安装超低空飞行设备的问题。云登第二次又说：“在操纵室里有两个高度仪，一个是该机从巴基斯坦购入时便已经安装好的高度仪，另外一个是专门用于低空飞行的特别的高度仪，当时属于苏联最尖端仪器，并未供给任何国家，即使是同盟国的蒙古。该仪器看来完全是在事故发生不久前安装的，机上还发现有俄文的说明书。至于在当时与苏联严重对立的中国，军机中为何会备有苏联制的精密高度仪，我当时百思不解。”

云登说得很对，三叉戟256号专机上确实有一块苏制的无线电高度表，而且，256号专机其他三架姊妹机上也同样有一块同一型号的仪表，这就是我在本书第一章第五节中特意提到的那块无线电高度表。无线电高度表的天线位于机身下部，它将无线电波发向地面，然后根据接到回波的时间计算出飞机的高度。根据无线电高度表指示的原理，只有在飞机的平稳飞行中才能读出比较准确的数据，只要飞机稍带倾斜，仪表的指示就会产生很大的误差，所以根本不能用来在复杂的天气条件下作为低空飞行的依据。

以客运为目的的三叉戟飞机与军用侦察机截然不同。军用低空侦察机有着先进的飞行雷达设备，可以在低空按地面起伏情况，自动改变飞行的高度与方向以避开前方的障碍物，而三叉戟飞机在低空飞行时只能靠人的视觉判断与飞行员直接操纵飞机。256 号专机客舱改装完毕之后，是我和机长潘景寅进行试飞的，试飞高度在 2000 米以上，没有发现飞行设备有什么改变，也没有进行低空飞行的试飞科目。此外，蒙古国对飞机残骸进行的研究是很认真细致的，对那块无线电高度表的型号 PB－YM 弄得很清楚。

孙一先在其所著的《在大漠那边》一书中提到，9 月 15 日一上班就打电话问蒙古国外交部，什么时候可以动身，回答说，温都尔汗地区天气不好，不能接受飞机降落。孙一先一行每隔半小时催问一次，得到的回答是一样的。孙一先说，蒙古国秋天的天气非常晴朗，万里无云，蒙古朋友常常以此比喻他们的性格，因天气不能接受飞机降落，显然是借口，昨天还催我们动身，今天却一直推脱，蒙古国外交部肯定在搞什么名堂。现在可以肯定，孙一先的回忆与云登当年的做法是吻合的。

此外，我方使馆人员在现场视察时，正如云登说的那样，没有注意到在飞机残骸中少了一台发动机，一方面，国内急于得到情况，尤其是机上人员的情况；另一方面，我使馆人员对三叉戟飞机构造不甚了解，未能从大范围散落的飞机零部件中发现少了一台发动机。云登也没有具体说明被苏联运走的是三台发动机中的哪一台。

第四节　当我第一次看到 256 号专机残骸的时候

“九一三”事件发生时的山海关现场像噩梦一样无时不出现在我的脑海里，30 多年来，事件中围绕三叉戟 256 号专机的那些镜头，像过电影一样几乎天天在我的脑海里闪现。中国历史博物馆为了筹措一项展览，特意通过各种渠道弄到林彪叛逃专机三叉戟 256 号部分残骸。1998 年的一天，我被邀参加这部分残骸的鉴定工作，在那里我第一次看到自己曾多次驾驶的 256 号专机的残片，触景生情，感慨万千。

我看到的部分飞机残骸由三部分组成，其中最大的部分是飞机的一个主起落架，其次是和起落架直接相关的轮毂，第三块是飞机发动机尾喷管外部的反推力装置，成桶状圆环形。这些残片的外貌与我飞过的三叉戟飞机相比，已面目全非了。它们在飞机坠地爆炸后的熊熊大火中，烧掉了表面的涂漆，全部变成铝合金的灰白色，它们静静地躺在博物馆的库房里，已失去在整架飞机上的活力。

我还记得，三叉戟飞机高 8.23 米，长 34.76 米，宽 28.96 米，虽然不能与现在的波音飞机媲美，但在 20 世纪 70 年代与我国其他机型相比，三叉戟飞机就其性能与外观而言都是首屈一指的。

实际上我是第一个驾驶 256 号专机的飞行员。飞行员看到自己飞过的飞机，就像骑兵战士看到自己的战马一样，本应带有某种程度的怀念之情。然而，当我与 256 号专机经历了残酷的“九一三”事件之后，一切都不能按常理而论了。如果 256 号专机属于正常服役期满，光荣退休的话，它在飞行员心目中的地位仍然是功绩的象征，令人敬佩。可是，眼下的 256 号专机离我 20 多年之后，出现在我面前的却是它的部分残骸，更重要的是 256 号专机的命运竟和共和国历史上的重大政治事件联系在一起，怎不叫人发出阵阵感叹?！事过境迁，当年我还是个 30 岁出头的年轻飞行员，而今已是雪染双鬓到了古稀之年。作为林彪专机机组成员之一，站在残骸面前，好像有很多话要说，但又不知从何说起。

看到破碎不堪的 256 号专机残片，使我很自然地想到和飞机遭到同样命运的 4 名机组成员。虽然，很多年过去了，时间并没有抹去我的记忆，当年与我同舟共济的 4 名战友，尤其是和我属于同一个飞行大队的 3 名机械师，他们的音容笑貌还清晰地萦绕在我的脑海里。孙一先在文中写道：“从北向南顺序排列第七名就是机械师李平，尸体仰卧，体较胖，个子小，衣服烧光，只剩腰带和裤带，头部上仰右挺，头发焦而未脱，眼紧闭，鼻尖以上两眉以下的面皮烧伤较重，条条起垅，牵拉歪斜，嘴微张，牙略露，两臂横伸，小臂上擎，右手心朝上，左手心下扣，右腿伸直，左腿内曲，脚心朝里，肚皮上有焦油状的残物，是上身衣物燃烧后留下来的。”看到这里，使我想起李平的样子，他五短身材，精明强干，同我说话时总带点仰视，干起工作来生龙活虎。空中特设师部起良皮夹克的衣服兜内装着一把拴着短链的钥匙，他同我一样也把钥匙放在衣服里。还有遇难时只有 26 岁的张延奎那憨厚诚实的形象也经常出现在自己的脑海里，平时的任务中只见他不停地干活，很少听见他说话，他还是我的河南老乡。

“九一三”事件不仅使我的人生命运急转直下，在精神上受到的刺激也是无法弥补的。多少年来，虽然我已经远离飞机、远离飞行行业，可是在睡梦里还经常出现与飞行有关的情景。有时候似乎又出现在三叉戟飞机上，身边好像还是那三位机械师。有的时候好像坐在伊尔-18 飞机的驾驶舱里，飞机不是在平坦的机场上滑行，而是在稠密的树林里穿越，眼看着左右机翼就要撞在两边的树干上，可是不知为什么飞机竟然畅通无阻。有时虽然已经起飞离地了，但是，无论怎样加大油门，飞机总是爬不上去，只好在低空的树林与山脉之间迂回飞行，使人担惊受怕，疲于应付，突然惊醒之后吓出一身冷汗……为此，我曾问过因“九一三”事件停飞的战友，他们的回答是相同的，难道当飞行员出身的人都容易做不正常飞行的梦吗？还是说因不正常原因停飞的飞行员才这样呢？

林彪专机部分起落架残骸

我的思绪从那漫无边际的荒原又回到了博物馆库房。用我对三叉戟飞机的了解向周围的人们指出现有残片是飞机上的哪一部分，在飞机的整体工作中所起到的作用。根据起落架与周围连接部件残留的痕迹判断，它很可能是飞机左边的主起落架，飞机的主起落架都是两个，前起落架是一个，一般情况下主起落架的重量、体积以及承受的强度等都要比前起落架大一些。全重 65 吨的三叉戟飞机就靠这三个起落架支撑着。起落架的轮毂部分本来属于起落架的组成之一，但是，摆放在博物馆库房里的轮毂已经从起落架上面被分割下来了，一看便知是为了装运方便，人工用气焊从起落架上切割下来的。因为起落架在迫降中被收在飞机腹部里面，没有直接受到地面撞击，飞机的轮子很容易被摔出很远，但安装轮子的轮毂不会从起落架上折断。

与发动机反推力有关的环型筒状残片看上去已经被摔扁了，失去了原来在发动机上的形状。我已经无法辨别出是属于哪台发动机的附件，因为只有挂在机身两边的发动机上才有反推力装置，中央发动机上没有安装这样的设备。发动机反推力的作用主要是减小飞机落地以后在跑道上的滑行距离，当飞机落地后，副驾驶员提起位于一三号发动机油门杆前面的反推力操纵把手，此时，由于发动机喷出的高速气体由原来向后改为向斜前方，起到了阻力的作用，此刻，发动机功率的增大能使飞机更快地停下来。

光阴似箭，斗转星移，转眼间几十年过去了，然而，“九一三”事件无论在共和国的历史还是我个人的经历中都留下了浓重的一笔。

第五节　林彪专机残骸哪里去了

由于三叉戟 256 号专机是林彪专机，而且又是在当时那种政治背景下突然叛逃，最后坠毁在异国他乡的，所以，事件的本身在人们的心目中带有某种神秘的色彩。三叉戟 256 号专机的残片也身价倍增，有许多抱有不同想法的国内外人士，将眼睛盯到了温都尔汗坠机现场那一堆飞机残片上。如今，30 多年过去了，当年散落在坠机现场的飞机残骸究竟到什么地方了呢？这是许多关心“九一三”事件的人很想知道的另一个问题。

一、飞机残骸的去向与目的

数十吨重的三叉戟 256 号专机，被肢解后散落如此大范围的草原上，碎片中大到数千公斤，小到只有一分硬币那么大，有的还保持着零件原来的形状，有的已在熊熊燃烧的高温中变形，甚至变成铝合金的球状疙瘩。“九一三”事件之后，经过许多年的风风雨雨，它们都已离开了那块本不属于它们的地方，其中有许多飞机部件也去了它们本不该去的地方。

“九一三”事件之后，蒙古国温都尔汗坠机现场，那块被历史蒙上神秘色彩的草原，成了被许多人重视的地方，不同的人怀着不同的动机把目光盯向那里。开始，包括苏联在内的许多国家与个人，为了弄清坠机死亡的林彪身份而费尽周折；当这一层神秘面纱被揭开之后，紧接着便把注意力放在飞机的残骸上面。

飞机的残骸中最先丢失的是“黑匣子”；

飞机的三台发动机也是被转移的重点之一。

运输飞机的商业与经济指标主要取决于飞机发动机的性能，保证在有效功率的情况下，如果单位时间内耗油量越小，就越好。所以，航空发动机性能始终是行家关注的重点。

前边说过，苏联人在 9 月 15 日上午已经运走一台发动机。

第二台发动机放在离现在的蒙古国首都乌兰巴托 20 公里的地方，这个地方属于蒙古国的一个公司。1995 年这个公司从现场将一台残存的发动机运走的主要目的是放在旅游点进行展览，以此吸引更多的观

林彪专机尾部残骸

光旅游者。

第三台发动机的去向是这样的。

我国东北呼伦贝尔盟一家进出口公司分公司的邬经理，是一个很有政治头脑的生意人，早在 1991 年到蒙古国做生意时，就想到当年坠毁在温都尔汗的林彪专机残骸是难得的历史文物，为此，他还找到了中国航空博物馆的负责人和专家。他的想法得到了有关人士的支持，只是他没有得到蒙古国有关方面的许可，不能接近温都尔汗的坠机现场。1993 年，他再次到温都尔汗，从朋友家里发现一个发动机的外壳，经询问才知道发动机部分被一香港人买走，只因当地没有起重机，装不上汽车，只好将发动机的外壳留下，把发动机拆成零件运走了。后来，由于蒙古国政府对坠机现场解禁，邬经理才发动了当地 20 多名小学生，把方圆 5 公里范围内所有大小碎片都捡 了回来，约有 3 吨多重，开始放在山海关附近的老龙头进行展览。在这些残片中，就有发动机的涡轮，一段被炸得残缺不全的涡轮，这说明香港人拆运走的那台发动机也不是完整的。后来，听说这部分残骸已经搬运到北京，存放在香山方向的一个地方。

飞机的两个主起落架，一个在中国国家博物馆，另一个被肢解了。

中国国家博物馆的那个是一个比较完整的主起落架，根据它的结构特点判断，是属于飞机左边的一个。

人们不会忘记发生在 1998 年 9 月 11 日，上海虹桥机场一架麦道-11 型客机因前起落架故障而紧急迫降的事情，不过，幸运的是两个主起落架放下正常，有两个主起落架的支撑，飞机才能够在跑道上迫降，但是，当滑行速度减小到机身前部不能保持在悬空位置时，机头下部与水泥跑道摩擦产生飞溅的火花，虽然只有让人揪心的短短十几秒钟，也足以使在场所有的人提心吊胆，为此捏着一把汗。艺术家还以此为原形，拍摄出一部惊险故事片《紧急迫降》，使广大观众通过电影屏幕再次经历那惊心动魄的场面，可见起落架在飞机的活动中所起到的作用有多么大。

那么，另一个主起落架在什么地方呢？从那位邬经理收集起来的碎片中，可以看到有一个主起落架的轮毂和主起落架中段缓冲支柱动作筒的外筒。这说明另一个主起落架已经被肢解，或者当时就被炸成许多部分，不知弄到什么地方去了。剩下的就是那个前起落架下落不明，因为，它比较小，很容易被搬动运走。其他残骸的大部分被香港商人买走，一部分被当地的人们制作成器具或纪念品。

飞机的其他残骸主要指飞机的机翼、机身和尾翼。据说，对林彪专机残骸盯得最早、最紧的是港商。“九一三”事件之后很长的一段时间内，蒙古国官方对坠机现场看管很严，还用铁丝网将现场围了起来，没有什么人能够轻易地从现场把残骸弄走，这一情况一直延续到1993年。所以，坠机现场一旦解禁，动手最快的就是港商。因此，包括飞机尾翼在内的大块残骸基本上都让他们高价买走了。因为这些破碎的机身部分，都是一些铝合金的飞机蒙皮（外壳）及框架，若从科研的角度讲，没有什么可利用的价值。当然，作为商人，收藏林彪专机残骸肯定有它更多方面的价值。

在坠机现场以北约10公里的地方，有一个萤石矿，由于离现场不远，当然享有“近水楼台”的优势，到目前为止，有一段机翼还放在这家萤石矿的院中。机翼的其他部分，据说运走之后嫌它摆放在那里占地方，就用拖拉机的履带将其轧平之后当作废钢铁卖掉了。

附近的老百姓后来也知道这是中国一个大人物坐的飞机，看到商人们曾用大价钱买这些破铜烂铁，受到这些行为的启发，也意识到了飞机残片的价值，于是，也纷纷动手用自己的方式方法对残片进行加工制作，有的做成某种器具使用，有的做成小玩意儿当纪念品，但大部分都当作废品卖掉了。

二、一点思考

几十年过去，别说首批引进的那三架飞机，就是包括后来陆续引进的数十架新型的英制三叉戟飞机，都随着现代世界航空事业的发展，全部被淘汰了。有的平静地停放在我国的航空博物馆里，有的被旅游界廉价买去，放在公园里，使轻松的环境里增加一点儿动感，让人们想到坐飞机在空中飞行时的情景。连中国革命军事博物馆广场东侧也停放过一架三叉戟飞机（后来被某单位收藏了），作为已经淘汰的专机，同当时停在广场西侧那艘更古老的军舰一样，让人们很自然地回忆到过去。凡是年纪稍大一些的人们，看到三叉戟飞机都会联想到发生在我国历史上“九一三”事件那不光彩的一页，有的知情者甚至想知道那256号专机的另外3架姊妹机在什么地方。历史就是这样，过去的时间越长，所赋予的色彩就越浓重。256号专机早已支离破碎了，至今不是还有很多人在追逐它们的下落吗？邬经理拣回的那3吨多碎片，一家台湾商人愿意拿出60万人民币的高价都没有打动他的心。当然，每个人的想法是不同的。

我随单位一起在中国革命军事博物馆参观完“禁毒展览”之后，正赶上下大雨，雨中，我站在那架三叉戟飞机旁边，想起了很多往事，甚至忘记雨水已经把我的衣服浇湿了。眼前的飞机虽然已经退出现役，但是，它用自己完整的躯体与专机任务中的光荣历史向人们展示着自己的形象与过去，这种骄傲与老飞行员光荣退役的骄傲，其感觉是一样的。相比之下，我站在这里却从心里产生几分惆怅与遗憾。身为第一任三叉戟飞机飞行中队的队长，想到自己飞过的三叉戟256号专机，本应该像眼前的飞机一样寿终正寝，光荣退役，作为第一批4架三叉戟中的一架，甚至比这架飞机更具有向人们展示的价值。可眼下的256号专机，不仅它的整机形象早已不复存在，就连它的碎片价值，在飞行员的心目中也被严重地扭曲了，无论它出现在什么地方，都是“九一三”事件中林彪乘机叛逃的佐证。而且，这个证明的本身，包括已经故去的机组4名战友在内，不知有多少人为此付出了沉重的代价。难怪有个别人对于收藏林彪专机残骸，开始表现不理解，甚至表示反对。因为，这些人还是站在“九一三”事件发生时的角度上，认为256号专机的残骸象征着党和国家的耻辱，在感情上接受不了。其实，当一个政治事件过去很长时间，已变成历史的时候，就应该跳出原来的圈子，用历史唯物主义的观点对待它，当年“九一三”事件留下来的物证，已变成珍贵的历史文物，从这一点看，256号专机残骸绝不是一堆废铜烂铁，也绝不是商人眼中的金钱。

第九章　黑 匣 子

第一节　关于256号专机的黑匣子

“九一三”事件之后，围绕事件的许多传说一直在悄悄地散布着，有的传说不但缺乏根据，甚至有些危言耸听。其中，关于林彪专机的黑匣子问题，其传说更是不着边际。

这些年来，我比谁都关心有关“九一三”事件中256号专机的一切信息，当然，其中也包括飞机的黑匣子的信息。根据自己掌握的资料，站在256号专机组飞行员的角度，现就飞机黑匣子在人们心目中所处的地位、黑匣子的基本技术性能以及林彪专机黑匣子的特殊作用等问题谈谈自己的看法。

人们对飞机黑匣子的认识经历了一个相当长的过程，从不知到知，从知之甚少到逐渐有所了解。这个过程与我国民用航空事业的发展壮大有着直接的关系，也与新闻媒体的宣传报道分不开。市场经济的发展，时间观念的改变，工作与生活节奏的加快，使人们把飞机当作经常的交通工具，空中往来已经成为习惯，为了乘机安全，人们开始普遍关心与飞行安全有着直接关系的黑匣子。人们认识黑匣子也只是近十几年的事情，如今，从新闻媒体的报道中，只要涉及到飞机失事的问题，人们都知道要从飞机黑匣子上寻找答案。可是，早在20世纪70年代，除了工作与飞机有直接关系的人之外，绝大多数人都不知道黑匣子为何物。

前边提到，英制三叉戟256号专机，是我国1970年年初首批从国外引进的4架三叉戟中的1架。林彪专机机组是首批在广州白云机场改飞三叉戟飞机的机组。当时，担任改装的各行业的教员一律是巴基斯坦人员。对巴方教员讲解黑匣子这一课的情形，至今我还记忆犹新。对新型飞机的设备，自己身为飞行员，在思想上特别注意它们的性能与使用方法。当教员讲到黑匣子的使用方法时，除了讲解它的基本性能外，在如何使用黑匣子的问题上，竟什么都没有讲,只是简单地提醒大家,只要飞机发动机在工作的情况下,黑匣子就会自动打开,在飞机驾驶舱内,没有任何开关可以控制黑匣子的工作。讲到此,巴方教员略停顿片刻,接着向大家提出一个问题:“要想使黑匣子停止工作,只有一个办法,谁能回答?”我还没有等课堂上的空军翻译官将这句话的意思翻译出来,就抢先向教员用手做了个“拔”的手势,因为,我这个半瓶子醋的英语水平,已经在翻译之前听懂了教员的提问。当教员理解了我的意思后,先是笑着连声说了几声“YES”,接着又连声说了几个“NO”。意思是说,我的回答是对的,空中只有拔掉黑匣子的保险丝,才能阻止黑匣子的工作。但是,又告诫大家,无论在任何情况下,飞行中都不能用拔保险丝的办法终止黑匣子的工作。只要飞机上有电源,黑匣子就会自动工作,就是在所有发动机停车的情况下,只要备份电源存在,它也可以正常运转。可以看出,飞机设计师之所以做这样的安排,就是要保证黑匣子经常处于工作状态的可靠性,防止飞行员们因工作疏忽,忘记打开黑匣子开关。

非常遗憾的是,除了听课留给飞行员的印象之外,在平时的飞行中,黑匣子就像办公大楼走廊尽头墙上挂的灭火器一样受到了不应有的冷落,久而久之,黑匣子成了飞行员头脑中被遗忘的角落。就像大楼失火时才想到灭火器一样,一旦飞机失事后,寻找原因时才会想到黑匣子。

此外,还有一个很重要的原因,就是在20世纪七八十年代,飞行员们对黑匣子在思想观念上存在着很大的误区,对黑匣子是否处于良好的工作状态,缺乏足够的认识。国外有的观点认为黑匣子是在特殊情况下用来为飞行员说话的,在飞机突然失事时,由于机毁人亡,已无法证明是机械故障还是飞行员操纵中的错误,如果是机械原因,已经死去的飞行员就可以从航空公司那里得到应有的赔偿。所以,从飞行员的利益出发,黑匣子能否正常工作是至关重要的问题。然而,当时的年代思想教育的指导方针是突出政治,思想领先,个人利益很容易被当成患得患失的消极思想一起受到批判。尤其是对于一名人民解放军的飞行员来说,从献身祖国的飞行事业那一天起,就已经把个人的安危置之度外,除了立足本职,兢兢业业搞好飞行,千方百计保证飞行安全之外,在头脑中根本不去想一旦飞机出事,凭黑匣子的记录证明,能为自己的亲人争到多少补偿。再说,也没有听说在已经发生的飞行事故中,有哪一例是根据黑匣子的记录为依据,为飞行员弄个什么说法的。这方面的善后工作都是按照有关规定进行,与黑匣子没有什么关系。所以,根据当时飞行员们对黑匣子的态度,256号专机黑匣子的工作情况是否良好,起码失去了空勤组人员的监督。就我本人在飞三叉戟飞机的日子里,从没有主动向地勤保障人员询问过黑匣子的工作情况，连想看一看黑匣子外观的好奇心都没有，每天都在研究与飞行驾驶技术有关的课题，忽略了只有在万一的情况下才用得着的设备——黑匣子。

但是，我说飞行员不重视黑匣子的工作情况，不等于所有的人都不重视黑匣子。作为飞机上的特种设备之一，地勤保障人员中按分工负责维护包括黑匣子在内那些特种设备者，肯定会不时关注黑匣子的工作。所谓不时关注，是因为黑匣子不像飞机的发动机那样，只要飞行，就得当天检查。有时，即使有一段时间不飞行，也要定时检查。发动机上的重要附件，不但定时检查，而且，用到一定时间，达到规定的使用寿命时，必须淘汰换上新的。但是，对于黑匣子就不是如此，只要它在正常工作，就不会更换，或者只更换部分零件。因为，黑匣子确实是一件经常工作但又不容易发生故障的设备。再说，黑匣子的暂时故障，也不会影响到飞行安全，这一点对负责维护它的地勤人员来说，也是容易在思想上产生麻痹的原因所在，256 号专机的黑匣子所处的被呵护的情况也应如此。不同的是，256 号专机作为重要专机，其黑匣子的工作状况，应该说是没有问题的。中国飞行员不重视黑匣子的工作情况，不等于巴基斯坦飞行员也不重视黑匣子的工作情况。

黑匣子学名为“飞机事故记录器”，其主要性能是记录飞机的飞行状态及空中、空地通话情况。它由两部分组成，一个叫飞行数据记录器，另一个叫语音记录器（舱音记录器）。飞机黑匣子的最大特点就是强度大，抗摔打，抗燃烧。在飞机因各种原因坠毁并燃烧的情况下，也能将录取的有关数据保存下来。无论是事故记录器或是语音记录器，都是采取特殊的材料和特殊的方式将要录取的数据转成某种信号保存下来的，然后，再通过专用设备将空中录取的信息译成所需要的内容。256 号专机的事故记录器是用钢丝或钢带作为录制材料录取信号的。随着现代航空事业的飞速发展，黑匣子的性能不断提高，运用高科技的成分逐渐增加。有的黑匣子不仅在夜间可以发光，而且，可以在一定的时间内发出脉冲信号，这些都有助于在坠毁现场比较复杂的环境条件下尽快地找到它。

找到黑匣子后，获得其录取的信息，原则上要由飞机制造的国家进行，“解铃还需系铃人”。因为，录制信息的编码是经过加密的。但是，随着科学技术的发展，有的也可以自己解密，有的在购买飞机时候，一并将黑匣子的密码买了过来。

林彪专机 256 号的黑匣子中的飞行数据记录器，是直径约 15 厘米的扁圆状物体，安装在飞机尾部的垂直安定面内。用金属制成圆状的外形有利于抵抗外来的压力及摔打。安装在飞机尾部的根据在于，纵观历来失事的飞机，其尾部的损坏程度一般较小，将事故记录器放在那里相对安全一些。蒙古国温都尔汗东北 70 公里处，林彪专机坠毁现场的所有飞机残骸中，保存相对完好的只有飞机的尾部。顺着飞机迫降的方向，尾部是倒向左侧的，从机尾的右侧还可以看到"256"的尾号和垂直尾翼上的五星红旗。所以，装在这里的事故记录器是不会损坏的。飞机事故记录器上记录着以下各方面的数据：属于飞机发动机的数据有：温度、推力和转速；属于飞行状态的数据有：飞机的飞行高度、航向、速度、升降速度（每秒钟飞机上升或下降的米数）和加速度等。

256 号专机的语音记录器是一个扁平的长方体，长约 40 厘米，宽 7 ~ 8 厘米，高约 15 厘米，它安装在前驾驶舱领航员后面的无线电设备专用架上。语音记录器的传感器，位于前驾驶舱的舱顶上，那里有一个带网状的小窗口，里面安装着像送话器一样的设备。语音记录器的功能是，在正常飞行中，它不仅能记录下来空中与地面之间的通话内容，还能记录下来驾驶舱内的人员彼此直接说话的内容，这里需要特别指出的是后者。

黑匣子的另一个重要功能就是它的录制时间，现代先进飞机黑匣子的录制时间都已超出以前的半个小时。波音 737 - 300 的语音录制时间为 120 分钟，有 4 个声道负责记录，其中一个声道使用麦克风记录驾驶舱区域的对话，其他三个声道记录飞行员空地联络的音频信号。

41 年前三叉戟飞机语音记录器的录制时间为 30 分钟，即飞机在停止工作前的 30 分钟。在正常安全飞行时，30 分钟前被录制的信号将在后边录制中被自然洗掉。

飞行数据记录器录制的时间要比语音记录器录制的时间长得多，可以录制相当长一段时间的飞行情况，而且每间断一定的时间，要针对飞行数据记录器记录的内容进行必要的技术分析。波音 737 - 300 记录飞行数据的时间为 25 小时，根据这一资料分析，当年三叉戟飞机飞行数据记录器记录的时间也不会少于 5 小时。林彪的 256 号专机末次飞行的时间只有两个小时，记录飞行的全过程是绰绰有余的。

弄清 256 号专机黑匣子的主要性能及 20 世纪 70 年代飞机黑匣子在人们心目中所占的地位之后，再结合"九一三"事件中林彪专机活动的真实情况，就可以明白 256 号专机黑匣子正常工作的可信度及得到黑匣子记录内容的重要性。

“九一三”事件是林彪利用自己的职权，调用专机突然叛逃，从林彪等人同机组的关系来看，是林彪对机组典型的欺骗和强迫行为。语音黑匣子所记录的起飞后半个小时的机舱对话，肯定能反映出林立果等人在强迫潘景寅转向叛逃航线的过程中那卑劣手段的丑恶表演。遗憾的是，这半个小时的语音内容被后边的覆盖了。雷达显示，256号专机起飞后非常艰难地转到叛逃航向之后，飞机又减小航向朝北京方向飞去，最后再次对准叛逃航向时，飞机已偏离山海关西侧130余公里，也就是说，在起飞后近半个小时的时间内，飞行员都没有听从林立果等人的指挥，顽强地对抗着劫机者的叛逃意图。如果能搞到事故记录器，那上面飞机航向的数据变化，就能证明不正常转弯所发生的一切。

还有一点必须说明，飞机从开车、起飞直到空中，飞机上的电台一直没有打开，林立果用断绝同地面通话的方法企图阻止地面各方面对潘景寅的支持，因为林立果知道哪个开关是控制电台的。所以，除了从地面雷达观察到的不正常航迹外，确实没有听到来自飞行员同敌人作斗争的只言片语。但是，黑匣子语音记录器的另一个功能，就是在没有打开无线电通话设备的情况下，也能录取到驾驶舱人们的相互对话。所以，相比之下，知道语音记录器的内容显得太重要了！非常遗憾的是，时至今日，还没有得到语音黑匣子的有关资料。

飞机因油量不够，被迫场外降落失败、机毁人亡的结论是不会出大格的。尽管如此，在许多细节方面仍然给人们留下悬念。只有根据飞机迫降落地前语音黑匣子的真实录音，才能真正知道飞机从开始下降高度时，驾驶舱内所发生的一切，例如，前驾驶舱内人员的对话与争吵，谁与谁之间的争吵？机长与林立果、叶群之间的争吵是必然的，更重要的是争吵中有没有林彪的声音？他们说些什么？为什么争吵？除了返航与叛逃的矛盾之外，还有什么内容？还有，从他们的争吵中还可以判断出机上人员的位置，三个机械师迫降前在不在驾驶舱等具体情况，这一切非常重要！

因为这是发生在专机上的劫机案，雷达及有关资料的记录，只是外部现象。但是，飞机上每个人的讲话及对话中对某个问题的争执和讨论情况才是劫机过程中真实的证明。不能排除，语音黑匣子也许为人们带来料想不到的情况。

放在飞机尾部的飞行数据记录器所录取的内容，可以囊括从开车、起飞一直到坠毁整个飞行过程的情况。飞机出境之前，在国内雷达的监视之下，包括不正常转弯在内，飞机在各个地点的飞行高度、速度、航向等飞行数据，已经清楚地记录在案，黑匣子上的记录也会同样如此。然而，当飞机飞出国境之后，尤其是从下降高度开始到寻找迫降场直到建立小航线进入迫降场地最后坠毁，这一段很重要的飞行过程，国内雷达是观察不到的，只有从飞行数据记录器上才能找到真实的记录。

飞机落地时起火爆炸使发动机突然失去推力的时间和信号，也会准确地记录在黑匣子上。飞行数据记录器的价值在于能使人们准确地获知飞机开始下降的时间、夜间寻找迫降场地的飞行高度及在这个高度上发生航向变化及其对应飞行时间的长短等，这样，就可以进一步判断出256号专机迫降前进行机动飞行的情况。

一直到现在，还有不少人对林彪专机的坠毁产生质疑，不同意我对坠机现场所做的分析与结论。如果记录各种飞行数据的黑匣子能够得到的话，从不同航向及不同的高度所飞行的时间，就能准确地描绘出飞机的飞行过程。再加上飞机发动机突然失去功率的时间，几个方面结合起来，就能准确地判断出，飞机是在什么样的状态下失去马力的，如果是在空中较高的高度上突然停车的话，就有可能是被打下来的。相反，如果飞机是在接地的同时，也就是在高度几乎等于零的情况下突然失去马力，就和我分析的结果相同了。从解疑释惑的意义上讲，得到记录飞行数据的黑匣子同样有着很重要的作用。

真正有价值的资料应该是两个黑匣子记录内容的对照配合使用，这样就可以以时间为主线，将飞机在起飞后、落地前两个最为关键的时刻，不同高度、不同阶段、不同飞机状态下飞机驾驶舱内所发生的一切，弄得一清二楚。

林彪专机的黑匣子在哪里？

根据孙一先的回忆，我国使馆人员进入坠机现场的时间，是在蒙古国与苏联的军事专家不止一次去过现场之后才赶到的。飞机坠毁的时间是9月13日凌晨2点30分，距我使馆人员15日下午奔赴现场，已经过去整整两天半的时间。到现场时，发现有些遗物已经被整理过，可想而知，对他们有用的东西不会留在现场。反映飞机失事原因的黑匣子也绝不会被遗忘在现场。

此外，使馆人员在现场发现，飞机尾部下端有许多像电线之类的东西杂乱地吊在那里，不像是刚被火烧过的样子。有两种情况可能会造成这种现象，一种是拆运中央发动机时，会将这些东西带出来，但是，如果拆运的是两边发动机中的一个，就不会有此现象，另一种就是从垂直尾翼中寻找黑匣子的过程中将电线拉出来的。

孙一先反映，现场最南端的飞机头部即驾驶舱部分燃烧得很厉害，飞机头部的外壳被烧成一个个窗口状，摆放各种设备的地方烧成带格子的框架子。

据我判断，前舱设备架子上放的都是一些重要的仪器，这些都是飞机残骸中易引起注意的东西，扁长型的语音黑匣子就在这里。有些怕烧的设备在大火中只能变形、粉碎，但不会消失。既然都已成了空格子，那么，格子里的东西哪里去了？蒙古国对一个无线电高度表都能具体指出型号及生产制造的国家，那么对黑匣子这一重要设备他们绝不会放过。

如果是一般的客运飞机不幸失事，黑匣子的用途就是在机毁人亡的情况下找到真正的失事原因，以便成为前车之鉴。这样的飞机即使是坠毁在异国他乡，寻找黑匣子等活动也同样很正常。然而，三叉戟256号专机不是一般的客机，也不是一般的专机。它的行为也不是一般民用航空的客运飞行，而是国家领导人利用自己专机的叛国行为。因此，它的黑匣子的身价突增百倍，黑匣子上的内容就成了绝密资料。这种资料既然落到别的国家，不经过一定的外交途径是很难搞到的。

澳大利亚记者彼得·汉纳姆在《林彪之死真相查访记》一文的结尾处写道："我问起飞机的黑匣子，他们说黑匣子找到了，但克格勃鉴定时没有发现录音里有飞机和地面的通话，这是一个还有待后人解开的谜。"克格勃故意卖了一个关子，只说没有空地联络的信号，有意回避了驾驶舱内人们对话的情况。

综上所述，关于林彪专机黑匣子的话题，要从以下"三句话"的精神去理解：

1. 42年前包括飞行员在内，对黑匣子的工作情况是不重视的；

2. 黑匣子不是经常定时检查的设备，但正常情况下不会因故停止工作；

3. 三叉戟256号专机不是普通的客机，黑匣子上的资料不是轻易能追回的。

第二节　多年来围绕"禁空令"出现的话题

"九一三"事件之后，围绕着"禁空令"的问题有许多传说，这些传说产生的原因大致有三：其一，对当时的具体情况不了解；其二，不了解飞行行业的人们说出的外行话；其三，缺乏科学依据的个人想象。

一、"禁空令"和"净空令"的含义

林彪专机从山海关机场强行起飞一个多小时以后，从414号界桩进入蒙古国境的时候，中央下令："从现在起，凡没有伟大领袖毛主席、林副主席、周总理、黄总长（黄永胜）、吴司令员（吴法宪）联名签署的命令，一架飞机都不准起飞"。这就是"九一三"事件中的"禁空令"，有人叫它"净空令"，还有的叫"禁航令"。

从中央下达命令开始，全国不应该有任何一架飞机升空，从命令下达之时开始，禁止任何飞机起飞。也就是说，从那一刻起，除了已经飞越出境的林彪专机之外，在中华人民共和国的领空上，不应该出现任何飞机，如果有，就视为非法，视为违背中央的命令，所以叫“禁空令”。所以，禁止地面任何飞机起飞，空中就不会有任何飞机飞行，所以，空中没有任何飞机飞行，作为空间，应该是清净的，或者是安静的。从这个角度理解，把它叫作“净空令”也未尝不可。在这里，“净”与“禁”都可以理解为动词，因为这是一种命令，一种通过行动而必须达到某种目的的命令。所以，如果真正理解了这一命令的含义，就不会因此而产生许多误解了。

此外，在每个国家地图上，都规定有不准任何飞机在其上空飞行的地方，这些地方叫作“空中禁区”，一般都是国家的大城市或特殊的军事要地。虽然叫作“空中”禁区，但都是以地面范围的大小为依据划分的。空中禁区的存在，是为了大城市居民生活安全与安静的需要或者是某种重要地面设施保密的需要。这种规定通常是长期的，例如，北京市区机关与居民居住密集的地面上空，就是“空中禁区”中的一个，凡是从空中进出北京市各机场的飞行员们都知道我国首都的飞行管制办法。属于全国性的“禁空令”对一个国家来说是很少的，类似“九一三”事件时的“禁空令”恐怕也是绝无仅有的一次。所以，了解一下“空中禁区”的知识对于进一步理解“禁空令”或“净空令”有一定的帮助。

二、“禁空令”与禁止256号专机起飞的命令是两回事

禁止林彪专机——256号专机起飞的命令是这样的。

1971年9月12日晚，当林立果、刘沛丰、程洪珍等五人乘坐林彪专机从北京飞抵山海关机场后，林彪女儿林立衡在北戴河看到林立果已调来了专机，意识到问题的严重，立即通过林彪警卫团向北京的周总理报告。此时，周恩来总理一方面命令空军司令员吴法宪调查飞机的事情，一方面直接与北戴河的叶群通电话，进一步了解情况。

平时，林彪专机的行动都是逐级上报，层层把关。各有关保障部门为专机服务忙而不乱，紧张有序。为什么这次飞行却不声不响，悄悄进行，连空军司令员也被瞒了过去呢？

因为山海关机场隶属海军管辖，周总理让吴法宪追查飞机的同时，也命令海军第一政委李作鹏追查三叉戟256号专机。

就因为这架飞机身份特殊，身为中共中央政治局委员、副总参谋长兼空军司令员的吴法宪，也没有能够指挥动它。

也就是在这种特殊情况下，对于如此反常举动的林彪专机，周总理直接向山海关机场发出指令："没有周总理、黄永胜（总参谋长）、吴法宪（空军司令员）、李作鹏（海军第一政委）4 人共同签署的命令，飞机不准起飞。"

制止 256 号专机起飞的 4 人联合命令没有能够使飞机停下来。

9 月 13 日凌晨 1 点 55 分左右，256 号专机飞越国境已成定局的时候，中央意识到问题的严重性，因为当时对林彪乘机叛逃的意图一时还不清楚，对林彪的全部阴谋还不了解，于是，中央从大局出发，除了采取一些必要的措施外，还向全国下达了前面提到的"禁空令"。

从比较中看出，禁止 256 号专机起飞的命令与"禁空令"是不同的两回事情。前者是针对 256 号专机的异常行动，在 9 月 12 日午夜发出的。而"禁空令"是面对全国的飞机，在林彪专机逃出国境之后发布的。而且，命令中出现的五位领导中，增加了毛泽东、林彪，去掉了李作鹏。空军司令员吴法宪在西郊机场传达"禁空令"的时候，没有提到林彪，这可能是他已经知道林彪就在飞机上，没有林彪，飞机还跑不了呢！如果再写上林彪的名字是否有些滑稽？

三、林彪专机被"禁空令"逼走的说法是错误的

"九一三"事件后，在国内甚至在国外曾有这样的说法，林彪专机之所以北逃，是被中央下达的"禁空令"逼走的。其理由是，林彪专机在山海关起飞后不久又折返飞回山海关机场，就是因为"禁空令"，山海关机场处于封闭状态，跑道灯没有打开，256 号专机在没有办法降落的情况下，被迫向西北境外飞走的。

以上说法，对那些不了解具体情况的又不具备飞行常识的人来说，听起来似乎有几分道理。其实，持这种说法的人，犯了两个最基本的错误。其一，飞机起飞后，并没有返回山海关机场；其二，"禁空令"是在林彪专机飞出国境后才发布的。

从起飞之前林立果他们的行为表现看，飞机一旦起飞，就不会在国内降落。

林立果他们为了达到将飞机升空的目的，在地面绞尽了脑汁，费尽了心机，一旦起飞升空之后，他比谁都清楚，只要在中华人民共和国领土上的任何一个机场落地，都会落个被扣留审查的下场。别说是一架专机，就是一架普通训练的飞机，如果没有得到允许，私自起飞，也要受到严厉的惩罚。所以，当弄清林彪等人的行为动机之后，就不难得出结论，如果没有出人意料的特殊因素，256 号专机是不会在强行起飞之后又重新回到山海关机场落地的。

如果说有一些人对起飞后那极不正常的第一转弯产生误解，认为那就是返回山海关机场的意思，持这种说法的人主要是不了解当时的具体情况，仅此，是可以理解的。

四、林彪专机起飞后在空中画问号的说法是想象出来的

这种想象出来的东西也存在着一定的诱发因素，这个因素就是256号专机在山海关机场起飞之后，正处在一片混乱中的北戴河林彪住处的人们听到了飞机的声音，于是想象到飞机又返回山海关机场，由于机场被关闭，无法降落，才向北戴河飞来，在空中久久盘旋之后，画了一个问号向北飞走了——在一本畅销书中是这样说的。

由于256号专机向西南方向强行起飞后，没有在正常的时间与高度上进行一转弯，而是向西南方向持续飞行了4分钟之后才勉强小角度向右转的，此时飞机的速度是每分钟10公里，北戴河位于山海关机场的西南方向40公里处，这样飞机在上升的过程中经过北戴河附近上空的可能性很大。由于林彪等人于午夜突然乘车冲出北戴河住处，给林彪办公室及警卫人员带来一片惊慌，本来他们都知道林彪准是奔机场而去，更巧合的是半个小时之后又从空中传来飞机的声音，因为平时他们是看不到也听不到山海关机场飞机活动的情况及飞机发动机声音的。再加上林彪的突然出走对常年守候在林彪身边的人员来说，好似一场惊梦，把每个人都抛进了谜团之中。“九一三”事件之后，难免会有人在头脑中构思出近似于神话故事般的画面。但是，这种主观臆断一旦写进书本，进入传媒领域，就会产生负面影响，使历史的本来面貌因涂上了神秘色彩而走样。

如果说听到飞机声音的说法还可理解，那么看到飞机的可能性就几乎不存在了。因为“九一三”午夜基本上是属于暗夜，当时还没有月光，如果飞机不是从头顶上空经过，高度又是比较低的话，很难看到一掠而过的飞机。再说，256号专机由于仓皇出逃，起飞前没有按规定打开机身外表应有的灯光，也没有打开闪光灯，飞机经过北戴河上空时的高度大约1500米。综合以上各种因素，当时，林办的人清楚地观察到256号专机飞行情况的可能性是不存在的。

更离奇的是还发现飞机在空中画了一个近似问号的轨迹后飞走了。

我们首先了解一下关于飞机转弯半径与速度、坡度的关系，公式显示：飞机在空中的转弯半径与飞行速度的平方成正比，与重力加速度和转弯坡度的正切(函数)的乘积成反比。以三叉戟飞行速度每小时600公里计算，用20度坡度转弯，其半径为7.8公里，15度坡度为8.8公里。根据雷达显示的航迹看，256号专机改变航向所用的坡度是很小的，不会超过10度，而且是很不稳定的转弯，这样的转弯半径至少在15公里以上。再说，问号轨迹的产生起码要画上半个圆，转弯180度以上，才勉强像个问号。试想，一个站在地面某一点不动的人，即使这个人站在问号的圆心，在他的视野范围内也没有办法看到

1500 米的夜空在 10 多公里范围内飞机飞出的全部轨迹，更不要说有地面楼房及树木对视线的阻挡了。退一步设想，如果大白天，一个人站在晴空万里的开阔地带，倒是可以看到高空飞机在一定范围内的飞行情况，如果把飞机盘旋的一部分想象成问号，也未尝不可。问题是从三叉戟 256 号专机当晚不正常转弯轨迹中任何一段拿出来，无论从哪个角度看都不能构成一个差不多的问号。

山海关机场当晚没有打开包括跑道灯光在内的一切夜间飞行灯光设施，这是一个不争的事实。因为在正常情况下，机场航行调度部门只有在接到上级有关指令，准备接收到本场降落的飞机，或者受命于上级，本场有放飞的飞机起飞时，才能打开机场有关的起飞降落设备，并对起飞或降落的飞机实施指挥，否则，无论任何部门都不能随意将这些设备打开。在夜间，除了打开通信导航设备外，还要打开有关的灯光信号设施。虽然，三叉戟 256 号专机属于重要专机，但是，没有上级的命令仍然是不能放飞的，跑道灯光设施当然也不能打开。当晚 256 号专机是依靠飞机上的灯光照明沿滑行道滑行并进入跑道起飞，因为飞机起飞时，从技术上对灯光设备的要求不高，只要将飞机对正跑道的起飞方向，加大油门就可以了。相反，如果跑道灯光在没有打开的情况下，夜间保证安全降落是不可能的。由于 256 号专机根本不存在起飞后重新返回山海关机场的事实，当然也就不存在机场封闭将 256 号专机逼走的下文。

“禁空令”是在林彪专机出境之后发布的，从时间差看，不存在“禁空令”与所谓“逼走”的任何联系。

飞机在河北迁安上空，完成艰难的转弯，最后将航向调整到 325 度之后，就再也没有进行较大的机动，出境时间是 1 点 55 分。事实证明，中央及时下达的“禁空令”是非常英明的，就在“禁空令”落实的过程中，林彪死党周宇驰等三人，还是手持林彪手令，把 3685 号直升机骗上了天。

林彪专机山海关起飞在前，中央下达“禁空令”在后，前后相差 1 小时 20 分钟，把“禁空令”传达到基层部队的时间还要更长。由此看来，把林彪叛逃的理由归结到“禁空令”上是很荒谬的。

还有一种更离奇的说法来自非法出版物，说林彪在空中用电话与广州联系，得知广州已去不成时才决定改航北逃的。

持这种说法的人同样是来自对反常转弯轨迹的曲解。稍有一些飞行常识的人都知道，当时飞机上的通信设备除了短波、超短波电台通过机组通信员与地面飞机指挥调度人员进行联络外，不存在乘客与地面直接通话的可能，就是专机也没有这种设备，那时候还没有移动电话，可见认为林彪与广州直接进行空地联系的说法是臆造出来的。

第三节　纠正《剑桥中华人民共和国史》中有关“九一三”事件的错误说法

2001 年 4 月 30 日《北京日报》第 16 版《理论周刊 · 争鸣》栏目发表一篇文章，标题为《林彪外逃中一个插曲的真相》。文章开始引用了《剑桥中华人民共和国史》中介绍“九一三”事件时具有代表性的观点：

“非官方文章对‘九一三’事件的有关描述提出疑问，集中讨论了一个问题：为什么林彪夫妇不按事先安排的那样往南飞呢？该文认为，林彪一家并没有立即放弃原先设想的南逃广州、另立中央的计划，毕竟，他们只要飞 8 个小时，就可以实现计划。文章指出，这架三叉戟飞机在空中飞了近两个小时，而这样一架飞机从山海关到温都尔汗要不了一个小时，因此，三叉戟飞机实际上首先向南飞了 10 分钟时间，然后掉头返回山海关，但发现山海关机场已遵照周恩来的指示关闭。为什么林彪一伙放弃南逃计划不得而知，但该文暗示，是周恩来不让林彪着陆，以迫使他飞往苏联，这样他就站在了人民的对立面，成为国家的叛徒。”

此外，还引用了国内一本有关“九一三”事件的畅销书中一段话：

“飞机起飞后 20 多分钟，留在 96 楼‘林办’人员听到飞机返回的声音，96 楼的人都聚集在坡顶向机场方向遥望，只听得飞机在机场上空轰鸣盘旋，大家都认为飞机飞回来了，一定是想降落。当时‘林办’的人已经离开机场，谁都料想不到中央在飞机起飞之后下了封锁机场的命令，地面所有灯光熄灭，飞机无法降落。”

位于英国剑桥镇的剑桥大学，也是世界上顶尖的大学之一，它的错误报道具有一定的影响力，必须纠正。

从以上报道反映一个非常重要的问题：有关“九一三”事件中许多重要情节最终以错误的结果被记录在外国有关的书本中。究其原因，自发生林彪事件以来，就三叉戟 256 号专机的详细活动过程一直没有以官方的正式文章与社会见面，在这种情况下，就很难避免个别知情者站在自己角度对事件发表意见，又由于每个人掌握的资料不可能是全面的，对不熟悉的部分很难谈出正确的见解，在各种良莠不齐的看法中难免出现与实际不符的错误结论，其中尤其以围绕林彪专机活动过程的传说甚多。据我所知，到目前为止，三叉戟 256 号专机组剩下的 5 个人中，除机组服务员小魏不甚了解三叉戟专机飞行的业务，机组其他 4 个人中，除我自己在个别文史类刊物上零星发表过有关的文章外，还没有发现三叉戟专机飞行的内行就256号专机活动的全过程谈谈自己的看法。“九一三”凌晨山海关机场调度室雷达标图员标出256号专机强行起飞后那很不正常的转弯痕迹是用红笔标在玻璃板上的，如果当时没有人想到照相留存的话，关于转弯那段轨迹也就失传了，即使有一些文字记载，但也没有发现根据这些记载认真研究产生不正常飞行航迹的真正原因是什么，所以也就出现了《剑桥中华人民共和国史》中把不正常转弯曲解为又返回山海关机场的错误说法，更离奇的是把主观想象中“画问号”的构想当成现实传播开去，最终把这种根本没有的现象同“禁空令”联系在一起，将林彪叛逃的原因无端嫁接到周恩来身上。

对于以上说法，有文章从三个方面进行了辨析：第一，当时中央的态度是要林彪回来；第二，问题的关键是“禁空令”是在林彪飞出国境之后下达的；第三，林彪没有降落的表示。

我认为这篇文章提出的三个辨析理由是充分和正确的。如果在第三个理由中，再加上当晚不正常转弯的实际情况与三叉戟飞机在飞行性能等方面的专业分析，其辨析的力度就会更强一些，说服力就会更大一些。有些问题，例如空地通话的情况，无须论证什么，只要把当晚发生的情况摆出来，就很容易使人们口服心服。

《剑桥中华人民共和国史》中出现的那些错误说法，这里不再一一纠正，读过前面的有关章节，就会很自然识别出错在哪里。但是有两点仍需要进一步说明：

其一，林彪专机强行起飞后，沿着跑道的方向向西南飞行了4分钟，而不是10分钟。这4分钟也只能是延迟一转弯的动作，而不是所谓的“掉头”飞行。

其二，从山海关到温都尔汗1100公里的距离，根据三叉戟飞机的性能，无论如何也不可能在一个小时内到达。三叉戟飞机只有在9000米左右的高空才能显示出速度的优越性，而当晚只飞行在3000米的高度上，飞行速度只有每小时600多公里，即使没有那不正常的一转弯也不可能在一个小时内到达温都尔汗。

从《剑桥中华人民共和国史》错误记载中国重大历史事件这一事实说明，进一步弄清有关“九一三”事件的问题，恢复历史本来的面目是非常重要的。

第四节　这个“如果……”还是由我来说

一、为什么会有“如果……”

针对机组人员有一多半没有登机这一事实，凡是对林彪事件略知一二的人，除了对林彪专机坠毁的原因有诸多猜测外，都有一个共同的设想："如果……如果机组副驾驶员、领航员、通信员都在飞机上的话，飞机的结果会怎样？也许就不会坠毁了。"如果按照这一设想的逻辑推下去的话，"九一三"事件的后果就是另一种样子了。

有人产生"如果……"的想法是自然而然的，也是合乎情理的。别说局外人有这种想法，就是包括我在内没有登机的机组成员，突发事件之后就有过更多的、更贴近实际的"如果……"而且我们在谈论"如果……"的时候，已故的4名战友似乎就在我们的身边。

二、如果机组人员全部登上飞机的话，林彪专机就不能起飞

"九一三"事件既成不变的事实，也随着时间的流逝被载入史册，今日回过头来再思考当时的情况，就像人们研究历史一样，仍有着重要的历史价值。况且，林彪事件还给人们留下许多传说，所以，解疑释惑仍是见证者的义务。

人们只知道林彪专机组有一多半人员没有登上飞机，但并不具体知道为什么会造成机组中有走有留的现象。当人们真正了解到造成这种局面是事前有意安排的话，就会有另一种想法。

前面第三章第四节中已经比较详细地写到山海关现场那怵目惊心的局面以及机组中有走有留的真正原因。从山海关机场各种人员行动的时间计算，林彪专车零点22分到达停机坪，6分钟之后，强行滑出，滑出2分钟后，飞机在滑行道上，还没有进入跑道时，8341部队的车辆已追到停机坪，此时，如果8341部队的车辆没有停下来，而是直接向飞机追去的话，在空旷的机场上，汽车飞奔起来要比飞机滑行的速度快得多。一旦飞机进入跑道之后，一切企图阻拦的措施，都将一筹莫展。林彪专机起飞的时间零点32分，离林彪专车到场，仅有10分钟，离机组其他4人（此时，机组女服务员还没有到场）赶到停机坪也只有4分钟，就是说，机组剩余成员与8341林彪警卫团的人几乎是同时到达的。不难计算，如果包括机组女服务员在内的5个人能登上飞机的话，未等到开车，荷枪实弹的部队人员，早已驱车追到机场，将飞机团团围住。此刻，海军场站的领导就会把中央不准飞机起飞的命令向机长潘景寅传达，只要飞机不起飞，一切问题就会在地面解决。

所以，根据"九一三"之夜山海关现场的情况，发生在林彪等人、8341部队及机组未登机人员行动上的时间差来看，如果等9名机组人员全部到齐的话，三叉戟256号专机无论如何也是不能起飞升空的。

三、如果机组全部到齐，起飞之后会怎样

1. 首先必须看到，林彪乘自己的专机叛逃，其政治上的欺骗性是很大的。

既然林立果以执行林副统帅专机任务为名，将林彪专机从北京西郊机场调往山海关，他就一定做好了应付机组的办法，无论飞广州或是狗急跳墙北飞叛逃，如果空中阴谋败露，机组进行反抗的话，他就会把预谋好的手段拿出来置机组于死地。

林彪仓皇出逃正好在后半夜，赶上机组正在睡觉的时候，所以才有条件把机组的五个人甩下不管。如果是在白天，或者机组的大部分人员都睡在同一间房子里，林立果无论如何挖空心思，都不可能将机组的任何一个人丢下。

值得一提的是，在机组人员的编制方面，与平时比较，还增加了一名副驾驶员，那就是我。本来多一名驾驶员是为了在空中能够替换休息，没想到这次对林立果来说，机组中多增加一名年轻人，他心里就多一分忧虑。

2. 飞行员思想上牢固的“空中防线”概念，是任何企图空中叛逃者无法攻破的坚强堡垒。

空中防线教育一直是飞行人员政治教育的重点。除此以外，运输机部队对此还采取了许多行之有效的措施。“空中防线”在飞行员的思想上，像铜墙铁壁一样守护在战斗的最前沿。

在“空中防线”精神的指导下，对于到国外执行专机任务的机组人员，其政审更加严格，手续也非常复杂，往往要提前几个月就开始进行出国飞行的准备。出国专机飞行与民航的国际航班有着很大的区别。民用航空是按照预先协商好的航空协定，固定的机型，固定的机组，固定的时间，固定的航线，一切按部就班地运转就行了。国外专机飞行没有一样是固定的，就连机组在国外飞行之余的生活问题，都要进行专门教育培训，提醒注意事项及纪律规定。不像有人把出国想象得那么随便，空中与地面一样，也是有着严格的国境线的。有人认为，空中林彪一句话，就得让他飞到国外去，实际上没这么简单。

3. 飞机及驾驶杆就是飞行员的手中武器。

“九一三”事件之后，三叉戟 256 号专机组的 4 个男子汉，在被审查期间，经常在一起回忆9 月 13 日凌晨发生在身边的那一场噩梦，议论中，也很自然地谈到事态发展的种种可能。

“如果我们 5 个人都上了飞机，会怎么样?”这是大家涉及最多的话题。

对我们 5 个人来说，谈论这个话题时，虽然只是一种“如果”与“假设”，但事情毕竟是发生在自己身上，我们在回忆往事的时候，心里却是沉甸甸的。

首先分析一下飞机上敌我力量的对比。飞机上真正作为劫机叛逃的主体，只有林彪一家三口加上刘沛丰共 4 个人。一般讲林彪专车司机杨振刚是不该上飞机的，在空中，当杨振刚一旦知道事情的真相，当机组同林立果动起手来的时候,他是不会帮助林立果的。这样,如果在空中真正对峙起来,对方也只有林立果、刘沛丰两个人有些战斗力。机组方面,除了有一名飞行员不能离开座位外,其他包括服务员在内的8个年轻力壮的人员,在力量上占有绝对的优势。

对机组来说,最为不利的因素就是林彪、叶群就在飞机上,他们会以各种借口将自己的嘴脸掩盖到最后一秒钟,使机组在短时间内处于被蒙蔽的状态。但是,这个过程不会很长,他们的阴谋会很快被林立果们无法掩饰的举动暴露。

其一,9月13日凌晨,从256号专机强行起飞开始,飞机上的无线电通话电台一直没有打开,如果机组成员都在飞机上,这一点是根本做不到的。起飞之前,机组成员肯定会以最快的动作开车、滑行、起飞。可是,一旦到空中,林立果无论用什么借口迫使飞行员改变飞行航向的时候,飞行员都会问"为什么"并立即打开电台电门。此刻,会出现两种情况,一种是林立果不让打开电台,这样就更加引起飞行员的怀疑,因为,无论首长到哪里,总得要落地,总得要与地面联系,询问落地条件,不开电台,没有任何道理;另一种情况就是将电台打开之后,立刻就会听到来自山海关、北京等许多地面指挥电台的声音,命令飞机立即飞回北京或就近降落,甚至会把林彪瞒着中央私调飞机的真相直接告诉机组,这时,机组再联想到起飞时那极其反常的情况,就会坚决执行降落命令。所以,林立果企图不开电台,拒绝同地面对话,蒙骗机组的局面,最多不会超过起飞后20分钟。

其二,林立果们对付机组的另外一个最有效的办法,就是以首长的名义把机组成员分别叫到后舱,用开枪以外的方法置机组成员于死地。从空中的实际出发,这个办法也是行不通的。

在飞机起飞后,在前驾驶舱各个岗位上进行工作的至少有五个人,坐在座位上的有两位飞行员及一名机械师和通信员,领航员要暂时站在驾驶舱的中间工作,有许多需要操纵的仪器要站在那里才可以够到,一切就绪之后才能坐下,所以,领航员的座位是活动的。我作为多余的副驾驶员,一般情况下也要在前驾驶舱观察一段飞行,等飞机正常加入航线、飞行稳定之后才会到后舱来。其他两名机械师通常做完该做的事后,才可以早一些到后舱帮助服务员干一些事情。因此,在起飞后,当林立果让飞行员加入叛逃航向的关键时刻,林立果没有任何理由把正在紧张工作的领航员、通信员、一名机械师弄到后舱去,即使拿出"首长要见机组人员"的借口,也要等到驾驶舱各岗位的工作就绪之后才能进行。

需要着重指出的是,通信员的工作就是起飞之后尽快与地面沟通联络,更重要的是通信员使用的电台与飞行员使用的电台不是一回事,电门也不在前驾驶舱顶部,通信员会按照自己的工作程序,很快将电台打开,而且通信员通话联络的对象是空军司令部及空军各军区航空指挥部门的对空台。因此,他会更快地获悉上级领导成员的指挥意图,使林立果的欺骗行为最终暴露。

林立果在起飞前手中握枪,同叶群在停机坪演出了"有人要害林副统帅"的把戏,但是,起飞升空之后,站在驾驶舱总不能还是端着手枪吧!在地面用手枪是对付"要害首长的人",紧急之中机组已将林彪送上天空,他仍然端着手枪干什么?退一步讲,如果林立果此时敢于撕破假面具,用手枪迫使机组叛逃的话,包括刘沛丰和叶群在内,都会陷入9名机组人员的包围之中。此时的林立果一定站在机长的后面,他一直充当着急先锋的角色。因为,机长是决定飞机命运的关键人物。小小的前驾驶舱,机组5人已经占得满满的,再加上林立果就显得有些拥挤,如果林立果敢动手,首先被制伏的肯定是他自己。

如果把机组人员分别骗到后舱,然后,给捆绑起来,能执行这个具体任务的只有刘沛丰和叶群。林彪除了骗人,手无缚鸡之力,哪干得了这种勾当?实际想一下,这种可能性也是很小的,哪有首长接见先把人捆绑起来的道理?也不是做什么游戏,机组人员再傻,也不会无缘无故束手就擒吧!再说机组包括服务员在内,还有4个人游动在后舱,能保证这种绑架行为不被人发现吗?机组人员发觉自己的战友被绑架能不闻不问吗?这哪里是重要专机上应该出现的现象?三叉戟飞机的客舱虽然有20多米长,但也只是前后一条通道,如此大的动静不被发现是做不到的。

飞机驾驶杆毕竟是掌握在飞行员的手中,尤其是那位从朝鲜抗美援朝前线挑选回来学习飞行的副驾驶、团副参谋长陈联炳,由于他飞行作风泼辣,性格直爽,生活中有"陈二虎"之称。"九一三"事件后,陈联炳曾多次说过:"如果我在飞机上发现有什么异常,我不用离开座位,就可以把他们制伏。首先将飞机断电,飞机座舱立刻就会漆黑一团,紧接着我先拉驾驶杆将飞机跃起,然后,向下猛推机头,此时,客舱内所有人员就会像宇宙飞船里的太空人一样被悬吊在空中,再做几个大动作量的侧滑,他们就有可能被摔向客舱的任何方向,林立果们连东西南北都找不到,还能有什么战斗力?"陈联炳的一番话绝不是一种幻想和无根据地乱说,它一方面反映出机组人员严把空中防线中的勇敢与智慧,另一方面也表示出对林彪、林立果一伙的刻骨仇恨。

2001年9月11日,美国时间上午9点钟,美国著名的世贸大楼与五角大楼等地突然发生被民航波音757、767飞机撞击事件,造成重大人员伤亡,这是继珍珠港事件以来美国遭受的第二次重大袭击。此次震惊世界的暴力事件最显著的特征，就是劫机者在空中掌握了飞机的驾驶权，而且劫机者又会驾驶飞机。这些早已把生死置之度外的暴徒，利用手中的驾驶技术，准确地找到目标，并毫不犹豫地向大楼撞去。初步分析，每架飞机上的劫机犯都不是一两个人，否则将无法全部控制驾驶权。如果民航的飞行员当时在前驾驶舱，或者提前知道暴徒要撞击大楼的话，就是拼上性命也不会将驾驶杆交给暴徒的。这次撞楼事件中，有的飞机没有飞到预定的目标就坠毁了，可能就是飞行员或乘客与劫机犯殊死搏斗的结果。“九一三”事件前，周宇驰学习驾驶直升机，最后因其劫持的飞机与他自己学习驾驶的飞机不是一种机型而没有得逞，林立果虽然自己不会驾驶飞机，却利用了其父的权威在空中劫持了飞机。对于空中飞行的飞机来说，驾驶杆就是一种权力。

四、256号机组的行为和3685号直升机上陈士印与陈修文烈士的动人事迹，进一步说明专机飞行员在空中防线中的立场非常坚定

忠于党的专机飞行事业的飞行员们，有着很高的思想觉悟和坚定的立场，在触犯空中防线的行为面前，敢于挺身而出，不惜付出生命的代价捍卫祖国的尊严。三叉戟256号专机上的林彪，虽然可以暂时蒙骗机组，但终久不可能在9名机组人员的眼皮底下逃出国境。

五、还有几个“如果……”

1. 有人说，如果领航员在飞机上的话，就有可能找到机场降落了。

排除机组9个人都在飞机上的情况，另外做如此假设也未尝不可。因为，林立果等人在有准备的情况下，都没有搞到叛逃航线上的机场资料，领航员更不可能有国外的航行资料，也没有国外地图。由于在机长潘景寅与劫机者进行反劫持的斗争中，飞机已偏出山海关以西130多公里，在这种情况下，领航员得不到国内地面任何导航资料的支持，1000多公里的航线，保证飞达目标上空是不可能的事情。尤其是夜间飞行，光知道机场在什么地方而不知道机场其他资料是无法落地的。

2. 有人说，如果有一名副驾驶在飞机上的话，飞机的迫降就会成功。

如前所述，如果还有一名副驾驶在座的话，飞机就不会飞出国境了。此刻，极端被动的潘景寅，如果身边能有一个同样手握驾驶杆的战友，那么，他的胆量和勇气就会增加好几倍，面对劫机者的威胁与枪口，两个人即使一言不发，单凭眼神和驾驶杆上的动作暗示就完全可以理解对方的意图，就不会陷入孤军奋战的绝境。

话又说回来，一旦256号专机在蒙古国的茫茫荒原上，弹尽粮绝，面临绝境，飞机上就算多一名副驾驶员，也不能挽救最后场外迫降的命运。飞机上油料不够，找不到机场，不是一名副驾驶能解决的问题。

3. 如果“九一三”事件中，中央没有提前发现256号专机到山海关的事情，按林彪第一方案，飞往广州，会怎么样？

提出这个“如果”是很实际的。当晚，如果没有任何情况发生，第二天上午，包括三叉戟256号专机在内的5架飞机（两架“云雀”直升机装在231号货机内），就会浩浩荡荡陆续飞往广州。因为是飞广州，而不是国外，如果机组在空中没有接到来自地面的其他指令，就会像平时执行其他专机任务一样，飞到预定的目标落地。不过，如此大规模的机群活动，林立果们企图瞒天过海是不可能的。

综上所述，我认为在两种情况下，叛逃成功的可能性比较大。一种是在白天天气比较好的时候，即使油量不够，找不到机场，飞行员可以围绕迫降场盘旋，让飞机随时处在迫降的有利位置，把飞机上的油料消耗到发动机停车的地步，这样落地之后只要飞机不发生爆炸，人员即使受伤，也不会死亡。另一种就是在飞机油料充足的情况下，即使晚上也可以飞到乌兰巴托。国际机场看到有运输飞机光临，一般会允许落地的。另外，即使找不到机场，只要在空中长时间飞行，军用机场的飞机也会起飞拦截，并强迫你跟着它到机场降落。

第五节　关于林彪死因的各种传说

这些年来，当我专心就林彪专机的活动情况进行研究的时候，出乎我意料之外却听到或者在网上看到许多关于林彪死亡原因的传说。我站在三叉戟256号专机组飞行员的角度看，不了解实情或不懂飞行的人们，对山海关机场林彪专机强行起飞之后那极不正常的转弯轨迹，产生种种不同的想法是完全可以理解的，因为这一点必须从飞行员同劫机者的关系，从事件爆发前的许多具体情节，从专机飞行专业等诸多方面的有机结合上，才能真正说明白。即使如此，还是有人坚持那种不正确的说法，关于这一点我在前面的有关章节已经作过说明。也许是别人的说法在前，我的文章在后，先入为主，短时间内是纠正不过来的。前不久有一本畅销书，在求证林彪事件时，再次提到那几种死因。

当我知道关于林彪的死因还有那么多传说时，感到离奇与不理解的同时，认为人们对不正常转弯的误解与那些神话般的传说相比，真是小巫见大巫了。最初听到这些传说的时候，我感到非常可笑，甚至认为不值一提，也不值一驳。

可是，认真地去想一想，的确是一个非常严肃的政治问题，不能光站在飞行员的角度去看这个问题，要站在广大普通老百姓的位置，认真分析一下，为什么会产生这些说法，为什么这些离奇的说法会流传开来，并且占有一定的市场。虽然事情已经过去40多年了，这个问题仍然不能忽视。

第一种传说认为，毛泽东已经对林彪这个接班人不感兴趣，决定分手的办法是，先让中央警卫局安排毛泽东与林彪在北京的玉泉山见面，然后，在林彪座车离开玉泉山返回的途中，伏兵出击，将其击毙，这种说法出自一本叫《揭开林彪死亡之谜》的书中。更有甚者，在海外也有类似的书籍出现，以讹传讹，实属子虚乌有。“九一三”事件之前，毛泽东一直在南方视察，林彪在北戴河，直到9月13日凌晨，林彪突然在山海关机场乘机叛逃，8341部队、山海关机场地面海军专机保障人员、林彪专机机组人员等，共同目睹了林彪一伙从北戴河到山海关机场仓皇出逃的过程，林彪登上飞机后也没有回到北京落地，直接坠毁国外，怎么会有玉泉山被伏兵击毙一说呢？

第二种说法是林彪专机是被导弹击落的，因为飞机上有一个洞。关于这一点，我在前面的有关章节，已经在对坠机现场进行分析的基础上，做出了比较符合实际的结论，机翼下面那个直径40厘米的圆洞，是飞机向右倾斜接地后，机腹与地面高速摩擦增温，点燃了机翼中的燃油爆炸所致。256号专机低空出境时，蒙古国方面没有发现飞机。我们国家的导弹也不可能深入蒙古国境内数百公里，将正在超低空飞行的256号专机击落。而且这个洞口位于机翼的下表面，机翼表面没有击穿，更不可能是炮弹或导弹所为。

第三种说法更为离奇，认为林彪是被软禁而死，因为刘少奇、贺龙等就是在“文革”中被软禁而死的，因此做了类似的推想。更具有传奇色彩的说法是，乘飞机逃跑的林彪，不是真林彪，而是林彪的替身，因为多少年以前，曾有人在大街上发现长相酷似林彪的人，这些说法让人听了真是忍俊不禁。

以上说法对那些看电影、小说多了的人，富有幻想、善于在头脑中构思故事情节的人，也许不觉得奇怪。可是，在机组成员看来，这些说法的确是太离奇了，人们为什么会相信这些离奇的传说呢？因为林彪坐飞机叛逃的行为，对全国甚至全世界来说，都是太突然了，也正是因为太突然的缘故，才使人们轻易相信那些传说。另外一个原因就是1971年“九一三”事件之后的几年里，“四人帮”正在为网罗自己的势力忙碌着，哪里有心思顾及到可能出现的这些说法。甚至在“两案问题”结案之前，都没有足够的官方文章涉及这方面的问题。邓小平对机组死难人员定性问题的讲话，也是发表在1980年的11月份。以后又发生了澳大利亚记者彼德·汉纳姆几次到莫斯科和坠机现场调查林彪之死真相的事情，亲自到坠机现场调查的孙一先的文章《罪与罚》，也是在1988年才见报的。不过我相信随着时间的推移，随着当事人与许多关注“九一三”事件人们的正确认识，各种传说迟早会销声匿迹。

2005年7月份，凤凰卫视在《口述历史》栏目让我谈了亲历“九一三”事件的简要过程。接着，又做客凤凰网与广大网友聊天，用一个小时的时间就事件中的一些主要经过作了进一步的回忆。对网友提出的各类问题当时还不能一一回答，不过，当他们看到我这本书的时候，有些与飞机活动有关的问题会迎刃而解的。

第六节　蒙古对林彪坠机的最新披露

每年的9月13日，对我来说都是一个不平常的日子。有一年雨后骑车不小心摔了一跤，当我意识到那天就是9月13日之后，便提醒自己，今后每年的这一天都要格外小心才对。又不知道过了多少年，我的注意力又被另外一个现象吸引住了，那就是每年的9月13日前后，总有一些有关林彪事件的文章出现，我的文章也会在这段时间被采用。

果然，在2006年的9月15日，也就是在我写有关林彪坠机文章的前两天，《参考消息》报道了一篇蒙古国对林彪坠机披露的最新消息。也许我比别人更加关注这一事件的有关报道，这则消息让我反复琢磨了一番。

文章一开始是这样的：“新华网专稿：日本共同社9月13日发自乌兰巴托的一则电信说，该社日前获得就1971年9月13日林彪所乘飞机在蒙古境内坠毁一事，当时蒙古政府曾总结的一份调查报告，报告否定了飞机因燃料不足而在迫降时坠毁的一般说法。”

关于这一点，文章的另一段说：“报告还对林彪专机燃油不够的说法表示怀疑。”因为“飞机残骸在极广范围内燃烧了很长时间，这一事实表明它有足够的燃料继续飞行。”“大火覆盖了一块长975米、宽321米的地方。”

256号专机坠毁时，飞机上还有2.5吨的燃油，这一点是毋庸置疑的，我前边对此已经做了详细的叙述。当时，迫降场过膝深的干草与飞机爆炸后散发在草地上的燃油，加上风借火势，出现那样大的燃烧面积并不奇怪，从理论上计算2.5吨的燃油飞到乌兰巴托几乎是不可能的。

文章中值得关注的是：“蒙古相关人士暗示当时机内曾就逃亡问题发生争斗。该事件距今已有42年，这一宝贵资料将有助于揭开中国现代史上的一个重大谜团。共同社日前专访了前蒙古国家警察厅前副长官、曾作为当地治安机关最高负责人参与林彪专机坠毁事件调查工作的奥索林·奥特恭捷格。他证实，当时苏联政府自始至终密切参与了事件的调查，进行了回收黑匣子等工作。”

256 号专机的黑匣子能够揭开事件的真相，这是很多中外人士一直关注的问题，本章第五节中我对当时飞机黑匣子的性能作了详细叙述，迫降前 30 分钟的舱音对话与整个飞行过程的信息记录可以说明很多人想知道的问题。可惜到目前为止，一直未能得到黑匣子。

文章指出："调查小组当时得出的结论是，导致这架飞机坠毁的直接原因是导航问题，这就排除了飞机被击落的可能性……英国制造的三叉戟在气候良好时极少犯航线错误，而且也没有来自这架飞机的任何无线电通信，这两个事实说明，中国解释说这架飞机犯了航线错误是说不通的。”

关于这一点，我在前边已经分析过，由于 256 号专机从第一转弯开始就是在劫持与反劫持斗争中飞行的，加入航线就偏移了 130 公里，飞机上又没有领航员，只有一个飞行员潘景寅，根据飞行航向与飞行时间的计算，只能知道自己的大概方位，而不会像平时执行专机任务那样知道飞机的精确位置，256 号专机在不正常的飞行中出现一系列不正常的现象是必然的。所以文章说："飞机坠毁时，引擎正常，而且'没有证据证明机上人员由于紧急原因作出了降落的决定'。”

其实，降落的真正原因，应该是油料不够，不得已而为之。

关于苏联对事件的调查时间，文章说："该报告题为《中国飞机在蒙古境内坠毁原因的确定文件》，所署日期为 1971 年 11 月 20 日，共 16 页，共同社日前获取了这份未公开的文件和未曾发表的现场照片。该报告说，对 1971 年 9 月 13 日坠毁的林彪专机展开的调查是在事故发生约一个月后（从 10 月 8 日 ~18 日）进行的，当时苏联专家参与了调查工作。”

文章用带有结论的口气说："蒙古方面的消息人士当时说，调查人员一致认为，一定是机上人员之间发生了搏斗，支持林彪的一方想逃去苏联，另一方则想返回中国。”

我在本书的前边提到，关于蒙古国方面说 256 号专机上安装有超低空飞行的设备的来由，也是日本新闻界引用蒙古国方面的说法。不同的是，这次文章却直接提到了飞机的黑匣子，更让人关注的是，机上人员之间发生了"搏斗"的说法，而且，这种"搏斗"说是与黑匣子联系在一起的。对此，我的看法是：

第一，尽管蒙古国方面没有直接引用苏联那篇 16 页报告中有关黑匣子解密的具体内容，但是可以肯定是来自黑匣子，如果没有听到黑匣子中"一方想逃去苏联，另一方则想返回中国”的争吵，那么“搏斗”就无从谈起。

第二，关于驾驶舱中的争吵，我认为从第一转弯开始就有了，但遗憾的是，当时黑匣子的性能只能记录飞机爆炸前30分钟的内容，也就是说，飞机飞越国境后直到迫降这一段的内容是可以听到的。

第三，在争吵的内容中，肯定有潘景寅与林立果、叶群甚至刘沛丰之间斗争的内容，因为只有潘景寅知道半夜油料不够找不到机场的结果，而林立果们是死不回头的顽固分子。

第四，飞机迫降前，三个机械师是否在驾驶舱？这是我关注的问题之一。我的判断是，林立果不会让三个身强力壮的小伙子到驾驶舱去，那样搏斗起来，林立果们不占优势。

第五，争吵的核心问题还在于，林彪本人是否参与其中。因为是叛逃，林彪还能安然坐在后舱等着儿子、老婆主动向自己汇报吗？潘景寅是不能离开半步的。假设林彪主动到驾驶舱向潘景寅询问有关飞行及何时到达伊尔库茨克等情况时，潘景寅就会把飞机所处的险境告诉林彪，当林彪知道自己马上就要被摔死在蒙古国了，会作何设想？

第六，遗憾的是这篇文章中并没有详细披露这些关键的内容，这也许是蒙古人故意在这里卖了一个关子，等着下一步关注林彪事件的人找上门去。作为256号专机的副驾驶员，我曾经常幻想有一天能从黑匣子中听到机组四个人的声音，因为我最熟悉战友的声音了，也让那些熟悉林立果、叶群、林彪的人听一听黑匣子的对话与争吵中他们都说了些什么。再加上事故记录器的记录数据，对比分析，这样，距离揭开林彪叛逃与坠机之谜就不远了。

第十章 离 队

第一节 踏上飞行不归路

当时间的脚步跨入1976年的时候，我苦心追求的飞行事业最终被“九一三”事件给我带来的厄运吞噬了，被迫丢掉飞行事业对我来说无疑是人生中最大的一次打击。当年4月，也就是在“九一三”事件发生近5年之后，我又一次背上受审查时的行李卷，离开部队，离开北京，离开妻子儿女，背井离乡，从此，踏上飞行不归路。

1976年年初，当我看到读书班里留下的都是空勤干部的时候，我的心好像提得更高了，在这种情况下似乎随时都可能接到停飞的命令。

专机师的空勤人员(不包括因工作需要由专机师审查决定的空勤机务人员及空中服务员)由飞机驾驶员、领航员及通信员组成。这些人员都是经过严格的身体检查与政审合格后，再经空军航空预备学校的过渡训练，送往专业对口的航空学院进行专业培训，2～3年后，分配到空军各航空兵部队继续服役，此时，他们的身份由空勤学员成为空勤干部。所以，空勤人员虽然不是一种职务，却是空军航空兵的一个重要岗位。一般情况下，没有正当的理由，没经相当一级领导批准，是不能随意取消一个干部的空勤身份的。因此，终止一个空勤干部的飞行资格，要正式下达停飞命令。

“九一三”事件后，一切来自审查过程中精神与生活的压力，我都能忍受，也能正确理解。但是，只要能让我重返蓝天，回到我所苦恋的飞行岗位，我保证会如鱼得水，用自己加倍的工作挽回因几年停飞而失去的一切，因为，我视飞行如自己的生命。

改飞伊尔-18与三叉戟飞机对一个酷爱飞行事业的人来说无疑是人生中的大事，而在忙碌的训练与任务飞行中从未想过在自己心爱的飞机上留下几张照片作为多少年以后的人生纪念。之所以在思想上连这样的一闪念没有出现过，就是认为自己的生命已经同飞行事业紧密地融合在一起，如果不是发生飞行事故中的意外，自己是不会离开飞行事业的。既然来日方长，就没有意识到及时为自己照个相、留个影的纪念意义，所以，从1966年到1971年的“九一三”事件这漫长的5年多的时间里，我没有在以上两种飞机上照过一张照片。现在，当我意识到飞行事业真的要离我远去的时候，确有一种痛不欲生的感觉，因为，多少年来我已经视飞行为自己的第二生命，现在就要取消我的飞行资格了，怎能不叫人痛心呢！如果能有一张照片在手，时不时地拿出来看一看也可以聊以自慰。

虽说取消一个空勤人员的飞行资格是一件慎重的事情，可是，以与林彪事件有牵连为理由停飞，在当时是很容易做到的，理由既充分又典型，而且，在当时还不会有人提出反面意见来，被审查停飞的空勤人员几乎都意识到了这一点。

有人说，国家培养一个飞行员需要付出的代价，如果折合成黄金的话，几乎要同飞行员的体重差不多。谁也没有对这种说法进行过具体计算，但可以肯定，国家培养一名成熟的飞行员所花费的金钱是很多的。对一个飞行部队而言，他的战斗力如何，主要体现在飞行员身上，而培训飞行员所需要的飞机、机场及其所有一切硬件设备和地勤、后勤等各种保障所需的人、财、物，加在一起分摊在占部队人员极少数的飞行员身上，那就是一个很惊人的天文数字。就三叉戟飞机而言，在平时的训练飞行中，围绕机场起飞、降落一次，就需要600～700公斤燃油，且不谈其他的消耗，仅此而已。当时，一个能在专机师胜任驾驶大飞机的飞行员，都经过了从航校到部队至少飞过4个以上的机种、10年以上的军龄和数千小时的空中时间。尤其是那些师、团一级的老飞行员，他们基本上都是同祖国年轻的空军同时成长起来的，经历了空运大队、独立团到专机师的全过程，出色地完成了从毛泽东开始所有党和国家领导人从国内到国外的重要专机任务。当时，这些飞行员的年龄都在30～45岁左右，正是年富力强为国出力的时候，如果因此对这些飞行员中的骨干弃之不用，实在是太可惜了！

为了能在不容乐观的情况下争取一线希望，我曾向当时的空军及专机师的领导写过不止一封信，表明自己热爱祖国飞行事业的深切愿望，恳切希望领导能准许我重返飞行岗位，继续为专机空运事业做贡献，我看到利用写信和直接找领导表示心愿的其他飞行员也不在少数。

朝思暮想等来的结果不是与我们继续飞行有关的消息，而是解放军要裁减10万官兵的总部署。表面看来这两个问题之间没有什么必然的联系，实际上专机师的领导正考虑如何处理与“九一三”事件有牵连人员的时候，全军减员的指令正好为处理这些人员提供了理想的渠道。这些干部几年来一直未能摆脱“九一三”事件带来的阴影，现在，又要带着无法摆脱的阴影走到飞行生涯的尽头。虽然，上级领导机关不可能指名道姓让这些受牵连的人员必须成为裁减的对象，可是，在当时的形势下根据专机师的诸多因素判断，凡是在“九一三”事件中受到直接或间接牵连者，很难摆脱被精简的命运。

果然，在一次团的动员大会之后，我被确定为转业到地方的人员之一。至于那个被我看得分量很重的“停飞决定”，只是被轻描淡写地宣布了一下，就算对我十余年飞行生涯判了死刑，剩下唯一允许我考虑的是“往何处去”的问题。

又一次出乎我预料之外的是，停飞倒也罢了，内心多么痛苦，因大势所趋，已无可挽回。虽然是飞行员出身，但谁也不能保证干一辈子飞行。然而，就转业的政策来说，我再一次因“九一三”事件受到惩罚，不但不能与一般转业干部一样对待，而且，因为我的“方向路线错误”，在转业的去向问题上，还被列入另册。

按当时的转业政策规定，空勤干部停飞后的转业方向，可以就地安置，就是说，我在北京飞行多年，可以安置在北京市工作。对我来说，因为是“九一三”分子，必须从哪里来回哪里去，也就是说，我是从河南被选拔为飞行员的，现在必须回到河南老家去安置。我老家在河南农村，我家那个土窑洞早已被雨水冲塌了，让我回老家，全家四口何处安身？妻子的工作如何办？当初，飞行员谈恋爱的时候，领导考虑到飞行员要集中更多的精力于飞行，不可能有更多的时间用来探亲，要求尽量不要在老家找对象，一旦形成两地分居，很难在紧张的飞行工作中进行照顾，所以，包括我在内的绝大多数空勤人员都是在北京恋爱成家的。现在，不但取消了我的飞行资格，而且，偌大的北京城都不允许有我的立足之地。我曾向领导提出这样的要求，考虑我的两个孩子都还小，妻子一直在北京长大，生活的基础也在北京，能否暂时不做转业处理，停飞后改做其他工作。虽然，不能继续飞行，但是，我还有一定的飞行理论基础，也可以翻译整理三叉戟飞机的外文资料，这些在当时也是一项急需的工作。无论我如何陈述理由，甚至是苦苦哀求，都无济于事，除了马上离队、离京，没有第二种选择。哪怕是向后推迟一两年的时间，等孩子们再长大一点转业都不许可。

转业离队已成定局，我只好又找别的领导，在转业安置地点问题上，请求能在河北省离北京较近的固安、廊坊或涿州安置，这样离家近一些。然而，河北省为了减轻安置工作的压力，规定：凡是想在北京附近转业安置的干部，必须放在河北省最穷的两个专区：承德和张家口专区，除此，别的地方一律不予接收。我这个对地图本来就很熟悉的飞行员，只好重新抱着地图，认真寻找与自己的命运息息相关的地标了。过去在自己的飞行生涯中，曾无数次地在各种地图上研究过要飞行到达的目的地，也曾对要落地的机场从飞行专业的角度进行研究、记忆，那都是从飞行的安全出发。全国除台湾以外的所有省市的多数机场都研究过，其中，没有任何一个地方曾与我个人生活挂起钩来去考虑，更不可能想到有朝一日突然离开北京到什么地方谋求工作。可是，这一次，当我再次拿起地图的时候，竟感到地图的分量是那样沉重，因为，我的命运就要与这张地图有着紧密的关联，别看我以前飞来飞去从没有在哪个地点长期停留过，可这次对我来说整个下半生的一切都可能留在这张地图的某个点上了。

我提出在北京附近安置的想法，放在谁的身上都是一样思考的吧？我既然无法争取领导的同情与改变领导的决定，处于无奈，只好一个人去承受这一切吧！我决定将妻子和孩子留在北京，只身一人远走他乡。“九一三”事件时，我身为军人无法避开那位“副统帅”设置的陷阱，几年之后，一步步落到如此悲惨的境地，在决定自己命运的关键时刻，我同样也身不由己，只能按照领导的既定方针远走他乡。

位于河北省张家口专区的怀来县，又叫沙城，是两条铁路即北京—包头、丰台—沙城交会的地方。我把交通方便、离京较近作为安置的首选条件，主要是考虑到北京的这个家和家里的母子三人。毕竟我是个拉家带口的人，我必须在满足专机师领导决定的前提下，在被那只无形大手严密控制的缝隙中，寻找自己及全家能够生存的空间。

256 号专机组作为专机飞行的历史，甚至整个空军历史上最不幸、残缺不全的集体，在这次处理中彻底瓦解了，作为“九一三”事件三叉戟 256 号专机的历史见证，这五个人的集体将永远留在彼此的记忆中。当我们各走一方的时候，竟然没有一个人想到留下一张合影。

小魏姑娘结束了在花生地的劳动之后，被分配到西郊机场卫生队工作。小魏的母亲早逝，是她的哥哥每星期接送她到机场上下班，作为兄长，对牵连在“九一三”事件中属于弱者的胞妹备加呵护。不久，她复员回到北京的家，在一家报社的印刷工厂当排字工人，一干就是 8 年。

机组第一副驾驶员陈联炳，他妻子原来是随军家属，现在又随陈联炳打道回府，带着孩子返回老家安徽，把已经参加工作的大女儿丢在了北京。陈联炳从放牛娃当上解放军，从抗美援朝前线到空军当飞行员，多少年来，他飞遍了祖国的大江南北、长城内外，用自己的飞行经验带出了许多新飞行员。他身怀绝技，正是可以充分发挥的时候，却不得不回到放过牛的家乡，从事与飞行行业风马牛不相及的工作。

机组通信员、团通信副主任老陈与在空军学院工作的妻子，夫唱妇随，带着两个儿子回到老家浙江省。妻子同孩子按安置规定可以在杭州市安家，本人只能在省里的一个县安置，在县卫生院任支部书记。他已经熟练掌握的英语空中联络对话专业，只能是“无用武之地”了。

机组中安置较好的算是领航员老李了。他的老家在广东省，因为他从小就是养母从外面捡回来带大的，除此没有任何其他亲人。他妻子是我国第二批女飞行员之一，来自上海，当时，他妻子还在部队继续飞行，就将他转业安置在上海自行车厂供销科。几年后，专机师实行人员分流，他妻子脱下军装，分配到上海民航局继续飞行，这样他们一家四口在上海团聚，好在能有一个完整的家。

一团的代理团长也走了，因为他们的孩子从小在妻子的老家吉林长春长大，代理团长只好放弃回自己的家乡山东的机会，随妻子到东北工作。离队前，他将自己积累多年的飞行日记烧掉了，整整20本日记！这20本日记是他多年来执行国内外专机任务的经验总结，是他兢兢业业苦心钻研飞行技术的结晶，也是他为祖国航空事业全部付出的象征。飞行员的舞台在飞机上，施展全身武艺的空间在万里长空，一旦离开飞机，“一杆两舵”的技术确实无用，烧掉也罢，问题是代理团长投身飞行事业的满腔热情也同时被烧掉了。他看着那顷刻间燃为灰烬的日记本，流下了热泪。

1976年3月份，我手里拿着从飞行团开出的一张小纸条，到场站财务室一次性领到10个月的工资700元人民币作为我的全部转业费用，步履沉重地离开了机场。这是我苦苦追求飞行事业的地方，也是我无辜受牵连的地方，在这里，有我投身飞行事业的乐趣，也有因飞行身陷囹圄后的精神困惑。但是，我还是很留恋机场的营地，这里毕竟是我实现梦想的地方，十几年的军旅生涯大部分是在这里度过的。我清楚地知道，当我拿着转业费走出营房大门之后，我就不是一名飞行员了，连军人的身份也不复存在，虽然我还穿着军装，实际上我已经是一位普通的老百姓了。

记得小时候在家乡看到天上的飞机就像发现十分新奇的天外来物一样，从开始听到声音就仰起脖子找来找去，一旦找到飞机就盯住不放，一直用眼睛把飞机送得很远、很远，直到变成一个小点消失在天际。有时为了多看一会儿，甚至爬到一个较高的地方。觉得飞机在云层中时隐时现很有意思，觉得那么大的钢铁玩意儿竟能飘在空中，一定有一种强大的力量支撑着它，可是这种力量来自何处呢？虽然当时无法弄懂，但我相信这些道理都是具备相当学问的人才能知道的，只要自己好好读书，长大后不仅能制造飞机，还能开飞机。当时无法叫出飞机的名字，唯一能够区分的就是三个头的飞机或一个头的飞机。后来才知道那三个头的飞机就是伊尔-14或里-2飞机。

初中毕业年仅17岁的时候，我已经与飞行结下了不解之缘。当时，县武装部成立选拔飞行员的特招办公室。我 由于家庭生活困难，只好带干粮上学，常年营养不良，身体瘦弱，约1.7米的个子，体重不到百斤。我的腰围还没有脑袋大，上厕所时，用裤腰带束腰时的圆圈无法从头部套在脖子上。当时，飞行员在人们心目中是一个非常神秘莫测的形象，出人意料的是经过初选，我被选中了。

到眼科检查结束之后，就所剩无几了，全县的学生中，能够进入外科检查的人数只有7个。我被带进外科检查室，当着个别女医生的面命令我们脱光衣服，我不好意思地在医生的指导下像猴子一样蹲在地上蹦来蹦去。量体重的时候，我注意到自己上身的肋骨清晰可见，非常担心因体重不够而被淘汰。当最后一项检查到肛门的时候，医生说我那里有一个很小的疙瘩，而且几个医生还为此在一起交换意见。我怕他们不要我，就急忙向医生解释，不，简直是乞求医生放过我，因为这确实是长年带干粮上学，喝水少，身体上火所致。无论我怎么解释，最后，医生还是在我的屁股上拍了一下，像逗小孩玩似的说："明天就不要来了。"当年全县只有一个人体检合格。

学校让我免试上了高中，好像我命中注定就要成为一名飞行员似的，在贫寒的家境中，又咬牙坚持了3年，在这3年中，我无时不想当兵离开为供我上学已经心力交瘁的父母和一贫如洗的家。1959年高中毕业时，又迎来了特招飞行员的大喜事。由于我对自己的身体情况已经心中有数，体检中，过关斩将，一路顺风，顺利地成为全县三名飞行员中的一个。

8月份学校放暑假，同学们都怀着忐忑不安的心情在家里一边劳动，一边等着大学录取通知书。我与别人不同的是，除了大学录取通知书外，还多了一个当飞行员的通知。

8月10日，我与生产队的乡亲们钻在一人多高的玉米地里套种白萝卜。高温天气使湿热的玉米地散发着浓烈的泥腥味，玉米叶的边缘像小锯齿一样在我的身上拉出一道道的红印。晚上，当我躺在土窑洞的床上休息的时候，传来生产队长的声音，说接到电话，要我到县武装部集合。经全县初步体检、政审合格的3个高中同学在武装部长的带领下来到省会郑州市，经过再次体检之后，坐火车北上，进入空军第二预备学校。在以后的多次体检中，我的身体状况一直很好，我清楚记得，在我的身体档案中，最后的结论一栏中写着"适合所有机种”。我认为自己似乎已经成为一名飞行员，关于8月15号已经寄到家里的那张大学录取通知书的事情，早已被我忘到九霄云外了。

作者1959年入伍时

记得在老家上学时，从没有穿过制服，所有的衣服都是母亲为我手工缝制的，被人叫作大裆裤的衣服我这个高中生也照样穿在身上，只有脑袋上留着分头的发型，看上去才像个农村的中学生。1959年8月，当我到空军第二预备学校，正式成为一名空军学员的时候，我才真正地相信我是一名军人了。因为，我从头到脚、从里到外全部换上了空军学员服装，除了干部学员军衔之外，与尉官的服装是一样的。我高兴地对着镜子照啊、照啊，没完没了地自我欣赏。当我和其他学员们都穿上一样的服装，整齐地走起队列的时候，显得那样神气与潇洒。因我高中毕业，长别人两岁，每逢队列比赛，我总是站在队列外面喊口令，随着“立正”、“稍息”、“卧倒”等口令，像豆腐块一样的队列令行禁止、整齐划一地变化着，令人自豪与骄傲。我像一只不知疲倦的小鸟在军校的营房里、操场上飞来飞去，用来专门训练飞行员身体平衡的体育器械，如活动滚轮、旋梯、天桥、浪木、固定滚轮等，还没有等到正式体育课上教练的讲解，我基本上都能熟练使用了。

穿上了新军装以后，我把替换下来的衣服连同第一个月7元钱的学员津贴全部寄回家中。当我填写汇款单的时候，心情激动得眼睛都湿润了，这是我有生第一次给家里寄钱，我从内心祝福，祝福二老再也不用为我的学费和吃用发愁了。我再次低头看着自己一身全新的军装，觉得自己突然长大，长成一个顶天立地铮铮铁骨的男子汉，我从内心向父母保证：儿子在外一定不辜负你们的嘱托和希望，将来肯定能够成为一名出色的飞行员，报效祖国，也回报你们对儿子的养育之恩。不久，我整齐着装到照相馆留下了全身照片并很快寄回老家，我要让父母及全家人看到我成为一名人民解放军的形象，也让自己的亲人分享到作为一名空军预备飞行员的荣耀。时间不长，父母来信告诉我，我们家的大门上也挂上了“军属光荣”的匾额，一人当兵，全家光荣，我坚信自己走的是一条金光大道。共产党、解放军使我这个穷人家的孩子获得了新生，并有了上学读书的机会，今天自己也走上了保家卫国的岗位，无论从哪个方面讲，自己都应该成为一名真正的解放军战士与合格的空军飞行员，除此，没有第二条道路可供选择。

紧接着我们集体下放到天津杨村的陆军当兵锻炼，在那里我又成了一名地道的列兵。一次紧急集合，我把准备好的背包带弄到床底下，只背着一杆枪加入队列，为此受到中士军衔班长的批评。在整队到食堂吃饭的路上，夹着饭碗还要进行步伐训练，走得不好，向后转重来。在雪花纷飞的严冬，手持钢枪，坚持训练。1960 年国家困难，部队自己组织到内蒙古草原捕捉黄羊回来吃。在艰苦的年代里，我没有叫过一声苦，与老家生活相比，那不叫苦……

雅克-18 飞机

1961 年我在某飞行学院开始了飞行训练，用的是苏制雅克-18 型初级教练机。那时，由于中苏两党关系紧张，还停止供应飞机器材，所以没有飞机可飞。我们终于等来了我国自己设计生产的初教-6 型教练机，然而，本来两年的学制延长到了四年，航校四个期班的飞行学员在不断的淘汰中只剩下了一少半。1964 年 7 月，我作为该航校 15 期丙班的学员之一，加上丁班共 41 名飞行员，以优异的成绩结束了初级飞行训练，以正排级少尉军衔参加航校为我们举行的毕业典礼，我还记得学校让我代表学员在毕业典礼上讲话。不久，我们集体被分配到祖国首都空军专机师，成为一名真正的专机飞行员。

被我们自己称作“41 名阶级兄弟”的航校同学，带着母校与飞行教员的嘱托与专机师领导的期望，很快投入到紧张的改装训练之中。我作为 20 名飞行员之一，被分配到伊尔-14 飞机上进行训练。从航校 1 吨多重的初级教练机，一下子进入十七八吨重的有两台发动机的运输机上飞行，技术上的跨越是前所未有的。

与我们进行配套训练的是一批刚从领航学校毕业的新领航员。由于领航专业对文化程度要求较高，他们都是同我一样，高中应届毕业后被选入空军航校学习的。与我搭帮结对进行训练的是一位叫吴忠良的战友，来自福建省，高中毕业比我晚一届，入伍比我晚一年，年龄小我 3 岁，所以，我叫他小吴。小吴虽小，但绝顶聪明，空中反应很快，许多领航数据张口即出，对飞行员操纵数据的提醒及时准确，我们在紧张的飞行训练中结下了具有飞行员与领航员特色的深厚友谊。

初教-6 型教练机

当我结束白天两种气象条件下的训练科目之后，为了在实战中放飞

“小鸟”，从给老飞行员当副驾驶员开始，在专机任务的实践中接受锻炼。

为了使新机长在任务中从心理素质到业务素质得到全面锻炼，根据任务、天气及机场的情况，我们逐渐被委以重任，直接担任机长放飞。使我记忆犹新的是，团领导第一次任命我为机长，同我一起训练的航校同学一起，驾驶伊尔-14 飞机从北京飞往南京，执行当时全国总工会主席刘宁一的专机任务，开始迈出我专机生涯的第一步。

夜航训练中的作者

作者所在飞行小组

不久，团里决定 3 名飞行员在白天两种气象条件的基础上，开始进入夜间简单气象的飞行训练。从此，在我的技术条件中增加了“夜简”（夜间简单气象）一项，即除了在白天两种气象条件下可以执行任务之行外，也可以在夜间简单气象条件下飞行了，这就意味着我在伊尔-14 飞机上执行专机任务的条件放宽了，展现在自己面前的道路更广阔了。

我很快被告知，与另外几个伊尔-14 飞机的飞行员一起，调到驻守在西郊机场的一团一大队，准备改飞专机师最好也是最大的伊尔-18 飞机。当我的面前摆放着部队最好、最大的机种，使我不得不全力以赴投入改装训练的时候，轰轰烈烈的“无产阶级文化大革命”运动全面展开了。由于伊尔-18 飞机担任着全师重要的专机任务，不可能抽出专门的飞机与时间进行集中训练，在这种紧迫的形势下，由于自己在改装飞行中的刻苦努力，在技术上没有辜负师团领导对自己的期望，在不长的时间内完成了规定飞行科目，并给老飞行员当副驾驶，投入到繁忙的专机任务中去。

虽然明文规定专机部队不介入“文化大革命”运动，但是，部队不是生活在真空里，除了军营里没有以“四大”的方式进行运动，仍然坚持正常的飞行活动之外，其他意识形态的影响是不能用几条规定就能隔绝的。好在专机师的各级领导与飞行员们都保持着冷静的头脑，与科学态度必须紧密相连的飞行专业，不能允许飞行员像搞运动那样轰轰烈烈、浮躁盲动，否则，飞行安全出了问题，其损失是惨重的。

我在很短的时间内完成了伊尔-18飞机白天和晚上两种简单气象的改装任务，并为老飞行员当副驾驶，很快投入到“文革”时期频繁的专机任务中去。团领导为了尽快在伊尔-18飞机上放我的单飞，开始在一些简单的飞行任务中让我担任机长，在万里云天的搏击中使自己的翅膀逐渐变得硬了起来。

……我沉浸在往事的回忆中，骑车走在回家的路上，脚底下早已没有往日蹬飞车时的力量。

当我踏进家门，从回忆中回到现实中来的时候，意识到从今以后再不能去机场上班，自己的身份再也不是军人的时候，我的心又被刺痛了。我脱下军装，望着红色的帽徽与红领章，一动不动地发起呆来。又过了许久，才很不情愿地将红五星从军帽上摘了下来，连同那两块红领章放在一起包好存放了起来，虽然不能再戴在衣服上了，但也舍不得丢掉，一直到今天还保存着当年的领章、帽徽。5年前，在中央专案组接受审查的时候，看到被撕去领章的军衣，心里很不是滋味，难过得睡不着觉，时刻担心因牵累于“九一三”事件而失去军人的身份。时至今日，5年过去了，不但飞行员的资格没有保住，连军人的身份也丢掉了。上次是个别人处于对林彪反党集团的痛恨才那样做的，是一种没经组织批准的个人的过激行为，是不算数的。今天，同样是红领章的问题，用不着任何人的参与，机场的领导也不用具体过问此事，是自己亲手把自己佩戴了十几年的军人标志摘下来的，虽然很不忍心，也只能如此。17年前，当我兴高采烈地将空军预备军官的标志订在军衣上，昂首挺胸行走在军校营房里的时候，怎么可能想到会是这样的结果，又是在这样的环境下，极不情愿地退出

伊尔-14

伊尔-18

心爱的军旅生涯——真是天有不测风云啊！

在我离京到新单位之前，让老父亲到北京小住了几天。在这期间，我妻子带着孩子到岳母家住，由于岳父在外地工作，那仅有的一间半住房勉强可以睡下连孩子舅舅在内的四口人。而在我那不足14平方米的蜗居里，我用木板为父亲临时搭个床位。看到在农村黄土地上劳作一生的父亲，比我离家当兵时老了许多，满头白发，满脸皱纹，背也有些驼了，“九一三”时的惊吓与母亲的去世使父亲更快地苍老下去。老父亲看着抱在怀里还不会走路的孙女，想到自己的儿子马上就要离开这个家到外地工作，伤心地流下了眼泪，说：“如果你妈在，还能帮你带看孩子。”因为，儿子也小，岳母照看两个孩子很困难。老父亲当年送我当兵的时候，也不可能料到十几年以后我还会遇到这样的困难。本来儿子已经离家千里，可是千里之外的家也不像家了。父亲抬头看着这又小又不隔音的房子想要说什么，我马上安慰父亲说：“幸亏在城里还能找到这么一间房子，如果我住在机场，现在，又把我弄到外地，他们娘儿仨何处安身？房子虽小、虽破，总还是个家呀！平时我探亲回来，也算是有个安身落脚的地方。”

1976年4月中旬，送走老父，告别妻子，我再一次背上行李卷连同自行车一起，从北京永定门车站踏上北去的列车，沿着丰沙线，奔向河北省张家口专区的怀来县，寻找我重新安身立命的场所。

怀来县组织部安排我到县农业机械局下属企业——怀来县农机修配厂农机修配车间任指导员。原来车间没有指导员，这个职务是为我专门设置的。因为，我是“九一三”分子，林彪的飞行员，是有历史问题的人，还不能当车间主任。这一切都很清楚地写在我的转业鉴定表上，这张鉴定表就装在我的档案中，早在我到县组织部报到之前就先一步到了。我办理具体报到手续时，从工作人员观察我的眼神中已明白八九分。我选择怀来县工作的初衷是离北京近些，交通方便，至于到那里干什么工作、担任什么职务已不重要了。所以，当组织部门决定我到什么地方、干什么工作时，我没有提出任何意见。相比之下，他们觉得我这位从北京来的年轻干部倒是挺好说话的。

怀来县城又叫沙城，是解放初期修建官厅水库时从库区中央搬迁到这里的，是河北省张家口地区的一个小县，怀来县的东南方与北京市的延庆县相邻，有着战略意义的京张公路把北京、延庆、沙城、新保安、宣化和张家口连接起来，我工作的农机修配厂就在京张公路的边上。沙城叫作“城”，其实根本没有什么城。那时的沙城，人们都说“炉炉渣垒墙地不平，3分钟走完全城”。说起风沙名副其实，人们风趣地说“我们这里每年只刮两次风”，乍一听还可以，其实还有后半句,“一次刮半年”。

塞外的4月份,春寒料峭,天高风冷。我把行李卷放在自行车上,一路打听,向农机修配厂走去。

我穿着没有军衔的棉军衣,头上带着没有红五星的棉军帽,军衣和棉帽上还留着领章帽徽的痕迹,稍有些社会常识的人都知道这是典型复员转业军人的形象。也许是我在专案组受过刺激,不愿意看到没有军衔的军人形象,可是,我自己当兵十余年来,还没有一件像样的便装。有一次,因从巴基斯坦购买三叉戟飞机属民间行为,外事活动中必须穿便衣,我只好拿出唯一的一件被有意染成咖啡色的军上衣当便衣穿了出去。

从现在开始,我就是一位普通的老百姓了,不但要习惯于当前的形象,而且,今后也只能穿普通的衣服了。有时翻一翻箱子底,当发现军衣就要被穿完的时候,很想留下一件作为纪念。时至今日,周围的同志从我的行为举止上还能看出我是军人出身,这也许是十几年的军人生活给我留下的烙印太深了,也可能是对过去当飞行员时的生活念念不忘的结果。

农机修配厂的领导见我把自行车都带来了,就操着浓重的地方口音对我说:“看来,你要以厂为家了!”这句话确实被他言中了。从那开始,我不但在工厂干活工作,而且,吃在厂,睡在厂,一干就是8年7个月,等我离开那里的时候已经45岁了,“九一三”事件虽然已成为14年前的历史,可是,对我来说仍像是发生在昨天的事情。

在工厂吃的头一顿饭就是报到后第二天的早饭,由于工人们的家都在本地,在工厂吃早饭的人只有几个。我带着从家里早已准备好的饭盒,走到食堂,打饭窗口的外面看上去是一个开大会地方,没有一张桌椅,地上有许多大大小小的石头,当我发现房间的一头有一个布满灰尘的电视机时,才知道这里曾是晚上看电视的地方。我从那个没有木框充其量只是个土墙洞的小窗口递上饭票的时候,一位60多岁的做饭师傅驮着背通过小窗口打量我许久,用浓重的像是山西的地方口音问:“你是新来的吧?”我向老者点点头,表示他说得很对。然后,他直接用手把一个窝头和一些咸菜放在饭盒盖上,用饭勺在锅里搅拌一圈后,将稀粥盛进饭盒中。当他把这些早饭通过窗口递给我的时候,我才看清他的身上还系着一条围裙。我端着早饭向宿舍走去,此时我才看清那半饭盒稀粥是用高粱米做的。

4月份虽然已经过了供暖时间,可是,海拔比北京高出许多米的塞外仍然寒气逼人,本来就不热的稀粥已经凉了许多。房间里放着三张铁床和一个已经熄灭的炉子,塞外专烧烟煤剩下的炉灰摊在房间的土地上,房间里还能闻到燃烧烟煤后释放在空气中非常刺鼻的硫磺味。此刻,我还不知与我同住一个房间的那两个人是谁,他们不上夜班时是不住厂的。我将他们放在床下自制的小板凳拿过来,将床当成饭桌开始用早餐,这时我才知道用高粱米做的稀粥,像小豆那样大的米粒一个个都沉淀在饭盒的下面,稀稠分明,不像粥的样子。由于我在河南老家棒子面吃得太多了,所以得了见棒子面就胃酸过多的毛病。加入空军之后,飞行员的伙食水平虽然也没有使我长胖,但身体素质还是不错的。可是,现在来到这个地方,每天只能在中午吃上一顿不饱的细粮,我真担心这样下去身体是否会垮。

过了一段时间,车间一位与我年龄差不多的工人王师傅看我一个人在厂子里生活十分困难,就主动利用废料为我制作了一个煤油炉,把车间的废柴油收集起来就可以开小灶自己做些吃的了。我把粮食定量中省下来的部分换成河北省粮票,然后,再以多换少从倒腾粮票者手中弄到全国通用粮票。利用回北京探亲的机会,再用这些粮票买一些挂面或干切面带回工厂,时不时地用煤油炉煮些挂面,大大改变了自己的饮食结构。开始,我从北京带咸菜,时间长了就会生蛆。有了煤油炉后,除了煮挂面,还从废铁堆中捡回铁片,磨成刀的样子,开始就地取材,做简单的饭菜。虽然,燃烧废柴油弄得满屋子油垢、油烟,可是,我总算一个人在没家的地方扎下了根,能够勉强工作与生活下去,我不知道这样的日子要持续多久,也许一辈子就这样过下去了。

日子长了,我和工人们之间的友情与团结,换来了周围人们的关心与爱护,每次回京时都要尽量为他们带些沙城买不到的东西,他们也不时从家里为我带些吃的或自家种的蔬菜。我非常感谢周围这些淳朴诚实的工人在我生活最困难的时候所给予的帮助与关怀。

农机修配厂的干部工人加在一起不足百人,分为三个车间,除农机修配车间外,还有一个机加工车间和铸造车间。我所在的农机修配车间有十余人,主要从事农用拖拉机的修配工作。厂内绝大部分工人来自农村,少数是城镇居民。平时,只有离家较远的人住在厂里,一到休息日的晚上,全厂本来不多的平房里,只有两个窗户闪烁着昏暗的灯光,一个是家住延庆县负责工厂总务的50多岁的老者,另一个就是我。工厂的院墙已坍塌得没有半人高,所以,大门口也没有看门人。工厂里除了炼钢用的废铁外,没有什么怕丢的东西。一次我在睡午觉,一个脑袋突然钻进蚊帐里,把我吓了一跳,原来是工厂外面过路的人向我打听方向的。

除厂领导外,车间里全是工人,没有脱产干部,我被任命为车间指导员,从此,我成了车间唯一的一个干部身份。不到20人的车间专设一个脱产干部实属多余，当厂的领导又不够格。所以，我主动向厂领导提出，要求担任车间曲轴磨床的操作工作。我毕竟是老高中毕业生，加上飞行航校和飞行部队学到的飞机发动机等基本机械知识，掌握一些基本的机床操作技术并不困难。到北京海淀区农机修配厂经过短时间跟班学习，就掌握了对各种型号的拖拉机与汽车发动机曲轴的修磨技术。当我穿上工作服，站在曲轴磨床旁边同别的工人一样劳动，一样弄得满身油污的时候，厂里的许多年轻人就主动叫我“康师傅”了。

与专机部队相比，我被置身于一个全新的工作生活环境中，在这个远离北京专机师的新环境里，我同样经历了一连串我没有想到的事情。

在政治上，一开始工厂的环境给我以十分宽松的感觉，这个感觉是“九一三”事件之后的几年中所没有的。其实，我到新的单位不久，“林彪飞行员”转业到怀来县的消息不胫而走，很快厂子里的工人们也都知道了我的身份与来路。沙城很小，引人关注的新闻很快就会通过亲戚朋友在那不大的范围内传播开来。不过，这些来自农村、性格淳朴的工人们是带着另一种眼光看待我的，他们并不从政治上看重这个问题，倒觉得一个飞行员弄到这样的地方来劳动是一件新奇的事情。甚至有不少工人问我说：“你不在北京好好飞行，到我们这个穷地方干什么？”与专机部队的环境相比，在这个近似于农村的地方，听到这样的话使我感到有些滑稽。看来，他们对飞行、专机、政治等问题知之甚少。可他们对我毕竟是发自内心的一种问候与关心，没有丝毫的歧视与排斥，连那种敬而远之的感觉都找不到。在那里，个人生活上我遇到了前所未有的困难，在精神上总算解除了环境带来的压抑，感受到了“九一三”事件以来从未有过的宽松。

但是，“九一三”事件给我带来的阴影，在相当一段时间内一直紧随其后，无法摆脱。1976 年 4 月，为悼念周恩来总理而被“四人帮”定性的“天安门事件”之后，我被列为“重点人”接受了一次背靠背的审查。车间跟我一起开磨床的小徒弟被厂里负责政工的领导叫去问话，调查我回京探家时是否到天安门广场去过，从北京回工厂后都向她及车间其他人说些什么。小徒弟同样来自农村，不知道这些问话的含义，都如实一一回答。从那以后，小徒弟对我倒是更加仰慕了，她觉得身边教她学磨轴技术的师傅有点高深莫测。也难怪这个只有初中文化而涉世未深的农村工人，对如此复杂的政治问题一时半会儿是弄不清楚的。我也知道这件事对厂领导来说是例行公事的调查，就没有放在心上，也没有引起工厂其他人员的注意。从此以后，当地的各级领导再也没有因为“九一三”一事找过我，在张家口地区这个小县城里，我这个人同“九一三”事件一样，像一粒沉在官厅水库深处的石子，虽然没有消失，也渐渐地被忘记了。

第二节　没有泯灭的飞行心愿

一、脱掉军装转业外地，并没有熄灭我继续追求飞行事业的一线希望，我的心仍然向往着蓝天

北京市作为共和国的首都，既是国家空运中心，又是国际重要的航空港之一，但是，人员稠密的北京市区却属于空中飞行禁区。为了使进出北京的飞机安全有序地飞行，在北京市上空的周围设置了几条空中走廊。所谓“空中走廊”，就是为进出北京的飞机限制的空中通道，这些通道就像进出北京的空中大门一样，只有按空中通道飞行的飞机，才能保证不会进入北京城市上空的飞行禁区。其中的一条走廊规定，从北京西北方向进出的飞机必须经过沙城上空，所以，沙城就是这条空中走廊的外口，也是从西北进出北京的大门。

在我的航行地图上，怀来县的位置被红色铅笔标出一个显著的三角形，按北京市空中走廊排列的顺序编为第 3 号。那时，这个走廊口同北京其他的走廊口一样没有引起我思想上的任何重视，只知道 3 号走廊位于北京的西北方向，属于山区，规定从这里进入北京的高度要高一些。实际上，所谓的空中走廊都是以地面位置为依据的，为了保证飞机在任何天气条件下都能准确地经过走廊口，在确定为走廊口的地点建立了一个导航台，只要飞机接收到导航台的信号，就可以按预定高度准确进入北京并按规定的路线飞达落地机场上空，就是在阴天下雨或夜间等复杂天气条件下，也不会误入北京市的空中禁区。转业沙城之后我才知道这个导航台就建立在沙城京张铁路以南的酒厂附近，也许只有我这个在北京当过运输机飞行员的人才会关心这件事情，打听导航台在哪里，对别人来说的确是个不可思议的问题。

正因为农机修配厂就在空中走廊口的下面，我每天都能听到过往飞机的声音，有时不需要抬头，凭声音就能知道是什么型号的飞机，飞行高度是多少。触景生情，经常看到天上的飞机，也就经常勾起我对往事的回忆。

记得就在“九一三”事件前一个星期，我同潘景寅一起，驾驶三叉戟 256 号专机在官厅水库的上空做改装后的试飞科目时，还只是把水库当作保持空域位置的一个地面目标，怎么也不可能想到几年之后自己的人生命运竟与地面这个水库发生关系，离水库不远的怀来小县竟成了自己的安身立命的地方，我站在地面抬头眺望飞机与当年从飞机上俯视水库的心情竟是那样的不同。

在我飞行的日子里，不知多少次地进出这个排列为第 3 号的北京走廊口，

既有白天也有晚上，有时能见到地面，有时在云中或云上通过时就看不到地面。尤其碰到碧空蓝天、万里无云的天气时，从包头方向回京，在进入走廊口前的下降过程中，张家口、宣化等城市逐一被飞机甩向后边。但是，作为走廊口的怀来县城从没有引起我的注意，因为，它太小了，在航行地图上像这样的县城星罗棋布。在机组研究航线时，对走廊口也都以代号相称，很少直呼其名。只是在空中飞行时，发现指向沙城导航台的罗盘指针开始倒向后面的时候，才意识到自己的飞机已经进入走廊口，并按规定通过无线电台向北京的大本营报告飞机的位置与高度。飞机前下方十分明显的官厅水库告诉机组，已进入北京市的大门口了，十几分钟之后就可以在北京落地。此时，机组成员都有一种回家的感觉——回家的感觉真好。就是这个在我眼里只是3号走廊口，多少次空中经过而没有留下任何印象的怀来县城，如今，倒成了我安身立命赖以生存之所。如果当年我突发奇想，能料到今后有这种可能的话，哪怕是万分之一的可能，我宁可违反飞行纪律，也要降低飞行高度，看看沙城的地形地貌究竟是什么样子。事物的内部竟有着如此奇妙的联系，上苍对一个不幸飞行员的命运安排竟是这样让人难以琢磨。

二、从研究空中航线到研究毛衣毛线

当飞行员的时候，除了钻研飞机驾驶技术、确保飞行安全，另一项重要的课题就是在接到飞行任务之后，要认真研究有关飞行航线的诸多方面。然而，当年研究航线的时候怎么也不可能料到多少年之后竟研究起与飞行航线风马牛不相及的毛衣毛线了。

到沙城之前，我从700元的转业费中拿出200元做了一件皮大衣，以挡塞外强劲的寒风，这是一项不得不花的费用，当过兵的人都知道，塞外属于高寒地区，其他地方发棉大衣，这里就要发皮大衣了。两个冬季过去，身上的军棉衣需要拆洗的时候遇到了从未有过的困难。我虽然可以把军棉衣一针一线地拆开，也可以洗得干干净净，然而，当我试着将它们缝在一起的时候，就不知道如何办了。过去，在部队穿棉衣靠交旧领新，除了单衣，不存在自己直接动手拆洗的问题。转业之后这是个迟早要遇到的事情，可是，我并没有提前意识到这一点。此刻，我曾想到北京的妻子和老岳母，这个念头刚刚出现，立刻就被自己否决了。她们带着两个小孩子，妻子和孩子他舅舅还要上班。工厂在离家很远的酒仙桥，每天早上6点上班时，将两个孩子锁在家里，说好让哥哥照顾妹妹，等到天亮之后姥姥再去接他们出来。到了冬季，妻子早出晚归，披星戴月两头不见太阳。就这样，他们娘儿仨相依为命，苦度时光，已经是疲于奔命，我怎么忍心再增加他们的负担呢！记得1976年7月28日唐山地震波及北京，妻子带着两个孩子同邻居们一起住在建筑工地的帐篷里，我也请假赶回北京照顾她们。由于妻子疲惫不堪，晚上睡觉时，女儿从床上掉下来都没有发现，幸好是连同被子一起滚到地上的，才没有摔伤。我只好将女儿放在小竹车里，自己坐在那里，趴在竹车上睡觉。我深深体会到妻子带孩子的艰辛。我一人在外鞭长莫及，不能帮家里干些什么，如果因为我再给她们增加负担，就更说不过去了。

缝做棉军衣的事只好请车间的女工代劳。当女工们把先缝好的袖子往棉衣上装的时候，她们也为难得头上冒出了汗，原来她们平时做的都是中式棉衣，袖子同衣服的其他部分都是一体的，而西式衣服的袖子是先做好后缝上去的，所以不仅有个方向定位问题，而且也有个左右分清的问题，她们一时弄不明白，才急得满头大汗。我看在眼里，记在心间，意识到这样下去非长久之计，来日方长，除了自己动手解决穿衣问题，没有第二个办法。

我买到一本有关服装剪裁与缝纫基础知识的书籍，充分利用大量业余时间，开始动手钻研起穿衣的问题来了。在废报纸上，我一遍又一遍地画，一遍又一遍地裁。画图中所遇到的数学公式和基本计算都是简单易学的，但是，由于缺乏实际经验，学起来有闭门造车之感。为此，我把已经穿坏的旧衣服，小心翼翼地拆成原来缝制前的片状，再同我用报纸裁出来的衣片仔细比较，看哪里出了毛病，再一点一滴地修改。此外，开始我只能按书上给定的身高、胸围等相对固定的数据，根据书本的提示画图来缝制，后来进一步学会按自己亲手测量的实际数据，根据已经掌握的比例公式撇开书本画图去做。有时，利用星期日的时间，上街站在裁缝师傅的旁边，一看就是大半天，认真观察他们量体裁衣的每一个具体细节，虚心向他们求教，回北京探亲的时候也没有忘记在地摊旁边观察学习。一位已经转业就在我家附近工作的飞行员战友，就是无意间在这样的场合发现我的，他也没有想到，当年一同驾驶飞机执行专机任务的战友竟然沦落到这样的地步。

在转业费中我又拿出百余元买了台缝纫机，由于家里地方小，就放在床头与墙壁的间隙中，不能坐在正常的位置操作，只能勉强用右脚踩机器干活。直到今日，用缝纫机时，我还是保持着用一只脚蹬机器的习惯。

在缝纫机上学做衣服时，也遇到了不少的困难。有时做了拆，再做，再拆，情急之中恨不得拿起剪刀将要做的衣服剪个粉碎。为了少走弯路，我开动脑筋想办法，采取各种措施，有时把要缝合的部分用手工先缝起来，或者用大头针别好，甚至涂上糨糊先粘起来，然后操作。

在自己动手剪裁缝纫的基础上，我又进一步学习编织毛衣的技能，从学习织毛袜开始，继而学习织毛裤、毛背心。一个大男人，手里拿着两根细长的毛衣针，动作笨拙地将毛线挑上挑下，这种形象看上去与世俗的男耕女织很不协调，虽然别人不说什么，我自己都觉得很不好意思。每逢星期六、日的晚上，当夜深人静的时候，就把自己关在房间里，挑灯夜战。在农机修配厂仅有几间亮着灯的平房里，谁也不会想到当年曾在空中手握驾驶杆与飞行航线打交道的一个男人却手拿棒针、毛线在灯光下吃力地编织着家庭生活的希望。

车间每月发给个人的劳保用品中有线手套，我就把节约下来的线手套仔细地拆开，再将其一根根地接起来，然后，为了加固，再加进去一根白线，用织毛衣的方法织成线裤或线背心，在春秋季节穿在身上，同样可以挡风御寒。用加减针的方法织出花样新颖的线背心，穿在儿子的身上，看上去也增加了几分童趣。

当我看到自己做的衣服和手套线编织的线裤穿在妻子和孩子身上的时候，我感到一种满足，因为，我终于在解决了自己的穿衣问题之外，还可以减轻一些妻子的负担了，虽然自己做得水平不高，衣服的材料也属低档，然而，对我们总收入不到百元的四口之家来说，能够平安度日也属不易，哪敢妄想呢！儿子除了穿些舅舅穿过的衣服外，经常穿带有补丁的衣服，这对现在的城市小孩来说是不可想象的。

三、从研究飞行航线到研究汽车、火车路线

在紧缩家庭各项开支时，很自然地想到如何减少探家来往的路费问题。因为，每年探亲的路费按规定只能报销一次，其余的路费都要自己负担。如果两个月回京一次，请事假扣的工资再加上路费就会直接影响到本来就很紧张的家庭生活。所以，我不得不对探家的路线进行研究，从多种方案中优选出最省钱的路线。

从北京到沙城有两条路线，走京包线需 2 元 4 角钱的火车票，走丰沙线（丰台到沙城）需 2 元 1 角钱，我开始选择了后者。这样，我从家坐 1 角钱的公共汽车到永定门火车站，直接乘火车到沙城即可。为了能省一些钱，上班不久，我就开发研究出一条新的路线。先从家坐 15 路汽车，到阜成门外换上通往门头沟的 36 路（现 336 路）汽车，到石景山的模式口下车，然后，顺小道抄近路步行约 20 分钟，到门头沟的三家店火车站，从那里乘车到沙城只需 1 元 5 角钱就够了。按这条路线往返沙城与北京，虽然倒车次数很多，而且，每次都身背着许多东西走不少的路程，到三家店车站还要爬坡，但是，付出的体力劳动能换来 3 ~4 角钱也是值得的，我还年轻，力气有的是，而工资是有限的。

节省几角钱带来的却是乘坐公共汽车时的麻烦。每次从北京回工厂，除了自己要带些挂面等吃的之外，还要为个别工人买些沙城买不到的商品。我把两个包拴在一起背在肩上，手里再提一个包。带这样多的东西挤公共汽车时总要招来许多人的不满，这些提包不可避免地要碰到他们的身体，尤其是那些穿着比较讲究的人们，总是离我远远的，生怕我弄脏他们的衣服。周围的人看我背着许多包上车，就像看待外地在北京打工的人一样，投来一种不屑的眼光，不小心被碰到的人甚至还要出言不逊，说出难听的话来。面对公共汽车上出现的难堪局面，能向他们解释什么呢？幸好当时带包不另外买票。

在三家店等火车时，像大礼堂一样的候车室里，有时只有我一个人躺在长条椅上，头枕着提包休息。上厕所方便时，总不能把带有挂面和其他吃的东西也带进厕所吧！类似这些难题，恐怕也只有亲身体验过的人才知道如何办。

火车沿永定河谷蜿蜒而上，时而在河的此岸，时而又到河的彼岸，不长的桥梁与山洞点缀在弯曲的铁路线上，坐在车厢里感到忽明忽暗，那是列车穿越山洞时的境况。时而悬挂在高空，时而出现在水边，那是列车飞越桥梁的感觉。有时整个车厢只有我一个人，在座位上横躺竖卧任我选择。车厢中很少见到列车服务员的走动，没有人报站名，车上的人都知道自己该在什么车站下车。列车到站的停与开显得那样井然有序，不声不响地进行着。列车走出北京市边界后，已看不到上班的人们，车厢中偶尔会出现走亲访友或到沙城、张家口旅行的人们。当列车行进的右侧看到官厅水库大坝的时候，火车已从海拔数十米的北京市爬升到海拔几百米的高度进入怀来盆地的边沿。

工厂的对面就是沙城公路检查站，站长的老家也在北京，时间一长彼此也都认识了。有时回家就请这位站长帮忙，在开往北京的汽车中能否找到还能坐人的货车，如果碰巧能在卡车的货物间隙里找到坐的地方就很幸运了，只是一路上要受颠簸、风吹扬沙之苦。尤其到冬季，没有充分挡风御寒的衣服是不敢搭车回家的。坐在卡车上，面对飞扬的尘土，有时连眼睛也不敢睁开，此时使我想起当地人经常挂在嘴边的几句“顺口溜”——“远听像吉普，近看四十五（一种拖拉机的型号），开车的一身油，坐车的一身土”。有一次搭车回京，途经旅游景点八达岭时天色已晚，可是，主人突发奇想，想到八达岭长城看一下。我也顺手披上翻毛羊皮大衣，跟着登上了长城，管理人员已经下班，不用买门票。在北京飞行多年，也无数次地从长城上空飞过，但从没有机会亲自来过，这是我第一次登上长城。此时的城墙上，还有三三两两没有离开的游人。登高远望，塞外的盆地走势尽收眼底，盆地的西边可以看到夕阳映照的晚霞。一位外宾走向前来，好奇地看着我。好半天我才明白，是我身上那件翻毛羊皮大衣引起了他的兴趣。看他想拿相机拍照的意思，我连忙摆手说：“NO！NO！”制止了在我看来的不友好行为。其实，我穿的算不上什么大衣，而是一件既没有领子又没有袖子和扣子的坎肩，那是人家跑长途的装卸工放在车上挡风用的，羊皮上沾满油污和黄土，早已经显不出皮毛原来的成色，幸好是在傍晚人少的时候登上的长城，要不，如此装扮出现在旅游景点，的确有碍观瞻。后来，我每次登上长城都会想起第一次登长城时的情景。

随着时间的推移，八达岭长城的旅游观光事业逐渐兴旺发达起来，为了适应旅游交通的需要，每天从北京西直门火车站发往八达岭一趟郊区旅游列车，这辆火车路经八达岭后直达北京与河北交界地点——康庄车站。旅游列车的全程票价为1元2角，从康庄到沙城的票价为5角，加上1角的地铁票价，这样回家一趟单程费用1元8角就够了。从那开始，我的往返路线也由南线转向北线。我曾利用孩子放寒暑假的机会带他们到沙城去玩，坐地铁到西直门后，步行到西直门火车站，再乘坐旅游火车。在乘车的旅客中，很容易看出我与众不同，游客中从没有发现身背大包、小包爬长城的。还没有坐过火车的儿子像只小鸟似的在宽敞整洁的车厢里跑来跑去，车厢内外的一切都使他感到好奇。尤其是当列车行进在八达岭前的关沟段时，车速减慢，车外风光秀丽，让人留恋。车厢内的游客也都被窗外的景色吸引，赞不绝口。相比之下，窗外的一切对我是无动于衷，一来我毕竟不是游客，无心去欣赏奇山异景，二来我每次离家总是带着一种不情愿的心情，想到自己只身塞外多年，不知归期何日，本来是一家团聚，却不得不做起牛郎织女，虽然窗外山色依旧，无奈心不在焉。当火车到延庆县西拨子车站时，到八达岭的游客都已全部下车，儿子曾多次问我为什么不下车的时候，我耐心地回答："这不是我们要去的地方，前面还有一段路程呢！"心里想着，什么时候才能带上孩子玩游一次长城呢？我似乎看到儿子爬长城时那欢呼雀跃的样子。

旅游客车跨过官厅水库的一角，停在北京市西北方向最远的地方——康庄车站，从这里往西就是河北省的地界，当我搭汽车回京时，北京与河北交界处的公路情况就有着明显的差别，现在坐在火车上再一次感受到这种差别的存在。我曾想，如果没有河北省与北京市的分界线，列车再向前推进一段距离就可以到达沙城了，我就可以免去许多倒车之苦。转业时非把我弄到北京市管辖区域之外不可，原来其中确有千差万别，这难道就是对"犯错误者"应有的惩罚吗？在怀来县的日子里曾听到一些传说，将来很有可能把怀来县划归北京市管辖，如果那样，由于我户籍在北京市，调往市区工作的可能性就很大了。于是，我日想夜盼，连做梦都不止一次地出现过我再次成为北京人的情形。甚至还到有关部门打听此事。由于归心似箭，任何一点风吹草动都会引起我心理上的震撼。

康庄下车之后，离下一趟从永定门开出的列车到站还有两个小时，在车站外面的餐馆吃过午饭后，我于下午一点多钟，乘上西去的列车经过3个小站到达沙城。北京—沙城仅132公里的距离，却用了差不多一整天的时间，选择这样的路线还是为了能省几角钱。用现在的眼光看，省这点钱是微不足道的，可当时在经济状况十分拮据的情况下，的确是一项紧缩开支的重要措施。再说来日方长，又不知归期。

我将每次往返的火车票都下意识地积攒了起来，并用橡皮筋捆好，8年多过去了，那一捆捆的火车票摆在面前，内心有说不出的感慨，连我自己都不清楚这种行为出于什么目的。这些车票能说明什么呢？我也不清楚。是时间的积累，还是两地分居家庭生活的见证？是对个人经济生活精打细算的记录，还是对自己某种特殊心理的写照？8年零7个月之后，当我整理行装重返京城的时候，我用手抚摸着这些车票，有恋恋不舍之意，它带走的不仅仅是经济收入的一部分，更宝贵的是人生难求的8年，从37~45岁这不可逆转的黄金岁月。

四、对于撤销我的飞行资格并转业外地的决定，我当时无法改变，但是，我作为一名共产党员，还有向上级党组织直至中央反映个人意见的权利

我入伍的第二年即1960年就加入了党的组织，在党的培养教育下成长为一名合格的飞行员。如今，在成长的道路上虽然遇到了我无法抗拒的障碍，但我相信党组织一定会对“九一三”这一重大历史性事件所牵连的无辜者做出正确的处理决定，最多只是时间早晚的问题。经过反复思考后，我抱着一线希望以书面的形式向空军以及中央领导汇报了我的情况，以求得首长们的帮助。

我的做法得到了妻子的支持，我把信写好后，她帮助我用复写纸又写了数十封信，编上号码陆续寄出，盼望有朝一日能见到回音。时间一月又一月地过去了，没有等到任何动静，一年又一年过去了，如石沉大海，没有等到任何结果。我想，“九一三”事件涉及到一大批人的问题，绝不会为一两个人做出什么决定。

在关起来受审查的日子里，我曾设想过这样的可能，空军和中央领导们，全都乘坐过专机师的飞机，他们一定能够体谅到飞行员们为保证首长的安全所付出的艰辛。“九一三”事件之后，这些首长们也会根据当时的历史背景，对256号专机组有个基本的评价，说不定也会有哪位首长站出来为机组说上几句话，改变一下机组人员的处境。

写信没有任何结果，我只好自己去跑门路。利用回京探家的机会，我曾到过中国民航总局，也曾给民航局在广州一起改飞三叉戟飞机时认识的老飞行员写过信。民用航空发展的初期，希望能从专机部队调进部分飞行人员支援民航的基本建设，但因单位的本位思想作怪，都不愿将本部门像样的技术尖子支援别人。“九一三”事件后，民航局同样知道，专机师因受牵连停飞处理的飞行员都是各级领导环节上的技术尖子和技术骨干，年龄也合适，确实是一批难得的飞行人才。可惜在那个时代，一来是中国的民用航空事业还没有发展起来，二来在突出政治的前提下，飞行员再怎么缺乏，也不敢使用与“九一三”事件有牵连的人——政治是压倒一切的。

我为我的事业奔跑几年之后，已深感心力交瘁，不知如何是好。

第三节　曙光一现

我在农机修配厂的单身生活在不平静中艰难度过。

由于沙城位于南北走向的山脉之间，这种特殊的地理环境很像流体力学中的“文氏管效应”，当气流经过狭窄的通道时为保持流量不变就会加大流动速度，别处刮小风，沙城就刮大风。工厂宿舍的平房常年经受着风沙的袭击，无论将宿舍的门窗糊得多么严密，还是挡不住沙土。一夜风沙之后，早上起床首先看到的是，房门口的地上像三角洲一样用细土堆成的沙丘。工厂地大房少，谈不上厂容，宿舍的门外就是泥土地，土厕所离宿舍很远，晚上没有特殊情况是不上厕所的，小便就在宿舍门口，经过一天的风吹日晒，小便的痕迹早就无影无踪了。有一年寒冬，天降大雪，大风裹着沙粒与雪花一阵阵打在平房的门窗上，给漆黑的夜晚增添几分恐怖。我急于小便，可是又没有准备工具，只好像平时那样在门口方便。房门开处，一阵冷风袭来，两腿感到针刺般的疼痛，连呼吸都感到困难，房间的温度一下子降低了许多。从此，我算体会到什么叫作“寒风刺骨”了。吃一堑，长一智，从那以后，找了一个不再保暖的废旧暖壶，放在宿舍的地上当尿壶用，既实用又比较雅观，遇到刮风下雨的坏天气，就可免受其苦了。

我已习惯长期参加车间的体力劳动，但是，随着年龄的增长，再加上我有腰椎骨质增生的毛病，在天气寒冷与干活累时，很容易犯病。一次，为车间安装机床搅拌水泥时用力不当弄坏了腰，当时就疼得躺在地上不能起来，下班时才勉强走回宿舍。此时，听到身后的工人议论说：“康师傅家不在这里，有病也没人照顾，够可怜的！”听到这些话，心里热乎乎的。其实，我倒不指望得到妻子的照顾，她带着两个孩子，日子过得也很艰难，只要北京的家人平安无事，我就很放心了！我一人在外，难免有生病的时候，咬咬牙也就挺过去了。

与我同住一间宿舍的是家在本县的转业干部，沙城的亲戚朋友也很多，经常回家，住厂的时候很少。他年龄比我小，担任铸钢车间主任。一次，我探亲回厂，发现宿舍被小偷洗劫一空，除了留下一床被褥，连我们两个人的床单都没有了！经现场分析，小偷是把我箱子里的衣物放在床上用床单包起来拿走的。因为，只有我有个箱子。外表像个箱子，其实那是用薄铁皮将保温瓶纸包装箱的周围镶了边改造而成的，里面都是平时洗换的衣服，一件军用雨衣，一本《飞行员工作日记》，夹着十几斤全国通用的粮票。为此，车间的工人还向我捐布票，让我买几件急需的内衣应急。我想，小偷够可恶的，我只身一人外地生活，已属不易，将我仅有的衣物卷走，岂不是雪上加霜！

又过了几个月，我被通知到当地公安部门取回被小偷偷走的几样东西。县公安局的同志说，那个小偷是在天津被铁路公安部门抓到的，当时，从缴获的赃物中发现了《飞行员工作日记》，就此，还认为这个小偷神通广大，竟然偷到了空军飞行员的身上。经进一步审问，才知道《飞行员工作日记》是从怀来县偷到的。如果没有那本日记，这九件东西也不会退回来。《飞行员工作日记》作为认领赃物的证据，对我来说在沙城地区实在是太明显了，我想不会再出现第二个人。《飞行员工作日记》作为飞行人员才可能拥有的东西，没想到在这个地方、在这个特定的条件下派上了用场。“九一三”事件后，我用过的笔记本及业务书籍中，只剩下这个笔记本了，为了将这件唯一的纪念品带在身边，我特意从北京带到沙城，可惜又没有一个像样的箱子保存它，睹物思人，没想到它的命运同它的主人一样悲惨。

一大早，太阳还没有从北京的方向升起的时候，我已经出现在工厂外面的马路边上。夕阳西下，当工人们在自己的家里围在饭桌旁吃晚饭的时候，我已经在田边地头开始散步了。就这样，早上我把太阳从东方迎出，傍晚又把太阳送下西山，日复一日，年复一年，我就像曲轴磨床上原地转动着的砂轮上的一个点一样，随着月亮圆缺与日出日落不停地、速度均匀地转着。工厂的一面与公路接壤，三面被农田包围，为了保住飞行员健康的体魄，我一直坚持锻炼。每次散步在田间地头或公路两旁，总不时将视线顺着京张公路向东南方向眺望，看不到尽头的公路像一根飘带一样飘向官厅水库，飘向远方的北京城。在河南老家的农村，我已经习惯了田间操作，闻惯了庄稼地中那绿叶的清香，没想到当兵 17 年后又返回到庄稼地里。抬头看看天上的飞机，正通过沙城酒厂的导航台向北京飞去，背着夕阳西下的晚霞，大有飞燕归巢的意境。说不定飞机上就有与自己同机战斗过的战友，他们都知道我被转业在这里，但他们不会知道我正在他们下面的庄稼地里，用无限怀念的心情目送他们返回北京，回到自己的家。回想“九一三”后，自己一步步想着总会有好的转机，可是，客观事物的发展却一步步事与愿违，一直弄到这步田地。身怀飞行驾驶技术，却处处求告无门，此时，我深深地叹口气，心中默默地念道：

昔日翱翔长空
而今感慨满胸
埋下话语万千
只身塞外小城

转眼几年过去了，几经努力，没有任何结果，深感笼罩在身上的政治阴影在没有真正摆脱之前是不可能改变现有处境的，说不定我的后半生就要在这里结束，对于改变我的未来开始有些心灰意冷了。

1979 年，专机师原专案组有两个人通过有关领导到农机修配厂找到我，其中一个曾是我飞伊尔-18 飞机时的通信员，他们来的目的是让我为山海关机场那个调度室主任老李写一份旁证材料。从此我才知道老李仍在隔离审查之中，迄今算起来也有 8 年了。从来者口中得知，老李的妻子发生车祸去世之后，将两个未成年的孩子送回东北老家抚养，独自一人在北京继续接受着漫长的审查。其实，在我接受审查期间的交代材料中，不止一次地证明老李作为山海关机场的专机调度人员，一切奉命从事，除了保证来往专机的安全之外，他哪里敢自作主张。一个调度室主任在林彪的阴谋面前，同三叉戟 256 号专机组的飞行员一样最多只是个被利用的工具和牺牲品。老李在这次事变中失去的更多，一个完整的家不存在了，当他结束审查、回到那居住多年的家里的时候，妻子因车祸已离世多年，孩子已送回老家，虽然已回到自己的家里，犹如无家可归，将做何设想？根据自己的亲身体会，能够为老李写这样旁证的也只有机组人员，别人躲还来不及呢！如果他们能在北京就地取材的话，何必为一个旁证跑这么远的路程？

这两个向我取证的人，其中一个毕竟同我在一起飞行过，因为是到农机修配厂我的宿舍里来索要证明的，所以，当他们看到我工作与生活的环境后，向我说了一些表示同情的话，并表示回京后愿意向上级反映我艰苦的工作生活情况，争取调动工作，早日结束夫妻两地分居状态。对于那些同情的语言，我相信是真的，是发自内心的感觉。他抬头看了看我住的房间，黑乎乎的泥墙上钉着钉子，上面挂着蚊帐，纸糊的顶棚有几处已经变成黑洞，可以想象到耗子晚上在上面活动的情景。作为专机师一般的战友，见此情景，如果还有一点点儿怜悯之心的话，总是会说上几句的。至于后面说的那些帮我调动之类的话，我根本没有放在心上，其实，我何尝不盼着随时能够回到北京，只是我不能把希望寄托在他们身上，如果那样，将来的失落会使我更加痛苦。如果不是为了取证，他们绝不会到这个穷地方来，也不会有感而发地说出那些表示同情的语言。如果他们给我发来一封信，我也会照办。因为调度室主任老李毕竟是我山海关同舟共济的战友，我完全理解他及其家庭的处境，我诚心祝愿他早日获得自由，那个残缺不全的家正等着他回去治理。

时间到了1980年年底，一天，无意中从《人民日报》上看到了一条振奋人心的消息，实在没有想到主持中央工作的邓小平在同外国记者的谈话中直接提到"九一三"事件中两架被林彪骗到空中的飞机和飞机上死难的飞行员。晚上，在那塞外农机修配厂单身职工的宿舍里，我手捧报纸，借着昏暗的灯光，不知反复读了多少遍，我的心脏也随着领导人的话激烈地跳动着，激动的泪水模糊了视线，心潮起伏，久久难以平静。多少年来自己日想夜盼的不正是这些吗？有时候连做梦都梦到自己又回到部队，重新驾起飞机飞上蓝天。我和妻子曾向各级领导写了数十封信件，结果都全部退回空军专机师，究其原因，不就是没有哪位具有相当权威的领导出来讲话吗？"九一三"不是一般的政治事件，涉及审查后的处理时，都犯了一个统一的毛病，宁"左"勿右，只有邓小平"解放思想，实事求是"的思想路线，才使形"左"实右、宁"左"勿右的错误倾向得到了纠正。

在那些日子里，我几乎每天晚上都要把报纸拿起来读几遍，并反复揣摸其中的含义，并带着各种联想猜度着领导人的讲话会给我们这些无辜受牵连者带来多大的福音。

越看邓小平向美国记者说的这段话，就越感到亲切，总感觉到这些话不仅是针对已经遇难的战友说的，也是对我们几个活着的飞行员说的。因为，在3685号直升机上存活下来的那位飞行员也是自己的航校同学。此时，我屈指一算，从1976年4月到此，我已经在这里生活了4年多。只是在那塞外小城，消息闭塞，在艰苦的环境中，只顾整天为自己与家人的生活问题疲于奔命，与机组其他4人之间也没有通信联系，我相信他们的情况不会比我好得太多。当然，更不知道机组4位遇难者的家属及其子女的情况，也不知道直升机上活下来的那位老同学是否解除了隔离审查状态。我无法将《人民日报》上的消息通知他们，不过，我相信他们家属的心情同我一样，终日盼望的不正是这些吗？

邓小平如此振奋人心的讲话，既然已经在党报上发表，他们会很快知道的。即使他们暂时没有发现报纸，那么关心他们的亲戚朋友也会及时把这一信息转达给他们。我每两三个月回家一次，也都想方设法打听有关的消息，我连做梦都想着有朝一日会有奇迹出现。

在沙城的日子里，我还从报纸和广播中得知东北民航局的一架三叉戟飞机在山东半岛的空中被一个叫卓长仁的歹徒劫持到韩国。从报纸公布的机组名单与照片中，我认出机组领航员与通信员是原来专机师的战友，我立即向他们发信表示慰问。那位通信员回信说，是他发现劫机犯并准备动手时，被卓长仁开枪击重了大腿，到发信时，腿部还有两颗子弹没有取出来。为此，受到领导奖励，晋升两级工资。后来知道事情的经过是这样的：

1983 年 5 月 5 日，沈阳人卓长仁、姜洪钧、安子健、王艳大等 6 人登上沈阳飞往上海的民航三叉戟飞机，于上午 10 点 49 分起飞。当飞机到达渤海湾上空时，前舱 6 排突然站起二人，开枪射击门锁后冲进驾驶舱，接着又有二人一拥而入，开枪打伤机组二人后，让另外机组二人将受伤者扶出驾驶舱，然后将舱门堵死，卓长人一手持枪一手夺驾驶杆，高喊："140 度！南朝鲜！"结果机长还是将飞机飞到了朝鲜，对飞行员来说，空中改变 10～20 度的航向易如反掌。狡猾的劫机犯不准机长落地，扬言要用烈性炸药炸毁飞机，曾两次逼迫机长将飞机重新拉起向南飞行。当机长发现韩国空军飞机接连出动后，于 13 点 10 分，被迫降落在汉城附近的美军机场。飞机落地，卓长仁等确信到了韩国后，要求中国的台湾"大使馆"来人，直到 21 点钟方允许机上 96 名乘客与 9 名机组人员离开。1984 年 8 月，卓长仁等 6 犯活动到中国台湾，被中国台湾当局称为"投奔自由的反共义士"，并发给生活安置费、安排就业。后来，并不安分的卓长仁、姜洪钧等再次铤而走险，与同伙参与绑架杀人勒索，被判处死刑。

就在这个时候，北京专机师保卫科以文字的形式通知我：

> 根据上级领导关于"九一三"事件处理的精神，对你当年定为方向路线错误的结论进行降格调整，由方向路线错误改为一般错误，其他的一切都不变动。

"其他一切不动"是指停飞及转业地方不变，转业外地也不变。我看完通知之后，好长时间脑子里似乎成了一片空白，甚至忘了手中的那封信。我和妻子写了那么多封信，整整等了 5 年，盼星星盼月亮，最后盼来的是这样的结果，我真想哭，可又想笑。

我经过认真思考后决定对自己的结论不进行调整了，我在回信中说：

算了，结论还是不要改动，我已经被处理到农村来了，错误的严重程度如何，已不会对今后有什么影响，再说，只改动两个字，其他一切不变，已失去改动的实际意义。

虽然，我不知道进行这次变动结论的具体原因，也不知道是哪一级领导的决定，但是，从总的政治背景分析，能猜测变更结论的出处。所谓多少次路线错误或路线斗争问题，是从党的历史上几次大的路线斗争先后顺序排队的，从中国共产党成立起，陈独秀所犯的右倾机会主义错误被算作第一次路线斗争。以后，按时间顺序排列，到1971年的“九一三”林彪叛党，正好排到第十次。邓小平主持中央工作后，提出“解放思想，实事求是”的思想路线，“实践是检验真理的唯一标准”，并对党在历史上的一些重大问题重新做出正确的结论，为刘少奇、彭德怀等老一辈无产阶级革命家平了反，随之而来的是那些路线斗争的次数排序也不复存在。在这种情况下可以推想，如果被牵连于“九一三”事件者的结论中都冠以“在党的第十次路线斗争中”这统一的时间状语的话，显然是不合时宜的。因为，有些人还没有审查结束，被定为敌我矛盾者服刑没有到期，总不能部分人的结论中有“十次路线斗争”，而另一部分人却没有。再说，属于“方向路线”性质的问题，应该出现在相当一级的领导或当权派的身上，我这个只有十几个空勤人员组成一个中队的中队长在专机师只是一个普通的飞行员，我的一切行为都要受命于飞行大队领导，大队上面还有飞行团，团的上面还有师。可见，把只有党中央才有权制订的“方向路线”问题放在一个普通飞行员的错误前面，实在是给小人物戴上一顶大帽子，显得太滑稽了！现将我的错误等级降格，表面看来是对的，其真正的原因还是那个“十次路线斗争”的说法已经过时了。不过，从中也可以看出另一个问题，“九一三”事件10年之后，对受牵连者的结论还是有了微小的变化。

第四节　取消文字结论清理个人档案

时间的脚步在不停地前进，1981年，我迎来了专机师保卫科副科长老刘的突然光临。

老刘作为专机师保卫科的成员，“九一三”时在专案组干了很长一段时间，由于他同被审查者的家属经常接触，我妻子也认识他。因为他不是专案组的领导，他的工作内容都是奉命行事，整日东奔西跑，也是一件苦差事。

下午工厂下班后，我迫不及待地赶到县政府招待所，当他从我随身带的军挎包里看到一把匕首时，吓了一大跳，并警惕地问我："你带这个东西干什么？"

"别害怕，不是对你的。"我平和地笑了笑。然后，我向他介绍了此地的社会治安情况："这个地方不像北京那样安定，经常发生刑事案件。等一会儿我回去天已经黑了，路上又没有灯光，孤身一人是很担心的，所以，我带上这把匕首是为了防身，以防万一。"

他听完之后，一言不发，若有所思，可以看出他对我只身一人离京弄到这样的环境下生存似有怜悯之心。他的年龄比我大，在北京专机部队生活的时间比我长，对比之下，他会很快意识到在夫妻两地分居的情况下，已经过去的五年实属不易。因为，他有一个亲戚的家就在沙城，这里的生活状况对他并不陌生。

他带着兴奋的心情一见我就开门见山地说："根据上级'两案'问题（林彪、'四人帮'）座谈纪要的有关精神，对你在'九一三'事件中所受牵连一事不做结论，对个人档案中有关的文字材料全部销毁。"

我瞪大双眼，屏住呼吸，聚精会神地听他继续说下去。可是，他不说了，似乎没有下文。

我还是没有插话，停顿片刻，他解释说："这样一来，从你的档案中就再也看不到'九一三'事件的任何痕迹了，换句话说，就等于你在历史上根本没有那么回事。"

到此，我已经全部领会他带来的精神，并牢牢地记住他说的每一句话。但是，我还是耐心地等他说下去。当我发现他仍要对以上的精神做进一步地解释时，我迫不及待地发问："停止飞行资格怎么办？转业处理怎么办？转业外地又怎么办？"

"除了撤销文字结论，其他一律不动。"可以看出老刘对我提出的问题早有准备，他不自然地轻轻笑了一声，心平气和地回答。

停了好一阵子谁也没有说话，空气好像被凝固了。其实，老刘到我这里来办这件事并不是第一个，他也知道我同其他同志一样，肯定会提出这个问题，所以，一开始有意回避这一点，将好听的消息说在前面。

根据老刘进一步的解释，我已经听出了其中的缘由，文字结论撤销，组织处理结论保留。让人费解的是，既然问题已到够不上做文字结论的程度，那么，当初按此问题进行的停止飞行资格、清理出部队，而且强行离京安置等种种惩罚性的处理也应一并撤销。

就这样，我为之盼望已久并为之苦苦等了数年的结果终于来到了，老刘以上级组织身份的到来与档案中有关材料的消失，总算糊里糊涂地为十余年的政治审查与处理画上了句号，决定一个人命运的大事就这样草草了事。

接着，老刘将我的档案中有关“九一三”被审查时的交代材料及他人的揭发材料全部取了出来，并对我说：“这些材料本应该当面销毁的，这里不方便，就带回去一同销毁吧。”当我提出从部队转业时，那张《转业鉴定表》上还留着“方向路线错误”的字迹时，老刘说：“我会按照原来鉴定表格的样子重新制作一份，填好后还写上当初转业时的日期，加盖6年前原来部队的印章，这样一来，在你的档案中就看不到‘九一三’事件的任何痕迹了。”

我很佩服老刘工作的细心，只是他无权改变我艰难的处境，面对这样的决定，我也无可奈何。不过从那以后，在干部的调动、使用等方面，好在“九一三”事件留给我的政治阴影没有了。“九一三”事件十几年之后，总算是向前迈出了一步。我期待着我能像一个正常的基层干部那样进行调动，早日结束夫妻两地分居生活，有一个普通人的家。

后来我又知道，专机师的新领导对“九一三”事件部分受牵连者取消结论清理档案的工作抓得很紧。因为有些单位动作慢了一些就不让清理了，只允许在档案中放入有关的说明。这使我想起了从陆军来的那位师政治部主任，他在专机师工作多年之后已经能够理解到基层飞行人员在专机师所处的地位及被错误处理离京后的艰辛。

三句话不离本行，同老部队的同志在塞外相见，很想知道有关专机师的情况，虽然我知道我已经与飞行无缘了。

1979年的一天，住在西郊五棵松以北海淀区的人们，突然听到一声剧烈的爆炸，爆炸形成的冲击波给人地动山摇的感觉，自1976年唐山地震之后，附近的人们还以为又一次地震灾难降临了。后来知道，这一声震惊人心的大爆炸，是一架三叉戟飞机空中坠地造成的。据说是一位专机师的空勤机械员，由开始对组织的审查不满逐渐发展到与组织的严重对立，当组织上决定他复员时，强烈的报复心理使他在头脑中酝酿着一个非常危险的行动计划。

1979年3月14日，三叉戟飞机的飞行员们都到南苑机场飞行训练去了，西郊机场像平时一样显得那样平静，因为西郊机场离首长住处和部分大专院校较近，除专机任务之外，一般不在西郊机场进行训练，这对准备作案的机械员来说，成了可乘之机。他以飞机空勤机械员的身份到机场从警卫员那里将三叉戟飞机274号接收过来，并做好起飞前的各种准备。一个从未学习过驾驶技术的人，竟坐在飞行员的位置，将三台发动机启动后，对正跑道将发动机的功率加到最大，飞机像野马一样在跑道上狂奔起来，由于他根本不会飞行，当他盲目向后拉驾驶杆，把飞机弄到空中约百十米之后，就听天由命了……失去控制的飞机带着大量的油料向地面坠落下去，就这样，一架完好的三叉戟飞机连同坠机现场无辜的遇难人员意外葬送在这个亡命徒的手中，造成巨大生命财产的损失。

事情发生后，南苑机场正在飞行训练的飞行员们，立即停止飞行，乘汽车回到西郊机场。开始谁都不会想到是一个不会飞行的机械员干的，把注意力集中在飞行员中寻找肇事者。在现有的飞行人员中没有发现肇事者之后，曾有人想到已经转业离京 3 年的原团副参谋长陈联炳和我："会不会是陈联炳或者老康两个人干的？因为，只有他们两个是驾驶过三叉戟的飞行员……"

事过三年，1982 年 4 月 26 日，又一架三叉戟飞机 266 号在桂林机场附近坠毁了，成为桂林两次空难的第一次，这位机长还是我在飞伊尔-18 飞机时的一位副大队长，被人们认为一贯小心谨慎的飞行员。据说他驾驶三叉戟飞机载着百余名乘客从广州到桂林落地，在天气不完全能见、对机场周围地形又不十分熟悉的情况下，采取了直接落地的方法，由于过早下降高度，撞山坠毁，机上 104 名乘客与 8 名机组人员无一生还，机组副驾驶员还是一位将军的儿子。如果他保持安全高度在机场上空建立航线落地，绝不会发生意外，他的死为一家人带来的不幸会持续很长时间。

到那时为止，包括256 号专机在内的三叉戟飞机已经损失了 3 架。相比之下，从 1959 年开始引进的 7 架伊尔-18 飞机，经过近 30 年的漫长里程，都完好无缺地走到光荣退休的年限，寿终正寝。

第五节　奔回北京

我在河北省怀来县沙城农机修配厂工作 8 年零 7 个月之后，终于 1984 年 11 月份返回北京。

妻子为把我调回北京疲于奔命，费尽周折。通过经济手段打通回北京的道路对我来说是根本行不通的，唯一的办法就是依靠政策，依靠领导对我们两地生活的同情。

我几乎利用每次回家探亲的机会，都要同妻子一起到专机部队找有关领导诉说两地分居为家庭生活带来的艰难。白天找不到人，只好晚上下班之后找到领导家里。当时的专机师政治部主任多次听了我们对生活困难的诉说后，开始产生恻隐之心。“九一三”事件已经过去14年了，这位政治部主任虽然来自对专机师军管的陆军，但是，多年空军专机部队的工作经历，使他对专机部队的方方面面有了深刻的理解，对我这个飞行员在专机飞行中所处的位置以及在“九一三”事件中受到处理的认识与刚到专机师比较，有了很大的改变。他虽然没有直接想办法解决我们分居的实际困难，但是，也没有因为我们登门求助而把我们拒之门外。他让保卫科副科长老刘以部队的名义到妻子所在的电子管厂人事部门为我们说情，对电子管厂具体解决我调回北京的做法起到了一定的作用。这位主任直到离休，给专机师其他人都留下了很好的印象。

电子管厂人事部门终于通过电子工业部为我争取到了一名进京名额，这在当时是多么不容易啊！有一天，农机修配厂办公室的一名工作人员到县领导机关开会结束的时候，从摆放零乱的桌子上无意中发现一封信件，这封不被人们重视而且随意乱扔的信件，竟然是北京通过河北省石家庄市发往怀来县调我回北京的信函。这位工作人员知道这封信对我的分量，当她迅即把信交到我手里时，也为我能回到自己家人身边工作而对我表示祝贺。因为他们在8年多的漫长岁月里，亲眼目睹了我这位农机修配厂特殊职工的生活经历。

回家的感觉真好！当工厂用进京办事的卡车装上我的行装顺着京张公路向北京的方向进发的时候，我才真正意识到这次回北京之后就不再因为工作的原因回来了。此时，脑子里再次浮现出当初那位干部强制我离京谈话时那恐怖的面孔。为了养家糊口，为了保护好自己飞行员的身体，我违心地走了，这一走就是这么长的时间。此刻，我望着周围熟悉的环境，心里倒生出一股眷恋之意。我毕竟在这里工作生活了8年之多，当人们形容时间漫长的时候，总是感叹地说：“抗战8年了！”以此来表示难熬的岁月总算过去了。8年的时间对人生是个不短的里程，几乎占去能够工作年限的四分之一，如果从“九一三”事件爆发开始的话，对我来说已经整整13年过去了。我屈指一算，从我32岁被迫离开飞机驾驶杆开始，我已经45岁了，从“而立”之年超过“不惑”之年，这正是人生最宝贵的时光。在这13年中我都干了些什么呢？无意中，我抬头看看初冬塞外的天空，蔚蓝的天幕上正有一架我飞过的飞机，向着我国大西北的方向飞去，那一定是到远方执行专机任务去了。此时，我心中又浮现出那4句话：“昔日翱翔长空，而今感慨满胸，埋下话语万千，只身塞外小城”。这次回北京就要结束“只身塞外小城”的生活，可是，我仍然不能回到自己酷恋的飞行岗位。“今年45岁，再飞10到15年是没有问题的，如果从撤销结论开始，我还能飞15年。”我在心中默默地想着。

飞奔中的卡车把沙城远远地抛在公路的后面，我看一看车上的行李卷，想到自“九一三”以来，我背着它不知搬过多少次家，这次应该是最后一次了吧！调回北京一定会成为我人生的重要转折，起码是生活里程的一个新的阶段。想想8年多的沙城生活，我非常感谢在我生活最困难的时候伸手帮助我的工人兄弟们。为我做煤油炉的王师傅，同住一间屋的老佟和小蒋，帮我做工具的小宗，帮我学习编制毛衣的姑娘们，我诚心地谢谢你们！谢谢你们8年多对我生活上的照顾和工作上的支持！“九一三”事件对我的影响我没有一天忘记过，同样，“九一三”之后帮助过我的人我也会永远铭记在心中。

在北京前门西河沿胡同，不足14平方米的家里又增加一名北京户口。当我手拿调令通过电子工业部、北京市及宣武区有关部门办完落户手续后，看着户口本上一家四口的名字，心里有一种说不出的感觉。当飞行员的时候，虽然身在北京，但军人是没有户口的，所以，凭某一级领导的一句话精神，就得背井离乡，离京走人。现在，有了正式北京户口，无论将来在什么单位工作，都可以放心地住在家里，从此，不再担心会像“九一三”以后那样背着行李卷搬来般去了，也不用再背着大包小包挤公共汽车招来许多让人家讨厌的目光。从30岁成家以来，15年过去了，从没有像现在这样真正产生有“家”的感觉。四口之家住着14平方米的房子，除了那个睡觉的大铁床，所剩无几，但是，我看到每天全家人都能团聚在一起，生活虽不宽余，倒也安贫乐道。

8年分居生活过去，孩子们已经长大。我为儿子单独支起一块木板当床，由于实在摆放不开，只好将铺板的一头锯掉一块，还将吃饭的小桌腿上安装两个拖拉机上的废轴承，不用的时候可以推到大床的下面，想尽办法节约空间。

电子管厂通过办理调动，对我的情况有所了解，一进厂就安排我在300余人的大车间担任党支部书记。妻子的周围也有许多知道我牵累于“九一三”事件的人，但他们对我没有产生任何歧视。从沙城到北京，我又工作生活在一个新的环境之中。

1987年，当我从报纸上看到“九一三”事件时我国驻蒙古国大使许文益写的题为《黄沙作证》的文章时，我已经调到北京市宣武区税务局，在人事教育科分管政治教育工作。由于工作环境及工作内容的改变，我开始通过新闻媒体或报纸刊物搜集有关“九一三”事件的各种信息，并对以前掌握到的材料进行整理。回到北京后，有条件利用业余时间走访了专机师的战友，从他们那里了解到“九一三”时的一些情况。又有近10年过去了，我在有关林彪事件的各种报道的启发之下，开始写亲历“九一三”事件的文章。1997年7月，当我的第一篇文章《林彪仓皇出逃目击记》见诸刊物之后，当年在蒙古国林彪坠机现场参与视察的孙一先找到我，我们就“九一三”事件中三叉戟256号专机的活动，交流了国内外两个重要现场的详细情况。从此，林彪专机的全部活动过程，已经在我的头脑中形成一个完整的概念。也就是在那些时候，我发现许多出版物，包括国外媒体对“九一三”事件中有关林彪专机的事情不正确的传说甚多，自己作为当时的一名专机飞行员，一名还活在人间的林彪专机机组成员之一，有义务也有责任对256号专机的活动过程进行真实的报道，以正视听，还历史本来的面貌。

1989年下半年，单位分给我一套小三居室的楼房，大儿大女各有其所。由于我原来的生活基础较差，搬到楼房之后还没有弄到煤气罐，当电梯工看到我将蜂窝煤一点点往楼上搬运时，讥笑我说：“你还是税务局的干部呢，连个煤气罐都弄不来！”是啊，我想与两地分居生活相比，已经很满足了，没有想到利用职权为自己谋取方便。

1992年，领导将我的级别定为副处级调研员，在北京市税务局教育处分管政治教育与本系统的培训工作。为了干好自己那部分具体工作，我同年轻人一样学习用电脑办公，没有想到电脑已经成了我后来写文章离不开的工具。与年轻人不同的是在我的鼻梁上已经多了一副老花镜，因为飞行员的眼睛远视得多，年纪大时眼睛花得也早——岁月是无情的。也就是从这一年开始，由于女儿的及时提醒，每到阴历的十一月初一也过起自己的生日来了。

第十一章　上世纪五六十年代的专机师

第一节　领航员、通信员——专机飞行的眼睛和耳朵

由于林彪事件是以专机的活动为主线的，而这些飞机都来自空军唯一的专机师，显而易见，专机师就成了“九一三”事件的重灾区，当时有不少人甚至对专机部队产生了各种各样的想法。空军专机部队同新中国的人民空军一样，从无到有，从小到大。专机师很重视对人才的培养，正因为具备相当数量的驾驶、领航、通信、机务工程及航行调度、后勤保证的人才，才能保证空运专机任务的完成。由于我国航空工业基础薄弱，部队的飞机基本上都是从国外引进的。可想而知，在这样条件下的老一辈飞行员们保证飞行的安全难度有多么大。专机师究竟是怎样的部队，它的组建与发展如何，简单了解这一点对进一步了解林彪事件是很有帮助的。

20 世纪五六十年代的飞机，由于飞行高度比较低，专用设备落后，机组领航员、通信员就像飞机的千里眼与顺风耳一样在飞行中起着举足轻重的作用，更是专机飞行中不能须臾离开的业务岗位。

飞行员空中飞行的过程就是与大自然作斗争的过程。当人们提到海军的时候，就会想到在我国的万里海疆，海军指站员们驾驶着战舰在惊涛骇浪中乘风前进的壮观场面，如果用“劈波斩浪”来形容海军战士战天斗地的英雄形象的话，翱翔在万里云天的空军战鹰们在与大自然拼搏的空间里，用“穿云破雾”来形容飞行员们天之骄子的形象是最为恰当的了。运输机与其他作战机种相比，要求它随时能走，到处能飞，因此，运输机飞行员所面临的气象条件及机场地形条件，相对要复杂得多。孙大圣在腾云驾雾中，带有神话般的浪漫色彩，它能将人们的想象插上翅膀在无垠的天际遨游。然而，对飞行员来说，云和雾不但不会带来任何浪漫与幻想，而且空中的云与地面的雾正是威胁飞行安全的天敌。

我国 20 世纪 50 年代使用的主要运输机种，都在离地面 3000 米左右的对

流层中飞行,“东边太阳西边雨,说是无晴却有晴”,夏季的天,小孩的脸,刚才还是风平浪静,突然间就电闪雷鸣,瞬息万变,的确是神秘莫测的梦幻世界。尤其是对飞行威胁最大的浓积云天气,由于云中带着强烈的对流及电压极高的静电,一旦在飞行中误入浓积云中,飞机就会像滚滚浪涛中的一片树叶那样,被强烈上下运动的气流抛上抛下,机身就会为此承受强大的负荷,轻者使机体变形,严重时有解体的危险。国际飞行中,尤其是穿越地球赤道的恶劣天气时,就有因此而失踪的。如果飞机的飞行高度较低,剧烈的下降气流甚至能将飞机压向地面。尤其是夜间飞行,只见天际间黑云翻滚直上九霄,像一排无法逾越的黑色屏障挡在飞机的前面,此刻,除了从云隙间贸然穿过,没有第二条通道。此外,云团中超高压的正负静电,如果把飞机作为平衡电压的导体,强烈的电击,不仅能烧毁飞机上的一切通信导航设备,更严重时能引起客舱起火。一次,一架伊尔-14专机在飞行中进入夹杂着浓积云的云团中,空中突然发现一团火球从飞机尾部沿客舱向前飞滚而去,刹那间一切通信联系中断,落地后发现飞机尾翼被雷电打了一个坑,幸好飞机是金属的,导电性能良好,使机组与乘客有惊无险。夜间飞行时,瞬间即逝的闪电夹杂在浓黑的云团之中,忽明忽暗,电光盘根错节,四面放射,看上去似乎要把那黑色云团从内部点燃,如果没有飞机发动机的轰鸣,可以想象到那闪光之后的雷鸣声该有多大。晚上,飞行员依靠闪电的亮光来判断雷雨云的方位,所有的飞行员都对这位气象中的恶魔、幻想中的“雷公”抱着敬而远之的态度。所以,在如此复杂多变的天气条件下给领航员带来的难度是很大的。因此,飞行员们都深深体会到,逐渐成熟的过程,也是在战天斗地中,不断战胜自然、不断战胜自我的过程。

由于当时地面导航与飞机领航设备落后,飞行中受各种因素的影响,出现暂时迷航的现象时有发生。“九一三”事件时的专机师师长时念堂,在飞行中曾几次处理空中迷航的情况,每次都是在令人担惊的情况下侥幸摆脱。他驾驶苏制里-2飞机从西安返回北京的途中,正赶上祖国北方春季的沙尘暴天气,飞行员就像陷入由黄土构成的云团。飞机上唯一能够与地面联系的无线电罗盘,其接收距离是有限的,在前不着村、后不着店的情况下,本来信号就已经很弱,受到沙尘暴干扰之后已经失去作用。平时,在能看到地面的时候,机组领航员就凭着手中的一把尺子及对照地图看着地标引导飞机到达目的地。此时的领航员除了那把领航计算尺,其他一切可依赖的因素都已经失灵了。

过了一段时间,虽然,沙尘暴天气被飞机抛到后边,可是,飞机具体在什么位置,机组中没有一个人能够说清楚,地面上的情况也不能从地图上辨认出来,由于飞机离北京的实际距离尚远,电台联络不上。按飞行条令规定,飞行中当机组不能识别自己的精确位置时，就已经算是迷航了。长途跋涉的飞机一旦不知道自己在什么地方，最大的危险在于飞机上的油量是有限的，不允许你东一头西一头无休止地找下去。其次，如果在高山地区发生迷航，原来航线上的安全高度就不安全了。

在飞行员的立体空间意识中，飞机飞得越高，大地就显得越小，飞机的速度越快，地面的距离就显得越短。飞行员从驾驶飞机腾空而起的时候，头脑中就开始想着空中及降落机场的一切。云里来雾里去，的确有一种“万水千山只等闲”的宽广胸怀。可是，航速只有每小时 200 多公里的飞机，在 1000 多公里的航程里，就要艰难跋涉达 4 个多小时。

由于飞行员的脑子里装着地图，装着祖国山河的概貌，所以，在飞机失去精确位置的情况下，根据飞机开始进入迷航状态的时间及飞机的飞行速度，从地图上可以圈定飞机所处的概略位置。机长认为，飞机还在太行山山脉以西飞行，飞机下面的山区，也进一步证实机长的判断是基本正确的。机长同机组领航员研究后，决定右转弯增大航向，采取与太行山走向成垂直(90 度)的夹角，朝冀中平原的方向飞行，离开山区后，适当下降高度，并发挥机组人员多的优势，让机组所有的人注意从地面寻找京广铁路。如果能找到这条铁路，顺着铁路北飞就能回到北京。从空中寻找铁路线并不是件容易的事情，但是，要找到铁路上正在行驶的火车并非难事，因为，当时的火车头都是靠烧煤的蒸汽机车，浓密的白色蒸汽或加煤燃烧时的带状黑烟正是寻找火车的明显标志，在空中偌大的视角范围内，不可能看不到一辆运行的列车。“天无绝人之路”，果然，机组中有人惊喜地大声呼叫起来：“看到了！看到火车了！”机组就像漂泊在茫茫大海中突然遇到了救生船那样，兴奋喜悦的心情可想而知。

当飞机沿铁路线北上，顺利地降落在北京南苑机场的时候，谁都没有想到是属于地面交通工具的火车挽救了一架飞机的命运。虽然，机长经历了一次转危为安的飞行，可是，飞行之余，机长的心情一点都不轻松，因为机长想到了问题更深的一面。在这次处理迷航的事件中，一个最重要的有利条件就是飞机后来的飞行处于完全能见的空间之中，如果在云中飞行怎么办？如果在晚上又怎么办？如果又是晚上又是在云中又该怎么办？……飞行员的飞行安全，总不能建立在一次又一次的侥幸之中吧！

师长的另一次飞行，至今回忆起来还有几分后怕。

1953 年年初，抗美援朝战争处在双方谈判的时候，被任命独立三团副大队长的时念堂，授命担任 4 架飞机的领队到朝鲜执行有关中立国谈判官员的专机任务。飞行在朝鲜战争前线，飞行及生活条件比较艰苦，除了语言不通之外，飞行员们面临许多想象不到的困难。再加上对朝鲜地理状况不熟悉，受南北朝鲜分界线即“三八”线的限制，如果空中误入到“三八”线以南，就会造成严重政治事件。

记得有一次从朝鲜东海岸的青津飞回基地开城时，飞机一开始就处于云中飞行，而且，更使机组担惊的是云中有着中度结冰。里-2 飞机空中的除冰能力是有限的，位于机翼前沿的冰层，不但严重破坏了飞机的空气动力性能，使飞机的升力减小，而且还增加了飞机的重量和前进的阻力，导致飞行速度明显降低。还有，处在机身外边的各种导航设备与电台的天线，被冰层包围之后性能失灵，不但中断了飞机同地面的联系，连飞机上唯一与地面发生联系的导航台信号也收不到了。这样，飞行中无法知道飞机因受风的影响，偏离航线究竟有多远，飞行速度的降低使飞机不可能按预计时间到达开城机场。这种在云中飞行无法确定自己精确位置的现象是非常危险的，这种暂时的云中迷航要比能够看到地面时的迷航可怕得多，国内就曾发生过小型运输机在太行山飞行，因云中结冰不能维持高度而撞山的事故。虽然，机组能够知道飞机的大概位置，但在看不到地面的情况下，又不敢盲目下降高度。导航设备失灵，与地面联络不通，唯一的办法只能根据飞机的实际速度，修正预计到达时间。当时机组按飞行时间计算，估计飞机已经接近机场上空，但飞机的实际位置是否真正在机场范围的上空，谁也没有把握。所以，在飞机上就无法知道自己的精确位置，也就不能确定从什么地方、什么时间、按什么方向穿云下降才能避开地面上的山区。按飞行时间计算，如果不及时下降到云层下面飞行，继续朝前飞下去，就要超过“三八”军事分界线，飞到韩国上空，造成政治事件。如果重新返回到起飞机场，机上的油量又不够。

怎么办？机组实在没有别的办法，只好根据地图上的标志，显示机场以北有一小块平原，毫无把握地认为飞机就在这块平原上空，只好在云中试探性地盘旋下降。如果飞机的实际位置不在那块平原上空，而且又不知道云层底部的高度，盲目下降的结果，就有撞山的可能，飞行部队飞机撞山的恶性事故也时有发生。

飞机在缓慢下降，好在云层的浓度并不密集，透过云层缝隙，还可以看出几十米的距离。不好！机长在朦胧中隐约可见飞机前方突然出现高山的轮廓，紧急中，几乎是刹那间，机长猛蹬左舵的同时并向左压大坡度，大角度侧滑，强行制止飞机向前的惯性，在如此紧急关头，飞机下面高山的旁边有一条河流映入机长的眼帘，于是，机长在急转弯的同时，猛推机头穿出云层，毫不犹豫地将飞机控制在河流上空飞行。好悬啊！如果动作稍有迟疑，就会撞到大山上,如果,下面没有河流,后果也难以想象。既然有条小河,那么在河流上空总有可利用的空间。于是,操纵飞机在云下保持能见度,沿着河流的走向,避开高山,终于找到了机场,安全降落。这的确是一次很冒险也是很侥幸的飞行,险些酿成大祸。

“九一三”事件中的林彪专机,严格地讲,也是属于先迷航后迫降,只是没有迫降成功。

1963 年 11 月 6 日,专机师奉命用伊尔-18 飞机送贺龙元帅一行到印度尼西亚参加第一届亚洲新兴力量运动会。为了避开热带地区频繁出现的积雨云天气,飞机起飞时间定在后半夜,预计凌晨天亮以后到达雅加达。飞机从缅甸首都仰光起飞后,基本朝正南方向飞行。对于国外的专机飞行,国内的有关部门都在密切关注。属于我国军队总部管理的无线电远距离定向设备,就在不断地测定着专机的位置,当贺龙元帅的专机途经孟加拉湾附近时,机组通信员报告机长:“国内定向台通知说,我们飞机的飞行航线已偏离正常航线的左侧达 100 多公里,并再三命令我们改变航向朝右飞行。”此时,在半夜飞行的机组因突如其来的信息紧张起来。因为,机组在以往的飞行中从来没有发生过偏离正常航线达百十公里的现象,如果根据地面指出的位置计算,飞机从仰光起飞后的航向就飞错了,而且与正确的航向比较有很大悬殊性。为此,机长命令机组中的两名领航员认真检查从起飞开始的每一步航行数据,机长凭自己多年的航行经验,虽然也不相信飞机会在如此短的时间内偏出航线那么多,但是,飞机是在国外飞行,任何疏忽都会导致涉外事件的发生。因为,在正常航线的左侧是泰国领空,在航线右侧的海上不远,就是美国的军事基地,如果按照地面指定的飞机位置,向右改航的话,不到 100 公里就会飞到美国的军事基地上空。不过,既然国内提出偏航,就必须认真对待。夜间,在不熟悉的国外飞行,对地面灯光地标的辨认把握不大,偏航的可能性不能说一点没有。但是,在没有弄清谁是谁非的情况下,不能轻率行动。机长、专机师的副师长感到自己肩上的担子更重了。

担任此次领航任务的老一辈领航员韩海兰对国外专机飞行一向都是非常重视的,而且,他每给出一个航向,都是与另外一个领航员分头计算的结果。仰光起飞后,领航员考虑到高空常年西风带的影响,还有意将南飞的正常航向增加一度,从入航航向这一因素分析,飞机只能偏右,不会左偏。领航员利用地面两个不同位置的电台,进行交叉定位的方法(两条直线只能交叉一点),判断飞机的实际位置正常,尽管这个交叉定位的夹角只有 30 度,他的定位偏差也不会大到百十公里。虽然伊尔-18 飞机上的领航设备不算先进,但是,位于飞机前面的航行雷达已经是领航员手中的得力武器。飞机沿孟加拉湾飞行的过程中,海岸线上海水与陆地两种截然不同性质的物质反映在雷达屏幕上的显示是非常明显的,就是说,在夜间看不清地面的情况下,雷达屏幕上的图像也能证实飞机的航迹是正确的。再说,还没有接到飞机经过的国家对飞机位置的质疑。机组经过技术上的反复核对之后,认为领航员的计算没有错误,坚信自己的航迹没有偏左。分析认为,位于我国境内的远距离无线电定位系统,对于海上的船只等移动速度慢而且体积较大的目标,其准确性与快速移动的飞机比较起来会大得多。机组也考虑到,如果按照地面的指挥行动,造成涉外事故的责任虽然不在机组身上,但对我们整个国家也是不利的,盲目执行的结果,会带来更多外交工作的麻烦。

将贺龙元帅送到雅加达空机返回祖国昆明落地之后,情报部门及当地空军指挥部门对机组的意见很大,甚至有个别业务领导也怀疑机组的飞行真的有问题,只有专机师的领导和主管领航业务的部门认为机组当时的做法是对的。一段时间曾为此事闹得沸沸扬扬。机长想,如果当时把首长或首长秘书叫到驾驶舱说明情况就好了,起码还能有个证明者。当时考虑到首长的休息,就没有这样做,只好由机长承担全部责任。幸好还有一次接贺龙元帅回国时的飞行,对机组来说,还有一次在原航线上证实自己没有偏航的机会,这件事情如果放在国内,很容易就被证实了。

亚洲新兴力量运动会结束后,按以前的惯例,仍然派原来的机组去执行接首长回国的任务。值得机组庆幸的是,原来被认为飞偏的那段航线,正好处在白天好天气条件下的飞行,从飞机上用肉眼就可以直接看到地面,领航员可以用飞机与地标的关系位置进一步检验飞机的实际航迹。在飞行航线很正常的情况下,国内无线电定向台仍然说伊尔-18飞机的航线偏了同上次一样的方位,一样的距离。这就再次证实地面定向台的测定存在着一定误差,因为地面定向台在远距离的定向测定中,其信号受各种因素的影响,很容易受到干扰。

如果按现在比较先进的领航设备,不管地面有无可供利用的电台,飞机上都可以显示飞机的经纬度与直观的地理位置,再说,目前的空中卫星定位系统也会很准确地把飞机的位置告诉国内的指挥部门,绝对不会出现上述现象,机组再也不会为地面引导的错误而发愁了。相比之下,在落后的航空技术面前,安全圆满完成专机飞行任务的人为因素有多么重要。

发生在机组与地面保障部门之间围绕着航迹正确与否的这场纠纷,虽然贯穿在这次出国任务的前后,作为专机任务的主人贺龙元帅一点都不知道。

专机领航员另一项重要职能就是按时到达。

专机起飞之后，马上让机组通信员向地面发出落地时间。这样就可以根据落地时间，具体安排首长到达目的地后与迎接场面有关的许多事宜。尤其是党和国家领导人出访的专机任务，有些外国元首对落地时间的要求是非常苛刻的，甚至要机组向他们发出专机到达机场后打开飞机舱门的时间。据说这些元首们都不愿意提前到达机场，担心把自己暴露在群众面前很不安全。对机组领航员来说，从几百到几千公里长的航线飞行中，提前几个小时发出准确的落地时间，并不是一件轻松的事情。因为空中不同高度层上的风向及风速的大小，将直接影响到飞机的实际飞行速度以及飞机到降落机场后的天气情况及建立落地航线的大小、降落方法甚至飞机的转弯半径等诸多因素的改变，都会直接影响到专机的落地时间。机组虽然可以按照领航员的计算，在一定范围内可以在飞行速度等动作上进行必要的调整，但要把落地时间控制在正负 15 秒之内，也是一件难度较大的事情。

朝鲜人民共和国首相金日成曾借用我们国家的专机访问越南，专机师奉命派出“子爵”号飞机执行金日成访越任务。当机组载着金日成圆满完成任务，从越南途经北京加油返回平壤时，在第一个转弯点锦州上空，机组接到地面指令，改变原来飞行航线计划，暂不直接飞向鸭绿江边的丹东，而改航线向我国东北的辽阳飞去。究竟什么原因要机组这样做，在空地联络中是不准询问的，机组只能按照地面的指示执行。当专机接近辽阳上空时，又接到地面通知，可以继续按原航线飞行。可是，同样在“子爵”号飞机上担任领航的韩海兰已经把到达平壤落地的时间发了出去。此时，机长与领航员经过反复计算，根据平壤机场天气情况，认为可以采取直接落地的方法，把因绕飞失去的时间补回来。当金日成专机越过中朝边界到达朝鲜领空的时候，机组突然发现飞机的左右后方，已经有 8 架朝鲜的战斗机跟了上来。到朝鲜的新义州上空，已形成了整齐的 8 机护航编队。为首相专机护航的事情，事先并没有通知机组，这使机组联想到刚才的临时改航，也许就是为护航战斗机提供时间上的准备。到达朝鲜首都平壤时，机组按照预定的落地方案进入长五边（一种落地方法）对正跑道的时候，护航的机群从跑道上空呼啸而过，显示出迎接自己国家元首专机的威严。此时，在控制落地时间问题上，经过精心计算的韩海兰胸有成竹地对机长说：“只要飞机进跑道在正常的落地位置再延长 100 米接地，就可以同预先向地面发出的落地时间一秒不差。”事有巧合，预计的落地时间正好是上午 10 点整，平壤同北京又在地球同一时区。果然，机长在操纵飞机落地时，有意不让飞机在规定的位置接地，使飞机向前又滑行了 100 米，当专机的两个主轮接地的同时，机场的时钟清晰地打出上午 10 点的最后一响。在国家元首的欢迎场面上，精确的落地时间显示了中国飞行员精湛的飞行技术。当时，有许多外宾向机组纷纷伸出大拇指，赞扬中国飞行员控制准时落地的水平。诚然，机组在把握专机飞行的安全与质量的关系方面，当然是在保证安全的前提下使其他工作做得更好，尽量做到准时落地。

一个国家的首脑在出国访问的途中，突然遇到被访问国家发生军事政变的事情是极为罕见的。然而，1965 年在周恩来总理出访非洲的阿尔及利亚共和国的途中，周总理的专机还没有在该国家落地的时候，阿尔及利亚的首都阿尔及尔突然发生军事政变，这一信息的获得，使肩负着代表团飞行安全的专机组在紧急情况下处惊不乱，妥善处理了意想不到的各种困难，转危为安，最后载着总理一行人员顺利返航，为我国的专机飞行史留下了难忘的一页。

1965 年第二次亚非会议计划在阿尔及利亚的首都阿尔及尔召开。空军领导决定由专机师师长胡萍与副师长分别组成两个加强机组，担任这次远距离的跨洲的专机飞行任务。这次专机飞行的难点在于跨两个大洲，途经 12 个国家，12000 公里的长距离跋涉。飞机不仅要飞越世界屋脊，穿过地中海，而且还要从敌视我们国家的上空绕飞。这次总理出访的活动安排是这样的，周总理与陈毅副总理一行已先期乘坐我国民航的飞机在非洲其他国家访问，最后在埃及的首都开罗会合，由我们接替民航完成周总理一行到阿尔及尔参加亚非会议的活动。

副师长驾驶的飞机已经在阿尔及尔落地了，还不知道那里已经发生政变，等把这一信息传达给师长驾驶的专机的时候，周恩来一行已经在飞往阿尔及尔的空中半个小时了。机组通信员的职责本来是负责有关空中气象与飞行方面的信息沟通，然而，在这种特殊情况下，空中通信员却成了传递政治信息的关键岗位。出国飞行的通信联络，在很多时候是依靠英语进行的，专机师的通信员不仅熟练掌握了飞行专业的技术术语，为了适应专机飞行的需要，还掌握了一些飞行专业之外的英语对话技能。所以，除了从地面指挥电台听到这一信息外，通信员还从一家正在空中飞行的美国飞行员那里听到同一个消息，因为国际客运飞机上使用的通信频道是相同的。身为师长的胡萍在如此重大的问题面前，处变不惊，头脑冷静。为了直接听到祖国北京的声音，他命令机组通信员打破常规，在非常情况下，动用我国新疆地区对外广播电台，直接请示中央。从几个方面证实政变信息准确无误后，并征得祖国北京的同意，决定返航。从机组第一次听到来自开罗地面的信息开始，机组任何一步的想法与行动都得到了周总理的同意，周总理、陈毅副总理一开始对阿尔及利亚发生军事政变的消息也感到非常震惊。后来，面对已经改变的局势，对机组在空中一边飞行一边做出的判断与行动表示赞赏。这次飞行中担任通信员的就是三叉戟256号专机组的通信员老陈。

第一架飞机在阿尔及尔的落地，再一次体现了领航员与驾驶员的协调配合有多么重要。

专机师负责打前站的飞机，从开罗起飞时，由于机组不知道在机场加油要提前付小费，延迟了起飞时间，正赶上傍晚时分到达阿尔及尔机场。通常情况下，傍晚前后的光线不仅对飞机无线电设备干扰较大，而且，似黑未黑的黄昏时刻，对飞行员目视落地也有不利影响。正在此刻，地面报告，由海上飘向机场的平流雾很快就要过来。与阿尔及尔机场跑道方向基本平行的一道山梁，位于机场的一侧，这样，要求所有到这里降落的飞机，在进入对正跑道的第四转弯动作中，宁早勿晚，否则，就有可能与高山相撞。这种地形特征的机场，在我国也有多处。在包头以西的一个机场上，就发生过一架安-12飞机夜航落地时，由于进入跑道过晚而贴到了旁边的大山上，导致机毁人亡的严重事故。面对黄昏时刻、地形复杂、气象突变的阿尔及尔机场，飞机上的两个领航员临时分工，一个人死死地盯着电台的指示与飞机同跑道的关系位置，严格掌握进入跑道的转弯时机，另一个人严密注视跑道一侧的高山，发现情况，及时提醒机长，使机长的两只眼睛变成了六只眼睛，把握关键的动作时机，做到万无一失。当专机刚刚落地，还没有来得及脱离跑道的时候，紧贴地面移动的平流雾已将整个机场覆盖，离飞机只有十几米的滑行道口都找不到了，机场航管部门立即宣布机场关闭。机组全体人员庆幸这次专机任务的顺利完成来之不易，外交部的章文晋与我国驻阿尔及利亚大使馆武官就在这架专机上。

第二节　专机飞行中的服务

没有体验过专机飞行的人，一定会认为专机飞行员离中央首长很近，可以“近水楼台先得月”，能够提前知道一些中央的精神，或者最新的消息。其实，专机飞行员给人们带来的这一错觉，正是专机飞行员的生活特点之一。专机组的服务职能与安全保卫职能，贯穿在专机工作的全部过程。

人们有一个恰当的比喻，空军的专机部队就好比中央领导的小车班。不过，专机部队的服务职能远比小车班复杂得多。此外，一提到专机服务，人们很容易联想到空中服务员对乘机首长的服务。一般说来，在民用航空的飞机上是这样的，可是对专机服务来说，含义更广泛，为了首长的舒适与安全，服务是整个机组的投入。

专机部队使用的飞机越是落后，就越要求地勤维护人员具有高度负责的精神与精湛的技术。由于运输飞机机体较大，常年露天停放在停机坪上，不像小飞机那样，不飞的时候还能停在四周被土墙围起来的机窝里，虽然不能御寒，总还能挡一挡风沙，做定期维修时，还能推到厂房里。炎热的夏天，可以想象到发烫的机场水泥地面已经烤得人喘不过气来，早已被烤热的飞机客舱里会是一种什么感觉。严寒的冬季，如果把皮肤挨上冰冷的金属，能够沾下一层皮来。尤其是机组执行专机任务在外的时候，机务维护的重担全落在机组中三个机械人员的身上。晚上气温低于零下15度时，飞机过夜还要把电瓶拆下来带到招待所。早上，机组要提前4个小时赶到机场，冒着滴水成冰的严寒，先是用笨重的加温炉为每个发动机加温，然后机组几个人排队搬动冰冷的螺旋桨，不做这些准备工作，在低温条件下，活塞式发动机就不能正常启动。也许当天的任务只需要一个小时的空中飞行，可是，机组飞行前后的外场工作就需要整整干上一天。飞机上的工作环境不像车间那样舒适，有许多时候都要把身体蜷曲在狭小的飞机构件的缝隙中进行。设备维护中拆下来的螺丝，一个不能少地都要装上去，如果不小心弄丢了一个，就会带来难以想象的后果。曾有一位特设师担心拆下来的螺丝丢了，就放在自己的帽子里，然后把帽子戴在头上，认为这样就可以万无一失，当工作结束需要这些螺丝钉的时候，倒忘记放在了什么地方了！情急之中，他用手狠狠地拍了一下头，没想到这一拍，却把螺丝钉拍了出来。有次为了弄清楚一块擦飞机用的破抹布的下落，全团动员，一字排开，在大面积停机坪附近的草地上像篦头发一样寻找了几个小时。把已经装好的上百个座椅套重新拆下来检查一遍，就是为了要找到丢在缝隙里的一根针。

我们的地勤人员以部队为家，爱护飞机像爱护自己的眼睛一样，兢兢业业常年劳作在机场停机坪上。我清楚地记得，1969年夏季，北京部分地区遭受一场特大的冰雹袭击，房檐下的小鸟被冰雹击打，先是飞出来，接着被打死。天安门广场路灯被击碎，穿凉鞋的人们，因为怕冷，不敢在冰雹的地面行走。我们的地勤战士，在这场冰雹面前，想到的不是自己的安危，而是机场上的飞机，我亲眼看到他们在冰雹最密集的时候，把自己睡觉用的被子顶在头上向机场跑去，企图用自己的被子把飞机盖住。

地勤工作者的技术水平和责任心，直接关系着专机与空勤组的安危。空中飞行时发生飞行员无法处理的机械故障，其后果是不堪设想，尤其是一些不应该发生的机械故障会给人留下终生的悔恨。位于飞机尾部升降舵上的一个助力操纵装置叫调整片，当飞行员向后拉或向前推驾驶杆的时候，为了减轻驾驶杆上的力量，可以向前或向后操纵调整片。就是这样一个很简单的机械装置，如果地面工作时将调整片与驾驶舱内相应的操纵装置弄反了，就可能导致机毁人亡的恶果。在专机师的历史上曾发生过这样的事情，机长在起飞后操纵飞机向后拉驾驶杆并同时向后转动调整片的时候，驾驶杆上的力量不但没有减轻，反而加重许多，在很低的高度上，飞行员只有用力拉杆，并同时让副驾驶甚至机械师也帮助拉杆，等飞机勉强爬升到一定高度时，机长试探性地向前操纵调整片，结果发现调整片装反了，由于机长已心中有数，就在以后的反操纵中将飞机安全降落。同样的错误发生在另外一个部队，后果就不堪设想。由于飞行员未能及时发现问题，起飞之后在高度很低的时候又不敢对调整片向前进行反操纵，这种习惯的操纵动作就好比汽车驾驶员发现左前方是一条深沟却偏要向左打方向盘才能使汽车右转弯的道理是一样的，飞行员无法从习惯的操纵动作中很快地反应过来，最后导致不应有的严重事故。

人们认为，专机飞行员离中央首长很近，这样说是有一定道理的。

专机飞行中，机组成员与乘坐飞机的首长就在同一架飞机上，尤其是机组服务员，就工作在首长的身边，端茶送水，嘘寒问暖，恪尽职守，照顾好首长航行时的生活。

为了搞好专机服务，专机师里有一个由女兵组成的服务队，她们就住在离机场候机室不远的地方。这些女兵都是从现役的义务兵中挑选出来的，虽然不像挑选飞行员那样严格，但是，在政治和身体条件上必须满足空中飞行这个特殊环境的需要。

20 世纪 50 年代初期，在我国民用航空事业还没有真正兴起的时候，“空中小姐”这一职业的工作，已经在专机飞行任务中以“空中服务”的形式，首先在专机师悄悄地发展起来了。现在，“空中小姐”这个职业名称已经家喻户晓，经常乘坐飞机外出的人们，甚至可以说出“空中小姐”在飞行中所做的各项具体工作。

时代发展到今天，“空中小姐”已经备受人们青睐并成为许多青年努力争取的职业。某航空公司只招收男女各 10 名空中服务员，可在各种条件限制下的报名人数竟达到 1440 人，远远超过大学生的录取比例，形成千军万马过独木桥的局势。应聘者中有教师、军人、文秘，甚至还有银行、外企的职员。有人宁愿放弃大学文凭，也要有一段“蓝天服务”的经历。究其原因，不光是为了好玩和“过把瘾”，空姐在人们心目中的地位与不菲的待遇也有着很大的吸引力。

然而，与“空中小姐”的职业一样的专机空中服务，一直伴随着专机事业的发展而默默无闻地进行着，但是，“空中小姐”的名称却没有落在她们的头上。

她们穿着军装，工作在专机上，从来也没有享受过如今“空姐”的荣誉，直到目前为止，仍然叫“空中服务员”。说起她们的待遇，也许让现在的人们不敢相信，专机服务队的姑娘们绝大多数都是战士身份，每月拿着很少的津贴费，却干着有时比民航空姐还要艰苦的空中服务工作。“九一三”事件中林彪专机机组服务员小魏就是其中之一。所以，专机飞行中服务员姑娘们的苦辣酸甜只有飞行员及她们自己才能真正体会到。

在大人物面前，做到矜持与大方得体、礼节与活泼恰好，是专机服务员思想修养的一个重要方面。

从毛泽东到政治局常委，从政治局委员到各大部长、军兵种首长，甚至各省及直辖市的领导，在乘坐飞机的时候，都要根据人员的多少，至少派一名空中服务员随同专机组进行空中服务。“小”服务员与“大”首长接触时，最容易表现出局促不安与情绪紧张的心态，面对首长幽默、诙谐的问话，手足无措，不知如何回答，这往往是服务员们开始从事空中服务工作时容易出现的心理素质上的问题。专机飞行中的驾驶、领航、通信、机械等专业岗位的人员，通常情况下，空中很少与乘机的首长直接接触。因此，机组服务员不仅担任着首长与机组之间的联系，及时把飞行中的天气、到达目的地的时间及其他有关情况向首长汇报，还要通过自己对首长热情周到的服务，使乘机者愉快地度过空中航行这段时间。所以，安全圆满完成专机任务，空中服务质量占有一定的比例。

毛泽东在一般人的心目中，是一位神秘的传奇人物。有位小服务员听说让自己为毛泽东服务时，兴奋、激动及敬畏的心情使她远远望见主席的汽车朝飞机开来时，心便“怦怦”地跳个不停。还没等主席登上飞机，她便躲藏了起来，随机陪同主席的空军首长只好代替服务员给主席送水，后来毛主席幽默地称她为“红色空中小姐”，她也能在后来的专机任务中，同主席对谈自如。空中颠簸、飞机摇晃时，她能把主席手中的书拿过来，暂时不让主席看下去。有一次，飞机已经平稳地落在机场上，主席还在专心地看书，其他人看主席紧锁眉头，嘴唇翕动着，也不敢打扰。半个小时过去了，飞机下面迎接的人一直等着，服务员意识到只有自己出面提醒主席较好，就说：“主席，我们已经落地了。”

毛主席看看窗外，说：“啊？落地了？”慢慢合上书本，站了起来，“好啊！轰我走啊！”

“不是我轰您呀，是下面的首长在等着您哪。”

“不留我们吃饭，真小气，不留吃饭就走吧！”主席边走，边自顾自地说。

“欢迎主席再坐我们的飞机！”服务员很有礼貌地说。

小小空中服务员恰如其分地解决了一个在别人的位置上不知如何解决的

难题。

乘机首长在个性、爱好、生活习惯以及对待下属等方面，都有着与他人不同的特点，可以说一个人一个样。专机服务员们都能细心地摸清他们的具体情况，并结合他们乘坐飞机时的身体反应，在空中服务中有针对性地做好每一件具体工作，其中也包括来访的外国元首在访问过程中的乘机特点——这就是专机空中服务的特殊性。

有人说，周总理坐飞机的时间比一般飞行员飞行的时间都要多，的确如此，所以，专机部队服务队的姑娘们都知道周总理乘坐飞机时的特点。总理卧床休息的最大特点就是喜欢头高脚底，有时，头部用两个枕头还不行，垫上三个枕头才能安然入睡。总理休息时不喜欢床上的卧具是全新的，服务员们就把新被褥、床单枕巾等洗了又洗。总理爱吃的一道菜是“狮子头”，每次总理坐飞机，专机师都要让空勤食堂手艺最高的师傅用最合适的配料烹饪出又软又好的“狮子头”带到飞机上。周总理身边工作的人都知道，他一贯办事认真，作风严谨而有条不紊。一次总理乘坐飞机时，发现原来按苏联人制作的座椅不舒适。机长回来反映之后，不知为什么没有及时落实。结果下次乘坐飞机时，总理把机长叫到后舱批评了一顿。总理的桌子上绝对不允许有多余的东西放在那里，有一次，给总理送去了一碗麦片粥，服务员一时忙别的去了，总理用完后竟自己把碗送到飞机的配餐间。

朱德委员长乘坐飞机时，总喜欢到前驾驶舱，坐在机组副驾驶的位置上，可以对祖国的山水地貌一览无余。1959 年庐山会议结束返回北京时，从九江机场一上飞机，朱老总就到前驾驶舱坐在了机械师的位置上，直到北京落地时才回到客舱，一路上给机组讲了许多亲身经历的故事。因为，朱老总一生驰骋疆场转战南北，打了一辈子的仗，对祖国的一山一水了如指掌。坐在离地面只有 2000～3000 米的飞机上观察地面是最理想的高度，既可以看到较大范围的地形地貌，又可以看清类似县城大小的地标，由此，可以勾起首长对往事的美好回忆。在此情况下，服务员就要与机组密切配合，既要满足首长的特殊要求，又要照顾好首长的身体。

毛泽东的夫人江青坐飞机的时候，服务员更要小心谨慎伺候。江青担心吃糖分高的东西容易得糖尿病，服务员请她吃西瓜的时候，必须将切开的西瓜放在开水里浸泡一下，去掉其中的糖分之后再送给她吃。江青还喜欢吃橄榄，但是，必须在吃完其他的东西之后，才能端上去，这是她吃东西时严格规定的先后次序。

对林彪的空中服务，服务员不必担心如何应付大人物那些幽默式的问话。

服务员在空中基本上都没有同林彪进行过直接交流，一切事项都是经过其妻子也是林彪办公室主任叶群进行的。林彪怕风，有时上飞机都要用衣服将头蒙起来。不过，只要记住两条就可以了，一个是林彪只喝龙井茶，有时候放些冰块；另一个是林彪只吃天府花生，别的不吃。可是，“九一三”事件发生时，服务员在地面，连开水都没有打，他就坐上飞机升空了。

宋庆龄却喜欢喝冰片香茶与鲍鱼汤。这种茶当时40元一两，还要从上海购买。此外，宋庆龄喜欢抽熊猫牌香烟，属烟中珍品，北京到上海一趟下来，就需要两包。无论哪一位服务员跟随机组去执行宋庆龄专机任务时，宋庆龄的这几点爱好是绝对不会忘记的。

贺龙元帅对雪茄烟的爱好与众不同，飞机上的流动空气也不能全部带走雪茄烟的香味。

叶剑英元帅爱吃花生米和酥糖，有时下飞机前，服务员还要硬送给首长一些。

有的首长在空中吃水果时，对服务员已经把皮削好之后端上来的水果一律不吃，据说是担心服务员对水果的处理不卫生，也不放心。只有让服务员站在他的面前，让他亲眼看着削好的水果才能接受。

对于个别在空中服务中很难达到满意程度的首长，服务员们也都心里有数，只有细心周到，无微不至，并同首长身边的工作人员密切配合，把空中服务做到尽可能好的程度。

可想而知，专机服务队的姑娘们，在空中服务时受委屈的事情也是有的，只是，姑娘们能体谅到首长可能是因为坐飞机时给身体带来不适引起情绪上的烦躁造成的，回来之后，从不向别人诉说。

专机飞行中，服务员相对独立的工作能力是很强的。

民航班机客运中，尤其是大型客机的空中服务工作，都要两个以上的空姐同时上岗。可是，在专机服务中，除了领袖出国访问或长距离人员多的任务中需要两个服务员之外，绝大多数的专机服务只有一个人。因为，首长及随同人员加在一起，人数也不多。例如，张春桥来往于北京与上海之间时，偌大的一架飞机上只有他一个人，连送他的人也只有一个，将他送上飞机后，坐汽车就回去了，如果不是张春桥亲自告诉机组可以启动发动机的话，机组不敢相信乘机者只有他一个人。

空中飞行时，机组中的机械师有时可以帮助服务员干些力所能及的工作，属于服务范围的所有事情都只能由服务员自己处理。服务员如果能有个同伴在身边，遇到问题还有个商量的余地，工作起来情绪与气氛就大不一样。

此外，专机飞行不像民航客机那样在时间、航线、所到机场等各方面都有一定的规律，到达机场后有关客舱清理、食品供应等工作都有专门对口单位联系办理。专机飞行恰好相反，今东明西，毫无任何规律可言，有时首长到达的地方，竟是非常偏僻的军事基地或属于绝密的去处，有关专机服务工作的所有细节，完全靠机组服务员自己独立处理。有一次，首长到我国西北某地视察工作时，降落到人烟稀少的空军基地，飞机上虽然有两个厕所，可是，两位姑娘在空中只顾忙于服务，竟没能抽出时间方便一下。结果，飞机落地后，在机场的外场(负责飞机警卫和跑道维护的单位)，那个基本上属于男性世界的地方，怎么也找不到女厕所，紧急情况下，只好派人站岗，在男厕所方便了。

"空姐"在许多人的心目中是个让人羡慕的职业，可是，当你知道空中服务员在那特殊的工作环境下所付出的辛苦时，不得不为她们忘我的工作精神所感动。

现代化的飞机，由于优越的性能和先进设备，飞机可以选择比较稳定的高度飞行，这样就能避免在长时间的飞行中受气流颠簸之苦。即使如此，飞机在起飞、落地的过程中也很难完全脱离中低空的对流天气。尤其是在我国西北地域飞行时，若碰到沙尘飞扬的天气，飞机自始至终都将处在不停的颠簸中。一次，乘机者中一个几岁的孩子，开始还好奇地跑前跑后，非常高兴。然而，当飞机进入对流区域时，一个突如其来的下降气流向飞机袭来，把桌子上的茶杯弹了起来，这个孩子也被摔在地板上吓哭了。孩子母亲手拿服务员递给的呕吐袋，开始吐了起来。飞机在不停地颠簸着，一个多小时过后，孩子的母亲嘴对呕吐袋，脸色蜡黄，除了一些黄水，她的胃里已经没有什么东西可吐了，哪里还有精神照顾孩子？机组在前驾驶舱，受颠簸之苦相对要好一些，此刻，最难受的就算服务员了，无论自己多么眩晕和恶心，甚至也吐得稀里哗啦，都不能忘记照顾首长和其他乘机者。呕吐袋对有的人已经不够用了，服务员只好在他面前放一个桶。乘机者中，有的人吐了之后，觉得不好意思，就把呕吐袋偷偷地藏在飞机座椅的犄角旮旯里，有的把呕吐物弄在地毯上，可见服务员清理客舱时的难度该有多大。飞往新疆或西藏时，由于航线时间长，空中服务员要照顾首长吃饭。饭后，还要调整好客舱的温度，给首长盖好毛毯，一切处理结束之后，服务员顾不上自己吃饭，还想到本机组的飞行员们不能饿着肚子继续飞行。实际上，在正常天气条件下的专机飞行中，最辛苦的人就是服务员了。可以计算一下，在长达数小时的飞行中，如果飞机上有百十人的话，服务员在只有几十米长的飞机上，来回走动要达数十公里的路程。

专机机组离中央首长很近的现象，不仅表现在机组服务员围着首长转的空中服务方面，同时还表现在对专机、对首长本人的安全保卫和整体服务意识方面。

乘机首长只要登上飞机，保证首长人身安全的重大责任就落在了专机飞行员的肩上。遇到对流天气使飞机产生颠簸时，除了改变高度，没有其他更有效的办法。一般的颠簸是不会影响到飞行安全的，飞行员可以不去管它，飞过一段距离之后，颠簸就会消失。可是，机组首先想到的不仅是首长的安全，还有首长的舒适。颠在首长的身上，疼在飞行员的心上。周总理天生一副经得起颠簸的筋骨，有时服务员都受不了颠簸之苦，可是，周总理一点事儿也没有。陈毅的身体就没有那么好的适应能力，他说："落回地比咽粒子弹还难受。"因为，从空中开始下降高度到落地的飞行中，由于低空气流不稳，再加上放起落架、襟翼等必需的操纵动作，容易引起飞机状态的变化，身体敏感的人反而会感到难受，这就是有的人在空中没有呕吐，等飞机一落地，反而坚持不住吐了出来的原因。

飞行员驾驶飞机落地的绝招，在于飞机与地面的相对高速运动中通过视线判断飞机离地面的高度及飞机接地前的姿态，通过身体对飞机运动的微妙感觉判断飞机下沉运动的细小变化。有人总结出飞行员身上的两大敏感部位，一个是眼睛，另一个是屁股。飞行员就依靠这些部位与飞机的敏感神经紧紧地结合在一起，及时发现与修正飞行中的任何一点偏差。百十吨重的飞机在飞行中产生的惯性是巨大的，然而，飞行员就凭着手中的巧劲儿，使这匹奔腾的野马变得驯服、听话。尤其是在操纵落地的过程中，飞行员在驾驶杆上的动作甚至比大姑娘绣花还要细腻。"带一点"与"带住"、"稳住"与"顶住"等操纵术语，虽然只有一字之差，但它反映在飞行员的操纵技术上是非常精确的。这种有时拿语言都无法表达的飞行技巧，却与整架飞机的命运连在一起。专机飞行中，仅仅做到安全降落还是不够的，要求在整个降落过程中，不能使首长有不适的感觉。尤其是在飞机就要接地的一瞬间，不仅飞机的姿势要好，而且，落地的分量要轻，要让乘机者在不知不觉中，使飞机的轮子与地面轻轻接触。如果操纵不好，飞机轮子与地面碰撞，甚至跳起来再次接地，这样的落地动作，虽然不会影响到安全问题，但也会给乘机者带来精神上的紧张甚至心跳加速。所以，飞行员始终把落地质量作为飞行追求的重要目标之一，甚至在自己飞行生涯的全过程中都不敢忽视落地中的安全问题。因此，在落地过程中，飞行员注意力集中的程度是一般人难以想象的，有人说，当时如果用锥子扎飞行员一下，他都不会感觉出来。专机飞行中更是如此，如果飞行员落地动作很轻，马上就会受到人们的称赞，飞行员自己也感到脸上有光。因为，他让首长舒适地落到地面的愿望实现了，在落地这个关键动作上的思想压力解除了。相反，如果因各种原因没有使飞机理想接地时，即使在冬季，你也会发现飞行员头上的汗水一下子就冒了出来，这不仅是因为精神过分集中付出劳动的结果，更重要的是因没有做好分内的工作，把首长给"蹾"了一下，感到无限自责。

1960 年 5 月，专机师派出 1 架伊尔-18 飞机及 5 架伊尔-14 飞机，执行周总理访问印度、尼泊尔、越南等六国的专机任务，这也是我国专机载着国家领导人首次飞出国门。访问过程中，小机场、短航线的飞行由伊尔-14 飞机担任，大机场、长航线的飞行则由刚引进不久的伊尔-18 飞机担任。5 月的印度已进入炎热的夏天，火辣辣的太阳把大地烤得火烧火燎的，地面温度高达 40 多度。苏制伊尔-18 飞机在如此高温条件下，也显得少气无力，发动机的启动过程也感觉困难许多。在这样的气象条件下，机组首先想到的是周总理的身体和乘机的舒适。所以，在周总理乘坐伊尔-14 飞机从印度新德里起飞到尼泊尔访问的时候，按照预先拟订的计划，等周总理返回印度之后，紧接着要换乘伊尔-18 飞机到下一个国家访问。机组为了周总理一登上伊尔-18 飞机，就有一个凉爽舒适的环境，就在周总理到达之前，先将伊尔-18 飞机升空，在高空通过飞机客舱的空调系统，把飞机客舱的温度调在比较低的水平上，落地之后，只要在不长的时间内登机起飞，不但客舱内的温度比较舒适，对于发动机顺利启动也有帮助。只要对周总理身体有利，对专机的安全有利，专机组能够想到的全想到了，同时也努力做到了。

在执行国家领导人出国访问的专机任务中，保卫飞机的安全就等于保护首长的安全。与国内比较，国际环境要复杂得多，涉及与飞机有关的安全问题更多，专机组的防卫意识起着很重要的作用。

凡是经过"文化大革命"的同志，一提起毛泽东、刘少奇、朱德、周恩来"四巨人"在飞机前面合影的那幅照片，都会有很深的印象，因为这幅照片曾在许多地方出现。照片上的毛泽东十指交叉，自然拢于胸前；刘少奇紧贴毛泽东左侧，笑容满面地望着周恩来；周总理手捧以马蹄莲为主的一束鲜花；朱德委员长身穿呢子大衣，垂手站在总理旁边。他们相对而立，脸上充满灿烂的笑容。照片背景上的那架飞机，就是专机师的伊尔-18飞机。就在这幅照片的背后，有着一次不同寻常的专机飞行。

1964 年 11 月 5 日，应苏联共产党中央和政府的邀请，由中共中央副主席、国务院总理周恩来为团长，中共中央政治局委员、国务院副总理贺龙为副团长率领的中国党政代表团，乘坐时任专机师副师长时念堂机组的伊尔-18 飞机，从西郊机场起飞，前往苏联参加十月社会主义革命 47 周年庆典，越南党政代表团也同机前往。由于我党从前几年开始,就与苏联有着意识形态方面的分歧,双方争论相当激烈。截止到1964年,我党已经连续9次公开发表《评苏共中央公开信》。苏共领导推行大国沙文主义,欲将我国纳入他们的控制之中。为此,还单方面撕毁两国签订的许多新技术协定,废除专家合同,撤走所有专家,停止向我国提供原子弹教学模型和有关技术资料,企图使用经济压力迫使我国就范。1964年10月16日这一天,苏共领导赫鲁晓夫下台,当天,我国成功地爆炸了第一颗原子弹,我的航校同学还写了一首庆贺原子弹爆炸和赫鲁晓夫下台的诗刊登在《人民日报》上。

我国党政代表团就是在这种国际背景下前去访问的,新任苏联领导并没有改变对我党的态度和立场,双方谈判,不欢而散。

从执行这次专机任务开始,机组在思想上对专机飞行安全问题就有了充分准备,既然苏联在两国关系问题上能做出那么多不友好的行为,可以肯定,在苏联境内的空中与地面专机保证工作也不会一帆风顺,从最困难最复杂的情况出发,机组对专机的防范意识必须加强。

正常情况下,代表团的飞机在苏联机场停放期间,由苏联派人警卫。为了防止意外情况发生,机组人员想方设法不离飞机左右。机组的做法既不能让对方感觉出来我们对他们不信任,又要达到机组对飞机实施警卫的目的。于是,机组就以给飞机做机械检查为名,重新将检查窗口打开,故意把那些已经检查过多少遍的地方,再反复检查数遍。偌大的一架飞机,随便找些部位,也可以检查它几天。实在没有什么可检查的,就干些清理飞机外表的活,也能干很长时间。有时候,直接向机场调度部门申请试飞,驾驶飞机上天飞一圈,使飞机随时处于良好的待命状态,只要有情况,马上可以起飞。11月的北京,刚入初冬季节,而远离北京的莫斯科早已是冰天雪地的严冬。机组的人们只要想到中国代表团专机安全的重任及周总理在苏联的处境,就把严寒天气带来的艰苦置之度外了。

此外,给飞机加油,是保证专机安全的重要环节。为了确保加进飞机的油料没有任何问题,机长想了个好办法,没有向机场调度部门专门申请油车,而是在机场上看到给苏联同一机型加油的油车后,半路将他们截住,给专机加油,这样,就杜绝了在飞机油料问题上发生问题的可能性。在关系到自己国家领导人安危的重要时刻,在机组力所能及的范围内,宁可做得多一些,甚至有些谨小慎微,也不能因为任何一点疏漏,导致无法挽回的恶果。外交无小事,在飞机上发生的危害是不可逆转的。

果然,会议还没有结束,机组就接到代表团立即起程回国的命令。11月

13 日莫斯科时间 22 点起飞，途经伊尔库茨克，日夜兼程，于第二天下午 14 点 10 分左右，安全降落在祖国的首都机场。当周总理走下飞机时，机长、副师长透过驾驶舱的玻璃窗，看到毛主席率刘少奇、朱德、董必武、邓小平等走向前，他们像久别重逢的战友，热烈握手，亲切问候，少先队员跑过来向代表团献花。就在此刻，记者手中的照相机快门闪动，留下了带有历史意义的宝贵时刻。等到文革开始打倒刘少奇后，再看到照片时，发现刘少奇已被从这张著名的照片中删除了。

1966 年，我们机组正在昆明执行任务，为一副总参谋长服务。忽然一个命令下来，就让我们空机飞长沙，然后，再飞上海。在长沙时，机组没有下飞机就再次起飞了，一直到达上海，我都不知道我们飞机上的乘客是谁。后来才听说是一位政治局委员。那次在上海召开的秘密会议的内容，是要把罗瑞卿搞下台，当机组知道这些信息的时候，全国上下也都知道了。

在有的人看来，专机飞行员在经济上一定是个很富有的阶层，起码与其他飞行员比较在生活待遇等方面享有特殊化。尤其是执行国家领导人出访任务的时候，在外国人的眼里，中华人民共和国相当于“空军一号”专机的飞行员，肯定是一些很了不起的人物。在国内，一定有专车、高级住宅，高额报酬，应有尽有。其实，他们哪里知道，就是这些执行国家领导人专机飞行任务的飞行员，回国之后，同其他飞行员一样，也要钻到低矮的平房里，在烧着蜂窝煤的铁炉子上生火做饭。下雨天，院子里的雨水会流进房间里的地面上，一阵风吹来，做饭的锅里会增加许多天然“佐料”。这里就是专机师西郊机场院内一排 12 户人家的飞行员宿舍，有些与第一、二批女飞行员结为连理的飞行员的家庭就居住在这里。这种比“干打垒”强不了多少的平房，还是专机师政委领着同志们用从老北京的古城墙上拆下来的大砖盖起来的，利用这些大砖垒成墙，外边抹上一层泥土之后，看不出任何一点古文物的气氛了，就连当时的大礼堂都是义务劳动的成果。

有一点可以达成共识，就是专机飞行员同其他飞行员相比，在政治上、生命上所担的风险是一般人所想象不到的。“要奋斗，就会有牺牲”，从当飞行员那一天起，已经做好了随时可能付出生命代价的思想准备。

可是，专机的政治责任与政治影响非同小可，它要求飞行员“只许成功，不许失败”。著名的皮定均中将在我国南方乘坐直升机，因复杂天气发生特大事故的教训太惨痛了。

“九一三”事件中，专机师为此付出的代价更是无法想象！

第三节　宁扑三次空，不误一分钟

专机部队经过多年的飞行实践，对部队在军事作风和政治工作要求上分别提出了两个口号：在执行专机任务的行动上提出“宁扑三次空，不误一分钟”，在思想认识上，对专机任务提出的政治口号是“要带着对无产阶级司令部首长的阶级感情去执行专机任务”。这两句口号到“文化大革命”后期，已发展到深入人心、融化在血液里的程度。

“宁扑三次空，不误一分钟”，是指在机组接到紧急飞行任务的时候，在动作上要闻风而动，雷厉风行，用最快的行动、最短的时间、有条不紊的程序，进入起飞前的最佳状态，类似歼击机部队的“一等”战备。紧急任务中，乘机的首长宁可有三次不按时到达机场或者将任务撤销，但对机组来说，紧急出动的结果宁可扑空三次，也不能因为机组动作的迟缓而耽误一分钟的起飞时间。这是专机部队根据自己担负军事任务性质的不同，在军事作风上提出的具体要求，也是一个革命军人在贯彻令行禁止、雷厉风行作风上的具体体现。

常言说：养兵千日，用在一朝。然而，对以执行专机任务为己任的空地勤人员来说，应付紧急任务早已成为家常便饭。虽非天天碰到，但在一年之内总会有好几次紧急任务轮到自己身上。

飞行任务的紧急与否主要是根据任务的准备时间决定的，所谓“紧急任务”，就是在机组没有任何准备的情况下接受的飞行任务。通常情况下，专机师按照领受任务的程序，接到军委空司的任务通知到飞行任务的具体实施之间，都有一段时间，在这段时间内，专机师的领导就会根据任务的等级、飞行航线及所到机场的地形等情况，决定使用飞机的机型、机长的技术水平及机组人员的搭配等重要问题，然后，通过飞行团、大队，将任务逐级下达到机组。空地勤人员根据任务的具体要求分头进行飞机与飞行准备，直到任务的实施，前后都按照预定的计划按部就班地进行。类似出国的任务，尤其是国家领导人的出访活动，其准备的时间都很充分，至少有一个月以上的时间，有的还会更长。因为，这种任务除飞行专业的技术准备外，还有其他许多与出国相关的工作都要同时进行。

相比之下，紧急任务就没有给机组留下任何准备的时间，往往是接到任务的同时，就要求飞机及机组在最短的时间内使飞机处在起飞前的状态。把正常接受任务到飞行实施的长过程，一下子压缩到“越快越好”这个极小的空间，对于专机的组织者来说，其难度是很大的。因为，从使用飞机到飞行机组的准备过程中有很多的工作必须在很短的时间内完成。由于时间紧急，实际留给机组的只有更换飞行服、领取飞行资料及集合跑步到机场的时间。

任何一个军事将领都知道“不打无准备之仗，不打无把握之仗”的科学道理，专机飞行活动的实施同样遵循这个被人们早已证实的规律。飞行安全维系着乘机者的性命，关系重大。如何在紧急任务中既要珍惜宝贵的时间，又要保证飞行实施万无一失，这是摆在专机部队面前既实际又突出的问题。既然上级领导决定使用飞机，而不是其他交通工具，就说明在时间上要求非常紧急，如果因为在飞机的准备工作中延误了时间，就失去了争分夺秒的实际意义。

“紧急任务”多表现在抢险救灾、治病救人及机组也料想不到的秘密任务等方面。有时候乘坐飞机者就在机场等着，只要飞机与机组准备好，登上飞机，立即升空。

著名的山西“平陆事件”，发生在 1960 年 2 月 3 日（正月初七），为抢救因中毒生命危在旦夕的 61 名阶级弟兄，必须在次日天亮之前把特效药品送到现场。十万火急，刻不容缓，于是，独三团领导决定派出伊尔-14 飞机 4215 号，带着急救药品，也带着党中央对农民兄弟的关怀，夜航从北京直飞山西省平陆县现场。平陆县位于山西与河南两省的交界线上，北面 1500 米的高山与黄河南岸 1200 米的山脉遥相呼应，中间是一个由西向东呈马蹄形狭长的丘陵盆地。在没有降落机场，又没有地面指挥电台，更没有导航设备的条件下，机组克服了夜间紧急空投的种种困难与艰险，仅凭地面的四堆火光信号，将飞机降到距离地面不到 500 米的高度（比周围的山低 1000 米），将药物及时送到现场，挽救了 61 名农民兄弟的性命。在这次执行紧急任务中，机组真正体会到时间就是生命的含义。机组动作的迟缓与任何错误，都会导致不堪设想的后果。这一事件经新闻媒体报道之后，当时在全国曾引起很大的轰动，以平陆事件为题材，拍摄了《为了 61 个阶级弟兄》的电影，并以同样题目，编入中学教材，至今仍传为佳话。执行空投任务的机长、我的伊尔-14 飞机带飞教员，是现在已 80 多岁的周连珊同志，每讲到此事，总是很谦虚地说，这是一名飞行员应该做的事情。

有一次，副团长从被窝里把我和机组人员叫醒，以最快的动作，趁着夜色跑步赶到机场停机坪，用无法再快的速度，驾驶伊尔-18 飞机紧急升空。当我们在星星与月亮的陪伴下飞到东北长春落地之后，我看到在机场等候飞机的只是几个普通的中年人。我们以最快的动作拉上他们返回北京，在空中我正为这次紧急任务的内容感到困惑，似乎没有发现什么紧急情况，飞机上一位医生告诉机组，别看这几个人现在看上去好好的，再过几个小时就会有生命危险。因为，他们在进行某项药物试验的时候不幸中了剧毒，只有在北京才能有条件挽救他们的生命，如果不是你们及时用飞机送他们到北京，后果是难以预料的，言语之中带着感激之情。我一边听他的叙述，一边觉得心里热乎乎的，虽然，我们机组只是根据上级的指令行事，但是，机组的行动与飞机上每一个党的科学工作者的生命紧紧地连接在一起。紧急飞行任务执行的如何，是否在时间上做到了最快，直接关系到能否把中央首长对科技干部的关怀真正落到实处。等飞机赶到北京，看到早已等候在停机坪的汽车把病危的人员迅速接走的时候，我心里长出了一口气，感到一种完成重要飞行任务后的满足。此时，天还没有亮，笼罩在夜色中的机场军营还是那样静谧，人们还在梦中。清晨，当军营里的起床号声把我叫醒，同大家一起跑步出操的时候，我周围的许多人哪里知道我们机组已经在头天晚上，披星戴月连夜奔忙，飞行数千公里，完成了一次人命关天的紧急任务。

年纪大的人都不会忘记1963年发生在冀中平原的那场水灾，连续半个多月的降雨使河北省保定地区许多县的农民陷于水深火热之中。专机师的伊尔－14、里－2型飞机共19架，21个机组，几乎全部出动，满载着食品和救援物资，冒着低云降雨的复杂气象，穿云破雾，把生存的希望带给灾区人民。我们的飞行员冒着危险，尽量降低高度穿出云层，在一片白茫茫的水泊之中寻找能够空投的地方。飞机在衡水县上空不停地盘旋着，飞机下面的情景揪着机组每个人的心。整个衡水县城已被汪洋一片的水域包围，无处栖身的人们都集中在窄小的城墙上，除了城墙已找不到空投的陆地。怎么办？如果投到城墙上，必然要伤害到人们的生命安全，被大水围困在城墙上的人们，已经没有任何退路，绝不能因为空投再给他们带来任何痛苦。如果把空投物资再拉回北京，就等于没有完成任务。灾区人民的困境连着机组每个人的心。最后，机组经过精心策划和技术上的密切配合，在保证既不伤害到地面人员，又能够使人们得到食品的情况下，只好把装满一包包大饼的麻袋，投到靠近城墙的水域里。透过朦胧的水雾，机组看到被大水围困的人们，仰望着空中为他们带来食品的飞机时那欢呼雀跃的情景。虽然听不到地面的呼声，灾民们一定是在欢呼“共产党万岁”，感谢的是党对灾区人民的关怀。专机师的飞行员们能够克服恶劣天气带来的种种困难，把救灾物资送到人们的身边，就算实现了飞行员的最大心愿。在这次抗洪救灾中，向冀中42个地区进行了空投，共飞行200多架次，空投物资达348吨，是历来空投任务中规模最大的一次。

1960年6月，为紧急抢救山西大同煤矿因矿井瓦斯爆炸失火而遇难的工人兄弟，派出6架里-2飞机，为抢时间，机组放弃休息，连续飞行63架次。

所有的紧急任务除了“紧急”这一共同的特点外，任务内容各式各样，紧急任务的例子举不胜举。

“冰冻三尺非一日之寒”，专机师的空地勤人员之所以能够快速应付各种紧急任务，是和平时从难、从严、从最复杂情况出发的刻苦训练分不开的。严格的军营生活是养成令行禁止军人作风的基础，当时不但没有实行双休日，平时机场营房生活区内有家的人们也不能回家，只能过集体生活。家在北京市区住的人员，星期六晚上回家，星期日18点以前必须归队。部队只有保持足够的人员，才能满足紧急任务时对不同飞机与机组的需要。此外，以飞行大队为单位，平时与节假日都要安排值班任务。值班的空地勤人员要求身着工作服，只准在军营范围内活动，随时应付可能出现的紧急任务。

为了检验部队的行动是否适应实战的要求，部队经常组织各种不同规模的紧急任务演习。不管是白天晚上，甚至是吃饭时间，一声令下，立即行动。此刻，整个营房处在一片紧张有序的行动之中，穿着蓝色工作服的地勤人员直接向机场停机坪跑去，空勤人员带上简单生活用品，按次序到档案室领取航行资料，然后，以最快的速度奔向飞机，做好起飞前的一切准备，等着下达开车的命令。紧急任务的组织者一方面看手表，计算着每一步占去的时间，一方面检查紧急行动是否合乎要求。紧急任务演习结束，最后集合进行讲评的时候，机组才知道是演习。因为演习与实际紧急任务的做法是完全一样的，只是没有开车升空罢了。

1969年11月份，身为国防部长的林彪下达“一号通令”，使全国军队进入紧急战备状态。专机师也不例外，三更夜半，顷刻之间整个机场被飞机发动机的轰鸣声笼罩着，我也带领一个伊尔-18机组，同其他飞机一起升空，一个小时之后，我被指定降落在河北的石家庄机场。如果没有平时的严格训练，在如此大规模的机群行动中，保证飞行安全是没有把握的。

1967年，在武汉的“七二〇”事件中，按中央规定不能乘坐飞机的毛泽东，被以紧急任务的方式送到上海。

当时专机部队一团有3架伊尔-18飞机在武汉，机长是时任副团长的潘景寅等人。

“准备马上起飞！”这是通知，也是命令。仅用20分钟的时间，专机师的3架飞机就准备就绪，处于起飞前的待命状态。

不知过了多久，一个人快步流星走到团长身边，原来是团长的副手潘景寅。只见潘景寅上气不接下气地说：“主……席……毛主席来了！”潘景寅在激动的时候就是这个样子，可以清楚地发现他的脸甚至脖子都会变红。团长听潘景寅断断续续地说完话，竟愣愣地呆站在那里，什么话也没有说，同机组一样，被这突如其来的消息震惊了。

当时，毛主席乘坐的小车已经在空军政委的后面来到机场，紧接着按照政委的安排，毛主席也登上了潘景寅驾驶的232号飞机。

紧急情况下，王团长立即决定："我和副团长潘景寅的两个机组临时合并，我为机长，潘景寅为副驾驶，选出领航及通信岗位中最好的人员，组成加强机组。"此刻，王团长在一分钟时间内做出的决定，等于在北京几天内所做的工作。

潘景寅为了更有把握地完成这次专机任务，在王团长过来时，已经坐在正驾驶的位置上，并已经做好了起飞前准备，后来主动向团长让出正驾驶的位置，团长说"来不及了，就你飞"，随后坐在了副驾驶的位置上。

到此为止，对专机组来说，还有一个很重要的问题没有解决，就是专机飞往何处？飞行航线谁也不知道。紧急之中，232号飞机没有经过任何部门的批准，没有办理任何飞行手续，甚至也不知道飞行航线，完全是特殊情况下的一次特殊的飞行。就要起飞了，从空军政委那里才知道飞行航线是上海。因为飞行航线直接涉及到毛泽东的行踪，不到不说已经无法飞行的时候，机组是不会明白专机去向的，实际上只有两个字——"上海"就足够了。可见，在如此特殊的情况下，"上海"这两个字的分量比什么都重得多。就这样，伊尔-18飞机232号，载着毛泽东，很快航行在通往上海虹桥机场的空中。这是毛泽东最后一次乘坐飞机，历史记下了1967年7月21日这个重要的时刻。

当然，在紧急任务中训练出来的过硬本领，同样在"九一三"事件中再次得到发挥，不过，这次对整个部队与机组来说，其结果是非常悲哀的。

"要带着对无产阶级司令部首长的阶级感情去执行专机任务"的口号，是在"文化大革命"那个年代"突出政治"的产物。我自从1964年从飞行航校毕业分配专机师两年之后，轰轰烈烈的"无产阶级文化大革命"就开始了。到"九一三"事件为止，可以说，我的整个专机生涯都是在"文化大革命"时期度过的。专机师作为空军部队的一个组成部分，从组织建设、思想政治工作甚至包括飞行员个人的恋爱、婚姻生活在内，都被浓浓地涂上一层时代的色彩。

专机部队规定不介入"文化大革命"运动，但是，当整个党和国家都卷入这场浩浩荡荡的浪潮之中时，行为上的不介入不等于在思想上不受到时代的影响。

由于"文化大革命"被看成是路线与阶级斗争异常激烈的运动，专机飞行员的队伍，同样也面临着社会出身与现实表现的审查。老飞行员中，确实有一部分是解放初期走进革命队伍的知识分子，这些人的家庭成分用当时的话来说就算是高了一点。在农村的家庭成分中，地主、富农及小土地出租，都算是剥削阶级，属于无产阶级专政的对象。空军飞行员的来源，从我所在的1959年第15期为止，有相当一部分都是从陆军直接招收的，所以，早期的飞行员中家庭出身与社会关系中不可避免地有剥削阶级者存在，尤其是解放初期加入军队的知识分子中，有一部分是来自成分偏高的家庭，因为掌握飞行技术需要一定的文化知识。遗憾的是，这些具有多年专机飞行经验又处在大队甚至飞行团领导岗位上的飞行干部，在上级有关组织原则的规定中，不得不离开专机部队，到航校或其他比专机部队政治要求宽松一些的单位工作。

第二批女飞行员是1956年从应届高中毕业生中挑选出来的，她们跨进空军预备学校的时候有140名，经过1957年整风、“反右”，到航校投入飞行训练时只剩下44人了。按照“文革”中对专机飞行员的政审标准，有的飞行员到航校飞行可以，在专机部队不行；有的飞行员因家庭及社会关系等问题，执行一般飞行任务可以，执行重要专机任务不行。有的空勤人员飞得好好的，不知道哪一天被领导叫去说，根据工作需要，你到别的单位暂时干一段时间，属于帮助工作。这种现象出现得多了，人们就知道了“帮助工作”的真正含义。被指定“帮助工作”的飞行员只要留心自己或妻子的家庭及其主要社会关系，就会发现上级组织部门已经派人进行了审查。

1967年某一天，任职副大队长的一位第一批女飞行员，被专机师政委叫去说：“根据上级决定，你从明天起停飞，调到某航校工作。”原因是她的社会关系有问题，而且是过了十几年后才知道。

一天中午，一位领航参谋接到姐姐来信，说当地革命委员会已经将她们家的成分由原来的职员改为伪官吏，她把信立刻交给领导。3天之后协理员通知她，由于家庭成分变动，本来要决定停飞处理的，考虑本人表现不错，保留飞行资格，但不准执行专机任务。

仅在专机部队的前两批女飞行员中，“文革”中因家庭、社会关系等政治原因使飞行生命夭折的还有很多。到1967年年底，第一批女飞行员中能够继续飞行的只有两个人了，由此可见一斑。用“文革”时期阶级斗争的观点与标准重新衡量每个人的家庭与社会关系，其中的变化就会直接影响到飞行员本人的飞行事业。

一年冬天，送董必武到广州的途中，一位年龄尚小、好奇心很强的空勤机械员问董老：“说刘少奇是叛徒，我们怎么不知道？”董老幽默地回答：“别说你不知道，连我也是受蒙蔽啊！”还是这位战士，在送赛福鼎回新疆时，好奇心驱使他向首长打听中央开会的内容。两次下来，这位空勤机械员被认定违反了政治纪律，不久便宣布停飞，复员回家了。

在空中，我曾多次参与各省、市革命委员会成立时的专机活动。安排飞机座位的时候，为了防止各派头头在空中见面打起来，有意把他们分隔开来。一次，在广西桂林机场，准备乘飞机到北京的两派头头在飞机下相遇，仇人相见，分外眼红，就在离飞机很近的地方以拳脚相加，打了起来。吃亏的一方立即派人增援，后来在几卡车武装部队的干预下，一场就要爆发的武斗被平息了下来。机组向他们宣传乘坐飞机的纪律，不准把枪支弹药带上飞机，有些危险品也要由机组统一保存，到北京后再归还他们。任务中，有些造反派头头虽然没有真正打起来，但各派势力之间就在飞机下面那种剑拔弩张的气势，也让机组为飞机的安全担心。我们的飞行员中，就有被武斗的流弹击穿大腿的。有一次到西藏拉造反派头目到北京商讨成立革命委员会的飞行任务时，机长让我负责客舱的安全问题，于是，我当众宣布所有乘机人员不准携带拉萨当地生产的火柴，因为拉萨属于高原地区，在缺氧条件下生产的火柴，遇到氧气密度比较大的飞机客舱时，容易发生自燃。飞行以来，我还是第一次听说这样的事情。

毛主席《炮打司令部，我的一张大字报》使自己也相信在激烈的阶级斗争中，确实存在着两个司令部。今日打倒“彭、罗、陆、杨”，明日又打倒“刘、邓、陶”，后天又打倒“杨、余、傅”。凭自己的阅历和政治觉悟水平，无法真正弄清其中问题的实质究竟是什么。对以毛主席为首的无产阶级司令部的“三忠于”、“四无限”，不仅呼口号时是这样喊的，而且在自己的思想上也是这样认为的。每天手拿“红宝书”，在不同的场合，不止一次地进行“两祝”。

记得在人民公社结婚登记的时候，发现在我们的前面已有两位农村模样的中年男女毕恭毕敬地坐在结婚登记办公室旁边的长凳上，看到我们两个进去后，突然同时站了起来，把我们吓了一跳。原来他们已经办完了结婚登记手续，按规定办完手续者必须在毛主席像前进行“两祝”仪式，新婚夫妻必须手拿“红宝书”，放在胸前，目视毛主席像，其中一个人领头朗诵：“敬祝伟大领袖毛主席万寿无疆！”然后，两个人高举语录本的同时，共同朗诵“万寿无疆”，并重复进行3遍。然后，按照上面的模式，再“敬祝毛主席的亲密战友林副主席身体永远健康”。有时，在“两祝”之后，还要求唱一支革命歌曲。由于那对农民模样的夫妻谁都不会领头朗诵，所以，公社负责结婚登记的人不准他们离开。也许他们已经在那里等待了很久，好不容易盼到我们的到来，惊喜之中忘乎所以。后来由我领头，4 人共同完成“两祝”仪式之后，那两个人如释重负，获得“解放”，我和妻子望着他们高兴离去的背影，相视而笑。后来结婚时也是 4 条长凳 2 块铺板对起来当床，新郎新娘对着满墙的大字报（贺信），唱一个毛主席语录歌就算完事，3 天婚假没有休完就回部队飞行了。

在那样的政治形势下，专机师提出“要带着对无产阶级司令部首长的阶级感情去执行专机任务”的口号，顺理成章，无可挑剔。因为，在“文化大革命”这个非常时期，在两个“司令部”阶级斗争异常尖锐复杂的情况下，专机任务飞行中的安全保卫工作显得更加重要。“亲不亲，线上分”。空军专机部队的全体指战员们，毫无疑问是坚决站在捍卫毛主席革命路线的立场上，带着对无产阶级司令部首长深厚的阶级感情去执行专机任务的，从这样高的境界出发，把专机安全的每一件工作落到实处。这样的口号与提法，现在听起来是那样的别扭与牵强，甚至有些误导的成分。可是，在那十年浩劫时期，从思想政治角度出发，确实对保证完成专机空运任务起到了鼓动作用。

第四节　毛泽东坚持要坐中国飞行员驾驶的飞机

与中国空军建设同步成长起来的独立第三团的飞行员们，按照毛主席的指示，于 1956 年 5 月 3 日，圆满完成毛泽东首次乘坐专机从北京飞往广州的任务。

专机飞行的核心是安全。除了使用的飞机性能要好之外，飞行员的素质水准就成了关键因素。20 世纪 50 年代初期，国民经济处在恢复时期，国家建设百废待举，由于国家工业发展底子薄弱，空军建设所用的飞机都要依赖国外引进，当时民用航空与空军的运输飞机大部分是苏联制造的。到 1956 年，担任空军专机空运任务的独立第三团所拥有的飞机只有苏制里-2、伊尔-12、伊尔-14 及少数的美制 C-46 飞机，首次执行毛泽东专机任务的就是里-2 飞机。

现在，从表现历史题材的电影中，也许可以看到里-2 飞机的影子。里-2 是属于后三点式飞机，它的两个主轮在前边，一个小轮在飞机尾部，故称“后三点”，与现代飞机普遍采用的“前三点”式正好相反。远远望去，前高后低，给人以“抬头瞭望”之感。机翼两侧各装一台活塞式螺旋桨发动机，飞行高度 3000 米左右，飞行速度每小时 240 多公里，加满油的情况下只能乘坐 15 人。现在的飞行员们也许不敢相信，我国 20 世纪 50 年代担任着国家领导人专机的曾是如此落后的飞机。

胡萍曾回忆过第一次执行毛泽东专机任务的经过。

1956年4月下旬的一天，空军司令员刘亚楼上将把独三团（专机师的前身）团长胡萍叫到办公室，用锐利的目光看了他一眼，示意让他坐下，然后，十分郑重地对他说："现在有个非常重要的任务要交给你。"

稍停片刻后，继续说："毛主席要乘坐我们空军的飞机，这个任务准备交给你去完成，你看怎么样？有把握没有？"胡萍听后，先是为之一惊，感到事情来得如此突然，过分的激动使他不知说什么好。司令员用亲切的目光注视着他，等待有个满意的回答。

经过短暂的沉默，胡萍终于回答说："坐火车不是更安全吗？"胡萍也许感到自己的压力太大了，竟说了一句题外的话。后来他想："毛主席要坐火车的话，空军司令找你干什么！"可是，胡萍的话毕竟是发自内心的一种由衷的表示，乘坐火车比飞机安全是个不争的事实啊！

司令员已经看出了胡萍的心事，就进一步解释说："原来中央考虑让毛主席乘坐苏联驻中国顾问团在北京的那架飞机，由苏联飞行人员驾驶。可是毛主席不同意，毛主席说：'我们已经有了人民空军，有了自己的飞行员，为什么还坐外国的飞机？外国人驾驶的飞机我不坐，我就要坐中国人自己驾驶的飞机。'因此，这个任务只有你们来承担了，今天请你来商量这件大事。"

刘亚楼司令员的一番话使团长胡萍既兴奋又感动，伟大领袖要坐我们国家自己飞行员驾驶的飞机，决心之大令人折服，这不仅是对空军的信赖，也是对专机飞行员极大的鼓舞，更是中华民族的领袖应有的气魄与自尊。刚才那种对主席乘坐飞机的担心，变成了一种决心。既然外国人能飞，我们中国人也能飞。于是，胡萍坚决表示："既然毛主席一定要坐我们的飞机，我们一定能飞出中国空军的志气来，请司令员放心，保证安全圆满完成任务。"从司令员沉稳严肃的神态可以看出，胡萍的决心并没有使他在内心深处将压力放松下来，在空军司令员心中，国家领导人专机的安全问题非同小可。胡萍看出了司令员的心事，开始时出现在自己心理上的压力已转移到司令员身上。此刻，胡萍主动把1954年以来多次执行周恩来总理专机任务的情况向司令员汇报，以此证明完成主席的专机任务是有把握的，只要从思想上、技术上、组织指挥以及地面保障等各个方面做好工作，在空中精心实施，定能做到万无一失。

"听你这么一说，我心里就踏实多了，相信你们有这个能力，也有这个志气。要知道这是毛主席坐飞机，任务光荣，担子重大，只要你们在思想上处处想到主席的安全，全心全意做好准备工作，一定能圆满完成这个任务。"司令员听罢高兴地说。

胡萍从刘亚楼那里领受任务之后，在回专机部队的路上陷入沉思。刚才司令员转达毛主席一定要乘坐中国自己的飞行员驾驶的飞机那一番话一直回响在耳边，身为空军唯一的专机团团长，执行毛主席专机任务的担子，责无旁贷地要落在自己的肩上。

在回来的路上，胡萍面对眼前的艰巨任务，不得不对过去几年来航空运输部队的建设及其实际战斗能力进行全面的回忆，在心里掂量着执行毛主席专机任务的把握程度。

早在1952年以前，空军就成立了华北空运大队。1952年5月，根据中央军委命令，华北空运大队与北京西郊机场合并，组建中国人民解放军空军独立第三团，隶属华北军区空军领导。一年后，军委空军司令部通知，独立第三团直属军委空司领导。

大队以上的飞行干部，都是从陆军连以上的年轻军官中经过严格的筛选后选拔出来的，经过解放战争甚至抗日战争的洗礼，带着一定的指挥作战经验转入与原来工作环境大相径庭的空军航校中来。在学习飞行中，令他们最不能理解的是，担任他们飞行教官的人竟是日本空军投降过来的战俘，连使用的飞机都是缴获日本的教练机“九九高练”或“双发高练”。每想到日本人在中国领土上犯下的滔天罪行，从感情上无法容忍这种教学关系。尤其是在某些飞行动作上受到教员批评的时候，在思想上很难接受下来。他们为了祖国的空军建设，为了从日本人那里学到飞行驾驶技术，不得不首先从思想上理顺这种特殊的教学关系。由于这种教练飞机上没有无线电通话设备，只好用打小旗的动作进行信号联系。空中由于飞机发动机的声音很大，坐在前后舱近在咫尺的教员与学员之间不能直接说话，只能用一根管子两头装上耳机一样的东西，放在耳朵上讲话。由于日本教练机陈旧，飞起来让人很不放心，空中动作稍微大些，就会听到“啪、啪”的响声，这是飞机可能解体的信号，日本教员都为此捏着一把汗。

他们中的许多人就是在1950年10月或稍晚一些时间，在牡丹江航校拿到毕业证书，在空军急需飞行人才的情况下很快投身到报效祖国的航运岗位上来。当时，在长春航校改装运输机所用的42架伊尔-12飞机就是由苏联飞行员飞来的，并由苏联飞行员担任教员进行训练。就在他们从苏联教员那里刚刚学到起飞、落地的基本技术动作之后，立即让他们自己驾驶飞机由东北飞往祖国各地。

空军独立第三团的各级领导与技术骨干就是在这样困难的条件下被突击速成出来的飞行员，凭借对党对祖国的一颗忠心，在创建空军航空运输事业中，用从陆军带来的顽强战斗精神与科学的态度，为空军运输事业打下了坚实的基础。虽然,我们还没有自己国家制造的飞机,但是,我们飞行员的思想作风与技术应该是一流的。

倏忽间,震惊世界的事件的阴影又回到胡萍的脑海里。按计划周恩来总理和随团记者要在1955年4月11日乘坐印度“克什米尔公主”号飞机从香港飞往雅加达,由于缅甸总理吴努邀请周总理及印度的尼赫鲁等到仰光会晤,临时改变航线从昆明起飞,才幸免于难。然而,包括8名机组人员和几名乘客(均为参与万隆会议的中方、越方代表团人员和记者)于当日中午12点15分登上从香港起飞的飞机,飞行4个小时后,发生爆炸,机上人员除三名机组人员外皆遇难。后来,虽然已经查清是国民党特务的暗杀行为,可是,我们为此付出了沉重的代价。当时,如果我国具有远距离航行的能力,就不会租用外国的专机。

胡萍清楚地回忆起就在空军独立第三团正式宣布成立的两个月之后,1952年的7月2日,首次执行专机任务送邓小平到成都、昆明等地。次年9月,奉命派出苏制里-2飞机4架及相应的空勤组,由团政委亲自带队,飞赴朝鲜前线,执行中立国官员实施停战监督的专机任务,直到1956年全部撤回。1954年4月,派出里-2飞机10架、伊尔-12飞机1架、美制C-47飞机1架,由团长带队,奔赴内蒙古执行空投粮食的紧急救灾任务。同年7月,首次执行国务院总理周恩来的专机任务,从广州到柳州会见越南共产党领袖胡志明主席。12月,首次执行外国领导人缅甸总理吴努访问我国的专机任务。以后,又圆满完成了印度尼西亚、巴基斯坦等国领导人在国内的访问任务。

从此,空军独三团承担起国家专机的职能,由于独三团一开始就很重视部队的专业技术与人员思想作风建设,基础牢靠,作风过硬,在专机团不断发展壮大的过程中,随着时间的推移,逐步走向它的辉煌时期。

当时,身兼党的主席、国家主席、军委主席三职于一身的毛泽东,虽然经常到祖国各地视察工作,但从未乘坐过飞机。从长远看,如此泱泱大国的领袖人物乘坐自己空军的飞机是迟早的事情,所以,毛主席坚持要乘坐自己飞行员驾驶的飞机,正是一个国家的领导人应有的民族自尊与非凡的领袖气概。

回到部队,团长胡萍将这个光荣任务向团党委做了汇报,经党委认真研究,首先挑选了思想好、作风硬、技术精的机组人员组成专机组。其次,对使用的8205号里-2飞机进行了极为严格的检查、试飞。

4月30日,中央警卫局负责人汪东兴专程到机场了解准备情况。当检查到飞机客舱设备时说:“将床上的软垫去掉,换上大一点的棕垫。”

当他发现棕垫装不上去时,又说:“改成木板床也可以,要把尺寸加长一点。”为此，机场修理厂连夜加工成一个特制的床板，装在了飞机上。

5 月 3 日，是一个令人难忘的日子！

风和日丽的北京西郊机场，到处充满着春天的气息，晴朗少云的天气，正是适合飞行的日子。一大早，空军副参谋长何廷一专程赶到机场参加了专机任务前试飞，在空中仔细对飞机、发动机及其他特种设备的情况进行检查，确认一切准备工作良好后，让飞机滑到专机停机坪。各种工作准备就绪，静候毛主席的到来。刘亚楼司令员等空军主要首长也来到机场。

这时，司令员来到专机组面前，正式向机组下达任务，说：“今天是毛主席坐飞机，这是我们空军的光荣，也是你们的光荣。原来中央考虑要坐外国的飞机，请外国人飞，可是主席不同意，主席要坐我们中国人自己驾驶的飞机。同志们！这是毛主席第一次坐我们的飞机，是对我们空军最大的信任，你们要拿出最大的本事来保证这次任务的完成。现在飞机经过试飞，一切良好，今天天气也好。我唯一担心的就是怕你们的精神太紧张，心情太激动了容易出差错。你们就要像我平时坐你们的飞机那样，情绪要放松，相信你们一定能做到这一点。祝你们圆满完成任务。”随后，司令员来到客舱进行检查，当他看到桌子抽屉内放有扑克牌、象棋等娱乐用品时说：“主席不喜欢这些东西，把它收起来。”同时，又一次语重心长地对团长说：“胡萍呀！千万谨慎小心、冷静沉着，不要太紧张。”

团长默默地点点头，轻声地回答：“我记住了，请司令员放心！”

可以体会到，此时此刻，司令员内心的负重，一点儿都不比团长和机组人员轻松，嘴上反复叮嘱机组不要紧张，可司令员心里也许比机组更紧张。

一切准备就绪，等着起飞时刻的到来。机组各个岗位上的人员，都在平静地思考着自己的工作。只见停机坪上那架昂首挺胸的里-2 专机，在东方阳光的照耀下反射着夺目的光芒，以它雄伟的姿态迎接着毛主席的到来。

7 点 30 分，一辆黑色轿车缓缓地开到飞机旁边，车门打开，只见毛主席步履轻捷地走下小车。他身穿一套灰色中山装，脚踏一双黑布鞋，身材魁梧，满头华发，脸色红润，目光炯炯。

机组盼望已久想见到毛主席的时刻终于来到了。团长立即从整齐列队中，跑步迎上去向主席致军礼，目视主席报告：“飞机已准备好，请主席上飞机！”这是团长和机组人员第一次与毛主席晤面，顿时激动得热泪盈眶，感到无限的亲切与光荣，完全沉浸在幸福的情感之中，说起话来也有点不自然了。

主席慈祥地伸出右手和机组的每个同志亲切握手，并耐心询问机组每个人的姓名、年龄，机组人员一一做了回答。主席听后高兴地说：“你们都很年轻啊！"

刘司令员接着向毛泽东报告飞机、航线及天气情况，然后陪同主席上了飞机，陪同登机的还有公安部部长罗瑞卿大将及毛主席身边的其他工作人员。

在地面欢送人员向飞机招手致意中，主席专机徐徐进入跑道。机组接到"可以起飞"的指令后，加大发动机的功率，安静的西郊机场在主席专机的轰鸣声中，顿时活跃了起来，飞机在迅速滑跑中离开地面，逐渐上升高度，向着祖国的南方飞去。苍茫大地，碧空蓝天，飞机首次载着伟大领袖毛主席在广阔的天际间飞行，机长严格保持着2700米的飞行高度，机组的其他岗位也都在专心致志地忙碌着。

毛主席此行的目的地是广州，由于里-2飞机的飞行速度小，最大航程短，不能从北京一次性飞抵广州，必须在中途落地加油。从北京到达武汉的4个小时里，司令员几次来到前驾驶舱了解航行情况，当团长告诉他一切工作正常之后，司令员才放心地回到后面客舱去。

主席专机升空，天公格外作美。在理想的气象条件下，驾驶主席专机南行，机组每个人的情绪都是那样兴高采烈，沉浸在幸福愉快之中。里-2飞机也有自动驾驶仪，在气流平和的长时间飞行中，为了减少驾驶员的疲劳，允许打开自动驾驶仪飞行。可是，两个飞行员宁可替换着进行人工驾驶，也不能因为自动驾驶的可能工作不理想而影响到主席乘机的舒适。

机组领航员、团领航主任张振民是专机团领航专业的权威，他同团长一起，一直执行专机团最重要的专机任务，这次主席专机的领航岗位当然非他莫属。里-2飞机的领航设备虽然落后，但领航员的领航技术精湛娴熟，他依靠仅有的航行资料和手中的一把尺子，精心计算着受到空中风影响情况下的飞机航向，在航行地图上仔细辨认着飞机经过的地方，正确引导飞机一站又一站地向前飞行。主席专机空中飞行，地面保证全力以赴，导航台及时开机，定向台适时监控，这是领航员实施空中领航的有利保证。后来，专机团扩大为专机师的时候，他成了第一任领航科长。

主席专机在2700米的高度上，横穿中原大地，按预计时间飞越祖国的母亲河——黄河上空后，继续向长江飞去。飞机在到达武汉长江以南的南湖机场之前，开始缓慢下降高度，因为，较大的下降率会使乘机者的耳朵感到不适。得到武汉空军地面对空指挥台的允许，主席专机在500米的高度上横越长江，于当天中午顺利降落在武汉南湖机场。第一站的顺利飞行，进一步鼓舞着专机组顺利飞向广州的信心。在南湖机场稍事休息，加油、吃饭后，继续起飞、航行。

当时，毛主席虽然已是60多岁的老人，坐飞机却没有一点儿不适应的感觉，长时间的空中飞行毫无倦意，也从未睡觉或休息，时而通过机窗一览祖国锦绣山河的壮丽图景；时而沉思，考虑着党和国家的大事；时而远眺，构思着诗词佳作。更多时间是在伏案读着线装本的《资治通鉴》，有时也和同机的首长谈谈工作。主席在空中不断地饮茶、吸烟，却很少吃糖果一类的食品，也不在飞机上吃饭，所有的时间几乎全用在工作和学习上。

从北京到广州近2000公里的航程，空中要想保持全能见的飞行，碰不上一点儿云彩，从气象学的观点讲，几乎是不可能的。我国地域辽阔，气象变化万千。5月份的天气，正是气象学上的"华南静止锋"由广州开始向长沙、武汉移动的时候，所以，主席专机从南湖机场起飞后，在向南方继续飞行的过程中，飞机不但逐渐进入山区飞行，而且，发现天空的云量也慢慢增多。飞机经过湖南长沙之后，整个飞机都处在云中航行了。团长手握驾驶杆，一边操纵飞机，一边思考着广州白云机场的情况。

广州白云机场位于市区以北不远的白云山西侧，机场以此山命名。跑道方向与白云山走势平行，成东北—西南方向。飞机由西南向东北落地，当飞机在空中对正跑道下降时，机身的下面就是繁华的广州市区。主席专机组人员在以往的飞行中曾多次到白云机场降落，可以说是轻车熟路。然而，不言而喻的是，这次在白云机场落地与过去截然不同，团长深深地意识到，手中同样握着里-2飞机的驾驶杆，但是，这次手中驾驶杆的分量比过去增加了许多，神圣的使命感使团长不得不对广州白云机场落地方案中任何细小环节进行反复斟酌。

机组领航员向团长报告："白云机场落地时间已经发向地面。"团长点头表示明白，因为，向广州空军航行管制部门发出落地时间之前，已经征得了团长的同意。机组人员都明白，主席到达之前，广东省党政军首长都要根据到达时间做好迎接主席的各项准备工作。

机组通信员报告："白云机场云高120米，水平能见度5公里，北风每秒3米，地面同意接收。"通信员向团长报告的同时，将通信记录交到团长手里。团长的技术条件是，最低云高100米，水平能见度2公里，就是说，根据团长驾驶技术所限定的气象条件与客观的机场天气条件比较，团长完全能够胜任当时气象情况下的落地动作。

团长凝视着白云机场天气条件的报告，脑子里思考着穿云降落方法。因为，南湖机场是在完全能见的情况下降落的，在白云机场却要在云中看不到地面与机场的情况下进行盲目降落。所谓"盲降"，不是毫无科学根据的降落，而是根据跑道延长线上不同距离的导航台在飞机上的指示数据及跑道的方向，在机组密切分工配合下，按照一定的穿云路线，进入对正跑道的位置。然后，完全根据座舱仪表的指示进行高度与方向的修正，使飞机完全在云中缓缓下降，直到飞行员看到跑道，正常操纵飞机落地。

司令员通过飞机的舷窗看到长时间处于云中飞行时，曾多次到前驾驶舱询问白云机场的天气变化情况，当他看到机组成员有条不紊的工作与镇静自若的情绪时，放心地离开了。按预计时间，团长已与白云机场的地面指挥员联络。可以听出，主席专机的降临，使广州空军最有权威的业务领导走上了对专机实施直接指挥的地面塔台，白云机场所有能够提供专机穿云降落的导航设备都已打开。团长把穿云降落方法告诉地面，征得地面指挥员同意之后，团长两眼紧盯着飞行仪表，在机组的协同配合下，准确对正跑道。主席专机在离地只有400米以下的云中徐徐下降高度，驾驶舱内，团长与领航员紧张有序地工作着，副驾驶在飞机下降的前方寻找着随时可能出现的跑道。白云机场停机坪上，准备迎接主席到来的人们，正在向着机场南端的低空翘首眺望。

“正前方发现跑道！”这是机组副驾驶员的声音，穿出云层看见跑道的兴奋心情，使副驾驶的声音都有些颤抖了。领航员的视线扫了一下高度表，此时的云高为120米。团长将视线迅速转移到外面，操纵飞机，准确而轻松地降落在广州白云机场的南端。飞机平稳滑向停机坪，停机关车后，司令员同机组一样，首次完成主席专机任务的兴奋愉悦心情溢于言表。

当毛主席健步走下飞机的时候，广州党政军领导陶铸、黄永胜及先期到达的主席夫人江青等人对主席的到来表示热烈欢迎。

毛主席同他们亲切握手，并高兴地说：“还是坐飞机快，当天就到了广州。”然后，又同机组人员一一握手。告别前，主席提议在飞机旁边同机组合个影。大家怀着激动幸福的心情，簇拥在毛主席身边，留下了永远值得怀念的时刻。

当晚，机组对当天的专机飞行进行了认真总结，顺利中也要找出哪怕是很小一点的不足之处。因为，大家知道，繁重的任务还刚刚开始，更艰巨的任务还在后头。正如毛主席说的，第一次任务的完成，“只是万里长征走完了第一步，如果这一步也值得骄傲，那是比较渺小的”。

毛主席在广州工作了较长的一段时间。5月30日，又乘同一架专机到达湖南长沙。广州到长沙路途不远，飞行时间较短。5月31日，毛主席又乘机离开长沙去武汉。接近武汉上空时，主席兴致勃勃地来到驾驶舱，团长回头向主席欠身，主席点头示意不必起来。团长告诉主席前面就是武汉市，飞机下面就是正在修建中的武汉长江大桥。主席在领航员身边，聚精会神地观察着正在施工中的长江大桥。只见一座座桥墩耸立在江面上，施工的人群和车辆川流不息，场面十分壮观。主席无限喜悦，激动地说："好看！好看！"此时，罗瑞卿陪同在主席身后。领航主任为使主席看得更清楚，又不致太累，就请主席坐在领航员的位置上，并把武汉市的一些重要目标指给主席看，主席高兴得连连点头。过了一会儿，主席又把视线转移到驾驶舱内，问团长驾驶盘、油门、脚蹬板是干什么用的，团长一一做了回答。主席心情特别好，还不想离开驾驶舱，因为飞机马上就要降落，为了集中精力保证安全落地，只得请主席回到客舱休息。

毛主席到达武汉的第二天(6 月 1 日)，就畅游了长江，6 月 3 日，又一次畅游长江，并从长江大桥的桥墩中间穿过。在此期间，毛主席写下了著名的诗句《水调歌头·游泳》。毛主席从长沙飞武汉的途中，居高临下，俯视着大地，龟山兀立，蛇山蜿蜒，隔着滔滔江水遥遥相望，正在施工中的长江大桥尽收眼底。他老人家时而情绪激昂，时而凝神沉思，时而寻找地面目标。正是带着这些空中得来的难忘印象，奋臂击浪，重游长江，仰望苍穹，"极目楚天舒"。也许是主席在首次飞行中，激发了创作灵感，写出了"高峡出平湖，神女应无恙，当惊世界殊"这一名篇呢！这首诗词，对机组人员来说，备感亲切，有身临其境之感。主席词中豪迈的气魄，深远的意境，一直激励着飞行员去战胜艰难困苦，奋发向前。

6 月 4 日，毛主席第三次畅游长江，紧接着，下午就乘飞机返回北京了。虽然主席上午刚游完泳，下午来到机场时，仍显得精神焕发，毫无倦色，正如主席诗中写的那样，"不管风吹浪打，胜似闲庭信步。"飞机从武汉起飞后，主席一直在读书，看文件。

"天有不测风云"。6 月份的天气，一到下午，由于气温升高，局部对流云系的发展，已经形成浓积云天气。果然，当飞机接近河北衡水地区上空时，突然发现飞机的前面出现大片积雨云，乌云翻滚之中还夹着闪电。根据里-2 飞机的性能，要想从蘑菇状云的上部飞越是根本不可能的。对流云的出现，也使飞机开始颠簸起来，此刻，机组的心情显得有些紧张。罗瑞卿几次到驾驶舱询问情况。团长与副驾驶陈锦忠紧握驾驶杆，尽量保持飞机平稳飞行，减少颠簸给主席带来的不适。一面加强对外观察，保持能见飞行，防止误入云区。团长与领航员根据起飞前研究天气图的情况，进一步分析，积雨云属局部对流天气现象，不是大范围的系统天气，通过机动飞行，可以绕过危险云区。由于雷电的干扰，无线电通信暂时中断。

此刻，已经先期回到北京的空军司令员刘亚楼，由于无法及时掌握毛主席专机情况，更是万分焦急。

在机组人员的紧密配合下，飞机沿着积雨云之间的缝隙，机动飞行。先是东进河北沧州，然后，折向北飞。经过天津市西北方向的杨村，再返回北京西郊机场，兜了一个很大的圈子，巧妙地避开对流云团。不久，当恢复了同北京的空地联络后，空中与地面的紧张气氛顿时消失，就像当时的天气一样雨过天晴。

里-2 专机载着伟大领袖毛主席，也载着毛主席对空军、对专机部队的信任与关怀，徐徐降落在专机部队的大本营——北京西郊机场。空军司令员眼睛盯着平稳着地的飞机轮子，抑制不住兴奋的心情，立刻从塔台的座位上跳了起来，朝停机坪跑去。

虽然经过一段时间的颠簸飞行，毛主席依然神采奕奕，精神矍铄，还亲自来到驾驶舱与机组握手告别。主席说："同志们辛苦了！祝你们腾云驾雾，在暴风雨中成长。"

毛主席走后，刘司令员高兴地对胡萍说；"这次任务完成得很好，刚才我可是真有点担心啊！"胡萍说："开始，我们也有点紧张，后来细心观察了天气情况，认为雷雨是局部的，可以绕飞过去，心里才有了数。"司令员深情地说："要好好总结经验，以后，主席还要坐飞机的。"

果然，从 1956 年到 1958 年的三年中，毛主席共乘坐专机 60 多架次，团长胡萍作为指挥员和机长都直接参与指挥与驾驶。

毛主席第一次乘坐空军专机任务的圆满完成，极大地鼓舞了专机部队的每一个指战员，也使中央领导机关对空军飞机的安全性有了进一步的认可。不久，中共中央政治局几位常委：刘少奇、朱德、陈云、邓小平等首长也开始乘坐空军的飞机了。

随着专机部队的不断发展壮大，由专机团改为专机师。同时，也不断引进更为先进的飞机装备。专机师在大量执行国内外空运专机任务中，很快步入了它的辉煌时期。

第五节　开辟从祖国西部进出国门的空中航线

我国空军专机师自己的飞行员驾驶苏制伊尔-18 飞机飞出国门，执行党和国家领导人到世界各国访问的专机任务，是从 20 世纪 60 年代初开始的。为了驾驶我国的专机飞出国门，飞遍全世界，专机师的领导与全体同志为此付出了辛劳的汗水，终于在我国的西大门，用当时在世界范围内还不算先进的伊尔-18飞机，飞越帕米尔高原，开辟了一条通往中东以及地中海沿岸，直到欧洲、非洲的空中航线。

在此之前，飞往南亚各国的空中航线都是从我国昆明出发，向南飞向缅甸、泰国、老挝、越南等国。1960年，专机师派出1架伊尔-18飞机、5架伊尔-14飞机执行周恩来总理访问印度、柬埔寨、尼泊尔等六国专机任务的时候，就是从这个方向飞出国门的。二次世界大战时，美国及国民党飞行员在这条著名的“驼峰航线”上付出了很大代价。如果访问印度、尼泊尔时，就要从喜马拉雅山的南面进入而不能从北面直接飞达。退一步想，如果直接到巴基斯坦、阿富汗、伊朗等国家访问时，再绕道南大门就舍近求远了。所以，开辟一条从我国新疆飞出国门的空中航线已迫在眉睫。用伊尔-14飞机根本不可能，使用伊尔-18飞机担此重任也必须有第一个吃螃蟹者的胆量。

能否顺利地完成开辟西部空中航线的空前壮举，关键在飞机的性能与硬件设备能否满足需要。当时，不仅使用的飞机完全依赖从国外引进，飞机上的一切关键设备及零部件也同样离不开进口。对于飞行员的培养与飞行技术训练，可以通过充分发挥人的主观能动性，凭着对专机事业的满腔热忱和高度的工作责任心，争取在较短的时间内掌握飞机的驾驶与航行技能。但是，作为飞机的硬件，在我国航空工业还处在刚刚起步的年代，很难在短时间内研究生产出能够满足专机需要的产品。尤其是飞机上的特种设备，都是与整个国家科学技术的发展水平紧密联系在一起的。为了专机飞行任务的需要，专机师广大的空地勤人员呕心沥血刻苦钻研，不知创造了多少个“第一”，其中，在专机上出现的第一部气象雷达，就是诸多“第一”中的一个。

我国20世纪50年代使用的飞机，如伊尔-14、伊尔-12、里-2等飞机上都没有雷达设备。这些飞机由于受本身基本性能的决定，飞行中只能在离地面3000米左右的高度上飞行，这个高度正是地球外围大气层中贴近地面的对流层，气象万千，变化不定。空运专机任务因飞行跨度大，经过的地域广，经常在飞行中遇到危险天气而不得不中断飞行到备降机场落地。有时，遇到附近没有备降机场，下有高山，前面又被电闪雷鸣的浓积云阻挡的情况，会使机组处于非常被动甚至危险的境地，中断执行任务事小，发生意外事故关系重大。所以，每当飞行员在复杂的云团中飞行，由于不能辨别前方云系的性质而万分着急的时候，飞行员多么希望自己能像孙悟空那样有一双火眼金睛，把飞机前方的空中看得一清二楚。这个飞机上的“火眼金睛”就是一部气象雷达，它不但能够及时发现飞机前方不同方向及不同高度上的危险天气，同时，也能在恶劣条件下，通过雷达观察到飞机前面的高山、河流及大城市的位置。因为，在飞机领航设备非常落后的情况下，在复杂气象条件下，这些地面目标对确定飞机的精确位置，起到举足轻重的作用。

可喜的是，我国从1959年的下半年开始从苏联引进第一架苏制伊尔-18飞机。伊尔-18飞机的引进不能不说是我国空运专机与民用航空道路上的一块重要的里程碑，从伊尔-18飞机的引进到完成它的历史使命，一直到最后进入航空博物馆，占据了我国航运史上的一个非常重要的阶段。飞行员有了更先进的飞机，如虎添翼，人机结合，就能充分发挥飞机在我国专机工作中的作用。

遗憾的是从苏制伊尔-18飞机开始，与其配套生产的气象雷达一直没有过关，直到1960年才普遍装上雷达。但又由于质量存在严重问题，已经安装气象雷达的飞机，几乎全部处于瘫痪状态，当然也包括我国引进的伊尔-18飞机。当时中苏两党关系已经恶化，按合同要求派往我国的苏联飞机工厂的代表，不顾我国技术人员培训尚未结束，提前撤回。当时，陈毅副总理出访印度尼西亚需要伊尔-18飞机，周总理访问巴基斯坦也需要用伊尔-18飞机开辟从祖国西部进出国门的航线。有先进的飞机，而没有先进的设备，使伊尔-18飞机“英雄无用武之地”。在这种情况下，是消极等待苏联提供了合格的雷达配件再安装使用呢？还是自己积极想办法，克服困难，使雷达天线提前摆动起来，这是摆在专机师机务工程人员面前的一个难题。

当时，地勤人员所掌握的雷达知识，除了从长春机务学校学习得来的基础理论之外，就是从雷达兵那里弄到的有关其他类型的雷达资料。地面雷达机体庞大，歼击机上的瞄准雷达与气象雷达性能相差甚远。曾在飞机上工作过的伊尔-18飞机特设师包朝山同志，根据自己掌握的理论知识，结合从事其他飞机雷达工作的实际经验，对伊尔-18飞机气象雷达进行了反复研究，并大胆地用自己设计的线路对进口雷达的部分线路进行改装，在反复进行实验、调试的基础上，终于获得成功。功夫不负有心人，在引进的伊尔-18飞机上终于有了可以正常工作的第一部气象雷达，从此，在国家领导人出国访问的重要专机任务中起到关键作用，部队领导为包朝山同志记了三等功。

专机师第二任师长时念堂与伊尔-18飞机

众所周知，我国青藏高原是世界屋脊，著名的世界最高峰珠穆朗玛峰的北峰就在我国境内。打开三维世界地图,就会发现在我国的西南边陲,用深褐色代表高原之最的山脉,呈圆弧形摆放在那里,它像一道天然屏障,横卧在我国西南边境。登山者们冒着生命危险,把它踏在脚下,在征服大自然中显示出英雄本色。然而,那些挺拔在世界屋脊之上的高山,在飞行员们的眼里,当我们的飞机还不能在它上面轻松飞过的时候,每一个山峰,都好像一座美丽而威严的女神,让飞行员望而生畏,敬而远之。

在我国新疆的和田、喀什以西的明铁盖意为“千只骆驼”山口,位于通往阿富汗和巴基斯坦的交通要道上。原来是一个气象预报站点,由于地理位置重要,决定要从那里开辟空中航线的时候,特意将气象导航站搬迁到相邻的红其拉甫(意为“血谷”)山口,安装了导航台,为过往的飞机导航。

1962 年,伊尔-18 飞机首次执行周恩来总理出访巴基斯坦共和国的专机任务就是从这里经过的。我国第一次载着国家领导人出访,从红其拉甫山口上空飞出境外,开辟了中华人民共和国专机出国任务从西部飞越帕米尔高原的新航线,为以后从那里进出国门开了个好头,在我国航空运输事业上是一次历史性的壮举,完成这一历史使命的就是专机师副师长、我国航校第一期飞行员时念堂。

机组在做好包括国家领导人出访前与专机有关的外交程序及航行、气象、通信联络等准备工作之后,专机载着出国访问的国务院总理周恩来一行从北京直飞新疆和田。稍事休息,给飞机加油后,接着从和田起飞,沿着新疆南部塔里木盆地的边沿向西爬高,经过喀什侧面,开始进入山区飞行。随着飞机西进,山势逐渐加高,虽然飞机的高度已经在 8000 米以上,向下望去,由于山势的增高,飞机离地面的实际高度不但没有增加,而且,越来越低。机组看到地图上标有 7600 多米的高山就在红其拉甫附近,终年积雪,有“冰山之父”的称号。为了留有余地,飞机在机长时念堂的操纵下已经艰难地上升到了 1 万米的高度。

“帕米尔”有万山之祖之称,北连天山,南接昆仑,与青藏高原连为一体,孕育了包括世界第二高峰乔格里峰在内的几十座著名山峰,南线丝绸之路经过这里的塔什库尔干到印度、波斯等地。

所谓山口,并不像人们想象中的两个山头之间留一个让飞机穿过的口子,而是在平均海拔在 7000 米以上的高原上,在连绵起伏的山脉走势中,有一段相对低凹的情况罢了。红其拉甫附近的山口,除了地势有较明显的降低之外,宏观观察,还有一条不规则的沟状,这些明显的地理特征,在领航员的眼里都是宝贵的知识财富。

幸运的是飞机是在能见度好的条件下飞行，虽然，眼前就要呈现出高原山脉的壮丽奇观，但是，只要出现在飞行员的视线之内，飞机本身又不发生故障，顺利飞越天然屏障已成竹在胸。

周总理专机继续向西飞行的过程中，终于接近横卧在眼前的帕米尔高原的一部分。伊尔-18飞机在平原地区飞行，高度上升到7000米的时候，已属于高空飞行了。可是，这个高度在帕米尔高原上，距离地面的实际高度却等于0，而且，还要低于大部分的山脉。如果在飞行高度1万米通过山口，离山顶的实际高度也只有2000多米。机组各个岗位上的人们望着飞机前面那清晰可见的山势，大家已经意识到飞机很快就要进入非常地段的飞行了。机组人员彼此之间很少说话，只有两个机翼上那4台蜗轮螺旋桨发动机的轰鸣声伴随着飞机向西移动。此时，机长将飞机的自动驾驶装置解除，改为人工驾驶，以防不测。机械师不止一次地巡视着飞机4台发动机的所有仪表，这些仪表的指针似乎也体会到机械师的心情，带着轻微的摆动，稳定在正常的指示位置，表现出很听话的样子。机械师意识到，飞机已经在崇山峻岭中飞行，此时此刻，万一飞机发动机出了问题，飞行员已没有任何处理的回旋余地。通信员头戴耳机，俯案静听，不让掠过天际的每一条无线电信息从自己的耳边漏掉，他知道飞机虽然已远离祖国首都北京，但是，共和国总理的安危维系着党中央、国务院领导的心，党中央、国务院通过通信员的工作报告，随时掌握着飞机的位置和飞行的情况。为了国家领导人的安全和出国访问的信息畅通无阻，甚至启用了设在我国新疆的对外广播电台。领航员已经准时从无线电罗盘中，找到了红其拉甫导航台的信号，并聚精会神地把导航台的指示情况与手中的地图进行比较，确认专机是按照预定的航线飞行着。虽然情况一切正常，但领航员的心情没有显出一点轻松。领航员根据飞机真空速（飞机的真实速度，比速度表上指示的速度要大）与地速（飞机相对于地面的速度，顶风时地速小）的差别以及预计航向与实际航向的不同，通过手中的航行计算尺，计算出飞机航行在1万米的高空时风速为每小时180公里，即每秒50米。高空平流层中，一年四季的西风带，使向西飞行的飞机有“逆水行舟，不进则退”的感觉。晴朗的天气伴着每秒50米的风速，已经是对周总理专机的最大照顾了。后舱机组服务员端茶送水，细心照料着周总理及随行人员的空中生活，通过自己的劳动，使乘机的首长有宾至如归的感觉，带着平和的心情顺利飞越山口。

与山口处在同一地球纬度的平原地带，早已是绿满大地，春意融融，可是，在帕米尔高原上所见到的却是另一番景象。由于山高气寒，到处一片冰天雪地。若在内地平原地区飞行，1万米的高度，就是再好的天气，垂直观察地面，也是朦胧一片，分不清楚哪是房屋，哪是田地。可是，在这里，同样是1万米的高空，向下看去，山间积雪之间那挺拔的山石清晰可见。极目远望，天低，云近、雪白、冰清，雪天相连，地与天交，飞机似乎就贴着山与天之间的夹缝飞行。“银装素裹”，“山舞银蛇，原驰蜡象”，气势雄伟的群山，像一座座冰峰利剑直插蓝天，“余欲天公试比高”。高空丝丝卷云柔姿变幻，辽阔无垠的苍穹，晶莹剔透的世界，令人遐想，令人神往。此时，机组仿佛感到，飞机下面的地球似乎在逐渐向自己靠近，飞机变得如此渺小，恨不得快马加鞭，将飞机装上火箭发动机，快速摆脱这危险之地。

在艺术家与诗人的眼里，如此恢宏壮观的景象，最容易激发他们的创作激情，在喧嚣的城镇与青山绿水之间，无法找到这种居高临下一览群山的场景，更没有在万米云天之上将自身与宇宙融为一体的感觉。只有那些能够登上珠穆朗玛峰的运动健儿，才能真正欣赏到大自然最精美的鬼斧神工。

大自然造出如此美妙的作品，在飞行员的眼里并没有显示出如此巨大的价值，国家领导人专机安全的使命感使飞行员头脑中的弦绷得紧紧的。在乘机者通过飞机的舷窗去欣赏祖国壮丽山河的美景时，沉浸在无限愉快与轻松之中时，正是专机飞行员们在开辟新航线的关键时刻，在飞越天然屏障的非常路段，是专机渡过最困难阶段的时候。副师长与机组全体人员比谁都明白，在飞机基本上处于高度极限飞行的情况下，在一个个剑峰似的高山指向飞机的高原地区，给飞机各种特殊情况的处理带来的余地小到几乎没有。国内的备降机场只有起飞机场和田，国外的机场只有在真正飞越山口的情况下才能到达。更重要的是，如果发动机出了什么问题，飞机根本不能维持在安全的高度继续飞行。所以，安全顺利通过山口，是专机机组最迫切的愿望。

为了让周总理欣赏一下新开辟航线的高原奇观与祖国山河的壮丽，特意将周总理请到了驾驶舱中间机械师的座位上。周总理两眼俯视，镇静自若，居高临下面对山峰叠嶂的雪域高原，这个为新中国的江山奋斗了多半辈子的伟人，似乎又回到了指挥千军万马，驾驭全国局势的战争年代。此时，周总理眺望远方，情不自禁中，引用了歌剧《江姐》中“红梅赞”的一句歌词：“红岩上红梅开，千里冰峰脚下踩”，恰如其分地表达了国家领导人气吞山河的英雄气概。机组的情绪顿时受到周总理的感染，顷刻间变得活跃起来。是啊！千里冰峰在总理眼里已不算什么，这不正是机组在征服西部航线中所应有的大无畏的工作精神吗？周总理的话鼓舞着全体机组人员的战斗意志，使专机安全带来的心理压力得到了放松。面对飞机下面被逐渐甩向后面的高山，望着飞机前边就要进入的异国领空，机组人员的心情也兴奋起来。

周总理专机按预定计划飞越红其拉甫山口，然后左转弯南下，安全抵达巴基斯坦首都拉瓦尔品第（后来改为“卡拉其”），机组为首次开辟西部航线的专机飞行成功而欢呼。

“天有不测风云”。在专机组暂时完成送周总理的任务，决定空机返回国内的时候，气象之神好像在考验机组的技术水平，在红其拉甫山口遇到了复杂天气，还真的为机组人员敲响了警钟：无论什么时候飞越那段航线时，都不能掉以轻心！

当飞机爬升到一定的高度，还远远没有到达山口的时候，已经进入云中飞行，此时，机组就像蒙上了眼睛，同来时相反，同样是在那“原驰蜡象”的冰峰雪原上飞行，这次要在完全看不到外界的情况下，就像在牛奶瓶子里一样的云雾中飞越那最为艰险的航程。

人们在每天新闻联播后的天气预报中，经常听到或看到天气形势时有“高压脊”或“高空槽”的概念。不难发现，在被高空槽控制的地区，都会出现云区或降雨天气，飞机在高空如果遇到气压槽线，同样会遭遇比地面更难对付的天气。飞机不仅会进入云中飞行，而且，在高空风向风速发生变化的地方，还会出现强烈颠簸。此外，在高原山口地区还会出现另一种现象，由于高空强西风的影响，（有时风速可达每小时300公里，即每秒80多米），高速气流与高原山峰的摩擦形成的不稳定气流会波及到航行中的飞机，就像行船遇到急流一样，存在一定的危险性。

机长为了在能见度低的情况下飞行高度上留有余地，将飞机很吃力地爬升到11000米的高度，这个高度也只有在飞机重量比较轻的情况下，通过飞行员努力操作之后，才能勉强到达。因为，伊尔－18飞机属于蜗轮螺旋桨飞机，不是蜗轮喷气式飞机，发动机功率主要靠4台发动机的16叶螺旋桨产生拉力表现出来，由于高空空气稀薄，大气压力很小，发动机功率明显减小。此时，发动机的功率所能使飞机保持平直飞行的速度范围也已经很小，如果只有一个速度能勉强维持飞机平飞的话，这个时候飞机的高度就已经达到了极限，想再上升高度已不可能。此刻，如果想增加速度，只有用损失高度的代价来实现。伊尔－18飞机超过1万米之后，飞行员只能用每秒1～2米的上升率爬高，稍有不慎，飞机不但不能上升高度，反而会从已经上升的高度掉下来。所以，在接近飞机的极限高度上飞行，飞机已失去任何机动飞行的能力，飞行员就像走钢丝一样，小心谨慎，举步维艰。

此时此刻，如果飞机发生任何特殊情况，允许处理的客观环境都非常恶劣。一方面飞机飞行的实际高度很低，在高度上没有任何回旋余地，只能损失高度,而不能增加高度。常言说“不怕一万,就怕万一”,如果在这个时候出现万一,是飞行员的技术所不能挽回的,其后果不堪设想。飞机在不停的颠簸中飞行,机长双手紧握驾驶杆,眼睛盯着地平仪,谨慎小心地把飞机稳定在理想的状态上。领航员计算着被强大高空风影响的航向,在能见度低的情况下更要保持航行的准确性。此外,装在伊尔-18飞机最前部的气象雷达在关键的时候充分显示出它的优势,这部气象雷达在能见度低的条件下飞行时,就是专机的火眼金睛。雷达能够接收到回波的地方呈亮点,没有反射波的地方变暗,领航员根据雷达反射波的变化,提示机长沿着雷达上一条不规则的黑影(山沟的显示特征)飞行,再加上红其拉甫导航台的指示情况,几方面的技术数据相结合,安全引导飞机向国内飞行。在不断的颠簸飞行中,机长每隔一两分钟就要问一次领航员气象的情况,他非常担心在有颠簸飞行的云中出现带有闪电的浓积云,这种误入雷雨云的教训在机长的飞行生涯中不知遇到了多少次,所以,机长恨不得一下跳出这段让人心烦的航线。由于在真正飞出山区之前,有两条南北走向的山脉横在飞机下面,虽然机组看不到它们,但凭飞机的颠簸情况,就知道飞机快要离开山区。因为,空中气流走势,就向河床里的流水一样也要受到河床底部形状的影响。当飞行员们感到飞机就像坐电梯开始下降时那样,不是在人为的情况下突然下沉了许多高度时,共同的飞行经验使机组人员意识到飞机已离开高原山区,进入了我国新疆塔里木盆地的西部边沿。飞机离开空中气压槽线控制区,恢复能见飞行时,机长心里悬挂着的一块石头才放了下来,机组人员的心情就像那天气一样变得晴朗起来了。

机组人员以无比兴奋的心情,庆祝在新开辟的西部航线中,首次安全圆满完成周总理的出访任务,飞行员的凌云壮志在冰天雪地的帕米尔高原上经受了进一步的考验,专机飞行员在各种恶劣天气下磨炼出来的坚强意志,就像帕米尔高原上挺立的山峰那样坚忍不拔。

从那以后,西部航线成了频繁国际往来的空中大门。随着航空事业的发展与飞机飞行性能的提高,飞越帕米尔高原,甚至从喜马拉雅山上空飞过都已是家常便饭,但历史是不会忘记在每个科学领域内敢于尝试“第一次”的人们。

第六节　刘少奇访问四国中的阿富汗之行

自伊尔-18飞机执行周总理专机任务首次开辟我国西部航线之后,国家领导人出访印度、巴基斯坦、阿富汗及中东、非洲各国的专机任务,都是先取道我国新疆,然后,经过西大门出国。对专机的飞行员来说,不仅在开辟空中航线中要担当一定的风险，而且，在出国飞行中还会遇到各种各样在国内没有遇到过的特殊情况。

1966年，专机师派出两架伊尔-18飞机，光荣地承担了国家主席刘少奇、国务院副总理陈毅访问印度、巴基斯坦、阿富汗、孟加拉四国的专机任务，担任这两架专机组的机长分别是专机师的最高领导与技术权威——师长与副师长。其中，在阿富汗首都喀布尔机场的降落中，遇到了在地形复杂的机场遭遇复杂气象的艰难飞行，对飞行员的意志与专机组的技术配合都是一次严峻的考验。

刘少奇、陈毅出访四国的计划安排是这样的：在访问印度和巴基斯坦两个国家之后，中途回到我国新疆的和田稍事休息，两天以后从和田直飞阿富汗首都喀布尔。

喀布尔机场从其周围的静空条件和海拔高度两个重要因素来看，是世界上少有的地形比较复杂的高原机场之一。不仅它的标高接近海拔2000米，而且，机场周围的静空条件也很差。机场跑道基本呈东西方向，机场四周由群山包围，这些山脉形成一个由东向西逐渐由窄变宽，既像喇叭又像鸭梨形的盆地走向，喀布尔机场就处在这个喇叭口的地方。到场落地的飞机，在天气不好的情况下规定必须由东向西降落，因受机场西头的跑道延长线上地形的影响，由西向东降落时，飞机不能按正常的下滑角度对正跑道。机场东头虽然地形同样复杂，但是，在跑道延长线上却是一条与跑道方向大致相同的山谷，这样，飞机在十几公里之外就可以对正跑道，在两边山谷之间，沿正常的下滑角度降低高度落地。可是，一旦降落失败，飞机重新拉起进行复飞的时候，必须尽快上升高度，提前转弯，否则，跑道西端的地形不允许飞行员沿跑道的方向正常爬高。

落地前的高度表校正是飞行员在外场降落时一项举足轻重的技术工作。由于受地球表面不同地形的影响，与海平面比较，每个机场都处在不同的高度上。位于我国东部沿海一带的机场标高，都在数十米以下，可是位于我国青藏高原的当雄、邦达、日喀则机场等，其标高都在4000米以上。也就是说，当飞机在这些机场降落后，飞机的高度表还指示在4000多米的位置上。长年在内地飞行的飞行员，到高原机场落地后，很快就会出现高原反应，由于缺乏足够的氧气供应，人们的嘴唇甚至手指尖都会变成青紫色。晚上，还会因为缺氧而睡不着觉。我在海拔3600多米的拉萨贡嘎机场仅住了一个晚上，如果不是在睡觉中几次更换氧气枕头，是根本无法入睡的。

对飞行员来说，高原机场给人们生理上带来的影响还是次要的，在飞行中如果不能准确处理高原机场带来的技术问题，就可能直接威胁到专机的安全。

一般在好天气情况下保持海拔高度进场，机组根据机场的气压高度随时计算出飞机与机场的高度差，根据相对高度组成航线降落。如果机场的气压高度为2000米，飞机保持4000米的高度进场，对机场而言，实际离机场平面的高度只有2000米。这样，飞行员在可见机场跑道的前提下，根据飞机高度表的指示，随时计算出飞机所在位置的实际高度，加上飞行员建立航线时立体空间的目视判断，保证安全正常降落，对飞行员来说成竹在胸。

但是，在机场被云层遮挡或者被大雾笼罩的情况下，必须按穿云的程序进行。因为，穿云程序就是为复杂天气条件下降落时设计的一种安全办法，按照穿云程序将飞机逐渐引导到跑道方向的延长线上。虽然飞行员看不到跑道，但只要飞行员操纵飞机的动作能严格按照飞行高度与方向进行，飞机即使在较低的高度穿出云层或者在较近的距离内看到跑道时，也能保证安全降落。所以，衡量一个机组的整体技术如何，主要看飞行员在云中或不能见的情况下，对正跑道后完全按照仪表的指示进行方向与高度修正的技术水平。再者，就是机组领航员根据仪表指示数据，及时提醒飞行员操纵飞机进行方向与高度修正的准确度，使飞机沿着规定的下滑角度逐渐接近跑道，直到飞行员看到跑道进行目视落地为止。穿云落地中，对飞行员的另一个技术要求，就是当飞行员看到跑道的情况下，能否及时处理因穿云动作不准确造成落地高度与方向上的误差。这时，飞机以每秒近100米的速度接近跑道，如果飞机是在离跑道头1500米的地方发现跑道，那么，留给飞行员处理高度、方向及落地速度的时间，最多只有10秒钟。飞行员如果不能将数十吨重的飞机稳定在正常的落地状态上，飞机带着偌大的运动惯性平稳地降落在跑道上是不可能的。如果落地前飞行员的方向修正与跑道的方向不一致，带有交叉惯性落地，就会导致飞机偏出跑道。可想而知，支撑着几十吨重机身的轮子，一旦从质地坚硬的水泥跑道上掉进跑道以外的草地里，其后果是不堪设想的。如果，飞机上乘坐着国家出访的领袖人物，机场停机坪已经安排好了隆重的迎接仪式，在外国人的众目睽睽之下，你将国家领导人的专机陷进机场草地之中，此种结局该如何收场？令国家形象受损次之，国家领导人的人身安全关系重大。另外，任何一个机场跑道的长度总是有限的，要求飞机在进跑道之后，距跑道落地一端250米左右的地方使飞机接地，然后，在剩余的跑道上使飞机在滑跑过程中逐渐将速度减下来。如果飞行员接近跑道时的高度过高，或者速度过大，几秒钟内，就会在道面上飘过数百米的距离，飞机接地前占用的跑道越多，留给接地后处理减速的跑道就越短。如果落地位置过于靠前，落地后又不能及时减速的话，就很可能在仅有的剩余跑道的长度中不能有效地将飞机的落地惯性减下来，最后造成飞机冲出跑道，被迫进入草地，这种结局同偏出跑道一样也是非常危险的。以往的飞行中，曾经发生过飞机冲出跑道的事情。可以想象到飞机一旦冲出跑道，掉在泥浆草地中，将专机上的客人一个个往下背的情景该有多么狼狈。

对于地形复杂的山地机场就要有与一般平原机场不同的穿云落地方法。平原机场的四周同机场一样平坦辽阔，飞行员到这样的机场降落就像汽车在宽敞的马路上行驶一样有一种轻松放开的感觉，无论飞行员在机场的什么方位建立航线落地，除了受地面风的影响必须选择顶风的方向着陆外，不会因为机场周围地形的制约对飞机的穿云程序做特殊规定。飞行员与汽车司机比较，主要区别在于飞行员的头脑里始终有着立体空间的概念。汽车司机在行驶的过程中，照前顾后、左顾右盼，注意力的分配都在道路四周的平面里进行。然而，飞行员除了观察周围的情况之外，还要特别注意自己上面与下面的情况。所以，对于类似阿富汗喀布尔这样既在异国他乡而地形又如此复杂的陌生机场，如果一次都没有去过的话，飞行员本人的技术多么高明，也不能保证在云中完全看不见的条件下，安全顺利降落。

为了亲口尝一尝梨子的滋味，为了掌握第一手资料，在正式执行刘少奇出访阿富汗之前，机组一行专门组织由我国新疆和田飞往喀布尔的实验性飞行。

实验性飞行的目的在于通过实际的飞行，寻找伊尔-18 飞机在喀布尔机场假设在看不见的情况下建立穿云航线正常落地的方法，其中包括保持多高的高度进场是安全的；根据机场的特殊地形，飞机在穿云航线的什么位置应下降到什么高度等。经过试飞，喀布尔机场及其周围地形的全貌牢牢地刻印在飞行员与领航员的头脑里，与此相适应的机场穿云方案经过实践也在机组的掌握之中。这样，对不久就要正式执行的专机任务，飞行员已成竹在胸。但是，出乎机组意料之外的是，正式任务中复杂天气的降临为机组平添了几分惊险。

飞机在和田起飞之前，就已经接到喀布尔天气低云降雨的预报，为此，两个专机组人员对天气进行了认真的研究，一致认为如果因天气推迟国家领导人的访问计划会给外事部门带来一系列的问题。考虑到喀布尔属于高原机场，气象变化很快，从和田飞到阿富汗还需要两个多小时的时间，机场上空只要不是积雨云的危险天气，经过试飞的机组，对保证安全落地还是有把握的。最后，将机组研究的意见报请军委空司，经同意后，按照预定访问计划，其中一架伊尔-18 飞机载着随团出国访问的工作人员从和田机场首先起飞，另一架伊尔-18飞机载着国家主席刘少奇和国务院副总理陈毅，作为主机随后起飞，翻越我国西部屏障帕米尔高原，满载着中国人民的深情与友谊飞向友好邻邦阿富汗首府喀布尔。

用“高瞻远瞩”这个词汇来描述飞行员的飞行思维是最恰当不过了。飞行员从驾驶飞机腾空而起的时候，头脑中就开始想着空中航线及降落机场的一切。对飞行员来说，命中注定要与大自然作无休止的斗争，在跨越地球数千公里的广阔领域内，没有一条现成的平坦大道让飞行员非常轻松地走过。所以，在飞行员的性格中，飞行的职业生涯为他浇铸了勇往直前的坚强意志。云里来雾里去，飞遍祖国万里河山，必须具备“万水千山只等闲”的宽广胸怀。在这种坚强的意志和博大胸怀面前，没有克服不了的困难。

出访的国家领导人就坐在专机上，友好邻邦阿富汗在首都喀布尔已做好各种隆重迎接来访贵宾的准备。庄严的使命感使飞行员们从内心升起一种祖国就在我心中的骄傲与自豪，高度的工作热情与责任感促使每个人在自己的岗位上一丝不苟地工作着。飞行中，无论哪一个岗位在哪一个环节上出了问题，都会直接影响到国家领导人的访问计划。

飞行中，机组通信员不断收到降落机场的天气情况，并及时把写有天气情况的记录纸送到机长的手里。机长看着连续几次收到低云降雨的喀布尔天气，根据以往的经验与飞行时间判断，当专机飞抵喀布尔时，天气不会有转好的可能，意识到在复杂气象条件下降落在所难免。练兵千日，用在一朝，这正是检验一个专机飞行员过硬本领的关键时刻。机长想，自己手中把握的不仅是一架伊尔-18飞机的驾驶杆，而是党和国家赋予自己的重要使命。其结果只能有一个，那就是成功。机组满怀信心，准备迎接一场严峻的考验。

由于受机场周围高山的限制，在看不见的情况下，必须保持7000米的高度进入机场范围，然后，沿机场规定的穿云程序，完全根据仪表的指示建立航线。

飞机在密集的降雨云中下降高度，遇到的不是由水分子组成的云团，简直是被暴雨包裹的“龙宫”，此刻，飞机的发动机声夹杂着密集雨点打在驾驶舱风挡玻璃上的“啪、啪”声，还有快速摆动的风挡雨刷击打声，各种声音混杂在一起，使驾驶舱内的气氛显得更加紧张。机组按照各自的岗位分工紧张有续地工作着，平时按从难、从严、从最复杂条件出发的原则训练出来的机组人员，此时此刻，“英雄真正有了用武之地”。

机长操纵飞机严格按照仪表盲降系统的规程进行着，下降率、航向修整与飞机状态的保持，必须一丝不苟地符合穿云图理论数据的要求。过早地下降高度有在机场外面接地或与低空障碍物相撞的危险，专机师的历史上已经有几个飞行员为此付出了生命的代价。此时，飞行员恨不得自己长上八只眼睛，及时把驾驶舱内各种有关仪表的指示数据，在一眨眼的工夫内全部收集在自己的脑海里，然后，根据仪表数据的指示，决定自己的操纵动作。

领航员站在机长的身后，及时对机长在操纵中出现的问题进行提醒，并根据时间、高度、方向、实际下降率等因素，随时告诉机长应该采取的修正动作与修正数据。领航员就是机长的眼睛，穿云航线的程序与各个位置的高度掌握，必须在脑子里背得滚瓜烂熟，穿云中，根本没有时间允许领航员再去翻看地图或穿云程序图，领航员同飞行员一样，必须把自己的注意力集中在关键的仪表上，忙乱中保持清醒的头脑，牢记飞机通过每一个关键位置的时间，并根据这些时间和下降速率，迅速计算出到下一个飞机位置应保持的高度，这些时间都是以秒计算的。如果在计算中出现差错，或者弄错了飞机在穿云航线各对应点的高度，后果非常危险。

机械师坐在正副驾驶的中央，根据机长的命令及时准确地进行着各种机械操纵动作，按机长的口令放下飞机起落架、襟翼等各种落地前必须完成的工作，调整油门到需要的位置。机械师根据机长的口令，每完成一个动作，就要向机长重复一次完成机械操作的情况，防止在紧张忙碌的情况下听错口令，做错动作。当飞机的三个起落架经机械师之手放下之后，随着起落架在飞行中与空气产生巨大的阻力，驾驶舱里马上就能听到“呼、呼”的响声，同时，飞机的速度开始明显减小，起落架放好后的响声与有关的信号指示，使机组共同意识到不久就要安全降落地面的情景。飞机落地前一个个机械动作的连贯完成，预示着飞机将完成本段航程的尾声，对专机飞行来说也是最为关键的时刻。

就连机组通信员也要在飞机落地这个最关键的时候发挥应有的作用，除了及时收听地面指挥台的有关指令外，在复杂天气的穿云下降中，还要更多地去关注飞机高度，在飞机还没有真正穿出云层之前，在不能继续降低高度的最低点，及时提醒机长不能再继续下降高度。因为，这个时候，整个机组在急于看到跑道的心理作用下，最容易犯的错误就是忽略飞机的高度。机组穿云配合动作中严格规定飞行员、领航员在没有听到副驾驶发现跑道的信息前，必须集中精力按仪表操纵飞机，不准把视线不自觉地转移到外边寻找跑道，放弃了根据仪表指示的认真有效的操作。否则，飞机实际上就会处于短时间的无人控制状态。此时飞机的实际高度又很低，是最容易出现事故的时候。因此，在关键的时刻，能有一个人提醒“注意高度”，就有可能挽回一次严重的飞行事故。

在机长、领航员专心致志穿云的时候，副驾驶的主要职责除了通过驾驶杆提醒机长操纵中的反常动作之外，在高度较低、离跑道头较近的时刻，注意从飞机的前下方寻找随时可能出现的跑道。一旦发现跑道后，在用语言提醒机长“（左、右）前方发现跑道”的同时，操纵驾驶杆、方向舵对正跑道，直到机长把视线由舱内转向舱外，继续操纵为止。

在机组紧张有序的配合下，飞机沿着喀布尔机场东方跑道延长线的山谷，穿出云层，飞机的高度不到400米。当机长从灰蒙蒙的雨幕中发现白色条状的机场跑道时，由于飞机实际高度高于正常下滑线过多，不能正常落地。为了确保安全降落，机长以退为进。此时，重要的不是因穿云动作不成功感到面子上的不好看，比机组的面子更重要的是国家领导人专机的万无一失。只要飞机穿出云层看到跑道，飞行员的心中已感到踏实许多。此时，机长果断决定将飞机拉了起来，通过跑道左转弯，保持云下能见高度，在喀布尔城市上空建立小航线落地。专机组刚从穿云的紧张中走出来，经过短时间的心理调整，做好落地动作就更有把握了。

飞机在雨雪中飞行与地面比较，有着很大的区别。同样的降雨量，由于飞机有着飞快的前进速度，相对运动的结果，飞机上明显感到降雨程度变大。隔着驾驶舱的风挡玻璃，就会感到那雪花或雨点呈无数根直线，并按放射的形状向自己的眼前集中打来。

当机长冒着大雨，稳操胜券，降落在跑道上的时候，那机轮与地面轻微摩擦的感觉使机组心花怒放，刚才空中的紧张劳动总算有了可喜的成果。可是，机长的心情并不像其他人那样感到有丝毫的轻松，因为，跑道上的积水就像一层隔膜一样，严重影响到飞机的刹车减速效果。高原机场落地与平原相比，最大的特点就是，采取同样的速度进场，因为高原机场海拔高，空气密度小，飞机相对于地面的实际速度要比平原机场大得多，这种不可避免的因素提醒飞行员落地时速度不能大于正常，并要求飞机接地位置不能靠前，飞机接地后要及时采取减速措施，尽快把飞机停下来。虽然，机长都已经想到这些并一一做到了，但是，降雨量的突然加大是人们始料不及的。面对大雨，机长使出了浑身解数，在与副驾驶、机械师的周密配合下，终于制服了在跑道上狂奔的“野马”，使其在离跑道尽头不远的地方停了下来。

在降雨不算很大的时候已经在前面落地的机组人员，眼看着雨下得越来越大，一直为后面的主机捏着一把汗，都知道在如此滂沱大雨天落地是很困难的，虽然担任主机的机长是一位经验丰富的副师长，是专机师最老一批数一数二的飞行员，但是，碰到这样的天气，有些因素不是飞行员在技术上能够驾驭的，如果不是专机远道而来，如果不是国家领导人的重要访问活动，一般遇到短时间的恶劣天气机场是要暂时关闭的。喀布尔机场所有人们的视线，都集中到正在雨中降落的飞机身上，此刻，飞行员任何一点反常的动作，都紧紧连着在场人们的心。

雨中，阿富汗国家领导人举行了隆重的欢迎仪式。当双方领导人乘车离开机场的时候，在机场的另一个机组人员对主机的安全降落表示真诚的祝贺。在场的许多外国的飞行员，也纷纷向中国飞行员伸出大拇指，赞赏他们在如此复杂的气象条件下展示出的精湛的飞行技术。喀布尔机场飞机调度人员是最能体会出飞行员驾驶技术的内行，得到他们的赞誉一般是很难的。

没有多久，雨量减小，天气稳定下来。不早不晚，偏偏在这个关键的时刻，天公给中国的专机飞行员开了个如此大的玩笑，似乎有意在考验中国飞行员的驾驶技术。

在航空技术发展的道路上，如果追寻着历史的脚印，从 20 世纪 60 年代走到现在，飞行员们不得不为自己的先辈在那样落后的条件下所付出的艰辛而感到叹息。在专机师已经退休下来的老飞行员中，就有子承父业，继续在现代化的飞机上从事飞行工作的。他们父子两代在航空运输岗位上的经历，比较起来，就能很生动地体现出两个不同历史阶段航空事业发展水平上的巨大差异。

现在国家领导人出国访问，在专机飞行上虽然也会遇到这样那样的困难与问题，但是，绝不会像当年国家主席刘少奇的阿富汗之行那样，被复杂气象弄得如此紧张。当时，除了机场东头跑道延长线上不同距离的两个导航台能为飞机提供穿云帮助之外，其他的一切安全降落保证都掌握在飞行员的操纵技术之中，如有丝毫差错，都无法得到其他有关降落设备的帮助。

然而，现代航空技术在复杂天气条件下，已发展到自动降落的水平。在机场地面的盲降设备与飞机上计算机飞行管理控制系统的协调配合之下，飞机就会自动沿着既定的下滑线向跑道尽头运动，包括油门在内的方向、高度修正都可以达到自动操纵，只要飞行员将有关的穿云数据输入管理控制系统，剩下的动作只是对飞机的自动穿云进行监视就可以了。这样，对复杂天气条件的降落要求，在最低云高及最小能见距离方面，就可以达到很低的程度。就是说，原来靠人为操纵飞机进行穿云时所不能胜任的天气条件，现在都可以了。在设备完善的机场，甚至可以将这种自动化穿云动作延长到很低的高度和离跑道尽头很近的位置。如果允许的话，还可以凭借飞机本身的自动控制系统，将飞机操纵到接地的程度。这一点对 20 世纪五六十年代的飞行员来说也许只是一种幻想而已，就像现代的飞行员同样想象不到过去的情景一样。

有人说，现代化的飞机设备已经先进到似乎以前的飞行员不能适应的程度。这句话不全对，现代化的先进设备当然需要更高文化水平的飞行员才能掌握。但是，不能忘记，在设备异常落后的飞机上完成同样的飞行任务，飞行员在技术能力以及心理素质等方面所表现出的水平也是后来者难以想象的。

第七节　女飞行员“大旗”的故事

我国专机事业的发展离不开女性半边天的身影，专机部队女飞行员的成长过程同样是部队建设的反映。

女性加入空军飞行员的行列，说明中国数千年封建社会强加在妇女身上的枷锁被彻底打碎，妇女也同男人一样驾驶着战鹰在祖国的蓝天上翱翔。尤其是第一批女飞行员，早在 1951 年新中国刚成立不久，在我国年轻空军的建设刚刚迈出第一步时，人们的思想观念还没有完全摆脱陈旧思想束缚的时候，她们就昂首阔步地走了出来，用她们在飞行岗位上的飒爽英姿向全中国甚至向全世界展示中国女性的骄傲。继第一批女飞行员之后，又在 1956 年、1965 年分别选拔了第二批、第三批女飞行员。到目前为止，已招收了数批共数百名女飞行员。蓝天，历来属于男子汉活动的领域，可是，当中国妇女也在蓝天上展翅翱翔的时候，飞行员的职业就多了一份温馨和甜蜜。

我国的女飞行员们经过空军航校的专业培训之后，大部分到空军运输航空兵部队服役，我所在的专机部队就是女飞行员们充分施展才华的天地。按空中专业岗位划分，她们中不仅有飞行驾驶员，也有领航员、通信员。在部队她们同所有的男性一样被编入空勤机组，在自己的岗位上发挥着光和热。在重要的专机任务中，在人民生命财产受到威胁时的空投抢险救灾中，在地震发生后的紧急救援中，在恶劣天气条件下实施人工降雨的飞行中，在原子弹爆炸蘑菇云升空前后的保障飞行中，在解放军大规模综合性军事演习的战场上，在被人们视为“冒险家”的科研试飞领域里……哪里有飞机，哪里就有她们的身影，哪里有飞行任务，她们就出现在哪里。每年在纪念三八妇女节的庆典上，在各个行业的女状元中，总少不了女飞行员代表的形象。她们之中，不仅有“全国三八红旗手”，还有“功勋飞行员”奖章获得者。

飞行部队的军营生活锤炼了女飞行员的特种性格。当她们身着飞行服装，在空中飞行的岗位上执行任务的时候，个个英姿飒爽，气质非凡。在复杂气象条件下，照样驾驶飞机穿云破雾，翱翔长空，巾帼不让须眉。在平时的军营生活中，一改大家闺秀的影子，个个大胆泼辣，性格爽直。每天一个小时雷打不动的体育锻炼中，她们同男飞行员一样跑步打球，在各种体育器械上旋转、翻滚。

夏季，她们一头扎进游泳池里，直到一个小时锻炼结束才从游泳池爬上来。一次，我给一名女飞行员当副驾驶，到数千公里外的新疆乌鲁木齐执行任务。在机组不飞的日子里，组织机组的人员同当地空军飞行大队的飞行员进行篮球比赛，身为球场上唯一的一名女性队员，她光着脚丫子在球场上飞来飞去。在空中她是一名出色的机长，在篮球场上又是一名活跃的队长。

还有一次，由我担任机长，伊尔-14飞机奉命送武汉军区司令员陈再道回军区，担任副驾驶员的是第二批女飞行员之一，并且怀着7个月的身孕。在飞往武汉的空中，机组的人看她已大腹便便坐在驾驶员的位置上，都随时为她捏着一把汗，可她在飞行中却情绪坦然，操纵自如，胸有成竹。机械师在一旁开玩笑说:“不必担心，如果真的分娩了，飞机上什么工具都有。”一句话把大家都逗乐了，机组的笑声充满了机舱，也洒向空中航线。

当天下午，当机组完成任务沿原航线返回北京的时候，在空中临时接到中途改航飞往山东故城空军基地的命令。原来是南方某机场从东北新进的歼击机，从这里落地加油后起飞时，由于编队起飞中的僚机在修正起飞方向时，因动作不当造成机翼下挂的副油箱擦地起火。飞行员在紧张中忘记将副油箱投掉，就急忙离开飞机，在场的地勤人员不忍心看着一架新飞机被大火烧掉，许多人奋不顾身围上前去灭火抢救，结果因油箱突然爆炸造成多人受伤，当务之急就是马上将受伤的人员送往北京空军医院进行抢救。我让机械师临时将座椅拆掉，把打着吊针的伤员安排好，抓紧时间马上起飞。按计划这段飞行应该由女飞行员驾驶，我在副驾驶的位置上。但是，当这位女飞行员看到伤势严重的人员就躺在飞机上时，主动提出放弃，还是由我操纵飞机回京。经过不长时间的空中飞行，我终于格外小心地操纵飞机轻轻落地，为抢救伤员赢得了时间。怀孕7个月的女飞行员还坚持上岗执行任务，其精神令人敬佩。

她们是飞行员，同时和普通的女人一样也是母亲、妻子，也有着属于她们自己特有的天地。在感情生活中、在家庭、在生儿育女的神圣责任面前，她们的生活同样是丰富多彩的。她们热爱蓝天、热爱飞行，在万里云天为祖国和人民立下了卓越的功勋。她们也爱儿女、爱丈夫、爱家庭，对生活同样倾注着深沉的热爱和眷恋。不过，她们热爱蓝天胜过一切。有人说她们是蓝天的女儿，但她们更像夜空中的星系，一条女人的星系。女飞行员们常说，蓝天是她们的父亲，大地是她们的母亲，当她们回到母亲的怀抱时，她们就回归到了女性。

弹吉他、织毛衣、唱歌、跳舞，是她们在业余时间里活动的内容。当她们以妻子、母亲角色出现的时候，你怎么也不会想到，她们竟是驾驶神鹰，翱翔在万里云天，与男儿并驾齐驱的空中骑兵。她们在《我爱祖国的蓝天》这首优美的歌曲里，凝聚着对蓝天深深的爱恋。可以说蓝天寄托了女飞行员的多少情和爱，蓝天又把这些情与爱带给了人间。

当我还在航校飞行的时候，电影《女飞行员》的筹拍工作正在进行。年轻的女演员们为了真实地将女飞行员的形象搬上银幕，曾同我们的飞行学员一起体验生活。因为，飞行员有着自己相对独立的生活领地，也有着与飞行职业紧密联系的生活习惯和必须具备的专业活动，这些都是女飞行员们在成长过程中必然经历的学习与生活阶段。

例如，我们在地面准备中，左手拿着飞机模型，右手模拟操纵驾驶杆的动作，眼睛不停地左顾右盼，口中还念念有词模拟着空中通话联系。这些活动对外人来说，看上去就像一群练习打太极拳的人们，不同的是手中多了一个飞机模型。《女飞行员》的演员们，看到我们地面演练的样子，一个个忍不住笑了起来。可是，当她们不得不学着我们的样子表演，而且表演得没有一点儿飞行员的形象时，我们也大笑了起来。因为，她们没有任何空中经验，做出的动作既笨拙又呆板，动作之间也很不协调，手里的小飞机模型已经歪到足可以坠地的程度自己还不知道，手中模拟的其他动作更是离实际相差甚远，如果说我们的动作看上去像打太极拳的话，女演员们的动作是在太极拳的中间又加上了重拳和冲击拳。

女演员们表演好女飞行员不是件容易的事情，可是，做一名真正的女飞行员更要付出人们想象不到的代价，起码是要比男飞行员更大的代价。女飞行员们从检查身体合格走进飞行航校大门开始，到分配航空兵部队正式服役的全部过程，正是她们以顽强的毅力战胜自身的与客观的种种困难，健康地成长为一名飞行员的过程。女飞行员在其一生与男飞行员并肩战斗的里程中所经历的苦辣酸甜，是女演员们不可能全部体会到的，也是一部《女飞行员》的电影所不能全部表达的。

不能否认，一个女飞行员在成长的道路上会遇到比男飞行员更艰难曲折的过程。因为，从漫长的封建社会脱颖而出的新社会里，人们的思想观念中还沉积着封建社会的残渣，重男轻女的思想仍然存在。在这种陈旧观念的支配下，个别“大男子主义者”对女性能否真正掌握飞行驾驶技术存有偏见，于是，就不能正确对待她们在飞行过程中出现的问题，当女飞行员在飞行中产生错误的时候，不是抱着积极的态度给予真诚的帮助，而是冷眼旁观甚至抱着看笑话的态度。

根据执行任务的实际出发，在一个机组里全部安排女飞行员（飞行员、领航员、通信员都是女的）的现象是很少的，专机师领导考虑到女同志的生理特点，当女飞行员担任机长的情况下，至少在副驾驶的位置上要安排一名男飞行员。此外，大家公认的伊尔-18飞机，由于其操纵系统没有安装助力设备，正常飞行中在驾驶杆、方向舵及脚踏刹车板上的用力较大，所以，包括民航在内，还没有女飞行员参与驾驶伊尔-18飞机的。这一点并不影响女飞行员驾驶技能的发挥，在操纵起来比较轻松灵活的三叉戟飞机上，女飞行员照样飞行自如。

要奋斗就会有牺牲，对飞行员来说尤其如此，对女飞行员来说也没能例外，死亡之神对女飞行员不会有任何一点儿恻隐之心。

在飞行部队发生事故是不足为奇的，“常在河边走，没有不湿鞋”。在某一段时间内保证飞行安全可以做到，如果在部队的组建及其以后的全部过程中不发生任何问题是不可能的。由于专机部队全体指战员长期以来严格贯彻“安全第一，质量第一”的方针，专机师的空、地勤及后勤保证人员，以专机任务为己任，以保证首长乘坐飞机的安全为压倒一切的硬指标，兢兢业业，任劳任怨，苦练飞行驾驶技术。专机师20多年来执行过无数次重要专机任务，包括毛泽东、刘少奇、朱德、周恩来等老一辈无产阶级革命家在内的中央领导，以及国外来访的领袖人物，都不止一次地乘坐过专机，在所有的专机任务飞行中，几十年如一日，从没有发生过飞行事故。我国航空事业正在起步，专机飞行的历史还不长的情况下，能做到这一点是一件很了不起的业绩。

有件往事至今记忆犹新。

“文革”中，我还在飞伊尔-18飞机的时候，有一次到四川成都接军区司令员梁兴初等一行到北京。早上7点半，机组从伊尔-18飞机停机坪开车后请示直接滑入跑道。此时，通过驾驶舱的窗口看到有几架直-5型直升机停在候机楼前的登机坪上，说明他们今天有专机任务待命出发。在此过程中，从我的耳机中传来一个非常熟悉的声音，一个女性指挥员坚定稳重的声音，她就是专机师四团参谋长“大陈”。

“大陈”是我国为数不多的第一批女飞行员之一，1950年，作为55名女中豪杰之一，来到空军牡丹江航校，开始书写一个女飞行员新的人生篇章。她和身边的姊妹们满怀“为妇女争气，为祖国争光”的豪情壮志，克服女性心理和生理上的许多弱点及困难，历尽千辛万苦，在多架飞机共用一副螺旋桨和一副轮胎的情况下，开始了艰苦的飞行训练，终于在里-2飞机上出现了我国第一批女飞行员的飒爽英姿。1952年三八节，首都各界代表、各国驻华使节的夫人及中外记者7000多人云集西郊机场，隆重举行第一批女飞行员受阅起飞典礼，中国人民解放军总司令朱德、全国妇联副主席邓颖超出席典礼并讲话。当飞机以整齐的编队通过天安门上空的时候，毛主席满意地对身边工作人员说；“我国第一批女飞行员驾驶的飞机已经从我们的头上飞过去了。”

“大陈”是电影《女飞行员》中出身于童养媳的女飞行员的原形，由于她身材高大，飞行员们都叫她“大陈”。又由于她是专机飞行员的典范、我国女飞行员中的佼佼者，就像飞行员队伍中的一面旗帜一样高高飘扬在飞行人员的心中，人们又都亲切地叫她“大旗”——她就是被称为“蓝天女豪杰”的第一批女飞行员陈志英。

在无线电通话中，可以听出作为机群指挥员的陈志英正在通过电台与地面指挥员联络，但具体的情况是无法知道的。因为，正在此时，我所在的伊尔-18机组已经奉命起飞了。

当天下午，我已经顺利完成任务从成都返回北京。当我们机组走进空勤食堂就餐的时候，数百人的大食堂里出现的局面一下子使我惊呆了！一改平时吃饭时人声鼎沸的场面，偌大的食堂突然变得鸦雀无声，每个人的表情沉重而又严肃，彼此之间谁也不说话，周围的空气就像被凝固住一样，我的情绪也被这种异常的气氛所凝固，除了吃饭，也不敢在这种时候问别人究竟是为什么。我看到不少人简单吃上几口饭，撂下饭碗就悄悄走出食堂。凭我个人的判断，部队一定发生了重要事情，而且是足以使整个专机部队产生震撼的事情。

原来事情是这样的。

当天早上，陈志英带领三架直升机组奔向机场做起飞前准备的时候，作为指挥员，做出了一项很重要的决定，凭她的第六感觉，认为准备让外宾乘坐的两架飞机中的一架可能有问题，要将自己乘坐的指挥飞机改为外宾乘坐的专机，与那架认为不太好的飞机对调一下。为了便于外宾登机，在专机停机坪上对飞机位置的安排是有不同的。陈志英认为飞机有问题，并不是飞机带着明显的故障，而是凭飞行员平时在经常飞行的感觉中，对诸多飞机所产生的印象。这种现象对每一个飞行员来说都是存在的，飞机的许多机械故障隐藏得很深，在这些故障从量变达到质变之前很难及时被发现。再说这三架飞机已经经过专机师与空军有关部门的检查。陈志英抱着对专机任务极端负责的态度，在专机位置调配的关键时刻，经过地面指挥员即专机师领导的同意，将危险留给自己，把安全让给别人。

由三架直升机组成的专机机群活动中，担任指挥员的陈志英坐在第3架飞机上,前两架乘坐外宾的飞机按预定时间起飞了。这次外宾要去的地点是天津杨村机场,在指挥机上乘坐的还有陪同外宾首长的警卫员、新闻记者、随机机械师等。驾驶这架飞机的两位飞行员中,有一名是我国第二批的女飞行员。这位女飞行员身材高挑,面目俊秀,行动机灵,连比她小的飞行员们都叫她小潘。按照规定的时间,后两架专机也跟进起飞。经过不到一个小时的飞行,陈志英的指挥机已经出现在杨村机场的视界之内,已经安全落地的前两架飞机的机组人员、杨村地面负责接待外宾的工作人员以及外宾正翘首以待,等着飞机降落,地面指挥员手握话筒,正把机场的降落条件告诉飞行员。飞机已经对正跑道,高度逐渐下降到 200 米,眼看两三分钟之后就要落地,意外的事情突然发生了。只见空中的飞机突然失去平衡,旋翼带着很大的坡度,向左一边旋转,一边急剧下降高度,还未等到地面指挥员问清飞机上发生的情况,飞机已经向左旋转 300 度,朝着地面垂直坠落下去,此时距离机场只有 4 公里。考虑到对外宾的影响,地面工作人员以别的理由将外宾的疑虑搪塞过去,外宾的活动程序正常进行。

在机场救护人员还未到达之前,坠机现场附近正在田间劳动的一位生产队长,看到飞机出事后,丢下手中的工具,不顾一切地冲向出事地点。他首先看到的是被坠落飞机甩在外边的那位女驾驶员,救人要紧,他将人背起来就走。此时,还剩一口气的小潘,用尽全部力气对生产队长说:“飞机……上还……有人……”由于伤势过重,没能抢救过来。这位优秀的女飞行员,在她生命垂危的时候仍然想着飞机上遇难的战友。由于直-5 型飞机的驾驶舱在客舱的前上方,飞行员有可能从驾驶舱的窗口被甩出来,而坐在客舱里的指挥员陈志英等人,由于舱门被压向地面,当时即使有人活着,能够活动也无法出来,接着被坠机后的大火全部烧死在机舱里。这次是旋翼操纵系统出了故障,高度太低,飞行员已无能为力。

当救护人员赶到现场时,机舱内被烧死的人员已无法辨认出模样,由于陈志英被压在最底下,从没有完全燃烧的胸部及女性的特征可以知道她就是这次机群专机活动的指挥员。由于她无私的决策,此刻,外宾的参观访问等一切外事活动都在按计划进行,没有因为突然的飞行事故而停下来。退一步想,如果没有陈志英临时调换飞机的行为,如果被摔死的是外宾的话,其影响和通过外交途径处理后事的麻烦可就大了。

在追悼会上,女飞行员们为自己姐妹的牺牲哭干了眼泪,前一天刚同她们在一起聊天的一位女飞行员,因为过度悲伤而发生流产。陈志英牺牲时只有 39 岁,小潘只有 31 岁,刚结婚一年多,还没有要孩子。

我国第一批女飞行员，也是第一批唯一的女飞行指挥员陈志英，用自己宝贵的生命，在祖国的蓝天谱写了一曲永远响彻天际的乐章，她不愧为“蓝天女豪杰”的光荣称号。

对于专机部队而言，数十年如一日的专机安全与专机飞行质量，不仅是专机的所有人员用辛勤的劳动与汗水换来的，而且，也包含着飞行人员的鲜血与生命。没有平时的刻苦训练，就没有专机飞行时的安全，没有广大专机工作者的无私奉献，就没有专机成果的鲜花灿烂。

1957 年在沈阳东塔机场，专机师的伊尔-14 飞机正在那里进行白天复杂气象条件下的飞行训练。由于该机场位于沈阳东南方向，冬季的沈阳，以重工业城市著名的烟尘与大雾混在一起，使机场的能见度极差。此时，一架伊尔-14 飞机从东向西落地，由于下降中高度没有掌握好，而且方向偏差较大，在离机场较远的地方，就已经下降到比规定还要低的高度，飞机也偏离跑道延长线以外的位置，所以致使飞机与地面工厂的烟囱相撞后，接着又与大树相撞，飞机在跑道以外的地方坠落地面，当时就有 4 名机组人员牺牲。因为，一来飞机没有着火，二来与烟囱相撞后速度明显减小，机组中还有两名幸存者。但是，由于这两个人在事故中精神受到严重刺激，后来一上飞机就精神紧张，最终离开了飞行岗位。

1962 年春节刚过，2 月 9 日晚上，北京西郊机场，天降着大雪，正是训练飞行员夜间复杂天气条件下飞行技术的大好时机。隆隆的飞机发动机声在雪花纷飞的机场中震荡着，飞行员、领航员面对夜间复杂天气，按照穿云程序紧张而有秩序地通过技术动作的配合，在雪幕中一架又一架地跟进降落，接着又加大发动机的功率连续起飞，消失在机场北端的夜空中。按照训练计划，一批人员飞完几个起落，将飞机停下来换人。就在换人之后的第一个起飞以后，发动机发生了故障（发动机分油活塞被意外卡住，进油量停止在油门最小的位置，加大油门已不起作用）。由于飞机刚起飞高度太低，飞行员来不及顺桨（一种紧急处理的方法），加上人员都集中在前驾驶舱，机头较重，仅有的一台发动机不能克服故障发动机带来的巨大阻力，更不可能继续上升高度，飞机就坠毁在颐和园万寿山以北靠中间的小山上，火光闪过之后就是一声巨响，飞机上的人员全部牺牲，四个飞行员、两个领航员、一个机械师。这时部队正在看电影，广播喇叭里一声接着一声叫人，开始命令卫生队人员全部回去，接着又广播命令警卫连的同志马上集合……等人们赶到坠机现场的时候，大火还在燃烧，当救援人员从火堆里发现一条腿，上去往外拉的时候，拉出来的仅仅是一条腿。为了不使事故对飞行员有不良的影响，不准飞行员接近事故现场。

事故发生的第二天，机场上的白雪还没有化，飞行员们为失去战友而流下的泪水还没有擦干，总参谋长罗瑞卿将军特意来到机场，鼓励同志们说：“一支经得起摔打的部队才是过得硬的部队，我相信你们！我以后仍然要坐你们的飞机。”罗总长专机起飞时的发动机轰鸣声，像发起冲锋的号角，把整个部队从低落的情绪中唤醒，总结教训，继续前进。

歼击机如果发生一等飞行事故时，通常只有一个飞行员牺牲。而运输飞机发生严重事故所付出的代价是残酷的。即使是飞行训练，遇难者也不止一个人，而是一个飞行机组。每次飞行事故发生，都会为飞行员的家属队伍留下几个孤儿寡母。有时候，当飞行事故的消息还没有正式传达到死难者家属的时候，那些为飞行员亲人提心吊胆的家属们，总是忧心忡忡地围着飞行员的营房兜圈子，希望能见到亲人的影子。作为牺牲者的战友，都知道这样的噩耗会给家属们带来什么样的后果，没有组织出面，谁也不敢走漏消息，“九一三”事件中林彪专机组的家属们所面临的情况更严重得多。

后 记

在我32岁的时候发生在自己身上的事情,等到近74岁时如果能实现公诸世人的愿望,其间隔的时间是长了一些。不过,能在这个时候完成自己多年的一桩心事也是很不容易的,因为有许多事情的发展变化需要时间来磨合。

从专机师转业到地方工作及退职休息的战友们,1998年在北京市朝阳区搞了一次聚会,出人意料的是到会人员竟超过400人。既有从共和国一成立就从事专机工作的元老,也有后来不同时期在专机部队服役的中年甚至青年人,中老年占多数;既有当年的空勤人员,又有在部队从事地勤及后勤保证工作的人员;既有终身在专机师工作直到退休的干部,也有中途调到别的部队的战友。其中有因受"九一三"事件的牵连处理到外地后奔回北京的人员,也有解除审查后因年龄、身体等原因退休在家的人员。老师长、老政委、老主任能来的都来了,胡萍因眼睛失明,也在夫人的照料下应邀参加了聚会。战友相见分外亲热,虽然他们中有许多人几十年不曾见面了,然而,当年为专机事业共同奋斗的经历使他们很快消除了时间的差别,用不了几句话就再次沉浸在当年共同工作时的气氛中,时间在这个时候被大大地浓缩了。因"九一三"事件提前离队的人们,大都怀着对部队、对专机事业、对首都的留恋不得已而走的,能回到北京也费尽周折,都经历了和我差不多的过程。本来专机师作为"九一三"事件的重灾区在人们的心灵上投下了不同程度的阴影,可是,近30年过后,当大家重新在另一种场合聚会时,似乎已经忘记了那一段极其特殊的历史。个别聊天的时候,都能对那个时候开始的艰难处境表示慰问与关心。有一位在伊尔-14飞机上共同飞行过的机械师,过去曾多次打听我的去向。所以当他们了解到我30多年来的具体生活经历时,也感到十分遗憾。因为,30多年来个别碰过面的人,都说我身体状况保持得很好,如果没有那回事,一定是个很好的飞行员。时间是不会倒流的,聚会的本身就说明我们不但彻底退出了专机活动的舞台,而且,在年龄上也已经走到保持晚节的时候。

当年唯一的三叉戟飞机中队那仅有的十几名战友,绝大部分光荣地飞到55岁,到民航的同志还飞到了60岁,按规定年龄离开飞行岗位。飞机驾驶员只有五名,其中有两名不幸病逝了。每谈起30多年前发生在三叉戟飞机上的那场劫难,都有无限的感慨。我很羡慕他们能够走到了飞行年龄规定的上限,作为当年最早的三叉戟飞机的同事,除发自内心的羡慕之外,也感到一些安慰。

近几年来,我曾走访了在专机师光荣退休的航校同学,他们在专机师大都经历了不下三个机种的驾驶过程,三叉戟、伊尔-18、图-154、安-24、直-5等主要机种上都记录了他们宝贵的飞行年龄,他们都为我提供了书中所需要的资料。由于我离开飞行岗位太久,最早一批三叉戟飞机的技术资料很难找到。幸好周围有这么多飞行专家与活字典,我才能比较准确地对三叉戟256号专机的活动过程进行科学的实事求是的分析。当他们知道自己的同学要用写书的形式对"九一三"事件进行回忆整理的时候,都认为我有这个能力,并纷纷表示支持,祝我获得成功。一位同学告诉我:一次,他和另一位同学一起住进医院的时候,曾对1964年来到专机师的41名"阶级兄弟"回忆整理,可喜的是经过反复回想,竟能一个个写出他们的名字来。我这个当过班长的人听了之后感到异常振奋,似乎又把时间拉回到几十年以前。遗憾的是经过30多年的风风雨雨与时代变迁,除了调走的、转业回老家的、个别在飞行事故中牺牲的,还有像我和陈士印这样被处理出部队的,最后能在专机师飞行到光荣下岗的寥寥无几了。

专机师老一辈的飞行员胡萍、时念堂、王进忠、尚登峨、韩海兰、周连珊等给我提供了宝贵的飞行资料与专机任务中的事例,他们过去曾是我的飞行教员,也是专机飞行事业的奠基人,现在仍是我撰写回忆录的顾问,因为在他们身上发生的事情,有许多都是专机任务中的第一次,是值得从事专机飞行事业的人们所怀念的。

还有那些在专机机械、特种设备战线上扎实工作的老专家、老工程师们,当我遇到困难的时候,只要请教到他们,都能给予积极热情的帮助。老机械工程师刘万敏、特种设备专家包朝山、机械修理厂的老领导朱国芳等都向我提供了宝贵的资料。当年结伴飞行的领航员吴忠良、由领航员改为驾驶员的范玉星等都给了我不少帮助,就连当年三叉戟中队最年轻的领航员苑庆云也在他所认识的机务干部中,为我寻找能够提供资料的线索。

本书是历史的写实,涉及到的人和事都是经得起考证的。256号专机组中的第一副驾驶员陈联炳已经病逝。小魏在北京一家报社任办公室主任到退休,拥有一个幸福的家庭。陈士印夫妇开始转业回到陈的老家沈阳,把孩子留在北京,后来夫妻又双双回到北京,依靠他们原来在部队锻炼出来的能力,在商海中充分地发挥着自己的才干。曾在中央专案组中受审的几个上海姑娘，还有年龄最小的小鲁，经历过那场惊梦之后回到家乡，如今都有了自己的归宿。

最后值得一提的是孙一先老先生与他的著作《罪与罚》《在大漠那边》为我提供了林彪坠机现场的资料，这些资料对正确分析三叉戟256号专机迫降过程起到了关键的作用。孙老也说，如果他能把当年拍到现场的照片留下一套的话，如今就可以根据这些照片整理出一部很好的历史资料——这些照片都保存在国家的档案馆里。

第二批女飞行员之一的苗晓红所著的《我是蓝天的女儿》一书，对我回忆过去的专机飞行生活很有启发。此外，邵一海所著《林彪9.13事件始末》一书(经过审批发行)也提供了一定的资料。

本人2000年退休之后，应聘在中国注册税务协会担任会刊的编辑工作。会刊主编、国家税务总局所得税司原司长赵怀坦同志是个很关注历史的老知识分子，他非常同情我的不幸遭遇，经常向同行们介绍说，老康如果没有"九一三"事件会如何如何。我从内心同样感谢关心、帮助我的人们。

2005年7月，本人在凤凰电视台《口述历史》栏目谈林彪事件，还做客凤凰网站就林彪事件与网友对话。

如果发现书中与事实有出入或者错误的地方，请知情者或飞行员的行家里手给予批评指正！

作　者

2012年10月

图书在版编目（CIP）数据

真相：专机副驾驶亲历“九一三”/康庭梓著．—北京：中国青年出版社，2013.6（2025.7重印）

ISBN 978-7-5153-1626-0

Ⅰ.①真…　Ⅱ.①康…　Ⅲ.①纪实文学-中国-当代　Ⅳ.①I25

中国版本图书馆CIP数据核字（2013）第097300号

原版责任编辑：吴方泽
本版责任编辑：刘　霜
出版发行：中国青年出版社
社址：北京市东城区东四十二条21号
网址：www.cyp.com.cn
编辑中心：010－57350508
营销中心：010－57350370
经销：新华书店
印刷：三河市君旺印务有限公司
规格：700mm×1000mm　1/16
印张：24
字数：400千字
插页：2
版次：2013年7月北京第1版
印次：2025年7月河北第5次印刷
印数：28001-31000册
定价：58.00元